» … grandios, pointenreich, schlagfertig. Ein Buch, in dem uns Schiller als Zeitgenosse wieder geschenkt wird.« Jens Bisky, Süddeutsche Zeitung

»Die Schiller-Biographie für unsere Zeit.« Tilman Krause, Die Welt

»Man greife zu Safranskis Buch, und man wird die Erfahrung machen: Schiller ist immer noch da. Und wie!« Hans-Jürgen Schings, Frankfurter Allgemeine Zeitung

»Die Biografie Safranskis lässt das Faszinierende von Schillers Ästhetik funkeln und leuchten, ja strahlen. … eine rundum gelungene Hommage.« Gunther Nickel, Tages-Anzeiger

Friedrich Schiller: Jugendliches Genie, Revolutionär, Dichter. Und neben Goethe der Titan der deutschen Literatur. In seiner großen Schiller-Biographie zeigt uns Rüdiger Safranski eine der schwungvollsten Gestalten der deutschen Literatur, einen wahren Enthusiasten. Von den Anfängen in Stuttgart bis zum Ende in Weimar tritt uns hier ein neuer, ein frischer Schiller entgegen – Safranski fegt alles, was wir im Deutschunterricht über diesen Dichter zu lernen meinten, vom Tisch. Grandios und mitreißend.

Rüdiger Safranski, geboren 1945, studierte Germanistik, Philosophie, Geschichte und Kunstgeschichte und arbeitete danach als Wissenschaftlicher Assistent am Fachbereich Germanistik der Freien Universität Berlin und in der Erwachsenenbildung. Seit 1985 ist er als freier Autor tätig, dessen Werke mittlerweile in 26 Sprachen übersetzt sind. Gemeinsam mit Peter Sloterdijk ist er Gastgeber des »Philosophischen Quartetts« im ZDF. Er wurde mit dem Friedrich-Märker-Preis, dem Ernst-Robert-Curtius-Preis für Essayistik und dem Friedrich-Nietzsche-Preis ausgezeichnet.

Weitere Informationen, auch zu E-Book-Ausgaben, finden Sie bei www.fischerverlage.de

Rüdiger Safranski

Schiller

oder

Die Erfindung des Deutschen Idealismus

FISCHER Taschenbuch

MIX
Papier aus verantwortungsvollen Quellen
FSC® C083411
FSC www.fsc.org

Erschienen bei FISCHER Taschenbuch
Frankfurt am Main, Januar 2016

Lizenzausgabe mit freundlicher Genehmigung des
Carl Hanser Verlags, München und Wien

Druck und Bindung: CPI books GmbH, Leck
Printed in Germany
ISBN 978-3-596-03360-7

Inhaltsübersicht

Prolog

Nach Schillers Tod am 9. Mai 1805 wurde die Leiche obduziert. Man fand die Lunge »brandig, breiartig und ganz desorganisiert«, das Herz »ohne Muskelsubstanz«, die Gallenblase und die Milz unnatürlich vergrößert, die Nieren »in ihrer Substanz aufgelöst und völlig verwachsen«. Doktor Huschke, der Leibmedicus des Weimarer Herzogs, fügte dem Obduktionsbefund den lapidaren Satz hinzu: »Bei diesen Umständen muß man sich wundern, wie der arme Mann so lange hat leben können«. Hatte nicht Schiller selbst davon gesprochen, daß es der Geist sei, der sich seinen Körper baut? Ihm war das offenbar gelungen. Sein schöpferischer Enthusiasmus hielt ihn am Leben über das Verfallsdatum des Körpers hinaus. Heinrich Voß, Schillers Sterbebegleiter, notierte: »Nur bei seinem unendlichen Geiste wird es erklärbar, wie er so lange leben konnte«.

Aus dem Obduktionsbefund läßt sich die erste Definition von Schillers Idealismus ablesen: Idealismus ist, wenn man mit der Kraft der Begeisterung länger lebt, als es der Körper erlaubt. Es ist der Triumph eines erleuchteten, eines hellen Willens.

Bei Schiller war der Wille das Organ der Freiheit. Die Frage, ob es einen freien Willen geben könne, beantwortete er eindeutig: Wie sollte er nicht frei sein dieser Wille, da jeder Augenblick einen Horizont von ergreifbaren Möglichkeiten eröffnet. Man hat zwar stets begrenzte aber unerschöpfliche Möglichkeiten vor sich. Insofern ist Freiheit offene Zeit.

Doch es geht nicht nur um die Wahl zwischen Möglichkeiten, noch entscheidender ist der schöpferische Aspekt der Freiheit. Man kann auf Dinge, Menschen und auf sich selbst einwirken nach Maßgabe von Ideen, Absichten, Konzepten. Die schöpferische Freiheit bringt etwas in die Welt, das es ohne sie nicht geben würde, sie ist immer auch eine creatio ex nihilo. Sie ist auch die Kraft der Vernichtung, ebenso kann sie den üblen Wirkungen widerstehen, zum Beispiel den Schmerzattacken des Körpers. Schiller hatte ein kombattantes Verhältnis zur Natur, auch der eigenen. Der Körper ist dein Attentäter! Darum erklärte Schiller, daß wir unsern *physischen Zustand, der durch die Natur bestimmt werden kann, gar nicht zu unserm Selbst rechnen, sondern als etwas Auswärtiges und Fremdes* (V, 502) zu betrachten hätten.

Damit konnte sich sein großer Antipode und Freund Goethe nicht anfreunden. Er nannte das Schillers »Evangelium der Freiheit« und meinte, er seinerseits »wollte die Rechte der Natur nicht verkürzt wissen«.

Das wiederum erschien Schiller abwegig. Ihm war die Natur mächtig genug, sie braucht keinen Beistand; beistehen sollte man den bedrohten Rechten des Geistes und die Macht der Freiheit sichern. Das Abenteuer der Freiheit war Schillers Leidenschaft, und deshalb wurde er zu einem Sartre des späten 18. Jahrhunderts. Schillers Idealismus besteht in der Überzeugung, daß es möglich ist, die Dinge zu beherrschen statt sich von ihnen beherrschen zu lassen. Wie Sartre erklärt er: es kommt darauf an, etwas aus dem zu machen, wozu man gemacht wurde.

Die ihn näher kannten, berichten übereinstimmend, daß Schiller fast immer angespannt, tätig, konzentriert gewesen sei, neugierig und hellwach bis zum Mißtrauen. »Das Wirkliche«, erzählt seine Frau Charlotte, »machte einen ängstlichen Eindruck auf ihn«. Anders als Goethe besaß Schiller kein ruhiges und gelassenes Weltvertrauen. Er fühlte sich von keiner gnädigen Natur getragen. Alles muß man selbst machen! So wurde er zu einem Athleten des Willens, im Leben und im Werk.

Am Anfang die Misere? So schlecht aber geht es ihm nicht. Eine liebevolle Mutter, ein zumeist abwesender Vater. Kleinbürgerliche, nicht elende Verhältnisse. Die Welt der Kindheit ist fast idyllisch. Dann aber gerät er an der Karlsschule in die Gewalt eines oft tyrannischen Herzogs. Den wirklichen Vater liebt er, den Landesherrn aber, der wie ein Vater ihn bis in den Schlafsaal verfolgt, fürchtet er – bis er gegen ihn rebelliert. Ein häufig krankes Kind, zu schnell gewachsen, pickelig, steif, unbeholfen. Seinen Körper bewohnt er nicht. In der Schuluniform sieht er aus wie eine Vogelscheuche. Das Äußere, in dem er steckt, mag er nicht. Es regt sich etwas in ihm und stößt überall an. Er fühlt sich ins Dasein geworfen, er antwortet mit Entwürfen, immer hat er irgendwelche Projekte, nur so läßt sich das Leben ertragen. Oft ist er gehemmt, seine Bewegungen stocken, dann plötzlich löst er sich und redet, schnell, unabsehbar, überfließend. Wer ihm zuhört, weiß bald nicht mehr, wo ihm der Kopf steht.

Schillers Enthusiasmus erwächst aus dem Lebensekel, den es immer wieder zu überwinden gilt und dem er in seinen »Räubern« kraftvollen

Ausdruck geben wird. In diesem genialischen Stück, das wie ein Naturereignis in die deutsche Theaterlandschaft einbricht, verfolgt Schiller die Spur zum Ursprung des Bösen: er entdeckt den Skandal der Sinnlosigkeit und Ungerechtigkeit einer Natur, die den einen bevorzugt, den anderen benachteiligt. Man ist in schlimme Zufälle verwickelt, es gibt gute Gründe, dem Leben zu mißtrauen. So könnte ein giftiges Ressentiment entstehen. Dem schöpferischen Leben zuliebe kämpft Schiller dagegen an. Sein Enthusiasmus für die Freiheit hat deshalb auch die Bedeutung einer selbstverordneten Entgiftungskur. Schiller wird sie besonders nötig haben in der Begegnung mit Goethe. Die Freundschaft und Arbeitsgemeinschaft mit Goethe – ein Glücksfall und Glanzpunkt der deutschen Kulturgeschichte – war nur möglich, weil Schiller sich zu der Einsicht durchrang, *daß es dem Vortrefflichen gegenüber keine Freiheit gibt als die Liebe* (an Goethe, 2. Juli 1796).

Schiller hat ohne Scheu vor dem Kurzschluß zwischen Person und Menschheit die Liebe zur Weltmacht erklärt. Als junger Mann entwickelte er eine Philosophie der Liebe, die das altehrwürdige kosmophile Thema von der ›Großen Kette der Wesen‹ fortschreibt. Schiller war ein Meister der Autosuggestion, er konnte sich selbst steigern und hineinsteigern in dieses: *Seid umschlungen, Millionen* … (I, 133). Doch konnte er sich auch wieder herunterkühlen bis zur nihilistischen Schreckensstarre. Er kannte den Abgrund von Sinnlosigkeit, weshalb in seinen Visionen der Menschheitsverbrüderung immer auch ein protestantisches ›Trotz alledem‹ zu spüren ist. Es gibt die Schillersche Wette: das wollen wir doch einmal sehen, wer wen über den Tisch zieht, der Geist den Körper oder der Körper den Geist!

Schiller wird beweisen wollen, daß es nicht nur ein Schicksal gibt, das man erleidet, sondern auch eines, das man selbst ist. Es konnte ihm nicht entgehen, daß die eigene Schicksalsmächtigkeit anziehend und ansteckend wirkt. Daher seine Begabung für die Freundschaft, daher sein Charisma. Sogar Goethe ließ sich von Schillers Enthusiasmus mitreißen. Schließlich hat Schiller eine ganze Epoche in Schwung gebracht. Diese Beschwingtheit und was daraus wurde, besonders auf dem Felde der Philosophie, hat man später »Deutscher Idealismus« genannt, und Beethoven hat sie in Töne gesetzt: *Freude, schöner Götterfunken* … (I, 133).

Zu schildern ist, wie Schiller an sich selbst gearbeitet hat, ein Leben als Drama und Inszenierung. Als er berühmt war, wurde er zur öffentlichen Seele. Seine Krisen, Umwandlungen und Verwandlungen geschahen vor den Augen eines Publikums, das bewundernd und staunend diesem Lebenstheater zusah. Goethe hat später die Proteus-Natur seines Freundes geradezu verklärt: »Er war ein wunderlicher großer Mensch. Alle acht Tage war er ein anderer und ein vollendeterer«.

Schillers Werke sind die Spielformen dieser Lebensarbeit. Er hielt sich an den von ihm formulierten Grundsatz: *der Mensch ist … nur da ganz Mensch, wo er spielt* (V, 618). Das Spiel der Kunst ist die Epiphanie der Freiheit. Wie Nietzsche hätte auch Schiller sagen können: wir haben die Kunst, damit wir am Leben nicht zugrunde gehen.

Aus der Perspektive Schillers gewinnt der Idealismus wieder Glanz. Idealismus – daran ist nichts Veraltetes, wenn man ihn so versteht, wie ihn Schiller verstanden hat: der Freiheit eine Gasse; der Geist, der sich den Körper baut. So war Schiller auch ein großer Anreger der Philosophie am Ende des 18. Jahrhunderts. Er ist maßgeblich beteiligt an den epochalen philosophischen Ereignissen zwischen Kant und Hegel. Es wird davon zu erzählen sein, wie Schiller mitwirkte bei der Erfindung des Deutschen Idealismus; wie er zusammen mit Goethe zum Zentralgestirn des deutschen Geisteslebens werden konnte. Schiller – ein Kraftwerk der Anregungen auch für seine Gegner. Die Romantiker haben die Abgrenzung von ihm gebraucht, um sich selbst zu finden. Indem sie von ihm loskommen wollen, werden sie ihn nicht los.

So kommt es zur großen Oper des Geistes: in einem historischen Augenblick beispielloser schöpferischer Dichte stehen sie alle auf derselben Bühne, Goethe, Herder, Wieland, Moritz, Novalis, Hölderlin, Schelling, die Schlegels, Fichte, Hegel, Tieck – in ihrer Mitte Schiller, der Meister des Glasperlenspiels.

Schiller hat Epoche gemacht und deshalb gelangt man auf seiner Spur in die Biographie der Epoche von Klassik und Romantik. Im Hintergrund das politische Drama, das mit der Französischen Revolution beginnt.

Die Deutschen, sagte Heinrich Heine einmal, hätten nur im »Luftreich des Traumes« ihre Revolution gemacht.

Vielleicht war der Idealismus ein Traum. Und die wirkliche Revolution? Vielleicht war sie ein schlechter Traum. Schiller, als er mit fünf Jahren Verspätung 1798 das Diplom der französischen Ehrenbürgerschaft in die Hände bekam mit den Unterschriften von Danton und all den anderen, die schon längst enthauptet waren, verständigte sich mit

Goethe auf die Formel, man habe ihm ein Bürgerrecht zugesandt »aus dem Reiche der Toten« (3. März 1798).

Mit Schiller gelangt man in das andere Schattenreich der Vergangenheit: in das unvergeßliche goldene Zeitalter des deutschen Geistes. Es sind Wunderjahre, die einem helfen, den Sinn für die wirklich wichtigen, für die geistvollen Dinge des Lebens zu bewahren.

Erstes Kapitel

Herkommen. Der sagenhafte Vetter. Abenteuer des Vaters.
Die Idylle von Lorch. Der Stock. Den Vater achten und überbieten.
Der Mutter Leid. Rokoko in Ludwigsburg.
Lebensgaloppade des Herzogs. »Bist du närrisch geworden, Fritz?«

Fast wäre Friedrich Schiller, der Dichter des »Wallenstein«, in einem Militärlager geboren.

Das württembergische Heer, wo der Vater Johann Kaspar Schiller als Leutnant diente, war in Ludwigsburg zusammengezogen zur Vorbereitung auf die »Hessische Kampagne«, eine Militäraktion des Siebenjährigen Krieges. Die Truppen des württembergischen Herzogs kämpften damals auf der Seite Frankreichs und zum Ärger der protestantischen Schwaben gegen Preußen, die Schutzmacht des Protestantismus.

Die Mutter wohnte mit ihrer ersten Tochter im elterlichen Haus in Marbach, von wo aus sie ihren Mann im nahen Ludwigsburg häufig besuchen konnte. Sie hielt sich gerade bei ihm im Feldlager auf, als die ersten Wehen einsetzten. Man brachte sie eilends nach Marbach zurück, wo sie am 10. November 1759 ihr zweites Kind zur Welt brachte. Es wird getauft auf den Namen Johann Christoph Friedrich.

In der Familie des Vaters gab es einen Johann Friedrich, der als Vorbild galt, denn dieser »Vetter« war ein studierter und weltläufiger Mann, der auch Bücher schrieb und übersetzte, ein umtriebiger Projektemacher und Bonvivant, der laut Familiengerücht sogar »Regierungen« beriet. So soll er dem Herzog Karl Eugen empfohlen haben, alle überflüssigen Kirchenglocken zu Kanonen umschmelzen zu lassen. Er kannte sich in der Kameralistik und Pädagogik aus und schmiedete Pläne, wie der Wohlstand des Volkes gemehrt und überhaupt die Leiden der Menschheit abgeschafft werden könnten. Das Ansehen des »Vetters« in der Familie sank allerdings, als es ihm später mißlang, für sein eigenes Wohlergehen hinreichend zu sorgen. Nach seiner Rückkehr aus England, wo er bei den Rosenkreuzern Alchemie betrieben haben soll, gründete er in Mainz ein Verlagsgeschäft, das respektable Bücher über Moralphilosophie und Ökonomie herausbrachte. Doch das Publikum zeigte wenig Interesse, und so blieb der umtriebige Mann auf seinen Verlagsartikeln sitzen. Er kam ins Schuldengefängnis, seine wenigen Besitztümer wurden versteigert. Er verdingte sich als Sprachmeister und verschwand in den achtziger Jahren aus dem Gesichtskreis der Familie. Friedrich Schiller aber blieb neugierig auf diesen »Vetter«, den er nur aus Erzählungen kannte. Im Juli 1783 wollte er ihn besuchen. Er tat es dann doch nicht. Vielleicht wollte er sich eine Enttäuschung ersparen.

Man hatte Friedrich einen Tag nach der Geburt eilig getauft, denn das Kind war so schwächlich, daß man fürchtete, es würde nicht überleben. Trotzdem wurde einiger Aufwand getrieben, es soll zugegangen sein wie bei einer Hochzeit. Die Liste der Taufpaten zeugt vom Ansehen der Familie. Neben jenem ominösen »Vetter« werden genannt: der Regimentskommandeur des Vaters, Oberst von der Gabelentz; die Bürgermeister von Marbach und vom Nachbarort Vaihingen und, zum allseitigen Erstaunen, der berühmte und berüchtigte Oberst Rieger. Dieser landesweit gefürchtete Mann war dem Vater offenbar sehr zugetan.

Oberst Rieger war ein enger Berater des Herzogs, dem er sich unentbehrlich gemacht hatte, weil er es verstand, mit brutalen Rekrutierungsmethoden eine Armee von sechstausend Mann aus dem Boden zu stampfen. Rieger hatte unbegrenzte Vollmacht zur Zwangsaushebung erhalten, und unter seinem Kommando kam es während des Jahres 1757 zu drei groß angelegten Menschenjagden. Eingefangen wurden Bauern, kleine Handwerker und Tagelöhner. Die dabei angewandten Methoden hatte Rieger von den preußischen Werbeoffizieren gelernt. Man griff die Männer in den Wirtshäusern auf, bei Kirchweihen und sonstigen Tanzvergnügungen, wenn sie schon betrunken waren, und sperrte sie so lange ohne Nahrung ein, bis sie ›freiwillig‹ das Handgeld nahmen und sich anwerben ließen. Die so zum Dienst gepreßten Truppen erwiesen sich allerdings als wenig tauglich. Die erste Kriegstat von 1757, mit der das württembergische Heer Aufsehen erregte, war eine Massendesertion. Daraufhin wurde eine »Fahnenflüchtigen-Fangverordnung« erlassen, die von den Kanzeln herab verlesen werden mußte und jedem, der einen Deserteur denunzierte, eine Prämie von achtzehn Gulden versprach. Das Kopfgeld führte zu einem wahren Jagdfieber, das der Oberst Rieger geschickt in organisierte Bahnen lenkte. Wurde ein Verdächtiger benannt, riefen die Glocken zur Treibjagd, Wege wurden versperrt, Brücken besetzt und man stocherte in

Heuschobern nach den Fahnenflüchtigen. So erwarb sich Rieger den Ruf des Menschenschinders, Kopfgeldjägers und Sklavenhändlers. Zum Zeitpunkt von Schillers Geburt befand sich der Taufpate Rieger auf dem Höhepunkt seiner Macht. Drei Jahre später aber erfolgt sein Sturz. Schiller wird davon erzählen in »Spiel des Schicksals« – eine Reminiszenz an die württembergische Tyrannenwelt, der er inzwischen glücklich entronnen ist. Es ist eine Geschichte, die sich ein rebellischer Kopf des »Sturm und Drang« nicht besser hätte ausdenken können.

Der Sturz des Oberst Rieger wurde veranlaßt durch seine Neider bei Hofe. Am einflußreichsten war der Graf Montmartin, der Leiter des herzoglichen Kabinetts, der mit Hilfe gefälschter Briefe Rieger als angeblichen Verschwörer bloßstellte. Der Oberst wurde verhaftet, als er mit gewohntem Prunk, von Höflingen und Ordonnanzen umringt, eine Wachparade abnahm. Danach wurde er ohne Prozeß vier Jahre auf dem Hohentwiel eingekerkert. Nach der Freilassung ging er außer Landes und kehrte nach sechs Jahren wieder in die Heimat zurück. Der Herzog nahm ihn gnädig auf und machte ihn zum Kommandanten des Gefängnisses auf dem Hohenasperg. So bekam der ehemalige Häftling die Aufsicht über einen anderen berühmten Häftling, den Dichter und Publizisten Christian Friedrich Schubart, der auch ohne Prozeß eingekerkert worden war, weil er die herzögliche Willkürherrschaft angeprangert hatte. Rieger verschaffte 1781 seinem Patensohn Schiller, der Schubart bewunderte, eine Gelegenheit, den Häftling zu besuchen. Fortan sah Schiller den Oberst in milderem Licht. Als Rieger ein Jahr später an einem Schlaganfall starb, aus Erregung über die Gegenwehr eines Soldaten, den er mißhandelt hatte, verfaßt Schiller ein Gedicht für die Totenfeier: *Höher als das Lächeln deines Fürsten / (Ach! wornach so manche geizig dürsten!) / Höher war dir der, der ewig ist* (I, 114). An die Geschichte dieses Mannes wurde Schiller wieder erinnert beim Besuch von Schubarts Sohn im Dezember 1788 in Weimar. Danach schrieb er jene Erzählung über das »Spiel des Schicksals«.

Schillers Vater, von seinen Vorgesetzten geachtet, war darum doch kein untertäniger Charakter. Mit unbändiger Energie und praktischem Sinn hatte er sich emporgearbeitet. Da er das meiste sich selbst zu verdanken hatte, war er stolz auf seine Lebensleistung. Er blieb lernbegierig, war beweglich und doch prinzipienfest. Er hatte es nicht leicht, und doch erschien ihm die Welt wohlgeordnet und gerecht eingerichtet. Er glaubte an einen Gott, der für die Menschen sorgt, wenn sie den

Mut haben, für sich selbst zu sorgen. Der Herr im Himmel, die Fürsten in der Welt und die Väter im Haus – das war die natürliche Ordnung der Dinge, die ihm festgegründet schien, aber nicht starr, denn dem Tüchtigen war der individuelle Aufstieg möglich. Er selbst empfand sich als lebenden Beweis dafür.

Friedrich Schiller äußerte einmal die Überzeugung, daß sein Vater, der es bis zum Hauptmann und Aufseher aller Park- und Gartenanlagen Württembergs gebracht hatte, noch höher hätte steigen können. Der Vater selbst war mit dem Erreichten zufrieden, zumal er in den späteren Jahren auch noch stolz sein durfte auf den Ruhm seines Sohnes. Kurz vor seinem Tod verfaßte er eine Art Dankgebet, worin es heißt: »Und du, Wesen aller Wesen, dich hab' ich nach der Geburt meines einzigen Sohnes gebeten, daß du demselben an Geistesstärke zulegen möchtest, was ich aus Mangel an Unterricht nicht erreichen konnte, und du hast mich erhört. Dank dir, gütigstes Wesen, daß du auf die Bitten der Sterblichen achtest.«

Der Vater Johann Kaspar, 1723 geboren, stammte aus einer im unteren Remstal ansässigen Familie von Bäckern und Weinbauern, bei der über Generationen hin das Schultheißenamt fast erblich geworden war.

Johann Kaspar war begabt und durfte am Lateinunterricht teilnehmen. Da aber der Vater früh gestorben war und acht unversorgte Kinder hinterließ, wurde der Knabe zur Feldarbeit geschickt. Dem suchte er zu entkommen. Bei einem Klosterbarbier erlernte er das Handwerk der Wundarzneikunst. »Sehr mittelmäßig mit Kleidern und Wäsche versehen« ging er danach auf Wanderschaft. Sein Sinn stand ihm nach Höherem, er übte sich im Fechten und lernte Französisch. In Nördlingen schloß er sich 1745 einem durchziehenden bayerischen Husarenregiment an. Eine Stelle als Feldscher (Sanitäter) war nicht frei. Doch stellte er sich so geschickt an, daß ihm bald kleinere chirurgische Eingriffe erlaubt wurden. Hautverletzungen durfte er kurieren, Zahnbehandlungen vornehmen und zur Ader lassen. Das Regiment zog nach Holland, wo es im Österreichischen Erbfolgekrieg auf habsburgischer Seite gegen französische Truppen eingesetzt wurde. Johann Kaspar stieg bald zum regulären Militärarzt auf und entwickelte besondere Fertigkeiten bei der Bekämpfung von Seuchen. Da die Soldaten mehr unter der Geschlechtskrankheit als unter den gegnerischen Soldaten zu leiden hatten, spezialisierte sich Johann Kaspar auf die sogenannten

›Galanteriekuren‹. Er verdiente gut und konnte sich vom Ersparten ein Pferd anschaffen. Er kam viel herum in Belgien, Nordfrankreich, Holland. Seinen Regimentskommandeur durfte er sogar auf einer Reise nach England begleiten. Es waren abenteuerliche Jahre. Er wurde verwundet, vom Feind als Spion gefangengenommen, entfloh, lebte in Verstecken und fand schließlich seine Truppe wieder. Er lernte die ›fortschrittliche‹ Welt kennen, die großen Städte, besuchte die neuen Manufakturen, die Steinkohlebergwerke, sah, wie man Land aus dem Wasser gewinnt und Marmor mit einer Maschine zersägt. Das eindringliche Bild des holländischen Gewerbefleißes, das später Friedrich Schiller in seiner Darstellung der »Geschichte des Abfalls der vereinigten Niederlande von der spanischen Regierung« zeichnet, dürfte auch von den Erzählungen des Vaters angeregt worden sein. Die Niederlande waren für den Vater das gelobte Land.

Mit einem kleinen angesparten Vermögen, mit Instrumenten zum Zähneziehen und Aderlaß, zum Haareschneiden und Rasieren, mit einem ungarischen Sattel und acht Büchern, erbaulichen und medizinischen, mit einigen gut verheilten Wunden und mit robusten Erfahrungen kehrte Johann Kaspar 1749 in die Heimat zurück, ließ sich als Wundarzt in Marbach nieder und heiratete die sechzehnjährige Gastwirtstochter Elisabeth Dorothea Kodweiß.

Die Braut entstammte einer angesehenen Marbacher Familie. Der Brautvater Georg Friedrich Kodweiß war Besitzer des Gasthauses »Zum goldenen Löwen« und Holzinspektor, der das herzogliche Floßbauwesen zu beaufsichtigen hatte. Was Johann Kaspar nicht wußte: der Schwiegervater hatte sich beim Holzhandel verspekuliert und stand vor dem Ruin. So geriet Johann Kaspar, der Aufsteiger, in eine Familie, die dabei war, sozial abzustürzen. Zunächst versuchte er noch, mit seinem ersparten Geld auszuhelfen, aber ohne Erfolg. Das Gasthaus kam unter den Hammer, der Löwenwirt wurde zum Bettler und erhielt als Gnadenbrot den Wächterposten beim Stadttor und als Wohnung das angrenzende kleine Häuschen.

Johann Kaspar wollte den Ruin der Familie nicht weiter mit ansehen, ihm war das Leben in Marbach verleidet, und er hatte Entschlußkraft genug, einen neuen Anfang zu wagen. Es zog ihn wieder zum Militär. Er meldete sich 1753 bei einem neu aufgestellten württembergischen Regiment, die Feldscherstelle war schon besetzt, so gab er sich mit der untergeordneten Stellung eines Schreibers beim Versorgungsstab zufrieden. Bald hatte er sich wieder emporgedient. Als die württembergischen Regimenter auf der Seite Österreichs gegen Preußen in den Krieg eintraten, wurde Johann Kaspar wieder Regimentsmedicus. Er nahm an den Gefechten in Böhmen teil, die für die württembergischen Kontingente wenig ruhmvoll verliefen, weil mehr als die Hälfte der Soldaten desertierten. Johann Kaspar blieb bei der Fahne und hielt, um die angeschlagene Moral der Truppe zu heben, Feldgottesdienste ab; der Militärpfarrer hatte ebenfalls das Weite gesucht. In Anerkennung seiner vielfachen Verwendbarkeit wurde er 1759, im Geburtsjahr Friedrichs, zum Leutnant und zwei Jahre später 1761 zum Hauptmann befördert.

Mit seinem Regiment zog er von einer Garnison in die andere, es war ein ruheloses Leben, die Frau mußte ihrem Mann zusammen mit den beiden kleinen Kindern folgen. 1763 wurde Vater Schiller als Werbeoffizier nach Schwäbisch Gmünd versetzt. Das Wanderleben hatte ein Ende, bei den Schillers konnte sich endlich ein häusliches Familienleben entwickeln. Johann Kaspar betrieb sein Geschäft des Anwerbens ehrlicher als sein ehemaliger Gönner, der Oberst Rieger, dafür aber auch weniger einträglich, und da der Sold für ihn und seine Gehilfen ausblieb, mußte er auf seine Ersparnisse zurückgreifen, um die ihm untergebenen Unteroffiziere bezahlen und seine Familie durchbringen zu können. Der billigeren Lebenshaltungskosten wegen zog man ins benachbarte Dorf Lorch. An diesen Ort wird sich Friedrich Schiller später wie an ein verlorenes Paradies der frühen Kindheit erinnern.

Es war ein langgestrecktes Dorf, anderthalb Stunden Fußweg von Schwäbisch Gmünd entfernt an der Rems gelegen. Der Fluß schlängelt sich durch Wiesen, am Rande der Auen erheben sich tannenbewachsene Hügel. Einst hatte hier eine wichtige Handelsroute vorbeigeführt, deshalb war es eine burgenbewehrte Gegend. Schiller kam ins Schwärmen, wenn er von dieser Landschaft seiner Kindheit erzählte. Seine Frau Charlotte berichtet in ihrer nach dem Tode Schillers verfaßten biographischen Skizze: »Es war ein Lieblingsgang des Knaben, auf einen Berg zu steigen, auf dessen Höhe eine Kapelle stand, und wohin die frommen eifrigen Christen die zwölf Stationen der Leidensgeschichte auch symbolisch reuevoll zurücklegten. Das Grab der Hohenstaufen bewahrte noch ein Kloster auf einer anderen Anhöhe, und unter diesen Bildern der Religion wie der ritterlichen Kraft empfing das

Gemüt des Knaben seine früheren Eindrücke.« Es mag sein, daß die Erinnerungen an das Hohenstaufergrab auf der Anhöhe bei Lorch und an die Geschichten über das sagenhafte Fürstengeschlecht Schiller später die nie verwirklichte Idee zu einem Drama über den letzten Staufer Konradin eingaben.

Erinnerlich blieben ihm auch die lateinischen Lehrstunden beim Pfarrer Moser in Lorch. Diesem sanften, auf joviale Weise frommen und gebildeten Mann hat er in den »Räubern« in Gestalt des gleichnamigen Pastors, der dem ruchlosen Franz mutig ins Gewissen redet, ein Denkmal gesetzt. Vielleicht war es auch der Pfarrer Moser, der in dem Knaben den Wunsch weckte, Geistlicher zu werden. Die Schwester Christophine erinnert sich: »Er fing auch selbst oft an zu predigen, stieg auf einen Stuhl und ließ sich von seiner Schwester ihre schwarze Schürze statt dem Kirchenrock umhängen. Dann mußte sich alles um ihn herum still und andächtig verhalten und ihm zuhören, außerdem wurde er so eifrig, daß er fortlief und sich lange nicht wieder sehen ließ, dann folgte gewöhnlich eine Strafpredigt. So jugendlich diese Vorträge auch waren, so hatten sie doch immer richtigen Sinn, er reihte einige Sprüche sehr schicklich zusammen und trug sie nach seiner Weise mit Nachdruck vor. Auch machte er eine Abteilung (Gliederung), die er sich von dem Herrn Pfarrer gemerkt hatte.«

Christophine erzählt noch eine andere Anekdote, die das Verhältnis Friedrichs zu seinem Vater beleuchtet. Eine Nachbarin rief einmal den Knaben, der von der Schule kam, ins Haus. Sie wollte ihm von seiner Lieblingsspeise, Brei von türkischem Weizen, zu kosten geben, da kam der Vater zufällig vorbei, ohne ihn zu bemerken. Der Knabe stürzte hervor mit den Worten »Lieber Vater, ich will es gewiß nie wieder tun!«. Der Vater, der nichts zu tadeln fand, schickte ihn nach Hause. »Mit einem entsetzlichen Jammerschrei verließ er seinen Brei, eilte nach Hause, bat die Mutter inständig, sie möchte ihn doch bestrafen, ehe der Vater nach Hause käme, und brachte ihr selbst den Stock. Die Mutter wußte nicht, was das alles bedeuten sollte, denn er konnte vor Jammer kein Wort herausbringen – bestrafte ihn jedoch mütterlich.«

Der Vater war eine Autorität, aber kein Tyrann. Er herrschte patriarchalisch über die Familie. Der Maßstab, nach dem er alles bewertete, war die Pflicht. So wie er selbst sie seinem Landesherrn oder Gott schuldig zu sein glaubte, so sollten die Familienmitglieder in ihm das Maß ihrer Pflichten finden. Er hatte dem Herzog stets treu gedient, auch wenn ihm nicht entging, wie dieser häufig die Rechte eines Landesherrn mißbrauchte und dessen Pflichten vernachlässigte. Das hatte der vorgesetzte Herr mit seinem Gott auszumachen, er selbst aber war als Untertan bestrebt, rechtschaffen zu bleiben. Ungesetzliche Methoden der Rekrutierung oder Veruntreuung konnte man ihm als Werbeoffizier nicht vorwerfen. Pflichtschuldiges Verhalten erwartete er auch von Frau und Kindern. Sie sollten auf sein Kommando hören, auch wenn er, was er durchaus zugab, bisweilen Fehler beging. Er verlangte von ihnen das Vertrauen in seine guten Absichten. Wie ein Gärtner, der er später dann wirklich wurde, betrachtete er die Familie als Pflanzstätte der Rechtschaffenheit. Die Kinder mußten gehegt und gepflegt, aber auch beschnitten werden. Sein Verhalten war nicht von Willkür, sondern von strengem Ordnungssinn bestimmt.

Der junge Schiller hatte die väterliche Weltordnung verinnerlicht, und als er an seinen »Räubern« schrieb, war sie noch so lebendig in ihm, daß er aus der dort dargestellten Zerrüttung der väterlichen Ordnung die tragische Katastrophe hervorgehen ließ. Vielleicht war dieser Glaube an die väterliche Weltordnung auch der Grund, weshalb der Knabe, wie die mitgeteilte Anekdote berichtet, die Nachsicht des Vaters gar nicht verstand und die Strafe forderte, damit die gewöhnliche Ordnung wiederhergestellt würde. Das Kind hatte gelernt, daß man den Stock, mit dem man geschlagen wird, notfalls selbst herbeiholt. Diese väterliche Welt, auch wenn man darunter litt, gab doch auch ein Gefühl von Sicherheit und Geborgenheit. Gewiß fürchtete Friedrich seinen Vater, aber da er ihn auch liebte, wurde aus Furcht Ehrfurcht. Der Jugendfreund Friedrich Wilhelm von Hoven berichtet: »Große Ehrfurcht vor seinem Vater bewog ihn vorzüglich zum Fleiß.«

In dem Maße, wie Friedrich nach seinem Eintritt in die Karlsschule unter die Tyrannei des Herzogs geriet, verklärte sich das Bild des Vaters. Es war ja auch der Vater gewesen, der im Januar 1773 dem Herzog, der den begabten Friedrich für seine »Militär-Pflanzschule« gewinnen wollte, die andersgerichteten Wünsche seines Sohnes vortrug. Der wollte nämlich lieber Theologie studieren, was an der Karlsschule nicht möglich war. Zweimal wurde der Vater für den Sohn beim Herzog vorstellig, am Ende ohne Erfolg. Er mußte, um Repressalien zu vermeiden, den Sohn doch in die Hände des Herzogs geben. Dem Knaben wird es wohl so vorgekommen sein, daß die väterliche Macht sich schützend vor ihn gestellt hatte gegen die viel größere Macht des

Herzogs. Weil der Vater ihn hatte bewahren wollen, bewahrte der Sohn seinem Vater lebenslang eine fast kindliche Verehrung.

Als der Bruder seines Freundes, der jüngere Hoven, stirbt und Schiller vorübergehend in eine tiefe Depression verfällt und sich mit Todesgedanken trägt, schreibt er am 19. Juni 1780 seiner Schwester über die Gründe, die ihn am Leben festhalten könnten: *Ich habe das Glück vor vielen Tausenden, (das unverdiente Glück) den besten Vater zu haben.*

Diesem *besten Vater* wird er später nach der Flucht aus Stuttgart beweisen wollen, daß in ihm mehr steckt als ein Regimentsmedicus. Er wird zu den Theaterleuten gehen – gegen den Willen des Vaters, der ihm rät, in der vom Herzog vorgezeichneten Laufbahn eines Mediziners zu bleiben. Es werden ihn deshalb Schuldgefühle plagen. An die Schwester schreibt er am 28. September 1785: *Ich pochte auf eine innere Kraft, die meinem Vater ganz neu, und schimärisch war, und ich gestehe mit Erröten, daß ich ihm die Erfüllung meiner stolzen Ansprüche noch bis auf diesen Tag schuldig blieb. Ihn hätte es mehr befriedigt, wenn ich, seinen ersten Planen gemäß, in unbemerkter doch ruhiger Mittelmäßigkeit das Brot meines Vaterlandes gegessen hätte.*

Woher aber, so fährt er in diesem Brief fort, kommen seine *Schnellkraft* und sein *Ehrgeiz*, die ihn in andere Richtung drängen? Sie kommen vom Vater, der auch ehrgeizig war. Der Vater ist hochgekommen, der Sohn will noch höher steigen. Der Vater hat es zum Major und herzoglichen Gärtner gebracht, der Sohn wird nach den Sternen greifen. Dank also dem Vater, denn er hat den Sohn durch sein Vorbild gelehrt, mehr aus sich zu machen. Hätte der Vater es anders gewollt, *dann hätte er nicht zugeben sollen, daß … sich mein Ehrgeiz entwickelte, dann hätte er mich mit mir selbst ewig unbekannt erhalten sollen.*

Schiller bittet um Geduld: der Vater werde am Sohn schon noch die Früchte jener schöpferischen Unrast sehen, die er in ihm gepflanzt hat. *Unsern Eltern sage*, schreibt er der Schwester, *daß sie von jetzt an um mich ganz unbesorgt sein sollen. Alle ihre Wünsche und Projekte mit mir, werden weit unter meinem … glücklichen Schicksal bleiben.*

Schiller achtet den Vater, und gerade darum will er ihn überbieten. Er wollte triumphieren in einer Welt, die für ihn väterlich bestimmt blieb.

Die Mutter war eine sanfte, fromme, liebevolle Frau; sicher und tatkräftig in den häuslichen Angelegenheiten, aber unsicher bis zur Schüchternheit und Ängstlichkeit draußen in der Welt. Sie hat unter ihrem Mann gelitten – das gesteht sie ihrem Sohn in einem Brief, den sie anläßlich der schweren Erkrankung ihres Mannes am 28. April 1796 schreibt. »Überhaupt, bester Sohn, muß ich Ihm mein Herz ganz entdecken, weil ich nicht weiß, ob ich es noch kann. O wie glücklich wäre ich, wenn meine Leiden auch bald zu Ende wären! Der Papa denkt niemals so zärtlich und würde alles in vierundzwanzig Stunden vergessen haben, wenn er wieder gesund und in seine Baumschule gehen könnte; eine Magd würde ihm alles versehen, was eine Frau tun könnte. Sein Betragen ist schon viele Jahre gegen die Seinigen sehr gleichgültig, und ist immer mehr auf seine Leidenschaften und Begierden, durchzutreiben, was er sich in Kopf gesetzt, als auf der Seinigen Wohl bedacht.«

Wir wissen nicht, was Schiller der Mutter auf diesen Brief geantwortet hat. Erhalten geblieben ist ein Brief vom 9. Mai 1796 an die Schwester Christophine, wo er Bezug nimmt auf das mütterliche Geständnis: *Wie rührte michs, daß sie ihr Herz mir öffnete, und wie wehe tat mirs, sie nicht unmittelbar trösten und beruhigen zu können. Die Lage der lieben Unsrigen war doch erschrecklich.*

Das Schicksal der Mutter war das übliche: Mühe und Arbeit, zahlreiche Schwangerschaften, einen Jungen und fünf Mädchen brachte sie zur Welt, zwei davon starben bald nach der Geburt. Sie hätte den Töchtern gern eine höhere Bildung und die Teilnahme am gesellschaftlichen Leben ermöglicht, was aber ihrem Mann unschicklich erschien und zu kostspielig war. Wie auch sonst hatte die Mutter kaum eine Chance, sich gegen den Vater durchzusetzen. Sie hat sich damit abgefunden, geschuftet und in den freien Stunden Balladen und geistliche Lieder gelesen, und erst viele Jahre später, als es mit dem Vater allmählich zu Ende ging, konnte sie mit ihren Kindern über ihr Schicksal reden.

Drei Jahre, von Anfang 1764 bis Ende 1766, lebten die Schillers in Lorch. Im Dezember 1766 ließ sich der Vater zu seinem Regiment in die Garnison Ludwigsburg zurückversetzen. Nachdem er drei Jahre keinen Sold erhalten und nach dem Verkauf seines Weinberges in Marbach nichts mehr zusetzen konnte, hatte er untertänig aber energisch den ausstehenden Sold verlangt und um die Versetzung nach Ludwigsburg gebeten. Der Wunsch wurde ihm erfüllt, der ausstehende Sold aber wurde ihm erst einige Jahre später gezahlt.

Ludwigsburg. Die Schillers kamen in eine Stadt, die dabei war, eine

Metropole des europäischen Rokoko zu werden. Es war die Zeit, die der Herzog selbst später die Jahre seiner »Lebensgaloppade« nannte. Er preßte das Land aus und nahm überall in Europa Kredite auf – Voltaire zum Beispiel lieh ihm zweihundertsechzigtausend Gulden –, um eine beispiellose Prachtentfaltung ins Werk zu setzen. Ludwigsburg wurde tatsächlich zu einem zweiten Versailles, der Ruhm der Residenz verbreitete sich, in Scharen strömte hier zusammen, was Rang, Namen und vor allem Geld genug hatte, um es zu verspielen. William Thackeray läßt in seinem Roman »Barry Lyndon« den gleichnamigen Helden, einen Glücksritter, der die glänzende und bereits morbide höfische Welt am Vorabend der Französischen Revolution durchstreift, auch in der Residenz Ludwigsburg Station machen. Er schildert eine Welt, die der junge Schiller als neugieriger Zaungast erlebte.

»An keinem Hofe Europas«, läßt Thackeray seinen Barry Lyndon berichten, »wurde dem Vergnügen gieriger nachgejagt und wurde es großartiger genossen. Der Fürst residierte nicht in seiner Hauptstadt S., sondern hatte sich, um in jeder Hinsicht den Hof von Versailles nachzuahmen, einige Meilen von seiner Hauptstadt entfernt einen prächtigen Palast bauen und ihn mit einer aristokratischen Stadt umgeben lassen, die ausschließlich die Edelleute, Offiziere und Beamte seines luxuriösen Hofstaates bewohnten. Seine Untertanen wurden allerdings hart bedrückt, damit er sich diese Pracht leisten konnte, denn das Land seiner Hoheit war klein, und so schloß er sich, weise wie er war, aufs strengste von seinen Landeskindern ab … Die Hofoper wurde nur noch von der französischen übertroffen, und das glänzende herzogliche Ballett, für das seine Hoheit Unsummen ausgab, war in Europa einzigartig. Ich glaube, ich habe nie wieder in meinem Leben soviel Pracht auf einer Bühne bewundern können.«

Aus der idyllischen Weltabgeschiedenheit eines Dorfes kam das Kind in eine Stadt, die bis in jeden Winkel von dieser höfischen Welt geprägt war, ein jäher Wechsel von der Natur in die Kultur. Justinus Kerner, der auch in Ludwigsburg aufwuchs, erzählt, wie man überall in den breiten Straßen, den Linden- und Kastanienalleen die Hofleute »in seidenen Fräcken, Haarbeuteln und Degen« unter den Arkaden am Marktplatz lustwandeln sah. An Sommerabenden brannte man Feuerwerke ab. Tag und Nacht amüsierte sich der Hof und ließ sich dabei gern zusehen. Opern, Konzerte, Redouten und Jagden lösten einander ab. In der Galerie am Schloß standen siebzig Spieltische, die eifrig frequentiert wurden. Wie in einem riesigen Aquarium tummelte sich die vergnügliche Gesellschaft. Berühmt waren die Winterfeste. Bei dieser Gelegenheit ließ der Herzog einen Teil der Parkanlagen mit Glaswänden und einer Kuppel einfassen, Öfen verbreiteten Wärme, tausende von Glaslampen zauberten einen prachtvollen Sternenhimmel an die Decke. Da ging man dann durch Weingärten voll Trauben, kam zu Orangenhainen mit Nachbildungen antiker Statuen. In diesem Zaubergarten gab es dramatische Darstellungen und Ballettaufführungen. Einmal ließ der Herzog im Sommer die Allee von der Solitude nach Ludwigsburg mit Salz bestreuen, um eine Schlittenfahrt zu veranstalten. Der Herzog und sein Gefolge glitten mit Schlitten, die von vier Hirschen gezogen wurden, an den aufgestellten Orangenbäumen und am staunenden Volk vorbei.

Zu den Aufführungen im Hoftheater hatten die Offiziere mit ihren Familien freien Zutritt. Hier erlebte Friedrich die ersten Opern- und Theateraufführungen. Der Herzog scheute keine Kosten, um die besten Sänger und Schauspieler aus Europa zu verpflichten, für den weltberühmten Tänzer de Vestris zahlte er zwölftausend Gulden und konnte doch nicht verhindern, daß dieser nach wenigen Wochen, ohne seinen Verpflichtungen nachgekommen zu sein, wieder abreiste, um einem verlockenderen Angebot aus Mailand zu folgen. Nachdem Friedrich einige Aufführungen erlebt hatte, schnitt er sich aus Pappe Figuren zurecht, die an Schnüren bewegt wurden, versammelte die Familie und einige Freunde im Wohnzimmer, hängte alte Röcke über eine Leine und brachte kleine selbstgeschriebene Stücke zur Aufführung. Schon damals war Schiller kein guter Vortragskünstler. »Er übertrieb durch seine Lebhaftigkeit alles«, berichtet die Schwester Christophine.

Gesehen hat Friedrich seinen Herzog zum ersten Mal, als dieser am 11. Juli 1767 von einem seiner verschwenderischen mehrmonatigen Aufenthalte in Venedig mit seinem Hofstaat zurückkehrte. Man stand in Ludwigsburg Spalier, um den Landesherrn zu begrüßen, der Venedig überstürzt verlassen hatte, weil seine Schulden ins Unermeßliche gestiegen waren. Für die Rückreise mußte er seinen Hausschmuck verpfänden.

Zu diesem Zeitpunkt währte die Regierungszeit des Herzogs schon ein Vierteljahrhundert. Karl Eugen hatte mit sechzehn Jahren die Herrschaft angetreten, zuvor war er bei Friedrich dem Großen erzogen worden, der ihm die folgende Ermahnung auf den Weg gab: »Denken Sie ja nicht, daß das Land Württemberg für Sie geschaffen worden ist, vielmehr, daß die Vorsehung Sie auf die Welt hat kommen lassen, um dieses Volk glücklich zu machen. Ziehen Sie immer dessen Wohlsein Ihrer eigenen Annehmlichkeit vor.« Der Herzog beherzigte diese Ermahnung nicht. Um die aufwendige Hofhaltung finanzieren zu können, verkauft er Soldaten, zuerst an den französischen König, später an England für den überseeischen Einsatz. Schiller wird in einer berühmten Szene aus »Kabale und Liebe« darauf anspielen. Der Herzog erhob gegen den Willen der Landstände Abgaben und verordnete Frondienste, was er nach der Verfassung des Landes nicht durfte. Den Rechtsvertreter der Landstände, den in ganz Deutschland bekannten Johann Jakob Moser, der die Opposition gegen diese Willkür anführte, ließ er für fünf Jahre ins Gefängnis werfen. Beim Reichsgericht in Wien war wegen dieser Rechtsbeugungen ein Prozeß anhängig, der nach einigen Jahren 1770 endlich zum Abschluß kam. Es wurde dem Herzog untersagt, einseitig Steuern auszuschreiben, und er wurde verpflichtet, den Landständen zurückzugeben, was er ihnen geraubt hatte. Der Herzog beugte sich, seine wilden Jahre waren zu Ende, er hatte sich ausgetobt. Das Maitressenwesen und die Beutezüge auf die schönen Schwäbinnen wurden eingestellt, er verliebte sich in die schöne Seele Franziska von Bernardin, die spätere Gräfin von Hohenheim, die ihren sänftigenden Einfluß auf Karl Eugen auszuüben begann, und so verfiel er auf das Projekt, einen kleinen Menschenpark anzulegen: Offiziers- und Beamtennachwuchs sollte herangezogen werden. Aus einem Militär-Waisenhaus wurde 1771 die »Militär-Pflanzschule« auf der Solitude, aus der dann später die Hohe Karlsschule hervorging, die Lehr- und Leidensstätte des jungen Friedrich Schiller.

In Ludwigsburg wohnten die Schillers zusammen mit einer anderen Offiziersfamilie, den von Hovens, im Hause des Hofbuchdruckers Christian Friedrich Cotta. Friedrich freundet sich mit den beiden Söhnen des Hauptmanns von Hoven an. Der jüngere, August, starb 1780; der ältere, Friedrich Wilhelm, blieb ein lebenslanger Freund. Gemeinsam besuchte man die Ludwigsburger Lateinschule, wo Friedrich viermal jeweils am Ende des Schuljahres das Landesexamen erfolgreich ablegte, was eine Voraussetzung für die spätere Aufnahme in das Tübinger Theologenstift war. Friedrich sollte und wollte evangelischer Geistlicher werden. Am Tage vor seiner Konfirmation beobachtete die Mutter, wie Friedrich ausgelassen auf der Straße herumtobte, und ermahnte ihn, er möge sich doch mit angemessenem Ernst auf die heilige Handlung vorbereiten. Daraufhin verfaßte der Knabe sein erstes Gedicht. Es ist nicht erhalten geblieben, es muß aber ein allzu gefühlvoller frommer Erguß gewesen sein, denn der Vater, als er die Verse las, sagte nur: »Bist du närrisch geworden, Fritz?«

Zweites Kapitel

Väterliche und mütterliche Frömmigkeit. Der kleine Prediger.
Karlsschule. Der Herzog erzieht. Der Knabe und die Macht.
Scharffenstein: der ideale und der wirkliche Freund.
Klopstock. Schillers erste Gedichte: Lesefrüchte.
Den Träumen der Jugend treu.

»Närrisch« nannte der Vater seinen Sohn, der sich plötzlich so herzbewegt fromm zeigte. Das war nicht nach dem Geschmack des Vaters in religiösen Dingen. Religion galt ihm als Sanktionierung einer gesellschaftlichen Lebensordnung, und sich pünktlich und gewissenhaft daran zu halten, war ihm Frömmigkeit genug. Die Mutter aber gab sich gern den weichen Stimmungen der Religion hin. Sie las in den pietistischen Andachtsbüchern des Johann Albrecht Bengel, rezitierte gern geistliche Lieder, die sie auswendig wußte. Das Empfindsame, Poetische an der Religion zog sie an, und sie weckte auch in ihren Kindern den Sinn dafür. »Einst«, erzählt Christophine, »da wir als Kinder mit der Mutter zu den lieben Großeltern gingen, nahm sie den Weg von Ludwigsburg nach Marbach über den Berg. Es war ein schöner Ostermontag, und die Mutter teilte uns unterwegs die Geschichte von den zwei Jüngern mit, denen sich auf ihrer Wanderung nach Emmaus Jesus zugesellt hatte. Ihre Rede und Erzählung wurde immer begeisterter, und als wir auf den Berg kamen, waren wir alle so gerührt, daß wir niederknieten und beteten. Dieser Berg wurde uns zum Tabor.« Der Vater vermittelte den Kindern eine Religion des Verstandes, die Mutter eine des Herzens, zwei Arten von Frömmigkeit, denen im religiösen Leben Württembergs verschiedene institutionelle Ausdrucksformen entsprachen.

Da gab es auf der einen Seite die evangelische Kirche. Eine Institution, die zusammen mit den Städten und dem Adel zu den Landständen gehörte, die ihre verfassungsmäßigen, altwürttembergischen Rechte der Steuerhoheit und Selbstverwaltung gegen die Übergriffe des Herzogs zu verteidigen hatten. Die Kirche verstand sich als politische Ordnungsmacht, und ihre Orthodoxie war zum spirituell ausgetrockneten Verhaltenskodex geschrumpft. Seele und Herz konnten hier wenig Befriedigung finden. Das mußte der junge Friedrich Schiller im Konfirmandenunterricht erfahren, als er es mit einem geistlichen Präzeptor zu tun bekam, der Fehler beim Aufsagen des Katechismus mit Stockschlägen bestrafte. Ein Schulfreund erzählt, wie jeder »mit zitternder Angst« sein Sprüchlein aufsagte. Wenn alles seine Richtigkeit hatte, gab es eine Belohnung. Einmal hatte Friedrich mit seinem Schulfreund zusammen vier Kreuzer Belohnung erhalten und die beiden waren mit dieser Barschaft hinausgewandert zum Hartenecker Schlößle, einem beliebten Ausflugsort, um dort zu vespern. Aber das durch korrektes Aufsagen des Katechismus verdiente Geld reichte noch nicht einmal für Käse mit Brot. Die beiden zogen weiter zum Nachbardorf Neckarweihingen. Dort fanden sie nach mehreren vergeblichen Anfragen ein Gasthaus, wo sie für ihre kleine Barschaft Milch und Brot bekamen. Schiller, erzählt der Schulfreund weiter, stieg »auf einen Hügel, wo wir Neckarweihingen und Harteneck übersehen konnten, segnete das Wirtshaus, wo wir gespeist wurden, und verfluchte Harteneck und die übrigen Wirtshäuser mit einer so poetisch-prophetischen Emphase, daß ich noch es mir deutlich in das Gedächtnis zurückrufen kann.«

Abseits der als kalter Disziplinarmacht auftretenden Kirche, die allenfalls den Verstand ansprach, war ein privatisierender Pietismus mächtig aufgekommen, wo die Stimme des Herzens sprechen durfte. In diesen Kreisen verachtete man die prunkende Hofhaltung des Herzogs ebenso wie den verknöcherten Glauben der Staatskirche. Johann Albrecht Bengel, der geistige Vater des schwäbischen Pietismus, hatte die ersten Jahre von Karl Eugens Regierungszeit noch erlebt (er starb 1752) und mit alttestamentarischem Zorn gegen den Hof gewettert: »Die Unzucht steiget aufs höchste: die Hurerei wird schier für keine Sünde mehr geachtet … Die Gerechtigkeit und Barmherzigkeit liegt darnieder: die Gewalttätigkeit, Vorteilhaftigkeit, Arglist und Falschheit durchdringet alles«. Und in bezug auf die Kirchenchristen heißt es: Gott wolle »nicht zuerst die Augen, die Ohren, den Mund, die Hände und die Füße, sondern das Herz will er haben«.

Als Friedrich Schiller am Vorabend seiner Konfirmation jenes vom Vater als »närrisch« angesehene Gedicht verfaßte, wird es wohl eine solche Herzensergießung gewesen sein, aber in eine strenge metrische Form gebunden, die schon der junge Friedrich, wie Mitschüler berichten, geschickt zu benutzen verstand. Bewunderung erregte er mit seinem lateinischen Danksagungsgedicht für einen verehrten Schulmeister, das mit antikem Versmaß und zahlreichen Entlehnungen aus Vergil und Ovid prunkte.

Kein Zweifel, die Leidenschaft für Poesie war inzwischen bei Friedrich erwacht und hatte sich mit dem religiösen Gefühl verbunden. Beide Neigungen verbanden sich in der Lust am rednerischen Effekt. Schon früh versuchte sich der Knabe in der Rolle des Predigers. Man erinnere sich an die Szene, wie der kleine Friedrich in schwarzer Schürze auf dem Küchenstuhl den Pastor spielt. Auch die poetischen Versuche des Knaben waren deklamatorisch und darauf berechnet, vor der Klasse oder im Freundeskreis vorgetragen zu werden. Es ist eine öffentliche Seele, die sich da poetisch ausspricht, keine pubertäre Selbstbespiegelung, sondern es sind Herzensregungen, in feste Formen gebracht für den öffentlichen Gebrauch.

Seine Wünsche, die sich auf den geistlichen Beruf richteten, weil es dort etwas zu predigen gab, mußte Friedrich am 16. Januar 1773 begraben, als er durch den Machtspruch des Herzog in die »Militärische Pflanzschule« auf der Solitude eingezogen wurde. Dem Knaben, der laut ärztlichem Attest »mit einem ausgebrochenen Kopf (Ausschlag) und etwas verfrörten (erfrorenen) Füßen« in die Anstalt eintrat, war fürs erste die geistliche Laufbahn versperrt. Als der Herzog 1774 von den Schülern verlangte, sie sollten über ihre Mitschüler und sich selbst einen Bericht schreiben, gestand Friedrich dem Herzog seine Unzufriedenheit: *Es ist Ihnen schon bekannt, mit wie viel Munterkeit ich die Wissenschaft der Rechte angenommen habe, es ist Ihnen bekannt, wie glücklich ich mich schätzen würde, wann ich durch dieselbe meinem Fürsten, meinem Vaterland dereinst dienen könnte, aber weit glücklicher würde ich mich halten, wenn ich solches als Gottesgelehrter ausführen könnte …* (V, 240).

Es wartet auf den Knaben ein streng diszipliniertes und überwachtes Kasernenleben, eine militärische Uniformierung: blauer Rock, weiße Kniehose, weiße Gamaschen, auf der Zopfperücke der Dreispitz. Fest geregelter Tagesablauf: Aufstehen sommers 5 Uhr, winters 6 Uhr, Musterung, Rapport, Frühstück, Unterricht von 7 bis 11, Montursäubern und Musterung durch den Herzog, 12 Uhr Mittagessen, Spaziergang gruppenweise mit Aufsicht, Unterricht von 14 bis 18 Uhr, Erholungsstunde 18 bis 19 Uhr, Musterung, Rapport, Schlafzeit ab 21 Uhr. Dieses strenge Reglement zeigt den autoritären Geist dieser Erziehung. Bei Regelverstoß gab es die sogenannten »Strafbillets«, die Ausgangssperre, Schläge, Essensentzug oder Karzer zur Folge hatten. Beim jungen Schiller häuften sich in den ersten Jahren die »Strafbillets«, das einemal wegen »Unreinlichkeit«, ein andermal weil er sich eine Mahlzeit von außerhalb besorgt hatte und weil er sich »durch eine Reinigungsmagd« Kaffee hatte machen lassen. Strafe setzte es auch wegen heimlicher Lektüre der neueren Literatur, etwa Gerstenbergs »Ugolino«, Goethes »Werther« oder Wielands erotischen Erzählungen, die beim einst galanten, inzwischen aber nach außen hin sittenstrengen Herzog verpönt waren. Überhaupt sah man es nicht gerne, wenn die Zöglinge sich mit »schöner Literatur« beschäftigten. Das gilt für den offiziellen Geist der Schule. Davon abweichend haben manche Lehrer, wie Jakob Friedrich Abel und Balthasar Haug, bei ihren Zöglingen die Begeisterung für schöne Literatur geweckt und gefördert, auch wenn das in den Lehrplänen nicht vorgesehen war.

Auch wenn die Anstalt keine »Sklavenplantage« war, wie Schubart, der Intimfeind des Herzogs, sie nannte, führte der Herzog ein strenges Regiment und ließ keinen Zweifel daran, daß er von den liberalen Erziehungsprinzipien eines Rousseau, der damals gerade in Mode kam, wenig hielt. Subordination und Disziplin waren maßgeblich. Dem rousseauistischen Wachsen- und Entfaltenlassen der Natur mißtraute der Herzog, weil er überhaupt der Natur des Menschen wenig Gutes zutraute – darin dachte er ebenso wie Friedrich der Große, der Lehrmeister seiner Jugend. Neben Subordination und Disziplin galt noch ein drittes Prinzip: der Wettbewerb. Der Herzog stachelte den Ehrgeiz der Zöglinge an, indem er sie miteinander konkurrieren ließ. Öffentliche Prämierung von Schulerfolgen galt als Anreiz zur Leistungssteigerung. Am Ende eines Ausbildungsjahres fand eine Preisverleihung statt, bei der Karl Eugen mit seinem Hofstaat zugegen war. Die Preisträger erhielten Medaillen mit dem Bild des Herzogs. Die Lehrer hatten monatlich Tabellenplätze für ihre Unterrichtsfächer zu vergeben. Diese sogenannten »Generallisten« wurden bei der Mittagstafel vorgetragen. Der jeweilige Spitzenreiter bekam ein rot-gelbes Schulterband. Solange Friedrich noch mit seinem Geschick haderte und seinen Pastorenträumen nachhing, tat er sich schwer und erhielt keine Auszeichnungen. Das änderte sich 1776 mit dem Wechsel zum Medizinstudium. Von nun an sammelte er Trophäen und Preise.

Die unteren Jahrgangsstufen der Karlsschule entsprachen denen eines Gymnasiums, jedoch wurde bereits auf der Eingangsstufe neben den üblichen Fächern wie Latein, Grammatik, Mathematik eine Propädeutik der künftigen Studienrichtung gelehrt. Man konnte zwischen Militärwissenschaft, Forstwesen, Jura und Kameralistik wählen. Weil der katholische Herzog mit dem Argwohn seiner evangelischen Landstände zu rechnen hatte, achtete er darauf, daß evangelischer Religionsunterricht regelmäßig erteilt wurde. Auch durften »freigeisterische und religionswidrige Prinzipia« denen er selbst zuneigte, nicht offen verbreitet werden. Wichtiger als die Religion war ihm der Philosophieunterricht. Er hatte nämlich nach dem Ende seiner freisinnlichen »Lebensgaloppade« Geschmack gefunden am Freigeistigen: das aufklärerische Denken mit seiner naturwissenschaftlich-praktischen und utilitaristischen Ausrichtung hatte es ihm angetan. An der Karlsschule sollte eine nützliche und unmetaphysische Philosophie gelehrt werden, die allerdings nicht offen atheistisch sein durfte. Für diese Aufgabe wurden einige vielversprechende junge Magister aus Tübingen gefunden, unter denen der zum Zeitpunkt seiner Berufung erst einundzwanzigjährige Jakob Friedrich Abel herausragte. Schiller bewunderte diesen jungen Professor und ließ sich von ihm anregen. Durch ihn lernte er die englische Aufklärungsphilosophie von Shaftesbury, Hume und Ferguson kennen und wurde zu Shakespeare hingeführt. Abel prägte seinen literarischen und philosophischen Geschmack, wofür Schiller ihm zeitlebens dankbar bleibt, später wird er den »Fiesko« diesem Lehrer seiner Jugend widmen.

Der Herzog betrachtete die Hohe Karlsschule als ›seine‹ Schule, er verbrachte dort täglich mehrere Stunden. Er kannte jeden Schüler persönlich, wenn er gut gelaunt war sprach er sie mit »liebste Söhne« an. Täglich ließ er sich über das Vorgefallene Bericht erstatten und tauchte überraschend in den Kranken- und Schlafsälen auf, kontrollierte den Unterricht und war auch bei Prüfungen regelmäßig zugegen. Wie es beim Essen zuging, hat Friedrich Nicolai, der die Karlsschule auf seiner Reise durch Deutschland besuchte, geschildert: »Jeder blieb hinter seinem Stuhl stehen und machte auf Kommando Front zur Tafel. Mit lautem Klatschen flogen aller Hände im Gebet zusammen, danach ergriff jedermann den Stuhl und ließ sich mit so gleichzeitigem Geräusch darauf nieder, als wenn ein Bataillon das Gewehr abfeuert. Es fehlte noch, daß alle im Takt mit dem Löffel in die Suppe fahren. Das Kommando, mit dem Essen zu beginnen, erteilte aber der Herzog. Er stand gewöhnlich am Tisch der Chevaliers und sah sich um, bis jeder seinen

Platz eingenommen hatte. Dann rief er sein ›Dinez messieurs!‹, und die Zöglinge gehorchten mit tiefer Verbeugung. Während der Mahlzeit wurde kein lautes Gespräch geduldet. Sechs Eleven teilten sich eine Schüssel, aus der einer den anderen vorlegte; dieses Amt wechselte täglich. Karl Eugen blieb im Saal. Im roten Frack, mit einem Stöckchen spielend, schritt er durch die Tischreihen, plauderte väterlich mit den Zöglingen und teilte nach Gebühr Lob und Tadel aus. Um das Bild der großen Familie zu vervollständigen, zeigte sich auch die Gräfin von Hohenheim oft im Speisesaal.«

Die Zöglinge lebten in einer geschlossenen Welt unter der persönlichen Aufsicht des Herzogs. Die ganze Einrichtung war darauf berechnet, daß sich die Verbindung zu Herkommen und Heimat lockerte. Es gab deshalb eine restriktive Besucherregelung, Frauen war der Zutritt verwehrt (mit Ausnahme der Mütter), Urlaub wurde nur in dringenden Fällen gewährt, und ein gesellschaftlicher Umgang außerhalb der Anstalt war untersagt. Die Schüler sollten an den Herzog wie an einen zweiten Vater gebunden werden. Der Herzog nannte in einer seiner Festreden zum Semesterabschluß die Ausbildung die »zweite Geburt« der Zöglinge, erst dadurch würden sie zu brauchbaren Subjekten. »Wir die Werkzeuge«, erklärte er, »ihr der Stoff«.

Vor dem allgegenwärtigen Herzog waren alle Zöglinge gleich. Standesunterschiede spielten kaum eine Rolle, es zählte nur die Leistung. »Ein würdiger Kavalierssohn«, verkündete der Herzog, »unterscheidet sich von einem anderen jungen Mann nicht durch den Zufall der Geburt, sondern durch Eifer«. Wie der Herzog seine »Söhne« vereinnahmte, zeigt auch der Revers, den die Eltern unterschreiben mußten. Sie billigten damit den Grundsatz, daß der Zögling »sich ganz dem Dienste des Herzoglich Württembergischen Hauses widmen« werde und daß er »ohne die allergnädigste Erlaubnis nicht befugt sei, aus demselben zu treten«.

Die Hohe Karlsschule sollte also eine große Familie sein. So hat es der Herzog gewollt, der sich selbst als übermächtige Vaterfigur inszenierte und von den Zöglingen auch so erlebt wurde. Das hat den jungen Friedrich Schiller tief geprägt. Die Macht, sogar die Spitze des Staates, war für ihn nichts Abstraktes, sondern Aug in Auge mit ihr hat er sie in Gestalt einer Person erlebt, die einen bis in den Schlafsaal verfolgen konnte. Die Macht war intim, im doppelten Sinn: man war ihr so unterworfen wie dem Familienoberhaupt, und man mußte sich im direkten persönlichen Verkehr ihr gegenüber behaupten. Man stand ihr, wenn auch zunächst ohnmächtig, auf derselben Bühne gegenüber. Das führte schließlich zu jener Idee der Ebenbürtigkeit von politischer Macht und moralischer Gegenmacht, die Schiller in seiner Programmschrift von 1784 »Was kann eine gute Schaubühne wirken?« so formuliert: *Die Gerichtsbarkeit der Bühne fängt an, wo das Gebiet der weltlichen Gesetze sich endigt* (V, 823).

Zu dem persönlichen Verhältnis zur Macht gehört auch, daß Schiller wegen seiner Flucht nach Mannheim 1782 sich des Gefühls der Untreue gegen »seinen« Herzog erwehren muß. Wenn Schiller in seinen Stücken die Tyrannei anprangert, bleibt das Persönliche immer im Spiel. Er wird die Macht nicht nur anklagen, sondern ihr ins Gewissen reden wollen, klassisch in der Szene des Marquis Posa im Gespräch mit Philipp. Ins Gewissen reden wollte Schiller auch den führenden Köpfen der Französischen Revolution, um sie von der Hinrichtung des Königs abzuhalten. Allerdings hatte sich Schiller nicht genügend beeilt, denn während er noch seine Reise nach Paris plante, traf die Nachricht von der Enthauptung ein.

Schiller wird sich selbst in der Rolle des Dichters gern auf einer Hochebene plazieren, wo die Macht des Wortes dem Wort der Macht ebenbürtig antwortet. Zwischen dem Dichter und der Macht soll es ein Kammerspiel geben vor großem Publikum, so wünscht es sich Schiller und so hat er es gelernt im Handgemenge mit dem Herzog, den er noch in späteren Jahren *meinen Herzog* nannte.

Es gibt frühe Anzeichen einer bemerkenswerten Kühnheit im Angesicht der Macht. *Dürfte ich mich also unterstehen*, schreibt der Fünfzehnjährige an den Herzog, *meine Gedanken in das edle Herz meines gnädigsten Fürsten auszuschütten?* Die Eltern seien von der Gnade des Herzogs abhängig, also sei sein wirklicher Vater nicht der wahre Vater. Ist es der Herzog? Den Vater solle man lieben, aber kann man einen solchen Übervater lieben? *Ich erblicke ihn und seufze.* Kann der Herzog ihm *weit schätzbarer* sein als die Eltern? Würde das nicht die natürliche Ordnung verkehren? Diese Frage regt sich hinter den pflichtschuldigen Beteuerungen der Liebe und Verehrung: *Beurteilen Sie mich nach meinen eigenen Worten, ob ich Sie nicht liebe, nicht verehre, nicht anbete; oder sollte ich gar schwören, daß ich meinen Fürsten verehre?* (V, 239).

In der Karlsschule, die zugleich Kaserne, Kloster und Universität war, rückte alles dicht zusammen, der Herzog, die Lehrer, die Aufseher, die Zöglinge. Männerbündisches gedieh, aber es gab auch Einsamkeit in der vollkommenen Überwachung. Es kam zu Selbstmorden, manche Schüler mußten vorzeitig mit körperlichen oder seelischen Krankheiten die Anstalt verlassen. Die bis zum Ende durchhielten, blieben oft lebenslang befreundet. Auch Schiller blieb in freundschaftlicher Verbindung mit ehemaligen Mitschülern, mit Friedrich Wilhelm von Hoven, dem jungen Schubart, mit Johann Wilhelm Petersen. Einen komplizierten Verlauf nahm die Freundschaft mit Georg Friedrich Scharffenstein.

Scharffenstein, gebürtig aus dem französischsprachigen damals noch württembergischen Mömpelgard, war ein Offiziersanwärter, nüchtern, spöttisch und doch vom literarischen Enthusiasmus des Freundeskreises um Schiller, wo Klopstock hoch im Kurs stand, mitgerissen. Auch er gab sich, wie die anderen, poetischen Versuchen hin. Man befand sich, berichtet Scharffenstein, im »süßen Wahn der Autorschaft«, veranstaltete einen regelrechten Wettbewerb und wollte den Besten auszeichnen. Der eine schrieb einen Roman à la Werther, ein anderer ein weinerliches Schauspiel in der Art des Freiherrn von Gemmingen, dessen Rührstücke damals die Bühnen beherrschten. Schiller versuchte sich an einer Tragödie im Stile Shakespeares. Gedichte schrieben sie alle. Scharffenstein selbst lieferte, wie er rückblickend schreibt, »ein erbärmliches Ding, an dem nichts als nachgepfuschte Phraseologie des Götz von Berlichingen anzutreffen war«. Als eine solche »nachgepfuschte Phraseologie« empfand er aber auch die Ergüsse der anderen, Schillers poetische Versuche nicht ausgenommen. Scharffenstein fühlte sich getroffen von der Satire eines älteren Studiengenossen, der den empfindsamen Freundeskreis verspottete. Scharffenstein war wie aus dem Traum erwacht, und plötzlich kam ihm die literarische Schwelgerei nichtig vor. Sie erschien ihm lügenhaft. War nicht auch die Freundschaft mit Schiller, die man in den empfindsamen Gedichten gefeiert hatte, nur Wortgeklingel in der Manier Klopstocks? In einer »treuherzigen Stunde« warf Scharffenstein dem Freund vor, er habe nur Worte gemacht, ohne Beteiligung des Herzens.

Diese Kritik empörte den jungen Schiller. Er antwortete mit einem vermutlich Ende 1776 geschriebenen Brief, der sich ausführlich mit dem heiklen Grenzverkehr zwischen Leben und Literatur beschäftigt. *Wahr ists*, schreibt Schiller, *ich pries Dich in meinen Gedichten zu sehr*. War das Schmeichelei? Nein, es war ehrlich gemeint, aber es kam aus dem

Inneren, aus dem Traum, aus der Phantasie. Und so war etwas Ideales daraus geworden. Nun hat sich leider der Freund als *ungleiches Abbild* eines Ideals erwiesen. Was folgt daraus, wenn Ideal und Wirklichkeit nicht übereinstimmen? Keinesfalls darf man die *höhere Welt* des Ideals preisgeben zugunsten einer bescheideneren Wirklichkeit. Es gibt ein Leben außer uns und eines in uns, dazwischen ein Spiel der Gelegenheiten: das innere Leben entzündet sich am äußeren, eben an Gelegenheiten, die es bietet. Ein Mensch mag einem sympathisch vorkommen – das ist die Gelegenheit –, aber wenn nicht der ideale Enthusiasmus dazu kommt, wird aus dieser Sympathie niemals eine Freundschaft werden. Für den jungen Schiller kommt alles darauf an, die Wirklichkeit im Lichte der enthusiastischen Idealisierung zu sehen, nur so ist man ganz bei der Sache. Die Idealisierung beschreibt Schiller in seinem Brief als eine Art Abspiegelung der gewöhnlichen Welt *im Aug einer höhern Welt, nach der mein Herz mir so glühte.* Aus welchem Stoff ist diese *höhere Welt* gemacht? Es sind nicht die gewöhnlichen Empfindungen und Gedanken, sondern Steigerungen und Exaltationen, die durch das künstlerische Wort hervorgerufen werden. Solche Worte verwandeln das, was sie bezeichnen, es werden darin Gefühle gebunden, die nur dort ihre wahre Heimstatt haben. Das künstlerische Wort, so viel ist dem jungen Schiller inzwischen klar, bildet nicht einfach Wirklichkeit ab, sondern bringt sie hervor. Das gilt gerade für die Freundschaft: sie lebt aus der Poesie.

Die kränkende Kritik des Freundes fordert den jungen Schiller heraus, es zeigt sich ihm das abgründige Problem der Aufrichtigkeit in der Literatur. Ist zum Beispiel ein Gefühl weniger aufrichtig, wenn es bloß von einem Gedicht Klopstocks hervorgerufen wird? Freilich, schreibt Schiller, habe er Klopstock viel zu danken, aber das Gefühl *hat sich tief in meine Seele gesenkt und ist zu meinem nahen Gefühl, Eigentum worden, was wahr ist, was mich trösten kann im Tode!*

Das Gelesene kann also zum Gelebten werden, es vermischen sich die Sphären, der Enthusiasmus der Worte wird eine Lebensmacht und stößt bisweilen das gewöhnliche Leben als Schwundstufe von sich ab, so wie Schiller den wirklichen Freund Scharffenstein von sich abstößt, um dem Ideal der Freundschaft die Treue zu halten. *Sieh ich hab eine Quelle gefunden die mein Herze vollmacht, und segnet, einen großen, großen herrlichen Freund;* dieser Freund aber ist nicht der wirkliche Scharffenstein, von ihm wird er sein *Angesicht wegwenden müssen*, denn er hat den

Anfechtungen durch die Prosa des Lebens nicht widerstehen können. Es ist der imaginäre, idealisierte Freund, der über den wirklichen triumphiert, dem er hiermit den Abschied gibt.

Tatsächlich zog sich Schiller von Scharffenstein zurück. Solange beide noch an der Akademie studierten, ließ sich eine äußerliche Beziehung nicht vermeiden. In Schillers Zeit als Regimentsarzt kam man sich wieder näher, aber der enthusiastische Geist der früheren Freundschaft fehlte. Später verlor Scharffenstein für Schiller jede Bedeutung. Scharffenstein jedoch verfolgte aufmerksam den triumphalen Lebensweg des ehemaligen Freundes, nicht frei von Ressentiment und stillem Groll. In seinen Lebenserinnerungen erzählt er zwar Rühmendes über Schiller, aber deutlich ist auch die Absicht, ihn kleiner zu machen und zurechtzustutzen, beispielsweise wenn er schreibt, Schiller habe »nur eine kurze Zeit seines Lebens ganz seinem Herzen, die übrige Zeit nachher mehr seinem Lorbeer gelebt« oder wenn er ein wenig boshaft hervorhebt, Schillers Bewegungen hätten »etwas Steifes« gehabt, nicht die »mindeste Eleganz«, und seine Stimme sei »kreischend, unangenehm« gewesen.

Als damals der Freundschaftsbund zerbrach, war noch ein störender Dritter im Spiel, Georg Friedrich Boigeol, ebenfalls aus Mömpelgard. Auch Boigeol hatte Schiller vorgeworfen, er lasse sich von den Freunden als Poet umschmeicheln. Boigeol wird von Schiller noch übler abgefertigt. Mit den Worten: *Ich bin ein Jüngling vom feineren Stoff* beendet Schiller jeden weiteren Umgang mit ihm.

Der junge Schiller hatte den Freundeskreis mit seinem Enthusiasmus für Klopstock angesteckt. Klopstock war damals ein Zentralgestirn der deutschen Literatur. Einige Jahre vor dem ersten Auftritt von Goethe und Herder, vor jener Bewegung, die sich nach einem Theaterstück Klingers »Sturm und Drang« nannte, hatte Klopstock seinen Aufstieg 1755 begonnen mit der Veröffentlichung der ersten zehn Gesänge des »Messias«. Ein Werk, das der Autor selbst als »heilige Poesie« bezeichnete. Darf die Dichtung, fragt Klopstock im Vorwort des »Messias«, sich anders als demütig und rezeptiv der Offenbarung nähern, darf er seine Einbildungskraft mit dem erhabenen Stoff vermischen? Gewiß hatte Klopstock Vorgänger wie Milton (»Paradise lost«), die begonnen hatten, heilige Geschichten in poetische zu verwandeln. Aber noch war das nicht selbstverständlich, es bedurfte der Rechtfertigung. Klopstock gibt sie mit dem Hinweis, daß die Lebenskraft des Religiösen sich erweise, wenn sie dem Dichter zum Höhenflug der Phantasie und zu Gedankenreichtum verhilft. Freilich muß der Dichter sich seines Stoffes würdig erweisen. Gefordert sind »Genie« und »Herz«, zwei Attribute, die fortan zum Kennzeichen wahrer Poesie werden. »Genie« gilt als die rätselhafte Kraft, mit der man ans Erhabene rührt. Während »Genie« die Teilhabe am Objektiven der religiösen Offenbarung betont, bezeichnet »Herz« das Subjektive daran: »alle Bilder der Einbildungskraft erwachen«, schreibt Klopstock, »alle Gedanken denken größer«. Es ist das Genie des Herzens, dem es erlaubt ist, von der Erlösungstat des Messias so zu erzählen wie Homer von den Taten seiner Helden und Götter erzählt hat.

Es konnte nicht ausbleiben, daß sich die Machtverhältnisse zwischen dem Poetischen und dem Religiösen umkehrten. Das Religiöse sollte ursprünglich der Gehalt sein, das Poetische die Form. Deshalb las man Klopstock auch in Kreisen, die sonst den schöngeistigen Werken fernstanden. Schubart schrieb in einem Brief an Klopstock, es gebe in Ludwigsburg jetzt Handwerksleute, die den »Messias« anstatt eines Andachtsbuches brauchten und nach der Bibel kein christliches Buch kannten als dieses. Bald aber wurde aus der christlichen Andacht eine poetische. Aus dem religiösen wurde ein poetischer Gehalt, und umgekehrt erhielt Poesie religiöse Weihen. Das Erhabene des religiösen Gehalts ging auf die Poesie über und bewirkte eine Rangerhöhung des Poetischen und auch des Poeten selbst. Mit Klopstock begann eine Epoche des gesteigerten dichterischen Selbstbewußtseins. Hat der wahrhafte Dichter nicht auch etwas vom Propheten, ist er nicht kraft seines Genies ermächtigt, neben die Evangelisten als ihr jüngerer Bruder zu treten? Diesen Vorgang, mit dem die Karriere des bürgerlichen Schriftstellers im öffentlichen Bewußtsein beginnt, schildert Goethe in »Dichtung und Wahrheit« am Beispiel Klopstocks: »Die Würde des Gegenstands erhöhte dem Dichter das Gefühl eigner Persönlichkeit … So erwarb nun Klopstock das völlige Recht, sich als eine geheiligte Person anzusehn, und so befliß er sich auch in seinem Tun der aufmerksamsten Reinigkeit«.

Als der junge Schiller sich noch für einen »Sklaven von Klopstock« hielt, genoß er die Rangerhöhung des Dichtertums, denn es fiel davon auch ein Abglanz auf seine eigenen poetischen Versuche. Die Lektüre Klopstocks weckte sogar wieder die inzwischen erkalteten religiösen Gefühle. »Klopstocks Gedichte«, berichtet der Schulfreund Petersen,

»wirkten mit solcher Stärke auf ihn, daß sich eine Zeitlang religiöse Gefühle seines Gemütes bemächtigten«. Sogar der frühere Wunsch, Geistlicher zu werden, kehrte zurück.

Es erging Schiller ähnlich wie Goethe, der über seine erste Lektüre Klopstocks sagte: »Alles was Göttliches, Englisches (Engelsgleiches), Menschliches in der jungen Seele lag, ward hier in Anspruch genommen«. Doch nicht nur mit Enthusiasmus, auch mit technischer Neugier wurde Klopstock gelesen. »Es war«, berichtet Petersen, »ein ernstes, tagtäglich fortgesetztes Aufmerken, Empfinden, Betrachten, Vergleichen, Forschen, Aneignen«. Der junge Schiller wollte auch hinter die Kulissen der großen Gefühle blicken, es regte sich die Neugier des Artisten, auch wenn die Gefühlseindrücke mächtig blieben. Neben dem »Messias« waren es einige Oden Klopstocks, die ihm lieb waren, besonders »Die Frühlingsfeier«. Auf dieses Gedicht wird in dem Abschiedsbrief an Scharffenstein ausdrücklich angespielt mit der Formel: *und nun laß vorm Angesicht des Nahen Dir sagen*. Der *Nahe* ist in diesem Gedicht der Name eines Gottes, der in Donner, Blitz und in den belebenden Regengüssen erscheint, und dann auch in der Ruhe nach dem Gewitter, »alles ist still vor dir, du Naher«.

Klopstocks Ode »Die Frühlingsfeier« war damals berühmt bis zur Sprichwörtlichkeit. Sie stand für ein bestimmtes Gefühl, man brauchte nur den Namen zu nennen, um es zu bezeichnen. In Goethes »Werther« gibt es die Szene, wo Werther und Lotte sich beim Ball treffen, und draußen im Frühlingsgewitter geht ein Regen nieder, Lotte blickt hinaus, »ich sah ihr Auge tränenvoll, sie legte ihre Hand auf die meinige und sagte – Klopstock!«

Was Schiller an der »Frühlingsfeier« besonders anzog, war die für Klopstock charakteristische kosmische Phantasie, ein Blick auf die Erde aus der Tiefe des Weltraums, »Nicht in den Ozean der Welten alle / Will ich mich stürzen / … / Nur um den Tropfen am Eimer, / Um die Erde nur, will ich schweben«. Das Nahe und das Ferne, der ungeheure Raum, worin das winzige Leben sich verliert und doch getragen bleibt vom göttlichen Geist – in diesem Vorstellungskreis lebt und webt der junge Schiller, und sein erstes veröffentlichtes Gedicht »Der Abend«, erschienen 1776 im »Schwäbischen Magazin« des Balthasar Haug, eines Lehrers an der Karlsschule, ist davon geprägt. Hier ist auch alles aus großer Höhe gesehen, das Gewimmel einer ganzen Welt liegt, vom Abendschein vergoldet, tief unten, des »Dichters Geist« schwebt darüber, *über Sphären, himmelan, gehoben, / Getragen sein vom herrlichen Gefühl* (I, 9). In der Höhe die *Silberwellen* der Weltenferne und unten die Winzigkeiten: *Wenn auf dem Blatt ein Wurm sich reget, / Ein Leben in dem Wurme lebt / Und hundert Fluten in ihm strömen, / Wo wieder junge Würmchen schwimmen, / Wo wieder eine Seele webt* (I, 11).

Die Klopstocksche Erhabenheit im Übergang vom Kleinen zum Großen ist damals häufig nachgeahmt worden, sogar vom jungen Goethe im »Werther«: »Wenn ich das Wimmeln der kleinen Welt zwischen Halmen, die unzähligen, unergründlichen Gestalten, all der Würmchen, der Mückchen, näher an meinem Herzen fühle, und fühle die Gegenwart des Allmächtigen«.

Der junge Schiller ist aber doch kein Werther mehr, in seinen Visionen raschelt das Papier, Angelesenes von Klopstock, Gellert, Haller und Ewald von Kleist. Schillers Gedicht ist noch nicht nach der Natur gearbeitet. Das bestätigt auch die Bemerkung des Freundes Petersen: »Eine dichterische Beschreibung einer Gegend machte mehr Eindruck auf ihn, als der Anblick der Natur selbst«.

Das zweite 1777 veröffentlichte Gedicht, »Der Eroberer«, ist eine Phantasie im Stile der Teufelsszene im »Messias«. Schiller läßt einen Fürsten der Finsternis auftreten, der die Schöpfung zerstören will: *Dann vom obersten Thron, dort wo Jehova stand, / Auf der Himmel Ruin, auf die zertrümmerte / Sphären niederzutaumeln – / O das fühlt der Erobrer nur!* (I, 13). Das Gedicht schwelgt in Bildern der Empörung, ein rhetorisches Spiel mit Nichts und Vernichtung und einem Sieg des *schönen Tags* der Schöpfung am Ende. Das Gedicht ist ein Spiel mit dem Verruchten in Klopstocks Manier. Schiller ist davon ebenso angezogen wie Goethe in seiner Jugend. In »Dichtung und Wahrheit« schildert er die Szene, wie er mit seiner Schwester in der Ecke hinterm Ofen in Wechselrede die Klopstocksche Teufelsszene rezitiert, während der Barbier den Vater zur Rasur einseift. Bei dem Ausruf »O, wie bin ich zermalmt!« gießt der Barbier dem Vater vor Schreck das Seifenwasser über die Brust. »So pflegen«, schreibt Goethe, »Kinder und Volk das Große, das Erhabene in ein Spiel, ja in eine Posse zu verwandeln; und wie sollten sie auch sonst im Stande sein es auszuhalten und zu ertragen«. Schillers Jugendgedicht »Der Eroberer« ist gewiß auch eine Posse, wenn auch eine unfreiwillige.

Für den jungen Schiller war Klopstock selbstverständlich nicht die einzige literarische Leitfigur – da gab es noch Goethe, Shakespeare,

Gerstenberg und andere – aber Klopstock wirkte zunächst am stärksten.

Mit dem Ende der Zeit an der Karlsschule endet auch Schillers Klopstock-Epoche. Karl Philip Conz, der Lorcher Spielkamerad, berichtet von einem Besuch bei Schiller in Stuttgart 1782: »Einmal traf ich auf seinem Schreibtisch ... Klopstocks Oden an ... Als ich sie eröffnete, fand ich mit Befremden, daß eine nicht gar unbeträchtliche Anzahl mit großen, quer ins Kreuz gezogenen derben Tintenzügen rein durchgestrichen war. Als ich ihn lächelnd fragte, was dies zu bedeuten habe? Sagte er: Diese gefallen mir nicht.« Doch einige der Oden werden ihm auch weiterhin gefallen, so sehr, daß er sich noch am Vormittag seiner Flucht aus Stuttgart am 22. September 1782 in einen Band Klopstock-Oden, der ihm beim Bücherpacken in die Hand gefallen war, vertiefte und ein Gegenstück zu dichten begann, während sein Fluchtgenosse Andreas Streicher schon aufgeregt und ängstlich in der Tür stand und zum Aufbruch drängte. In diesem Augenblick war Schiller ins Traumreich seiner Jugend entrückt und mußte von Streicher in die Wirklichkeit zurückgeholt werden.

Viele Jahre später, in der Schrift »Über naive und sentimentalische Dichtung« von 1795, erinnert sich Schiller noch einmal an Klopstock, dem er die Träume seiner Jugend verdankt: *Nur in gewissen exaltierten Stimmungen des Gemüts kann er gesucht und empfunden werden; deswegen ist er auch der Abgott der Jugend, obgleich bei weitem nicht ihre glücklichste Wahl. Die Jugend, die immer über das Leben hinausstrebt, die alle Form fliehet, und jede Grenze zu enge findet, ergeht sich mit Liebe und Lust in den endlosen Räumen, die ihr von diesem Dichter aufgetan werden. Wenn dann der Jüngling Mann wird, und aus dem Reiche der Ideen in die Grenze der Erfahrung zurückkehrt, so verliert sich vieles, sehr vieles von jener enthusiastischen Liebe, aber nichts von der Achtung, die man einer so einzigen Erscheinung, einem so außerordentlichen Genius ... schuldig ist* (V, 736f.).

Den Träumen seiner Jugend hat Schiller immer die Treue gehalten.

Drittes Kapitel

Das Jahr 1776. Veränderungen des Ortes und der Zeit.
Der Geist des Sturm und Drang. Herder und die Folgen.
Eine Jahresfeier an der Karlsschule.
Die große Ermunterung: Abels Rede über das Genie.
Shakespeare lesen.

Im Jahr 1776 gab es bedeutsame Veränderungen im Leben des jungen Schiller.

Die Militärakademie war von der Solitude in Ludwigsburg nach Stuttgart in die früheren Kasernengebäude hinter dem neuen Schloß verlegt worden. Am 18. November 1775 fand der Umzug statt. Die uniformierte, militärisch geordnete Kolonne der Schüler mit Aufsehern und Lehrern wurde vom Herzog ins neue Quartier nach Stuttgart geleitet mit Festmusik und Fahnen, die Bevölkerung stand Spalier und jubelte. Es war ein großes Ereignis, Stuttgart bekam eine herzogliche Hochschule, ein Prestigegewinn für die Stadt. Die strenge Absperrung der Zöglinge gegen die Außenwelt wurde gelockert. Die Schüler, die sich jetzt als Studenten fühlen und aufführen durften, nahmen am kulturellen Leben der Stadt teil. Es änderte sich die Lebensatmosphäre.

Es änderte sich für Schiller auch die Studiensituation. Die Karlsschule, die sich jetzt Hohe Karlsschule nennen durfte, wurde um eine medizinische Fakultät erweitert. Da der Herzog befürchtete, nicht alle Studenten der Jurisprudenz beruflich versorgen zu können, drang er darauf, daß einige zur Medizin wechseln sollten, eine günstige Gelegenheit für Schiller, das ungeliebte Jurastudium aufzugeben und mit dem Medizinstudium zu beginnen. Ihn interessierte weniger die praktische Heilkunde, sondern es ging ihm um naturwissenschaftliche und psychologische Kenntnisse. Da inzwischen seine schriftstellerische Leidenschaft erwacht war, versprach sich Schiller literarischen Nutzen von der medizinischen Menschenkunde.

Seine schulischen Leistungen, die gegen Ende des Jahres 1775 stark abgefallen waren, besserten sich zunehmend. Jetzt wandte er sich energisch seinem Fachstudium zu, schon nach wenigen Monaten stand er an der Spitze seiner Abteilung. Eine kräftige Lust am Denken löste das lyrische Schwelgen ab. Sein Wesen bekam etwas Entschlossenes, Offensives. Er übte sich in Selbstzucht und grenzte sich bisweilen schroff von den anderen ab. Man staunte über die offenkundige Veränderung in seinem Betragen und Verhalten. »Zu Ende dieses Zeitlaufs«, berichtet Petersen, »war Schiller ein ganz anderer Mensch als zu Anfang desselben. Damals einsam, verschlossen, eingeschüchtert, itzt im Gefühle der aufsteigenden, treibenden Kraft mutwillig neckend, foppend, und zwar oft sehr derb und stechend«.

Dieses neue Gefühl der »aufsteigenden, treibenden Kraft« verdankte Schiller nicht zuletzt seinem Lehrer, Professor Jakob Friedrich Abel, der Ostern 1776 den Philosophieunterricht bei den Medizinern übernahm.

Jakob Friedrich Abel war 1751 als Sohn eines hohen Verwaltungsbeamten in Vaihingen an der Enz geboren und hatte den üblichen Bildungsgang der schwäbischen Theologen durchlaufen; zuerst die Klosterschulen in Denkendorf und Maulbronn, danach im Tübinger Stift. Die Theologie konnte ihn nicht fesseln, begierig nahm er die philosophischen Anregungen des französischen Materialismus (d'Holbach und Helvétius) und des englischen Empirismus (Locke und Hume) auf. Er begeisterte sich für die Philosophie Shaftesburys, die weniger den moralisch korrekten als den ästhetisch durchgeformten Menschen zum Vorbild erhob. Abel war in seiner Studienzeit auch vom Aufbruchsgeist des Sturm und Drang berührt, er verschlang Rousseau und den jungen Herder. Ihn inspirierte das starke Selbstgefühl dieser jungen Wilden, und so hatte für ihn die Aussicht, nach dem Studium als Vikar bei einem Landpfarrer einzutreten, wenig Verlockendes. Abel hatte Glück.

Der Herzog, der nach Lehrern für seine Schule suchte, hatte von den Oberen des Tübinger Stiftes verlangt, daß sie ihm ihre begabtesten Magister nennen sollten. Abel war nicht darunter gewesen, als ihn aber der Herzog bei einer Visitation in Tübingen persönlich kennen und schätzen lernte und auf die Frage, weshalb ihm dieser nicht genannt worden war, zur Antwort erhielt, Abel sei zu kleinwüchsig und tauge deshalb nicht für eine Militärakademie, bemerkte der Herzog lakonisch, ob man denn in Tübingen die Tauglichkeit eines Professors nach der Elle messe. Im November 1772 wurde Abel an die Karlsschule berufen. In seinen Lebenserinnerungen erzählt er, wie er sich »aus den düsteren Klostermauern des Stifts geradezu auf ein fürstliches Lustschloß« versetzt fand, der Park, die Aussicht von der Solitude weit ins württembergische Land hinein, der Pavillon, der ihm als Wohnung angewiesen war, alles wirkte auf den Einundzwanzigjährigen so, als wäre er auf ein »Feenschloß« verzaubert. Vor Freude wälzte er sich auf dem Boden. Der junge Magister fand sich schnell in seine neue Rolle. Um nicht von den Hofleuten eingeschüchtert zu werden, besann er sich auf das, was er über sie gelesen hatte, er rief sich den Spott in Erinnerung, den die neuere französische Literatur und die Stürmer und Dränger, Lenz, Klinger und Leisewitz, über sie ausgegossen hatten, und so ermutigte er sich zu einem selbstbewußten, sogar kecken Auftreten. Es erfüllten ihn die Ideen der Reformpädagogik, die damals aufkamen. Der Mensch, so hieß es, ist von unendlicher Bildsamkeit, man muß nur seine individuellen Anlagen entdecken und entfalten und darf ihn nicht kommandieren. Vielmehr gilt es, die Neugier zu wecken, jene sublime Begierde, die nicht etwas verschlingen, sondern etwas in Erfahrung bringen will. Abel, der unter den Professoren bald eine führende Stellung einnahm und vom Herzog anerkannt wurde, tat sich mit Reformvorschlägen für den Unterricht hervor. Das Selbstdenken, nicht das bloße Memorieren sollte geübt werden. Individuelle Lektüre, auch von schöner Literatur, sollte erlaubt sein, was bisher durchaus nicht selbstverständlich war. Und vor allem sollte die Philosophie zum Zentralfach des ganzen Unterrichts gemacht werden. Dafür entwickelte Abel einen weitgefaßten Begriff von Philosophie: sie sollte Herzens- und Verstandesbildung gleichermaßen einschließen, sollte eine Propädeutik aller Wissensgebiete sein, vor allem aber sollte sie in den Methoden einer klugen Lebensführung unterweisen. Diesen ganzheitlichen Ansatz formulierte Abel in einem dem Herzog vorgelegten Programm, dessen sprechender Titel lautete: »Entwurf einer Generalwissenschaft oder Philosophie des gesunden Verstandes zur Bildung des Geschmacks, des Herzens und der Vernunft«. Was den Unterricht im einzelnen betrifft, hielt sich Abel an das Schema der Lehrbücher des englischen Empirismus, woran man merkt, daß der junge Mann auf direktem Weg aus der Studierstube in die pädagogische Provinz geraten war. Man begann bei den Gesetzen der Körperwelt, arbeitete sich empor zur Psychologie, zu den Gesetzen des Empfindens und Denkens, Ausflüge in die Schöne Literatur waren vorgesehen, sie ermöglichten den Übergang zum Feinseelischen und zu den letzten Fragen, Gott und Unsterblichkeit. Abel hielt sich hier nicht lange auf, sondern kehrte bald wieder zurück zur praktischen Menschenkunde. Er verblüffte seine Schüler mit der ungewohnten Methode der Induktion. Es war nämlich damals üblich, von übergeordneten allgemeinen Begriffen deduktiv zur Wirklichkeit herabzusteigen. Diese trockene scholastische Manier war die Qual zahlloser Schülergenerationen gewesen. Überraschend demgegenüber das Vorgehen Abels: er ließ die Schüler zu den einzelnen Wissensgebieten alltägliche Beobachtungen aufschreiben. Sie wurden zusammengetragen und geordnet, und im Unterrichtsgespräch zog man daraus Folgerungen und entwickelte Begriffe. Abel verfuhr nach dem Grundsatz, daß man nur das wirklich weiß, was man selbst hervorgebracht hat.

Abel wollte im Unterricht eine Arbeits- und Gesprächsatmosphäre schaffen, er mied das Katheder und schritt im Lehrsaal eilig auf und ab. Die Schüler nannten ihn liebevoll den »kleinen Peripatetiker«. Sie hingen an ihm. Es geschah häufig, daß einzelne Zöglinge ihn vor dem Unterricht am Akademietor erwarteten, bis zum Vorlesungssaal geleiteten und dabei das Gespräch suchten, über wissenschaftliche, politische und persönliche Angelegenheiten. Die Schüler hätten ihn, erinnert sich Abel, »als Freund zu Rate gezogen«. Schiller habe diese Gelegenheiten besonders »emsig« genutzt, um mit ihm über »Menschenkenntnis« zu sprechen.

Der 14. Dezember 1776 war für Abel und seine Schüler ein großer Tag. Bei der Jahresabschlußfeier der Akademie erhielt Abel vom Herzog den ehrenvollen Auftrag, im weißen Saal des neuen Residenzschlosses vor der glänzenden Hofgesellschaft, dem Lehrkörper, den Honoratioren der Stadt, einer Abordnung der Tübinger Universität, den versammelten Schülern und Eltern die Festrede zu halten. Diese Rede hat sich dem jungen Schiller unauslöschlich eingeprägt. Der Herzog selbst hatte das Thema vorgegeben, er scheint gespürt zu haben, was in der Epoche des beginnenden Sturm und Drang in der Luft lag. Abel sollte über das »Genie« sprechen, näherhin über die Frage »Werden große Geister geboren oder erzogen und welches sind die Merkmale derselbigen?«

Der Geniebegriff war zu der Zeit, da Abel am blumenumkränzten Podium darüber sprach, für junge Leute, die etwas auf sich hielten, eine Angelegenheit des Herzens, ein Schlachtruf fast in den geistigen Kämpfen ihrer Gegenwart, an denen sie, wenn auch aus der Ferne, teilnahmen. Zum geflügelten Wort war bei ihnen der Ausspruch Shaftesburys geworden, daß der geniale Dichter der »Prometheus« einer zweiten Schöpfung sei, daß ein Genie etwas Neues, »Originelles« ans Licht der Welt bringe. Ein Genie findet nicht nur, sondern erfindet. Kolumbus hat Amerika entdeckt, aber noch besser und eines wahrhaften Genies würdig ist es, ein Land zu entdecken, das es nicht gibt, solange es nicht von einem Genie der Erfindung aus einem unsichtbaren Ozean gehoben wird. War von Genie die Rede, dachte man um 1770 zunächst an Shakespeare, der eine ganze Welt, ein Menschengetümmel ohnegleichen auf die imaginäre Bühne (denn noch wurde er kaum gespielt) gebracht hatte. Shakespeare galt als Inbegriff des schöpferischen Genies. Schubart, wie immer zur Übertreibung aufgelegt, hatte ihn die »sichtbare Gottheit« genannt. Und in Goethes Rede »Zum Shakespeares Tag« heißt es: »Er wetteiferte mit dem Prometheus, bildete ihm Zug vor Zug seine Menschen nach, nur in Kolossalischer Größe«. Shakespeare habe aus seiner »Natur« geschaffen, die geräumig genug war, eine ganze Welt zu fassen. Er habe sich nicht an Regeln gehalten, sondern Regeln gegeben, die der eigenen schöpferischen Natur entstammen. Für diesen Gedanken wird Kant später die bündige Formulierung finden, daß im Genie »die Natur der Kunst die Regel gibt«.

Im Bild des Genies formulierte eine Generation ihr neu erwachtes Selbstbewußtsein gegen die hierarchische, starre und beschränkte Welt des Herkommens. Kleinbürgerliche Unterwerfungsbereitschaft, Anpassung an Konventionen, Verengung auf die Gesichtspunkte von Beruf, Amt und Erwerb, der ganze gesellschaftliche Mechanismus, worin man sich als Rädchen und Schräubchen vorkam, dazu ein trockener Rationalismus, der kein Geheimnis übriglassen wollte – das alles empörte die jungen Leute, die dem freien Geist, vor allem dem schönen Geist zugetan waren und mit dieser Neigung auf den Widerstand der gewöhnlichen Misere stießen: »die wahren großen Triebfedern der menschlichen Natur sind gelähmt«, schreibt Herder. Goethe sekundiert, indem er, wieder im Blick auf Shakespeare, erklärt, dieser habe sich die Freiheit genommen, »alle edle Seelen« aus dem »Elysium des sogenannten guten Geschmacks« herauszutrompeten, wo sie ein »Schattenleben« in »langweiliger Dämmerung ... verschlendern und vergähnen«.

Wo hatte dieser enthusiastische Angriff gegen das Herkömmliche und Gewohnte angefangen? Selbstverständlich gab es eine lange Tradition, auf die man sich stützen konnte, beginnend mit Platons Philosophie des Enthusiasmus. Es war Wieland, der daran erinnert hatte. Die Alten, sagte er, konnten den Enthusiasmus des Dichters und Propheten nur aus dem Innewohnen eines Gottes in der Seele deuten, sie hätten aber auch, fügte er hinzu, zur Vorsicht geraten, denn solche Begeisterung könnte auch in Wahnsinn umschlagen. Eben redet noch ein Gott aus dem Verzückten, und plötzlich gibt es da nur noch ein regelloses Gestammel, und man weiß nicht mehr, ob man über die Vernunft oder unter sie geraten sei. Die skeptischen Einwände halfen wenig, man wollte nicht irre werden am schwerelosen Flug der Begeisterung, an einer Beweglichkeit, die mit schweren Gedanken und einer sperrigen Wirklichkeit spielen will. Herder schreibt über den Enthusiasmus, dem alles leicht wird und der jeden, der hören und sehen kann, mitreißt, bis ihm Hören und Sehen vergeht. Man bezog sich auf eine Tradition, aber ohne Demut. Ein Wille zur Neugestaltung und Neudefinition der Lebensmächte ergreift kühn das Alte, um etwas daraus zu machen. Auf das eigene Machen kommt es an.

Es gibt ein bedeutsames Datum, wo dieser beschwingte Geist sich vielleicht zum ersten Mal so mächtig geregt hat. Das ist der Augenblick, als Johann Gottfried Herder, der beengenden Lebensverhältnisse in Riga, wo er ein geistliches Amt versah, überdrüssig, zu einer Seereise nach Frankreich aufbricht, überstürzt und fluchtartig. Zweieinhalb Jahrhunderte nach Kolumbus war auch bei den Philosophen und Ästheten das Verlangen, in See zu stechen, aufzubrechen ins real existierende Ungeheure, rege geworden. Diese Seereise des Philonauten jedenfalls stand im Zeichen des Sturm und Drang. Herder sollte ein Leben lang von den Ideen zehren, die ihm auf bewegter See durch den Kopf gingen. Das Tagebuch, das sie verzeichnet – eines der bedeutendsten literarisch-philosophischen Dokumente des 18. Jahrhunderts –, erschien zwar erst postum 1846 unter dem Titel »Journal meiner Reise im Jahre 1769« und konnte deshalb noch nicht als Text wirken, aber der es geschrieben hatte, begegnete nach der Reise 1771 in Straßburg einem jungen Mann, Goethe, den das Ideengestöber mächtig anzog und der vieles weitergab und fortsetzte. Herder also war 1769 einem inneren Ruf gefolgt, an den Nietzsche mehr als ein Jahrhundert später erinnerte, als er die berühmte Losung ausgab: »Auf die Schiffe, ihr Philosophen!«

In See stechen hieß, das Lebenselement wechseln, vom Festen zum Flüssigen, vom Gewissen zum Ungewissen, es hieß, Abstand und Weite gewinnen, auch das Pathos eines neuen Anfangs lag darin. Das »Repositorium voll Papier und Bücher …, das nur in die Studierstube gehört«, bleibt am Ufer zurück, jetzt gilt es sich selbst zu finden, indem man erwartungsvoll in die Ferne aufbricht. Die »natura naturata«, die gewordene Natur, ist die bewegte Wasserwüste, die »natura naturans«, die schöpferische Natur, ist man selbst. Dort draußen gibt es nichts nachzuahmen, es wäre ein unerfreuliches Unterfangen, die ewige Wiederkehr der Wellen zu beschreiben, der gegenwärtige Raum ist belebt aber leer, und der vergangene, die Studierstube, dieser Hades der angelesenen Bildung, liegt in schattenhafter Ferne. Herder überläßt sich dem Gedankensturm auf offener See. Dem »Philosophen auf dem Schiff«, als der sich Herder bezeichnet, erscheint die Welt, die innere und die äußere, unendlich. »Was gibt ein Schiff, das zwischen Himmel und Meer schwebt, nicht für weite Sphäre zu denken! Alles gibt hier dem Gedanken Flügel und Bewegung und weiten Luftkreis! Das flatternde Segel, das immer wankende Schiff, der rauschende Wellenstrom, die fliegende Wolke, der weite unendliche Luftkreis! Auf der Erde ist man an einen toten Punkt angeheftet; und in den engen Kreis einer Situation eingeschlossen … o Seele, wie wird dirs sein, wenn du aus dieser Welt hinaustrittst?… die Welt verschwindet dir – ist unter dir verschwunden! Welch neue Denkart … Wenn werde ich so weit sein, um alles, was ich gelernt, in mir zu zerstören, und nur selbst zu erfinden, was ich denke und lerne und glaube!«

Was aber hat er denn nun gedacht? Der für sein späteres Leben und für die Sturm-und-Drang-Zeit entscheidende Gedanke war der folgende: es kommt darauf an, erklärt Herder, die bewegende Grundkraft der organischen Entwicklung, vom Stein bis zum Bewußtsein, von der Geschichte der Natur bis zur Geschichte der Menschen zu erfassen. Diese bewegende Grundkraft wird weniger erkannt denn als schöpferische Lebendigkeit gefühlt, und erst wenn sie gefühlt und gelebt wird, kann sie auch verstanden werden. In allem Lebendigen wirkt eine unfaßliche Spontaneität. Eine Freiheit, die nicht ein ›Freisein von etwas‹ bedeutet, sondern ein freies Hervorbringen. Der Verstand deutet das Hervorbringen als Notwendigkeit. Der Verstand muß so urteilen, weil er das Lebendige nur im Begriff der Kausalität begreifen und also nicht begreifen kann. Warum? Weil der schöpferische Vorgang nicht die Wirkung einer Ursache ist, sondern eine rätselhafte Willkür enthält. Kausale Vorgänge sind vorhersehbar, schöpferische nicht. Deshalb fordert Herder »lebendige Begriffe«, also solche, die sich der geheimnisvollen Bewegtheit des Lebens anschmiegen. Alle Bereiche der Erfahrung, des Wissens und der Tätigkeit – von der Poesie bis zur Politik, vom Animalischen bis zur Völkerkunde, von den Mineralien bis zu den Göttern – sollten mit diesen lebendigen Begriffen neu verstanden werden. Herder auf seinem schwankenden Schiff lebt und webt in gewaltigen Projekten. Seine »Seeträume« zaubern ihm ein neues Leben und eine neue Wissenschaft vor die Augen, auch eine neue Moral und Gesellschaftslehre. In ihr soll gelten: Das Leben muß gesellschaftlich so organisiert werden, daß jeder seinen individuellen Lebenskeim entfalten kann. Gesellschaft ist eine Verbindung zur wechselseitigen Hilfe bei der Entwicklung dieser Lebenskeime. Die Entwicklung des Einzelnen ist das Sinnzentrum der Gesellschaft, auch wenn diese Einzelnen verschmelzen zum kollektiven Individuum, zu einem »Volk«, einem Träger des gemeinschaftlichen Sinns. Und doch: Auf die Entwicklung des Individuums kommt es an. In jedem steckt ein Genie, aber in der Regel wird es erstickt, es wird, wie später Schopenhauer sagt, eine »Fabrikware Mensch« daraus. Herder skizziert ein Erziehungsprogramm, denkt über eine Reform der einschlägigen Institutionen nach; es müßte doch möglich sein, schreibt er, eine »Pflanzstätte« von Genies zu schaffen, Voraussetzung dafür aber sei die Einsicht in die Verkehrtheit der üblichen Erziehungsmethoden, wodurch Wachsen und Gedeihen gehindert würden. Man muß lernen, das Verhindern zu verhindern und die »natura naturans« nicht zu stören.

Von solchen Ideen, die dem Seefahrer Herder »im Strom der Zeit lebendig herbeigeschwommen« kamen, ließen sich die Freunde, insbesondere Goethe, inspirieren. Hatte man die Natur bisher rationalistisch und mechanisch verstanden, so erlebte und dachte man sie nun als Organismus.

Auch der Begriff der Vernunft selbst änderte sich.

Die Vernunft hatte, mit Descartes, schon ihr stolzes Haupt erhoben, sie hatte sich emanzipiert, so weit, daß selbst Gott sich vor ihrem Richterstuhl zu rechtfertigen hatte. Es war aber die Vernunft der »mathesis universalis«, eine rechnende, konstruierende Vernunft. Bei Leibniz und dann bei Christian Wolff wurde das Ganze, Gott und die Welt, grandios zusammengebracht; die Vernunft regelte den Grenzverkehr zwischen dem Himmel und der besten aller Welten. Alles ist letztlich ein rationales Kontinuum, die Natur macht keine Sprünge, es gibt da eigentlich auch keine Überraschungen, für die Übergänge ins Dunkle sind die »perceptions petites« (unbewußte Wahrnehmungen) und die Infinitesimalrechnung zuständig. Genau dies: Leibniz lehrte sein Jahrhundert mit dem Unendlichen rechnen, unterstützt vom Genie des musikalischen Rechenmeisters Johann Sebastian Bach, der die »mathesis universalis« zur klingenden Andacht vor Gott erhebt.

Mit dem Sturm und Drang hört die Vernunft auf, im Rechnen ihre Genialität beweisen zu wollen. Die Kunst des Rechnens verbindet, sie ist das schlechthin Allgemeine, intersubjektiv Gültige. Die neue, lebendige Vernunft aber konzentriert sich auf das Originelle, Einzigartige, Individuelle. Gewiß, es gibt die *eine* Vernunft, sie besteht aber allein in der Vielfalt, also in der Einheit der individuellen Gestalten. Es gibt so viele Vernünftigkeiten wie es Individuen, Völker, Geschichtsepochen und Regionen gibt.

Das Konzept der individuellen Vernunft läßt sich durchaus noch als Fortsetzung der Emanzipationsgeschichte der Vernunft verstehen: zuerst emanzipiert sich die Vernunft von Gott und der Natur (res extensa), dann emanzipiert sie sich von ihrer allgemeinen Gestalt und wird individuell, und indem sie individuell wird, taucht sie ein in das lebendige Element der Existenz, ins Unbewußte, Irrationale, Spontane, mit anderen Worten: ins Mysterium der Freiheit. Warum Mysterium? Weil Freiheit letztlich nur gelebt, aber nicht gedacht werden kann, denn Denken verstrickt sich in Kausalität, mit Begriffen der Kausalität aber kommt man der Freiheit nicht bei. Der Sturm und Drang entwickelt ein enthusiastisches Verhältnis zur Freiheit. Es erwacht der Sinn für den Eigensinn, man entdeckt das Eigenrecht der Dinge und Individuen. Alles hat seine unverwechselbare eigene Bedeutung, das Einzelne empfängt seine Bedeutung nicht durch seine Funktionsstelle im Ganzen, sondern hat sie von sich aus. Denen, die selbst nicht nur Rädchen und Schräubchen sein wollen, erscheint auch das Ganze der Natur so organisiert, daß in jedem Element das Leben ganz bei sich selbst bleibt, daß alles darin enthalten ist. Der Sturm und Drang vitalisiert und dynamisiert die Leibnizsche Monadenlehre. So kann Goethes Werther ausrufen: »Ich finde überall Leben, nichts als Leben ...«, und Genie ist nichts anderes als ein Leben, stark genug, sich nicht an seinem Wachsen, Ausströmen, Ausdrücken und Entwickeln hindern zu lassen. Genie ist geglückte Teleologie der Natur. Genie, einmal erwacht, hilft sich selbst, aber man muß es bisweilen zuerst erwecken. Der Geist des

Sturm und Drang will Geburtshelfer sein für jenes Genie, das als Anlage in jedem schlummert.

Im deutschen Sturm und Drang war der Künstler das bevorzugte Modell des Genies. In England war man eher bereit, auch die Heroen der neueren Naturwissenschaften zu den Genies zu rechnen, Newton oder Bacon zum Beispiel. Außerdem kannte man dort auch die Genies der Tat, die großen Heerführer und Staatsmänner. In Deutschland spielten sie noch eine geringere Rolle. Eine Generation später wird der gesamteuropäische Geniediskurs sich Napoleon zum Vorbild nehmen. An ihm wird man dann studieren können, in welche ungeheuren Dimensionen die geniale Eigenmacht eines Subjektes wachsen kann. Einstweilen aber bezog man sein geniales Personal eher aus Plutarch; bei ihm fand man die Archetypen genialen Handelns: Cicero, Cäsar, Alexander, Cato.

Beim Nachdenken über das politische Genie kam gegenüber dem künstlerischen Modell ein neuer Aspekt ins Spiel: das, was man später »Charisma« nennen wird. Im politischen Denken der Zeit spielten die rationale Vertragstheorie und die Fragen von Recht und Gesetz eine dominierende Rolle. Das Genie-Thema war demgegenüber geeignet, die Quellen der Macht anders zu lokalisieren: im Phänomen der Ausstrahlung persönlich verkörperter Macht. Es ging um das Fluidum, das eine Person umgab, ein ausstrahlendes Etwas, das nicht nur als Wirkung der Würde des Amtes verstanden werden konnte. Man entdeckte die soziale Ansteckung durch einen konzentrierten Willen, die eigenartige Anziehungskraft einer Person, die ihre Energien bündelt, das Mysterium einer Entschlossenheit, die bei den anderen aufschließend wirkt, so daß sie sich öffnen und unter Einfluß geraten.

In diesen Jahren begann man sich für die subtilen und untergründigen seelischen Kräfte im sozialen Feld zu interessieren. Es ist kein Zufall, daß im Sturm und Drang die Karriere des später so genannten »tierischen Magnetismus« als philosophische Spekulation und als sozialpsychologische und sogar medizinische Technik begann. Franz Anton Mesmer, 1734 am Bodensee geboren, schuf den Typus des magnetischen Genies. Er praktizierte in Wien und dann in Paris, wo ihm am Vorabend der Revolution die höfische Gesellschaft zu Füßen lag. Von dort aus verbreitete sich der Magnetismus als Mode auch nach Deutschland. Sehr bald war Mesmer eingesponnen in ein Netz von Gerüchten und Phantasmen, ein Magier im Grenzbereich zwischen

Seele, Körper und politischer Macht. Ein Genie, was die charismatische Wirkung betrifft. Er lehrte, daß es zwischen belebten Körpern eine besondere Art des »Rapports« gebe, wobei er sich psychische Spannungen und Energien feinmateriell dachte als »Fluidum«, als eine Art elektrische Strömung. Mesmer bezog sich auch auf Newton und sprach von der »gravitas animalis«, einer belebten Schwerkraft. In einer Zeit, die aufgehört hatte, den Stein der Weisen in der Alchemie zu suchen und statt dessen nach Allheilmitteln Ausschau hielt, ist es nicht verwunderlich, daß Mesmer auf die Idee kam, die physio-charismatischen Kräfte zu Heilzwecken in Regie zu nehmen. Diese Kräfte, so glaubte er, können sich in bestimmten Körpern sammeln, absichtslos oder unter starker Willensanspannung, und gehen durch Berührung von dort aus auf andere Körper über. Er erfand ein ganzes System solcher Berührungsakte, bis ihm auffiel, daß es der Berührung gar nicht bedürfe, daß es auch möglich sei, in die Ferne zu wirken. Hypnose, Suggestion, Somnambulismus – diese wohlbekannten Phänomene verband er mit dem Thema des Magnetismus. Gewiß, für einen Magnetiseur genügte es nicht, theoretisch versiert zu sein, er mußte als Praktiker auch Naturbegabung mitbringen, er mußte ein Naturgenie sein. Auch beim Magnetiseur gibt, wie auch sonst beim Genie, die Natur die Regel.

Der Magnetismus wird eine Generation später die Romantiker in seinen Bann ziehen, philosophisch, literarisch und praktisch. Doch bereits im Sturm und Drang versteht man ihn als Modell für den sozialen Wirkungszauber einer charismatischen Persönlichkeit. Schiller wird in diese Sphäre eintauchen, wenn er im Roman »Der Geisterseher« und später in der Gestalt Wallensteins charismatische und genialische Macht erkundet und darstellt.

Die Literaten und Künstler, die von sozialer und politischer Macht nur träumen konnten, gaben sich gern der Vorstellung hin, es könnte durch das Werk hindurch die Person, die es geschaffen hat, so ausstrahlen, daß die Person das Werk schließlich überstrahlt, daß vielleicht am Ende der Künstler selbst zum Kunstwerk wird. Diese Vorstellungen ergaben sich aus dem für den Sturm und Drang charakteristischen Gedanken, wonach die schöpferische Möglichkeit Vorrang genießt vor den Gestalten ihrer Verwirklichung. Im Vergleich zur schöpferischen Potentialität ist jede Verwirklichung eine Reduktion. Der Vorrang der Möglichkeit vor der Wirklichkeit konnte in bezug auf den Künstler auch so gedeutet werden, daß die Persönlichkeit als Verkörperung der schöpferischen Möglichkeiten wichtiger sei als das Werk. So kam im Sturm und Drang ein neuer Personenkult um den Künstler auf. Die neuen Genies der Szene wollten sich auch jenseits des Werkes (und bisweilen ganz ohne Werk) inszenieren. Man müsse, sagte man damals, die Leute »mystifizieren«.

Im Rückblick auf den Tumult jener Jahre bezeichnete Goethe in »Dichtung und Wahrheit« ziemlich ungnädig das »Genie« als »allgemeine Losung« für jene »berühmte und verrufene Literarepoche, in welcher eine Masse junger genialer Männer mit aller Mutigkeit und aller Anmaßung« hervorgebrochen sei, um sich ins »Grenzenlose« zu verlieren. Goethe und seine Freunde hatten es tatsächlich einigermaßen toll getrieben in dieser genialischen Zeit. Goethe hatte nach seiner Übersiedlung nach Weimar 1776 diesen beschaulichen Musensitz zum zeitweiligen Hauptquartier des Geniewesens gemacht. Er zog Lenz, Klinger, Kaufmann, die Brüder Stolberg, die damals noch nicht fromm geworden waren, wie einen Kometenschweif hinter sich her. Es gab Festivitäten, von denen die Weimarer Philister noch Jahrzehnte später erzählten. »Unter andern wurde damals«, so Böttiger, »ein Geniegelage gehalten, das sich gleich damit anfing, daß alle Trinkgläser zum Fenster hinausgeworfen, und ein paar schmutzige Aschenkrüge, die in der Nachbarschaft aus einem alten Grabhügel genommen worden waren, zu Pokalen gemacht wurden«. Man überbot sich in Gesten und Auftritten, die ungebührlich wirken sollten. Lenz spielte den Narren, Klinger tat sich hervor, indem er ein Stück rohes Pferdefleisch verzehrte, Kaufmann fand sich bei der herzoglichen Tafel ein, die Brust bis auf den Nabel nackt, offenes, flatterndes Haar und mit einem gewaltigen Knotenstock. Zu Goethes »Geniestreichen« gehörte eine Reise mit dem herzoglichen Freund zu Pferde, unterwegs wechselte man die Kleider und suchte erotische Abenteuer. »In Stuttgart«, berichtet Böttiger, »bekam man den Einfall, zu Hof zu gehen. Plötzlich mußten alle Schneider herbei, und Tag und Nacht an Hofkleidern arbeiten«.

Es war drei Jahre nach der Rede Abels und es war derselbe Ort und dieselbe Gelegenheit, nämlich die Abschlußjahresfeier der Akademie, da standen die beiden Genies auf der Durchreise, der Weimarer Herzog und sein Freund Goethe als Ehrengäste an der Seite Karl Eugens auf der Empore und beobachteten mit milder Herablassung eine Preisverleihung, bei der auch Schiller einige Auszeichnungen erhielt.

Drei Jahre vor der Erscheinung eines wirklichen Genies nun also die Rede Abels über das Genie.

Abels Rede ist darum so bemerkenswert und hat sich dem jungen Schiller so unauslöschlich eingeprägt, weil ihn daraus der Geist einer Epoche des Aufbruchs anwehte. Beeindruckend ist, mit welcher Kühnheit Abel im Angesicht des Herzogs die Despotie anklagt als ein schlimmes Hindernis für die Entfaltung genialer Anlagen, und wie er, statt nur über die Genies auf der großen Bühne der Politik und der Literatur zu handeln, den jungen Leuten einige Merkmale an die Hand gibt, woran sie erkennen sollen, ob etwas Genialisches in ihnen steckt. Er ermahnt die Erziehungspersonen und Autoritäten, die Keime nicht durch Routine und phantasielose Verteidigung der Normalität zu zertreten. Abel spricht für das Recht der Jugend, sich selbst zu erproben, auch wenn es dabei zu Irrtümern, Ungehörigkeiten und Regelverstößen kommen sollte. Abel, selbst noch ein junger Mann, will das Selbstgefühl seiner Schüler stärken.

Zu Beginn seiner Rede kann man den kleinen, zierlichen Mann dabei beobachten, wie er zunächst die pflichtschuldigen Ehrerbietungen gegenüber dem Herzog absolviert, aber so übertrieben, daß es fast schon wieder ironisch klingt: »Er ist's, der die Großen der Erde lehrt, nur Weisheit für die Stütze ihres Thrones zu halten«. Nach steifem Beginn versetzt er sich allmählich in die passende Stimmung. Dem Thema, sagt er, sollte man sich nur mit »Begeisterung« nähern. Nur Ähnliches erkenne das Ähnliche.

Die Beantwortung der ersten Frage, »ob der große Geist geboren oder erzogen werde«, benutzt er zu einer ersten Attacke auf die Despotie. Genie sei ursprüngliche Kraft, also angeboren, aber sie entwickele sich nur in günstiger Umgebung. Die schlechteste ist, wenn die Gesellschaft, in die das Genie hineingeboren wird, unter dem »Joch des Aberglaubens« und des »seelenerstickenden Despotism« schmachtet. Hätte Platon nicht ein »freies Athen« zur Wirkungsstätte gehabt, so wäre aus ihm wohl nichts geworden. Abel wagt es, ausdrücklich die »Republiken« zu rühmen, weil sie den »großen Männern« günstig seien. Schiller wird sich daran erinnert haben, als er 1783 das »republikanische Trauerspiel«, den »Fiesko«, seinem ehemaligen Lehrer widmete.

Bei der Erörterung der Naturanlagen des Genies kommt Abels gemäßigter Materialismus zum Vorschein, wenn er auf die besondere Beschaffenheit des »Gehirnsystems« beim Genie hinweist, doch mit der

Einschränkung, daß physiologische Disposition nicht ausreiche, sondern Erziehung, Umwelt, Übung und vor allem ein freier Entschluß hinzukommen müßten: wer ein Genie werden will, muß auch den Willen dazu haben.

Insgesamt hält sich Abel nicht lange bei den Voraussetzungen des Genies auf, es soll nicht der Eindruck erweckt werden, als ließe sich das Genie aus Ursachen erschöpfend erklären. Genie soll als das Originale, Überraschende, nicht Ausrechenbare erscheinen, eine Wirkung, für die es keine zureichende Ursache gibt. Das Erhabene soll nicht gewöhnlich, das Große nicht klein gemacht werden. Bei der Beantwortung der Frage, »welches die Kennzeichen des Genies sind«, zeigt sich, wie sehr Abel vom genialischen Geist der Epoche mitgerissen wird. Gemessen am Genie-Diskurs seiner Zeit ist nicht sonderlich originell, was er vorbringt, aber in der steifen Festversammlung wirkt es anstößig und stachelt die ehrgeizigen jungen Leute an, die mehr im Sinn haben als eine ordentliche Berufslaufbahn. Abel umkreist den inzwischen zum Losungswort gewordenen Gedanken: Genie bricht die Regeln und schafft sich selber neue. »Der Genielose, matt und kraftlos, kann nie ohne die Krücke der Regeln und Gesetze gehen, kraftlos und elend nie über die vorgezeichnete Bahn wegspringen oder mit Heldenkühnheit sie durchbrechen, um sich selbst schöpferisch eine neue Bahn zu finden. Er schleicht also ruhig und dumm, gleich jenem trägen lastbaren Tier, im Gleise fort«. Dieses Bild vom »lastbaren Tier« hat sich dem jungen Schiller so nachhaltig eingeprägt, daß er es noch in »Wallensteins Lager« verwenden wird in den Worten des Wachmeisters: *Es treibt sich der Bürgersmann, träg und dumm, / Wie des Färbers Gaul, nur im Ring herum* (II, 290).

Gegen den trägen Trott des Tieres setzt Abel den Höhenflug des Genies: »Das Genie voll Gefühl seiner Kraft, voll edlen Stolzes, wirft die entehrenden Fesseln hinweg, höhnend den engen Kerker, in dem der gemeine Sterbliche schmachtet, reißt sich voll Heldenkühnheit los und fliegt gleich dem königlichen Adler weit über die kleine niedre Erde hinweg und wandelt in der Sonne. Ihr schimpft, daß er nicht im Gleise bleibt, daß er aus den Schranken der Weisheit und Tugend getreten, – Insekten, er flog zur Sonne«.

Nun kommt Abel auf jene Anzeichen zu sprechen, die beim Heranwachsenden schon früh Genie erkennen lassen, aber von den Erziehungspersonen und Autoritäten als solche nicht verstanden werden. Da ist zum Beispiel die selektive Aufmerksamkeit. Der genialisch Begabte heftet sich mit Leidenschaft und Hingabe auf bestimmte Gegenstände, alle seine Kräfte wirken hier, und folglich werden seine Begriffe und Empfindungen in anderer Hinsicht »matt und mühselig. Das Genie ist jetzt so dumm, weil es sonst so weise ist«. Der genialisch veranlagte Knabe ist Stimmungsschwankungen unterworfen, von ihm sollte man nicht »beständigen Fleiß« und auch nicht den »pedantischen Schnekkengang« der Strebsamkeit erwarten, selten wird er ein Musterschüler sein, Lehrer und Eltern werden wohl nicht über ihn »jauchzen«.

Abel spricht mit Enthusiasmus und bemüht sich doch um Systematik. Er skizziert eine ganze Psychologie des Genies, er zählt die Komponenten auf: Schnelligkeit, Empfindsamkeit, Lebhaftigkeit, Mannigfaltigkeit. Entscheidend aber seien Leidenschaft und Hingabe. Beim genialischen Menschen befinden sich die Kräfte in einer ursprünglichen Harmonie, es gibt bei ihm einen Instinkt fürs Gelingen, eine Art traumwandlerische Sicherheit. Zwei Jahrzehnte später wird Schiller an diese Charakteristik anknüpfen. In der Begründung seiner These *Naiv muß jedes wahre Genie sein, oder es ist keins*, schreibt er in »Über naive und sentimentalische Dichtung«: *bloß von der Natur oder dem Instinkt, seinem schützenden Engel, geleitet, geht das Genie ruhig und sicher durch alle Schlingen des falschen Geschmackes* (V, 704).

Abels Rede enthält vertrauliche Winke, die den Schülern zu verstehen geben, daß er mit ihnen insgeheim im Bunde sei – gegen die Mißgunst und Verständnislosigkeit mancher Oberen. Wem es in der offiziellen Gesellschaft unbehaglich war, wer sich unverstanden fühlte, aber Kräfte in sich spürte, wer sich einsam vorkam, aber stolz blieb, jemand wie der junge Schiller also konnte sich gemeint fühlen, wenn Abel am Ende seiner festlichen Rede verkündete: »Die Begriffe und Empfindungen des Genies sind so lebhaft, tief und fruchtbar, daß es Quelle der Tätigkeit in sich selbst findet und daß ihm alle äußerlichen Gegenstände schwinden. Daher flieht es die Welt, die ihm neue Gegenstände darbietet und ihm die geliebte Phantome seiner Seele entreißt; daher ekelt ihn vor Gesellschaften und dem Geräusch der Freunde; daher suchet es sehnend die Einsamkeit. Seht ihr dort einen Jüngling, einsam irrt er umher, haßt eure Scherze, höhnt eure Freuden, nur in sich selbst gehüllt, eine Welt voll Gedanken arbeitet in seiner Seele, – er ist ein Genie«.

Abel kommt einige Male, wie es der Geist des Sturm und Drang nahelegt, auf Shakespeare zu sprechen. »Das Genie spielt mit kühnen, großen Gedanken wie Herkules mit Löwen. Was hat nicht Shakespeare gelitten? Da schrein und quaken sie zu seinen Füßen, aber noch steht er unerschüttert, sein Haupt in den Wolken des Himmels«.

Mit diesem »Löwen« hatte Abel den jungen Schiller im Unterricht bekannt gemacht. Um psychologischen Begriffen Anschaulichkeit zu geben, pflegte er Stellen aus der Dichtung heranzuziehen. So erläuterte er einmal den Konflikt zwischen Pflicht und Leidenschaft am Beispiel des »Othello«, aus dem er einiges in der Wielandschen Übersetzung vorlas. Bei dieser Gelegenheit hat Schiller wohl zum ersten Mal etwas von Shakespeare gehört. In seinen Lebenserinnerungen schildert Abel die Szene so: »Schiller war ganz Ohr, alle Züge seines Gesichtes drückten die Gefühle aus, von denen er durchdrungen war, und kaum war die Vorlesung vollendet, so begehrte er das Buch von mir und von nun an las und studierte er dasselbe mit ununterbrochenem Eifer.« Mit solchem Eifer studierte er Shakespeare, daß er Mahlzeiten an einen Mitschüler abtrat, damit er einige Bände Shakespeare, die er von jenem geliehen hatte, länger behalten durfte. Dem Dänen Baggesen erzählte Schiller 1790, er habe in der Karlsschulzeit den »Lear« sechzehnmal gelesen. Manche Stücke kannte er fast auswendig. Als er 1785 von Mannheim nach Leipzig aufbrach, empfahl ihm ein Bekannter, Lesestoff für die Reise mitzunehmen. Das brauche er nicht, sagte Schiller, *wenn mir die Zeit lang wird, so schreibe ich mir die Szene von Shakespeare auf, und lese sie.*

Bei Shakespeare fand der junge Schiller das große Welttheater, diesen Tumult der menschlichen Schicksale und Konflikte. Seine ersten Menschenkenntnisse las er sich aus Shakespeares Stücken zusammen. Bei Shakespeare lernte er, was er in der Vorrede zu den »Räubern« später als die Kunst des Dramas bezeichnet, nämlich *die Seele gleichsam bei ihren geheimsten Operationen zu ertappen* (I, 484).

Der Eindruck Shakespeares war für den jungen Schiller fast zu überwältigend. Er fühlte sich ohne sicheren Halt in das Menschengetümmel hineingezogen, er suchte den Autor, der Sicherheit gab, aber Shakespeare war nirgendwo zu fassen. *Ich war noch nicht fähig*, schreibt Schiller im Rückblick, *die Natur aus der ersten Hand zu verstehen. Nur ihr durch den Verstand reflektiertes und durch die Regel zurecht gelegtes Bild konnte ich ertragen* (V, 713). Schiller wollte in dem Werk den Dichter finden, er wollte *seinem Herzen* begegnen, *mit ihm gemeinschaftlich über seinen Gegenstand … reflektieren*, aber der Dichter entzog sich, verschwand in der ungeheuren Welt seines Werkes. Das war dem jungen Schiller noch zuviel. Soviel *Natur* konnte er noch nicht ertragen, anders als der junge Goethe, der nach seiner ersten Bekanntschaft mit Shakespeare ausgerufen hatte. »Natur! Natur! nichts so Natur als Shakespeares Menschen«.

Viertes Kapitel

Popularphilosophie. Die anthropologische Wende. Die Karriere des Empirismus. Im »Audienzsaal des Geistes« das Leben zur Sprache bringen: Shaftesbury, Rousseau, Herder. Schiller zwischen den Fronten. Schiller lernt bei Ferguson und Garve. »Das Haupt ist nicht geöffnet worden«.

Jakob Friedrich Abel hat den jungen Schiller für die Philosophie eingenommen. Der verlor nicht sein Interesse an der schönen Literatur, aber sie rückte für ihn in den Hintergrund. Er las auch weiterhin seinen Shakespeare, aber inzwischen tat er es nicht nur des Zaubers einer genialen Welterfindung wegen, sondern eben auch, um seine Menschenkenntnis zu erweitern. Aus demselben Grund vertiefte er sich nun in die Philosophie. Dort gab es für ihn vieles zu entdecken, denn seit der Mitte des 18. Jahrhunderts hatte die Philosophie in Deutschland die anthropologisch-empirische Wende vollzogen, und Abel, der die neueren Ideen wie ein Schwamm aufgesogen hatte, tat alles, um sie seinen Hörern nahezubringen.

Es war ein neuer Geist in die Philosophie eingezogen; was man später »Popularphilosophie« nannte, war die Folge einer tiefgreifenden Wandlung: die Philosophie wollte aus der Akademie heraus und zur Welt kommen. Das hatte eine längst vergessene Programmschrift von Johann August Ernesti 1754 ausdrücklich gefordert, die allerdings, als sei sie doch nicht ganz von sich selbst überzeugt, in Latein abgefaßt war: »De philosophia populari«. Populär – das bedeutete: erzieherisch. Philosophische Erkenntnisse sollten dem Leben dienen, und die Vernunft sollte weniger als Gehalt unbestreitbarer Erkenntnisse verstanden werden denn als Energie, als eine Kraft, die nur in ihrer Ausübung und Auswirkung richtig erfahren werden kann. Und so galt neben der erzieherischen Publizität als zweites Prinzip das »Selbstdenken«, wie es Christian Thomasius, ein Aufklärer der ersten Generation, genannt hatte. Er hielt seine Vorlesungen auf deutsch, was damals sehr ungewöhnlich war, legte weniger Gewicht auf das Systemkonforme der Gedanken als darauf, ob sie für sich selbst stehen konnten, einsichtig und allgemein anregend waren. Ein guter Gedanke war für ihn einer, der nicht in ein System hinein-, sondern ins Leben hinausführen sollte. Das »Selbstdenken« bedeutete also, daß man das Kriterium der nachvollziehbaren Erfahrung, die jedermann zugänglich sein sollte, gelten ließ. Die Plausibilität der Gedanken sollte nachprüfbar sein anhand der eigenen Lebenserfahrung. Es sollte nach der Devise verfahren werden: Prüfe alles und behalte das Beste! Wer auch weiterhin auf systematische Geschlossenheit Wert legte, nannte diese Haltung verächtlich »Eklektizismus«. Das konnte jedoch den Erfolg des erfahrungsgesättigten und pragmatischen Denkens, das nun mächtig aufkam, nicht verhindern. Es meldeten sich Zweifel an der rationalen Metaphysik der Wolff-Schule, die bis zur Jahrhundertmitte die Universitäten beherrschte. Die empirische Erfahrung wurde gegen rationalistische Konstruktionen und metaphysische Spekulationen ins Feld geführt; maßgeblich dafür war auch der wachsende Einfluß der französischen Skepsis und der englischen Aufklärungsphilosophie. Man begann anders auf den Menschen zu blicken, und der Medizinstudent Schiller geriet in den Wirkungsbereich dieses neuen empiristischen Menschenbildes.

Selbstverständlich hatte die Philosophie früherer Jahrhunderte auch über den Menschen nachgedacht. Dabei aber ging es um den Ort des Menschen in einer hierarchisch gestuften Seinsordnung, die von der spekulierenden Vernunft aus theologischen Begriffen herausgesponnen wurde. Inzwischen war die Wolffsche Schulphilosophie in ihrer deduktiven Scholastik erstarrt. Erfahrung, Beobachtung und Induktion werden jetzt zu Leitbegriffen, und Locke und Newton zu Leitsternen der jüngeren Generation.

Die neue, empirisch gerichtete Philosophie stellte neue Fragen. Es wurde nicht mehr gefragt, inwiefern der menschliche Geist ein Spiegel des göttlichen Geistes sei; das Unbezweifelbare, das Descartes im Geist gefunden hatte, wurde nun als körperliches Sein verstanden. Der Mensch sollte vom Körper her, also ›von unten‹, und nicht vom Geist aus, also ›von oben‹, verstanden werden. Die Körper, die beseelten und die unbeseelten, die sich im Raume stoßen, aufeinander einwirken und eigentümliche Konstellationen bilden, bestimmten die Ordnung des Seins. Descartes hatte die Körperwelt als »res extensa« und damit als Geltungsgebiet von Mechanik und Mathematik definiert. Die philosophische Wende nahm hiervon ihren Ausgang.

Man versuchte, mit den Prinzipien der »res extensa« den Geist zu verstehen. Die an der »ausgedehnten« Körperwelt abgelesenen Merkmale wurden auf den Geist übertragen. Es wurde eine Art Bewußtseinsmechanik, eine Gesetzmäßigkeit in der Verknüpfung und Aufeinanderfolge von Ideen konstruiert. Daraus ergab sich eine Assoziationspsychologie, bei der das Bewußtsein als eine Art Raum galt, worin die Gedanken, Affekte und Motive sich wie Elemente im Raum zueinander verhielten. Das methodische Prinzip der Mechanik, das in der Theorie der äußeren Erfahrung seine Triumphe feierte, wurde auf das Verständnis der inneren Vorgänge angewandt. Spinoza hatte sich unmißverständlich zu einem solchen Verfahren bekannt, als er am Eingang des dritten Buches seiner »Ethik« versprach, er werde die inneren und äußeren Handlungen und die Begierden der Menschen »more geometrico« behandeln, als wäre von Linien, Flächen und Körpern die Rede. Zwar hatte auch Descartes die Affekte und Leidenschaften zur Körperwelt, zur »res extensa« gerechnet und deshalb eine Mechanik der Gemütsbewegung konstruiert, jedoch das Denken, die »res cogitans«, hatte er davon getrennt. Nun aber wurde das Denken selbst als körperlicher Vorgang nach den Prinzipien der Mechanik gedeutet. Auf die Frage: Was ist Denken? antwortete man, es sei auch nur ein mechanischer Vorgang, ein besonderer Anwendungsfall der Assoziationspsychologie.

In England waren es vor allem Bacon und Hobbes, die das Geistige ins physische Gebiet zogen. Sie entwarfen eine Naturwissenschaft der Seele und des Geistes und damit die Umrisse eines anthropologischen Materialismus, der die Tätigkeit des Geistes in Abhängigkeit von leiblichen Funktionen begriff. Der Theologie und dem Ritus überließen sie Gott, das Jenseits und die Unsterblichkeit. Diese listige Trennung zwischen dem Geistlichen und dem Geistigen erlaubte, das Geistige zu naturalisieren, ohne bei der Orthodoxie Anstoß zu erregen. Man wollte keinen Streit mit den kirchlichen und staatlichen Autoritäten.

Bei dieser zuerst von Bacon und Hobbes gefundenen friedlichen Koexistenz von Wissen und Glauben blieb es auch in den folgenden Generationen. Die englischen Empiristen und Materialisten waren, im Unterschied zu den französischen, zumeist Deisten, die dem Seelischen eine geistliche Provinz zugestanden. Aus der erkennbaren Welt zwar war Gott vertrieben, in der Kirche und der Moral ließ man ihn noch gewähren.

Dieser Empirismus und Materialismus sah die Quelle der Erkenntnis in der Erfahrung und nicht im Denken, das als eine Form der sekundären Bearbeitung erschien: es ordnet und verknüpft den Stoff, den die Sinne bieten. Es ist nichts im Verstand, was nicht vorher in den Sinnen war, erklärte Locke. Wurde die Rolle des Denkens im Rahmen seiner sekundären Funktion stärker betont, wie bei Locke, handelte es sich um einen Empirismus mit rationalistischer Komponente. Wurde die Rolle des Denkens gegenüber der sinnlichen Erfahrung geringer veranschlagt, wie bei Hobbes und Bacon, entwickelte sich der Empirismus zum Sensualismus weiter. Galt das Denken nur noch als Epiphänomen, verstand man es nur als Funktion der Materie, dann wurde aus dem Empirismus ein Materialismus, der in der zweiten Hälfte des 18. Jahrhunderts in Frankreich Triumphe feierte.

Wie auch immer, das Denken lernte sich selbst zu mißtrauen. Was man dem Denken nahm, gab man der Erfahrung. Bei Bacon begann diese Entwicklung. Er kritisierte ein Denken, das sich über die materielle Wirklichkeit erhebt und dadurch zur Quelle von Irrtümern wird. Das gewöhnliche Denken, sagte er, legt gern Zweck und Absicht, also eine Teleologie, in die Dinge hinein. Das ist aber falsch. Der Mensch hat Absichten, nicht aber die Natur. Die Kritik des Denkens enthüllte seine projektiven Neigungen. Außerdem, so Bacon, ist das Denken in der Regel abhängig von den zirkulierenden Meinungen, den »Trugbildern des Marktes«, wodurch die Erfahrung verfälscht wird. Nicht die Sinne, sondern der vergesellschaftete Verstand führt uns in die Irre, deshalb kommt es darauf an, durch anschauliche Experimente den Verstand aus dem Labyrinth seiner Irrtümer herauszuführen. Zu diesen Irrtümern gehören auch die »Trugbilder der Höhle«, gemeint sind damit die Denkgewohnheiten, die sich aus individuellen Anlagen und Interessen ergeben. Man muß also manchmal mühsam auf die Erfahrung zurückkommen, indem man sie reinigt von den Zusätzen falschen Denkens. Die Skepsis richtet sich folglich nicht gegen die sinnliche Erfahrung, wie in der ehrwürdigen Tradition des Platonismus, sondern gegen den Verstand. Allerdings ist es doch wieder der Verstand, der sein eigenes Täuschungswerk zerstören muß, damit die sinnliche Erfahrung ungetrübt wirken kann.

Dieser Empirismus, ob nun sensualistisch, rationalistisch oder materialistisch, mußte eine ganz eigene Anthropologie und Moralphilosophie entwickeln.

Der Aufwertung der sinnlichen Erfahrung entsprach eine neue Bewertung der körperlichen Triebe (Hunger, Fortpflanzung, Selbsterhaltung). Daß sie von großer Bestimmungskraft sind, wußte man auch vorher. Jetzt aber erklärte man sie zum eigentlichen Zentrum des Menschen. Ist es nicht immer die Idee, die sich blamiert beim Zusammenstoß mit einem Trieb? Die Triebe galten als die Grundelemente der moralischen und gesellschaftlichen Wirklichkeit, und die Moral- und Gesellschaftslehre geriet in die Nähe einer Physik und Mechanik der Triebe. Das gesellschaftliche und staatliche Leben wurde auf die »Natur« des Menschen hin berechnet.

Was aber ist diese »Natur«? Hobbes sah ihren Grundzug im Selbsterhaltungstrieb. Alle Interessen sind, direkt oder über Umwege, auf die Erhaltung und Förderung der sinnlichen Existenz des einzelnen gerichtet. Selbsterhaltung ist der einzige Gegenstand des Willens. Der entfesselte Selbsterhaltungstrieb müßte den Kampf aller gegen alle hervorbringen, die Anarchie der Gewalt. Um sie zu vermeiden, mußte man am Individuum, diesem sozialen Atom, eine Art Kernspaltung vornehmen. Aus dem individuellen Selbsterhaltungstrieb mußte ein Anteil herausgebrochen und für die Etablierung einer Staatsgewalt verwendet werden, in der sich der Wille zur kollektiven Selbsterhaltung verkörpern sollte. Hobbes brachte also das Kunststück fertig, Gesellschaft und Staat zu denken, ohne altruistische Neigungen voraussetzen zu müssen, die er in der menschlichen Natur nicht entdecken konnte. Hobbes hatte seine kalte Staats- und Gesellschaftsvision bekanntlich entworfen auf dem Hintergrund seiner Erfahrungen mit den heißen Bürgerkriegen im Frankreich des 17. Jahrhunderts. Diese Erfahrung trug dazu bei, den Menschen als einen gefährlichen Sprengsatz anzusehen, der entschärft werden mußte. Hobbes' Bild des empirischen Menschen war von seiner eigenen Empirie bestimmt.

Der Empirismus, ob er nun eine egoistische (Hobbes) oder altruistische (Locke) Triebnatur voraussetzte, tat sich schwer damit, die menschliche Freiheit zu denken. Auf dem Gebiet der Willensfreiheit war die Schwierigkeit offensichtlich: wie kann der Wille frei sein, wenn es doch ein zwingender Trieb ist, der in uns handelt?

Weniger offensichtlich, aber bei näherem Zusehen gravierend sind die Schwierigkeiten der Freiheit auf dem Gebiet der Erkenntnis und der Wahrnehmung. Wenn, wie bei den Empiristen, die Erkenntnis so unmittelbar an die Sinneswahrnehmung anschließt, bleibt ihr dann überhaupt noch Bewegungsfreiheit gegenüber der zwingenden Evidenz der Sinneseindrücke? Wie frei sind wir beim Erkennen? Zwingen uns die sinnlichen Erfahrungen, oder haben wir im Denken mehr Raum, als uns die sinnlichen Erfahrungen erschließen? Welchen freien Spielraum haben wir? Zwar gesteht der Empirismus zu, daß der Verstand in die Irre gehen kann. Also ist er wenigstens frei für den Irrtum. Aber dann bliebe von der Freiheit nur übrig, daß sie uns von der Erkenntnis der Wirklichkeit abbringt. Man käme zu dem Paradox, daß wir nur dort frei sind, wo wir irren.

Locke hatte den schönen Ausdruck geprägt vom »Audienzsaal des Geistes«, wo die Sinneseindrücke vorsprechen. Wer aber thront dort und empfängt die Boten von der Peripherie? Ist der »Geist« in seinem Audienzsaal frei? Hat es für die Empiristen überhaupt Sinn, von der ›Freiheit der Erkenntnis‹ zu sprechen? Die sinnlichen Eindrücke sind unwillkürlich, sie drängen sich bisweilen sogar schmerzhaft auf, sie überwältigen uns, sind von einer nicht anfechtbaren Evidenz. Der König auf dem Thron in jenem »Audienzsaal des Geistes«, sagen wir also der Verstand, kann den Sinnes-Boten nicht den Zutritt verwehren, er muß ihre Botschaft gelten lassen. Muß er wirklich? Bisweilen kann er sie eine Weile lang, wenn sie nicht allzusehr drängen, ignorieren und seinen »Trugbildern« (Bacon) nachhängen. So frei ist er immerhin, es ist dies aber die Freiheit, sich eine Weile lang irren zu dürfen. Über kurz oder lang wird er sich dann doch nach den Botschaften richten müssen. Sie werden ihn dazu zwingen. Der Spielraum der Freiheit ist gering und außerdem eher eine Hypothek als eine Chance.

Ebensowenig wie der sensualistische vermag auch der rationalistische Typ des Empirismus die Freiheit im Erkenntnisvorgang zu denken. Dort sitzt eben ein rationaler König auf dem Thron, der sich – more geometrico – gebunden weiß an die Gesetze des richtigen Denkens. Weit davon entfernt, souverän zu sein, ist er bloß ein konstitutioneller König. Er vollzieht Gesetze, die er nicht geschaffen hat. Wer hat sie geschaffen? Wenn es nicht Gott war, dann waren es die Boten, also die Wirklichkeit selbst.

Die vollständige Entmachtung des Königs im »Audienzsaal des Geistes« haben die Materialisten besorgt. Es gibt nur Boten der Sinne, selbst der König, der sich für etwas anderes hält, ist in Wirklichkeit auch nur ein Bote. Wenn der König etwas zu entscheiden glaubt, so handelt ein Bote in ihm, denn dem radikalen Materialisten gilt Erkennen als Sinnenreiz, als ein körperlicher Vorgang also. Der Kopf ist ein Körperteil, und was in ihm geschieht, vollzieht sich nach den Gesetzen des Körpers. Was in uns denkt, ist nicht der Geist, sondern die Physik und Physiologie des Gehirns, das Neuronengewitter.

Die robusten Materialisten vom Schlage Lamettrie und d'Holbach bewerkstelligen einen Kurzschluß zwischen den beiden Vorgängen, den körperlichen und denen des Bewußtseins. Und folglich gilt das Erkennen als eine zwangsläufige physische Reaktion auf einen physischen Reiz, mit der Besonderheit freilich, daß diese physische Reaktion als Bewußtseinsphänomen erlebt wird.

Doch hier, beim von innen erlebten Bewußtsein, könnte das Bewußtsein dem Materialismus entrinnen. Denn was bedeutet es, wenn etwas Physisches als Bewußtsein erlebt wird? Mit dieser Seltsamkeit hatte sich schon Spinoza herumgeschlagen, als er erklärte: wenn ein Stein, der fällt, Bewußtsein hätte, würde er glauben, er falle aus eigenem Willen. Lamettrie stellt dieses Gedankenexperiment mit sich selbst an und fragt, ob er selbst oder ein körperlicher Vorgang in ihm der Autor des Buches sei. Seine Antwort: Der Körper hat das Buch geschrieben, näherhin ist es die Temperatur des Blutes, die in ihm schreibt: »Warum erhitzt sich mein Blut, während ich … einen abstrakten Gedankengang verfolge?« Im Handumdrehen macht Lamettrie aus einem begleitenden einen verursachenden körperlichen Zustand, so daß gilt: Nicht ›Ich‹ schreibe ein Buch, sondern das körperliche ›Es‹ – das erhitzte Blut – hat es geschrieben.

Solches Denken, ob rationalistisch, sensualistisch oder materialistisch, blickte mit Verachtung auf die angeblich traumverlorenen, illusionären Weltbilder der früheren Jahrhunderte. Das seien noch »Kinder« gewesen, hieß es, die den Wunsch für die Wirklichkeit genommen und ihre Phantasien über Sinn und Bedeutung in die Welt hineinprojiziert hätten. Man müsse endlich erwachsen werden und die Welt nüchtern sehen, wie sie ist, frei von törichten Ängsten und sentimentalen Hoffnungen. Dieser Denkstil war verbunden mit dem Pathos von Härte, Kälte und Ernüchterung. Die rationale Konstruktion, der seelenlose Mechanismus von Druck und Stoß, körperlicher Säfte und Kräfte, Reiz und Reaktion – das zusammen ergibt eine Welt, worin wenig Platz ist für Freiheit, Gefühl, Seele und Geist.

Was derart zum Objekt gemacht wird, erscheint notwendig als kausal, mechanisch, körperlich. Aber es gibt eine Entschädigung für diese

Entzauberung der Wirklichkeit. Das ist die Befreiung von den eingebildeten Ängsten der Religion und die wachsende Beherrschung der Natur, um den Preis allerdings, daß die sinnhafte Ordnung der Metaphysik aufgelöst und ›neutralisiert‹ wird. Die neue Erkenntnis enthüllt, wie die Wirklichkeit funktioniert, nicht aber, wie sie sein soll. Selbstverständlich beschäftigt man sich auch weiterhin mit Fragen der Moral und des richtigen Lebens, und es werden auch weiterhin trotz der quantifizierenden, messenden und rechnenden Methode die Qualitäten des Lebens erfahren und die Freiheit gelebt. Aber Wissen und Denken finden keine angemessene Sprache dafür. Offenbar ist das, was lebt, doch noch etwas anderes als das, was denkt. Der Eigensinn des Lebendigen hatte im empirischen, rationalistischen und materialistischen Denken noch keinen zureichenden Ausdruck gefunden.

So blieb es nicht aus, daß man diese Trennung zwischen dem, was denkt, und dem, was lebt, als unbefriedigend empfand. Man wollte den ganzen Menschen und sein In-der-Welt-Sein begreifen. Man war energisch von der Erfahrung ausgegangen, hatte sie analysiert und sich ein Bild gemacht über die Wirklichkeit – wie sie in uns hineinkommt und wie wir mit ihr zusammenhängen – und war dabei an einen Punkt gelangt, wo sich die lebendige Erfahrung plötzlich nicht mehr in der Analyse wiedererkennen konnte.

In England war es Shaftesbury, in Frankreich Rousseau und in Deutschland Herder, die noch auf dem Boden des neueren Empirismus Einspruch erhoben gegen die empiristischen Reduktionen, in denen der Reichtum des gelebten Lebens mit seiner Spontaneität, seinen Gefühlsqualitäten und schöpferischen Kräften so wenig zur Sprache kam. Es war insofern ein Einspruch noch auf empiristischem Boden, da nicht deduktiv, von ›höheren‹ Begriffen aus argumentiert wurde, sondern induktiv, ausgehend von der Erfahrung, allerdings von einer bereicherten und lebendigen. Diese weichen und geräumigen Empiriker waren Artisten der Sprache und mußten es auch sein. Denn wer das Sublime der Erfahrung, den Zusammenklang von Empfindung und Denken, Wahrnehmung und Einbildungskraft zur Sprache bringen wollte, mußte das sprachliche Register der Bedeutungsvielfalt und der Zwischentöne beherrschen. Für ein Verstehen des ungeteilten Lebens reichte die analytische Strenge nicht aus, poetische Bildkraft und Expressivität mußten hinzukommen.

Was Shaftesbury betrifft, so hat er Wahrnehmung, Erkenntnis und

Moral in einem Grundgefühl verankert gesehen: Das Gefühl verbindet uns mit der Welt, und im Selbstgefühl erleben wir unsere Identität. Im Medium dieses Gefühls und ganz von ihm eingehüllt, vollziehen sich Wahrnehmen, Denken und moralisches Handeln. Shaftesburys Einsicht findet sich später wieder bei Heidegger: die Stimmung grundiert das Selbst- und Weltverhältnis; Gefühl ist ein Resonanzphänomen. Stimmung hat keine Objekte, sondern ist Teil der gemeinsamen Bewegung von Natur und Mitwelt. Deshalb spielt bei Shaftesbury das Mitgefühl eine so große Rolle. Er kann nicht, wie z.B. Hobbes, den Egoismus als den einzigen Grundzug des natürlichen Menschen betrachten, ebenso elementar ist ihm dieses Mitgefühl, das er »Gemeinsinn« nennt. Altruismus wäre ein mißverständlicher Ausdruck dafür, denn es handelt sich dabei nicht um eine moralische Verpflichtung, sondern um das gefühlte Miteinander, eine Stimmung des sozialen Zusammenstimmens. Bei Shaftesbury ist Stimmung und Gefühl das einheitsstiftende Prinzip. Der Einzelne ist dadurch mit sich selbst, mit der Gesellschaft und mit der Natur verbunden, und Gefühl ist auch, was Leib und Seele, Materie und Geist miteinander verbindet, denn das Gefühl ist das erlebte Zusammenstimmen dieser nur in der Analyse künstlich getrennten Sphären. Wer die Stimmung begreift, begreift, wie er mit allem zusammenhängt.

Auch Rousseau hatte im Gefühl das Einheitsprinzip entdeckt. Sinnliche Wahrnehmung und Denken werden dort verbunden. Ein rein sensitives Wesen könnte, so zeigt Rousseau, die Identität eines Gegenstandes, den man zugleich sieht und berührt, unmöglich erfassen. Ihm würden das Gesehene und das Berührte in zwei verschiedene ›Gegenstände‹ auseinanderfallen. Das ›Ich‹ erst bringt sie zusammen. Die Einheit des Ichs verbürgt also die Einheit der Gegenstände draußen. Rousseau geht noch weiter: Er vergleicht das ›Ich-Gefühl‹ und die ›Empfindung‹ der Außenwelt und kommt zu dem Schluß, daß ich die Empfindung nur ›haben‹ kann, wenn sie ins Ich-Gefühl eingeht. Und da die Empfindungen mir das Sein draußen zutragen, die Empfindungen aber nur existieren im Medium des Ich-Gefühls, so gibt es ohne Ich-Gefühl kein Sein. Oder umgekehrt: das Ich-Gefühl bringt das Sein hervor. Das Ich-Gefühl ist aber nichts anderes als die gefühlte Gewißheit: Ich bin. An dieser Stelle wendet sich Rousseau gegen Descartes, indem er dessen klassischen Satz ›Ich denke, also bin ich‹ gut empiristisch umdreht: ›Ich bin, also denke ich‹. Rousseau wird dann dieses ›Ich bin‹ reicher instrumentieren als seine Vorgänger. Es ist darin alles enthalten, was zur leiblichen, seelischen und geistigen Existenz gehört: das Spüren des Körpers, die Empfindung der Außenwelt, die Einbildungskraft, die Erinnerung und schließlich auch, als ein Moment unter anderen, das Denken und das logisch geregelte Erkennen, doch alles verbunden im Selbstgefühl.

Der hohe Aufwand an Scharfsinn, mit dem das scheinbar Selbstverständliche, nämlich das ›Ich bin‹, aus den subtilen Verwicklungen des Denkens herausgezogen wird, erklärt sich, wenn man nachzuvollziehen versucht, woraus das Selbstbewußtsein und Selbstgefühl sich herausarbeiten mußte, als es philosophisch geboren wurde, und von welchen euphorischen und enthusiastischen Gefühlen diese Geburt begleitet war. Denn der reduktive Empirismus und Sensualismus bis hin zum Materialismus hatten ein Denken auf den Weg gebracht, das den Menschen in eine Ordnung der Dinge einfügt, nachdem man zuvor den Menschen in eine vorgegebene spirituelle Ordnung eingepaßt sah. Ob nun als Ding unter Dingen oder als Mensch in einer vorgegebenen metaphysischen Ordnung – beide Male war der dominierende Grundzug ein Objektivismus und Determinismus, das eine Mal als geistige, das andere Mal als materielle Ordnung verstanden. Mit Shaftesbury, Rousseau und Herder bekam jedoch die Lust, ein Ich zu sein, eine lebendige Sprache. Offenbar ist das Einfache so schwierig, weite Wege mußte man zurücklegen, ehe man zu sich kam. Man kann die Euphorie der Ankunft nur verstehen, wenn man sich die Art der früheren Selbstverborgenheit vergegenwärtigt. Denken, Glauben, Empfinden waren etwas Subjektloses, ein Geschehen in der materiellen oder in der objektiv geistigen Dimension. Das Denken verschwand im Gedachten, die Empfindung im Empfundenen, der Wille im Gewollten und der Glaube im Geglaubten. Eine Furie des Verschwindens hatte das Subjekt in seine Gebilde hineingezaubert und dort festgehalten. Jetzt aber wird das Ich auf neue Weise sich selbst auffällig. In seinem Selbstgefühl hört es die Stimmen der Natur und die Vielstimmigkeit der Menschenwelt. Dieses Ich hat eine beflügelnde Gewißheit entdeckt: die Einheit seines Selbstgefühls ist ihm ein Spiegel für die Einheit der Welt.

Herder hatte dieser Entdeckung des Selbstgefühls noch die Dimension des Ausdruck-Geschehens hinzugefügt. Gerade darum war er der Wortführer und große Inspirator des Sturm und Drang. Er wandte sich, wie auch Shaftesbury und Rousseau, gegen den cartesianischen Rationalismus und gegen die Anthropologie der Aufklärung, gegen die dort übliche Zerlegung des menschlichen Verstandes in verschiedene Vermögen, gegen die Zerspaltung von Körper und Seele, von Gefühl und Wille.

Die Einheit, die Herder zu fassen versuchte, ist die des schöpferischen Grundes in allen Lebensäußerungen. Herder hat, wie kaum ein anderer, die Erkenntnis des Lebens um die Dimension des Organischen bereichert und gezeigt, daß mit Begriffen der Mechanik die innere Teleologie einer organischen Substanz nicht zu fassen ist. Herder deutet, wovon bereits die Rede war, die Entwicklung vom Keim über die Blüte bis zur Frucht als Ausdrucksgebärde und versteht menschliches Handeln, Empfinden und Denken analog dazu. Die Einheit, so sieht er es, verwirklicht sich in der Dynamik des Hervorbringens. Alles Lebendige ist ihm ein Hervorbringen, und zur Erscheinung kommen dabei lauter individuelle Keime und Kräfte. Es gibt nichts in der Natur und der Menschenwelt, das einander gleich wäre. Es gibt nichts Allgemeines, nur Individuelles. Daraus leitet er seinen wohlbekannten ethischen und ästhetischen Anspruch ab, daß jeder individuelle Lebenskeim sich entfalten und seine individuelle Wahrheit in der Ausdrucksgebärde an den Tag bringen können sollte. Unter diesem Blick verwandeln sich Welt und Natur in ein Laboratorium der individuellen Ausdrucksexperimente. Nicht der ›Logos‹ sondern die ›Poiesis‹ regiert die Welt. Das universelle Ausdrucksgeschehen läßt die Wirklichkeit auch als Lebensstrom erscheinen, und der Mensch ist mitten darin, wird bewegt und weiß doch nur wenig davon. Aber vielleicht ist das auch gut so, denn das Leben in seiner gärenden und keimenden Unruhe ist etwas Ungeheuerliches, zuviel für das enge Bewußtseins-Zimmer. Häufig spricht Herder, wie später Nietzsche, von dem »Abgrund« des Lebendigen, in den man nicht hinabblickt ohne den Verstand zu verlieren. »Trefflich auch, daß … die tiefste Tiefe unsrer Seele mit Nacht bedeckt ist! Unsre arme Denkerin war gewiß nicht im Stande, jeden Reiz, das Samenkorn jeglicher Empfindung, in seinen ersten Bestandteilen zu fassen: sie war nicht im Stande, ein rauschendes Weltmeer so dunkler Wogen laut zu hören, ohne daß sie es mit Schauer und Angst, mit der Vorsorge aller Furcht und Kleinmütigkeit umfinge und das Steuer ihrer Hand entfiele. Die mütterliche Natur entfernte also von ihr, was von ihrem klaren Bewußtsein nicht abhangen konnte … sie steht auf einem Abgrunde von Unendlichkeit und weiß nicht, daß sie darauf stehe; durch diese glückliche Unwissenheit steht sie fest und sicher.«

So stand es um die Dinge des Geistes, als Friedrich Schiller in Abels Unterricht und bei den Gesprächen zwischen der Akademiepforte und dem Vorlesungssaal davon erfuhr. Er hat tatsächlich vieles erfahren; Abel hatte, seinen eigenen Neigungen folgend, den Schülern vor allem die englischen Empiristen, Hobbes, Locke und Hume, nahegebracht und die französischen Materialisten nicht ausgelassen, die an der Karlsschule wegen ihres Atheismus offiziell nicht in gutem Ansehen standen. Aber auch die Philosophen des Wohlwollens, der großen Gefühle und des Ausdrucksgeschehens, Shaftesbury, Rousseau und Herder, standen auf dem Programm.

Schiller wurde hineingezogen in die Spannungen zwischen den gegensätzlichen Denkströmungen. Der Verstand und das Herz wurden gleichermaßen angesprochen, ohne daß die Gegensätze sich hätten schlichten lassen. Das zeigt sich in Schillers medizinisch-philosophischen Dissertationen von 1779 und 1780. Dort finden wir beides: einerseits eine fast materialistische Zergliederung des Verstandes und den Versuch, Freiheit und Spontaneität im physiologischen Prozeß dingfest zu machen; andererseits einen Enthusiasmus des Herzens, dem das Wohlwollen und die Liebe zum kosmischen Prinzip wird.

Doch bevor wir uns damit beschäftigen, werfen wir noch einen Blick auf ein philosophisches Werk, das ihm Abel empfohlen hatte und das er oft las und studierte: Adam Fergusons 1775 zum ersten Mal auf deutsch erschienene »Grundsätze der Moralphilosophie«. Abel berichtet in seinen Erinnerungen, daß Schiller einen bedeutenden Teil seiner frühen Bildung diesem Werk verdankte. Für Schiller wurde nicht nur dieses Werk selbst, sondern auch das ausführliche Nachwort wichtig, das der Übersetzer Christian Garve dafür geschrieben hatte. Garve war ein damals weithin bekannter, doch bald wieder vergessener Aufklärer, der sich besondere Verdienste als Übersetzer und Vermittler der englischen und französischen Popularphilosophie erworben hatte. Schiller wird auch später nur mit Hochachtung von ihm sprechen und ihn als einen der ersten zur Mitarbeit an den »Horen« auffordern. *Betrachten Sie mich*, schreibt er ihm am 1. Oktober 1794, *als einen alten Gefährten auf dem Wege zur Wahrheit, auf dem man nicht genug Gesellschaft finden kann und doch oft so vergeblich sucht*. Bei dem literarischen Schlachtfest der »Xenien« war Garve zusammen mit Lessing und Kant einer der wenigen, denen nicht mit Kritik und Satire begegnet wurde. Diesem philosophischen Stern seiner Jugend widmete Schiller, nachdem er von dessen Erblindung gehört hatte, die Verse: *Hör ich über Geduld dich, edler Leidender, reden, / O wie wird mir das Volk frömmelnder Schwätzer verhaßt.* Fergusons Werk zusammen mit Garves Kommentaren hatten sich dem jungen Schiller durch häufige Lektüre so eingeprägt, daß er noch Jahre später ganze Passagen auswendig wußte.

Adam Ferguson gehörte zur sogenannten Schottischen Schule der Empiristen, die, angeregt von Shaftesbury, das Konzept der primären Sinneserfahrungen um die Idee eines »Gemeinsinns« bereicherten. Man verstand darunter die gesellschaftlich und alltagspraktisch bewährten Intuitionen des gesunden Menschenverstandes. Dieser »common sense« sollte die übertriebenen, bloß theoretischen Zweifel am Wirklichkeitsgehalt unserer Erfahrungen dämpfen. Solange sich unsere Erkenntnisse in der Praxis bewähren, sind die ihnen zugrundeliegenden Erfahrungen von hinreichender Evidenz, die man durch erkünstelte Skepsis nicht zerstören sollte. Ein anderes praktisch evidentes Prinzip war die Freiheit. Es mag sein, erklärte Thomas Reid, der Lehrer Fergusons, daß man die Willensfreiheit nicht mit aller Konsequenz argumentativ demonstrieren könne, aber das ist lebenspraktisch auch nicht nötig für die Gewißheit, daß wir einigen Einfluß auf unsere Willensentscheidungen und Handlungen haben.

Zu diesen »einleuchtenden Wahrheiten«, die zwar nicht bis ins letzte begründbar sind, aber doch als plausibel angesehen werden müssen, zählt auch die Idee eines elementaren Altruismus. Hobbes' These vom Egoismus als einzigem Grundtrieb wird zurückgewiesen. Es gibt noch, erklärt Ferguson, eine Reihe weiterer Triebe, unter denen der »Geselligkeitstrieb« maßgeblich ist. Alle Triebe haben einen doppelten Bezug. Sie beziehen den einzelnen auf sich selbst, auf seine Selbsterhaltung, und sie beziehen ihn auf eine Gemeinschaft. Beide Bezugnahmen sind gleichursprünglich. Ferguson illustriert dies am Beispiel der Selbstachtung. Darin bezieht der einzelne sich zwar auf sich selbst, kann aber dieses Verlangen nach Selbstachtung nur verspüren, weil es die anderen gibt, die ihm Achtung erweisen oder verweigern. Der Mensch erfährt sich also als einzelner und als Gesellschaftswesen. Als einzelner will er alles in sich hineinschlingen und sich dienstbar machen. In der Einsamkeit seines Egoismus ist er ein »Raubtier«, und doch ist er zugleich »im höchsten Grade gesellig und zum bürgerlichen Leben geschickt«. Aus diesem Axiom des »geselligen Raubtiers« entwickelt Ferguson eine Anthropologie, die zwischen dunklen und hellen Farben changiert.

Weil Ferguson mit provozierender Deutlichkeit die brutalen, eigensüchtigen Seiten des Menschen betont, weil er illusionslos die ursprüngliche Ungleichheit unter den Menschen und die daraus entspringenden Kämpfe und deren Eindämmung in den Blick rückt, weil er also die Wirklichkeit nicht schönfärbt, sondern empirisch erfaßt, wirkt er auf Friedrich Schiller um so überzeugender, wenn er auf dem Hintergrund der dunklen nun auch die hellen Seiten des Menschen hervortreten läßt: das Wohlwollen, die Liebe. Sie werden, wie auch die eigensüchtigen Triebe, als Naturgesetz am Menschen vorgestellt. Und darum bleibt Ferguson auch beim Thema der Liebe kühl und distanziert, wie es eben angemessen erscheint, wenn von ›Gesetzen‹ die Rede ist. »Das größte Gut,« schreibt Ferguson, »das der Mensch hat, ist seine Liebe zum Menschen. Die Folge dieses Gesetzes sind: 1) Daß das Beste der Gesellschaft oder des menschlichen Geschlechts, zugleich das Beste des einzelnen Menschen sei. 2) Daß … es keine Glückseligkeit eines einzelnen Teils geben könne, die zugleich dem Ganzen schädlich sei.«

Dieser nüchternen Philosophie der Liebe werden wir wieder begegnen in Schillers medizinisch-philosophischer Dissertation, dort allerdings vorgetragen mit enthusiastischen Obertönen.

Bei Ferguson ist Liebe und Wohlwollen ein Empfinden und Handeln, das mit Naturnotwendigkeit hervortritt, sofern keine gegenwirkenden Ursachen, d.h. andere Triebe oder ungünstige Umstände, übermächtig werden. Das aber bedeutet: Die Freiheit ist für Ferguson kein ausdrückliches Thema, was Garve in seinem Kommentar bemängelt und was ihn veranlaßt, eigene Überlegungen zum Freiheitsproblem vorzutragen, die Schiller tief beeindruckt und später seine eigene Konzeption der Freiheit beeinflußt haben.

Unsere Freiheit, schreibt Garve, ist von eigenartiger »Unergründlichkeit«, weil sie ins Grundlose führt. Unser Erkennen aber sucht nach Gründen. Betrachtet der Erkennende sein eigenes Handeln, so wird er in sich Vorstellungen finden, die ihn zu einem bestimmten Handeln motiviert haben. Diese Vorstellungen aber haben sich nicht frei in ihm entwickelt: sie sind ihm von Außenreizen vorgegeben. Wenn aber die Handlungen mit den Vorstellungen und die Vorstellungen mit den Reizen notwendig verbunden sind, wo ist dann noch die Freiheit zu finden, fragt Garve. Es hat den Anschein, als wäre man selbst nicht der Urheber seiner Handlungen. So jedenfalls folgert die begriffliche Erkenntnis. Doch da gibt es noch eine »andere Empfindung«, die mir sagt: »ich bin selbst der Urheber meiner Handlungen; und ich bin nur insofern tugendhaft, als ich Urheber des Guten bin, was ich tue. Ich bin aber nur Urheber, wenn meine Handlung von nichts außer mir abhängt; also auch von meinen eignen Vorstellungen nicht, denn diese hängen zuletzt selbst von Dingen außer mir ab.« Wenn ich zurückblicke, um die Gründe meines Handelns zu erfassen, werde ich nirgendwo Freiheit entdecken, sondern Kausalität. Wenn ich aber nach vorn blicke und mich anschicke etwas zu tun, kann ich nicht umhin, mich als frei zu empfinden. Freiheit entgleitet mir, wenn ich sie erkennen soll, und ich entkomme ihr nicht, wenn ich handeln muß. Im Handeln kann ich mich von der Idee der Tugend leiten lassen, wenn ich mich später analysiere, werde ich vielleicht bemerken, daß es ganz andere Gründe waren, die mich bestimmt haben. Garve formuliert diesen Widerspruch, den Kant die »Antinomie der Freiheit« nennen wird, so: »Ich weiß nicht, wie ich frei bin, aber ich weiß, wie ich vollkommen sein soll.«

Das Problem der Freiheit, deren Antinomie Garve deutlich herausarbeitet, wird Schiller nicht mehr loslassen. Kann man die Freiheit, die man doch spürt, wenn man handelt und sich für ein wie auch immer definiertes Ideal des tugendhaften Lebens entscheiden soll, kann man diese an Leib und Leben gespürte Freiheit festhalten, wenn man jenen ganz anderen, nämlich das Körpergeschehen erfassenden Blick riskiert – diese Frage drängt sich dem jungen Schiller schon allein deshalb auf, weil er in seinem Medizinstudium, das er seit 1777 energisch und fleißig betreibt, nicht davon absehen kann. Dieses Studium zwingt ihm eine physiologische, körperbezogene Sichtweise auf. Dem medizinischen Materialismus kann er nicht ausweichen, und sein Philosophielehrer Abel ermuntert ihn, sich dieser Herausforderung zu stellen.

Es gehörte damals zum jährlichen Prüfungsritual, daß ausgewählte Schüler Thesen ihrer Professoren mit eigenen Argumenten öffentlich erläuterten und verteidigten. Ende 1776 hatte Schiller Abels »Thesen«, die diesem Problem der Freiheit aus somatischer Sicht gewidmet waren, zu verteidigen. Eine der Behauptungen Abels lautete, »daß alle Kräfte der Seele und alle Ideen und Arten von Ideen vom Körper abhängen« und daß diese Einsicht auf so großen Widerstand stoße »wegen einer gewissen panischen Angst vor einer materialistischen Seelenlehre«.

Wir wissen nicht, wie der junge Schiller damals die Thesen Abels verteidigt hat, wie er aber dann selbst drei Jahre später sich dem Problem genähert hat, werden wir in seinen Dissertationen beobachten können. Dort wird er einen subtilen Versuch unternehmen, die Freiheit im physiologischen Prozeß ausfindig zu machen. Und wenn er dort die Freiheit verteidigt, so geschieht es nicht durch metaphysische Spekulation, sondern – so weit reicht der Einfluß Abels – durch Beobachtung. Die empirisch-anthropologische Schulung trägt Früchte. Inzwischen versteht sich Schiller auch in den Angelegenheiten der Seele auf die Methode der kühlen Beobachtung. Gewiß, auch die Ausdrucksgebärde, das seelische Verströmen, der Enthusiasmus, die Begeisterung sind ihm wichtig, und er mag nicht davon lassen, schon allein deshalb nicht, weil sie jene rhetorischen Aufschwünge des dichterischen Wortes ermöglichen. Aber die Begeisterung des Ausdrucks soll die Kraft zur analytischen Distanz nicht mindern. Die Seele mag sich ausdrücken, doch soll sie nicht die Disziplin einer »Erfahrungsseelenkunde« – eine Bezeichnung, die Abel von Karl Philipp Moritz übernimmt – scheuen. Schiller, der lernen muß, Leichen zu öffnen, wird, was die Seele betrifft, zum sezierenden und experimentierenden Psychologen. Seine Arbeit an den »Räubern«, mit der er 1777 beginnt, dient solcher Seelenerkundung.

Für den Mediziner Schiller ist Dichten jetzt nicht mehr nur Ausdruck und rhetorische Gebärde, sondern er will sich als *durchdringender Geistererkenner* bewähren, der es übernimmt, *die Seele gleichsam bei ihren geheimsten Operationen zu ertappen* (I, 484). Es könnte ja sein – und dieser Schluß drängt sich dem Mediziner auf –, daß diese *geheimsten Operationen* tiefer hinunterreichen in das Schattenreich des Körpers, als es einer stolzen Seele, die auf ihre Unabhängigkeit pocht, lieb sein kann. Ist Franz Moor nicht vielleicht deshalb ein Bösewicht, weil er sich in einen üblen Körper geworfen fühlt, rächt er sich nicht wie unter Zwang an der Menschenwelt, weil die Natur ihm so ungnädig war? Schiller übt sich darin, die literarische Form als Experimentalanordnung zu nutzen, um herauszubekommen, wie das Körperschicksal die Seele formt und in welchen Grenzen umgekehrt die Seele den Körper regieren kann. Ist es wirklich so, daß der Mensch, wie er seinen Franz

Moor sagen läßt, *aus Morast entsteht, eine Weile im Morast watet, Morast macht und wieder in Morast zusammengärt, bis er zuletzt an den Schuhsohlen seines Enkels unflätig anklebt* (I, 577)?

Es war ungefähr dieselbe Zeit, als er diese Sätze schrieb, daß er den Bericht von einer Leichenöffnung zu verfassen hatte, worin es heißt: *Als man die Brust öffnete, floß eine große Menge gelblichten Blutwassers heraus … Das Gekrös enthielt eine gelblichte Zähigkeit. Die Leber war an der untern Fläche schwarzblau. An der obern blau und rot marmoriert … Der Herzbeutel selbst wurde kaum geöffnet, so floß eine große Menge des Blutwassers hervor … An der obern Hälfte der linken Lunge war etwas Eiterartiges* (V, 241f.).

Das Protokoll endet mit dem Satz: *Das Haupt ist nicht geöffnet worden.*

In den Dissertationen, die das Leib-Seele-Problem erörtern, wird er versuchen, mit analytischem Besteck das *Haupt* zu öffnen, um zu erkunden, ob nicht vielleicht doch dort der Sitz des Souveräns auszumachen ist. Es ist zuerst der philosophierende Mediziner, der sich dem »Audienzsaal des Geistes« nähert.

Fünftes Kapitel

Entscheidung für die Medizin. Über den Grenzverkehr zwischen Körper und Seele. Schillers Dissertationen. Das kosmische Mandat der Liebe. Die »große Kette der Wesen«. Rätselhafter Übergang von Materie in Geist. Neurophysiologische Irrgänge. Wie frei ist das Gehirn? Der Lichtstrahl der Aufmerksamkeit. Trübe Stimmungen. Affäre Grammont. Streicher sieht Schiller.

Es war im Herbst des Jahres 1777, daß Schiller sich entschloß, mit dem Medizinstudium endlich ernst zu machen. In den ersten Jahren an der Karlsschule hatte er noch, da er Geistlicher werden wollte, mit seinem Schicksal gehadert, das ihn in eine ungeliebte Juristenausbildung hineinzwang. Er hatte Trost in der Literatur gefunden, später war dann seine Leidenschaft für die Philosophie erwacht. Der inzwischen vollzogene Wechsel zur Medizin kam diesen Interessen so lange entgegen, wie es dort weniger um die praktische Heilkunde als um theoretische Hintergründe ging, wobei sich über die »Natur« des Menschen gut philosophieren ließ. Im Herbst 1777 faßte Schiller jedoch zum ersten Mal die berufliche Zukunft als Mediziner ins Auge, und mit einer Radikalität, welche die Studienkollegen in Erstaunen setzte, widmete er sich fast ausschließlich diesem Studium. Seine Entschlossenheit wirkte ansteckend, er riß seinen Freund Hoven mit, der in seinen Lebenserinnerungen schildert, wie sie beide, die zuvor ihre Dichtungen ausgetauscht hatten, nun alles beiseite schoben, was von der Vorbereitung auf den Beruf ablenkte. Ähnliches berichtet Andreas Streicher: »Der ungeheuren Überwindung, die es ihn anfangs kostete, ungeachtet, verfolgte er diesen Vorsatz mit solcher Festigkeit und studierte die ärztlichen Werke mit unausgesetztem Eifer … Diese außerordentliche Anstrengung, bei welcher er sich auch den kleinsten Genuß, selbst ein aufmunterndes Gespräch versagte, hatte zwar etwas nachteilig auf seinen Körper gewirkt, dagegen aber ihn mit der Wissenschaft dergestalt vertraut gemacht, daß er nun mit größter Leichtigkeit auf die Anwendung derselben sowohl in ihren verschiedenen Fächern als in der Heilkunde selbst übergehen konnte.«

Dieser neue Studieneifer, von dem Hoven und Streicher berichten, ließ Schiller aber doch noch Zeit, einige literarische Projekte zu verfolgen. Er plante ein Ritterstück über Schertlin von Burtenbach nach dem Muster von Goethes »Götz«, verfaßte Gedichte für das »Schwäbische Magazin« seines Poetik-Lehrers Balthasar Haug, und vor allem schrieb er weiter an den »Räubern«. Gleichwohl: Schiller hatte für seine Selbstwahrnehmung jedenfalls den inneren Schwerpunkt verlagert, er wollte die Zäsur, vor allem aber wollte er sich und den Freunden beweisen, daß er Erfolge auf dem Felde der Medizin erringen kann.

Die Medizin war in jenen Jahren eng mit der Philosophie verbunden, begünstigt von der aufklärerischen, empiristischen Denkweise. Den Philosophen, die im Geist das Körperliche suchten, begegneten die Mediziner, die umgekehrt im Körper das Geistige entdecken wollten. Auf dem Weg zwischen Körper und Geist herrschte also reger Gegenverkehr. Zwar hatte der große Arzt und Naturwissenschaftler Boerhaave in Leiden, das Vorbild für eine ganze Generation von Ärzten in Europa und Gesprächspartner berühmter Philosophen wie Voltaire und Lamettrie, die Mediziner vor philosophischen Ausschweifungen gewarnt: »Die Erforschung der letzten metaphysischen und der ersten physischen Ursachen ist für den Arzt weder notwendig, nützlich noch möglich.« Aber genau dieser Ehrgeiz, eine Verbindung herzustellen zwischen dem Physischen und Metaphysischen, trieb herausragende Ärzte damals an.

Da waren zum einen die weithin berühmten ›philosophischen Ärzte‹ wie Albrecht von Haller, Johann Georg Zimmermann und Ernst Platner, welche die Ansicht vertraten, daß man nur über die Kenntnis des Körpers zu den Geheimnissen des Geistes vordringen könne. Ihnen kamen entgegen Philosophen wie Diderot, die ausdrücklich erklärten, daß »ohne Anatomie und Physiologie sich schwerlich gute Metaphysik und Moral betreiben« lasse. Es sei damals, schreibt Goethe im Rückblick, die »Natur« der Mediziner zum »allgemeinen Losungswort« ausgerufen worden. Weil Boerhaave und Haller das »Unglaubliche« geleistet hätten mit ihren anatomischen und physiologischen Entdeckungen bezüglich des Einflusses der Körpersäfte und der Nerven auf die geistigen und seelischen Vorgänge, hielt man sich für berechtigt, »von ihren Schülern und Nachkömmlingen noch mehr zu fordern«. Es herrschte Euphorie, man glaubte, daß die geheimen Verbindungen zwischen Körper und Geist nun endlich aufgedeckt würden, »die Bahn sei gebrochen«. Doch wurden, schreibt Goethe weiter, die Erwartungen enttäuscht: »wie das Wasser das durch ein Schiff verdrängt wird, gleich hinter ihm wieder zusammenstürzt, so schließt sich auch der Irrtum, wenn vorzügliche Geister ihn bei Seite gedrängt und sich Platz gemacht haben, hinter ihnen sehr geschwind wieder naturgemäß zusammen.« Goethe machte kein Hehl daraus, daß ihm die Nerventheoretiker auf die Nerven gingen und daß er von dem »Maschinenwesen« der neueren Körperkunde wenig hielt. Dieses »Maschinenwesen« des Körpers vertrat Boerhaave, aber er war darüber hinaus ein Arzt mit Intuition und Charisma. Er hatte Heilerfolge, die er durchaus nicht seinen Theorien verdankte. Es zeigte sich an seinem Beispiel, daß Heilkunde und medizinische Theorie letztlich doch getrennten Sphären zugehören. Der Schule Boerhaaves, wo die Grundsätze eines körpermaterialistischen Determinismus galten, standen die Anhänger des Hallenser Mediziners Georg Ernst Stahl gegenüber, der eine animistische Konzeption vertrat, wonach die Seele den Körper regiere und somatische Erkrankungen deshalb vorwiegend auf seelische Ursachen zurückgeführt werden müßten.

Schillers medizinische Lehrer an der Karlsschule neigten den materialistischen Auffassungen zu. Der Stahlsche Animismus war ihnen zu spekulativ. Unter den medizinischen Lehrern war Johann Friedrich Consbruch der bedeutendste. Er vermittelte seinen Studenten die neuere, von Albrecht von Haller und Johann Gottfried Brendel entwikkelte Neurophysiologie. Im Unterschied zur Boerhaaveschen Säftelehre ging es hier feinstofflicher zu. Das Nervengeschehen war so fein, daß es an der Grenze zwischen Materiellem und Immateriellem lokalisiert werden konnte. Die Nerven galten als materielle Seele. Als es Albrecht von Haller gelang, die Irritabilität der Nerven in einzelnen Körperteilen zu messen, da glaubte man, das noch materielle und schon seelische Verbindungsglied zwischen Körper und Geist endlich gefunden zu haben. Wie man früher nach dem Stein der Weisen gesucht hatte, so wollte man jetzt dasjenige finden, was Körper und Geist nicht nur metaphorisch, sondern tatsächlich zusammenhält. Daß es Wechselwirkung gibt, war inzwischen unbestritten. Aber man wollte herausfinden, über welche Zwischenglieder die Wechselwirkung erfolgt und wie man sich genau den Übergang von einer materiellen Realität in eine geistige vorzustellen hat. Die Natur macht keine Sprünge, hatte Leibniz gelehrt, und darum mußte irgendetwas gefunden werden, das es erlaubte, sich einen gleitenden Übergang zwischen Körper und Seele, ohne Bruch und Sprung also, vorzustellen. Die Neurophysiologen der ersten Generation verstanden sich zwar nicht ausdrücklich als ›philosophische Ärzte‹, aber sie waren davon überzeugt, daß sie ein Gebiet zum ersten Mal streng wissenschaftlich und nicht, wie die Philosophen, nur spekulativ erkundeten. Wo Philosophie war, sollte Neurophysiologie werden. Aus dem Titelverzeichnis der Schriften Consbruchs, veröffentlicht während Schillers Studienzeit, spricht das große Selbstbewußtseins eines Somatikers der Seele: »Von dem Einfluß der Gesundheit des Körpers auf die Seelen-Kräfte«; »Daß die Stärke des Gedächtnisses von dem guten Zustand des Körpers abhange«; »Von dem Einfluß der Organisation des Hirns auf das Genie«; »Von dem Einfluß der physikalischen Erziehung auf die Bildung der Seelenkräfte«.

Mit seiner im Oktober 1779 eingereichten Dissertation über das Thema »Philosophie der Physiologie« will Friedrich Schiller sich also einschalten in die noch laufenden Ermittlungen über die Konspiration zwischen Körper und Seele. Es herrscht in dieser Schrift ein stolzer, selbstbewußter Ton und eine schwunghafte Rhetorik. Den Gutachtern war sie zu rhetorisch und zu selbstbewußt. Sie verübelten dem Studenten die spöttischen Seitenhiebe gegen anerkannte Autoritäten des Faches. So schreibt Schiller an der Stelle, wo er sich dem Thema der Nerven zuwendet: *Ich bin in einem Feld, wo schon mancher medizinische und metaphysische Don Quichotte sich gewaltig herumgetummelt hat und noch itzo herumtummelt* (V, 255). Speziell über Haller heißt es: *Aber wie Haller so auf der Oberfläche schweben konnte, das begreif ich nicht* (V, 265). Am schärfsten geht er mit Charles Bonnet ins Gericht, ausgerechnet mit einem Wissenschaftler, von dem er sich zu seiner Theorie der Aufmerksamkeit, wovon noch die Rede sein wird, anregen läßt. *Mit unverzeihlichem Leichtsinn*, schreibt Schiller, *hüpft der französische Gaukler über die schwersten Punkte dahin, legt Dinge zum Grund, die er niemals beweisen kann, zieht Folgen daraus, die kein Mensch, ausgenommen ein Franzose, wagen kann. Seine Theorie mag seinem Vaterland gefallen, der schwerfällige Teutsche entrüstet sich, wenn er den Goldstaub weggeblasen und unten nichts als Luft sieht* (V, 262).

Die Fachgutachter Klein, Reuß und Consbruch lehnen die Dissertation ab. Klein, ein Praktiker ohne theoretische Ambitionen, urteilt: »Zweimal habe ich diese weitläufigte und ermüdende Abhandlung gelesen, den Sinn des Verfassers aber nicht erraten können. Sein etwas zu stolzer Geist, dem das Vorurteil für neue Theorien und der gefährliche Hang zum besser Wissen allzuviel anklebt, wandelt in so dunkel gelehrten Wildnissen, wo hinein ich ihm zu folgen mir nimmermehr getraut.« Das war nicht ohne Ironie gesagt, denn mit den »dunkel gelehrten Wildnissen« spielt er auf eine Stelle an, wo Schiller von den *innern Labyrinthen meines eigenen Wesens* (V, 252) spricht und davon, daß er einen Eingriff in deren Psychologie nur dort wagen werde, wo die *Kette des Ganzen* es unbedingt erfordere. Er wird sich dann doch weit ins *Labyrinth* vorwagen, zu weit, wie seine Kritiker meinen. Auch Consbruch tadelt die allzu bildhafte Sprache, die Ungehörigkeiten gegenüber anerkannten Forschungsmeinungen und die geistreichen Anwandlungen, die in einer wissenschaftlichen Arbeit fehl am Platze seien.

Die Ablehnung dieser Dissertation hat zur Folge, daß Schiller noch ein Jahr länger an der Karlsschule bleiben muß. Der Herzog schreibt in seiner diesbezüglichen Verfügung: »Dahero glaube ich, wird es auch noch recht gut vor ihm sein, wenn er noch Ein Jahr in der Akademie bleibt, wo inmittelst sein Feuer noch ein wenig gedämpft werden kann, so daß er alsdann einmal, wenn er fleißig zu sein fortfährt, gewiß ein recht großes Subjektum werden kann.«

Der Herzog allerdings benutzte diese negativen Gutachten nur als Vorwand, denn es hatte sich inzwischen herausgestellt, daß die Absolventen der Medizin noch nicht in Berufsstellen untergebracht werden konnten, so daß schließlich auch diejenigen an der Schule bleiben mußten, deren Promotion erfolgreich verlaufen war. Wie er wirklich über Schillers Arbeit dachte, äußerte der Herzog gegenüber einem hannoveranischen Gesandten, dem er die Schrift mit der Bemerkung zu lesen gab, er werde »das vorzügliche Genie dieses jungen Menschen daraus wahrnehmen«.

Ein Jahr später reicht Schiller eine zweite, lateinisch geschriebene Abhandlung ein: »De discrimine febrium inflammatoriarum et putridarum« (»Über die Unterscheidung von entzündungsartigen Fiebern und Faulfiebern«). Auch sie wird wegen fachlicher Mängel abgelehnt. Erst seine dritte, wenige Wochen später fertiggestellte Arbeit »Versuch über den Zusammenhang der tierischen Natur des Menschen mit seiner geistigen« wird von den Gutachtern endlich angenommen.

Mit dieser dritten Dissertation bleibt Schiller beim Thema der ersten, wobei er die philosophischen Aspekte sogar noch stärker betont.

Um so erstaunlicher, daß sie dann doch angenommen wird. Das nimmt Schiller zum Anlaß für eine spezielle Danksagung an den Herzog: *Ein Arzt, dessen Horizont sich einzig und allein um die historische Kenntnis der Maschine dreht, die die gröbern Räder des seelenvollsten Uhrwerks nur terminologisch und örtlich weiß, kann vielleicht vor dem Krankenbette Wunder tun, und vom Pöbel vergöttert werden; – aber Euer Herzogliche Durchlaucht haben die Hippokratische Kunst aus der engen Sphäre einer mechanischen Brotwissenschaft in den höhern Rang einer philosophischen Lehre erhoben* (V, 288).

Tatsächlich wird der ›philosophische Arzt‹ Friedrich Schiller an Krankenbetten *keine Wunder* tun. In seiner Zeit als Regimentsarzt war er geradezu berüchtigt für seine robusten Rezepturen. Es war durchaus erforderlich, daß ein vorgesetzter Arzt Schillers Verschreibungen überprüfte, um die Patienten an Leib und Leben zu schonen. Einer der Vorgesetzten war immerhin so gnädig, daß er die Schillerschen Kuren insgeheim abänderte, um den Regimentsarzt, dem inzwischen andere Dinge im Kopfe herumgingen, vor schlimmer Bloßstellung zu bewahren.

Von seinen Dissertationen gilt, was Schiller später Fichte gegenüber so formulieren wird: *Schriften, deren Wert nur in den Resultaten liegen, die sie für den Verstand enthalten …,* werden *in demselben Maße entbehrlich …, als der Verstand entweder gegen diese Resultate gleichgültiger wird oder auf einem leichtern Weg dazu gelangen kann: dahingegen Schriften, die einen von ihrem logischen Gehalt unabhängigen Effekt machen und in denen sich ein Individuum lebend abdrückt, nie entbehrlich werden und ein unvertilgbares Lebensprinzip in sich enthalten, eben weil jedes Individuum einzig und mithin auch unersetzlich ist* (4. August 1795).

Die erste und die dritte Dissertation wecken dieses Interesse an der Person, die hier durch den sachlichen Gehalt hindurch zum Vorschein kommt. Und noch eine andere spätere Bemerkung Schillers ist bedeutsam für das Verständnis des philosophischen Gehaltes der Dissertationen. Am 15. April 1788 schreibt er an Körner, im Rückblick auf seine medizinisch-philosophischen Leidenschaften: *Ich habe immer nur* das *aus philosophischen Schriften … genommen, was sich dichterisch fühlen und behandeln läßt. Daher wurde diese Materie, als die dankbarste für Witz und Phantasie, bald mein Lieblingsgegenstand.*

Von der ersten Dissertation »Philosophie der Physiologie« ist nur das Anfangskapitel erhalten geblieben in einer Abschrift von unbekannter Hand, die sich im Nachlaß des Jugendfreundes Conz gefunden hat.

Fünf Kapitel hat die Arbeit insgesamt umfaßt, und der Aufbau zeigt, daß der junge Schiller sich an eine vollständige Anthropologie gewagt hat. Das erste und einzig erhaltene Kapitel trägt die Überschrift »Das geistige Leben«; es folgen die Kapitel »Das nährende Leben«, »Zeugung«, »Zusammenhang dieser drei Systeme« und zum Abschluß »Schlaf und natürlicher Tod«. Diesem Aufbau merkt man die Lektüre Fergusons an, denn auch dieser unterteilt die Grundfunktionen der menschlichen Natur ähnlich: Nahrung, Geschlecht und Schlaf bilden die animalischen Funktionen, die verknüpft werden mit den seelisch-geistigen »Trieben«. Ferguson hatte seine Darstellung ›unten‹, also beim Animalischen, beginnen lassen. Schiller indes beginnt ›oben‹, beim geistigen Leben.

Das Kapitel beschäftigt sich mit der Frage: wie entstehen aus körperlichen Reizen die Phänomene der Bewußtseinswirklichkeit? Angestrebt wird eine Analyse der Vorgänge bei der Umwandlung des Physiologischen ins Psychische. Doch die spezielle Untersuchung, die an die zeitgenössische Neurophysiologie anknüpft, wird vorbereitet durch eine große Theorie-Inszenierung. Schiller schlägt eine Bühne auf für Gedanken, die in solcher Umgebung unvermeidlich ans Erhabene rühren: er entwickelt in kühnen Strichen und mit enthusiastischem Schwung eine ganze Philosophie der Liebe als kosmisches Prinzip. Wozu?

Wie Dichter am Anfang ihres Werkes bisweilen die Muse anrufen, so beschwört Schiller, ehe er die *Labyrinthe* der physiologischen Körperwelt betritt, eine Liebesphilosophie, die ihn leiten soll, auf daß er nicht, von allen guten Geistern verlassen, in einem Körpermaterialismus endet wie Franz Moor, für den menschliches Leben nichts als *Morast* (I, 577) ist. Schiller bietet seine Liebesphilosophie auf, um einem drohenden Nihilismus zu begegnen, der von seiten eines robusten Körpermaterialismus droht. Wir werden noch sehen, wie stark Schiller diese Bedrohung durch den materialistischen Medizinerzynismus empfunden hat. Die Liebesphilosophie trägt dezisionistische, sogar autosuggestive Züge, sie ist auch gegen die eigenen desillusionierenden Anfechtungen gerichtet. Die Geschichte dieser Anfechtungen wird noch zu erzählen sein, sie hat deutliche Spuren im theoretischen und dichterischen Werk hinterlassen. An dieser Liebesphilosophie als Abwehrzauber gegen den nihilistischen Materialismus wird Schiller festhalten bis in die achtziger Jahre, als er, vom Glück der Freundschaft mit Körner euphorisiert, dichtete: *Seid umschlungen, Millionen, / Diesen Kuß der ganzen Welt!* (I, 133). Bis dahin spielt die Liebesphilosophie eine gewichtige Rolle in den Dissertationen, in der Festrede über die »Tugend« zum Geburtstag der Gräfin von Hohenheim im Januar 1780, in den 1782 veröffentlichten Gedichten an »Laura«, in der im selben Jahr entstandenen »Theosophie des Julius«, die 1786 in den »Philosophischen Briefen« mitgeteilt wird; sie kehrt wieder am Ende der achtziger Jahre in den philosophischen Gesprächen des Romans »Der Geisterseher«. Erst mit dem Studium Kants Anfang der neunziger Jahre verblaßt sie allmählich. Von da an gibt es elegische Rückblicke auf eine Zeit, da das Küssen ontologisch noch geholfen hat. Die Liebe verliert ihr kosmisches Mandat und erscheint, sofern sie noch philosophisch geadelt wird, als lebensdienliche Fiktion des Enthusiasmus. Mit anderen Worten: Schiller gelangt von einer Ontologie der Liebe schließlich zu einer Als-ob-Philosophie der Liebe.

Die erste Dissertation beginnt mit der Anrufung der Liebe als kosmischer Macht. Das ist zum einen das Bekenntnis einer höchst persönlichen Weltanschauung, die sich Schiller im Anschluß an Shaftesbury und Herder zurechtgelegt hat, zum anderen erfüllt die Berufung auf Liebe drei präzise Funktionen in der fachwissenschaftlichen Argumentation.

Die *Liebe* führt erstens in die *Maschine* der Körperwelt das beseelende Prinzip ein.

Die »Liebe« ist zweitens dasjenige Prinzip, wodurch gewährleistet wird, daß es zwischen Materie und Geist einen gleitenden Übergang gibt. Da es hier keinen *Riß* (V, 253) geben darf, muß etwas gefunden werden, das ein kontinuierliches Übergehen des einen ins andere möglich erscheinen läßt. Die »Liebe« ist das Prinzip dieses Übergangs.

Und drittens ist die »Liebe« ein Wahrheitsprinzip. Sie überwindet den Dualismus zwischen erkennender und erkannter Wirklichkeit. Die »Liebe« gewährleistet, daß es auch wirklich die Wirklichkeit ist, die erkannt wird. *Liebe also, der schönste, edelste Trieb in der menschlichen Seele, die große Kette der empfindenden Natur, ist nichts anders als die Verwechslung meiner Selbst mit dem Wesen des Nebenmenschen* (V, 251), aber auch mit dem Wesen der ganzen Natur, muß man hier ergänzen. Wir mögen uns im einzelnen und vorläufig irren, das ändert aber nichts daran, daß wir im Prinzip weltoffen genug sind, um dem wahren Wesen dieser Welt entsprechen zu können. Der Erkennende geht ins Erkannte über. So ist

Erkenntnis letztlich ein Liebesakt, und sofern wir lieben, sind wir wahrheitsfähig.

Mehrfach und an herausgehobenen Stellen verwendet Schiller ein Bild, das leitmotivisch die Intuitionen seiner Liebesphilosophie anklingen läßt: die *große Kette der empfindenden Wesen*; eine Metapher für den allseitigen Zusammenhang der Natur, eine Metapher auch, die den Zusammenhang der ganzen Argumentation verbürgt, vor allem aber eine Metapher, die ihm eine große Tradition in die Hände spielt. Arthur O. Lovejoy hat die Geschichte dieser Metapher erzählt und dabei gezeigt, wie überaus wirkungsmächtig sie im abendländischen Denken war, von Platon bis in die Romantik und die Evolutionstheorien des 19. Jahrhunderts, besonders aber in der Philosophie der optimistischen Aufklärung im 18. Jahrhundert. Voltaire berichtet, wie sehr ihn dieses Bild fasziniert habe: »Als ich zum ersten Mal Platon las und dort auf den Gedanken der Kette der Wesen stieß, die vom geringsten Atom bis zum höchsten Wesen hinaufreicht, war ich von Bewunderung erfaßt.« Später allerdings erging es ihm ebenso wie Schiller: Nur eine Weile lang hält die Verzauberung an. »Als ich jedoch näher hinschaute«, fährt Voltaire fort, »verschwand das schöne Trugbild, so wie früher alle Geistererscheinungen beim Hahnenschrei zu verschwinden pflegten.«

Das Bild der »großen Kette« enthält, seit Platons »Timaios«, die Vorstellung einer Welt aus Gottes Überfluß. Sie ist nicht geschaffen wie ein Werkstück, sondern eine Emanation des göttlichen Reichtums. Gott ist nicht das in sich ruhende, selbstgenügsame Absolute, sondern ein gärendes, weltgebärendes, schöpferisches Prinzip; die Welt als göttliche Gabe und Hingabe. Die »große Kette« gleitet von oben nach unten herab und steigt von unten nach oben hinauf, beides geschieht: ein Hinabfließen und ein Hinaufgezogenwerden, die Wesen sind beidem zugewandt, dem Licht und den Schatten, dem Wachsein und dem Schlaf.

Die »große Kette« läßt auch an eine Welt denken, worin die ungeheure Vielfalt nicht als Bedrohung, sondern als Fülle erlebt werden kann. Es gibt so viele Unterschiede, wie es einzelne Wesen gibt, aber es gibt keinen Unterschied, der das eine vom anderen unüberwindlich trennt. Diese Einheit in der Vielfalt wird vom Menschen nicht nur gelebt, sondern auch erkannt. Jedes Wesen hat seinen Platz in der »Kette der Wesen«, aber der Mensch kennt seinen Platz und blickt auf die ganze Kette hinaus. In diesem Wissen findet er das Prinzip seiner

Selbstvervollkommnung. Denn Vollkommenheit bedeutet in diesem Denkbild, das Ganze der Welt, zu der man gehört, in sich zu spiegeln. Der Mensch ist in der »großen Kette« jenes Wesen, worin es hell wird und wo dieses Ganze sich als »ewige Zier« (Goethe, Faust II) erweisen kann.

Das Denkbild der »großen Kette« bedeutet also eine Heiligung der diesseitigen Welt, die Flucht in ein Jenseits wird durchaus nicht begünstigt, Denken und Empfinden bleiben empirisch, aber nicht desillusioniert, sondern *freudetrunken*. Der Sinn für die Mannigfaltigkeit und Fülle erwacht, aber getragen vom Gefühl der großen Einheit, und das Erkennen wird als Liebesakt geadelt und von den Zweifeln befreit, man könnte in seiner Welt der Einbildungskraft wie in einem Gefängnis von der wahren Natur abgeschnitten sein.

Schiller hatte die Gedankenmotive der »großen Kette« bei Shaftesbury, Leibniz und vor allem auch bei Ferguson gefunden. Auf ihn, den er einen *Weisen dieses Jahrhunderts* (V, 250) nennt, weist er ausdrücklich hin, wenn er die Erkenntnis des Zusammenhangs der großen Kette das höchste Glück nennt.

Für Schiller gewährleistet die Liebe den Zusammenhang in der großen Kette der Wesen. In der ersten Dissertation werden die Gedankenmotive der »großen Kette« lediglich angedeutet, reicher instrumentiert werden sie in der »Tugend«-Rede von 1780 und vor allem in der »Theosophie des Julius«. In der Dissertation heißt es: *Ein schönes, weises Gesetz … hat die Vollkommenheit des Ganzen mit der Glückseligkeit des Einzelnen, Menschen mit Menschen, ja Menschen mit Tieren durch die Bande der allgemeinen Liebe verbunden* (V, 251). In der Rede »Die Tugend in ihren Folgen betrachtet« wird dieses *weise Gesetz* als geistiges Analogon zu Newtons Gravitationsgesetz gedeutet: *Würde die Liebe im Umkreis der Schöpfung ersterben,… wie bald würde das Band der Wesen zerrissen sein, wie bald das unermeßliche Geisterreich in anarchischem Aufruhr dahintoben, ebenso als die ganze Grundlage der Körperwelt zusammenstürzen, als alle Räder der Natur einen ewigen Stillstand halten würden, wenn das mächtige Gesetz der Anziehung aufgehoben worden wäre* (V, 283).

Die Liebe, eine Art seelische Gravitation, gewährleistet den Zusammenhang der Wesen untereinander, bei der Wahlverwandtschaft der Elemente, bei den chemischen Reaktionen und Verbindungen, beim Stoffwechsel, beim Aufbau organischer Strukturen, die sich erhalten und ausbilden, indem sie andere Organismen integrieren. Was man auch als ein Fressen und Gefressenwerden bezeichnen könnte, wird in der Vision der Liebe zum Geben und Nehmen, zu einer *Verwechslung der Wesen* (V, 348), wie es in der »Theosophie« heißt. Dort wird auf der Gipfelhöhe des Enthusiasmus das Prinzip der Liebe noch gesteigert zu dem mit heiligem Schaudern – *darf ich es aussprechen?* – vorgetragenen Gedanken, daß die selbstbewußte Liebe zwischen den Menschen bewirkt, daß wir *Gott hervorbringen* (V, 353) können. Auch diese aus christlicher Sicht gotteslästerliche Idee gehört zu den Gedankenmotiven der »großen Kette«. Denn was bedeutet es, daß Gott aus Liebe die Kette der Wesen aus sich hervorgehen ließ, so daß fortan die Liebe darin zirkulieren muß? Es bedeutet, daß Gott sich nicht selbst genügen konnte, daß er aus sich herausgehen mußte, daß er erst in der weltlichen Fülle zu sich selbst kommt. Ein jenseitiger Gott, der in sich selbst ruht, ist in dieser Vision nicht vorgesehen. Es gibt ihn nicht. Das einzige, was es gibt, ist die Göttlichkeit der weltlichen Fülle, zur Einheit gesammelt in der erkennenden Liebe und durch die tätige Liebe in den schöpferischen Prozeß gezogen. Es gibt also nichts außer der Natur, und sie ist der *unendlich geteilte Gott* (V, 352). Die Liebe im Geist und am eigenen Leibe zu erfahren und ins handlungsleitende Bewußtsein zu heben bedeutet genau jenen Gott zu gebären, der zwischen den Menschen und zwischen ihnen und der Natur als vereinigende Macht wirkt. Das heißt: *Gott hervorbringen.* Der wirkliche Atheismus ist dann auch nicht die Leugnung eines jenseitigen Gottes, sondern der verstockte Egoismus, der die »Kette der Wesen« zerreißt, nur sich selbst will und behauptet. *Ein Geist, der sich allein liebt, ist ein schwimmender Atom im unermeßlichen leeren Raume* (V, 351). Das ist vom egoistischen Individuum gesagt, es würde aber auch für einen Gott jenseits der Welt gelten. Wie der Mensch, muß auch Gott erst zur Welt kommen, um in der Liebe sich selbst, also das Göttliche, zu erfahren: *Freundlos war der große Weltenmeister, / fühlte Mangel, darum schuf er Geister ... aus dem Kelch des ganzen Wesenreiches / schäumt ihm die Unendlichkeit* (V, 353). Diese Verse aus den »Philosophischen Briefen« werden Hegel so sehr beeindrucken, daß er sie zum Abschluß seiner »Phänomenologie des Geistes« als deren Quintessenz zitiert.

Schillers Liebesphilosophie schwärmt nicht in ein imaginäres Jenseits hinüber, sie ist immanent gerichtet, sie will nicht spekulativ, sondern durchaus empirisch sein. Denn es geht um eine Liebe, die jeder in sich erfahren kann. Man muß nicht an sie glauben, man braucht sie sich nicht auszudenken. Sie ist die gefühlte Macht des Lebendigen und des lebendigen Zusammenhangs. Sie bewährt sich im befristeten Leben. Ausdrücklich wird in der »Theosophie« der Glaube an eine jenseitige Belohnung zurückgewiesen: das sei nichts anderes als eine religiöse Verkleidung für den *Eigennutz* (V, 350), der nur auf Lohn und Strafe reagiert. Die Liebe indes trägt ihre Belohnung in sich, sie braucht nicht auf eine Entschädigung im Jenseits zu warten. Auch ist die Frage der persönlichen Unsterblichkeit nur für den Egoismus von Bedeutung. Die liebende Seele will nicht unbedingt den eigenen Fortbestand, sondern das Fortgehen dieses kosmischen Liebesgeschehens, woran sie teilhat, solange sie zur Teilnahme erwacht ist. Nicht die einzelne Seele, sondern die Liebe soll nimmermehr aufhören.

Kehren wir zur ersten Dissertation zurück, wo noch nicht alle Register der Liebesphilosophie gezogen werden, sondern nur so viel davon angedeutet wird, wie für die physiologische Untersuchung nötig ist. Es geht dabei um die drei bereits genannten Aspekte, unter denen die Philosophie der Liebe die physiologische Untersuchung fundieren und orientieren soll: die Liebe führt in die *Maschine* der Körperwelt ein beseelendes Prinzip ein. Sie gewährleistet den Übergang zwischen Materie und Geist. Und sie macht wahrheitsfähig, sofern Erkenntnis als Liebesakt begriffen wird.

Aber in dem Augenblick, da Schiller die kosmische Liebesszene verläßt und mit der konkreten physiologischen Untersuchung des Zusammenhangs zwischen den geistigen und den materiellen Vorgängen beginnt, zeigt sich sofort, daß die Liebesphilosophie nur eine Stimmung der Einheit verbreitet, ohne damit bereits ein wirkliches Verstehen des Übergangs vom Materiellen ins Geistige zu ermöglichen. Plötzlich erscheint jener Satz »Die Natur macht keine Sprünge« als Redensart. Es gibt hier einen Sprung, vielleicht sogar einen Abgrund zwischen Geist und Materie, den die bisherigen Theorien nur dadurch überbrückten, daß sie eine der beiden Pole, entweder Geist oder Materie, zum Verschwinden brachten. Die Materialisten reden von der denkenden Materie und sind damit den Geist los; und die Animisten reden von dem sich materialisierenden Geist und sind damit die Materie los.

Schiller stößt hier auf ein Problem, das bis heute noch nicht gelöst ist. Es sind inzwischen große Fortschritte gemacht worden bei der Erforschung der neurophysiologischen Prozesse; man kennt das System der Schaltungen, der Vernetzung, man hat die funktionelle Verknüpfung der Gehirnregionen herausgefunden, aber rätselhaft bleibt immer noch, wie ein meßbarer materieller Vorgang in einer ganz anderen Dimension als ›Bewußtsein‹ erlebt werden kann. Ich erlebe ja keine Schaltungen und Neuronenprozesse, sondern Bewußtsein. Zweifellos hat jeder geistige Vorgang seine materielle Entsprechung, es geschieht immer irgendetwas Physiologisches im Gehirn, während ich denke. Aber das Denken und Empfinden ist als Erlebtes etwas anderes als das, was sich in neurophysiologischer Perspektive zeigt. Man kann auch nicht behaupten, daß die neurophysiologischen Prozesse die Ursache des Denkens und Empfindens sind. Das hieße einen falschen Gebrauch vom Prinzip der Kausalität machen. Die beiden Prozesse, Bewußtsein und Physiologie, verhalten sich eher wie Vorder- und Rückseite derselben Medaille. Dasselbe gibt es einmal auf der ›Vorderseite‹ als Bewußtsein und auf der ›Rückseite‹ als physiologischen Prozeß, der dann wiederum auf der ›Vorderseite‹, also durch Bewußtsein, erfaßt werden kann. Die Physiologie, die das Geheimnis des Bewußtseins zu entschlüsseln beansprucht, ist selbst nur ein Konzept des Bewußtseins. Vorder- und Rückseite sind nicht kausal aufeinander bezogen, vielmehr muß man wohl mit Spinoza sagen: Dasselbe hat zwei Seiten: ›Wappen‹ und ›Zahl‹ einer Münze verhalten sich nicht wie Ursache und Wirkung. Gewiß, nicht alles was physiologisch im Gehirn geschieht, ist auch im Bewußtsein repräsentiert. Aber das ist nicht das Problem, sondern das Rätselhafte ist der Dimensionswechsel, wenn ein physiologisches Geschehen als Bewußtsein erlebt wird. Dieser Dimensionswechsel bleibt in den Konzepten der Verursachung dunkel.

Schiller läßt sich auf den Spuren der Physiologie und Nerventheorie seiner Zeit zunächst auch auf das Konzept der Verursachung ein mit der Folge, daß er zwischen Materie und Geist eine *Mittelkraft* einzuschieben genötigt ist. Es muß, schreibt er, *eine Kraft vorhanden sein, die zwischen den Geist und die Materie tritt und beide verbindet* (V, 253). Als diese *Mittelkraft* gilt ihm eine Substanz in den Nervenbahnen zwischen der Peripherie der Sinnesorgane (Ohr, Auge, Haut, Nase), wo Reize empfangen werden, und dem Gehirn, wo sie umgearbeitet werden, bis sie schließlich als Bewußtseinsphänomen erscheinen. Er nennt diese Substanz *Nervengeist*. Ist dieser *Nervengeist* noch etwas Materielles oder schon etwas Geistiges? Ist er noch etwas Materielles, so wäre man keinen Schritt weiter beim Übergang vom Materiellen ins Geistige. Man würde nur ein zusätzliches materielles Element gefunden und damit die Grenze des Materiellen weiter hinausgeschoben haben. Und umgekehrt, wenn der *Nervengeist* bereits etwas Geistiges ist, so hat man eben ein neues geistiges Element gefunden und damit die Grenze des Geistigen weiter hinausgeschoben. An der Grenze zwischen den Dimensionen aber hat sich nichts geändert, eine Vermittlung, ein Übergang ist nicht erreicht. Nun soll aber, erklärt Schiller, der *Nervengeist* beides sein: zugleich etwas Materielles und etwas Geistiges. Aber damit hat man bei der ominösen *Mittelkraft* wieder das Problem, das durch diese *Mittelkraft* eigentlich gelöst werden sollte. Schiller bemerkt selbst, daß er mit seiner Hypothese einer Mittelkraft nicht weiterkommt. Eine solche Mittelkraft, schreibt er, *die einesteils geistig, anderenteils materiell ist,* läßt sie sich überhaupt denken, fragt er und antwortet: *Gewiß nicht!* (V, 253). Zwar läßt sie sich nicht denken, aber es muß sie doch geben, weil es einerseits den Zusammenhang zwischen Materie und Geist ganz offenbar gibt, andererseits aber Materie als das *Undurchdringliche* und Geist als das *Durchdringliche* nicht direkt aufeinander wirken können, also muß es etwas dazwischen geben. Resolut erklärt Schiller: es muß eine solche *Mittelkraft* geben, weil doch die Erfahrung sie *beweist – wie kann die Theorie sie verwerfen?* (V, 254). Was aber soll eine solche Mittelkraft, die das nicht leistet, was sie verspricht, nämlich zu vermitteln? Und sie kann nichts vermitteln, weil sie entweder noch zur Materie oder schon zum Geist und damit gerade nicht zu diesem Dazwischen gehört, von dem Schiller freimütig bekennt, es lasse sich gar nicht denken.

Kein Wunder, daß die Gutachter diese Schillersche Mittelkraft-Hypothese verworfen haben. Consbruch bemängelte, Schiller habe beim Versuch, das Undenkbare zu denken, sich zuviel gedacht, zuviel spekuliert, es wäre besser gewesen, schreibt er, Schiller würde sich mehr auf das Empirische beschränkt haben. Weil diese Mittelkraft nicht nachweisbar sei, müßten folglich andere Wege beschritten werden, um die Interaktion von Geist und Materie, von Seele und Leib zu verstehen.

Schiller aber hatte sich auf die Mittelkraft fixiert, weil seine Liebesphilosophie forderte, daß es zwischen Geist und Materie ein Kontinuum geben müsse. Die Idee vom gleitenden Übergang verleitet zur Konstruktion von Mittelgliedern. Das Fehlen eines solchen Mittelgliedes würde einen *Riß zwischen Welt und Geist* (V, 253) bedeuten, und das darf nicht sein.

Indem er versucht, an der einen Stelle diesen *Riß* zu schließen, reißt er ihn an anderer Stelle auf. Auch dort verwickelt er sich in ein Problem, das für die Forschung immer noch eines ist. Schiller spricht es in einem einzigen gewichtigen Satz aus: *Ein ewiges Gesetz hat die Veränderung des Nervengeists zu Zeichen der veränderten Kräfte gemacht* (V, 256).

Das bedeutet: die äußeren Reize verursachen eine Veränderung in der Nervensubstanz; diese Veränderung wird von irgendeiner Instanz, wohl im Gehirn, als Zeichen genommen und ›gelesen‹, und es wird von diesem Zeichen auf das Bezeichnete, die Vorgänge in der äußeren Welt, geschlossen. Das Zeichen enthält nicht die Wirklichkeit, es ist eben nur ein Zeichen davon. Somit gibt es nun auch einen *Riß* zwischen Zeichen und Wirklichkeit, und dann sogar noch einen *Riß* zwischen dem Zeichen und der ›lesenden‹ Instanz im Gehirn.

Diese Zeichentheorie, die auf Locke zurückgeht und die besagt, daß es zwischen einem Zeichen und dem Bezeichneten keine Ähnlichkeit gibt, daß also die äußere Wirklichkeit sich durchaus nicht in einem Zeichen ausdrückt, diese Theorie hat Schiller bei Ferguson gefunden. »Die Wahrnehmung der Dinge«, schreibt Ferguson, »wird in uns durch Mittelursachen bewirkt, die auf keine Weise der ersten Ursache oder dem Gegenstand der Wahrnehmung ähnlich sind.« Als Mittelursachen bezeichnet Ferguson die Veränderung in den Sinnesorganen, die sogenannten »Sensationen« (Schiller wird den Ausdruck in demselben Sinne gebrauchen), und die »Erklärung derselben als eines Zeichens«. Es ergibt sich also die Reihe: Außenwelt reizt Sinnesorgan – Veränderung im Sinnesorgan (»Sensation«) – Sensation fungiert als Zeichen – Zeichen wird vom Verstand gelesen und interpretiert. Daß diese Zeichentheorie einen *Riß* macht zwischen materieller Wirklichkeit und Bewußtsein, hat Schiller später (1786) in den »Philosophischen Briefen« noch einmal ausdrücklich formuliert: *Unsre reinsten Begriffe* schreibt er dort, *sind keineswegs* Bilder *der Dinge, sondern bloß ihre notwendig bestimmte und koexistierende Zeichen. Weder Gott, noch die menschliche Seele, noch die Welt, sind das wirklich, was wir davon halten* (V, 355). Also ein Riß.

In den »Philosophischen Briefen« heilt Schiller diesen Riß mit der kühnen Wendung, daß unser Gehirn, das die Natur ›liest‹, ja selbst Natur ist und daß man deshalb annehmen darf, daß die Zeichen uns auf angemessene Weise mit der Wirklichkeit verbinden. Zwar hat kein Zeichen Ähnlichkeit mit dem Bezeichneten – d.h. der Reiz besagt nichts über die objektive Beschaffenheit der Wirklichkeit – aber die

Gesetze der Denkkraft (V, 356), womit die Zeichen verarbeitet werden, bringen etwas zustande, das der äußeren Wirklichkeit irgendwie entspricht. Das läuft auf den Satz hinaus: *Unser Gehirne gehört diesem Planeten, folglich auch die Idiome unserer Begriffe* (V, 355). Die Welt in unserem Kopf ist wohl doch die richtige, einfach deshalb, weil dieser Kopf in der Welt ist. Da der Geist Natur ist, wird er sie nie ganz verfehlen. Die »Kette der Wesen« ist unzerreißbar, auch in den Angelegenheiten der Erkenntnis, das fordert die Philosophie der kosmischen Liebe.

Diese Philosophie fordert aber noch etwas anderes: die Beseelung der *Maschine*. Das heißt: in der Physiologie muß Platz geschaffen werden für Spontaneität und Freiheit. Hier liegt das eigentliche und für die weitere Gedankenentwicklung Schillers entscheidende Gravitationszentrum der frühen medizinisch-philosophischen Arbeiten. Um die Freiheit in der physiologischen *Maschine* zu retten, entwickelt Schiller seine Theorie der Aufmerksamkeit, die er nicht erfunden, sondern im zeitgenössischen Diskurs vorgefunden hat. Aber er hat sehr viel daraus gemacht. Mit Hilfe der Theorie der Aufmerksamkeit wird der Physiologe Schiller zum Philosophen der Freiheit.

Ausgangspunkt ist das Konzept des Determinismus, das Garve in seinem Ferguson-Kommentar darlegt: wenn der Reiz die Vorstellung erzeugt und die Vorstellung das Denken und Handeln bestimmt, so hat es den Anschein, als sei alles streng kausal geordnet, als sei die Freiheit verschwunden. Hier aber setzt die Kraft der Aufmerksamkeit an. Sie ist eine Art beweglicher Lichtstrahl, der von einer Intention geleitet die Felder der Wahrnehmung abtastet, dort etwas fixiert, hier etwas übergeht, der auswählt, der die Denkprozesse lenkt, die Verbindungen veranlaßt, kurz: *die Seele hat einen tätigen Einfluß auf das Denkorgan*. Sie hat diesen Einfluß, weil die Seele das tätige Subjekt der Aufmerksamkeit ist. Wohl gibt es zwingende Eindrücke von der Peripherie, aber auch umgekehrt können vom Zentrum aus, aus freier *Willkür*, Eindrücke ausgewählt und Ideenverbindungen hergestellt werden. Es gibt hier ein rätselhaft freies Operieren, und damit sei, schreibt Schiller, *ziemlich entschieden, was Freiheit ist* (V, 266).

In die Aufmerksamkeit legt Schiller die ganze freie, schöpferische Intelligenz; er gibt ihr dieselbe Funktion, die Kant, den er zu diesem Zeitpunkt noch nicht gelesen hat, später der Einbildungskraft zumißt. In die verwickelte, bisweilen schwergängige physiologische Argumentation kommt Bewegung bei der Analyse dieses Wunderwerks der

Aufmerksamkeit. Auch die Moralität, die Entscheidungsfreiheit voraussetzt, bindet Schiller an die freie Aufmerksamkeit. Er resümiert die Geburt der Freiheit aus der Aufmerksamkeit mit den Worten: *Die Aufmerksamkeit also ist es, durch die wir phantasieren, durch die wir uns besinnen, durch die wir sondern und dichten, durch die wir wollen. Es ist der tätige Einfluß der Seele auf das Denkorgan, der dies alles vollbringt* (V, 267).

Die dritte Dissertation verzichtet auf die ominöse Mittelkraft. Die Arbeit läßt sich kaum noch auf physiologische Argumente ein, doch die Theorie der freien Aufmerksamkeit spielt auch hier eine gewichtige Rolle. Aber Schiller schränkt ihre Funktion ein. Es ist, schreibt er, von Natur aus dafür gesorgt, daß die überlebensnotwendigen *Sensationen* als Reizsignale von der Peripherie des Körpers bis zum Geist gelangen, selbst wenn die Aufmerksamkeit dem entgegenwirkt. Das Alarmsystem muß intakt bleiben. Es ist um der kreatürlichen und geistigen Selbsterhaltung willen durchaus notwendig, daß die *Seele in das Interesse ihres Körpers gezogen* wird (V, 294). Die Aufmerksamkeit kann die körperlichen Bedürfnisse wie Hunger, Durst, Schlaf und Sexualität oder Eindrücke wie Schmerz und Wohlbefinden abschwächen oder steigern, aber nicht eliminieren. Wenn etwa Hunger und Durst übermächtig werden, verschwindet die freie Aufmerksamkeit vollends, und der Mensch kann *Taten tun, worüber die Menschlichkeit schauert, er wird wider Willen Verräter und Mörder, er wird Kannibal.* So also wirkt die *tierische Fühlung* auf den Geist, und hinter seinem Rücken arbeitet der Körper an der *Erhaltung der Maschine* (V, 297).

Überhaupt legt die dritte Dissertation ein stärkeres Gewicht auf die dunkle Seite und die Zwänge der Natur, weshalb auch Hallers Kennzeichnung des Menschen als *unseeliges Mittelding von Vieh und Engel* (V, 296) zustimmend zitiert wird. Anders als in der ersten Dissertation blickt er diesmal eher von unten als von oben auf den Menschen. Einleitend schreibt er: *Da aber gewöhnlicher weise mehr darin gefehlt worden ist, daß man zu viel auf die eigene Rechnung der Geisteskraft, insofern sie außer Abhängigkeit von dem Körper gedacht wird, mit Hintansetzung dieses letzern geschrieben hat, so wird sich gegenwärtiger Versuch mehr damit beschäftigen, den merkwürdigen Beitrag des Körpers zu den Aktionen der Seele, den großen und reellen Einfluß des tierischen Empfindungssystems auf das Geistige in ein helleres Licht zu setzen* (V, 290f.).

Das bedeutet nicht, daß die Liebesphilosophie gänzlich verschwindet, aber sie wagt sich nicht mehr so weit vor. Die skeptischen Töne werden lauter. Da wird beispielsweise die Euphorie beim Sterben untersucht, jener Augenblick, wo es den Anschein hat, als würde die *Seele gleichsam aus aller Kohärenz mit der Materie* (V, 315) gerissen. Diese *ungewöhnliche Heiterkeit* nennt Schiller *bösartig*, weil sie ein Wohlsein vorgaukele, da doch in Wirklichkeit nur die abgestorbenen Nerven die schmerzhaften Reizungen nicht mehr weiterleiten. Der Körper zieht die Seele in sein Sterben, während die Seele glaubt, sie triumphiere über den Körper. Im trügerischen Wohlbefinden erlischt das Leben. Von Einbildungen umfangen, hört das Bewußtsein nicht mehr auf das Aufhören.

Eine gewisse Verdüsterung der Stimmung macht sich bemerkbar. Kein Wunder, es ist auch in diesem Jahr zwischen der ersten und der letzten Dissertation mit Friedrich Schiller einiges geschehen.

Zunächst einmal gab es für ihn das Problem, daß zu wenig geschah. Er mußte ein weiteres Jahr in der Akademie absitzen, obwohl seine theoretische Ausbildung abgeschlossen war. Ratlos belegte er einen Italienischkurs, besuchte noch einmal Abels Vorlesungen über Psychologie, hörte bei Professor Nast ein Kolleg über Homer und bei Professor Dürk eines über Vergil. Eine Zeit des Wartens, es gab wenig zu tun. Deshalb auch hatte der Herzog angeordnet, daß die fertigen Mediziner zu praktischen Aufgaben als Krankenwärter herangezogen werden sollten. Schiller, der dieses Jahr wenigstens für seine »Räuber« nutzen wollte, ließ sich bereitwillig einsetzen, weil er in der Stille der Krankenstube Zeit fand zur Arbeit am Manuskript. Dabei konnte es geschehen, daß er vom eigenen Text hingerissen so wild gestikulierte und mit den Augen rollte, daß die Kranken, die er zu betreuen hatte, um die geistige Gesundheit ihres Wärters fürchten mußten. Der allgegenwärtige Herzog konnte überraschend in der Krankenstube auftauchen. Dann mußten die Manuskriptblätter schnell unter irgendwelchen medizinischen Werken versteckt werden.

Am 11. Juni 1780 wird Schiller, der gerade in der Krankenstube Dienst tut, von dem Kommilitonen Joseph Friedrich Grammont aufgesucht, der ihn um einen Schlaftrunk bittet. *Mich schreckten*, schreibt Schiller in einem Brief an den Intendanten von Seeger, *seine fürchterlich-ruhige Miene, seine veränderte Stimme, seine ungewohnten Gebärden, daß ich Unrat merkte. Ich frage ihn lächelnd: Wozu? Danach hätte ich nicht zu fragen, war die Antwort … Endlich forschte ich das unglückliche Geheimnis aus ihm heraus, und er gestand mir, daß er nach reifer Überlegung nunmehr ent-*

schlossen sei, diese Welt zu verlassen wo er nicht glücklich sein könnte (23. Juli 1780).

Grammont hatte ihm seine Selbstmordabsichten unter dem Siegel der Verschwiegenheit mitgeteilt. Schiller aber, überzeugt von der Ernsthaftigkeit dieser Absicht, unterrichtet den Akademie-Intendanten. Grammont, der inzwischen auch körperliche Symptome einer schweren Depression zeigt, wird auf die Krankenstation verlegt. Die Institutsleitung beschließt, den Kranken beobachten zu lassen. Einige Medizinstudenten, darunter auch Schiller, werden mit der Überwachung und der Abfassung regelmäßiger Berichte beauftragt. Von nun an steht der Kranke Tag und Nacht unter Aufsicht. Der gute Ruf der Anstalt steht auf dem Spiel, falls der Kranke wirklich Selbstmord begehen sollte. Das muß verhindert werden. Renommierte Ärzte von außerhalb werden hinzugezogen. Es werden Gutachten verfaßt und Diätkuren angeordnet. Der Patient soll sich Bewegung verschaffen beim Baden und Spazierengehen, soll sich durch unterhaltsame Lektüre ablenken. Man schickt ihn zu einer Kur, deren Kosten der Herzog übernimmt. Während Grammont auf der Krankenstube der Schule liegt, besucht ihn der Herzog täglich und fragt nach seinem Befinden. Der Kranke ist nicht imstande, ihm zu sagen, daß es das unerbittliche Regime an der Karlsschule ist, das ihn krank gemacht und in die Depression getrieben hat. Schiller mußte nicht lange suchen, um die Quelle des Leidens zu finden, er kennt sie selbst nur zu gut. So eindringlich schildert Schiller in seinem Bericht den Wunsch Grammonts, die Akademie verlassen zu dürfen, daß die Oberen schließlich mißtrauisch werden. Man verdächtigt Schiller der Komplizenschaft mit dem Kranken. Nun wird der Krankenwärter selbst beobachtet, und man gibt Grammont einen Wink, er dürfe Schiller nicht vertrauen. Daraufhin schreibt Schiller an den Intendanten der Akademie, Oberst von Seeger. Um den gegen ihn gehegten Verdacht unerlaubter Komplizenschaft zu entkräften, schildert er das Prinzip, von dem er sich habe leiten lassen: *Das Vertrauen eines Kranken kann nur dadurch erschlichen werden, wenn man seine eigene Sprache gebraucht, und diese Generalregel war auch die Richtschnur unserer Behandlung* (V, 279). So rechtfertigt Schiller sein Eingehen auf die Fluchtwünsche Grammonts. Ob er tatsächlich bei einer Flucht hat helfen wollen, wissen wir nicht.

Zwischen Mitte Juni und Ende Juli 1780 verfaßt Schiller sieben Berichte über Grammont. *Das genaue Band zwischen Körper und Seele*, schreibt er in dem ersten Bericht, *macht es unendlich schwer, die erste Quelle des Übels ausfindig zu machen, ob es zuerst im Körper oder in der Seele zu suchen sei* (V, 269). Schiller entscheidet sich für die Seele, näherhin deutet er die Depression als Folge der Auflösung einer ehemals religiösen Weltanschauung. Grammont habe sich in eine *pietistische Schwärmerei* hineingesteigert, eine Schwärmerei weniger des Herzens als des Gewissens. Grammont sei für alle *Gegenstände von Tugend* äußerst *empfindlich* gewesen, dann aber sei ihm durch eine kritische Philosophie *alle Wahrheit* verdächtig gemacht geworden, und er sei ins andere Extrem verfallen, in eine *Grübelei* (V, 269), die ihn an der Wahrheit hätte zweifeln und schließlich verzweifeln lassen. Schiller deutet die Depression demnach als Zerrüttung einer spirituellen Weltanschauung durch den Einbruch des Nihilismus. Ein Vorgang, den Schiller deshalb nachvollziehen konnte, weil er ihn am eigenen Leibe erfahren hatte. Er kannte die Motive seiner schwärmerischen Liebesphilosophie, er wußte, daß er sie entwickelt hatte, um nicht der kalten *Maschine* einer sinnverlassenen Natur ausgeliefert zu bleiben; er wußte, wie störanfällig diese enthusiastische Gegenwelt ist, und wieviel autosuggestive Kraft er benötigte, um sie am Leben zu halten, und er wußte auch, daß Abstürze jederzeit möglich sind. In den »Philosophischen Briefen« läßt er Julius über die enthusiastische Liebesphilosophie sagen: *Ein kühner Angriff des Materialismus stürzt meine Schöpfung ein* (V, 344).

So war auch Grammonts schwärmerische Frömmigkeit durch philosophische Reflexion eingestürzt, und es war dadurch, schreibt Schiller, *der Weg zu der fürchterlichen Melancholie gebahnt*, die schließlich auch den Körper angriff: *Fehler im Verdauungsgeschäft, Mattigkeit und Kopfschmerzen* (V, 269). Grammont selbst weiß, daß er geistig gesunden muß, um körperlich wieder gesund zu werden, daß ihm dies in der Akademie aber niemals gelingen würde. Er wünscht sich die *Ruhe des Landlebens*, um *neue Kräfte zur Erforschung der Wahrheit zu sammeln.* Mit Empathie und sogar Sympathie beschreibt Schiller die Wünsche des Kranken, und vermutlich wird er ihn darin bestärkt haben. Tatsächlich wird sich Grammonts Zustand auch erst nach seiner Entlassung aus der Akademie Mitte Dezember 1780 allmählich bessern. Er verbringt dann noch drei Jahre zurückgezogen bei der Familie im burgundischen, aber zu Württemberg gehörenden Mömpelgard, ehe er als geheilt gelten kann.

In dieser Zeit, da Schiller in das traurige Schicksal seines Kommilitonen hineingezogen wird, kommt es zu einem weiteren deprimierenden Ereignis. Am 13. Juni 1780, zwei Tage nach der ersten Unterredung mit dem selbstmordgefährdeten Grammont, stirbt August von Hoven, der jüngere Bruder seines Freundes Friedrich Wilhelm von Hoven. Schiller war in den Tagen zuvor an dessen Krankenbett gerufen worden und hält zusammen mit dem Bruder und der Mutter Wache in der Nacht des Todes.

In dem Brief an den Vater, den Hauptmann von Hoven, den Schiller gut kannte aus der Zeit, als die Familie in Ludwigsburg mit den Hovens im selben Hause wohnte, durchbricht plötzlich das Bekenntnis des eigenen Jammers die konventionellen Beileidsbekundungen. *Tausendmal*, schreibt er am 15. Juni 1780, *beneidete ich Ihren Sohn wie er mit dem Tode rang, und ich würde mein Leben mit eben der Ruhe statt seiner hingegeben haben, mit welcher ich schlafen gehe. Ich bin noch nicht ein und zwanzig Jahr alt, aber ich darf es Ihnen frei sagen, die Welt hat keinen Reiz für mich mehr. Ich freue mich nicht auf die Welt, und jener Tag meines Abschieds aus der Akademie, der mir vor wenigen Jahren ein freudenvoller Festtag würde gewesen sein, wird mir einmal kein frohes Lächeln abgewinnen können. Mit jedem Schritt den ich an Jahren gewinne, verlier ich immer mehr von meiner Zufriedenheit, je mehr ich mich dem reifern Alter nähere, desto mehr wünscht ich als Kind gestorben zu sein.*

Vier Tage später, am 19. Juni 1780, schreibt Schiller an seine Schwester Christophine einen anderen merkwürdigen Brief, ebenfalls voll Schwermut und mit dunklen Andeutungen. Es könnte sein, schreibt er, *daß ihr die Freude nicht mehr erlebt mich aus der Akademie treten zu sehen … Ich freue mich nicht mehr auf der Welt, und ich gewinne alles, wenn ich sie vor der Zeit verlassen darf. Ich bitte Dich, Schwester, wenn es geschehen sollte, so sei klug und tröste Dich, und tröste Deine Eltern.*

Die Schwester mußte von solchen Andeutungen alarmiert sein, doch sie wird mit Erleichterung gelesen haben, daß ihr verdüsterter Bruder seinen Brief beschließt mit der Bitte um Strümpfe, Federkiele und Nachthemden.

Die Eltern und die Schwester werden noch die Freude haben, den Sohn *aus der Akademie treten zu sehen.* Das geschieht am 15. Dezember 1780. Am Abend zuvor hatten die mündlichen Prüfungen und das Stiftungsfest stattgefunden. Zum letzten Mal hatte Schiller die Thesen eines Professors verteidigt.

Bei dieser Gelegenheit sah der junge Stuttgarter Musiker Andreas Streicher seinen späteren Freund Friedrich Schiller zum ersten Mal und empfing einen »unauslöschlichen Eindruck« davon. Besonders eingeprägt hatten sich ihm »die rötlichen Haare, die gegeneinander sich neigenden Knie, das schnelle Blinzeln der Augen, wenn er lebhaft opponierte, das öftere Lächeln während dem Sprechen, besonders aber die schön geformte Nase, und der tiefe, kühne Adlerblick, der unter einer sehr vollen, breitgewölbten Stirne hervorleuchtete.«

Nach dem Festakt versammelte man sich zum feierlichen Abendessen an großer Tafel. Streicher beobachtete, wie der Herzog sich mit Schiller »auf das gnädigste unterhielt, den Arm auf dessen Stuhl lehnte und in dieser Stellung sehr lange mit ihm sprach. Schiller behielt gegen seinen Fürsten dasselbe Lächeln, dasselbe Augenblinzeln, wie gegen den Professor, dem er vor einer Stunde opponierte.«

Schiller hatte sich offenbar aus der Verdüsterung wieder zu kühnem Selbstbewußtsein erhoben. Kein Wunder, denn inzwischen hatte er sein großes Schauspiel über das Rebellentum, »Die Räuber«, im ersten Entwurf fertiggestellt, und er ahnte, was ihm da gelungen war.

Sechstes Kapitel

Schillers Rückblick auf die »Räuber«-Zeit.
Schubart der Märtyrer. Empörung und Erfahrungsarmut.
Räuberwelten und »Die Räuber«: Experimentalanordnung für philosophische Ideen und extreme Charaktere.
Ideen-Theater und Affekterregungskunst. Auch die Schönheit muß sterben.
Glückliche Augenblicke unter dem Theaterhimmel.

In der Ankündigung der Zeitschrift »Rheinische Thalia« von 1785 blickt Schiller auf die in der Hohen Karlsschule verbrachten Jahre zurück und schildert die Umstände, unter denen die »Räuber« entstanden waren, jenes Stück, das ihn über Nacht zum berühmten Autor gemacht hatte. *Acht Jahre rang mein Enthusiasmus mit der militärischen Regel; aber Leidenschaft für die Dichtkunst ist feurig und stark, wie die erste Liebe. Was sie ersticken sollte, fachte sie an. Verhältnissen zu entfliehen, die mir zur Folter waren, schweifte mein Herz in eine Idealwelt aus – aber unbekannt mit der wirklichen, von welcher mich eiserne Stäbe schieden – unbekannt mit den Menschen, denn die vierhunderte die mich umgaben, waren ein einziges Geschöpf, der getreue Abguß eines und eben dieses Modells, von welchem die plastische Natur sich feierlich lossagte – unbekannt mit den Neigungen freier, sich selbst überlassener Wesen … unbekannt mit dem schönen Geschlecht – die Tore dieses Instituts öffnen sich, wie man wissen wird, Frauenzimmern nur, ehe sie anfangen interessant zu werden, und wenn sie aufgehört haben es zu sein – unbekannt mit Menschen und Menschenschicksal mußte mein Pinsel notwendig die mittlere Linie zwischen Engel und Teufel verfehlen, mußte er ein Ungeheuer hervorbringen, das zum Glück in der Welt nicht vorhanden war, dem ich nur darum Unsterblichkeit wünschen möchte, um das Beispiel einer Geburt zu verewigen, die der naturwidrige Beischlaf der Subordination und des Genius in die Welt setzte. – Ich meine die Räuber* (V, 855f.).

Schiller schreibt diese Sätze zu einem Zeitpunkt, da er dem Herrschaftsbereich des Herzog entronnen war. Er kann deutlicher über das Elend an der Schule sprechen, aber wahrscheinlich nicht deutlich genug, denn der Vater steht noch in herzoglichen Diensten.

Schiller hatte sich in der Schulzeit der militärischen Ordnung gefügt und seinen Ärger witzig, oft sarkastisch zum Ausdruck gebracht. Das war von den Aufsehern mit Verwunderung registriert, »aber desto besser von seinen Mitzöglingen verstanden« worden, wie Friedrich von Hoven berichtet. Die Schüler schrieben sich wechselseitig Verse und Aphorismen in die Stammbücher, hierbei konnte man eine unverhüllte Sprache riskieren. Es haben sich Einträge in Stammbücher der Kameraden von Schillers Hand erhalten. Das eine Mal schrieb er in Abwandlung einer Klopstock-Ode: *O Knechtschaft, / Donnerton dem Ohre, / Nacht dem Verstand und Schneckengang im Denken, / Dem Herzen quälendes Gefühl!* (I, 159). Einen württembergischen Gesangbuchvers wandelte er folgendermaßen ab: *Ist einer krank und ruhet gleich / Im Bette das von Golde reich / Recht fürstlich ist gezieret, / So hasset er doch solche Pracht / Auch so daß er die ganze Nacht / Ein kläglich Leben führet / Und zählet jeden Glockenschlag, / Und seufzet nach dem lieben Tag* (4. März 1779).

Man mußte keine politische Theorie studiert haben, um das Bedrückende des Strafsystems, der tagtäglichen Beaufsichtigung, der geisttötenden Disziplin zu empfinden, aber als Schiller dann durch die Lektüre von Ferguson, Rousseau und Plutarch mit der republikanischen und menschenrechtlichen Gedankenwelt bekannt wurde, lernte er, die schulischen Verhältnisse unter politischen Gesichtspunkten zu sehen und sie als empörend zu empfinden. In Fergusons Beschreibung des despotischen Systems erkannte er die eigene Situation wieder: »Verfassungen, durch welche die Menschen ihrer Rechte beraubt, oder … bei welchen sie so betrachtet werden, als ließen sie sich nur durch Zwang und die Furcht der Strafe regieren, haben die Wirkung, in dem Souverän Tyrannei und Übermut, in den Untertanen einen sklavischen Geist und Niederträchtigkeit hervorzubringen; jedes Gesicht mit Blässe zu bedecken, und jedes Herz mit Mutlosigkeit und Eifersucht zu erfüllen«.

Wozu solche Tyrannei imstande war, konnte der junge Schiller auch am Beispiel des Publizisten Schubart aus der Nähe erleben. Noch in Ludwigsburg hatte er ihn kennengelernt, wo Schubart eine Kantoren- und Organistenstelle versah. Der zehnjährige Schiller erlebte, wie man diesen von den jungen Leuten bewunderten Mann aus der Stadt vertrieb. Man hatte ihm unsittlichen Lebenswandel, Verschwendungssucht und literarische »Frechheiten« zum Vorwurf gemacht. Er selbst hat später als gebrochener Mann über diese Periode seines Lebens gesagt, er sei immer »kälter« geworden gegen »Tugend und Religion«, habe »Freigeister, Religionsspötter, Sittenverächter und Bordellskribenten« gelesen und das eingesogene »Gift« anderen wieder mitgeteilt. Wie auch immer, Schubart hatte jedenfalls Ärger erregt bei den hohen Kirchenbeamten wegen seines gefälligen Orgelspiels, in das er Motive galanter Opern verwob. Es soll auch vorgekommen sein, daß er betrunken auf der Orgelbank saß. In den Gastwirtschaften führte er das große Wort, besonders wenn es um Politik, um die Schandtaten der Regierung und die Korruption der Minister ging. Als der wilde Kantor sich auch noch eine jugendliche Maitresse zulegte, wurde ein Disziplinarverfahren gegen ihn eingeleitet. Bei einer Hausdurchsuchung fand man Satiren auf Persönlichkeiten des Hofes. Daraufhin verfügte der Herzog die Ausweisung. Das war 1773. Schubart fand Zuflucht zuerst in der freien Reichsstadt Augsburg. Er begann mit der Herausgabe der »Deutschen Chronik«, einer politischen Zeitschrift mit republikanischer Tendenz. Schubart wurde bald zu einem in ganz Deutschland gefürchteten und bewunderten Pamphletisten, Enthüllungsjournalisten und Verfasser von politischer Kampflyrik. Gerade deshalb wollte man ihn in Augsburg auch nicht haben. Der Bürgermeister erklärte: »Es hat sich ein Vagabund hereingeschlichen, der begehrt für sein heilloses Blatt einen Hut voll englischer Freiheit. Nicht eine Nußschale voll soll er haben!«

Schubart ging 1775 nach Ulm, die »Chronik« setzte er dort fort. Sie wurde überall gelesen, sogar in London, Paris und Amsterdam. Das stärkte sein Selbstbewußtsein, und seine Sprache wurde immer kühner. Den Herzog Karl Eugen, der ihn aus dem Lande getrieben hatte, nahm er besonders aufs Korn. Er spottete über des Herzogs Doppelbegabung für Tugendpredigten und Maitressenwirtschaft, er ließ sich hämisch über die Unfruchtbarkeit des herzoglichen Hauses aus, er karikierte Franziska von Hohenheim als altjüngferliches Wesen, nannte sie »Donna Schmergalina« und verglich sie mit einer »Lichtputze, die glimmt und stinkt«; er prangerte den Verkauf von dreitausend württembergischen Landeskindern für Englands Kolonialkrieg an, er portraitierte die Hohe Karlsschule als »Sklavenplantage«. Als ein Epigramm über den Herzog erschien, in dem es hieß »Als Dionys von Syrakus / Aufhören muß / Tyrann zu sein / Da ward er ein Schulmeisterlein«, schritt Karl Eugen zur Tat. Man lockte den Mann mit falschen Versprechungen vom reichsstädtischen Gebiet auf württembergischen Boden und verhaftete ihn. Als Schubart im Februar 1777 auf dem Hohen

Asperg in den Kerker geworfen wurde, war der Herzog mit seiner Franziska zugegen, dieses Vergnügen wollten sich die beiden Gekränkten nicht entgehen lassen. Es gab keinen Prozeß, keine Verurteilung. Es war ein Willkürakt ohne Recht und Gesetz. Schubart blieb neun Jahre der persönliche Gefangene von Karl Eugen. Der Kerkerwärter war der berüchtigte Hauptmann Rieger, Schillers Taufpate und einstiger Günstling des Herzogs. Schubart saß in einem stickigen Gewölbe in den Fundamenten des Turms, er durfte zunächst weder lesen noch schreiben und über Jahre hin keinen Besuch empfangen.

Der Ruhm des eingekerkerten Poeten und Publizisten wuchs. Er galt als Märtyrer des freien Wortes und wurde zum repräsentativen Opfer fürstlicher Willkürherrschaft. Hölderlin wünscht sich, »so eines Mannes Freund zu sein«, und Herder gibt ihm in seinen »Briefen zur Beförderung der Humanität« einen Ehrenplatz in seiner Heldengalerie der Kämpfer für Freiheit und Menschlichkeit.

Als der Weimarer Herzog und sein Freund Goethe Ende 1779 als Besucher bei der Jahresfeier der Hohen Karlsschule zugegen waren, empfahl man ihnen, den württembergischen Herzog nicht auf den Fall Schubart anzusprechen. Offenbar hielt man in Stuttgart Goethe für einen Sympathisanten des Häftlings, und dem als liberal geltenden Weimarer Herzog traute man auch nicht über den Weg.

Unter den Karlsschülern wurde Schubart besonders verehrt, zumal dessen Sohn Ludwig »aus Gnaden«, wie es offiziell hieß, in die Karlsschule aufgenommen worden war. So waren die Schüler aufs beste unterrichtet über die Schicksale des Häftlings auf dem Hohen Asperg.

In der Folge der Schubart-Affäre wuchs das Mißtrauen des Herzogs gegen Poesie. Schubart wurde als warnendes Beispiel für die Ausartung eines Schöngeistes hingestellt, hier könne man doch sehen, hieß es, zu welcher Widersetzlichkeit und Zügellosigkeit die Beschäftigung mit Literatur und Poesie führe. Die Schüler wurden nochmals ermahnt, ihre einschlägigen Liebhabereien einzuschränken, und es wurde die Anordnung bekräftigt, daß ohne Erlaubnis des Herzogs keine »poetischen Sachen« veröffentlicht werden durften. Diese Einschränkungen sind gemeint, wenn Schiller in der »Thalia«-Ankündigung schreibt: *Neigung für Poesie beleidigte die Gesetze des Instituts, worin ich erzogen ward, und widersprach dem Plan seines Stifters* (V, 855).

Subordination nennt Schiller das Grundgesetz des Lebens an der Karlsschule. Eine Subordination war für ihn die empörende Anordnung des

Herzogs, nach der zurückgewiesenen ersten Dissertation ein weiteres Jahr an der Schule verbleiben zu müssen. Schiller nahm auch deshalb großen Anteil am Schicksal Schubarts, weil er sich ebenfalls als persönlicher Gefangener des Herzogs empfand, besonders in diesem letzten Jahr, das er an der Schule absitzen mußte.

In eben diesem Jahr schrieb er seine »Räuber«, eine *Geburt* aus dem *Beischlaf der Subordination und des Genius*, wie es in der »Thalia«-Ankündigung heißt. Zum Thema der Subordination ist das Nötige gesagt. Es ist nachvollziehbar, wie sich bei Schiller Gefühle der Empörung und Erbitterung angesammelt haben. Als noch bedrückender aber empfand Schiller im Rückblick die Erfahrungsarmut, zu der man an der Schule verurteilt war. Er sei *unbekannt mit Menschen und Menschenschicksal* geblieben, schreibt er in der »Thalia«. Er sieht einen Zusammenhang zwischen Subordination und Erfahrungsarmut: durch Befehle und Gesetze eingepfercht und von der übrigen Wirklichkeit abgeschnitten, sei der Erlebniskreis geschrumpft mit der Folge, daß er in den »Räubern« nur eine ausgedachte Wirklichkeit dargestellt habe, keine lebensnah geschilderten Menschen, sondern Monstren – im Guten wie im Bösen.

Aber muß es im Leben immer so regelgerecht zugehen, vom Leben zum Denken, von der Erfahrung zur Theorie, von der Kenntnis der Menschen zum Begriff des Menschen? Schiller jedenfalls war ein Mensch des Vorgriffs. Wenn es eine Erfahrungsarmut gibt, kann man auf sie spekulieren, wie man mit Geld spekuliert, das einem nicht gehört. Spekulation in diesem Sinne ist Erfahrung auf Kredit, Erfahrung im Vorgriff. Anders gesagt: man erfindet etwas, das später vielleicht als Erfahrung gelten kann. Indem man sich selbst voraus ist, werden die Dinge schemenhaft, auch man selbst, also wählt man grelle Farben, starke Töne und umwerfende Posen. Im jugendlichen Lebensalter und wenn einem ein *Genius* etwas vorspiegelt, interessiert einen weniger das, was man ist, als das, was man sein möchte. Vor allem möchte man sich unterscheiden, und man definiert die Freiheit als jene Kraft, die es einem erlaubt, mit sich selbst einen Unterschied zu machen. Der freie Mensch gilt als verkörperter Unterschied. Im Mittelfeld des Menschlichen aber sind die Unterschiede knapp oder zu fein. Deshalb ziehen die Extreme an. Auf der Suche nach dem Unterschied strebt die Freiheit an die Grenzen. Es ist diese Logik, die der »Räuber« Karl Moor so formuliert: *Das Gesetz hat noch keinen großen Mann gebildet, aber die Freiheit brütet Kolosse und Extremitäten aus* (I, 504). Sich in Räuber hineinzuträumen heißt: seinen Ort imaginativ am Rand der Gesellschaft oder in ihrem Untergrund suchen.

Zweifellos ist eine solche Räuberwelt eine romantisierte, eine andere also, als sie von der sozialen Wirklichkeit am Ende des 18. Jahrhunderts hervorgebracht wurde. Räuberbanden waren damals, insbesondere in Süddeutschland und Schwaben, eine wahre Landplage. Die amtlichen Gauner- und Vagantenlisten wiesen in den achtziger Jahren allein für Süddeutschland eine Anzahl von etwa vierzigtausend solcher Individuen nach. Mehrere große, weitverzweigte und gefürchtete Banden trieben ihr Unwesen, wir nennen es heute: organisierte Kriminalität. Ganze Dörfer wurden in verwegenen Handstreichen überwältigt, Schutzgelderpressungen, Einbrüche, Überfälle, auch Auftragsmorde wurden begangen, Schmuggel im großen Stil betrieben. Zwischen den harten Kern der Räuber und der Welt der Normalität schob sich eine beträchtliche Zwischenwelt aus Mitwissern, sporadischen Komplizen, kleinen Gaunern, Landstreichern und anderen fahrenden Leuten, die sogenannten »Jauner«. Diese Räuber- und »Jauner«-Welt rekrutierte sich aus landlosen Bauern, arbeitslosen Knechten, stellungslosen Magistern, verwahrlosten Studenten, wandernden Handwerksgesellen und ehemaligen Soldaten. Es gab berühmte und berüchtigte Bandenführer, Hannikel im Schwarzwald, Stülpner im Erzgebirge, Schinderhannes in der Pfalz und den Sonnenwirt in Schwaben. Über den erfuhr Schiller genaue Einzelheiten von seinem Lehrer Abel, dessen Vater als Amtmann den Sonnenwirt verhaftet, verhört und die Akten geführt hatte bis zur Hinrichtung des Verbrechers. Über diesen berüchtigten Mann wird Schiller später die Erzählung »Der Verbrecher aus verlorener Ehre« schreiben, und einige der Untaten, von denen in Schillers Erzählung die Rede ist, gehen auf wirkliche Vorkommnisse zurück oder wenigstens auf Gerüchte, die man sich an der Karlsschule mit wohligem Schaudern erzählte.

Schiller wußte zu unterscheiden zwischen dem romantisierten Bild der Räuber und ihrer sozialen Wirklichkeit. Karl Moor warnt Kosinsky, der in die Bande aufgenommen werden möchte: *Hat dir dein Hofmeister die Geschichte des Robins in die Hände gespielt …, die deine kindische Phantasie erhitzte, und dich mit der tollen Sucht zum großen Mann ansteckte?* (I, 565). Aber Schiller war doch auch fasziniert vom Phänomen des Räubertums. In der Selbstrezension des Stückes reflektiert er darüber: *Ich weiß nicht, wie ich es erklären soll, daß wir um so wärmer sympathisieren, je weniger wir Gehilfen darin haben; daß wir dem, den die Welt ausstößt, unsere Tränen in die Wüste nachtragen; daß wir lieber mit Crusoe auf der menschenverlassenen Insel uns einnisten, als im drängenden Gewühle der Welt mitschwimmen. Dies wenigstens ist es, was uns in vorliegendem Stück an die so äußerst unmoralische Jaunerhorden festbindet* (I, 622). Schiller weiß also, daß er die »Räuber« gewählt hat auch aus einem Gefühl der Platzangst in der geschlossenen Gesellschaft der braven Leute.

Wann genau Schiller mit der Arbeit an dem Stück begonnen hat, wissen wir nicht. Zwischen 1775 und 1777 hatte sich Schiller an mehreren Dramen versucht. Von einer Zeitungsnotiz über den Selbstmord eines Studenten und vom »Werther« angeregt, plante Schiller ein Stück unter dem Titel »Der Student von Nassau«. Es sollte von den Irrwegen eines begabten Studenten handeln, ein Motiv, das im Lebensschicksal des Karl Moor wiederkehrt. Von diesem Stück ist nichts erhalten geblieben, ebensowenig von dem nächsten Vorhaben »Cosmus von Medici«. Nach einem Bericht des Schulfreundes Petersen waren die Vorarbeiten dazu weit gediehen. Das Stück sollte nach dem Vorbild des »Julius von Tarent« von Leisewitz Bruderhaß und Vaterliebe behandeln – ein beliebtes Thema für die Generation des Sturm und Drang. Schiller soll den Abstand zu seinem Vorbild so stark empfunden haben, daß er das Medici-Stück vernichtete und sich für einige Zeit vom Drama abwandte und statt dessen Klopstock-Oden imitierte.

Die Anregung für die »Räuber« empfing Schiller in jener ersten Phase seiner dramatischen Versuche. Es war das Jahr 1775, als der Freund Friedrich von Hoven ihn auf eine von Schubart mitgeteilte Anekdote im »Schwäbischen Magazin« hinwies. Schubart erzählt sie mit der ausdrücklichen Absicht, einem Roman- oder Theaterautor Anregung zu geben, denn, so schreibt er, es müßte endlich bewiesen werden, daß sich auch in Deutschland Menschen finden lassen, »die ihre Leidenschaften haben und handeln; so gut, als ein Franzose oder Britte«. Die Anekdote soll sich tatsächlich zugetragen haben: Ein Edelmann hat zwei Söhne von ungleichem Charakter. Wilhelm ist fromm, ehrgeizig, duckmäuserisch, berechnend und zeigt wenig Neigung, in die Welt hinaus zu gehen. Carl im Gegenteil ist unbekümmert, enthusiastisch, neugierig und impulsiv. Er ist der Liebling seines Vaters. Während des Studiums ist Wein und Liebe seine bevorzugte Beschäftigung. Er spielt, macht Schulden, gerät in allerlei Händel und muß bei Nacht und Nebel die Akademie verlassen. Er sucht Zuflucht in der Armee

Friedrich des Großen, wird in einer Schlacht verletzt. Im Lazarett kommt er zu Sinnen und beschließt, sein Leben zu ändern. Er schreibt einen zärtlichen Brief an den Vater, worin er Reue zeigt und Besserung verspricht. Der Bruder aber fängt den Brief ab, und so bleibt Carl ohne Antwort. Er verdingt sich inkognito als Knecht auf dem väterlichen Landgut. Eines Tages beim Holzmachen wird er Zeuge eines Überfalls auf den Vater, den er durch mutiges Einschreiten rettet. Anschließend gibt er sich zu erkennen. Wie sich bald herausstellt, war es Wilhelm, der die Mörder gedungen hatte, um vorzeitig an das Erbe heranzukommen. Wilhelm wird vom Hof vertrieben, und Carl wird, als verlorener Sohn und Retter des Vaters, wieder in Ehren aufgenommen. Schubart beschließt die Erzählung mit einer Bemerkung, die sich der junge Schiller offenbar zu Herzen genommen hat: »Wann wird einmal der Philosoph auftreten, der sich in die Tiefe des menschlichen Herzens hinabläßt, jede Handlung bis zur Empfängnis nachspürt, jeden Winkelzug bemerkt, und alsdann eine Geschichte des menschlichen Herzens schreibt, worin er das trügerische Inkarnat vom Antlitze des Heuchlers hinweg wischt, und gegen ihn die Rechte des offenen Herzens behauptet«.

Schiller übernimmt die Konstellation und die Charaktere der beiden Brüder, auch einige Handlungselemente, Carls Ausschweifungen an der Universität, seine Flucht, die Reue, die Rückkehr zum Vater, die Aufdeckung der Machenschaften des Bruders. An der Stelle der Anekdote aber, wo Wilhelm den Reuebrief seines Bruders unterschlägt und Carl, ohne eine Verzeihung des Vaters erhalten zu haben, brav ein Unterkommen als Knecht sucht, genau an dieser Stelle läßt Schiller die Räuberkarriere seines Karl beginnen. Karl wird anders als der Carl aus der Anekdote zum Rächer des Menschengeschlechtes. Er kann die Mordtat des Bruders nicht verhindern und steigert sich hinein in einen Kampf für die »Rechte des offenen Herzens« gegen eine ganze Welt von »Heuchlern«. Schiller gibt den Charakteren der Anekdote einen Zug ins Monumentale. Das gilt für den Bösewicht Franz ebenso wie für Karl. Gleichwohl, auch wenn es *Monstren* sind, versucht Schiller, so wie Schubart es gefordert hatte, sich als »Philosoph« in die »Tiefe des menschlichen Herzens« hinabzulassen.

Das Stück beginnt mit der ersten Untat von Franz Moor. Der unterschlägt nicht nur den Brief des reuigen Karl, der wegen eines Duells und anderer studentischer Streiche aus der Akademie verstoßen wurde, sondern schiebt einen anderen gefälschten unter, worin die Untaten des Bruders noch verschlimmert werden. Der leichtgläubige Vater verflucht und enterbt den Sohn. Karl, durch diesen Schritt zur Verzweiflung gebracht, läßt sich von der üblen Gesellschaft, in die er geraten ist, zum Räuberhauptmann wählen, in welcher Funktion er seine *Privaterbitterung gegen den unzärtlichen Vater in einen Universalhaß gegen das ganze Menschengeschlecht* ausarten läßt. Inzwischen sucht Franz im Hause des Vaters die Herrschaft an sich zu reißen; er lanciert die Falschmeldung vom Tode des Bruders, versucht Amalia, die Braut des Bruders, in seine Gewalt zu bringen und läßt den vor Schreck, Verzweiflung und Reue in Ohnmacht gesunkenen Vater bei lebendigem Leibe begraben. Karl, seiner räuberischen Existenz überdrüssig und doch durch Treueschwüre an die Bande gebunden, zieht es zurück ins väterliche Haus, wo er inkognito auftaucht und mit den Verbrechen seines Bruders und der fortdauernden Liebe seiner Braut konfrontiert wird. Das Ende ist schrecklich. Franz begeht Selbstmord; der Vater, der in seinem Grab überlebt hat, stirbt vor Entsetzen, als Karl sich zu erkennen gibt; Amalia stirbt durch die Hand Karls, der keinen anderen Ausweg mehr sieht im Konflikt zwischen seiner Liebe für Amalia und der Treue zur Bande. Durch die Opferung Amalias befreit sich Karl von den Verpflichtungen gegenüber der Bande und gibt sich dann in die Hände der Justiz.

In der Selbstrezension von 1782, verfaßt kurz nach der Uraufführung, kritisiert Schiller die mangelnde Wirklichkeitsnähe seiner Figuren. Sie seien nicht nach der Natur, sondern nach Lektüreeindrücken entworfen. Der Räuber Karl Moor wie auch der Bösewicht Franz Moor seien in *Shakespearescher Manier* (I, 624) konzipiert, für Karl seien darüber hinaus Grundzüge dem Plutarch und Cervantes entlehnt worden, und was die Gestaltung der Amalia betrifft, so sei zu bemerken, daß der Autor zuviel Klopstock gelesen habe. Unter der Voraussetzung, daß der Verfasser die *Menschen überhüpft* hätte, seien aber die Charaktere schließlich doch *ganz übereinstimmend mit sich selbst* (I, 627) durchgeführt.

Tatsächlich, die Menschen, wie sie üblicherweise und im Durchschnitt sind, werden *überhüpft*, um ein Experiment mit Extremen anstellen zu können. Das Stück ist eine solche Experimentalanordnung für extreme Charaktere, die monströs einseitig aber folgerichtig das Prinzip ihrer Existenz zur Entfaltung bringen bis hin zur Katastrophe und insofern tatsächlich *übereinstimmend mit sich selbst bleiben.*

Karl Moor ist eine *verirrte große Seele – ausgerüstet mit allen Gaben zum Fürtrefflichen, und mit allen Gaben verloren* (I, 489), und Franz Moor ist der räsonierende Bösewicht, der seinen *Verstand auf Unkosten seines Herzens* (I, 485) verfeinert.

Der Räuber Karl ist Idealist, insofern er mit dem Enthusiasmus seines Herzens an eine gute, väterliche Weltordnung glaubt, und es bedarf nur einer einzigen narzißtischen Kränkung, um in ihm die Raserei einer Rache an der zerrütteten Weltordnung zu wecken.

Franz ist Materialist, die Natur hat ihn schlecht behandelt, warum sollte er an ihre Güte glauben? Er fühlt sich in ein kaltes Universum geworfen, also wird er mit kaltem Verstand allein seinem Interesse folgen, das auf Herrschaft gerichtet ist: *Ich will alles um mich her ausrotten, was mich einschränkt daß ich nicht Herr bin.*

Der eine rächt sich an einer Welt, von der er zuviel erwartet hat; der andere wütet in einer Welt, von der er nichts hält, und die ihn deshalb zu nichts verpflichtet. Zwei Extremisten: des entfesselten Idealismus der eine, des hemmungslosen Materialismus der andere. So sind die »Räuber« die grandiose Kopfgeburt eines Mediziners, der mit philosophischen Ideen literarisch experimentiert. Die »Räuber« sind aber auch ein Stück, mit dem der Autor sich und den anderen beweisen will, daß er beides vermag: Ideen in eine literarische Gestalt zu bannen und ein Publikum damit zu bezwingen.

Unter vier Aspekten also, dem medizinischen, philosophischen, literarischen und wirkungsästhetischen, läßt sich das dramatische Debüt Schillers erläutern.

Den Mediziner merkt man an der körpernahen, oft drastischen Metaphorik und an einem Naturalismus, der sich am Seziertisch der Anatomie gebildet hat. In der dritten Szene des ersten Aktes versucht Franz seinen Bruder Karl bei Amalia in Mißkredit zu bringen. Er deutet an, Karl könne bei seinem Lotterleben sich gewiß auch eine Geschlechtskrankheit zugezogen haben und dann malt er ihr das Schreckbild eines zerfallenden Körpers aus: *Wenn es doch wenigstens nur einen Schleier hätte, das garstige Laster … aber da blickt's schrecklich durch den gelben bleifarbenen Augenring; – da verrät sich's im totenblassen, eingefallenen Gesicht und dreht die Knochen häßlich hervor … da spritzt es den eitrigten, fressenden Schaum aus Stirn und Wangen und Mund und der ganzen Fläche des Leibes zum scheußlichen Aussatz hervor und nistet abscheulich in den Gruben der viehischen Schande* (I, 518).

Wird Amalia dieses faulende Fleisch noch lieben können – fragt Franz. In der Liebe sucht doch die Seele die Seele, und wenn sie nun im *Schlamme* des Körpers steckt, wird sie dann noch ihre Himmelsmacht beweisen können? Franz wühlt genüßlich im Eklen: *der Mensch entstehet aus Morast, und watet eine Weile im Morast, und macht Morast, und gärt wieder zusammen in Morast, bis er zuletzt an den Schuhsolen seines Urenkels unflätig anklebt* (I, 577).

Diese Zynismen verraten den Mediziner ebenso wie die psychosomatischen Kenntnisse, mit denen Schiller Franz Moor ausstattet, die dieser böse Mensch selbstverständlich nicht zu Heilzwecken, sondern als Folterinstrumente nutzt. Franz will den Vater töten, ohne selbst Hand anzulegen. *Ich möcht es machen wie der gescheite Arzt, (nur umgekehrt). – Nicht der Natur durch einen Querstrich den Weg verrannt, sondern sie in ihrem eigenen Gange befördert. ... Mediziner lehren mich, wie treffend die Stimmungen des Geists mit den Bewegungen der Maschine zusammenlauten. ... den Körper vom Geist aus verderben – ha! ein Originalwerk!* (I, 521f.) Was ist zu tun? Man muß im Vater Stimmungen und Affekte erregen, Jammer, Schrecken, Sorge und Verzweiflung, welche die Gesundheit des Körpers untergraben. Man muß in den Geist etwas einführen, was den Körper aufzehrt, auf diesem Weg muß man dem Tod einen *ungebahnten Weg in das Schloß des Lebens* (I, 522) öffnen, dann wird hinterher *des Zergliederers Messer* keine Spuren eines Täters finden.

Zunächst überlebt der Vater den Mordanschlag auf psychosomatischen Schleichwegen. Aber am Ende wird er dann doch am seelischen Schmerz sterben. Auch sonst konspiriert Franz, dieser *umgekehrte* Arzt, mit den Körpern gegen die Seelen seiner Gegner, und erweist sich dabei als gelehriger Schüler jener Einsichten, die sich Schiller während seines Medizinstudiums angeeignet hatte. Er benützt die Medizin für die Literatur, wie er umgekehrt auch die Literatur benützt für die Medizin. In seiner Dissertation zitiert er pseudonym – *Life of Moor. Tragedy by Krake* (V, 309) – eine Passage des eigenen Stückes, wo geschildert wird, wie aus einem zerrütteten Körper die schlechten Träume ins Gehirn des Vaters eindringen. Schiller zitiert aus seinen »Räubern«, an denen er parallel zur Dissertation arbeitet, um jene verhängnisvolle Wechselwirkung zwischen Geist und Körper zu demonstrieren, näherhin den Mechanismus, wie der durch den Geist verdorbene Körper seinerseits die weitere Zerrüttung des Geistes bewirkt.

Was die philosophischen Ideen betrifft, die Schiller in die Experimentalanordnung seines Stückes einführt, so ist es die Philosophie der All-Liebe, die Vision von der *großen Kette der Wesen* also, die auf den Prüfstand kommt.

Franz, den Schiller in einem Brief an den Mannheimer Theater-Intendanten Heribert von Dalberg ausdrücklich einen *räsonierenden* Bösewicht (6. Oktober 1781) nennt, der für die Bühne zuviel denkt, dieser Mensch kennt offenbar das Betriebsgeheimnis seiner Existenz und plaudert es in einem langen Monolog in der ersten Szene des Stückes aus. Die Zufälle der Natur haben ihn benachteiligt: er ist als zweiter aus dem *Mutterleib gekrochen*, ein Schicksal, das ihn vom Erbe ausgeschlossen hat. Die Natur hat ihm die *Bürde von Häßlichkeit* aufgeladen: *Warum gerade mir die Lappländersnase? Gerade mir dieses Mohrenmaul? Diese Hottentottenaugen?* (I, 500). Es kann diese Natur, die ihn so benachteiligt hat, keine gerechte sein. Hier spielt eine *Lotterie des Lebens*, wenn die Natur nicht geradezu bösartig ist, so ist sie doch auf skandalöse Weise gleichgültig gegenüber den Wesen, die sie ins Leben zieht und wieder in den *Morast* zurückwirft, aus dem sie stammen. Eine solche Natur kann einem nicht am Herzen liegen, die große Kette der Wesen in Liebe verbunden – welch eine Lüge und Zumutung! Die Natur wirft ihre Kinder in die Verwahrlosung, und so hat man auch keine Verbindlichkeiten ihr gegenüber: *sie gab mir nichts mit; wozu ich mich machen will, das ist nun meine Sache* (I, 500). Und wie ist man überhaupt *gemacht* worden? Nicht einmal am Ursprung war Liebe im Spiel, sondern nur ein *viehischer Prozeß zur Stillung viehischer Begierden* (I, 502). Soll daraus Elternliebe entspringen? Soll man dankbar dafür sein, bloß weil die Eltern ihre *Brunst* stillen, wenn sie ein Kind machen? Ist man nicht ungefragt ins Leben gezogen worden? Sieht man das Leben illusionslos an, weicht der *heilige Nebel* und es zeigt sich eine Wirklichkeit, in der nicht Liebe sondern das Gesetz des Dschungels herrscht. Es ist einem übel mitgespielt worden, also wird man sich rächen. Man ist das Opfer eines bösen Geschicks, warum sollte man davor zurückschrekken, den anderen zum bösen Schicksal zu werden. Das Leben ist eine schlechte Veranstaltung, warum sollte man darin eine gute Rolle spielen wollen?

Es mag sein, daß es Bösewichte von solcher Kälte und Berechnung im wirklichen Leben nicht gibt, aber es gibt sie in der Literatur, und dort hat sie Schiller auch gefunden, beispielsweise bei Shakespeare. Auch Richard III. ist ein Mensch, der mit seiner Bosheit Rache nimmt an einer Natur, die ihn benachteiligt hat: »Um alle Schönheit von der täuschenden / Natur betrogen, häßlich, unvollendet, / Und vor der Zeit in diese Welt geschickt, / Nur halb ein Mensch, so lahm, so ungestalt,... Wohl dann, ein Verliebter / Kann ich nicht sein; um diese schöne Zeit / Dahin zu bringen, ist es mein Entschluß, / Ein Bösewicht zu werden« (Richard III. I/1).

Die Literatur genießt das Privileg, den Extremismus des Menschenmöglichen vorführen zu dürfen, und Shakespeare wie auch Schiller machen reichlichen Gebrauch davon. Wenige Jahre nach Schiller wird der Marquis de Sade für diese Logik der Rache an einer ungerechten Natur eine noch konstruiertere Darstellung finden. In einer Art kalten Raserei wird er, wie Franz Moor, die grausam gleichgültige Natur anklagen. Sie sei dafür verantwortlich, schreibt er in »Die Philosophie im Boudoir«, »daß das unglückselige Individuum namens Mensch, ohne seine Einwilligung in dieses triste Universum geworfen« wurde. Warum sollte man die beschränkte Lebensfrist noch zusätzlich belasten durch Moral und Gewissensqual? Einer Natur gegenüber, die einen zu nichts verpflichtet, ist man berechtigt, alles »der Lust aufzuopfern«. Dabei sollte man, erklärt de Sade, die Lust nicht mit der Liebe verwechseln. Die Liebe schafft Verbindlichkeiten, der freie Genuß aber verlangt Abwechslung und Austausch der Objekte. Überhaupt müssen es ›Objekte‹ sein, nicht Personen, oder genauer: es müssen Personen sein, die im Augenblick des Genusses zum Objekt gemacht werden. Die Liebe mit ihrem ganzen Apparat aus Treue, Rücksichtnahme und Zärtlichkeit, betrügt einen um die besten Augenblicke der Lust: »Solange der Geschlechtsakt dauert, kann es zweifellos sein, daß ich jenes Objekt zur Teilnahme daran brauche; doch sobald es befriedigt ist, was bleibt zwischen ihm und mir?« Nichts, antwortet de Sade. Und so würde auch Franz antworten.

Doch Schiller wagt es noch nicht, so wie de Sade, seinen Franz in die orgiastischen Rasereien von unaufhörlichen Kopulationen zu treiben. Bei de Sade ist die große Kette der Wesen zusammengeschmiedet durch Kopulation und Penetration. Franz indes hat es auf eine einzige Frau abgesehen, Amalia. Er unternimmt einen Vergewaltigungsversuch, er begehrt sie, ohne sie zu lieben, und was er an ihr begehrt, ist weniger ihr Körper selbst als die Vorstellung, daß er einen Körper, den sein Bruder begehrt, diesem entziehen und für sich selbst in Besitz nehmen könnte. Er will Amalia, die an Karl versprochen ist, *den eh-*

lichen Schwur aus der Seele pressen, ihr *jungfräuliches Bette mit Sturm ersteigen* und ihre *stolze Scham mit noch größerem Stolze besiegen* (I, 558).

Doch anders als bei Shakespeare oder de Sade hält der Bösewicht nicht stand, sondern wird am Ende von Höllenangst in den Selbstmord getrieben (in der Theaterfassung nimmt ihm diese Angst sogar die Kraft zum Selbstmord). Franz bleibt nicht jener *kolossale* Bösewicht, der er zu Anfang war – diese Verkleinerung des Bösen glaubt Schiller der guten Weltordnung, die am Ende doch irgendwie triumphieren soll, schuldig zu sein.

Und nun Karl, der entfesselte Idealist. Zum Idealisten wird er, weil er eine geistige Ordnung hinter oder über der Wirklichkeit sucht, das geistige Band der Liebe, die alles verbindet. Es ist die Philosophie der Liebe, die wir in der ersten Dissertation und in der »Theosophie des Julius« kennengelernt haben, mit der Schiller seinen Karl Moor ausstattet. Die durch Liebe verknüpfte *große Kette der Wesen* ist für Karl eine väterlich geordnete Welt: *die ganze Welt eine Familie und ein Vater dort oben* (I, 561).

Nach den Intrigen des Bruders aber muß er den Eindruck haben, daß der eigene Vater sich entzieht. Damit stürzt für ihn die Ordnung des Seins zusammen: *Ich allein der Verstoßene, ich allein ausgemustert aus den Reihen der Reinen* (I, 561f.). Er wünscht sich, von der Vaterwelt enttäuscht, in den *Mutterleib* zurück, deshalb fügt es sich gut, daß in diesem Augenblick seine Spießgesellen einen Räuberhauptmann suchen. Statt in den Mutterleib flüchtet er sich in den Schoß einer Räuberbande. Der verzweifelte Idealist Karl Moor nimmt Maß an Satan und Adramelech, jenen gefallenen Engeln und düsteren Helden kosmischer Empörung, und zeigt damit, daß er seinen Milton und Klopstock gut gelesen hat. In einer früheren Fassung bezieht sich Karl ausdrücklich auf Miltons »Paradise lost«, eine Stelle, die Schiller wohl deshalb gestrichen hat, weil zuviel Ausdrücklichkeit darin war.

Weil Karl Moor sich aus der *Reihe der Reinen* ausgestoßen fühlt, scheut er fortan nicht mehr die Befleckung. Er wird zum edlen Räuber im Stile Robin Hoods. *Er mordet*, erzählt einer aus der Bande, *nicht um des Raubes willen wie wir – nach dem Geld schien er nicht mehr zu fragen, so bald ers vollauf haben konnte, und selbst sein Dritteil an der Beute, das ihn von Rechts wegen trifft, verschenkt er an Waisenkinder, oder läßt damit arme Jungen von Hoffnung studieren. Aber soll er dir einen Landjunker schröpfen, der seine Bauren wie das Vieh abschindet, oder einen Schurken mit goldnen Borten unter den Hammer kriegen, der die Gesetze falschmünzt, und das Auge der Gerechtigkeit übersilbert, oder sonst ein Herrchen von dem Gelichter – Kerl! da ist er dir in seinem Element, und haust teufelsmäßig, als wenn jede Faser an ihm eine Furie wäre* (I, 540f.).

Auch wenn der ›edle Räuber‹ sich als Rächer der Enterbten und als Beschützer der Armen und Waisen aufführt, so begeht er doch Taten, die zu Untaten werden müssen, weil sie Unschuldige wie Schuldige treffen, beispielsweise als er eine ganze Stadt anzündet, um einen treuen Kumpanen vor der Hinrichtung zu retten. Er rechtfertigt sich, indem er sein Tun mit einem Unwetter vergleicht, dessen zerstörerische Gewalt auch keinen Unterschied macht zwischen Schuldigen und Unschuldigen. Und doch bemerkt Karl, daß es Ausflüchte sind, wenn er sich der blinden Naturgewalt gleichstellt. In einem Augenblick verzweifelter Klarsicht weiß er, daß er zum *Ungeheuer* geworden ist, *umlagert von Mördern – von Nattern umzischt – angeschmiedet an das Laster mit eisernen Banden – hinausschwindelnd ins Grab des Verderbens auf des Lasters schwankendem Rohr* (I, 562).

Nachdem er in einer lyrischen Szene der Wehmut das Glück der Kindheit beschworen hat – eine Stelle, die Hölderlin entzückte – stürzt er in die tiefste Verzweiflung. Die große Kette der Wesen ist ihm zerrissen, auch er entdeckt, wie Franz, im Weltlauf und der Natur nur das Wirken einer grausamen Gleichgültigkeit. Für einen Augenblick sind sich die beiden Brüder, ohne voneinander zu wissen, sehr nahe: es ist derselbe Nihilismus, der sie ergreift.

Der Unterschied zwischen Karl und Franz ist nur, daß jener in die Desillusionierung stürzt und dieser bei der Desillusionierung beginnt; der eine erleidet den Nihilismus, der andere macht ein moralisches Prinzip daraus. Am Ende erkennt und anerkennt Karl die fatale Nähe zum Bruder, wenn er mit großem Pathos erklärt, *daß zwei Menschen wie ich den ganzen Bau der sittlichen Welt zugrund richten würden* (I, 617). Es gibt diese *zwei Menschen*, denn wenn Karl der eine ist, so ist Franz der andere. Beide sind vom Furor der Rache getrieben, der eine, weil ihm der Glaube an die Weltordnung zerbrochen ist; der andere, weil er diesen Glauben nie geteilt hat. In einem sinnlosen Universum rast der eine mit heißer Verzweiflung, der andere mit kalter Wut.

Beide Brüder gelangen schließlich bis zur Grenze der Selbstauslöschung. Franz tötet sich, Karl schreckt zuletzt doch davor zurück. Er ist zum Selbstmord bereit in dem Augenblick, da er die große Kette der

Wesen unwiderruflich zerrissen wähnt: *die Gesetze der Welt sind Würfelspiel worden, das Band der Natur ist entzwei* (I, 596). Aber in dieser Verzweiflung erwacht in Karl ein unbändiger Stolz, weil er das Mysterium der Freiheit entdeckt. Ein Mysterium ist diese Freiheit, weil sie dem Zusammenbruch der gedeuteten Welt und dem Verschwinden des Wohlwollens trotzt. Für Karl hat sich die Welt in eine grauenvolle *Wüste* verwandelt, und die Aussicht auf ein erlösendes oder auch strafendes *Jenseits* weist er als Kinderei von sich: *der mutwillige Affe der Sinne gaukelt unserer Leichtgläubigkeit seltsame Schatten vor* (I, 591). In dieser *Wüste* findet Karl keinen Grund mehr, am Leben zu bleiben. Genau in diesem Augenblick erwacht das Bewußtsein der Freiheit und des Stolzes. *Soll ich dem Elend den Sieg über mich einräumen? Nein! Ich wills dulden.* Und dann wirft er die Pistole weg mit den Worten: *Die Qual erlahme an meinem Stolz!* (I, 592).

Was bedeutet in diesem Zusammenhang Freiheit? Es wäre keine Freiheit, wenn Karl, von Verzweiflung getrieben und vom Elend gezwungen, sich den Tod geben würde. Es wäre dies eben darum kein Freitod. Freiheit ist nur im Triumph des Stolzes über die Qual. Das ist ein Triumph ohne transzendente Beglaubigung. An dieser Stelle kommt Karl und mit ihm Schiller ganz ohne die göttliche Weltordnung aus. *Sei wie du willst namenloses Jenseits – bleibt mir nur dieses mein Selbst getreu* (I, 591). Freiheit ist, wenn sich ein Ich mit seinem Selbst zusammenschließt. Dieser Gedanke, der hier zum ersten Mal aufblitzt, wird Schiller noch ein Leben lang beschäftigen, und er wird ihn grandios ausarbeiten.

Wer, wie Karl, seine Freiheit entdeckt, ist schließlich auch bereit, Verantwortung für das zu übernehmen, was er getan hat. Freiheit und Verantwortlichkeit gehören zusammen. Die Übernahme dieser Verantwortlichkeit ist nicht gleichbedeutend mit der Wiederherstellung einer zerbrochenen Weltordnung. Tatsächlich wird im letzten Akt nichts wiederhergestellt. Der Vater stirbt vor Entsetzen, Amalia wird von Karl getötet. Die Räuberbande löst sich nicht auf und wird wohl ihr verbrecherisches Treiben fortsetzen, und Karl gibt sich in die Hände einer Justiz, über deren Korruption wir zuvor durch seine anklägerischen Reden in Kenntnis gesetzt wurden. Es gibt am Ende keine Versöhnung, sondern nur den Triumph der stolzen Freiheit bei Karl, der seinem *Selbst getreu* bleibt. Mit dem Pathos dieser Freiheit, nicht mit dem Pathos einer wiederhergestellten Ordnung endet das Stück.

Was die literarische Qualität betrifft, so merkt man dem Stück an, daß es nicht aus einem Guß ist, daß ihm kein ausgefeilter Plan zugrunde lag. Den Autor interessierten offenbar mehr die philosophisch profilierten Charaktere als das Handlungsgeflecht. Über weite Strecken laufen die Handlungsstränge parallel, ohne miteinander verknüpft zu werden. Obwohl das Motiv der feindlichen Brüder nach dem Muster von Kain und Abel eigentlich eine direkte Konfrontation zwischen Franz und Karl verlangt, kommt es nicht dazu (von einer kurzen Begegnung der beiden in der Bühnenfassung abgesehen). Amalia, die Geliebte, spielt für Karl zunächst keine Rolle, er gedenkt ihrer nur einmal, in einem kurzen Nebensatz. Um bei Karl wieder die Erinnerung an Amalia wachzurufen, mußte Schiller die Figur des Räubers Kosinsky einführen, der davon erzählt, wie ein übler Fürst ihm die Braut geraubt hat. Erst durch diese Erzählung, die in Karl den Entschluß zur Heimkehr reifen läßt, kommt wieder Bewegung in die Handlung, die in den beiden Mittelakten zu erlahmen droht. Überhaupt wird, vom Schlußakt abgesehen, wenig Handlung auf der Bühne gezeigt, dramatische Ereignisse wie etwa der Überfall Spiegelbergs auf ein Nonnenkloster oder die Befreiung eines Kumpanen und andere schlimme Taten werden nur erzählt, nicht vorgeführt. Das gibt dem Stück einen epischen Charakter, womit Schiller nicht zufrieden war. Er rechtfertigt sich zwar in der ersten, nicht gedruckten Fassung seiner Vorrede damit, daß er einen *dramatischen Roman* (I, 482) habe schreiben wollen. Aber als die Mannheimer Bühne Interesse an dem Stück bekundete, wurden ihm die theatralischen Mängel des Stückes um so auffälliger, und er wandte einige Mühe darauf, es in dieser Hinsicht zu verbessern.

Was er nicht mehr verbessern konnte und doch als den Hauptmangel des Stückes ansah, war die ungenügende Motivierung im Verhalten des Bösewichtes Franz. Hier war für ihn zuviel Philosophie im Spiel. Es sei lebensfremd, schreibt er in der Selbstrezension, anzunehmen, daß jemand von einer Weltanschauung, in diesem Falle einer materialistischen, sich so stark bestimmen läßt. Einer *verruchten* Weltanschauung anzuhängen, ist eines, aber wirkliche Untaten zu begehen, etwas anderes. Dazwischen liegen Welten. Es gibt einen Abgrund zwischen Theorie und Praxis, der sich nicht so leicht überbrücken läßt, wie das die Figur des Bösewichtes Franz glauben machen will: *Es sind nicht sowohl gerade die Werke, die uns an diesem grundbösen Menschen empören – es ist auch nicht die abscheuliche Philosophie – es ist vielmehr die Leichtigkeit, womit ihn diese zu jenen bestimmt* (I, 626).

Mit dieser Selbstkritik macht sich Schiller nichts Geringeres zum Vorwurf als das Strukturprinzip des Stückes, nämlich die Konstruktion der Figuren nach philosophischen Prinzipien. Schiller hätte seine Kritik auch auf die Gestaltung Karls anwenden können, denn auch dieser entfesselte Idealist ist nach einem Prinzip konstruiert: er ist ein enthusiastischer Anhänger der Weltanschauung von der großen Kette der Wesen. Daß Karl nach dem Zusammenbruch dieses Weltbildes in mörderische Raserei ausartet, ist nach realistischen Maßstäben ebensowenig glaubwürdig wie die kalte Wut des nihilistischen Franz. Statt in einem Prinzip hätte er die Entwicklung der Figuren in einer Lebenswelt verankern müssen, soviel wird ihm hinterher deutlich, und er schreibt es in jener Selbstrezension, aus der schon einiges zitiert wurde.

Schiller hat diese Selbstrezension wenige Wochen nach der Uraufführung der »Räuber« am 13. Januar 1782 verfaßt und anonym in der von ihm herausgegebenen Zeitschrift »Wirtembergisches Repertorium der Litteratur« veröffentlicht. Auch bei späteren Werken, insbesondere beim »Don Karlos«, wird Schiller auf das Mittel der öffentlichen Selbstbeurteilung und Selbstkritik zurückgreifen. Offenbar ist es ihm ernst mit der Idee der Selbstvervollkommnung, die er im Rahmen seiner philosophischen Theorie entwickelt. Er scheut sich nicht, eigene Fehler noch deutlicher, als es die Rezensenten tun, zu benennen und daraus zu lernen. Er will seine Entwicklung als Autor vor den Augen des Publikums absolvieren. Stolz ist dabei auch im Spiel, denn er beweist damit, daß er selbst beim kritischen Urteil den Vergleich mit anderen nicht zu scheuen braucht. Auch bei der Kritik will er sich von keinem überbieten lassen. In der Öffentlichkeit war jedenfalls das Staunen und auch die Bewunderung groß, als man erfuhr, daß die tief eindringende und scharfe Rezension der »Räuber« vom Autor selbst stammte.

Der Autor Schiller kann auch darum so leicht zu seinem öffentlichen Kritiker werden, weil für ihn die poetische Arbeit weniger ein intimer, expressiver Vorgang ist, der am besten im Dunkeln bleibt, sondern ein bewußtes Machen und Experimentieren. Der öffentliche Raum, die Wirkungsstätte seiner Werke, ist bei Schiller immer im Blick. Das war bereits in den frühen Jahren so. Die Mitschüler berichten, daß Schiller gerne die eigenen Gedichte vortrug und Kritik nicht scheute. Auch ist der rhetorische Stil schon der frühen Gedichte auffällig. Die Wirkungsabsichten sind immer dominant. Schon der kleine ›Fritz‹ predigt in der schwarzen Küchenschürze vom Stuhl herab seine Spielgefährten an. Berühmt ist auch jene Szene in einem Wald bei Stuttgart, wo Schiller auf einer verborgenen Lichtung seinen Freunden mit Pathos und Empörergeste einiges aus den entstehenden »Räubern« zum besten gibt. Scharffenstein gegenüber soll er geäußert haben: »Wir wollen ein Buch machen, das aber durch den Schinder absolut verbrannt werden muß«, ein Satz, der dann fast gleichlautend einem Räuber in den Mund gelegt wird. Schiller wollte das *tintenklecksende Säkulum* provozieren, und er stellte sich genüßlich vor, wie seine räuberischen Kraftgenies in die hausväterliche Welt der grassierenden Rührstücke einbrechen würden. Zunächst hat er nicht zu hoffen gewagt, daß solches geschehen könnte, aber als es dann geschah, war es wie die Erfüllung eines Traumes.

Zwei Jahre nach den »Räubern« und im Anschluß an eine Aufführung des »Fiesko«, spricht Schiller zum ersten Mal über jenen Willen zur Macht, der ihn antreibt und den nur ein Theaterautor kennt, der sein Publikum in der Gewalt hat. *Heilig und feierlich war immer der stille, der große Augenblick in dem Schauspielhaus, wo die Herzen so vieler Hunderte, wie auf den allmächtigen Schlag einer magischen Rute, nach der Phantasie eines Dichters beben ... wo ich des Zuschauers Seele am Zügel führe und nach meinem Gefallen einem Ball gleich dem Himmel oder der Hölle zuwerfen kann – und es ist Hochverrat an dem Genius – Hochverrat an der Menschheit, diesen glücklichen Augenblick zu versäumen, wo so vieles für das Herz kann verloren oder gewonnen werden* (I, 754).

Schiller gehörte nicht zu denen, die ein Werk schaffen, es der Öffentlichkeit übergeben und dann gelassen abwarten, was daraus wird. Er operierte stets an der Front der möglichen Wirkungen. Von dorther, vom Effekt, war seine Arbeit am Werk bestimmt. Schiller war kein Autor, der von innen kommt, er bewegte sich in der Gegenrichtung, von außen nach innen. Wirkung war ihm alles, dem mußten sich Ausdrucksgehalt, Machart und Ideengehalt unterordnen. Der Grundsatz: ›hier stehe ich, ich kann nicht anders‹ galt nicht für ihn. Er konnte anders, wenn es die größere Wirkung erheischte. Anfangs dachte er, man müsse, um die Wirkung zu erhöhen, mit der Tür ins Haus fallen; deshalb tritt Franz, was Schiller in der Selbstrezension später bemängelt, als fertiger Bösewicht auf, hier gibt es keine Entwicklung; Franz räsoniert über die Gründe seiner Bosheit, sie werden aber nicht vorgeführt.

Bei Karl führt dieses ›mit der Tür ins Haus‹ sogar zu einem Konstruktionsfehler. In seinem ersten Monolog zeigt er sich in äußerster Erregung, beschimpft das *Kastratenjahrhundert*, redet wie jemand, der bereits mit allem gebrochen hat, obwohl er doch soeben den Versöhnungsbrief an den Vater geschrieben hat und nun darauf wartet, als *verlorener Sohn* vom Vater in milder Liebe wieder aufgenommen zu werden. Auch wenn es nicht recht zusammenpassen will, so soll es doch eine polternde Wirkung tun. Das Drama ist für Schiller eine Affekterregungskunst, es kommt alles auf das virtuose Arrangement der Effekte an, das Theater – eine Maschine zur Herstellung großer Gefühle.

Aber hat Schiller seine »Räuber« nicht auch, wie bereits angesprochen, als Experimentalanordnung für philosophische Ideen verstanden? Gewiß, aber wer experimentiert, beweist damit, daß er sich die Freiheit auch gegenüber den eigenen Ideen bewahrt, er probiert sie aus, spielt mit ihnen, testet ihre Wirkung.

Man darf bei der ›Wirkung‹ freilich nicht nur an die Wirkung auf ein Publikum denken, Schiller testet auch die Wirkung seiner Gedanken und Formulierungen auf ihn selbst. Ebenso wie er die äußere Bühne im Auge hat, operiert er auch auf der inneren Bühne. Die Bühneneigenschaft gehörte zu seiner inneren Ausstattung. Schiller war schon eine öffentliche Seele, ehe er es auch für die anderen wurde.

Goethe wird sich später, als die beiden schon innige Freunde waren, über Schillers Bewußtheit, über die Helligkeit bei der Hervorbringung seiner Werke wundern, er selbst, sagt er, suche die Dunkelheit. Während des Schaffens zieht er es vor, nicht über ein entstehendes Werk zu sprechen. Er zögert, es der Taghelle des Bewußtseins zu überlassen. Anders Schiller. Er mußte und er konnte unaufhörlich davon sprechen. Die Hervorbringung war ins gleißende Licht des Bewußtseins getaucht, eines Bewußtseins allerdings, das auch die dunklen Seiten des Menschenmöglichen erfassen konnte. Schillers Schaffen spielt sich immer auf der taghellen Bühne seines Bewußtseins ab. Darum auch wird er eine ästhetische Theorie ausarbeiten, die in ihrer erhellenden Kraft in der Geschichte des ästhetischen Denkens einzig dasteht.

Schiller testet also in seinem Laboratorium die Wirkung aller Materialien, der Gefühle, der Phantasien, der Gedanken. Er wurde nicht zum Anhänger von Ideen, weil die Ideen von ihm abhingen, er teilte ihnen die Rolle zu, die sie im Kosmos seiner Einbildungskraft spielen sollten. In seinem letzten Brief an Wilhelm von Humboldt definiert

Schiller den eigenen Idealismus. *Am Ende sind wir ja beide Idealisten … und würden uns schämen, uns nachsagen zu lassen, daß die Dinge uns formten und nicht wir die Dinge* (2. April 1805).

Man muß die Ideen auch unter diese *Dinge* rechnen, die es zu formen gilt und denen gegenüber man die schöpferische Freiheit zu wahren hat, dann erst versteht man, wie es der Ideendichter Schiller mit seinen Ideen hielt. Für Schiller war die Autonomie der Vernunft eine schöpferische Autonomie, sie war es so sehr, daß er sich später weigerte, sie in das subtile und allzu ausgedachte Kantische System einzwängen zu lassen. Schiller würdigte Ideen als Figuren eines großen Spiels, die verschoben, ausgewechselt und neu erfunden werden konnten: ein Spiel, bei dem es am Ende weniger um Wahrheit als um Schönheit geht. Schönheit aber ist der Versuch, dem Chaos, der Entropie des Wirklichen, zu widerstehen und wenigstens eine Insel des befristeten Gelingens zu schaffen. Denn das wissen wir ja: *Auch das Schöne muß sterben!… Da weinen die Götter, es weinen die Göttinnen alle, / Daß das Schöne vergeht, daß das Vollkommene stirbt* (I, 242).

Schiller beginnt das Spiel der Einbildungskraft im Bewußtsein der Vergänglichkeit und der kostbaren Fragilität des Schönen. Deshalb bezeichnet er es auch als *Hochverrat an der Menschheit*, den *glücklichen Augenblick* zu versäumen, wo man im Theater *die Herzen so vieler Hunderte* ergreifen kann.

Aber soweit ist es noch nicht, die »Räuber« sind zwar fertig, aber sie müssen erst noch auf die Bühne gebracht werden, und außerdem zögert Schiller noch, sein Leben an die Literatur und das Theater zu wenden.

Siebtes Kapitel

*Als Militärarzt in Stuttgart. Verzweifelte Kraftmeierei.
Die poetische und die wirkliche Laura. Schwäbische Literaturfehde.
Aufführung der »Räuber«. Stuttgarter Misere.
Flucht nach Mannheim.*

Friedrich Schiller hatte seinen Freunden aus den entstehenden »Räubern« vorgelesen. Sie nahmen Anteil am Fortgang der Arbeit. Und da die Entstehung eines poetischen Werkes für Schiller keine private Angelegenheit war, verwickelte er die Freunde auch in das weitere Schicksal des Stückes, das Ende 1780 einen ersten Abschluß gefunden hatte und für das der Weg in die Öffentlichkeit gefunden werden mußte.

Ende November 1780 bittet Schiller den Schulfreund Johann Wilhelm Petersen, der nach einem Studium der Rechtswissenschaft ein Jahr früher die Akademie verlassen hatte, um Hilfe bei der Suche nach einem Verleger. Petersen war literarisch ambitioniert, er wurde später Mitarbeiter an Schillers »Anthologie auf das Jahr 1782« und Mitherausgeber der von Schiller 1781 begründeten Zeitschrift »Wirtembergisches Repertorium«. Petersen hatte inzwischen die Stelle eines Unterbibliothekars an der Herzoglichen Bibliothek in Stuttgart gefunden, und deshalb glaubte Schiller, der Freund müßte gute Verbindungen zum Literaturbetrieb haben.

In seinem Brief an Petersen nennt Schiller drei Gründe, weshalb ihm an einer baldigen Veröffentlichung des Werkes gelegen sei.

Erstens. Er braucht Geld, und er hat erfahren, daß der gleichaltrige Gotthold Friedrich Stäudlin, mit dem er ein Jahr später seine erste Literaturfehde austragen wird, von einem Verleger in Tübingen für wenige Verse viele Dukaten erhalten hat. Warum sollte ihm das mit seinem »Räuber«-Stück nicht auch gelingen? Schiller nimmt Petersen als Literaturagenten in Anspruch, er verspricht ihm eine Provision. Da den Zöglingen der Akademie nicht erlaubt war, ohne Genehmigung durch den Herzog etwas Literarisches zu veröffentlichen, hält Schiller den Freund zur strikten Wahrung seines Inkognito an. Er erwägt sogar, Petersens Namen zu verwenden, aber das will er dem Freund dann doch nicht zumuten, es sei, schreibt er ein wenig kokett, *zu schmeichelhaft von meinem Produkt gedacht.* Petersens Bemühungen werden erfolglos bleiben. Die Verbindungen zu Christian Friedrich Schwan und zum Theaterintendanten Heribert von Dalberg in Mannheim kommen ohne ihn zustande.

Der zweite Grund, weshalb Schiller eine baldige Veröffentlichung des Stückes wünscht, ist seine Neugier auf das *Urteil der Welt.* Er kennt bisher nur das Urteil der Freunde, und es könnte sein, daß er davon bestochen ist. Wenn er herausfinden will, *was für ein Schicksal als Dramatiker, als Autor* er zu erwarten habe, darf er vor einer größeren Öffentlichkeit nicht zurückschrecken.

Mit dem dritten Grund, den er anführt, schwächt er den zweiten ab. Eigentlich, schreibt er, sieht er sich doch nicht als künftiger literarischer Autor. Seine Profession ist *Physiologie* und *Philosophie.* In diesem Fach will er weiter forschen und publizieren und dadurch, vielleicht als Professor, der Allgemeinheit nützen. Schriften aus dem *Felde der Poesie, Tragödien usw.* würden ihn nur ablenken, aber was er begonnen habe, soll zu Ende gebracht werden. Er will die Veröffentlichung des literarischen Werkes, um es *wegzuräumen* und frei zu sein für seine medizinisch-philosophische Hauptbeschäftigung.

In dem kraftmeierischen Ton, der zwischen den Freunden damals herrschte, beendet Schiller den Brief: *Höre Kerl! Wenn's reussiert. Ich will mir ein paar Bouteillen Burgunder darauf schmecken lassen.*

Schiller schreibt diesen Brief wenige Wochen vor der Entlassung aus der Akademie. Er war erwartungsvoll gestimmt und erlebt wenig später eine maßlose Enttäuschung, denn er wird als Regimentsmedicus dem wegen seiner Verwahrlosung berüchtigten Grenadierregiment Augé in Stuttgart zugeteilt. Ihm war vom Herzog eine gute »Versorgung« versprochen worden, und jetzt findet er sich fast auf der untersten Stufe der militärischen Hierarchie wieder. Er ist nur ein »Feldscher«, bekleidet also eine Position, die der Vater ohne akademisches Studium als Barbiergehilfe erreicht hatte. Das Monatsgehalt von 18 Gulden ist so miserabel, daß man nicht davon leben kann und Schiller auf die Unterstützung durch den Vater angewiesen bleibt. Einspruch gegen diese Bestallung darf nicht erhoben werden. Vater und Sohn müssen sogar dem Herzog zur Danksagung aufwarten.

Schiller bezieht zusammen mit einem ehemaligen Mitschüler ein kleines Parterre-Zimmer im Hause seines früheren Lehrers, des Akademieprofessors Balthasar Haug. Er wohnt zur Untermiete bei der Hauptmannswitwe Luise Dorothea Vischer, die wenig später, ohne daß sie davon weiß, von Schiller in den »Laura«-Oden angedichtet wird. Ohne Erlaubnis des Generals darf sich Schiller nicht aus der Stadt entfernen, selbst für die Besuche bei den Eltern auf der Solitude muß er um Genehmigung nachkommen. Das Gesuch des Vaters, dem Sohn in seiner Freizeit das ärztliche Praktizieren in Zivilkleidern zu gestatten, wird vom Herzog abgelehnt. Der für Schiller so verhaßte Uniformzwang dauert weiter. Bei der ersten Wachparade, zu der auch der Regimentsmedicus antreten muß, kommt es zur Wiederbegegnung mit Scharffenstein, dem ehemaligen Intimfreund, der es inzwischen schon zum schmucken Leutnant gebracht hat. Schiller machte keine gute Figur in seiner Uniform, Scharffenstein schildert ihn so: »Aber wie komisch sah mein Schiller aus! Eingepreßt in dieser Uniform, damals noch nach dem alten Schnitt, und vorzüglich bei den Regimentsfeldscherern steif und abgeschmackt! Auf jeder Seite hatte er drei steife vergipste Rollen; der kleine militärische Hut bedeckte kaum den Kopfwirbel, in dessen Gegend ein dicker, langer, falscher Zopf gepflanzt war; der lange Hals war von einer sehr schmalen, roßhärenen Binde eingewürgt; das Fußwerk vorzüglich war merkwürdig: durch den an weißen Gamaschen untergelegten Filz waren seine Beine wie zwei Zylinder von einem größeren Diameter als die in knappe Hosen eingepreßten Schenkel. In diesen Gamaschen, die ohnehin mit Schuhwichse sehr befleckt waren, bewegte er sich, ohne die Knie recht biegen zu können, wie ein Storch. Dieser ganze, mit der Idee von Schiller so kontrastierende Apparat war oft nachher der Stoff zu tollem Gelächter in unsern kleinen Kreisen.«

Es dauerte eine Weile, bis Schiller darüber lachen konnte, zunächst fühlte er sich tief gedemütigt. Er ahnte zwar noch nicht, daß er in wenigen Monaten ein berühmter Schriftsteller sein würde, aber ein Vorgefühl von Kraft und Genie lebte doch schon in ihm, und darum fühlte er sich unter den abgerissenen und oft betrunkenen Invaliden seines Regiments fehl am Platz. Der Lazarett-Dienst, der Zwang zur Gemeinschaft mit verwahrlosten Leuten, der grobe Umgangston, die untergeordnete Stellung, das armselige Salär, die erbärmliche Uniform, das alles empfand Schiller als entwürdigend. Der Kontrast zwischen dem Selbstgefühl und dieser äußeren Stellung konnte nicht schneidender sein. Ein Zeitgenosse, der damals Zeuge einer Wachparade des Schillerschen Regiments vor dem Schloß wurde, spricht von den empörenden Szenen der »Geringschätzung der Menschen«, die er dort beobachtet habe.

Nach wenigen Wochen wußte Schiller, daß er es beim Regiment Augé nicht lange würde aushalten können, er wußte aber auch, daß es für ihn zunächst keine Aussicht auf einen Wechsel in eine akademische Laufbahn als philosophischer Mediziner gab. Verzweifelt und unentschlossen, welchen Weg er gehen sollte, ließ sich Schiller vorübergehend von den robusten Verhaltensweisen seines Milieus anstecken. Es kam vor, daß man ihn restlos betrunken von einem Zechgelage nach Hause tragen mußte. Schon verbreitete sich das Gerücht, Schiller sei zum Trinker geworden. Es nützte wenig, daß Professor Abel, der mit Schiller nach dessen Abgang von der Akademie befreundet blieb, solchen Gerüchten entgegentrat. Sie hielten sich und verstärkten sich sogar, als Schiller durch die »Räuber« berühmt wurde. Es hat sich eine Rechnung von Schillers Stammlokal »Zum Ochsen« erhalten, aus der hervorgeht, daß er täglich doch nur in begrenzter Menge getrunken hat, in der Regel zwei Schoppen Wein. Im »Ochsen« kam man zusammen, um im Sommer Kegel zu schieben und im Winter Karten zu spielen. Welcher Ton hier herrschte, bezeugt ein Zettel, den Schiller zurückließ, als er einmal vergeblich auf seine Kumpanen wartete: *Seid mir schöne Kerls. Bin dagewesen, und kein Petersen, kein Reichenbach. Tausendsakerlott !... Hol euch alle der Teufel! Bin zu Haus, wenn Ihr mich holen wollt. Adies, Schiller.* Auch die Briefe aus dieser Zeit sind mit Kraftausdrücken gespickt. An Friedrich von Hoven schreibt er: *Denk doch den Tausendsakerments-Streich! Schon* 14 *Tage wart ich auf Antwort und Geld von Dir ...* (4. Februar 1781). Das Geld war tatsächlich knapp, im »Ochsen« mußte Schiller anschreiben lassen, und das Wohnquartier hatte ein außerordentlich ärmliches und heruntergekommenes Aussehen. Es war, so schildert es Scharffenstein, ein »nach Tabak und sonstwie stinkendes Loch«, zu dessen Innenausstattung ein großer Tisch gehörte, zwei Bänke, eine Bettstelle, eine Garderobe aus Nägeln und ein Bücherstapel in der einen Ecke und in der anderen ein Haufen Kartoffeln, Geschirr und Weinflaschen. Schiller verachtete seine Behausung, weil er sich darin verächtlich vorkam, und so konnte es geschehen, daß er, wenn er abends heimkehrte und seinen Schlüssel nicht fand, die Tür zu seiner Wohnung einfach eintrat. Gewiß war dabei auch das sogenannte »Genietreiben« im Spiel, ein wildes Gebaren, mit dem man »Philister« erschrecken wollte. Schiller gab sich laut und ungebärdig, auch auftrumpfend. Dem ehemaligen Lorcher Mitschüler Conz gegenüber, der sich anschickte, Theologe zu werden, und der ihn einmal in seinem Quartier besuchte, erklärte er, daß er froh sei, nicht die geistliche Laufbahn eingeschlagen zu haben, denn, so fuhr er fort, was wäre ich jetzt anderes als ein »Tübinger Magisterchen«.

Die Gerüchte über Schiller in dieser Zeit besagten nicht nur, daß er ein verkommener Säufer sei, sondern auch Umgang mit »liederlichen« Frauen hätte. Die Freunde haben es heftig bestritten. Scharffenstein berichtet: »Schiller war, so lange ich mit ihm lebte, nicht sinnlich und liebte die Weiber im Grunde nicht … Seine göttlichsten erotischen Schilderungen sind Divinationen seines Busens. Außer ein paar Sprüngen mit Soldatenweibern, auch en compagnie, weiß ich keine Debauche von ihm.«

»Debauche« war damals der Ausdruck für Ausschweifung und mit den »Divinationen seines Busens« sind Schillers Oden an »Laura« gemeint. Schiller hatte sich mit Luise Vischer angefreundet, bei der er zur Untermiete wohnte. Er spielte mit ihren Kindern, und sie spielte ihm auf dem Klavier vor. Es war ein harmloses Verhältnis, denn andernfalls hätte er diese Frau mit ihren Kindern nicht in sein Elternhaus eingeführt. Die Vischerin war einige Jahre älter als er, durchaus lebenslustig und bildungsbeflissen. Sie genoß es, wenn die jungen Leute bei ihr einkehrten, und beteiligte sich an ihren Gesprächen. Petersen nimmt Schillers Umgang mit dieser Frau als Beweis dafür, daß er damals noch wenig »Sinn für körperliche Schönheit« besessen habe, denn die Vischerin sei ein »wie an Geist so an Gestalt gänzlich verwahrlostes Weib, eine wahre Mumie« gewesen, eine Aussage, die mit den Bildnissen dieser Frau, die sich erhalten haben, nicht übereinstimmt. Sie stimmt auch nicht überein mit den Aussagen anderer Freunde, die sie gekannt haben. Scharffenstein, der sonst über Frauen gewöhnlich abschätzig urteilt, nennt die Vischerin »ein gutes Weib, das, ohne im mindesten hübsch und sehr geistvoll zu sein, etwas Gutmütiges, Anziehendes und Pikantes hatte. Dieses, in Ermangelung jedes anderen weiblichen Wesens, wurde Laura. Schiller entbrannte, und absolvierte übrigens diesen ohnehin nicht lange dauernden platonischen Flug ganz gewiß ehrlich durch.«

Auch Abel trat den einschlägigen Gerüchten entgegen: »Allerdings liebte er zwar eine Person, der seine Dichtkunst viel mehr Vorzüge beilegte, als sie wirklich besaß,… allein sicher ging zwischen ihnen nichts vor, was Tadel verdient hätte.«

Minna Körner berichtete später von einer Auskunft Schillers über diese Episode: »Jene Laura, erzählt er, als deren Petrarca ich mich erklärt hatte, war eine Hauptmannswitwe, bei der ich wohnte, und die mich weit mehr durch ihre Gutmütigkeit, als durch ihren Geist, am wenigsten aber durch ihre Schönheit anzog. Sie spielte sehr gut Klavier und verstand es, ein vortreffliches Glas Punsch zu machen. Sie selbst hat nie eine Ahnung davon gehabt, daß ich sie zu meiner ›Laura‹ erwählt und in Entzückung sie besungen … Ich dächte aber, man hätte es meinen Gedichten auch anmerken müssen, daß es mit ihnen nicht so ernstlich gemeint gewesen sei, denn mit solchen ›Überschwenglichkeiten‹ würde mich kein vernünftiges Mädchen und am allerwenigsten eine Schwäbin angehört haben.« Diese vernünftige Schwäbin war dann allerdings einige Jahre nach dieser Episode kühn genug, mit einem anderen ehemaligen Karlsschüler durchzubrennen.

Die Laura-Oden, die Schiller damals dichtete, waren tatsächlich von schwer erträglicher ›Überschwenglichkeit‹, nirgendwo zeichnet sich das Bild einer wirklichen Frau ab, es handelt sich um Gedankenlyrik, bei der die blasse Gestalt einer in konventionellen Formen angehimmelten Geliebten nur den Anlaß gibt für höllische und himmlische Exaltationen. Außerdem sind es Etüden für Reim, Rhythmus und lyrische Redensarten. Alles so ziemlich klappernd und kalt, nur bisweilen gibt es, wie Schiller selbstkritisch anmerkt, *eine schlüpfrige sinnliche Stelle in platonischen Schwulst verschleiert* (V, 905).

Zu den *schlüpfrigen Stellen* mochte Schiller jene gerechnet haben, die er später in die bereinigte Ausgabe der »Laura«-Gedichte nicht aufnahm: *Und wir beide – näher schon den Göttern – / Auf der Wonne gähe Spitze klettern, / Mit den Leibern sich die Geister zanken, / Und der Endlichkeit despot'sche Schranken – / Sterbend – überschwanken. // Waren, Laura, diese Lustsekunden / Nicht ein Diebstahl jener Götterstunden? / Nicht Entzücken, die uns einst durchfuhren? / Ineinanderzuckende Naturen, / Ach! Nur matte Spuren?* (I, 89f.)

So schleppt sich die Ekstase in dem »Laura«-Gedicht »Das Geheimnis der Reminiszenz« über sechsundzwanzig Strophen hin, bis es dann am Ende von den selig ineinander verschlungenen Liebenden heißt, daß sie sich *unschuldsvoll umrollten.* In der späteren Fassung des Gedichtes sind zwölf von sechsundzwanzig Strophen übriggeblieben, immer noch hinreichend schwülstige und redselige. *Ewig starr an deinem Mund zu hangen, / Wer enträtselt dieses Glutverlangen?* (in der ersten Fassung:

Wutverlangen) / Wer die Wollust, deinen Hauch zu trinken, / In dein Wesen, wenn sich Blicke winken, / Sterbend zu versinken? (I, 86)

Es gibt in den »Laura«-Gedichten auch Momente der Ernüchterung, wo das lyrische Ich, veranlaßt durch ein spöttisches Widerwort der Geliebten, beiseite tritt und skeptisch auf das eigene Wortgestöber horcht. In einem Gedicht mit dem Titel »Vorwurf, an Laura« heißt es: *Mädchen halt – wohin mit mir du Lose? / Bin ich noch der stolze Mann? der Große / Mädchen, war das schön?... Abgepflücket hast du meine Blume, / Hast verblasen all die Glanzphantome ...* (I, 75)

Diese und ähnlich verblasene *Glanzphantome* sammelt Schiller, um damit eine für das Jahr 1782 geplante Gedichtanthologie zu füllen. Mit der Anthologie wollte er dem umtriebigen Stäudlin, der sich mit dem im September 1781 erschienenen »Schwäbischen Musenalmanach auf das Jahr 1782« einen Namen gemacht hatte, etwas entgegensetzen. Stäudlin sah sich in der Rolle eines Protektors der schwäbischen Poesie und wollte den Beweis liefern, »daß«, wie es in der Vorrede zum Almanach heißt, »die herrliche Pflanze des Genies« auch unter den »armen Schwaben« gedeihe.

Es waren damals überall in Deutschland junge Leute mit neuen Gedichten hervorgetreten und hatten rührige und geschäftstüchtige Herausgeber gefunden, die eine poetische Blumenlese veranstalten und sie in den jüngst entfachten dichterischen Wettstreit der Regionen einbringen wollten. 1770 war der erste deutsche Musenalmanach nach französischem Muster in Sachsen erschienen und hatte beträchtlichen Erfolg beim Publikum gehabt. Es war die Zeit, da vor allem die Damen aus den besseren Kreisen damit begannen, die zierlich aufgemachten Büchlein im Boudoir auszulegen oder in der Handtasche zu verwahren. Solche Musenalmanache waren ein gutes Geschäft für die Verleger. Und so kamen Jahr für Jahr neue Blütenlesen, Almanache und Anthologien auf den Markt.

In Schwaben, poetisch eher ein Entwicklungsland, wollte man die Konjunktur nutzen und den Beweis antreten, daß auch in diesem Landstrich nicht nur Fleiß, Frömmigkeit und Ehrbarkeit gedeihen, sondern auch die Dichtung. Johann Ludwig Huber, Eberhard von Gemmingen und Balthasar Haug, Schillers Ästhetik-Lehrer von der Karlsschule, waren die ersten, die sich des poetischen Nachwuchses annahmen. Sie verwiesen auf die ruhmvolle Tradition der schwäbischen Minnesänger, nannten stolz den Namen von Wieland, der es zu Ruhm und Ansehen gebracht hatte, auch des poetischen Märtyrers Schubart ward gedacht.

Poetischer Geist gedieh inzwischen unter den jungen Leuten im Tübinger Stift, die der »Scholastik Dorngebüsch« überdrüssig waren und sich in der Manier Werthers und Klopstocks dichterisch gebärdeten. Die Professoren aber bekundeten ihr schmerzliches Bedauern darüber, daß Württemberg »schöne Geister zu Pfarrers bekomme, die in Empfindungen zerschmelzen und die Gesellschaft mit Liedern unterhalten« statt sie zum frommen Leben anzuhalten.

Der mit Schiller gleichaltrige Gotthold Friedrich Stäudlin, der auch in Tübingen studiert hatte, war der jüngste in der Reihe der Herausgeber, die einen poetischen Schwabentrupp versammelten. Stäudlin selbst war bereits als Siebzehnjähriger mit Gedichten hervorgetreten, und Schubart hatte ihn »das beste dichterische Genie unter den lebenden Württembergern« genannt. Ein Lobgedicht auf den jüngst verstorbenen Schweizer Albrecht von Haller trug ihm eine fürstliche Belohnung vom Berner Stadtrat ein und ein so beträchtliches Honorar vom Verleger, daß Schiller, der davon erfahren hatte, ganz neidisch wurde. Er hielt denn auch nicht mit seiner Kritik zurück, als er in einer von Balthasar Haug herausgegebenen Zeitschrift Stäudlins »Proben einer deutschen Aeneis nebst lyrischen Gedichten« 1781 rezensierte. Die Gedichte Stäudlins, schreibt er, verraten *viel Dichterglut*, vor allem aber *gute Lektüre* (V, 913). Es mangele dem Dichter an Originalität, nicht aber an *Bardenruhmsucht*. Schiller spendet auch gönnerhaftes Lob, worüber sich Stäudlin kaum gefreut haben dürfte.

Wenn Schiller über ihn schreibt, *Der Dichter bratet uns an seinem Genie-Feuer, welches doch ein bißchen zu kannibalisch schmeckt* oder: *In seinen Gedichten glüht – pocht – wirbelt alles* (V, 914f.), dann konnte Stäudlin den Spieß leicht umdrehen und Schillers Gedichte verspotten, in denen es »wirbelte, strudelte, donnerte, brauste«.

Obwohl Schiller nicht gut auf Stäudlin zu sprechen war, erschien es ihm des eigenen literarischen Fortkommens wegen ratsam, zu dessen Almanach einige Gedichte beizusteuern. Stäudlin aber nahm nur ein Gedicht, »Entzückung an Laura«, in die Sammlung auf und erlaubte sich sogar Korrekturen und Kürzungen. Das empörte Schiller. Stäudlin mußte abgestraft und in seine Schranken gewiesen werden. Eilig stellte Schiller mit Hilfe von Freunden innerhalb weniger Wochen eine eigene Anthologie zusammen, um den Rivalen zu »zermalmen«. Die poetische

Sturmtruppe, die Schiller ins Feld führte, war allerdings zahlenmäßig kleiner als die Stäudlins. Mehr als die Hälfte der Gedichte mußte Schiller selbst beisteuern. Um einen größeren Kreis von Mitarbeitern vorzutäuschen, unterzeichnete Schiller seine Gedichte mit Chiffren, ein Versteckspiel, das Stäudlin übrigens durchschaute und öffentlich verspottete.

Die Anthologie wurde nicht der kommerzielle Erfolg, den Schiller sich davon versprochen hatte. Er bürdete sich sogar Schulden auf. Um so wütender rezensierte er Stäudlins Almanach. Eine *Seuche* müßte man die Mode solcher Gedichtsammlungen nennen, schreibt er, nimmt dann aber den Ausdruck zurück: ihm wird eingefallen sein, daß er sich selbst an dieser Mode beteiligt hatte. Wozu solche Almanache, fragt er, sind sie etwas anderes als *der unflätige Kanal, der die Indigestionen der Musen durch die Nasen des Publikums flößt?* (V, 915). Wieder bemerkt man, daß hier ein Mediziner spricht. Wenn Schiller auch einige wenige Gedichte mit Herablassung lobt, so tut er das meiste doch in Acht und Bann. Unter edlem *Schwall von Mittelmäßigkeit, dem Froschgequäke der Reimer* liege begraben, was Stäudlin *herrliche Pflanzen des Genies* genannt habe. Dem Almanach war ein Titelkupfer vorgesetzt, das den »Aufgang der Sonne überm Schwabenlande« darstellen sollte, was Schiller Anlaß gibt zu der spitzen Bemerkung, *so sehe doch der Epochmacher zu, daß ihr roter feuriger Morgenstrahl ihm die Augen nicht verblende, und er – in der Finsternis taumelnd – an den Schwertspitzen der Kritik sich spieße* (V, 917).

Stäudlin antwortete darauf in der nächsten Ausgabe seines Almanachs, der den Titel trug »Schwäbische Blumenlese«. Dort bezeichnete er in der Vorrede Schiller als »journalistischen Marktschreier« und nannte seine Verse eine Plage für jeden Herausgeber. In einem Gedicht, das auf die Einsendung Schillers für die erste Anthologie anspielt, heißt es: »Ich brech' ein zweites Siegel auf – und hu! / Ein Odensturm – wie tobt er auf mich zu! / Gehäufter Unsinn überall / Und ungeheurer Wörterschwall –«.

Schiller hat sich dann noch einmal polemisch über Stäudlin geäußert, aber mit seiner Flucht aus Stuttgart erlosch sein Interesse an dieser schwäbischen Literaturfehde. Stäudlin blieb gekränkt zurück und setzte seine Angriffe gegen den »literarischen Moor« noch einige Jahre fort, was Schiller aber nicht mehr zur Kenntnis nahm. Schließlich überwand Stäudlin seinen Groll gegen Schiller und vermochte es, ihn ohne Verbitterung zu bewundern. Als Schiller im Herbst 1793 in

Schwaben zu Besuch war, nahm er wieder Verbindung zu ihm auf, und er war es auch, der Schiller mit dem jungen Hölderlin bekannt machte, dessen lyrische Begabung Stäudlin früh erkannt und durch Veröffentlichung einiger Gedichte in seinem Musenalmanach gefördert hatte. Mit Stäudlin, den Hölderlin einen »herrlichen Mann« nannte, nahm es ein trauriges Ende. Er sympathisierte mit der Französischen Revolution auch noch in ihrer späten radikalen Phase, wodurch er im Schwabenland in Schwierigkeiten geriet. Ohne Anstellung und verarmt irrte er umher als »Vagabund«, wie er sich selbst bezeichnete. Nach einigen mißlungenen Versuchen, sich eine neue Existenz aufzubauen, ertränkte er sich 1796 im Rhein bei Straßburg.

Begonnen hatte die Literaturfehde mit Stäudlin, als »Die Räuber« erschienen, zunächst anonym im Mai 1781, doch schon im Oktober nannte die »Erfurtische gelehrte Zeitung« Schiller als Verfasser des Stückes. Mit dem frischen Ruhm des »Räuber«-Autors also konnte sich Schiller ins literarische Gefecht stürzen.

Seit jenem Brief an Petersen vom Spätherbst 1780, worin Schiller den Freund um Hilfe bei der Suche nach einem Verleger gebeten hatte, waren die Bemühungen, den Text unterzubringen, zunächst erfolglos geblieben. Deshalb hatte sich Schiller entschlossen, das Schauspiel auf eigene Kosten drucken zu lassen. Wahrscheinlich auf Vermittlung des Verlegers Metzler, aber nicht in seinem Verlag, begann im März die Drucklegung. Die Kosten dafür, hundertvierzig Gulden, mußte Schiller zu leihen nehmen, eine Schuldenlast, die durch die Zinsen wuchs und ihn noch einige Jahre belasten sollte.

Im März 1781 erhielt er die ersten sieben Druckbogen der Vorrede und der ersten beiden Akte. Er schickte sie an den Mannheimer Verleger Christian Friedrich Schwan, offenbar scheute er im letzten Augenblick doch vor den Risiken des Selbstverlages zurück. Schwan hatte einen guten Ruf in der Region. Er unterhielt in Mannheim eine florierende Verlagsbuchhandlung und führte gesellschaftlich ein großes Haus. Literarische Größen wie Lessing, Schubart und auch Goethe waren dort zu Besuch. Schwan war auch selbst literarisch tätig, er übersetzte französische Dramen und verfaßte Aufsätze über Themen der Ästhetik. Über die Grenzen hinaus bekannt waren auch seine guten Verbindungen zum Mannheimer Theater, das damals zu den führenden Bühnen in Deutschland gehörte. Vielleicht auch deshalb wandte sich Schiller gerade an Schwan.

Schillers erster Brief an ihn ist nicht erhalten, auch nicht Schwans ablehnende Antwort. Schwan hat später berichtet, er habe schon bei der ersten Lektüre »so viel innern Gehalt für die Schaubühne« in dem Stück gefunden, daß er es dem Intendanten Dalberg für die Mannheimer Bühne vorschlug. Allerdings habe das Stück einem »neugeborenen Kinde« geglichen, das erst vom »Schmutze« gesäubert werden mußte. Die »käufliche Übernahme« für den eigenen Verlag habe er allerdings abgelehnt, weil das Stück Szenen enthielt, »die ich als Buchhändler«, so schreibt er, »dem ehrsamen und gesitteten Publikum verkäuflich anzubieten, für unschicklich hielt«.

Noch während des Druckes zog Schiller die Druckbögen mit der Vorrede und den ersten beiden Akten zurück und ließ eine neue Fassung davon herstellen. Ob dieser Schritt auf die Reaktion Schwans hin erfolgt war oder ob ihm unabhängig davon Bedenken kamen, wissen wir nicht. Es muß aber etwas Gravierendes gewesen sein, was ihn zu dieser kostspieligen Aktion bewog.

Vergleicht man die beiden Vorreden, die unterdrückte und die veröffentlichte, so ist ein Unterschied im Gehalt nicht zu bemerken. Beide Male wird dargelegt, daß sich das Stück eigentlich nicht für die Bühne eignet, zum einen weil ein Theaterpublikum, das nur auf vordergründige Effekte reagiert, das Stück als *Apologie des Lasters* mißverstehen muß, was beim ruhigen Lesen aber nicht geschehen kann; zum anderen weil es als *dramatischer Roman* der theaterpraktischen Umsetzung große Schwierigkeiten entgegensetzt. Beide Vorreden geben dieselbe moralische Rechtfertigung für die künstlerische Darstellung des Bösen. Die unterdrückte Vorrede ist bisweilen radikaler im Ton. Nicht nur wird von einer Aufführung abgeraten, es wird darüber hinaus als unvermeidlich angesehen, *daß dieses Schauspiel niemals das Bürgerrecht auf dem Schauplatz bekommen wird* (I, 481).

Vielleicht sind Schiller in dem Augenblick, da er sich an Schwan und damit indirekt ans Mannheimer Theater wandte, Zweifel gekommen, ob es ratsam sei, die Unmöglichkeit einer Aufführung als ausgemachte Tatsache zu behandeln. In der veröffentlichten Vorrede heißt es denn auch vorsichtiger, *darum will ich selbst mißraten haben, dieses mein Schauspiel auf die Bühne zu wagen* (I, 487). Radikaler ist die unterdrückte Vorrede auch in den Formulierungen über die nötige Empathie mit dem Bösen, zum Beispiel taucht der Satz *man wird meine Mordbrenner bewundern, ja fast sogar lieben* in der veröffentlichten Vorrede nicht mehr auf.

Schiller will offenbar jede Formulierung vermeiden, die auch nur von ferne den Verdacht, er betreibe eine *Apologie des Lasters*, nähren könnte.

Es ist die Vermutung geäußert worden, daß der Grund für die Unterdrückung der ersten Vorrede vielleicht nur die Anspielung auf eine Satire war, in der Wieland die Oberflächlichkeit des Theaterpublikums verspottet hatte. Wielands Satire hatte einige Jahre zuvor in Mannheim Ärger erregt, weil man sie auf die hiesigen Verhältnisse bezog. In dieser Satire war geschildert worden, wie das Publikum sich über Frisuren und Kostüme der Schauspieler echauffiert, aber gleichgültig bleibt gegenüber dem Gehalt eines Stückes. Darauf spielt Schiller mit vergröbernder Tendenz an, er nennt diese Art Publikum *Pöbel*. In der veröffentlichten Vorrede ist dann zwar der Ausdruck *Pöbel* übriggeblieben, die weiteren Anspielungen auf Wielands Satire aber sind gestrichen. Es blieb also die Publikumsbeschimpfung, doch ohne Bezug auf das Publikum in Mannheim.

Die möglichen Gründe für die Unterdrückung der ersten Vorrede weisen alle darauf hin, daß Schiller seinem Stück im letzten Augenblick noch den Weg auf die Bühne erleichtern wollte.

Was die Auswechselung der zweiten Szene im ersten Akt betrifft – es handelt sich um den ersten Auftritt Karl Moors und seiner Kumpanen –, so gibt es eine politisch deutbare und auf Karl Eugen beziehbare Stelle, die dann in der zweiten Fassung fehlt. Die Passage, die Schiller inzwischen vielleicht doch zu gewagt vorkam, findet sich in Karl Moors Tirade gegen die Tyrannei: *Warum sind Despoten da? Warum sollen sich tausende, und wieder tausende unter die Launen Eines Magens krümmen, und von seinen Blähungen abhängen?* (I, 957).

Ende Mai 1781 erscheinen »Die Räuber«, anonym und mit fingiertem Druckort. Sogleich schickt Schiller ein Exemplar an Schwan, der nochmals mit dem Intendanten Dalberg darüber spricht. Anfang Juli erhält Schiller den Auftrag Dalbergs, die »Räuber« für die Mannheimer Bühne zu bearbeiten. Dalberg hat wohl auch eine Zusammenarbeit für künftige Stücke in Aussicht gestellt, denn Schiller antwortet darauf mit der nur leicht verhüllten Bitte um finanzielle Beihilfe für eine Reise nach Mannheim, um durch *lebendigen Augenschein* die dortigen Theaterverhältnisse studieren zu können. Das sei für die Umarbeitung der »Räuber« und die weitere Zusammenarbeit erforderlich. Schiller erhält zwar weder Einladung noch Reisegeld, aber einige Änderungsvorschläge.

Inzwischen war am 24. Juli die erste Rezension in der »Erfurtischen Gelehrten Zeitung« erschienen, in der Schiller den schmeichelhaften Satz lesen konnte: »Haben wir je einen deutschen Shakespeare zu erwarten, so ist es dieser.« Mit gestärktem Selbstbewußtsein kann Schiller nun mit Dalberg verhandeln. Der wünscht, um mißliebige politische Anspielungen zu vermeiden, eine Verlegung der Handlung ins 16. Jahrhundert, in das von den modischen Ritterstücken in der Manier des »Götz von Berlichingen« bevorzugte Jahrhundert. Dagegen verwahrt sich Schiller: *Alle Charaktere sind zu aufgeklärt zu modern angelegt, daß das ganze Stück untergehen würde, wenn die Zeit, worin es geführt wird, verändert würde.* Schiller dringt mit seinen Einwänden nicht durch. Er muß auch noch andere Veränderungen, Kürzungen, Entschärfungen seines Stückes hinnehmen, und die Umarbeitung, die er selbst vorgenommen hat, bereitet ihm schwere Mühe. *Nach vollendeter Arbeit,* schreibt er am 8. Oktober an Dalberg, *darf ich Sie versichern, daß ich mit weniger Anstrengung des Geistes und gewiß mit noch weit mehr Vergnügen ein neues Stück, ja selbst ein Meisterstück schaffen wollte, als mich der nun getanen Arbeit nochmals unterziehen.*

Anfang Januar 1782 war alle Arbeit getan, die des Autors, des Intendanten, der Schauspieler: am 13. Januar begann um 17 Uhr im Mannheimer Theater die Uraufführung der »Räuber« mit Iffland in der Rolle des Franz Moor. Es herrschte eine gespannte, erwartungsvolle Atmosphäre. Besucher reisten aus der näheren und ferneren Umgebung an. Zahlreiche Zuschauer besetzten bereits ab 13 Uhr ihre Plätze. Schiller, der sich nicht ohne Erlaubnis aus Stuttgart entfernen durfte, reiste mit dem Freund Petersen heimlich an. Unterwegs verloren die beiden bei einem Kellnermädchen in Schwetzingen einige Zeit, so daß sie fast den Beginn der Vorstellung versäumt hätten.

Es wurde ein überwältigender Theaterabend; fünf Stunden dauerte die Aufführung. Ein Augenzeuge berichtet: »Das Theater glich einem Irrenhause, rollende Augen, geballte Fäuste, stampfende Füße, heisere Aufschreie im Zuschauerraum! Fremde Menschen fielen einander schluchzend in die Arme, Frauen wankten, einer Ohnmacht nahe, zur Tür. Es war eine allgemeine Auflösung wie im Chaos, aus dessen Nebeln eine neue Schöpfung hervorbricht!« Ein junger Arzt aus Mannheim, für die Kraftkerle-Rhetorik offenbar besonders empfänglich, schreibt in einem Brief: »ein Stück, mein Freund, wobei das Menschenblut erfrieren und die Nerven sowohl beim Schauspieler als Zuschauer erstarren müssen, wenn ihre Urahnen nicht von Pantoffelholz gewesen sind.«

Schiller erlebte diese erste Aufführung eines eigenen Stückes mit Genugtuung und Stolz. Vier Tage später schreibt er an Dalberg: *Ich glaube, wenn Deutschland einst einen dramatischen Dichter in mir findet, so muß ich die Epoche von der vorigen Woche zählen.* Gleichwohl läßt er sich von der Euphorie und vom reichlich gespendeten Lob nicht hinreißen, er bewahrt den nüchternen Blick auf das eigene Werk, wie die kurz nach der Uraufführung verfaßte Selbstrezension beweist.

Nach der Aufführung hatte es noch ein großes Essen mit den Schauspielern, dem Intendanten, Schwan und anderen Honoratioren der Stadt gegeben, und Schiller hatte aus der Theaterkasse eine großzügige Vergütung seiner Reiseunkosten erhalten. Auch hatte Dalberg seine Vorschläge für eine weitere Zusammenarbeit konkretisiert. Er wies Schiller auf den »Fiesko«-Stoff hin und schlug ihm eine Bearbeitung des »Götz von Berlichingen« für die Mannheimer Bühne vor. Hochgestimmt kehrte Schiller nach Stuttgart zurück, wo ihm jetzt die gewöhnlichen Dienstgeschäfte besonders erbärmlich vorkamen. Auch wartete eine böse Überraschung auf ihn.

Im Dezember hatte Kaiser Joseph II. der Karlsschule den Rang einer Universität verliehen. Zu dem herzoglichen Sondergesandten, der diese Verfügung in Empfang nahm, hatte der Kaiser gesagt, der Herzog werde gewiß den ganzen Tag damit verbringen, Doktoren zu machen. So war es. Der Herzog verlangte von den bisherigen Absolventen der Karlsschule, daß sie noch eine zusätzliche Dissertation schreiben sollten, damit ihnen ein auch von anderen Universitäten anerkannter Doktorrang verliehen werden könnte.

Schiller, im Hochgefühl seiner Autorschaft, sollte noch einmal zurück ins medizinische Studienfach. Mit einiger Zerknirschung schreibt er am 1. April 1782 an Dalberg, daß seine *Neigung* zum Drama den größten Teil seiner *Glückseligkeit auf dieser Welt* ausmache, daß er ihr aber nicht folgen könne, weil er wieder auf das Gebiet seiner *Handwerkswissenschaft* zurückgetrieben werde. Er bittet Dalberg um eine bestimmtere Zusage, ob er denn mit einer Anstellung als Theaterautor in Mannheim rechnen könnte, falls er sich aus den Stuttgarter Verhältnissen herauswinden würde. Dalberg jedoch hält sich bedeckt und läßt Schiller im Ungewissen. Der stürzt sich in die Arbeit am »Fiesko«, weil er immer noch glaubt, daß nach dem Erfolg der »Räuber« seine Zukunft das Theater und nicht die Medizin ist. Jedenfalls unternimmt er keine Anstrengungen, das zusätzliche Doktorexamen abzulegen.

Ende Mai reist der Herzog nach Wien, um sich beim Kaiser persönlich für die Erhebung der Karlsschule zur Universität zu bedanken. Diese Gelegenheit benutzt Schiller, um noch einmal heimlich und ohne Erlaubnis nach Mannheim zu reisen. Er hatte Dalberg gebeten, am Tag seiner geplanten Anwesenheit, am 27. und 28. Mai, eine Aufführung der »Räuber« stattfinden zu lassen. Man sagt es ihm zu. Am 25. Mai macht er sich auf den Weg, begleitet von seiner Laura, der Vischerin, und von Henriette von Wolzogen, der Mutter eines Mitschülers von der Karlsschule.

Frau von Wolzogen war eine Freifrau aus Meiningen, hatte vier Söhne an der Karlsschule und verbrachte deshalb einen Teil des Jahres in Stuttgart, die übrige Zeit war die weltläufige Frau auf Reisen oder lebte auf ihrem Familiensitz im Meiningischen Bauerbach. Ihr ältester Sohn, Wilhelm von Wolzogen, der spätere Mann von Schillers Schwägerin Karoline, war drei Jahre jünger als Schiller, studierte Kameralistik und gehörte, der anderen Studienrichtung und des Altersunterschieds wegen, nicht zum engeren Freundeskreis Schillers. Der literarisch interessierte Wilhelm von Wolzogen bewunderte den zu plötzlichem Ruhm gelangten ehemaligen Kommilitonen. Als die »Räuber« erschienen waren, wanderten die druckfrischen Exemplare an der Akademie von Hand zu Hand, hier wußte man natürlich, wer sich hinter dem Inkognito verbarg. Über den Autor schrieb Wilhelm von Wolzogen nach der Lektüre des Stückes in seinem Tagebuch: »Man sieht sein junges, feuriges, ungebildetes Genie ganz und gar darin; er kann noch einer von den schönen Geistern Deutschlands werden, wenn er es nicht schon ist. Sie haben gewiß noch kein Stück von einem Deutschen gelesen, das so nach der Art des vergötterten Shakespeare ist als dieses, nur schade, daß einiges unanständige Zeug in einigen Szenen kommt, allemal gut angebracht war, aber doch immer unanständig.«

Wilhelm von Wolzogen hatte seiner bildungsbeflissenen Mutter einiges von diesem neuen Stern am Literaturhimmel vorgeschwärmt, und diese war neugierig geworden und hatte die Bekanntschaft mit Schiller gesucht. Bald wurde sie ihm eine mütterliche Freundin. Obwohl sie im Interesse ihrer an der Karlsschule studierenden Söhne auf ein gutes Verhältnis zum Herzog achten mußte, stand sie Schiller bei, als dessen Konflikt mit Karl Eugen eskalierte. Sie versprach ihm eine Zuflucht auf dem Gut Bauerbach, falls er in Not geriete. Bald wird Schiller diese Hilfe in Anspruch nehmen, und die mutige Frau wird sie ihm gewähren.

Ende Mai begleitet sie Schiller auf der zweiten heimlichen Reise nach Mannheim. Die erwartete Aufführung der »Räuber« aber kommt zur Enttäuschung der Angereisten nicht zustande, weil einige Schauspieler in Urlaub sind. Und doch kann Schiller den Eindruck haben, daß die Reise nicht erfolglos gewesen ist, denn in einer Unterredung mit Dalberg verspricht ihm dieser mit Handschlag, daß er alles versuchen werde, um beim Herzog die Erlaubnis für Schillers Wechsel nach Mannheim zu erwirken. In dieser Unterredung geschah es wohl auch, daß Dalberg zum ersten Mal auf den »Don Karlos«-Stoff hinwies.

Schiller wurde bei diesem Besuch von den Theaterleuten in Mannheim sehr respektvoll behandelt, und so kehrte er trotz einer Grippe, die er sich geholt hatte, zuversichtlich und zunächst beschwingt nach Stuttgart zurück, wo er den Kontrast seiner hiesigen Lebensverhältnisse um so demütigender empfand. Er mußte endlich einen Ausweg aus der Stuttgarter Misere finden. Und darum ringt er sich Dalberg gegenüber, dem er bisher fast unterwürfig begegnet war, zu einem offenen Wort durch. In einem Brief vom 4. Juni schildert er ihm die unerträgliche Situation in Stuttgart aus sehr persönlicher Sicht, er zieht Dalberg ins Vertrauen und legt ihm einen detaillierten Plan vor, wie der Herzog dazu bewegt werden könnte, seine Zustimmung für eine Übersiedlung nach Mannheim zu geben. Schiller beweist, daß er es versteht, auf der Klaviatur der Gefühle von anderen zu spielen. So rät er Dalberg, er solle in einem Brief an den Herzog einfließen lassen, *daß Sie mich für eine Geburt von ihm, für einen durch ihn gebildeten und in seiner Akademie Erzogenen halten, und daß also durch diese Vokation seiner Erziehungs Anstalt quasi das Hauptkompliment gemacht würde, als würden ihre Produkte von entschiedenen Kennern geschätzt und gesucht.* Auf diese Weise müsse man dem Herzog zuerst schmeicheln und dann mit der Bitte herausrücken, er möge seinen genialen Zögling Schiller für befristete Zeit nach Mannheim ausleihen. Man müsse dem Herzog einen Termin in Aussicht stellen, *nach dessen Verfluß ich wieder meinem Herzog gehörte.* Auch empfehle es sich, darauf hinzuweisen, daß in Mannheim die Möglichkeit einer Versorgung als Mediziner bestünde, *damit man mich nicht, unter dem Vorwand für mein Wohl zu sorgen kujoniere, und weniger fort lasse.*

Dieser Brief bringt eine ausgefeilte, kühl kalkulierte Taktik in Vorschlag, es herrscht darin ein stolzes Selbstbewußtsein – *ich habe Selbstgefühl genug für das Verdienst eines beßren Schicksals* –, und der bisweilen flehende Ton der Selbstpreisgabe ist nicht demütig, sondern soll den Intendanten, der sich gern entzieht, in die Pflicht nehmen. *Darf ich mich Ihnen in die Arme werfen, vortrefflicher Mann?*

Der zwar liebenswürdige, aber wankelmütige Dalberg weicht um so mehr zurück, je dringlicher Schiller ihn angeht. Er möchte sich zu nichts verpflichten und es auch nicht mit dem Herzog verderben. Er mißtraut der von Schiller vorgeschlagenen Taktik und unternimmt nichts.

Während Schiller noch ungeduldig auf ein Zeichen, eine Aktion, eine Antwort Dalbergs wartet, geschieht es, daß der inzwischen aus Wien zurückgekehrte Herzog von der heimlichen und unerlaubten Reise Schillers erfährt. Eine der beiden begleitenden Damen, die Vischerin oder die Wolzogen, wird es wohl geplaudert haben. Der Herzog befiehlt Schiller zu sich nach Hohenheim, kanzelt ihn ab, forscht nach den Mitwissern. Tatsächlich hatte Schiller einen seiner Vorgesetzten, den Oberst von Rau, in seine Reisepläne eingeweiht. Schiller gestand sein Vergehen, leugnete aber die Mitwisserschaft des Oberst, um diesen vor dem Zorn des Herzogs zu schützen. Daß Schiller seinen ärztlichen Dienst nur noch nachlässig versah, war bekannt, auch daß er keine Anstalten machte, ein zusätzliches Doktorexamen, so wie befohlen, abzulegen. Das waren Dienstversäumnisse. Aber die unerlaubte Entfernung ins »Ausland« galt beim Herzog schon fast als Desertion. Er bestrafte Schiller mit vierzehntägigem Arrest, der sofort anzutreten war, und verbot ihm jeden weiteren Verkehr mit dem Ausland.

Bis Mitte Juli befindet sich Schiller in Haft auf der Hauptwache, er arbeitet am republikanischen Freiheitsdrama »Fiesko« und überdenkt sein bisheriges Leben und seine künftigen Aussichten. Kaum aus der Haft entlassen, verfaßt er nochmals ein dringliches Schreiben an Dalberg. Dieser möge doch endlich seine Bemühungen beim Herzog verstärken. Wenn nicht bald etwas geschähe, könnte es zu spät sein, schreibt er am 15. Juli an Dalberg: *Dieses einzige kann ich Ihnen für ganz gewiß sagen, daß in etlichen Monaten, wenn ich in dieser Zeit nicht das Glück habe zu Ihnen zu kommen, keine Aussicht mehr da ist, daß ich jemals bei Ihnen leben kann. Ich werde alsdann gezwungen sein, einen Schritt zu tun, der mir unmöglich machen würde, zu Mannheim zu bleiben.* Hier deutet Schiller seine Flucht aus Stuttgart an, wobei er zu diesem Zeitpunkt bereits ahnt, daß er als Flüchtling im benachbarten Lande nicht geschützt sein würde vor den Nachstellungen des Herzogs und daß er deshalb seine Zuflucht in entfernterer Gegend würde suchen müssen, wahrscheinlich denkt er an Henriette von Wolzogens Angebot.

Dalberg reagiert nicht. Schiller wartet. Seine Stimmung verdüstert sich. In diesen Tagen ist ihm ein neu gewonnener Freund eine große Hilfe. Es war der um zwei Jahre jüngere Andreas Streicher, ein Musiker, der ihm durch Vermittlung Johann Rudolf Zumsteegs im Juni 1781 vorgestellt worden war. Erst in diesem Augenblick erkannte Streicher, der Schiller bisher nur aus seinen Dichtungen kannte, in diesem Dichter genau jenen jungen Mann wieder, der ihm damals bei der Abschlußfeier in der Karlsschule aufgefallen war und auf ihn einen »unauslöschlichen Eindruck« gemacht hatte.

Streicher war bei seiner Mutter, einer Handwerkerswitwe, in ärmlichen Verhältnissen aufgewachsen, widmete sich frühzeitig der Musik und brachte es im Klavierspiel bald zu einer solchen Meisterschaft, daß die Mutter ihr Erspartes hingab, damit der begabte Sohn bei Carl Philipp Emanuel Bach in Hamburg sein Studium fortsetzen konnte. Die Übersiedlung nach Hamburg war für das Jahr 1783 geplant. Die Reise dorthin stand vor der Tür, als Schiller seine Fluchtpläne schmiedete und den neu gewonnenen Freund darin einweihte. Streicher erklärte sich bereit, für den Fall der Flucht nicht nur den Freund zu begleiten, sondern ihn auch mit dem für das Hamburger Studium bestimmten Geld zu unterstützen. Noch zögert Schiller. Doch im August kommt es zu einer neuen ärgerlichen Verwicklung.

Unter den verhaßten Aufsehern an der Karlsschule war ein Graubündner namens Kuplie gewesen. Auf ihn war ein bramarbasierender Ausspruch des Räubers Spiegelberg gemünzt, wonach es einem Übeltäter nicht an Intelligenz mangeln dürfe: *zu einem Spitzbuben wills Grütz – auch gehört darzu ein eigenes Nationalgenie, ein gewisses, daß ich so sage, Spitzbubenklima, und da rat ich dir, reis du ins Graubünder Land, das ist das Athen der heutigen Gauner* (I, 538).

Von dieser Sottise fühlte sich ein Westfale in Hamburg namens Wredow gekränkt und erhob dort in einer Zeitung Einspruch. Diese Zeitungsnotiz und einige davon angeregte empörte Zuschriften von wirklichen Graubündnern kamen in die Hände des Ludwigsburger

Garteninspektors Johann Jakob Walter, der eifersüchtig war auf das Ansehen, das Schillers Vater beim Herzog genoß. Walter reichte die Materialien an den Herzog weiter, und der machte daraus eine Staatsaffäre.

Wieder wurde Schiller, Ende August, einbestellt. Diesmal verbot ihm der Herzog bei Strafe der Kassation oder der Festungshaft jede weitere nicht-medizinische Schriftstellerei. Damit war für Schiller ein Bleiben in Stuttgart unmöglich geworden. Ehe er aber die Flucht ins Werk setzte, unternahm er einen letzten Versuch, den Herzog umzustimmen. Am 1. September schrieb er ihm einen Brief, im Ton untertänig, in der Sache stolz. Er rechtfertigte sein Schriftstellertum damit, daß ihm bei der ärmlichen Besoldung durch den Herzog nichts anderes übriggeblieben sei, als sich durch das Schreiben zusätzliche Einkünfte zu verschaffen. Außerdem habe er sich inzwischen einen Ruhm erworben, der auch der Karlsschule zugute komme. Mehr noch, die *Ehre*, die ihm erwiesen werde, falle sogar auf den Herzog zurück, *den Urheber meiner Bildung*. Schillers Taktik: dem Herzog schmeicheln, indem man die eigenen Vorzüge als dessen Werk hinstellt. Der Herzog aber verweigert die Annahme des Briefes.

Jetzt entscheidet sich Schiller zur Flucht. Lange hat er gezögert, aus Rücksicht auf den Vater, der vom Herzog abhängig ist. Man mußte damit rechnen, daß der Herzog die Unbotmäßigkeit des Sohnes am Vater rächen würde. Damit der Vater später reinen Gewissens erklären kann, daß er nichts gewußt habe von den Plänen des Sohnes, weiht Schiller ihn nicht ein. Nur Christophine, die ältere Schwester, wird ins Vertrauen gezogen.

In dem Augenblick, da Schiller zur Flucht entschlossen war, gewann er wieder Schwung und Heiterkeit zurück. Er arbeitete Tag und Nacht am »Fiesko«; er wollte das Stück womöglich noch vor der Flucht fertigstellen, um es in Mannheim anbieten zu können. Diesen Schaffensrausch in den letzten Wochen vor der Flucht schildert Streicher: »Wie erheiterten sich seine von Schlaflosigkeit erhitzten Augen, wenn er erzählte, um wie viel er schon weiter gerückt sei, und wie er hoffen dürfe, sein Trauerspiel weit früher als er anfangs dachte, beendigt zu haben. Je geräuschvoller die Außenwelt war, um so mehr zog er sich in sein Inneres zurück, indem er an allem dem, was damals der Seltenheit wegen jedermann beschäftigte, nicht den geringsten Anteil nahm.«

Was damals »jedermann« beschäftigte, waren die Vorbereitungen für ein prunkvolles Fest aus Anlaß des Besuches des russischen Großfürsten und nachmaligen Zaren Paul mit seiner Frau, einer Nichte des Herzogs. Noch einmal sollte die ganze verschwenderische Pracht der früheren Hoffeste entfaltet werden. Unsummen wurden von den Bankiers in Frankfurt und Straßburg geliehen. Vornehme Gäste aus ganz Europa reisten an und im Troß die Schausteller, die Spieler, die Huren, die Taschen- und Tagediebe. Die große Welt und die Halbwelt wimmelte in Stuttgart und Umgebung. Sechs Tage sollte der festliche Tumult dauern. Auf dem Höhepunkt sollte es eine Hofjagd geben, wie man sie in Deutschland noch nicht gesehen hatte.

Schiller, in seinen »Fiesko« vertieft, achtete genau auf diese »geräuschvolle Außenwelt«, indem er nämlich seine Fluchtpläne entsprechend den Festplänen einrichtete. Er setzt den Fluchttag auf den 22. September fest. Am Abend dieses Tages würden alle Gäste und halb Stuttgart auf den Beinen sein, um das grandiose Schauspiel einer Festbeleuchtung auf der Solitude und eines krönenden Feuerwerkes zu sehen. Das würde ein günstiger Augenblick sein, um unbemerkt zu entkommen.

Wenige Tage vor diesem festgesetzten Termin kam Dalberg als Festgast nach Stuttgart. Schiller machte einen kurzen, förmlichen Besuch, ohne ihn ins Vertrauen zu ziehen. Schiller kennt ihn inzwischen gut genug, um zu wissen, daß man Dalberg nur verschrecken würde, wenn man ihn zum Mitwisser machte.

Indessen gehen die Fluchtvorbereitungen weiter. Kleider, Bücher, Manuskripte werden unauffällig in Streichers Wohnung geschafft. Ein letzter Besuch zusammen mit Streicher bei den Eltern. Der Vater, aufgeregt und beschwingt vom großen Fest, kommt ins Erzählen. Unbemerkt kann der Sohn sich mit der Mutter zurückziehen. Er weiht auch sie in die nahe Flucht ein. Sie weint, versucht aber nicht, ihn zurückzuhalten. Am Fluchttag morgens um 8 Uhr kehrt Schiller von seinem letzten Dienst im Lazarett zurück. Der Fluchtwagen ist gepackt, auch Streichers Klavier aufgeladen. Streicher kommt, um Schiller abzuholen. Doch der ist noch nicht fertig. Ihm war beim Zusammensuchen seiner Bücher ein Band Klopstock-Oden in die Hände gefallen, und statt zu packen, hatte er sich festgelesen und dann begonnen, eine Gegen-Ode zu dichten. »Ungeachtet alles Drängens, alles Antreibens«, berichtet Streicher, mußte er »dennoch zuerst die Ode und dann das Gegenstück anhören … Eine geraume Zeit verging, ehe der Dichter von seinem Gegenstand abgelenkt, wieder auf unserer Welt, auf den heutigen Tag zu der fliehenden Minute zurückgebracht werden konnte.« Streicher hilft seinem Freund noch eine Weile lang beim Packen, dann verläßt er ihn. Abends um neun Uhr kommt Schiller endlich in die Wohnung Streichers. Stolz zeigt er diesem ein Paar alte Pistolen, die er unter der Jacke verborgen trägt. Bei der einen fehlt der Feuerstein, die andere hat ein zerbrochenes Schloß. Es sind eben doch nur die Waffen eines Theatermannes.

Der Weg führt zunächst zum Eßlinger Tor, wo der Leutnant Scharffenstein, der im letzten Augenblick in die Fluchtpläne eingeweiht worden war, den Wachdienst kommandierte. So kommt man gut durch die Kontrolle. Auf der schnurgeraden Straße nach Ludwigsburg sehen sie am Himmel den roten Schein des großen Feuerwerkes. In der Ferne erblickt man die Solitude. Es ist so hell, daß Schiller dem Freund die Umrisse des Hauses zeigen kann, wo die Eltern wohnen. Bei der ersten Ruhepause, nachts um zwei Uhr, zieht Schiller ein Heft ungedruckter Gedichte von Schubart hervor und liest dem Freund bei Kerzenschimmer das Gedicht über die »Fürstengruft« vor, die große Anklage gegen den Tyrannen des Württembergischen Landes, das man soeben hinter sich gelassen hat.

Elf Jahre später erst wird Schiller nochmals hierher zurückkehren, zu seinem letzten Besuch in der Heimat, die er bei rotem Feuerschein in dieser Nacht am 23. September 1782 verläßt.

Achtes Kapitel

Mannheim. Das neue Leben. Ermutigung zum Mut.
Mißlungene Lesung des »Fiesko«. Enthusiasmus und Kälte.
Entstehung des Stückes. Maskenspiele der Verschwörung. Offenes Ende.
Unvorhersehbarkeit der Freiheit. Flucht aus Mannheim.
Verzweiflung in Frankfurt. Oggersheim. Streicher spielt Klavier.
Auf dem Weg nach Bauerbach.

In der Nacht vom 22. auf den 23. September sind die beiden Freunde unterwegs. Früh morgens erreichen sie ihr »ersehntes Eldorado«, die kurpfälzische Grenze. »Sehen Sie«, ruft Schiller aus, »wie freundlich die Pfähle und Schranken mit Blau und Weiß angestrichen sind! Ebenso freundlich ist auch der Geist der Regierung!«. Sie betraten bayerisches Land, denn nach dem Aussterben der bayerischen Wittelsbacher 1777 war der pfälzische Kurfürst Karl Theodor zugleich Kurfürst von Bayern geworden. Die Hofhaltung war nach München verlegt worden, Mannheim aber hatte die kulturellen Einrichtungen einer Residenzstadt behalten, vor allem das Theater. Kurpfalz-Bayern war politisch ein starkes Land, weshalb Schiller hoffen durfte, vor dem Zugriff Karl Eugens vorerst geschützt zu sein. Aber vollkommen sicher durfte er sich nicht fühlen, deshalb traten die beiden Freunde außerhalb des Bekanntenkreises unter falschem Namen auf.

Nach einer Zwischenstation in Schwetzingen, wo man nächtigte, weil die Stadttore Mannheims abends für Neuankömmlinge verschlossen wurden, betraten die beiden am Morgen des 24. September 1782 die Stadt. Sie hatten ihre beste Kleidung angelegt, »um durch scheinbaren Wohlstand sich eine Achtung zu sichern«. Zuerst sprachen sie bei Wilhelm Christian Dietrich Meyer vor, dem Regisseur am Theater. Dalberg, der Intendant, weilte noch in Stuttgart als Gast bei den dortigen Festivitäten. Meyer war aufs höchste überrascht, Schiller, den er noch beim Stuttgarter Fest vermutete, plötzlich vor sich zu sehen; er hatte zwar von Schillers Misere in Stuttgart gehört, hatte aber doch nicht mit dem Eklat einer Flucht gerechnet. Es war ihm unbehaglich, in eine Gesetzwidrigkeit hineingezogen zu werden. Er rät Schiller, sich nochmals an den Herzog zu wenden, und gibt ihm zu verstehen, daß auch der Intendant Dalberg vor politischen Verwicklungen wohl zurückschrecken werde.

Schiller hat sich den Empfang anders vorgestellt, die Bedenken Meyers scheinen ihn beeindruckt zu haben. Er zieht sich in ein Nebenzimmer zurück, um einen Brief an den Herzog und zwei Begleitbriefe an seinen Vorgesetzten, den General Augé, und den Intendanten der Karlsschule, Oberst Seeger, zu schreiben.

Dieser Brief an den Herzog ist wiederum im Ton unterwürfig, in der Sache aber entschieden und selbstbewußt. Er habe fliehen müssen, schreibt Schiller, denn es sei ihm Haft angedroht worden für den Fall, daß er nochmals beim Herzog um Aufhebung des Schreibverbotes nachsuchen würde. Er müsse aber bei dieser Forderung bleiben, denn nur durch das Schreiben könne er seinen Unterhalt sichern (indirekt beschwert er sich damit über das armselige Salär eines Regimentsarztes), und nur durch das Schreiben könne er sich selbst und damit auch dem Herzog *Ehre erwerben*. Es ist dieselbe Argumentation, die er bereits am 1. September im Gesuch an den Herzog um Aufhebung des Schreibverbotes entwickelt hatte. Jetzt aber werden aus einer Bitte drei präzise Forderungen: der Herzog solle erstens das Schreibverbot aufheben; zweitens ihm erlauben, mit dem Ertrag der Schriftstellerei Studienreisen ins Ausland zu unternehmen; drittens solle ihm gestattet sein, als Arzt *zivil zu tragen*, also auch außerhalb der Armee praktizieren zu dürfen. Sollten diese Forderungen erfüllt werden, werde er gern *aus einem fremden Lande zu meinem Fürsten zu meinem Vaterlande eilen* (24. September 1782).

Hat Schiller im Ernst mit einem Nachgeben des Herzogs gerechnet? Wahrscheinlich nicht. Aber er wollte, vor allem mit Rücksicht auf die abhängige Stellung seines Vaters, den Eklat der Flucht mildern, indem er mit dem Herzog gleichsam in Verhandlung trat. Er habe, schreibt er, ins Ausland gehen müssen, um seine gerechte Forderungen vorbringen zu können, ohne sogleich in Haft genommen zu werden. Er gibt der Flucht, die bei einem Regimentsmedicus auch als Desertion gelten kann, eine taktische und darum harmlosere Wendung. Dieser Brief an den Herzog hatte *den wichtigen Zweck*, schreibt er am 6. November 1782 an den Freund Christian Friedrich Jacobi, *meine Familie zu sichern und meinen gewaltsamen Schritt in den möglichst rechtmäßigen hinüberzudrehen*.

In den Wochen zuvor hatte Schiller, von der Entscheidung zur

Flucht beflügelt, wie im Rausch an seinem »Fiesko« gearbeitet. In Mannheim aber ernüchtert ihn das skeptische, ängstliche Betragen Meyers und das Entsetzen in den Gesichtern der Leute, die den gefeierten »Räuber«-Autor nun als Flüchtling vor sich sehen. Vielleicht hat er Angst bekommen vor der eigenen Courage. Aber es war nur eine Anwandlung. Er besinnt sich und faßt wieder Mut. Jetzt gilt es die Ehre. Sollte der Herzog nachgeben, gut, dann würde er zurückkehren, aber gerechtfertigt und als Sieger. Keinesfalls würde er zurückkriechen. Das verbot ihm die Selbstachtung. Er hatte sich nicht umsonst in das Rebellentum seiner Räuber hineingeträumt, und er war erfüllt vom Pathos des großen Verschwörers Fiesco, über den er gegenwärtig schrieb. Er wußte, was er seinen Träumen schuldig war. Nicht nur die Selbstachtung, nicht nur die Treue zur eigenen Tat standen auf dem Spiel. Er wußte, daß er inzwischen eine Figur des öffentlichen Lebens war. Die Nachricht von seiner Flucht hatte sich wie ein Lauffeuer in Stuttgart und darüber hinaus verbreitet. Es dauerte nicht lange, und das ganze literarische Deutschland wußte davon. Deshalb durfte er auch nicht seinen Ruf ruinieren. Schiller fühlte sich von der Figur, zu der er im öffentlichen Leben geworden war, in die Pflicht genommen. Er mußte auch weiterhin das darstellen, wozu er sich entworfen hatte. Die Flucht war ein Akt der Freiheit, aber jetzt war er nicht mehr frei gegenüber dieser Tat der Freiheit. Eine Handlung ist mehr als eine Idee, diese läßt sich zurücknehmen, jene nicht; man kann sie nur verraten. Das aber wollte Schiller nicht. Er nahm alle seine Kraft, alle seine Selbstachtung zusammen, um dem zu genügen, was er einmal beschlossen hatte.

Am schwersten war der Kampf mit den Ansprüchen der Familie. Schiller wußte, daß der Vater seine Rückkehr wünschte, fast um jeden Preis. Im folgenden Jahr wird er das noch oft von der Familie zu hören bekommen. Als seine Erwartungen in Mannheim so maßlos enttäuscht werden, und als die Eltern ihren Sohn, den sie für einen Gescheiterten halten, wieder einmal nachdrücklich zur Rückkehr auffordern, schreibt Schiller am 1. Januar 1784 an seine Schwester Christophine: *Das Glück Deines Bruders kann durch eine Übereilung in dieser Sache einen ewigen Stoß erleiden. Ein großer Teil von Deutschland weiß von meinen Verhältnissen gegen Euren Herzog und von der Art meiner Entfernung. Man hat sich für mich auf Unkosten des Herzogs interessiert. Wie entsetzlich würde die Achtung des Publikums (und dieses entscheidet doch mein ganzes künftiges*

Glück), wie sehr würde meine Ehre durch den Verdacht sinken, daß ich diese Zurückkunft gesucht! Daß meine Umstände mich meinen ehemaligen Schritt zu bereuen gezwungen, daß ich die Versorgung, die mir in der großen Welt fehlgeschlagen, aufs neue in meinem Vaterland suche! Die offene, edle Kühnheit, die ich bei meiner gewaltsamen Entfernung gezeigt habe, würde den Namen einer kindischen Übereilung, einer dummen Brutalität bekommen, wenn ich sie nicht behaupte.

Schiller wird alles tun, um diese *Kühnheit* des ersten Schrittes auch bei den folgenden zu *behaupten*. Er wird sogar, schreibt er an die Schwester, kühn genug sein, im Falle daß der Vater sich weiterhin um eine straffreie Rückkehr des Sohnes beim Herzog einsetzte und dieser, was zu erwarten sei, sich verweigerte, dann also wird er kühn genug sein, den ihm *zugefügten Affront durch offenbare Sottisen* gegen den Herzog *zu rächen*. Das aber kann nicht im Interesse des Vaters sein, der auf ein gutes Auskommen mit dem Herzog angewiesen ist. Der Vater solle also die Kühnheit seines Sohnes in Rechnung stellen und davon ablassen, einen faulen Frieden zwischen ihm und dem Herzog stiften zu wollen.

Schiller ist entschlossen, keinesfalls zurückzukehren, es sei denn als Sieger, und das heißt: als Schriftsteller, der nicht mehr danach fragen muß, ob er schreiben darf. Mit dem Abstand zur Stuttgarter Misere ist ihm das Ungeheuerliche der herzoglichen Tyrannei erst so richtig aufgegangen. Es darf, davon ist er nun überzeugt, schlechterdings keinem erlaubt sein, einen anderen Menschen daran zu hindern, seine Begabung, sein Ingenium zur Entfaltung zu bringen. Es ist ein Verbrechen, einen anderen von der Selbstvervollkommnung abzuhalten. Die Arbeit daran ist für Schiller ein Auftrag, so verbindlich wie eine Religion. Der Herzog, der ihn daran hindern will, frevelt gegen ein Heiligtum des Menschengeschlechts, gegen das Recht des Individuums, seinen Reichtum zur Welt zu bringen.

Wenn ihn das Elend und die Demütigungen in Mannheim niederdrücken, dann richtet er sich an dem Gedanken auf, daß er nicht darum dem Herzog widerstanden hat, um jetzt von der alltäglichen Misere überwältigt zu werden. In den Stimmungen der Niedergeschlagenheit erinnert er sich des Satzes von Karl Moor: *Die Qual erlahme an meinem Stolz!* (I, 592). Die stolze Tat der Flucht wird für ihn selbst zum Gründungsmythos seines neuen Lebens.

Von Ende September bis Ende Oktober 1782 wird Schiller vom General Augé viermal (im Auftrag des Herzogs) zur Rückkehr aufgefordert mit dem undeutlichen Versprechen, man werde ihm »gnädig« sein. Schiller aber wollte keine Gnade, sondern sein Recht, und darum kommt er der Aufforderung nicht nach, bis er dann am 31. Oktober 1782 in der Stuttgarter Regimentsliste als »ausgewichen« gestrichen und damit zum Deserteur erklärt wird.

Es erging Schiller in den Wochen nach der Flucht wirklich elend. Er hatte seinen fast fertigen »Fiesko« im Fluchtgepäck. Das Stück sollte in Meyers Haus den Schauspielern vorgelesen werden. Es ist der 27. September nachmittags um vier Uhr, als Schiller mit der Lesung beginnt. Die Gesellschaft ist um einen großen runden Tisch versammelt. Streicher hat die Szene eindrucksvoll geschildert. Der erste Akt wurde »zwar bei größter Stille, jedoch ohne das geringste Zeichen des Beifalls abgelesen«. In der kurzen Pause unterhielt man sich über Tagesneuigkeiten und hörte damit zunächst auch nicht auf, als Schiller bereits mit der Lesung des zweiten Aktes begonnen hatte. Dann wurde es still, zu still, kein Zeichen von Lob oder Beifall. Schließlich wurden Erfrischungen herumgereicht, Obst und Trauben. Man plauderte, einer der Schauspieler schlug ein »Bolzschießen« im Garten vor. Nach einer Viertelstunde hatte sich alles verlaufen, nur der Gastgeber Meyer und Iffland waren übrig geblieben. Man sprach noch einiges, vermied aber ängstlich, das soeben gelesene Stück zur Sprache zu bringen. Beim Aufbruch nahm Meyer Streicher beiseite und fragte ihn: »Sagen Sie mir jetzt ganz aufrichtig, wissen Sie gewiß, daß es Schiller ist, der die Räuber geschrieben?«, und, um dem entgeisterten Streicher den Grund seiner Frage zu erklären, fügte er hinzu: »Weil der Fiesko das Allerschlechteste ist, was ich je in meinem Leben gehört, und weil es unmöglich ist, daß derselbe Schiller, der die Räuber geschrieben, etwas so Gemeines, Elendes sollte gemacht haben.«

Streicher gibt ihm das Manuskript und Meyer liest es in der Nacht durch. Am anderen Morgen ist sein Urteil ein vollkommen anderes. »Sie haben recht«, sagt er zu Streicher, »Fiesko ist ein Meisterstück und weit besser bearbeitet als die Räuber!« Dafür, daß es so übel auf ihn gewirkt hatte beim ersten Anhören, macht er Schillers »schwäbische Aussprache« verantwortlich und die »verwünschte Art, wie er alles deklamiert! Er sagt alles in dem nämlichen hochtrabenden Ton her, ob es heißt: Er macht die Tür zu, oder ob es eine Hauptstelle seines Helden ist«.

Tatsächlich war Schiller berüchtigt für seinen Deklamationsstil. In der Karlsschule war er einmal in Goethes »Clavigo« aufgetreten und hatte mit rollenden Augen, wilder Gestikulation und Geschrei das Publikum unfreiwillig zum Lachen gebracht. Aber das war ihm keine Lehre gewesen. Unverdrossen fuhr er fort, sich für einen guten Schauspieler zu halten. Nach der desaströsen Lesung bei Meyer kam Schiller keinen Augenblick auf die Idee, daß die üble Wirkung etwas mit seinem Vortragsstil zu tun haben könnte. Im Gegenteil. Er beklagte sich über den Unverstand der Schauspieler und sprach Streicher gegenüber die Drohung aus, er werde, sollte ihm das Dichten fürs Theater keinen Erfolg bringen, als Schauspieler auftreten, da »eigentlich doch niemand so deklamieren könne wie er«.

Da Meyer sein Urteil über »Fiesko« revidierte, gab es für Schiller wieder Hoffnung. Er mußte zwar noch das Urteil des Intendanten abwarten, aber daß sein Stück zurückgewiesen werden könnte, damit, so glaubte er, mußte nicht mehr gerechnet werden. Er setzte große Erwartungen in dieses Stück, er hielt es für gelungener als die »Räuber«. Zu Conz, dem alten Schulfreund, der ihn besuchte, sagte er: »Meine Räuber mögen untergehen! Mein Fiesko soll bleiben.« Und Abel erzählt, wie Schiller einst in sein Zimmer gestürzt war und mit Begeisterung jene Szene aus dem entstehenden Stück vortrug, worin Fiesko vor das Gemälde des Malers Romano tritt und die Erhabenheit der künstlerischen Darstellung an der erhabenen Tat mißt mit den Worten: *So trotzig stehst du da, weil du Leben auf toten Tüchern heuchelst, und große Taten mit kleinem Aufwand verewigst … Geh! – Deine Arbeit ist Gaukelwerk – der Schein weiche der Tat … Ich habe getan, was du – nur malst* (I, 692f.).

Es ist dies eine bemerkenswerte Szene, weil hier mit künstlerischen Mitteln die künstlerischen Träume verächtlich gemacht werden. Schiller träumt sich in die Rolle des Handelnden hinein und blickt von dort aus mit Verachtung auf das Spinnweb der Worte herab, aus denen auch dieser Traum der Tat besteht. So erging es Schiller häufig beim Dichten. Der Schwung seiner Vorstellungen riß ihn aus den Worten hinüber in die Wirklichkeit, bis er vergaß, daß er auch nur Worte gemacht hatte. Sie waren ihm so wirklich, daß er zu dem wurde, was er dichtete. Erstaunlich nur, wie schnell er von der Hitze des Enthusiasmus in die kalte Betrachtung überwechseln und nüchterne Erwägungen anstellen konnte über die technischen Aspekte des Werkes. Zu Abel sagte er, nachdem er wie im Rausch die betreffende Szene vorgetragen hatte, es sei sein Vorsatz, diesem Stück eine Vollendung zu geben, wie man sie auf deutschen Bühnen noch nicht gesehen habe, es sollte von keinem der Fehler entstellt sein, die noch den »Räubern« anhafteten, er werde erst mit diesem Stück seinen Ruf als dramatischer Schriftsteller gründen.

Er wollte das Stück Lessing, Wieland und Goethe zur Begutachtung vorlegen, ehe er es veröffentlichte. Das unterließ er dann doch. Lessing starb, bevor er ihm das Manuskript zuschicken konnte; von Wieland und Goethe hörte er, daß sie abfällig über die »Räuber« geurteilt hatten, und zögerte deshalb, ihnen sein neues Werk vorzulegen. Wahrscheinlich hatte Schiller von dem Brief Wielands an Werthes gehört, in dem es heißt: »Goethe hat einen ebenso großen Greuel als ich an der seltsamen Hirnwut, die man itzt am Neckarstrom für Genie zu halten pflegt«. Viele Jahre später, als Schiller schon lange tot und in der Erinnerung Goethes schon fast zum Heiligen geworden war, erzählte dieser mit einem gewissen Behagen, was er einst von einem Fürsten in Marienbad über Schillers »Räuber« zu hören bekommen hatte: »Wäre ich Gott gewesen«, sagte der Fürst, »im Begriff die Welt zu erschaffen, und ich hätte in dem Augenblick vorausgesehen, daß Schillers Räuber darin würden geschrieben werden, ich hätte die Welt nicht erschaffen«. Ein solches Urteil aus Fürstenmund würde Schiller zu der Zeit, da er sich noch als ›großer Kerl‹ fühlte, sicherlich geschmeichelt haben.

Mit der Arbeit am »Fiesko« hatte Schiller nach der »Räuber«-Aufführung begonnen. Doch beschäftige ihn diese Figur bereits, als er an seiner dritten Dissertation schrieb. Dort ist die Rede vom wollüstigen Fiesco, der als ein Beispiel dafür angeführt wird, daß Geistesstärke und sexuelle Leidenschaft zusammengehen können, im Gegensatz zur gängigen Meinung also, wonach Lüsternheit den Geist schwächt.

Fiesco, so die historische Überlieferung, war stark, fintenreich, schön, hatte Glück bei den Frauen, stammte aus stolzem Adelsgeschlecht und war von unbändigem politischem Ehrgeiz. Mitte des 16. Jahrhunderts war er das Herz einer Verschwörung gegen das Fürstengeschlecht der Doria, das die Republik Genua damals beherrschte. Das Bild des historischen Fiesco ist undeutlich. Es ist ungewiß, ob er die Republik von einer Fürstenherrschaft befreien oder eine eigene errichten wollte. Jedenfalls konnte er, wie auch sein Gegenspieler Andrea Doria, als eine Renaissance-Natur jenseits von Gut und Böse gelten. Die Größe war das Anziehende an ihm, ob sie tugendhaft oder verbrecherisch war, konnte bis auf weiteres offen bleiben. Rousseau, bei dem Schiller wohl den ersten Hinweis auf diese Figur gefunden hatte, war in dieser Frage auch unentschieden. Er führt den »Grafen von Fiesque« als Beispiel dafür an, daß, wie man schon bei Plutarch lernen könne, unruhige Republiken die Pflanzstätte großer Charaktere seien, die sich entweder der großen Tugend oder dem erhabenen Verbrechen oder beidem zugleich verschreiben. In den »ruhigen Staaten« seien die Helden rar, dort wimmele es von »halbgroßen Menschen«, die den »Pinsel« eines darstellenden Künstlers kaum verdienten.

Für Schiller, wie Rousseau ein Bewunderer der großen Charaktere bei Plutarch, gab es eine Werthierarchie, bei der die starke Tugend selbstverständlich auf dem ersten Platz rangierte. Den zweiten Platz aber nahm der starke Bösewicht ein und nicht, wie es moralisch korrekt wäre, der schwache Gute, der sich bei Schiller mit dem dritten Platz begnügen mußte. Zum Abschaum des Menschengeschlechtes zählt, wer böse und schwach zugleich ist. Das sind die Kreaturen von der Art des Höflings Lomellino im »Fiesko« oder des Hofmarschalls von Kalb in »Kabale und Liebe« – ihnen gilt die ganze Verachtung. Nicht weiter ins Gewicht fällt – für den Dramatiker jedenfalls – das graue Heer der in jeder Hinsicht Mittelmäßigen, jene Population, die Schopenhauer später die »Fabrikware Mensch« nennen wird. Das Gewöhnliche, soviel steht fest, ist nicht dramentauglich.

Die Unentschiedenheit in bezug auf Fiesco konnte sich also nur beziehen auf Platz eins oder zwei der Wertskala: war er nun ein starker Tugendbold oder ein starker Bösewicht – das war hier die Frage. Schiller begann seine Arbeit an dem Stück, ohne diese Frage für sich entschieden zu haben. Hätte er sie entschieden, hätte er gewußt, welchen Schluß er dem Stück geben würde. Aber das wußte er nicht. Er wußte es immer noch nicht, als schon alles fertig war bis auf die letzten beiden Szenen. Soweit aber war er mit seinem Stück gediehen, als er an jenem Nachmittag des 27. September 1782 im Hause des Regisseurs Meyer in Mannheim mit so übler Wirkung daraus vorlas.

Schiller hatte sich in historische Darstellungen vertieft, um die *politische Maschine* und das Lokalkolorit jener Verschwörung vom Jahre 1547 kennenzulernen, er hatte Handelsstatistiken gewälzt und Dokumente der Alltagskultur jener Zeit studiert. Das tat er nicht, um die historische Wahrheit zu erkunden, sondern um seinen dramatischen Charakterexperimenten einen historisch wahrscheinlichen Hintergrund zu geben. Der Theatereffekt der Wahrscheinlichkeit war ihm wichtiger als die historische Wahrheit. Wer gleichwohl historische Faktentreue anmahnen wollte, den beschied er in der Nachrede zur Bühnenfassung des Stückes mit der Auskunft: *Mit der Historie getraue ich mir bald fertig zu werden, denn ich bin nicht sein* (Fiescos) *Geschichtsschreiber, und eine einzige große Aufwallung, die ich durch die gewagte Erdichtung in der Brust meiner Zuschauer bewirke, wiegt bei mir die strengste historische Genauigkeit auf* (I, 753).

Die *historische Genauigkeit* hätte gefordert, Fiesco durch einen Unfall sterben zu lassen. Denn tatsächlich war Fiesco bei den Kämpfen der Verschwörer ins Wasser gestürzt und ertrunken, als er am Hafen über eine Leitplanke auf ein Schiff eilte, um dort bei den unruhigen Ruderskiaven für Ordnung zu sorgen. Schiller zufolge durfte ein solcher erbärmlicher »Zufall« keine entscheidende Rolle spielen in einem Charakterdrama. Entweder kommt der Held durch seinen Gegenspieler um, oder er scheitert an sich selbst. Ein Stolpern aber ist kein Scheitern. Also hatte Schiller an dieser bedeutsamen Stelle für die historische Wahrheit keine Verwendung. »Fiesko« mußte anders enden; wie, das hoffte er herauszubekommen, indem er sich von der inneren Dynamik seines Stückes – er nennt sie *Maschine* – leiten ließ.

Im Stück ist zu Anfang die Verschwörung der Nobili gegen die Herrschaft des Andrea Doria und insbesondere gegen seinen *bäurischstolzen* und tyrannischen Neffen Gianettino noch führerlos. Es gibt den eisenharten Republikaner Verrina und einige *Mißvergnügte*, die zumeist eigensüchtige Ziele verfolgen; einer will den Aufstand nutzen, um eine Frau zu erobern; ein anderer, um seine Schulden loszuwerden; wieder ein anderer, um seine Braut, die Tochter Verrinas, heimzuführen. Fiesko aber verhält sich so, daß für die Verschwörer ungewiß bleibt, ob er zu ihnen gehört. Er umwirbt die verruchte Schwester des intriganten Gianettino und führt sich überhaupt als prinzipienloser Genüßling auf. Selbst Leonore, Fieskos Frau, weiß nicht, woran sie bei ihrem Manne ist. Nur Gianettino läßt sich nicht täuschen. Da er hinter Fieskos Maske des Genußmenschen den Verschwörer ahnt, fürchtet er ihn und will ihn deshalb aus dem Weg räumen. Gianettino hält sich beim Haß an den Grundsatz, den Schiller sonst für die Liebe geltend macht: man solle, schrieb er einmal in einem Brief an Reinwald (14. April 1783), den anderen nicht dafür lieben, was er schon ist, sondern was er noch werden könnte. So haßt Gianettino Fiesko: nicht für das, was dieser gegenwärtig tut, sondern was er tun könnte. Der Mordanschlag wird von dem Mohren, der ihn ausführen soll, verraten, wodurch Fiesko den Mann in die Hand bekommt, mit dessen Hilfe er seine Gegenintrige ins Werk setzen kann. Nun ist der Zeitpunkt gekommen, da Fiesko den Verschwörern die eigenen heimlichen Umsturzvorbereitungen offenbart. Sofort wird er als Haupt der Verschwörung anerkannt. Nur Verrina bleibt mißtrauisch und befürchtet, daß Fiesko nicht die Republik, sondern die Herzogswürde anstrebt. Verrina zu den Mitverschwörern: *Wenn Genua frei ist, stirbt Fiesko.*

Wir werden also Zeugen einer dreifachen Verschwörung: Gianettino bereitet einen Putsch vor, der Andrea Doria entmachten und die verbliebenen Republikaner eliminieren soll. Die Verschwörer um Fiesko betreiben den Sturz der Dorias, und Verrina plant für den Fall des Erfolgs dieser Verschwörung die Ermordung Fieskos.

Im Vergleich zu diesem komplizierten Räderwerk ist der Handlungsaufbau der »Räuber« von robuster Schlichtheit: hier zwei extreme Charaktere, die ihr Unwesen treiben, parallel geführt, ohne direkte Berührung. Dort aber eine schwer durchschaubare Verkettung und Verstrickung. In den »Räubern« herrschen die extremen und heißen Gefühle, im »Fiesko« das raffinierte und kalte Kalkül. *Ich habe*, schreibt Schiller in der Vorrede zum Stück, *in meinen Räubern das Opfer einer ausschweifenden Empfindung zum Vorwurf genommen – Hier versuche ich das Gegenteil, ein Opfer der Kunst und Kabale* (I, 640).

Bei Kunst und Kabale ist die entscheidende Frage: wer beherrscht wen, wer zieht an den Fäden und wer ist Marionette. Die *Mißvergnügten*, die Verschwörer Bourgognino, Calcagno und Sacco, sind eindeutig motiviert, gefesselt an ihre klar definierten Interessen. Sie sind berechenbar. Hat man sie durchschaut – und es ist leicht, sie zu durchschauen – kann man sie lenken. Auch der starre Republikaner Verrina ist eindeutig definiert, aber Fiesko unterschätzt dessen Gradlinigkeit, und so wird ihm die eigene Wendigkeit zum Verhängnis. Fiesko, die Spinne im Netz von *Kunst und Kabale*, liebt die Maske und das falsche Spiel.

Schiller wollte eine Figur auf die Bühne bringen, die nicht zu fassen ist. Fiesko spielt die Rolle einer glänzenden Undurchdringlichkeit. Bei der Gestaltung dieser Figur offenbart Schiller seine geheime Obsession, denn auch er liebt die Maske. War es nicht ein Maskenspiel, wenn Schiller bei den Jahresfesten der Karlsschule den Lobredner auf die Tugend des Herzogs und seiner Maitresse gab? Seine Rede am 10. Januar 1779 läßt er mit den Worten ausklingen *Carl feiert das Fest von*

Franziska! – wer ist größer, der so die Tugend ausübt, oder der sie belohnet? – Beides Gott nachgeahmet! – Ich schweige (V, 249). Er schweigt dann doch nicht, sondern vor der Festversammlung malt er das Bild, wie man den Herzog und seine Gräfin einst besuchen wird – wenn sie im Grabe liegen. Schiller maskiert sich als Lobredner und Grabredner – ein Verwirrspiel, das die Zuhörer irritieren mußte. Der Herzog selbst hatte die Rede noch einmal durchgelesen, um herauszufinden, wie sie eigentlich gemeint war. Er wurde daraus nicht klug und begnügte sich schließlich damit, Schillers Spiel mit dem inflationären Gebrauch der Gedankenstriche nachzuahmen. Die Festivitäten zum Lobe des Herzogs waren Schiller ein Greuel, das verrät er einige Jahre später in einem Brief an Wilhelm von Wolzogen, ebenfalls ein ehemaliger Eleve. Er kommt auf den *stillen einfachen Ausdruck* der Freude zu sprechen und setzt dagegen *gewisse Festivitäten die Sie so gut kennen als ich und welche alle ihnen ähnliche für die Zukunft durch eine garstige Assoziation angesteckt haben* (25. Mai 1783). Die Situation damals war für ihn schrecklich, erträglich war sie ihm nur durch das Maskenspiel.

Überliefert ist auch die Szene, wie Schiller, als ihn der Herzog bei einer Visitation aufforderte, die Rolle des Lehrers zu spielen, sich die Freiheit nahm, den Herzog als Schüler zu behandeln und ihn abzukanzeln. Der Herzog hatte sich auf dieses Spiel eingelassen und offenbar keinen Anstoß daran genommen, jedenfalls ließ er sich nichts anmerken. Ein einziges Maskenspiel war auch die Arbeit an den »Räubern« gewesen. Schiller genoß es, ein Werk heimlich unter der Feder zu haben, »das … durch den Schinder absolut verbrannt werden muß«. Die Freunde, denen er auf einer Waldlichtung daraus vorlas, durften sich mit ihm zusammen als Verschwörer fühlen. Schiller kostete den Reiz dieses geheimen Bundes aus. Professor Abel, von dem man weiß, daß er damals zu den Freimaurern gehörte, hat später dunkle Andeutungen gemacht über »eine Art geheimer Verbindung zwischen einigen wenigen Lehrern und mehreren der besseren Zöglinge«, zu denen selbstverständlich Schiller gehörte; beabsichtigt war dabei, berichtet Abel, die Besserung des »moralischen Charakters« durch »wohltätige Einwirkung« im Geheimen und durch heimliche Beaufsichtigung. Es hatte sich im offiziellen Erziehungssystem offenbar ein zweites inoffizielles etabliert, mit einer eigenen Hierarchie und einem schwer durchschaubaren Gespinst von Lenkung und Kontrolle.

Diese Kultur des Klandestinen war nach dem Geschmack des jungen

Schiller, und er hat, wie Abel berichtet, darin eine gewichtige Rolle gespielt. Er war die Spinne im Netz. So kannte man Schiller in seiner Karlsschulzeit, als schlechten Schauspieler im wirklichen Schauspiel, aber als virtuosen Rollenspieler im wirklichen Leben. Nach dem schicksalsträchtigen Gespräch mit dem Herzog, als dieser ihn wegen seiner unerlaubten Reise nach Mannheim abkanzelte, begab sich Schiller, zum Erstaunen seiner Freunde, gelassen auf die Kegelbahn mit ungerührtem Pokerface. Das ist gute Verschwörerart. Daß Schiller die Nacht des großen Feuerwerks für die Flucht gewählt hatte, bekommt unter dem Gesichtspunkt des Verschwörerspiels auch eine besondere Bedeutung. Die Gesten der Heimlichkeiten sollen ins rechte Licht gerückt werden. Prachtvoll illuminiert soll die Flucht vonstatten gehen. Wenn sich ein ganzer Horizont rot färbt vom Feuerschein, ist für Schiller der rechte Augenblick gekommen. Und war es nicht vielleicht auch ein Rollenspiel, als Schiller eine Stunde vor der Flucht von Streicher dabei angetroffen wird, wie er eine Ode gegen Klopstock verfaßte? War das nicht eine Inszenierung, die beweisen sollte, wie die Poesie über die Panik triumphiert? Und dann die Maskenspiele nach der Flucht. Es hatte seinen guten Grund, daß Schiller sich falsche Namen zulegte, unter anderem wählte er den Namen Doktor Ritter, womit er zu verstehen gab, daß er sich wie in einem Heldenstück vorkam. Es hatte auch seinen guten Grund, daß die Briefe nach Hause irreführende Angaben enthielten, denn er mußte damit rechnen, daß sie nicht nur von den Adressaten gelesen würden. Aber man sieht Schiller in diesen Vexierbriefen so phantasievoll zu Werke gehen, daß man sich des Eindrucks kaum erwehren kann: hier schreibt jemand, dem solches Rollenspiel ein besonderes Vergnügen bereitet und der sich auch gut darauf versteht. Da schreibt er beispielsweise seinem Freund Jacobi aus Oggersheim: *Gegenwärtig bin ich auch auf dem Weg nach Berlin* (6. November 1782). Jacobi, schreibt er weiter, möge in diese Nachricht kein Mißtrauen setzen, auch wenn seine bisherigen Nachrichten falsch waren, sie waren *Politik*, da er doch seinen wahren Aufenthalt verschleiern mußte. Die jetzige Nachricht aber sei echt. Eine Vorspiegelung also mit dem Bekenntnis einer Vorspiegelung. Er treibt das Verwirrspiel weiter, indem er das ferne St. Petersburg als mögliches Ziel seiner Reise angibt. In einem anderen Brief stellt er sogar Erwägungen an über eine Auswanderung nach Amerika.

Schillers Lust am Maskenspiel und an der Verschwörermiene muß man in Rechnung stellen bei Szenen wie der folgenden. Nachdem Fiesko sich den Verschwörern als einer der ihren offenbart hat, nimmt der enthusiastische aber naive Bourgognino das Wort: *Eh wir scheiden, laßt uns den heldenmütigen Bund durch eine Umarmung beschwören. (Sie schließen mit verschränkten Armen einen Kreis) Hier wachsen Genuas fünf größte Herzen zusammen, Genuas größtes Los zu entscheiden. (Drücken sich inniger) Wenn der Welten Bau auseinanderfällt, und der Spruch des Gerichts auch die Bande des Bluts, auch der Liebe zerschneidet, bleibt dieses fünffache Heldenblatt ganz! (Treten auseinander)* (I, 694).

Die Spur solcher Schwüre, Bünde, Verschwörungen läßt sich durch das ganze Werk Schillers verfolgen, von den »Räubern« über »Don Karlos« bis zum »Wilhelm Tell«. Im Unterschied aber zu den anderen Stücken wird im »Fiesko« diese Materie in kalter Pracht vorgeführt. Die heißen Herzen sind nicht nur für Fiesko, sondern auch für den Autor nichts anderes als Material für das kühl kalkulierte Spiel.

Wer die Maske liebt, dem bereitet auch die Demaskierung, die Enthüllung, der Augenblick der Wahrheit ein besonderes Vergnügen. Den Dramatiker Schiller fasziniert die Vorstellung, daß sich hinter einem Inkognito plötzlich die Riesengröße eines Genies zeigt. Die Spannung der ganzen ersten Hälfte des Stückes ergibt sich aus der Bewegung hin auf die Epiphanie der wahren Größe eines *kolossalischen Charakters.* Im Nachwort zur Bühnenfassung des Stückes sagt Schiller: *Fiesko, ein großer fruchtbarer Kopf, der unter der täuschenden Hülle eines weichlichen epikurischen Müßiggangs, in stiller, geräuschloser Dunkelheit, gleich dem gebärenden Geist auf dem Chaos, einsam und unbehorcht eine Welt ausbrütet und die leere, lächelnde Miene eines Taugenichts lügt, während daß Riesenplane und wütende Wünsche in seinem brennenden Busen gären – Fiesko, der, lange genug mißkannt, endlich einem Gott gleich hervortritt, das reife vollendete Werk vor erstaunende Augen stellt und ein gelassener Zuschauer dasteht, wenn die Räder der großen Maschine dem gewünschten Ziel unfehlbar entgegenlaufen* (I, 752f.).

Wenn Schiller seinen Fiesko *einem Gott gleich* aus der Maskierung hervortreten läßt, dann kostet er jenen Augenblick der überwältigenden Macht aus; es ist dieselbe epiphanische Macht, die der Autor empfindet, wenn er die fertige *Maschine* seines Werkes auf das Publikum losläßt. Es gibt den Willen zur Macht bei Fiesko, es gibt aber auch den Willen zur Macht beim Autor. Schiller hat sich in seinem Nachwort dazu bekannt, wenn er schreibt: *Heilig und feierlich war immer der stille, der große Augenblick in dem Schauspielhaus,... wo ich des Zuschauers Seele am*

Zügel führe, und nach meinem Gefallen einem Ball gleich dem Himmel oder der Hölle zuwerfen kann (I, 754). Schiller liebte das Spiel von Maskierung und Enthüllung ebenso wie die Unvorhersehbarkeit der Freiheit, im Leben wie auf der Bühne.

Wer das Mysterium der Freiheit ernst nimmt, für den gibt es keine Berechenbarkeit des Charakters. Die gängige Vorstellung unter Theaterautoren und Deterministen jeglicher Spielart lautet: man nehme einen bestimmten Charakter und versetze ihn in eine Situation, so werden sich sein Verhalten und seine Entscheidungen zwangsläufig daraus ergeben. So entsteht die Illusion der Notwendigkeit. Man wird dann hinterher behaupten, daß es genau so hat kommen müssen, wie es gekommen ist. Der gewöhnliche Autor wird alles so arrangieren, daß dieser Eindruck von Notwendigkeit entsteht. Doch Schiller war kein gewöhnlicher Autor. Er war ein Enthusiast der Freiheit, und er hat das Ungeheure der Freiheit erkundet wie kaum ein anderer vor ihm.

Der »Fiesko« ist in dieser Hinsicht sein erstes großes Meisterstück, und zwar gerade deshalb, weil hier die Unvorhersehbarkeit einer freien Handlung zum Problem wird. Kann man als Autor intimer ins Problem der Freiheit verstrickt sein, als wenn man nicht weiß, wie das Stück enden soll? Fiesko weiß nicht, wie er handeln soll, und Schiller weiß nicht, wie er ihn handeln lassen soll. Fiesko ist unschlüssig und Schiller ist es auch.

In dem Stück geht es um eine Freiheit, in die nicht nur der Protagonist, sondern auch sein Autor verwickelt ist. Schiller führt uns einen Fiesko vor, der unschlüssig ist, ob er die Verschwörung nutzen soll, um sich zum Herrscher aufzuschwingen oder um die Republik zu verteidigen. Sein Charakter ist unbestimmt genug, um beide Entscheidungen möglich zu machen.

Schiller hat begriffen, daß die zureichend bestimmten Charaktere eine Fiktion sind: es gibt sie im wirklichen Leben nicht. Es gibt keine zureichende Bestimmung. Es bleibt in jedem wirklichen Menschen so viel Unbestimmtheit übrig, wie nötig ist, um ihn in das Abenteuer der Freiheit zu verwickeln. Selbstbestimmung gibt es überhaupt nur auf dem Hintergrund der nicht zureichenden Bestimmtheit. Das Mysterium der Freiheit findet sich genau in dieser Leere, in dieser Lücke in der Kette der zureichenden Bestimmungen. Dieses Mysterium der Freiheit nennt Schiller in jenem berühmten Monolog, der Fieskos Schwanken zwischen beiden Handlungsmöglichkeiten vorführt, den jähen *Hinuntersturz, wo die Mark der Tugend sich schließt, sich scheiden Himmel und Hölle* (I, 695).

Fiesko, der seine Handlungsmöglichkeiten erkundet, blickt in sein Inneres wie in einen Abgrund. Es schwindelt ihn vor soviel Unbestimmtheit. *Welch ein Aufruhr in meiner Brust? Welche heimliche Flucht der Gedanken – Gleich verdächtigen Brüdern, die … auf den Zehen schleichen* (I, 694f.).

Das Problem ist nicht das Gewissen. Es geht nicht um die Frage, wie man handeln soll, sondern welches Handeln man eigentlich will. Es geht nicht darum, was man wollen soll, sondern was man wollen will. Wie kann man herausfinden, was man eigentlich will? Man wird es erst wissen, wenn man gehandelt hat. Man muß sich entscheiden und handeln, um zu wissen, wer man ist. Es gibt kein Wissen um die eigene Identität, das einem Handeln vorausgeht. Was ich bin, weiß ich nicht vorher, sondern erst, wenn ich gehandelt habe. Schillers Entwurf der Fiesko-Figur ist deshalb so kühn, weil er die geläufige Auffassung dementiert, wonach aus der Selbsterkenntnis das Handeln entspringt. Fiesko wird erst wissen, wer er ist, wenn er gehandelt hat. Fiesko durchlebt eine Freiheit, die ihn zur Entscheidung zwingt und ihm erst in der Entscheidung erlaubt, sich selbst kennenzulernen.

Schiller begreift die Freiheit so radikal wie später Sartre. So tief hat er sich in das Problem der Freiheit seines Helden verstrickt, daß der Autor seinerseits auch nicht weiß, wie er den Helden handeln lassen soll. Das Stück, das er bis auf den Schluß fertig hatte, als er nach Mannheim kam, ist eben darum meisterhaft, weil auch vom Ablauf des Stückes her beide Möglichkeiten offen bleiben: Fiesko kann sich zum Tyrannen aufwerfen und dann, wie in der Buchfassung, von Verrina getötet werden, er kann aber auch, wie in der Bühnenfassung, die Macht erobern, um sie in die Hände der Republik zurückzugeben. Im Monolog der Buchfassung ist der alternative Schluß der Bühnenfassung als Möglichkeit ebenfalls enthalten, *Ein Diadem erkämpfen ist groß. Es wegwerfen ist göttlich* (I, 695), sagt er dort. Genau mit diesen Worten wird Fiesko in der Bühnenfassung das Zepter der Alleinherrschaft zerbrechen und die Freiheit Genuas ausrufen.

So verschränken sich also die Freiheit des Fiesko und die Freiheit des Autors. Fiesko handelt in den beiden Versionen des Stückes unterschiedlich, beide Möglichkeiten sind stimmig, beide Male ist es eine »Kausalität aus Freiheit« (Kant). Und der Autor, als er nach Mannheim kommt, ringt immer noch um die Entscheidung, wie er das Stück enden lassen soll. Für beide, den Autor und seine Figur, ist die Freiheit der springende Punkt, sie springt vom Autor auf seine Figur über und umgekehrt, sie ist das bis zum letzten Augenblick Unvorhersehbare.

Unvorhersehbar ist für Schiller aber auch, wie es mit seiner Flucht, diesem praktischen Exerzitium der Freiheit, weitergehen und enden wird.

Die Frau des Regisseurs Meyer war aus Stuttgart zurückgekehrt und hatte von dem dort umlaufenden Gerücht berichtet, der Herzog werde die Auslieferung des Flüchtlings fordern. Um dieser Gefahr zu begegnen, beschließen Schiller und Streicher, nach Frankfurt auszuweichen. Das liegt auf dem Weg nach Hamburg, dem eigentlichen Reiseziel Andreas Streichers, und für Schiller ist Frankfurt ein Ort, der fürs erste einige Sicherheit bietet.

Schiller ist ohne Geld. Er hatte gehofft, für »Fiesko« eine Vorauszahlung zu erhalten. Aber Dalberg, der sie ihm hätte gewähren können, ist noch nicht zurück aus Stuttgart. Die Freunde leben von Streichers Reisegeld.

Die Postkutsche ist zu teuer, deshalb begeben sich die Freunde am 3. Oktober 1782 zu Fuß auf die Reise. Unterwegs brütet Schiller schweigsam über einem neuen Dramenprojekt, der »Luise Millerin« (später: »Kabale und Liebe«). Nach zwei Tagen, zwischen Darmstadt und Frankfurt, bricht er vor Erschöpfung zusammen, schläft unter einem Gebüsch am Waldrand ein. Andreas Streicher bewacht seinen Schlaf. Es nähert sich ein preußischer Werber, der hofft, hier auf seine Kosten zu kommen. Streicher gelingt es, ihn abzuwehren. Am Abend des 5. Oktober kommen sie in Frankfurt an. Am nächsten Tag schreibt Schiller einen Brief an Dalberg, worin er ihm seine finanzielle Misere schildert, *es könnte mich schamrot machen, daß ich Ihnen solche Geständnisse tun muß, aber ich weiß, es erniedrigt mich nicht,* schreibt er und bittet um einen Vorschuß auf den »Fiesko«, dessen bühnengerechte Fassung er in drei Wochen vorzulegen verspricht.

Dieser Brief, erzählt Streicher, wurde »mit gepreßtem Gemüt und nicht mit trockenen Augen geschrieben«. Besonders demütigend empfand es Schiller, von seinen Schulden zu sprechen. Sie aber belasteten ihn am schwersten. Es handelte sich noch um die Geldsummen, die er für den Druck der »Räuber« und des »Almanachs« geliehen hatte; und da Freunde und Bekannte Bürgschaften übernommen hatten, mußte er befürchten, daß sie, nach seiner Flucht, von den Gläubigern bedrängt werden würden. *Ich darf es ihnen gestehen*, schreibt er an Dalberg über seine Schulden, *daß mir das mehr Sorgen macht, als wie ich mich selbst durch die Welt schleppen soll. Ich habe so lang keine Ruhe, bis ich mich von* der *Seite gereinigt habe* (6. Oktober 1782).

Schiller will so lange in Frankfurt bleiben, bis er eine Nachricht von Dalberg erhält. Die Freunde versuchen sich die Zeit des Wartens zu verkürzen mit endlosen Spaziergängen durch die Stadt. Einmal, auf der Sachsenhäuser Brücke, soll Schiller, wie seine Frau später erzählt hat, die Anwandlung gehabt haben, sich in den Fluß zu stürzen. Bei einem Buchhändler versuchte er, sein Gedicht »Teufels Amor« zu verkaufen. Er verlangte 25 Gulden, man bot ihm 18 Gulden, Schiller aber wollte nicht unter Wert verkaufen. Bei einem anderen Buchhändler erfuhr er, daß die »Räuber« einen reißenden Absatz gefunden hätten. Das richtete Schiller, der sich dem Buchhändler gegenüber nicht zu erkennen gab, wieder ein wenig auf. Endlich, am 9. Oktober traf eine Nachricht aus Mannheim ein.

Dalberg, der ängstlich den persönlichen Kontakt mit dem Flüchtling Schiller meidet, läßt durch Meyer mitteilen: der »Fiesko« sei in der vorliegenden Gestalt nicht aufführbar, er müsse erst noch umgearbeitet werden. Darum könne noch kein Vorschuß gewährt werden.

Über die Wirkung dieser »niederschlagenden Nachricht« auf Schiller schreibt Streicher: »Am meisten mußte aber sein Ehrgeiz dadurch beleidigt sein, daß er seine traurige Lage ganz unnützerweise enthüllt und sich durch deren Darstellung der Willkür desjenigen preisgegeben, von dem er mit Recht Unterstützung erwartete«.

Streicher erweist sich in dieser Situation wieder als treuer Freund. Er hat inzwischen einen weiteren Betrag des Reisegeldes für Hamburg erhalten, und er zögert keinen Augenblick, es seinem Freund zur Verfügung zu stellen und mit ihm zusammen wieder in die Nähe von Mannheim, nach Oggersheim, zurückzukehren. Dort hat Meyer ein Quartier besorgt, wo der Flüchtling eine Weile unauffällig leben und arbeiten kann.

Streicher hatte mit dieser Entscheidung, beim Freund zu bleiben und ihm seine Geldmittel zur Verfügung zu stellen, seine eigene Karriere aufs Spiel gesetzt. In einem Brief an einen Bekannten, der ihm deswegen Vorwürfe gemacht hatte, begründet er sein Verhalten: »So fatale Folgen dieser Schritt auf mein eigenes Schicksal hatte, so muß ich doch Schiller dabei entschuldigen ... Nicht jedermann kann das Schicksal haben. Es gehört eine gewisse Größe dazu, so unglücklich zu sein. Großer Männer Schicksale sind ihrem Geist und Herz angemessen. Der Fürst ist ganz anders unglücklich als der Untertan. So auch hier.«

Am 13. Oktober kommen die Freunde in Oggersheim an; im Gasthaus »Viehhof« hausen sie in einer Stube und schlafen zusammen in einem Bett. Das Klavier, das Andreas Streicher auf die Flucht mitgenommen hatte, tut gute Dienste. Schiller, der vor dem Abschluß des »Fiesko« immer noch zögert und inzwischen an der »Luise Millerin« arbeitet, bittet den Freund in den Abendstunden, ihm vorzuspielen. Durch das Anhören von Musik sei Schiller, erzählt Streicher, »außer sich selbst versetzt« worden, in eine Stimmung, die ihn der bedrängenden Wirklichkeit überhob und ihn einhüllte in die Welt des neu entstehenden Werkes. »Wenn nun die Dämmerung eintrat, wurde sein Wunsch (das Klavierspiel) erfüllt, während dem er im Zimmer, das oft bloß durch das Mondlicht beleuchtet war, mehrere Stunden auf und ab ging und nicht selten in unvernehmliche, begeisterte Laute ausbrach.«

Es waren einsame Wochen in Oggersheim; an manchen Abenden wandert Schiller, immer noch vorsichtig darauf bedacht, unerkannt zu bleiben, nach Mannheim hinüber, wo er Meyer besucht und manches Mal dort zur Nacht bleibt. In Oggersheim selbst pflegt man nur Umgang mit dem gebildeten Kaufmann Jakob Derain, einem wackeren und liebenswürdigen Aufklärer von der wunderlichen Sorte. Er besaß ein kleines Vermögen und konnte es sich darum leisten, in seinem Laden von früh bis spät zu lesen und sich vom Geklingel an der Ladentür nicht weiter stören zu lassen. Die Kunden mußten geradezu darum bitten, etwas verkauft zu bekommen. Seinen Eifer für das Wohl der Landleute, die bei ihm Zucker, Kaffee oder Gewürz kaufen wollten, trieb er soweit, daß er ihnen die Schädlichkeit dieser Dinge, an denen er doch gut verdiente, eindringlich vor Augen rückte und sie vor dem Kauf warnte. Er hielt ihnen auch Vorträge über ertragreichere Methoden des Feld- und Gartenbaus und empfahl einschlägige Literatur. Er verlieh bereitwillig Bücher aus seiner reichhaltigen Bibliothek. Sein Laden war eine Art Missionsstation für Volksaufklärung. Schiller unterhielt sich gern mit diesem Mann, doch wahrte er auch ihm gegenüber sein Inkognito. Derain aber war Aufklärer genug, um auch hier die wahren Verhältnisse an den Tag zu bringen. Hilfreich waren dabei die zum Abfall geworfenen Notizen und Entwürfe aus Schillers Schreibwerkstatt, welche die Hauswirtin, die darin etwas von besonderer Bedeutung witterte, zu Derain trug. Dieser hatte dann ein literaturbeflissenes Fräulein zu Rate gezogen, die ihrerseits Streicher so lange umschmeichelte, bis dieser das Geheimnis um den Doktor Schmidt alias Schiller verriet. Derain dankte dem Schicksal, daß es ihm einen solchen Mann zum zeitweiligen Nachbarn geschenkt hatte. Es entwickelte sich ein herzlicher und vertrauensvoller Umgang. Schiller wird sich später gern an diesen Mann erinnern. Er war ein kleines Licht in diesen dunklen regnerischen Wochen des späten Herbstes im »Viehhof« von Oggersheim.

Anfang November 1782 beendet Schiller die Umarbeitung des »Fiesko« und gibt dem Stück endlich einen Schluß. In dieser ersten Fassung entscheidet sich Fiesko für die Herzogswürde und wird von Verrina deshalb ins Wasser gestoßen. In späteren Bühnenfassungen versucht es Schiller mit einem glücklichen Ausgang. Fiesko und Verrina liegen sich in den Armen zur Feier der neu gegründeten Republik. Zu Streicher äußerte er, daß ihn die letzten Szenen »weit mehr Nachdenken gekostet« hätten als das ganze übrige Stück. Jetzt wartet er auf die Reaktion Dalbergs. Es verstreichen zwei Wochen, schließlich mahnt Schiller eine Antwort an. Dalberg vermeidet es weiterhin, mit dem Flüchtling direkt zu verhandeln, und läßt über Meyer mitteilen, daß der »Fiesko« auch in der vorgelegten Bearbeitung nicht brauchbar sei und daher nicht angenommen und auch nicht vergütet werden könne.

Damit haben sich für Schiller alle Aussichten zerschlagen. Um der dringenden Not abzuhelfen, versetzt er seine Uhr. Wenigstens gelingt es ihm, das Manuskript des »Fiesko« dem Verleger Schwan zu verkaufen. Von dem Geld, das er dafür erhält, kann er die Schulden im »Viehhof« bezahlen und einen kleinen Betrag an Streicher zurückgeben, dessen Geld für Hamburg inzwischen aufgebraucht ist und der deshalb, statt zu Carl Philipp Emanuel Bach nach Hamburg zu reisen, sich in Mannheim mit Klavierstunden kümmerlich den Lebensunterhalt verdienen muß. Streicher, dem es selbst elend ergeht, bewundert Schillers Stolz im Elend.

Es gibt für Schiller noch eine Zuflucht. Er kann das Angebot der Henriette von Wolzogen, die ihn für einige Zeit auf ihrem Gut in Bauerbach unterbringen will, annehmen. Noch zögert er. Doch dann geschieht es, daß in Mannheim ein württembergischer Leutnant überall nach Schiller herumfragt. Man ist alarmiert. Schiller, der gerade bei Meyer zu Besuch ist, als dieser ominöse Offizier vorspricht, wird in einer Kleiderkammer versteckt. Die Nacht verbringen Streicher und Schiller im leerstehenden Haus des Freiherrn von Baden. Am anderen Morgen erfährt man bei der örtlichen Behörde, daß der Offizier offenbar keine amtlichen Aufträge gehabt habe. Von einem Verhaftungsgesuch ist nichts bekannt. (Später stellt sich heraus, daß der Offizier ein Studienkollege von der Karlsschule war.) Im Kreise der Freunde und Bekannten aber ist man so beunruhigt, daß man Schiller rät, sich einen anderen Zufluchtsort zu suchen. Am selben Tag wird Ifflands Vorschlag, den »Fiesko« trotz der Ablehnung mit 8 Louisd'or zu vergüten, vom Theaterausschuß auf Betreiben Dalbergs abgelehnt. Jetzt sieht Schiller keinen anderen Ausweg mehr, als das Angebot der Henriette von Wolzogen anzunehmen. Am 30. November 1782 bricht er zur Reise ins Thüringische auf, nach Bauerbach.

Die erste Wegstrecke bis Worms begleiten ihn Streicher und Meyer. Es ist inzwischen sehr kalt geworden, Schiller friert, für Wintersachen fehlt ihm das Geld. Nach siebentägiger Reise, teils zu Fuß, teils mit der Postkutsche, trifft er am 7. Dezember im verschneiten Bauerbach ein.

Neuntes Kapitel

Freundschaft mit Reinwald. Vexierbriefe.
Werben um Charlotte von Wolzogen. Rückruf nach Mannheim.
»Kabale und Liebe«. Die Liebesphilosophie auf dem Prüfstand.
Die soziale Maschine des Bösen.

Bauerbach, ein kleines Dorf in der Nähe von Meiningen, mitten im Wald gelegen. Das alte Gutsgebäude, das die Wolzogens Ende des siebzehnten Jahrhunderts gekauft hatten, war verfallen. Henriette hatte für sich und ihre Kinder zusätzlich ein Bauernhaus erworben und renovieren lassen, eine bequeme, aber bescheidene Unterkunft. Die Einwohnerschaft, ungefähr dreihundert Seelen, bestand zur einen Hälfte aus abgabepflichtigen Kleinbauern, zur anderen aus Juden, die gegen ein Schutzgeld hier leben durften und ihrem Kleingewerbe nachgingen.

Der Winter hat schon begonnen, als Schiller am 7. Dezember 1782 in Bauerbach eintrifft. Es liegt tiefer Schnee, das Dorf ist von seiner Umgebung abgeschnitten. Eine große Stille umfängt Schiller, dem zumute ist wie einem *Schiffbrüchigen, der sich mühsam aus den Wellen gekämpft hat* (an Schwan, 8. Dezember 1782). Es ist für alles gesorgt. Das Haus ist geputzt, im Kamin brennt ein Feuer, Bettwäsche liegt bereit, die Speisekammer ist gefüllt.

Die Zuflucht in Bauerbach erlebt Schiller als Einkehr bei sich selbst. *Nunmehr bin ich*, schreibt er unmittelbar nach seiner Ankunft am 8. Dezember 1782 an Schwan, *in der Verfassung ganz meiner Seele zu leben, und ich werde sie sehr benutzen*. In diesem einsamen Winter, abgeschnitten von der übrigen Welt, ist er entschlossen *nur Dichter* zu sein. *Keine Bedürfnisse ängstigen mich mehr, kein Querstrich von außen soll meine dichterischen Träume, meine idealischen Täuschungen stören*, schreibt er am selben Tag an Andreas Streicher.

Als Doktor Ritter ist er hier einquartiert, die Leute im Dorf merken bald, daß mit diesem Mann etwas nicht stimmt; es ist ein Geheimnis um ihn, man sucht es zu ergründen, es gibt Gerüchte, doch im ganzen begegnet man ihm freundlich und hilfsbereit. Man beobachtet genau, wie die Lampe noch bis tief in die Nacht brennt, man sieht ihn schon am frühen Morgen im Garten hantieren und sich bewegen. Merkwürdig kommt es den Bauern vor, daß er bei Gewitter gewöhnlich das Haus verläßt und einen nahen Hügel erklimmt. Er scheint keine Angst vor Blitz und Donner zu haben. Er fragt die Leute aus über Geschichten und Sagen aus der Gegend. Beim Gottesdienst trifft man ihn auch an. Bereits nach wenigen Wochen dringt er in der Gemeinde auf eine Neuerung: das alte Gesangbuch soll durch ein neues, das mehr Gellertsche Lieder enthält, ersetzt werden.

Henriette von Wolzogen hatte Schiller für den Anfang an den Meininger Bibliothekar Wilhelm Friedrich Hermann Reinwald gewiesen, der ihm Bücher besorgen und ihn mit interessanten Menschen bekannt machen sollte. Schiller befreundete sich mit diesem 22 Jahre älteren, hypochondrischen und pedantischen Mann, vielleicht gerade deshalb, weil beider Temperamente so gegensätzlich waren. Reinwald war ein literarisch gebildeter, sonst aber unbeholfener und ängstlicher Mann, der nach vielen Jahren subalterner Tätigkeit als Schreiber inzwischen die einigermaßen auskömmliche Stelle eines Sekretärs der fürstlichen Bibliothek in Meiningen bekleidete. Bienenfleißig und gewissenhaft hatte er die Bestände der Bibliothek geordnet und katalogisiert. Seine Hingabe aber war ihm nicht gelohnt worden: als die Ordnung hergestellt war, wurde die Leitung einem jüngeren Magister übergeben, und Reinwald blieb Sekretarius. Es war etwas Kümmerliches um diesen verbitterten Mann, der sich auskannte in der Welt der Bücher, der ein wenig am literarischen Leben teilnahm, indem er für Zeitschriften Rezensionen schrieb, der ein schmales Bändchen »Poetische Launen, Erzählungen, Briefe und Miszellaneen« veröffentlichte und Sprachstudien betrieb.

Dieser ältliche und grämliche Junggeselle lebte im Umgang mit Schiller auf; die ihn vorher kannten, erkannten ihn kaum wieder, so munter und beschwingt wirkte er nun. Ein Jahr später sollte er sogar den Mut finden, um Schillers Schwester Christophine zu werben, und zwar mit Erfolg, worüber Schiller nicht erfreut war, weil er seiner Schwester einen weniger staubtrockenen und dafür heiteren Menschen zum Ehemann wünschte.

Für die Bauerbacher Einsamkeit aber war Reinwald der richtige Mann. Regelmäßig kam er von Meiningen herüber zu Besuch. Manches Mal traf man sich auch auf halber Strecke in Maßfeld und ging dann zusammen zu Fuß entweder zu dem einen oder zu dem anderen nach Hause. Im Winter waren das Wege durch tief verschneite Wälder, im Frühjahr wurde das Gelände so sumpfig, daß man die Besuche zeitweilig aussetzen mußte. Schiller ließ den neuen Freund teilhaben an seinen Plänen und Projekten, er las ihm Szenen vor aus der »Luise Millerin«, dem Stück, an dem er in diesen Monaten schrieb, und als er im Frühjahr 1783 mit der Arbeit am »Don Karlos« begann, besorgte ihm Reinwald die benötigten historischen Quellenwerke. Dankbar nahm Schiller die Anregungen und die Kritik Reinwalds auf, es entstand eine herzliche, vertrauensvolle Verbindung des Jüngeren zum Älteren, der seinerseits mit Schiller eine zweite Jugend erlebte. Wenn Schiller einmal vom Samstag auf Sonntag in Meiningen geblieben war, dann machte er sich frühzeitig wieder davon, weil er am Sonntag *unfrisiert und ohne weiße Wasch nicht ausgehen mochte*: Es wird wohl männerbündisch zugegangen sein in dieser Freundschaft, und Schiller hatte die Attitüde des »wilden Kerls« aus der Stuttgarter Zeit noch nicht ganz abgelegt. Man pflegte einen herzlichen, aber rauhen Ton. Einen Besuch bei Reinwald kündigt Schiller mit den Worten an: *Ich benutze die heutige Gelegenheit und eröffne meine Belagerung* (17. Dezember 1782).

Die ersten Wochen genoß Schiller die Einsamkeit, er kam mit seiner »Luise Millerin« gut voran. Aber bald merkte er, daß er es nicht gewohnt war, über einen längeren Zeitraum hinweg allein zu bleiben. In der Karlsschule hatte er im Kreis der Kameraden gelebt, und in der Stuttgarter Zeit hatte er seine Wohnung mit Freunden geteilt. Nach der Flucht war Streicher immer um ihn gewesen. Jetzt in Bauerbach ängstigt ihn bisweilen die Einsamkeit. So bittet er Reinwald, ihm Zeitungen zu schicken, denn *wenn ich meinen Namen in der Zeitung lese, so erfahre ich doch daß ich noch lebe* (14. Februar 1783). Besser noch als Zeitungen sind die Besuche, um die er immer dringlicher bittet. Im März schreibt er an Reinwald: *Ihr vorgestriger Besuch hat eine ganz herrliche Wirkung auf mich gehabt. Ich fühle mich doppelt wieder, und wärmeres Leben ergießt sich durch alle meine Nerven. Meine Lage in dieser Einsamkeit hat meiner Seele das Schicksal eines stehenden Wassers zugezogen, das in Fäulung ginge, wenn es nicht je und je in eine kleine Wallung gebracht würde.*

Reinwald war nicht die einzige Bekanntschaft, die sein Herz näher anging, es hatte ihn auch eine Verliebtheit angeweht.

Um die Jahreswende war seine Gönnerin, Henriette von Wolzogen, mit ihrer Tochter Charlotte in Bauerbach eingetroffen. Schiller war von dem sechzehnjährigen Mädchen bezaubert. Er begleitete Mutter und Tochter ins nahe Walldorf, wo Henriettes Bruder, der Oberforstmeister Dietrich Marschalk von Ostheim, lebte. Am Abend des 4. Januar 1783 kehrte er zu Fuß nach Bauerbach zurück. Von dort aus schrieb er in derselben Nacht an Henriette einen Brief, dessen überfließende Gefühle noch mehr der Tochter als der Mutter galten. *Seit Ihrer Abwesenheit bin ich mir selbst gestohlen. Es geht uns mit großen lebhaften Entzückungen, wie demjenigen der lange in die Sonne gesehen. Sie steht noch vor ihm, wenn er das Auge längst davon weggewandt. Es ist für jede geringere Strahlen verblindet.* Als einen Frühling der Gefühle, der plötzlich über ihn gekommen ist, beschreibt er diesen Besuch. Im Kontrast dazu bemerkt er, wieviel *Menschenhaß* die letzten Monate in ihm angehäuft haben. *Ich hatte die halbe Welt mit der glühendsten Empfindung umfaßt, und am Ende fand ich daß ich einen kalten Eisklumpen in den Armen hatte.* Nachts schreibt er diesen Brief, und am nächsten Morgen macht er sich schon wieder auf den Weg nach Walldorf. Zur Zeit hält er es nicht allein bei sich aus. Vier Tage bleibt er in Walldorf. Dort möchte er träumen und schwelgen, aber die Wirklichkeit holt ihn wieder ein.

Henriette bittet ihn, einen Brief an sie zu schreiben, der in Stuttgart vorgezeigt werden kann zum Zwecke der Spurenverwischung, denn der Herzog, ihr Gönner, darf nicht erfahren, daß sie den flüchtigen Schiller in ihrem Hause beherbergt. Und so schreibt Schiller noch während seines Aufenthaltes in Walldorf wieder einen jener Vexierbriefe, in denen er eine Wirklichkeit vorspiegelt, die es zwar nicht gibt, die er sich aber ganz gut vorstellen kann. Er habe, schreibt er am 8. Januar 1783, das Gerücht ausgestreut, er sei in Bauerbach, in Wirklichkeit befinde er sich auf dem Weg nach Berlin, er trage sich mit großen Plänen, er wolle die Neue Welt sehen: *Wenn Nordamerika frei wird, so ist es ausgemacht, daß ich hingehe. In meinen Adern siedet etwas – ich möchte gern in dieser holperichten Welt einige Sprünge machen, von denen man erzählen soll.*

Was da in den Adern *siedet*, ist nicht nur der Traum der Freiheit in der neuen Welt, sondern auch der Traum des freien Ausströmens einer Herzensneigung. Denn in der Wirklichkeit muß Schiller seine Gefühle für Charlotte zurückhalten, da er weiß, daß Henriette für ihre Tochter nach einem standesgemäßen Heiratskandidaten Ausschau hält. Für standesgemäß aber darf sich der ehemalige Regimentsmedicus und gegenwärtig flüchtige und mittellose Dichter nicht halten. Nicht erst in Amerika, sondern schon hier in Bauerbach würde er gern solche *Sprünge* machen, die ihn über Standesgrenzen hinwegtragen könnten.

Das Problem, daß der Geist der Liebe in der ständischen Gesellschaft eben doch nicht wehen kann, wo er will, bearbeitet Schiller zur Zeit in seiner »Luise Millerin« literarisch, er ist aber auch, seit er sich in Charlotte verliebt hat, existentiell darin verwickelt. So kommt es, daß Schiller in dem im Januar 1783 verfaßten Hochzeitslied für die Tochter Henriettes nicht nur seinen eigenen Verliebtheitsgefühlen Ausdruck gibt, sondern auch – merkwürdig genug, in einem Gedicht auf die bürgerliche Braut eines Bürgerlichen – die Empörung über Standesunterschiede und Standesvorurteile einfließen läßt: *Wie mühsam sucht durch Rang und Ahnen / Die leidende Natur sich Bahnen!* (I, 117).

Ende Januar reist Henriette mit ihrer Tochter wieder nach Stuttgart ab, der Gefühlssturm kann sich vorerst legen. Neu angefacht wird er, als Henriette im März ankündigt, sie werde diesmal in Begleitung eines jungen Herrn von Winkelmann kommen, von dem Schiller argwöhnt, er sei ein möglicher Heiratskandidat für Charlotte. Seine Eifersucht versteckt er hinter dem vorgeblichen Bedenken, Carl Philipp von Winkelmann, ein ehemaliger Karlsschüler und darum ihm persönlich bekannt, würde seine Pseudonymität aufdecken. Er werde, schreibt er Henriette, Bauerbach verlassen, falls sie nicht auf die Begleitung Winkelmanns verzichte. Schiller ist einigermaßen beruhigt, als Henriette ihm mitteilt, sie werde mit ihrer Tochter, aber ohne Winkelmann nach Bauerbach kommen. Schiller veranlaßt für die Ankunft der beiden am 20. Mai einen großen Empfang, eine Ehrenpforte aus Blumen am Hofeingang, die Alleebäume vom Ortseingang bis zum Hause mit Wimpeln und Fähnchen bestückt, die Kirche aufgeputzt, das Haus mit Girlanden geschmückt.

Henriette und Charlotte sind gerührt, in Schiller aber erwacht wieder die Eifersucht, als er erfährt, daß man nun doch mit dem Eintreffen Winkelmanns rechne. Wie als hätte sie nicht die Gefühle Schillers bemerkt, fragt Henriette bei Schiller um Rat, ob sie ihre Tochter an Winkelmann geben sollte. Auch auf diese Weise kann man dem Verliebten die Vergeblichkeit seines Begehrens zeigen. Von der Mutter veranlaßt, fragt auch der Bruder, Wilhelm von Wolzogen, bei Schiller um Rat bei der Herzensangelegenheit der Schwester. Schiller also soll Rat geben, damit er nicht auf die Idee kommt, in eigener Sache tätig zu werden. Schillers Rat, wie sollte es anders sein, ist gewunden und doppeldeutig: *Ich kenne den Herrn von Winkelmann,* schreibt er am 25. Mai 1783 an Wolzogen, *er ist Ihrer Schwester nicht unwert. Ein sehr guter und edler Mensch, der zwar gewisse Schwachheiten auffallende Schwachheiten an sich hat … Ich schätze ihn wahrhaftig, ob ich schon zur Zeit kein Freund von ihm heißen kann.* Schiller versäumt nicht, darauf hinzuweisen, daß nur er die Eignung habe, die Seele Charlottes zu lenken. Zwar ist hier nur von der Beaufsichtigung der Erziehung die Rede – der Bruder hatte ihn darum gebeten –, doch fügt Schiller in diesem Zusammenhang die warnende Bemerkung hinzu: *Rechnen Sie auf meine Sorgfalt für ihre Bildung, die ich nur darum beinahe fürchte zu unternehmen, weil der Schritt von Achtung und feurigem Anteil zu anderen Empfindungen so schnell getan ist* (25. Mai 1783).

Am 27. Mai begaben sich Mutter und Tochter nach Meiningen zur Herzogin von Gotha, die bisher die Erziehung Charlottes in einer Hildburghausener Pension bezahlt hatte. Inzwischen war es Charlotte dort unbehaglich geworden, sie wollte weg, doch man wollte auch nicht die finanzielle Unterstützung der Herzogin verlieren. Es waren heikle Verhandlungen zu führen, die Schiller unnötig komplizierte durch seinen nur halb im Spaß geäußerten Vorschlag: *Sagen Sie*, schreibt er an Henriette, *die ganze Pension ab, so will ich alle Jahre eine Tragödie mehr schreiben, und auf den Titel setzen: Trauerspiel für die Lotte* (28. Mai 1783).

Die Verhandlungen mit der Herzogin ziehen sich hin, Schiller wartet unruhig auf Nachricht. In diesen Tagen wird seine Verliebtheit zur wirklichen Leidenschaft. Er kann nicht arbeiten, er wandert unruhig in den Wäldern herum und kegelt, um sich abzulenken, mit den Leuten im Dorf. Er wagt es nicht, sich Charlotte gegenüber zu offenbaren, immer noch wählt er den Umweg über die Mutter: *Nie war ich Ihrer liebevollen Ermunterung so bedürftig als eben jetzt, und weit und breit ist niemand der meiner zerstörten wilden Phantasie zu Hilfe käme … ich fürchte mich selber in meinen Briefen. Entweder red ich darin zu wenig, oder mehr als Sie hören sollten und ich verantworten kann*, schreibt er am 30. Mai 1783.

Diese Angst vor seinen Briefen war nicht unbegründet: er versucht, seine Leidenschaft zurückzuhalten, doch sie dringt immer wieder durch, sogar in diesem Brief, worin er sich ausdrücklich zur Vorsicht ermahnt. Was ihm noch am Dichterruhm liege, fragt er; nichts, antwortet er und zitiert dann anzüglich den Liebestraum seiner Leonore im »Fiesko«: *Laß uns fliehen … Laß in Staub uns werfen all diese prahlende Nichts. Laß in romantischen Fluren ganz der Freundschaft uns leben …* Er will, schreibt er, im Hause Henriettes *auf die Dauer* seine Glückseligkeit gründen. Er werde alle Hindernisse überwinden. Beim Überlesen des soeben Geschriebenen merkt er, daß er wieder mehr gesagt hat, als er verantworten kann, und schreibt zum Schluß: *Es ist ein toller Brief. Aber Sie verzeihen mir ihn. Wenn ich mündlich ein Narr bin, so werde ich schriftlich wohl nicht viel weiseres sein* (30. Mai 1783). Henriettes Verhandlungen mit der Herzogin verliefen ungünstig, die fürstliche Frau zog ihre Unterstützung für Charlotte zurück, die schließlich zu einer Amtsfrau in der Nachbarschaft gegeben wurde, um dort die häusliche Wirtschaft zu erlernen.

Inzwischen hatte das Verhältnis Charlottes zu Winkelmann eine Trübung erfahren. Der junge Offizier muß eine Bemerkung gemacht haben, die von Mutter und Tochter als kränkend empfunden wurde. Schiller kam die *Impertinenz jenes Herrn* durchaus gelegen, denn jetzt konnte er davon träumen, dem Nebenbuhler eine *tüchtige Antwort* zu geben, und außerdem durfte er hoffen, daß bei Charlotte eine *ansehnliche Provinz ihres Herzens dem bewußten Götzen noch nicht erb- und eigentümlich gehöre*.

Die Beziehung zwischen Charlotte und Winkelmann löste sich allmählich auf. Winkelmann trat später in die Dienste der Holländisch-Ostindischen Compagnie und ging nach Ceylon und Java, wo sich seine Spur verliert.

Der Rückzug Winkelmanns hat nicht zur Folge, daß Schiller nun bei Charlotte zum Zuge kommt. Man weiß nicht genau, wie es im einzelnen zugegangen ist, ob Charlotte spröde und unentschlossen blieb oder ob die Mutter Schillers Werben ausdrücklich zurückgewiesen hat. Jedenfalls wurde Schillers Entscheidung, für einige Wochen – so war es zunächst geplant – nach Mannheim zurückzukehren, von diesem ungünstigen Verlauf der Werbung um Charlotte beeinflußt. Er wollte seine beruflichen Chancen in Mannheim erkunden und gleichzeitig herausfinden, ob sich die erotischen Chancen in Bauerbach durch räumliche Distanz womöglich verbessern ließen.

Nun also die Rückkehr nach Mannheim. Schiller war nach Bauerbach gekommen mit der Absicht, sich eine Weile lang ausschließlich dem Dichten zu widmen. Nach dem Fiasko mit »Fiesko« waren ihm Zweifel gekommen, ob es ihm gelingen würde, auf Dauer als Theaterautor und Schriftsteller existieren zu können. Die Rückkehr zu seinem Brotberuf des Mediziners, zu seinem *Handwerk*, hatte er nicht ausgeschlossen. Sein neues Stück »Luise Millerin« war für ihn auch eine Art Selbstversuch. Er wollte seine Fertigkeiten in dem neuen, vom Theater stark nachgefragten Genre des »rührenden« bürgerlichen Familienstücks erproben; er wollte herausfinden, so Streicher, »ob er sich auch in die bürgerliche Sphäre herablassen könne«.

Nach den schlechten Erfahrungen in Mannheim hatte er kaum mehr daran gedacht, das Stück dort zur Aufführung zu bringen. Er streckte seine Fühler nach Gotha und Weimar aus in der Hoffnung, am anderen Ort geneigte Verleger und Theaterleute zu finden. Doch dann ließ sich im Frühjahr 1783 wieder »die Sirenenstimme« von Mannheim vernehmen, »die seine Nerven so sehr in Schwingung versetzte, daß er ihren Lockungen nicht widerstehen konnte«. Dalberg hatte sich wieder gemeldet und freundlich angefragt, wie es denn um Schillers Arbeit stehe und ob inzwischen ein neues Stück fertiggestellt sei. Dalberg hatte diesen Schritt unternommen, weil die Wintersaison für das Mannheimer Theater wenig erfolgreich verlaufen war und der Intendant ein neues Glanzlicht benötigte. Und da Schiller, wie man aus Stuttgart erfuhr, inzwischen nicht mehr eine Verfolgung durch den Herzog befürchten mußte, konnte der vorsichtige Dalberg wieder Kontakt aufnehmen, ohne befürchten zu müssen, sich in höfischen Kreisen dadurch zu kompromittieren.

Auf Dalbergs Anfrage antwortet Schiller vorsichtig und selbstbewußt. Er läßt durchblicken, daß er nicht gesonnen ist, sich noch einmal zum Narren machen zu lassen. Vorbeugend beschreibt er einige Merkmale des Stückes, die für ihn seine besondere Qualität ausmachen, vom Intendanten indes vielleicht als Mängel angesehen werden könnten. *Außer der Vielfältigkeit der Charaktere und der Verwicklung der Handlung, der vielleicht allzu freien Satire, und Verspottung einer vornehmen Narren- und Schurkenart hat dieses Trauerspiel auch diesen Mangel, daß Komisches mit Tragischem, Laune mit Schrecken wechselt*, schreibt Schiller an Dalberg am 3. April 1783.

Dalberg läßt sich nicht abschrecken. Er schmeichelt dem Autor, bezeichnet die angezeigten »Fehler« als »Tugenden für die Bühne« und bittet ihn, das bühnenfertige Stück zu schicken. Aber eine Einladung nach Mannheim wird nicht ausgesprochen. Den Sommer über ist Schiller mit der Umarbeitung der »Luise Millerin« für das Theater beschäftigt, und als er damit fertig ist, tritt er kurz entschlossen und gegen den Rat Reinwalds und Henriette von Wolzogens, die ihm Weimar oder Berlin als mögliche Wirkungsstätte empfehlen, die Reise nach Mannheim an, nicht um dort auf Dauer zu bleiben, sondern um vor Ort über eine mögliche Aufführung seines neuen Stücks zu verhandeln.

Das Stück war also fertig, als er seine Reise antrat. Wie lange er daran gearbeitet hatte, läßt sich nicht mehr genau ermitteln. Jahre später – wie wir aus einem Brief seiner Frau wissen – wird er es so darstellen, daß er während der vierzehntägigen Arreststrafe von Ende Juni bis Mitte Juli 1782 den Plan dazu gefaßt und einige Szenen entworfen habe. In diesen Wochen mußte er sich ganz besonders als Opfer der Willkür der herzoglichen Gewalt fühlen, und das paßt zur Idee eines Stückes, in dem es auch um Fürstenmacht, korrupte Beamte, willkürliche Einkerkerung und ständische Borniertheit geht. Indes dürften damals wohl nur einige Planskizzen und Szenenentwürfe entstanden sein, denn in der Hauptsache arbeitete er zu dieser Zeit am »Fiesko«. Andreas Streicher schildert, wie Schiller bei seiner Fußreise von Mannheim nach Frankfurt über dem Plan zur »Luise Millerin« gebrütet habe. Auch diese Situation war noch, wie die Wochen des Arrestes, von der Bedrängnis durch die herzogliche Macht bestimmt.

In Oggersheim, wo sich Schiller versteckt hielt, wurde dann weiter an dem Stück gearbeitet. Nach der Ankunft in Bauerbach wollte er es in zwei Wochen vollenden. Aber die Arbeit zog sich länger hin, auch deshalb, weil ihn der Don-Carlos-Stoff zu faszinieren begann; so blieb die »Luise Millerin« einige Wochen liegen bis zum Eintreffen von Dalbergs Anfrage.

In dieser Zeit zwischen dem Arrest im Sommer 1782 bis zum Sommer 1783 in Bauerbach waren die üblen Erfahrungen mit dem herzoglichen Regime noch nicht verblaßt – er wurde ja immer daran erinnert, wenn ihn Henriette von Wolzogen wieder einmal bat, einen dieser Vexierbriefe zu schreiben, die zu ihrer Entlastung in Stuttgart herumgezeigt werden konnten. Und was das Problem der Standesvorurteile betrifft, so hatte Schiller bei seinem bislang erfolglosen Werben um Charlotte von Wolzogen neue schlechte Erfahrungen sammeln können. Schiller hatte es auch weiterhin mit aristokratischer Anmaßung und fürstlicher Willkür zu tun, und es ist nicht verwunderlich, daß die diesbezüglichen Erfahrungen in dem Stück eine wichtige Rolle spielen. Und doch bestimmen sie nicht seinen eigentlichen Gehalt. Sie gehören zur Kulisse, zu den gesellschaftlichen Rahmenbedingungen.

Wenn die Zofe der Lady Milford den Fürsten als den *schönsten Mann – den feurigsten Liebhaber – den witzigsten Kopf in seinem ganzen Lande* preist, und wenn im Anschluß daran in der Kammerdienerszene davon die Rede ist, daß dieser schöne, feurige und witzige Fürst seine Landeskinder als Soldaten nach Amerika verkauft; wenn es von ihm heißt, er *läßt die Quellen seines Landes in stolzen Bögen gen Himmel springen, oder das Mark seiner Untertanen in einem Feuerwerk hinpuffen* (I, 778), dann bemerkte man damals die Anspielungen auf den prunkliebenden und verschwendungssüchtigen Karl Eugen. Wenn Lady Milford berichtet, wie sie den schlimmen Auswüchsen der Maitressenwirtschaft Einhalt geboten, wie sie den Fürsten davon abgehalten habe, Landmädchen und bürgerliche Frauen nach Belieben ins Bett zu ziehen – *ich stellte mich zwischen das Lamm und den Tiger* – wenn sie stolz von sich sagt: *ich nahm dem Tyrannen den Zügel ab, der wollüstig in meiner Umarmung erschlappte* –, dann mußten sich die Zeitgenossen an die Gräfin von Hohenheim erinnert fühlen, der es gelungen war, Karl Eugen zu zähmen. Auch die kriecherischen und brutalen Höflinge im Stück erinnerten an reale Vorbilder in Württemberg. Besonders der verhaßte Günstling Montmartin, der den nicht minder verhaßten Oberst Rieger zu Fall gebracht hatte, war noch in frischer Erinnerung. Diese und andere Anspielungen waren so auffallend, daß Schiller noch kurz vor der Aufführung, wie Streicher berichtet, den Schauplatz und die Personen durch Änderungen weniger kenntlich zu machen suchte. Trotzdem beschwerten sich noch 1792 die höfischen Kreise Stuttgarts über die Aufführung eines Dramas, in dem sie »gar zu sehr mitgenommen wären«. Daraufhin erteilte der Herzog dem Intendanten einen Verweis und verbot weitere Aufführungen. Die Kammerdienerszene mit der Anprangerung des Menschenhandels wurde zu Lebzeiten Schillers bei den meisten Aufführungen überhaupt gestrichen.

Das Stück zeigt also gesellschaftspolitisches Lokalkolorit – Anprangerung, Anklage, Entlarvung – doch der persönlich gefärbte Zorn über die herzogliche Gewalt war inzwischen abgekühlt, und andere Gesichtspunkte waren in den Vordergrund gerückt.

Der in Oggersheim ausgearbeitete Dramenplan war auch auf die Spielplanpolitik der Mannheimer Bühne ausgerichtet, und Schiller hatte einige Protagonisten den dortigen Schauspielern auf den Leib geschrieben. Der anklägerische Gestus wurde, aus Rücksicht auf die Mannheimer Vorlieben, zugunsten des Genres eines anrührenden Familienstücks zurückgenommen. Das Schauspiel »Der deutsche Hausvater« des Reichfreiherrn von Gemmingen war in Mannheim ein großer Erfolg gewesen, und Schiller hatte es in einem Brief an Dalberg ausdrücklich gelobt, ein Stück, das zum Muster für zahllose ähnliche Machwerke wurde, die damals die Bühnen in Deutschland überschwemmten. In Gemmingens Drama werden die Probleme, mit denen sich die Kinder des adligen Hausvaters herumschlagen – Ehekrisen, Spielschulden, Verführung bürgerlicher Mädchen, ungewollte Schwangerschaften usw. –, durch die Weisheit des Vaters und das Vertrauen der Kinder gelöst. Standeskonflikte spielen zwar auch in diese heile Kammerspielwelt hinein, und adlige Schurken kommen ebenfalls vor, aber es triumphiert schließlich doch die Ordnung der Familie und die Gerechtigkeit der ständischen Welt. Schiller übernahm einige Handlungsmotive und Konstellationen von Gemmingen. Einer der Söhne des adligen »Hausvaters« heißt auch, wie bei Schiller, Ferdinand. Und auch dieser Ferdinand, der vom Vater für eine harte Militärlaufbahn bestimmt wird, ist eine weiche, enthusiastische Natur. Ein anderer Sohn liebt ein bürgerliches Mädchen, dessen Vater, wie Schillers Musiker Miller, seine Tochter nicht über Standesgrenzen hinweg verheiraten möchte. Die Ähnlichkeiten mit Gemmingens Stück lassen die Unterschiede um so deutlicher hervortreten: während im »Deutschen Hausvater« am Ende sich alles in Wohlgefallen auflöst, endet Schillers Stück mit der Katastrophe.

Die Orientierung am Familienrührstück konnte sich ein größeres Vorbild als das des »Deutschen Hausvaters« wählen. Lessings »Emilia Galotti« hatte ein Jahrzehnt zuvor die deutschen Bühnen erobert. Dieses epochemachende Stück zeigt die verbrecherische Willkür eines Fürsten, dessen wollüstige Begierde nicht vor der bürgerlichen Tugend und schließlich auch nicht vor dem Meuchelmord zurückschreckt. Auch dies ein Kammerspiel, worin ein heiler familiärer (bürgerlicher) Innenraum durch adlige Gewalt von außen verwüstet wird. Der brave Vater rettet die Ehre seiner Tochter, indem er sie tötet, ehe sie vom adligen Wüstling verführt werden kann. Lessing hat hier ein Dramenmotiv aufgenommen, das auf den antiken Historiker Livius zurückgeht: die junge tugendhafte Römerin Virginia wird von ihrem republikanischen Vater getötet, weil er sie nur so vor den Nachstellungen eines wollüstigen Aristokraten bewahren kann. Ihr Tod wird dann der Anlaß zu einem Volksaufstand gegen aristokratische Anmaßung. Diese republikanisch-rebellische Wendung des Virginia-Motivs hatte Lessing vermieden. Er begnügt sich mit der heroisierenden Darstellung der Opferung einer Tochter durch den Vater im Namen des Reinheitsgebotes bürgerlicher

Tugend. Seitdem gilt es als heroisch, die Gewalt, die einem von außen angetan wird, im vorauseilenden Gehorsam an sich selbst zu vollziehen. Zum Selbst des Vaters gehört die Tochter, und wenn er sie tötet, so opfert er einen Teil seines Selbst: diesen Exzeß bürgerlicher Familienmoral fand man damals attraktiv – freilich nur auf der Bühne. Dort ließ sich imaginär der masochistische Triumph bürgerlicher Tugend über adlige Lasterhaftigkeit genießen. Seit Lessing war die Verbindung zwischen der Kritik adliger Lasterhaftigkeit und dem Lob bürgerlicher Tugend zu einem dramatischen Topos geworden.

Wie Gemmingens »Deutscher Hausvater« hat auch Lessings »Emilia Galotti« zahlreiche Nachahmungen zur Folge gehabt. Lessings Odoardo Galotti marschiert an der Spitze einer langen Reihe von derb polternden, aber überaus ehrsamen Vätern – wie Schillers Musikus Miller; Odoardos Gattin, die schwache Claudia, ist die Vorläuferin vieler einfältiger Mütter, die ihren Töchtern gern eine Karriere in den besseren Kreisen verschaffen möchten – wie Luises Mutter; die leidenschaftliche Marwood und die stolze Orsina Lessings sind das Vorbild unzähliger machtbewußter und mondäner Frauen, die einen schwankenden Mann einem empfindsamen Mädchen abspenstig machen wollen – wie Schillers Lady Milford.

Aus beiden Stücken, Lessings »Emilia Galotti« und Gemmingens »Deutscher Hausvater«, hat Schiller Anregungen empfangen, aber er hat etwas sehr Eigenes daraus gemacht.

Ferdinand, ein junger Adliger, Sohn eines korrupten und verbrecherischen Präsidenten in einem kleinen Fürstentum, liebt das Bürgermädchen Luise Miller, die Tochter eines Musikers. Er liebt sie aufrichtig und inbrünstig. Er ist kein raffinierter Verführer, der mit Gefühlen spielt, sondern er wird von seinen Gefühlen beherrscht. Auch Luise liebt mit Hingabe, aber realistischer. Sie befürchtet nämlich, daß die Standesgrenzen zwischen ihnen sich nicht werden überwinden lassen. In dieser Befürchtung wird sie von ihrem Vater bestärkt. Und so träumt sie von einer wahrhaften Vereinigung erst im Jenseits.

Soweit die Liebe, nun die Kabale.

Der Präsident, der seinen Sohn mit Lady Milford, der abgedankten Maitresse des Fürsten, karriereförderlich verheiraten möchte, versucht zusammen mit seinem Gehilfen Wurm die Beziehung zu hintertreiben. Zuerst mit Gewalt. Er will Luise unter dem Vorwurf betrügerischer Prostitution in Haft nehmen. Das kann Ferdinand mit der Drohung verhindern, er werde die verbrecherische Vergangenheit seines Vaters, des Präsidenten, enthüllen. Der zweite Versuch, Ferdinand und Luise auseinanderzubringen, ist erfolgreicher. Man muß, so die Idee Wurms, die Liebe von innen heraus zerstören, indem man in Ferdinand ein Mißtrauen gegen Luise erregt. Das gelingt, indem man Luises Vater zur Geisel nimmt und die Tochter zwingt, einen fiktiven Liebesbrief an einen Höfling zu schreiben, und diesen Brief dann in die Hände Ferdinands spielt. Die Eifersucht, so das Kalkül, wird die beiden auseinanderbringen. Die Rechnung geht nicht auf. Zwar gelingt die Kernspaltung der Liebe, aber die Kettenreaktion erweist sich als unbeherrschbar. Ferdinand rast. Am Ende vergiftet er sich selbst und die Geliebte. Nach dieser Katastrophe ist es nur eine äußerliche Wiederherstellung der Ordnung, wenn der Präsident und sein Gehilfe Wurm dem weltlichen Gericht überantwortet werden.

Zwar die Gewalt des Präsidenten ist groß, sagt Ferdinand in jener Szene, wo er die Musikerfamilie gegen den Übergriff des Präsidenten zu schützen sucht, *doch aufs Äußerste treibts nur die Liebe* (I, 793). Schillers Stück bringt ein grausames Experiment mit der Liebe zur Darstellung: es soll herausgefunden werden, wie weit man es mit ihr treiben kann und in welche inneren (und nicht nur äußeren) Widersprüche sie dabei gerät. Sind es nur die äußeren Widerstände und Hemmnisse, die ihr zu schaffen machen, oder ist sie nicht auch durch sich selbst, durch ihren Absolutheitsanspruch, gefährdet – das ist die leitende Frage bei der Aufdeckung der Anatomie einer Leidenschaft. Schiller hat in diesem Stück seine eigene Liebesphilosophie auf den Prüfstand gestellt. Macht und Ohnmacht der Liebe ist das eigentliche Thema. Die Frage ist nicht nur, ob eine korrupte Welt die Liebe zerstören kann, sondern auch, ob nicht die Liebe selbst beiträgt zur Korruption der Welt, indem sie ein ausschließliches Eigentum am Anderen fordert.

Ferdinand also liebt. Er ist kein Verführer, vielmehr wird er durch seine eigene Liebe verführt. Wie liebt er? Was bedeutet ihm die Liebe?

Er selbst sagt es auf seine überschwengliche Art zu Luise, kurz vor dem fatalen Auftritt des Präsidenten: *Deine Hand in die meinige … Der Augenblick, der diese zwo Hände trennt, zerreißt auch den Faden zwischen mir und der Schöpfung* (I, 793).

Liebe ist für ihn das metaphysische Prinzip schlechthin. Sie verbindet ihn mit der Schöpfung. Da ist sie wieder – die »große Kette der Wesen«. Die Verbindung zur geliebten Person bewirkt, daß die ganze

Kette hält; reißt sie an diesem Punkt, ist die ganze Kette gerissen. Man kann nicht das Ganze lieben, sondern nur das Einzelne, aber in diesem Einzelnen liebt man dann das Ganze. Wenn die Liebe zum Einzelnen zerstört wird, verschwindet das Medium, worin man das Ganze als etwas Liebenswertes hat erfahren können. Es ist nicht so, daß eine All-Liebe in die einzelne Liebe einströmt, sondern umgekehrt, die Liebe zum Einzelnen expandiert ins Ganze. Sie wird nicht vom Ganzen getragen, sondern sie trägt es, und wehe sie wird im Einzelnen irritiert, dann stürzt das Ganze in sich zusammen. Die einzelne Liebe muß total sein, damit sie sich totalisieren kann.

Ferdinand fordert, daß beide füreinander alles sind.

Das bedeutet erstens: vollkommene Transparenz. *Ich schaue durch deine Seele*, sagt Ferdinand, *wie durch das klare Wasser ... kein Gedanke tritt in dies Angesicht, der mir entwischte* (I, 766). Der Andere hört auf, etwas Dunkles, Widerständiges, Verborgenes zu sein. Er wird durchscheinend. Es gibt keine verfremdende Äußerlichkeit. Der Strahl der liebenden Aufmerksamkeit wird durch kein Medium abgelenkt und gebrochen; er durchquert das Äußere und dringt direkt ins Innere vor. Das Innere des Einen verschmilzt mit dem Inneren des Anderen, oder besser: die beiden Innenwelten spiegeln sich ineinander ohne Entfremdung durch eine dazwischenliegende Äußerlichkeit. Das ist Liebe als große Kommunion, wenn man ein Herz und eine Seele ist.

Die vollkommene Transparenz, wie sie Ferdinand von Luise begehrt, läßt beim Anderen das beunruhigende Geheimnis verschwinden. Aber lebt die Liebe nicht auch von der geheimnisvollen Undurchdringlichkeit des Anderen? Kann man jemanden noch lieben, wenn man ihn ganz durchschaut hat? Gewiß, man wird ihn dann beherrschen können bis zur Langeweile. Aber ist es Liebe, wenn der Geliebte für keine Überraschung mehr gut ist? Ferdinand jedenfalls will für seine Liebe das vollkommen transparente »Du«. Ein solches transparentes Gegenüber aber hört auf, ein »Du« zu sein. Denn jedes »Du« ist eine herausfordernd andere Welt, mit der es keine grenzenlose Einheit geben kann. Solches Einheitsverlangen irrealisiert den Anderen und macht ihn mir gleich, wenn auch nur in meinem Erleben. Das kann eine Weile lang gut gehen, doch dann wird der Andere in seinem Anderssein um so nachdrücklicher aus den Bildern heraustreten, in die mein Einheitsverlangen ihn eingeschlossen hat. So kommt es zu jenem qualvollen Hin und Her zwischen der großen Kommunion und heftiger Verfeindung, zwischen euphorischem Einheitsgefühl und grenzenlosem Mißtrauen.

Ferdinands Mißtrauen rührt sich bereits in der ersten Szene des Liebespaares. Luise erinnert ihn an ihren bürgerlichen Stand. Das empört Ferdinand. Wie kann sie etwas so Banales und Äußerliches wie ihre soziale Position bedenken, wo es doch für die Liebe nichts anderes gibt als – die Liebe. *Wärest du ganz nur Liebe für mich, wann hättest du Zeit gehabt, eine Vergleichung zu machen?... du hast noch eine Klugheit neben deiner Liebe?* (I, 766). Es soll neben der Liebe keine andere Lebensmacht geben, das ist ihr Absolutheitsanspruch. Im magischen Kreis der Liebe soll die übrige Welt verschwinden, es darf keine *Vergleichung* geben, keinen Blick für anderes und andere, keine Rücksichtnahmen auf die gewöhnliche Welt, der man doch durch Liebe überhoben sein sollte. Die von Ferdinand erträumte Liebe ist sich selbst genug und darum weltlos: sie kann auf die übrige Welt verzichten.

Als Ferdinand ahnt, daß er seine Liebe gegen die Kabale des Vaters auf Dauer nicht wird verteidigen können, versucht er, Luise zur gemeinsamen Flucht zu bewegen. Was hält uns noch am Ort, fragt er sie, sind wir uns selbst nicht genug, können wir nicht überall sein, wenn wir nur unsere Liebe mitnehmen: *Du, Luise, und ich und die Liebe! – – Liegt nicht in diesem Zirkel der ganze Himmel? oder brauchst du noch etwas Viertes dazu?* (I, 807f.). Gegen diesen Absolutismus der Liebe erhebt Luise Einspruch mit der schlichten Frage: *Und hättest du sonst keine Pflicht mehr, als deine Liebe?* Sie jedenfalls fühlt sich noch anderweitig verpflichtet. Sie hat einen Vater, den sie auch liebt und der, wenn sie mit Ferdinand flieht, wahrscheinlich die Rache des Präsidenten auf sich ziehen wird. Gewiß, auch sie liebt ihren Ferdinand über die Maßen, aber doch nicht so, daß sie um seinetwillen *die Fugen der Bürgerwelt auseinandertreiben* (I, 809) möchte. Für Ferdinand ist die Liebe ein innerweltliches Jenseits, eine innerweltliche Weltlosigkeit. Für Luise ist die Liebe zu Ferdinand auch überschwenglich, aber doch so, daß sie angesichts der gesellschaftlichen Schwierigkeiten die wahrhafte Erfüllung dieser Liebe im außerweltlichen, im religiösen Jenseits erträumt und erwartet. *Ich entsag ihm für dieses Leben* (I, 765).

Während Luise an der traditionell-religiösen Trennung von Diesseits und Jenseits festhält und die Erfüllung der Liebe in jenes altbekannte Jenseits verlegt, ist Ferdinands Liebe der Versuch, im Diesseits schon das Jenseits zu erringen: das ist seine säkularisierte Liebesreligion. Diese

»Religion« aber ist so rigoros und absolut wie die alte: sie duldet keine anderen Götter neben sich. Und darum bricht bei Ferdinand, als Luise sich mit dem Hinweis auf ihre sonstigen Pflichten der Flucht verweigert, das Mißtrauen wieder hervor: *Schlange, du lügst. Dich fesselt was anders hier* (I, 810).

So kommt es an den Tag, daß Ferdinand Luise liebt, aber nicht kennt; es ist dies eine Liebe, die sich der schönen Anstrengung überhoben fühlt, den Anderen kennen zu lernen und als diesen Anderen gelten zu lassen. Da gibt es etwas in Luise, das ihm widersteht, und dies Widerständige wird sogleich zur Quelle des Mißtrauens. Das ist die Verfeindungsdialektik des absoluten Liebesanspruchs.

Der Intrigant Wurm durchschaut die Schwäche dieser Art Liebe und kann deshalb mit ihr spielen und sie seinen Zwecken dienstbar machen. *Machen Sie ihm das Mädchen verdächtig*, sagt Wurm zum Präsidenten, *ein Gran Hefe reicht hin, die ganze Masse in eine zerstörende Gärung zu jagen* (I, 800).

Die *Hefe* für diese *zerstörende Gärung* wird der fiktive Liebesbrief sein, den man Luise an den Höfling, den Hofmarschall von Kalb, zu schreiben zwingt. Bei Ferdinand wächst das Mißtrauen so sehr an, daß er gegen alle psychologische Wahrscheinlichkeit die Kabale nicht durchschaut, obwohl doch der Höfling eine solch armselige Kreatur ist, daß Ferdinand, würde er seine Luise wirklich verstehen, keinen Augenblick an eine amouröse Beziehung zwischen ihr und dem Hofmarschall hätte glauben können. Ferdinand, der die vollkommene Transparenz der Liebenden verlangt, ist gerade darum mit Blindheit geschlagen. Seine Liebe, weit entfernt eine Himmelsmacht zu sein, wird zum Spielball im Kalkül der wirklichen Machthaber. Seine Liebe, die sich selbst genügen will, genügt nicht den Anforderungen der Wirklichkeit, er kann sich mit ihr nicht mehr zurechtfinden im Gestrüpp der Wirklichkeit.

Doch aufs äußerste treibts nur die Liebe (I, 793), hatte Ferdinand erklärt. Tatsächlich hat er es mit der Geliebten aufs äußerste getrieben, zuerst wollte er sie ganz besitzen und mit ihr über die gewöhnliche Wirklichkeit hinausschweben, und dann trieb es ihn hinunter; wenn er nicht ihr *Engel* sein kann, will er ihr *Teufel* werden. Der rasende Ferdinand spielt sich auf, als müsse er eine mißlungene Schöpfung rächen. Das Mißtrauen hat ihm die große Kette der Wesen zerrissen, und statt der Ordnung der Dinge erblickt er nun den Abgrund von *Mißgeburt in der Na-*

tur. Luise, verzweifelt aber gefaßt, urteilt über die Vermessenheit seiner Liebe, die wohl doch nur Selbstliebe ist auf dem Umweg über eine andere Person: *Ehe er sich eine Übereilung gestände, greift er lieber den Himmel an* (I, 853).

Was Luise über ihren Vater sagt, als dieser sie am Freitod hindert, das gilt auch für Ferdinand, nämlich *daß die Zärtlichkeit noch barbarischer zwingt, als Tyrannenwut* (I, 839).

»Kabale und Liebe«, wie das Stück später auf Vorschlag Ifflands betitelt wurde, ist gewiß ein Drama über Fürstenwillkür und Standesdünkel, aber mehr noch über die Tyrannei des Absolutismus der Liebe.

Ferdinand wird zum Mörder an Luise, nachdem er doch zu Beginn des Stückes enthusiastisch sein säkularisiertes Liebesevangelium verkündet hat: *An diesem Arm soll meine Luise durchs Leben hüpfen, schöner als er dich von sich ließ, soll der Himmel dich wieder haben, und mit Verwunderung eingestehn, daß nur die Liebe die letzte Hand an die Seelen legte* (I, 767).

Anders als Ferdinand es sich im Hochgefühl seiner Liebe vorgestellt hat, wird er am Ende tatsächlich Hand an die Seele der Geliebten legen. Nicht nur, daß er sie töten wird, zuvor behandelt er mit verzweifeltem Zynismus den Vater so, als wollte er ihm die Tochter abkaufen. Es ist von grausamer Ironie, wie Schiller das Stück enden läßt.

Ferdinand gehört nicht zu den seit Lessings »Emilia Galotti« notorischen Figuren adliger Verführer, er ist ein zarter Wüstling seiner Liebesmystik, für den die übrige Welt verbrennt in jenem Augenblick, wenn die Seelen miteinander verschmelzen. Er bricht die Brücken zur Welt hinter sich ab und kann zum Mörder werden, wenn es etwas gibt, das diese Verschmelzung hindert. Dieses Etwas kann etwas Äußeres sein, eine Intrige, ein Standesvorurteil, ein Machtspruch. Aber dieses Etwas ist auch und vor allem die Andersheit des Anderen, die mit in die Liebe einbezogen werden muß, wenn sie mehr sein soll als eine autistische Obsession, eine Selbstliebe, die den Anderen als Spiegel und Gelegenheit benutzt.

Ferdinand hat Luise, die er liebt, nicht verstanden. Was ist an Luise schwer zu verstehen? Sie hat, wie Ferdinand, Bücher gelesen, in denen das neue Liebesevangelium verkündet wird. Sie hat keine *Andacht* mehr, sagt sie zum Vater, über die Liebe zu Ferdinand vernachlässige sie die Liebe zu Gott, aber, so fährt sie fort, *Wenn meine Freude über sein Meisterstück mich ihn selbst übersehen macht, Vater, muß das Gott nicht ergötzen?*

Das wirkt wie eine angelesene Weisheit: wir lieben Gott nicht in der Kirche, sondern in der Begegnung mit einem anderen Menschen – der Vater wird sogleich mißtrauisch: *Da haben wirs! Das ist die Frucht von dem gottlosen Lesen* (I, 764). Ferdinand versteht das gut, es ist ja nach seinem Geschmack. Doch Luise treibt ihre Theologie der Liebe nicht so weit wie Ferdinand. Für sie gibt es auch noch einen Gott der bürgerlichen Pflichten und der Familie. Wenn Ferdinand von ihr fordert, daß er für sie alles sein müsse, so hört sie störende Untertöne. Für sie liegt darin etwas Herrisches, im Absolutismus seiner Liebe entdeckt sie die Spuren des aristokratischen Absolutismus. Deshalb sagt sie zu ihm, *Dein Herz gehört deinem Stande* (I, 809). Sie macht ihm das nicht zum Vorwurf, sondern will ihn nur daran erinnern, wie sehr er im Denken seiner Klasse befangen ist. Wie sollte sie unter solchen Voraussetzungen an ein Liebesidyll jenseits der gesellschaftlichen Zwänge glauben können? An das große alte Jenseits nach dem Tode glaubt sie sehr wohl, nicht aber an dieses neumodische innerweltliche Jenseits, wovon Ferdinand träumt. Sie kann es zwar verstehen, sie findet es zu schön, um wahr zu sein. So bleibt sie einerseits traditionell religiös und andererseits realistisch. *Meine Pflicht heißt mich bleiben und dulden*, sagt sie, und Ferdinand antwortet aufbrausend: *Kalte Pflicht gegen feurige Liebe!* (I, 810).

Gewiß, die kleinbürgerlichen Normen schränken Luise ein, sie machen ihr Leben eng – aber kalt ist ihr Herz und ihre Gesinnung darum doch nicht. Vielleicht ist sie auch ein wenig ängstlich, aber ist ihre Furcht vor Entwurzelung nicht berechtigt? Sie wäre, wenn sie Ferdinand folgen würde, von allem abgeschnitten, was bisher ihr Leben war; sie wäre ganz in die Gewalt Ferdinands gegeben, auch wenn es eine liebende Gewalt wäre. Doch auch solche Liebe kann anmaßend und *tyrannisch* wirken, so viel hat sie inzwischen begriffen.

Luise redet nicht von Freiheit, sondern von ihren Pflichten. Es hat den Anschein, als würde Ferdinand sie aus ihrer Gebundenheit erlösen wollen. Er tritt ihr nicht nur als feuriger Liebhaber, sondern als Befreier gegenüber. Aber es erweist sich, daß Ferdinand innerlich nicht frei ist. Zwar hat er sich gegen den Vater und dessen Pläne aufgelehnt und insofern mit seinem Herkommen gebrochen, aber es verfolgen ihn die Furien des Mißtrauens. Er ist nicht Herr seines Handelns, er ist Opfer seines Liebesabsolutismus, ein Besessener, unfrei genug, um von anderen Mächten, die sein Mißtrauen benützen, gelenkt zu werden. Er ist, was später Hegel einen »abstrakten Charakter« nennen wird. Luise ist demgegenüber konkreter, dafür aber auch gebundener. Selbstverständlich ist diese Gebundenheit auch ihr Problem. Sie ist nicht nur realistisch in bezug auf die Schwierigkeiten, über die Standesgrenzen hinweg ihre Liebe zu leben, es fehlt ihr auch am Mut der leidenschaftlichen Rücksichtslosigkeit. Sie ist nicht unvernünftig genug, um mit Ferdinand zu fliehen. Ferdinand hatte angeboten, auch den Vater mit auf die Flucht zu nehmen. Aber dann, so fürchtet sie, würde die Verfluchung durch den Präsidenten auf ihnen lasten. Es wäre kein Segen auf dem Bund der Liebe. *Wie ein Gespenst* würde man von *Meer zu Meer* gejagt werden (I, 808f.), sagt sie. Zu ihrem Realismus gehört, daß sie sich fest verankert fühlt in einer *allgemeinen ewigen Ordnung* (I, 809); eine Liebe, die sie in Widerspruch zu dieser Ordnung bringt, eine Liebe, die zur Folge hätte, daß diese Ordnung in ihr zusammenbricht, würde ihr jede innere Freiheit nehmen und damit die Fähigkeit zur Liebe. So ist ihre Weigerung nicht nur eine Unterwerfung unter äußere Verpflichtungen, sondern dient der Selbsterhaltung als Person. Und darum fühlt sie sich zu einer anderen Stärke aufgerufen, es ist nicht die Stärke, sich loszureißen, sondern zu bleiben und zu verzichten – um ihrer selbst willen. *Wenn nur ein Frevel dich mir erhalten kann, so hab ich noch Stärke, dich zu verlieren* (I, 809).

Der Sekretär Wurm hatte ihr den Eid abgenommen, daß sie die Machenschaft mit dem fiktiven Liebesbrief nicht verrät. Und auch an diesen Eid, den sie der Kanaille gegeben hat, fühlt sie sich gebunden, und zwar deshalb, weil ein Eid, vor Gott gesprochen, sie bindet unabhängig davon, wem sie ihn gegeben hat. Deshalb ist sie nicht frei genug, die Kabale vor den Augen des mißtrauischen Ferdinand zu zerreißen. Die Strenge ihrer Moral knechtet sie unter die Machenschaften der Herren. Das hat der Sekretär Wurm genau begriffen. Auf den Einwand des Präsidenten, ein erzwungener Eid fruchte doch nichts, antwortet er: *Nichts bei uns, gnädiger Herr, bei dieser Menschenart alles* (I, 802).

Es ist die *Menschenart* der Untertanen, zu der Luise doch auch gehört. So hat Schiller sie dargestellt, mit allen sympathischen Zügen, die sonst für sie einnehmen könnten.

Frei und souverän ist in diesem Stück keine Figur. Die Welt von »Kabale und Liebe« gleicht einer sozialen Maschine, wo die Leidenschaften und Gesinnungen wie Rädchen ineinandergreifen und einen gesellschaftlichen Schicksalsmechanismus in Gang setzen, der zu Ergebnissen führt, die so von keinem beabsichtigt wurden. Schiller bringt einen sozialen Prozeß auf die Bühne, in dem die Akteure wirken, aber keiner von ihnen vermag das Ganze intentional zu steuern.

Es ist der Sekretär Wurm, der noch am ehesten die Maschine beherrscht; er ist die Verkörperung des bösen Prinzips. Er erreicht zwar auch nicht seine Zwecke, selbst durch Erpressung vermag er Luise nicht für sich zu gewinnen, und schließlich wird auch er der Gerichtsbarkeit überstellt. Doch er spielt virtuos auf der Klaviatur der Schwächen der anderen, die er dadurch zu beherrschen und instrumentell zu benutzen versteht. Er weiß genau, wie man die Akteure am besten nehmen muß, um sie zu lenken. Sein Herrschaftswissen bezieht sich auf die Aspekte des Unfreien in den Personen, er weiß, wie sie funktionieren. Er hat erkannt, daß Luise stärker noch an ihren Vater als an Ferdinand gebunden ist und daß sie niemals einen Eid brechen würde. Er hat erkannt, daß Ferdinands Liebes-Absolutismus im hohen Maße mißtrauensanfällig ist, er weiß auch, daß Ferdinand kein aristokratischer Libertin ist, sondern das bürgerliche Reinheitsgebot in der Liebe (das ehrbare, unbefleckte Mädchen) fordert. Da kann man ihn packen, man muß ihm eben nur *das Mädchen verdächtig machen*. Er kann auch dem Vater raten, wie er den Sohn nehmen muß. Einen solchen Charakter wie Ferdinand, sagt er zum Präsidenten, *hätte man entweder nie zum Vertrauten, oder niemals zum Feind machen sollen* (I, 799). Nun hat der Präsident aber seinen Sohn in die eigenen finsteren Machenschaften eingeweiht, also bleibt ihm nichts anderes übrig, als zu verhindern, daß ihm der Sohn zum Feind wird. Das würde ihm, sagt Wurm, nicht gelingen, wenn er die Vatermacht herauskehrte, er müßte vielmehr auf eine andere Taktik setzen. Wurm empfiehlt ihm eine Mischung aus väterlicher Zärtlichkeit und höfischer List. Eine Weile lang wird der Präsident damit bei seinem Sohn auch Erfolg haben.

Wurm also, diese abscheuliche Kreatur, ist der heimliche negative Held dieses Stückes, er ist der Meister der sozialen Maschine, er kennt das Räderwerk und weiß, wo man schmieren und ölen muß.

In der letzten Szene, bei der Katastrophe, sucht jeder die Schuld von sich abzuwälzen. Ferdinand will nicht der alleinige Mörder sein und weist auf seinen Vater, den Präsidenten. Der schiebt die Schuld weiter auf Wurm. Wurm aber zeigt sich im letzten Augenblick als wahrhaft diabolische Figur von einer Art, wie sie später E.T.A. Hoffmann erfinden wird.

Das ganze endet als tragische Parodie auf die große durch Liebe verknüpfte Kette der Wesen: alle sind sie verkettet in einem Schuldzusammenhang, und das letzte Glied ist Wurm, der *gräßlich* zu lachen anfängt: *Ich will Geheimnisse aufdecken, daß denen, die sie hören, die Haut schauern soll* (I, 858). Damit kann auf den Brettern, die die Welt bedeuten, offenbar werden, daß diese Welt aus den Fugen ist, daß die Menschen unheilvoll aneinandergekettet sind und daß die Liebe zum Spielball wird in den Spielen der Macht.

Mit diesem Stück im Gepäck kommt Friedrich Schiller am 27. Juli 1783 in Mannheim an.

Zehntes Kapitel

Zurück nach Mannheim. Kabale am Theater.
Politische Verdächtigung. Die Kündigung.
Der gekündigte Theaterautor kämpft für die Gerichtsbarkeit der Bühne.
Der »unglückliche Hang zum Vergrößern«. Schuldenmisere.
Der Brief aus Leipzig. Vorgefühl der großen Freundschaft.
Charlotte von Kalb.

Seltsamerweise hatte Schiller seinem Freund Streicher die Rückkehr nach Mannheim nicht angekündigt. Als Streicher wieder einmal im Meyerschen Hause vorsprach, wird er überrascht von der Anwesenheit Schillers. Er traute seinen Augen nicht, »daß es der in weiter Entfernung vermeinte Schiller sei, welcher mit der heitersten Miene und dem blühendsten Aussehen ihm entgegentrat«.

Dalberg, der Intendant, ist wieder einmal abwesend. Er hält sich zur Zeit in Holland auf und kehrt erst zwei Wochen später, am 10. August 1783, nach Mannheim zurück. Schiller trifft ihn im Theater und wird außerordentlich zuvorkommend begrüßt. Offenbar will Dalberg die üblen Erinnerungen bei Schiller vergessen machen. Bereits am nächsten Tag äußert er den Wunsch, Schiller möge doch längere Zeit in Mannheim bleiben, und er verspricht ihm eine Aufführung des »Fiesko«. Am 13. August kommt es zu einer Leseprobe aus der »Luise Millerin« in großer Gesellschaft bei Dalberg. Das Stück wird günstig aufgenommen. Es werde, sagt man dem Autor, »großen Effekt« machen. Man rühmt die dramatischen Verwicklungen, die zahlreichen direkten Konfrontationen der Hauptakteure, die plastischen Charaktere; Furcht und Mitleid, heißt es, würden geweckt.

Schiller könnte zufrieden sein, aber er bleibt skeptisch, denn er kennt Dalberg inzwischen zur Genüge. *Der Mann ist ganz Feuer*, schreibt er am 11. oder 12. August 1783 an Henriette von Wolzogen, *aber leider nur Pulverfeuer das plötzlich losgeht und eben so schnell wieder verpufft*.

Auch Henriette hat ihm Vorsicht empfohlen, und deshalb versichert er ihr im selben Brief: *nichts in der Welt wird mich fesseln*. Um ihr anzudeuten, daß ihm andere, zarte Bande wichtiger sind, bittet er Henriette, der Tochter Charlotte zu sagen, *daß ich schon einen Brief an sie angefangen, aber wieder zerrissen habe, weil ich ihn unmöglich kalt schreiben, und die Amtmännin* (wo Charlotte zur Zeit untergebracht ist) *keinen warmen sehen kann.*

Wenig später schreibt Henriette aus Bauerbach, der Herr von Winkelmann werde wieder für einige Zeit bei den Wolzogens zu Besuch sein. Das ist keine gute Nachricht für Schiller, der sich jetzt bereit findet, auf Dalbergs Angebot einzugehen. Schiller wird vom 1. September an für ein Jahr als Theaterdichter angestellt mit der Verpflichtung, drei Stücke, den »Fiesko«, die »Millerin« und ein drittes bühnenfertig zu liefern, gegen ein Jahresgehalt von dreihundert Gulden zuzüglich der Einnahmen von je einem Theaterabend. Er wird zur Mitarbeit am Theaterausschuß verpflichtet, was bedeutet: Begutachtung anderer Stücke und Mitwirkung bei der Spielplangestaltung. Dafür erhält er die Erlaubnis, die heiße Sommerzeit außerhalb von Mannheim zuzubringen. *Danken Sie mit mir Gott,* schreibt er am 11./12. September 1783 an Henriette, *daß er mir hier einen Ausweg eröffnet hat, durch Verbesserung meiner Umstände mich aus dem Wirrwar meiner Schulden zu reißen, und der ehrliche Mann zu bleiben.*

Mit seiner Entscheidung für Mannheim hat Schiller wohl auch sein Werben um Charlotte beendet. In einem Postscriptum bittet er Henriette, die Tochter seiner *ewigen Freundschaft* zu versichern, und fügt die bitter-sarkastische Bemerkung hinzu: *Jetzt wird Winkelmann vermutlich bei Ihnen sein, und kaum gedacht werden an den armen entfernten S.* Zwar wird er noch einmal, im Juni 1784, an Henriette schreiben, wie sehr er sich wünsche, ein Mädchen *nach meinem Herzen* zu finden, und daß er davon träume, ihr Schwiegersohn zu werden, doch bereits wenige Tage später bezeichnet er diese Wünsche als *törichte Hoffnung* und *närrische Einfälle.* Damit ist dieses Kapitel für ihn abgeschlossen.

Auf der Solitude, bei den Eltern, herrscht große Freude, daß der Sohn in die Nähe zurückgekehrt ist und offenbar gute Aussichten hat, sich im Theaterfach zu etablieren. Der Vater ist immer noch skeptisch. Zwar lobt er den Sohn für seine Theaterstücke. In England, schreibt er, würde er damit »ein traumhaftes Glück« machen, in Deutschland aber hätte er »alles anzuwenden, um nicht in die Nachstellung eines oder des anderen Fürsten ... zu fallen«. Schiller versucht seinen Vater zu beruhigen und mit der optimistischen Stimmung anzustecken, die ihn zur Zeit beflügelt. Er hat das Gefühl, daß sich in den nächsten zehn Monaten sein *ganzes Schicksal entscheiden* werde, schreibt er an Henriette. Er wird seine Stücke bühnenfertig machen, er hat das Vorgefühl, daß sie ein Erfolg werden; er wird seinen »Don Karlos« vollenden und hofft, mit diesem Stück seine bisherigen überbieten zu können. In wohlgemuter Stimmung träumt er davon, Mannheim zu einem Hauptplatz des deutschen Theaters zu machen. In der Abgeschiedenheit Bauerbachs hat er offenbar Zuversicht gewonnen.

Zur Zeit fühlt er sich frei und unbedrängt. Es schmeichelt ihm, als ihn eines Tages ein reisender Freimaurer aufsucht und ihm erklärt, daß er *schon auf verschiedenen Freimaurerlisten stünde.* Er empfindet das als Auszeichnung, auch wenn er der Loge wohl doch nicht beigetreten ist. Aber daß man ein Auge auf ihn geworfen hat, erfüllt ihn mit Genugtuung, weil es anzeigt, daß man ihn zur Elite im Lande rechnet.

Jetzt erst lernt er den Theaterbetrieb und die Stadt Mannheim, das gesellschaftliche Milieu und das kulturelle Leben, genauer kennen. Manches erinnert ihn in dieser ehemaligen Residenzstadt an Ludwigsburg. 1722 hatte der verschwenderische und sehr katholische Fürst Karl Philipp im Zorn über die Heidelberger Reformierten seine prunkhafte Hofhaltung vom Heidelberger Schloß nach Mannheim verlegt. Das in den Kriegen des vorausgehenden Jahrhunderts heruntergekommene Landstädtchen war prachtvoll neu aufgebaut worden. Der Riesenbau des Residenzschlosses wurde unter Karl Philipps Nachfolger Karl Theodor zum beherrschenden Mittelpunkt der Stadt, die Längsstraßen liefen dort zusammen, die übrigen Straßen waren in regelmäßigen Vierecken angeordnet. An wichtigen Kreuzungspunkten erhoben sich neue gewaltige Bauten, eine Jesuitenkirche, ein Kauf- und Zeughaus. Es gab zahlreiche künstlerische und gelehrte Sammlungen, eine Zeichnungs- und Bildhauerakademie, eine große Bibliothek, Naturaliensammlungen und vor allem das Antikenkabinett, wo die damals berühmtesten antiken Plastiken in Abgüssen ausgestellt waren. Hierher kamen sie alle gepilgert, Goethe, Lessing, Heinse, die Schlegels, Winckelmann und Klopstock. Dieser Ort war die eigentliche Geburtsstätte der neuen Begeisterung für die Antike am Ende des 18. Jahrhunderts. Schillers erste Schrift über die antike Kunst, der »Brief eines reisenden Dänen« von 1784, hat das Antikenkabinett zum Schauplatz.

Mannheim war, als Schiller sich dort aufhielt, schon längst aus dem provinziellen Schatten herausgetreten. Karl Theodor hatte ein prachtvolles Haus für italienische Opern und französische Komödien errichten lassen. Zu dieser Zeit waren Bildung und Geschmack der höfischen

Kreise noch französisch geprägt, und das bessere Bürgertum hatte sich dem angepaßt. Noch 1773 urteilte Schubart, daß man Mannheim »ebenso leicht für eine Kolonie von Franzosen, als von deutschen Provinzialen halten konnte«. Inzwischen hatte sich ein Wandel vollzogen. Mit der Aufklärung kam auch deutsches Kulturbewußtsein nach Mannheim. Schillers Förderer und Verleger Christian Friedrich Schwan erwarb sich dabei große Verdienste. Der rührige, weitgereiste Mann widmete sich der deutschen Sprachpflege, gab die Zeitschrift »Die Schreibtafel« heraus, förderte das deutschsprachige Theater – er hatte ja auch »Die Räuber« nach Mannheim geholt – und richtete in seinem Haus ein »Intelligenzkontor« ein, in dem deutsche und ausländische Zeitschriften und Broschüren auslagen. Der Förderung der deutschen Kultur sollte auch die Gründung der Kurpfälzischen »Deutschen Gesellschaft« dienen, halb Akademie halb Honoratiorenclub, eine Vereinigung, die sich der Sprach- und Kulturpflege annahm; Schiller durfte es sich zur Ehre anrechnen, als er 1784 als Mitglied aufgenommen wurde.

Ein wichtiges Datum der Kulturgeschichte Mannheims war der 1. September 1778. An diesem Tag wurde das »Nationaltheater« zum Zwecke der »Nahrungsmitbeihilfe der Stadt und Bürgerschaft«, wie es im kurfürstlichen Reskript hieß, gegründet. Der Freiherr von Dalberg amtete seitdem als Intendant. Er zog die damals berühmtesten Schauspieler Deutschlands nach Mannheim, Iffland, Beck, Beil. In den ersten Monaten seines Wirkens äußerte Schiller mehrmals die Auffassung, das Mannheimer Theater sei das zur Zeit beste in Deutschland. Nachdem er einigen Ärger mit den Schauspielern, dem Publikum und der Spielplangestaltung erleben mußte, revidierte er sein Urteil. Gleichwohl, die Mannheimer Bühne stand in hohem Ansehen, und ein Dramatiker durfte stolz sein, wenn seine Stücke hier aufgeführt wurden.

Dalberg führte das Theater im Geiste eines aufklärerischen Meliorationsprojektes. Die Verbesserung des Geschmacks, die Verfeinerung der Sitten und die Bildung des Verstandes waren die erklärten Ziele seiner Arbeit. Er wollte das Theater ehrbar machen, höfische Frivolität wie auch bürgerliche Grobheit sollten vermieden werden. Im Theaterausschuß wurden unter Vorsitz des Intendanten Stücke ausgewählt und besprochen. Man hielt, zur Qual der Schauspieler, Seminare ab über Themen wie »Was ist die wahre Natur auf der Bühne?«, »Was ist

Anstand auf der Bühne?«, »Können französische Trauerspiele auf der deutschen Bühne gefallen und wie müssen sie dann vorgestellt werden?«.

An diese Mannheimer Tradition, die ihrerseits von Gottsched und Lessing geprägt war, wird Schiller in seinen theatertheoretischen Schriften anknüpfen. Seitdem das Theaterwesen sich emanzipiert hatte von der buntscheckigen, jahrmarktmäßigen Welt der fahrenden Leute, waren überall die Theaterphilosophen und dramaturgischen Gesetzgeber an der Arbeit. Dalbergs Spezialität war der Kampf gegen naturalistische Ausschreitungen. Wenn sich der Schauspieler Böck zum Beispiel für die Darstellung des verwundeten Jago den Bauch mit wirklichem Blut beschmierte, so schritt Dalberg ein: er wollte dergleichen »tragische Farcen« von der Bühne verbannt wissen. Überhaupt lag ihm der Anstand am Herzen. Das Ungezähmte, Genialische war ihm suspekt. Daß er Schillers »Räuber« angenommen hatte, verdankte sich eher einer klugen Spekulation auf die mögliche Sensation und den grellen Effekt. Eine Herzenssache war das Stück für ihn nicht. Dem Wilden zog er allemal das gutgemachte Platte vor, nicht nur aus Geschäftsinteresse. Denn er war primär kein Geschäftsmann, sondern ein Aristokrat mit einer Leidenschaft für das Theater. Er achtete zwar darauf, daß das Theater sich selbst finanzierte, zögerte aber nicht, siebentausend Gulden aus eigener Tasche für die Zwecke der Bühne zu verwenden. Er ließ sich seinen Geschmack etwas kosten und wagte sogar Experimente, auch wenn sie nicht seinem Geschmack entsprachen. Schiller war für ihn ein solches Experiment, auf das er sich einließ, weil er spürte, daß aus diesem Mann noch etwas Großes werden könnte.

Schiller, als er seinen Vertrag in der Tasche hatte, war voller Unternehmungsgeist. Am 31. August 1783 hatte es zu seinen Ehren eine Aufführung der »Räuber« vor vollem Haus gegeben. Aber schon am nächsten Tag packte ihn das »kalte Fieber«, wie man damals die Malaria-Krankheit nannte. Als Ursache für die plötzlich hereinbrechende Seuche galt die durch die ungewöhnliche Hitze des Sommers 1783 erzeugte schlechte Luft über den mit Morast und Sumpfwasser angefüllten Festungsgräben, welche die Stadt umgaben. Von den etwa zwanzigtausend Einwohnern lagen fast ein Drittel darnieder, als auch Schiller von der Krankheit angesteckt wurde.

Schiller war sein eigener Arzt und verordnete sich eine seiner berüchtigten Kuren. Er nahm eine Überdosis Chinarinde gegen das Fieber und hielt eine so strenge Diät, daß er sich den Magen ruinierte. Bis Ende Oktober laborierte Schiller an seiner Krankheit, war antriebsschwach, matt und depressiv.

Im November nimmt er sich noch einmal den »Fiesko« vor, um ihn bühnenfertig zu machen. Wieder quält er sich mit dem Schluß. Schließlich gibt er ihm eine optimistische Wendung. Fiesko entsagt dem Herzogstitel, versöhnt sich mit Verrina, Leonore bleibt am Leben, und auch die Berta- und die Julia-Szenen erfahren eine deutliche Milderung. Das Stück wird gefälliger, offenbar verlangen die dunklen und feuchten Tage des Dezembers nach einer Aufhellung. Auch muß man, das hatte ihm Dalberg eingeschärft, an den Publikumsgeschmack denken.

Auch kleinere Romanzen tragen in diesen trüben Tagen zur Aufhellung bei, zuerst mit der Schauspielerin Katharina Baumann. In Stuttgart meldet das Gerücht eine baldige Heirat. Sogar dem Vater kommt davon etwas zu Ohren; er fragt beim Sohn an, der die Angelegenheit herunterspielt. Ernsthafter ist die Neigung zu einer anderen Schauspielerin, Karoline Ziegler. Die achtzehnjährige hübsche Blondine aus gutbürgerlichem Hause war gegen den Willen der Eltern ans Theater gegangen. Mehr noch bewunderte Schiller ihren Mut als ihr Talent. Die verliebten Gefühle Schillers aber wird sie kaum erwidert haben, denn am 8. Januar 1784 heiratete sie den Schauspieler Beck. Für die Eltern Karolines trieb das den Skandal auf die Spitze. Denn Beck war nicht nur Schauspieler, sondern auch Protestant. Die streng katholische Familie war in Aufruhr, und die Geistlichkeit schürte das Feuer. Schiller nahm starken Anteil an diesen Vorkommnissen, denn die Anfeindungen und Behinderungen, die Karoline und Beck erduldeten, erinnerten ihn an die Herzenskämpfe, welche Luise und Ferdinand in seinem Stück auszufechten haben.

Karoline spielte die Rolle der Luise bei der ersten Aufführung von »Kabale und Liebe« am 15. April 1784 in Mannheim. Es lagen ihr die Rollen sanfter und leidender Tugend. Sie verstand sich darauf, seelenvolle Harmonie auszustrahlen, nicht nur auf der Bühne, sondernauch im Hause, wo sie als stiller Mittelpunkt eines geselligen Lebens wirkte. Schiller war oft zu Gast, und auch die anderen Theaterleute kamen gern und häufig zu Besuch. Es kam vor, daß Schiller noch blieb, wenn die anderen Gäste schon gegangen waren. Karoline sorgte für Wein und Kaffee, und der Dichter schrieb dann die ganze Nacht bis zum Morgengrauen. Da fand sie ihn manchmal schlafend im Lehnsessel. Einmal fragte sie ihn, ob ihm die Gedanken nicht ausgingen, wenn er die ganze Nacht hindurch schriebe. »Das ischt net anders«, antwortete er in breitem Schwäbisch, »aber schaue Se, wenn die Gedanke ausgehe, da mal' ich Rößle«. In seinen Manuskripten gibt es auch wirklich ganze Seiten, auf die er kleine Pferde und Männchen gekritzelt hat. Wenn Karoline daraufhin irgendeine Stelle in Schillers Texten nicht gefiel, so fragte sie ihn scherzend: »Da haben Sie wohl Rössel gemalt?« Nicht mehr lange konnte sie ihn fragen, denn im Juli 1784 starb die junge Frau. Mit Beck, dem zurückgebliebenen Ehemann, der furchtbar litt, blieb Schiller befreundet, auch als er später von der *reizbaren Menschenklasse* der Schauspieler nicht mehr viel hielt. Beck nannte im Rückblick die mit Schiller verlebten Tage die schönsten seines Lebens.

Ende 1783 war der »Fiesko« endlich bühnenfertig geworden. Unter den Schauspielern war es schon zu Spötteleien gekommen über diesen Autor, der sich mit seinem Werk offensichtlich schwer tat und nicht wußte, wie er es beenden sollte. Die Stimmung am Mannheimer Theater war getrübt, als am 11. Januar 1784 der »Fiesko« zum ersten Mal aufgeführt wurde. Der Theaterbesuch war schwach, da der Eisgang des Rheins schwere Schäden angerichtet hatte und den Mannheimern deshalb der Sinn nicht nach einem Theatervergnügen stand. Auch war das Stück für den hiesigen Theatergeschmack zu politisch. An Reinwald schreibt Schiller später über die Reaktion des Mannheimer Publikums: *Den Fiesko verstand das Publikum nicht. Republikanische Freiheit ist hier zu Lande ein Schall ohne Bedeutung, ein leerer Name – in den Adern der Pfälzer fließt kein römisches Blut* (5. Mai 1784). In Frankfurt und Berlin hatte der »Fiesko« wenig später beträchtlichen Erfolg. Ein politisch aufgewecktes Publikum fand Gefallen an einem Stück, das Verschwörung, Umsturz und Verteidigung republikanischer Freiheit zum Thema hat.

In Mannheim hatte man vom Autor der »Räuber« melodramatische Erschütterungen erwartet, nicht aber kalte Intrigen, politische Ränke und republikanisches Pathos. Nach zwei Aufführungen wurde der »Fiesko« vom Spielplan abgesetzt, und Dalberg brachte seine harsche Kritik im Theaterausschuß zur Sprache. Das Stück habe Längen, erklärte er, die Sprache sei zu pathetisch, die Thematik weit hergeholt. Dalberg läßt auch Unzufriedenheit mit der zögerlichen Arbeitsweise des Autors durchblicken. Das veranlaßt Schiller, nun unverzüglich mit der Arbeit an der Bühnenfassung der »Luise Millerin« zu beginnen.

Diesmal gibt es, anders als beim »Fiesko«, kein Schwanken in bezug auf den Schluß. Die Arbeit geht ihm zügig von der Hand. Iffland schlägt den Titel »Kabale und Liebe« vor. Schiller akzeptiert und findet im Gegenzug für ein neues Stück Ifflands den wirkungsvollen Titel »Verbrechen aus Ehrsucht«.

Ifflands Stück, auch ein bürgerliches Trauerspiel, wurde zuerst aufgeführt, mit großem Erfolg beim Publikum. Es war gefällig, auch kam nichts politisch Anstößiges darin vor, die handelnden Charaktere waren moderat. Schiller mußte befürchten, daß sein Stück im direkten Vergleich beim Mannheimer Publikum geringere Wirkung erzielen würde. Doch die Mannheimer Erstaufführung von »Kabale und Liebe« am 15. April (die Uraufführung hatte zwei Tage zuvor in Frankfurt stattgefunden) wurde ein großer Erfolg. Stürmischer Beifall nach jedem Akt, am Ende erhebt sich Schiller in seiner Loge und verneigt sich.

Trotz des Erfolges wurde das Stück in diesem Jahr nur noch ein einziges Mal gespielt. Die Verstimmungen zwischen Schiller und den Schauspielern, die sich bereits bei den Proben angedeutet hatten, begannen ihre Wirkung zu tun. Einmal hatte Schiller laut seinen Unwillen geäußert über die Derbheit, mit der Beil den Musikus Miller darstellen wollte. Der beleidigte Schauspieler rief daraufhin an einer Stelle, wo die Millerin zu rasch abging, diese zurück mit der Bemerkung: »Ich habe Ihnen nach des Verfassers Vorschrift noch einen Tritt vor den Hintern zu geben«. Ärgerlich war für Schiller auch die Nachlässigkeit, mit der die Schauspieler sich den Text aneigneten. Es wurde hemmungslos verstümmelt, improvisiert und banalisiert. Die Schauspieler ließen sich Schillers Kritik nicht gefallen und beklagten sich: der Text sei gekünstelt, man könne ihn sich beim besten Willen nicht merken. Die Zusammenarbeit mit dem Autor sei schwierig, er nehme sein Werk zu wichtig und wolle nicht begreifen, daß ein Stück dem Schauspieler zu dienen habe und nicht umgekehrt.

Unter den Schauspielern bildete sich eine Opposition gegen Schiller. Iffland, Schauspieler und Autor in einer Person, trat auf die Seite der Schauspieler und beklagte sich beim Intendanten über Schiller, dem er vorwarf, er beanspruche die Schauspieler zu stark und vergesse, daß sie jeden Abend auf der Bühne stünden und deshalb nicht für die

Launen eines einzigen Autors arbeiten könnten. »Die Kräfte der Schauspieler sind zu bedenken«, schrieb Iffland an Dalberg, »es ist nicht übertrieben, wenn ich sage, daß ich den Franz Moor … und Verrina in einem Karneval nicht liefern könnte, ohne meiner Gesundheit oder meinem Künstlergefühl förmlich zu entsagen«.

Der ganze Ärger gegen das von den Schauspielern als anmaßend empfundene Verhalten Schillers fand ein Ventil im Sommer 1784, als man die Abwesenheit des Intendanten und Schillers, der gerade in Schwetzingen weilte, nutzte und am 3. August die zweiaktige Posse »Der schwarze Mann« von Gotter zur Aufführung brachte. Darin spielt ein jämmerlicher Theaterdichter namens Flickwort eine komische Rolle. Der Hungerleider versteht sich aufs Schimpfen und Schuldenmachen, kommt aber mit seinen dramatischen Entwürfen nicht voran. Vor allem findet er nie den richtigen Schluß. »Aber der fünfte Akt«, ruft er aus, »O du unseliger Fünfter! Klippe meiner schiffbrüchigen Kollegen, soll auch ich an dir scheitern? – Zwei Wege liegen vor mir. Die Verschwörung wird entdeckt – der König siegt über sich selbst – die Verschwörer erhalten Gnade … Nein! Das sieht zwanzig anderen Stücken so ähnlich. Ich stehle nicht. Ich bin ein Original. Ich lasse die Tugend unterliegen. Je unmoralischer, desto schrecklicher.«

Es sollte dies eine Parodie auf die Kraft-Genies des Sturm und Drang sein, man gab ihr aber eine deutliche Zuspitzung gegen Schiller, von dem bekannt war, wie schwer er sich tat mit dem Schluß seiner Stücke. Bei den »Räubern« und beim »Fiesko« hatten es die Schauspieler aus der Nähe erleben können. Es gab bei der Inszenierung der Posse weitere Anspielungen auf Schiller, und damit auch jeder merken konnte, gegen wen die Satire sich richtete, ahmte Iffland in der Rolle des Flickwort Bewegung, Gestik und Habitus Schillers nach.

So machte die Mannheimer Bühne ihren festangestellten Theaterautor zum Gespött. Iffland, die treibende Kraft hinter der Kabale, gab sich wenig später in einem Brief an Dalberg reumütig: »Wir hätten das Stück (den »Schwarzen Mann«) niemals geben sollen, aus Achtung für Schiller nicht. Wir haben damit im Angesicht des Publikums (das ihn ohnehin nicht ganz fasset) den ersten Stein auf Schiller geworfen … Damit ist die Unfehlbarkeit von Schiller genommen, die Unverletzlichkeit des großen Mannes. Wie soll er nun mit seinen Werken auftreten?«

Die Reue war scheinheilig, denn sie sollte lediglich die Empfehlung an Dalberg vorbereiten, in der nächsten Spielzeit auf Schillers Stücke ganz zu verzichten.

In diesem Sommer der Querelen ging es auch um die Erneuerung von Schillers Vertrag, der Ende August ablief. Schiller hoffte, schon aus finanziellen Gründen, auf eine Verlängerung. Er hatte damit gerechnet, daß Dalberg von sich aus eine weitere Anstellung anbieten würde. Er wußte aber auch, daß er die in ihn gesetzten Erwartungen bisher nicht erfüllt hatte. Die Bilanz dieses Jahres war nicht gut. Über längere Zeit war er wegen seiner Krankheit ausgefallen. Von den drei Stücken, die er zu liefern sich verpflichtet hatte, waren erst zwei auf die Bühne gekommen, »Fiesko« ohne Erfolg und »Kabale und Liebe« ohne nachhaltigen Erfolg; die Fertigstellung des dritten Stückes, »Don Karlos«, war noch ungewiß; das Verhältnis zu den Schauspielern war gespannt, der Autor hatte bei ihnen an Ansehen verloren. Schiller spürte, daß er Initiativen ergreifen mußte. So legt er Dalberg im Juli den Plan einer »Mannheimer Dramaturgie« vor mit der für den Intendanten schmeichelhaften Begründung, daß nur in Mannheim fortgesetzt werden könnte, womit Lessing mit seiner »Hamburgischen Dramaturgie« begonnen hatte. Doch Dalberg reagiert nicht. Statt dessen läßt er ihm durch den Theaterarzt und Hofrat Mai empfehlen, zur Medizin zurückzukehren. Schiller verstand zunächst nicht, daß diese Empfehlung zugleich die Kündigung seiner Anstellung beim Theater bedeutete. Schiller dachte, Dalberg biete ihm indirekt eine Unterstützung an für den Fall, daß er zusätzlich zur Theaterarbeit seine medizinische Ausbildung vervollständigen wollte. Er dachte, Dalberg wolle ihn zwar beim Theater halten, ihm aber empfehlen, sich zusätzliche Einkünfte als Mediziner zu sichern. Das waren genau jene Perspektiven, die Schiller in diesen krisenhaften Wochen als Ausweg ins Auge gefaßt hatte. Und so schreibt er, nach dem Besuch des Hofrates Mai, Ende Juni 1784 an Dalberg: *Dasjenige, was Ewr. Exzellenz mir gestern durch Herrn Hofrat Mai haben sagen lassen, erfüllt mich aufs neue mit der wärmsten und innigsten Achtung gegen den vortrefflichen Mann, der so großmütigen Anteil an meinem Schicksal nimmt. Wenn es auch nicht schon längst der einzige Wunsch meines Herzens gewesen wäre, zu meinem Hauptfach zurückzukehren, so müßte mir allein schon dieser schöne Zug Ihrer edlen Seele einen blinden Gehorsam abnötigen. Aber lange schon zog mich mein eigenes Herz dahin; lange schon habe ich, nicht ohne Ursach, befürchtet, daß früher oder später, mein Feuer für die Dichtkunst erlöschen würde, wenn sie meine Brotwissenschaft bliebe, und daß sie im Gegenteil neuen Reiz für mich haben müßte, sobald ich sie nur als Erholung gebrauchte, und nur meine reinsten Augenblicke ihr widmete. Dann nur kann ich mit ganzer Kraft, und immer regem Enthusiasmus Dichter sein – dann nur hoffen, daß meine Leidenschaft und Fähigkeit für die Kunst durch mein ganzes Leben fortdauern werde. Urteilen Sie also, wie willkommen der Wink mir gewesen sein mußte, der mir Erlaubnis gab, Ihnen mein ganzes Herz vorzulegen!*

Er bittet Dalberg um finanzielle Unterstützung. Er möchte ein Jahr lang noch einmal in Heidelberg Medizin studieren und ein Doktorexamen ablegen, das auch in der übrigen Welt anerkannt wird, dann nach Mannheim zurückkehren, sich als Arzt niederlassen und als Autor für das Theater wirken. Für dieses Studienjahr in Heidelberg erbittet er von Dalberg ein Stipendium.

Doch Dalberg will ihn nicht finanzieren, sondern loswerden. Andreas Streicher hatte seinen Freund gewarnt, er solle nicht auf Dalberg setzen, nicht an ihn schreiben und ihm seine Nöte offenbaren, denn man könne nur eine »hofmäßige, ausweichende Antwort« erwarten, dieser Mann, so Streicher, ziehe sich immer dann zurück, wenn man Hilfe benötige. Aber Schiller hörte nicht auf den Freund, »sein edles, reines Herz, das andere nur nach der eigenen Weise beurteilte«, so Streicher, ließ sich nicht abhalten.

Während Schiller noch auf Antwort wartet, ist hinter den Kulissen die Entscheidung gegen ihn gefallen. Dalberg war mit Schiller nicht auf seine Kosten gekommen; Schiller hatte sich nicht als Kassenmagnet bewährt. Der Anfangserfolg der »Räuber« hatte wohl zuviel versprochen. Die Schauspieler hatten Klage gegen den Hausautor erhoben. Dalberg brauchte einen Autor, der schnellfertige und auf Anhieb bühnenwirksame Stücke schreiben konnte, und er durfte hoffen, in Iffland, der binnen eines Jahres drei Erfolgsstücke auf die Bühne gebracht hatte, einen solchen Autor endlich gefunden zu haben. Theaterleute, auf die Dalberg hörte, lagen dem Intendanten schon seit einiger Zeit mit ihren Klagen über Schiller in den Ohren. Friedrich Wilhelm Gotter, der populäre Theaterautor aus Gotha, hatte ihm geschrieben, er würde den Dramen Schillers »in der Gattung des Schrecklichen den Preis« zuerkennen und hatte, für den Fall, daß die Ironie dieses Vorschlags nicht bemerkt würde, hinzugefügt: »Aber der Himmel bewahre uns vor mehr Stücken dieser Gattung«. Friedrich Ludwig Schröder, Schauspieldirektor in Hamburg und in Wien, hatte im Mai 1784 über die »Räuber« und den »Fiesko« an Dalberg geschrieben: »Der Kaiser will keine Sturm- und Drangstücke und mit Recht … Es ist schade um Schillers Talent, daß er eine Laufbahn ergreift, die der Ruin des deutschen Theaters ist. Die Folge ist deutlich. Wird der Geschmack an diesen Sturm- und Drangstücken allgemein, so kann kein Publikum ein Stück goutieren, das nicht wie ein Raritätenkasten alle fünf Minuten etwas anderes zeigt … ich hasse auch diese regellosen Schauspiele, die Kunst und Geschmack zugrunde richten. Ich hasse Schillern, daß er wieder eine Bahn eröffnet, die der Wind schon verwehet hatte.«

Im Hintergrund gab es außerdem eine politische Kabale. Anfang der achtziger Jahre hatte in Bayern und der Pfalz eine Kampagne gegen die Illuminaten, die Kaderschmiede der Freimaurer, eingesetzt. Dahinter standen katholische Kreise am Hof in München, die in Reaktion auf die Aufhebung des Jesuitenordens von 1773 eine energischere Bekämpfung der aufklärerischen und antiklerikalen Bestrebungen im Lande forderten. Am 24. Juni 1784 verbot ein Erlaß alle bayerisch-pfälzischen Logen. In diesem Sommer, als Schiller um seine weitere Bestallung als Theaterautor kämpfte, herrschte auch in Mannheim ein Klima der Verdächtigung. Alles, was irgendwie der Aufklärung oder dem »Sturm und Drang« zugerechnet werden konnte, wurde des »Illuminatismus« und damit des revolutionären Umtriebs bezichtigt. Verdächtigt wurde das Theatermilieu insgesamt, und sogar über Dalberg ging das Gerücht, er gehöre einer Loge an. Wohl um sich selbst zu entlasten und um sein Theater aus der Verdachtzone zu bringen, hatte Dalberg sich entschieden, die Verbindung mit dem höheren Orts als politisch anrüchig geltenden Schiller einstweilen aufzulösen.

In diesem Sommer, als im Hintergrund die Entlassung vorbereitet wurde, hielt Schiller am 26. Juni vor der kurpfälzischen »Deutschen Gesellschaft« einen Vortrag über das Thema »Was kann eine gute stehende Schaubühne eigentlich wirken?« (später veröffentlicht unter dem Titel »Die Schaubühne als moralische Anstalt betrachtet«). Er beschäftigt sich mit der großen Zukunft des Theaters, der moralischen, ästhetischen und politischen, in einem Augenblick, da seine eigene Zukunft am Theater fraglich zu werden beginnt. Aber gerade deshalb kämpft er um seine Stellung, um sein Ansehen in der Öffentlichkeit, und nicht zuletzt um sein Ansehen bei der »Deutschen Gesellschaft«, diesem Kreis honoriger bürgerlicher und adliger Männer, die sich die Verbesserung der Sitten und die Reinigung der Sprache zum Ziel gesetzt haben. Schiller rechnet sich eine Chance aus, Sekretär dieser Gesellschaft zu werden. Es wäre dies eine einträgliche Nebenbeschäftigung; außerdem könnte er in dieser Position dafür sorgen, daß die »Gesellschaft« sich für die Angelegenheiten des Theaters einsetzt. Damit ließe sich für das Theater ein stärkerer Rückhalt im anspruchsvolleren Teil des Publikums gewinnen. Schiller weiß, daß die »Gesellschaft« in ihrer Mehrzahl aus Leuten besteht, denen die schöne Literatur, Kunst und Theater nur eine angenehme Nebensache bedeuten. Das Theater lassen sie sich gefallen, aber nur als bloßes Vergnügen, keinesfalls kann es bei ihnen als ernsthafte Beschäftigung für einen ernsthaften Menschen gelten.

Schiller will die politisch einflußreiche »Gesellschaft« dafür gewinnen, daß sie sich der Pflege des Theaters als einer *moralischen Anstalt* annimmt. Die »Gesellschaft« ist vom Geist der Aufklärung angeweht, sie will »verbessern« – die Menschen, die Sitten, die Sprache, die gesellschaftlichen Einrichtungen. Und darum muß er den Herren, vor denen er spricht, die soziale, aufklärerische Nützlichkeit des Theaters deutlich machen. Darauf ist die ganze Rede angelegt, die des Guten zuviel tut. Mit soviel Pathos und Entschlossenheit hat bisher noch keiner den gesellschaftspolitischen und moralischen Nutzen der Schaubühne herausgestellt.

Das Theater wird neben Staat und Religion zur dritten Gewalt im gesellschaftlichen Leben erklärt. In einem Brief an Christian Gottfried Körner wird Schiller ein halbes Jahr später von seinem *unglücklichen Hang zum Vergrößern* sprechen und davon, *daß oft geringe Veranlassungen meine Hoffnung schwindelnd fortreißen* (10. Februar 1785). In der Rede vor der »Deutschen Gesellschaft« gibt Schiller eine eindrucksvolle Probe seines Hangs zur Vergrößerung bei der Beschreibung der gesellschaftlichen Rolle des Theaters, und man kann ihn dabei beobachten, wie er vom eigenen Schwung mitgerissen wird.

Schiller demonstriert unbegrenztes Vertrauen in die Wirkungsmacht des Theaters. Was soll und kann die Schaubühne nicht alles leisten: sie zeigt das Laster und weckt die Empörung darüber; sie gibt die Torheit dem Gespött preis; sie macht den Zuschauer bekannt mit dem Labyrinth seiner Seele; sie enthüllt die Winkelzüge des Bösen, so daß man sich besser dagegen schützen kann; sie lehrt den Zuschauer, sich in verschiedene Personen einzufühlen und jedem sein Eigenrecht zuzugestehen – eine praktische Übung also in Toleranz und Gerechtigkeit.

Wie stark Schiller in dieser Situation, da es gilt, die Honoratioren der »Gesellschaft« fürs Theater zu gewinnen und sich selbst einen Sekretärsposten zu ergattern, seinem *Hang zum Vergrößern* nachgibt, zeigt sich insbesondere im Vergleich mit dem Aufsatz »Über das gegenwärtige teutsche Theater«, den er zwei Jahre zuvor geschrieben hatte.

Auch damals hatte er die sittlich veredelnde Kraft des Theaters als Möglichkeit ins Auge gefaßt, war aber illusionslos zu dem Ergebnis gekommen, daß zuerst das Publikum sich bessern müßte, ehe es vom Theater verbessert werden könnte. *Bevor das Publikum für seine Bühne gebildet ist, dürfte wohl schwerlich die Bühne ihr Publikum bilden* (V, 813). Das Publikum nämlich, so hatte Schiller scharfsichtig bemerkt, vergnügt sich heimlich an dem, worüber es sich doch empören sollte. Wenn beispielsweise auf der Bühne die Wollust über die Tugend siegt, dann ist es in der Regel nicht die Tugend, sondern die Wollust, mit der das Publikum sich identifiziert. Die Lüsternheit sitzt im Parkett, und die Schauspielerinnen verstehen es, sie zu reizen, auch in tugendhaften Rollen. *Die Schlachtopfer der Wollust* werden *durch die Töchter der Wollust gespielt,* und die Szenen des Jammers, der Furcht und des Schreckens dienen zuletzt doch nur dazu, *den schlanken Wuchs, die netten Füße, die Grazienwendungen der Spielerin zu Markte zu tragen* (V, 813). Die Theaterautoren sollten sich nichts vormachen, das *Heer unserer süßen Müßiggänger* würde doch nur nach dem *Schaume der Weisheit* und dem *Papiergeld der Empfindung* verlangen. Ein paar Stunden angenehme Gefühle, Aufwallungen, Gedankenspiele, danach wird man sich wieder seinen gewöhnlichen Geschäften zuwenden, als sei nichts geschehen. Wer sich aber vom Geschehen auf der Bühne tiefer berühren läßt, zeigt eben damit, daß er bereits ein besserer Mensch ist und das Theater zu seiner moralischen Verbesserung gar nicht nötig hat.

In diesem Aufsatz von 1782 hatte Schiller dem Theater als moralischer Anstalt wenig zugetraut. So beschränkte er sich darauf, Ideen zur Verbesserung der Kunstfertigkeit bei Autoren und Schauspielern zu entwickeln, eine Kunstfertigkeit, die sich am Maß der Natürlichkeit und der Lebenswahrheit zu orientieren habe. Wenn das Theater die Menschen auch nicht verbessert, so sollte es wenigstens gut gemacht sein. Wenn es aber gut gemacht ist, dann wahrt die Kunst ihre Würde, und vielleicht wird sich das positiv auf das Publikum auswirken: *Ein edles unverfälschtes Gemüt fängt neue belebende Wärme vor dem Schauplatz – beim rohern Haufen summt doch zum mindesten eine verlassene Saite der Menschheit verloren noch nach* (V, 818). Man darf, das ist die Logik der Argumentation, sich nicht allzuviel von der Wirkung versprechen, man sollte deshalb auch nicht zuerst auf den moralischen Zweck blicken, sondern der Autor sollte sich selbstzweckhaft seinem Werk hingeben und um seine Schönheit besorgt sein. Alles weitere, die Wirkung und die Wahrheit, wird sich dann schon finden. Was die Moral betrifft, so trifft man sie am besten, wenn man nicht darauf zielt.

Ganz anders argumentiert Schiller zwei Jahre später in seiner Rede vor der »Deutschen Gesellschaft«. Er ist inzwischen an praktischen Erfahrungen reicher geworden, aber sie waren nicht von der Art, daß sie Anlaß gegeben hätten zu einer optimistischeren Einschätzung der Möglichkeit moralischer Einwirkung auf das Publikum. Und doch erkühnt er sich zu dem Satz: *Die Schaubühne ist der gemeinschaftliche Kanal, in welchen von dem denkenden bessern Teile des Volks das Licht der Weisheit herunterströmt, und von da aus in milderen Strahlen durch den ganzen Staat sich verbreitet. Richtigere Begriffe, geläuterte Grundsätze, reinere Gefühle fließen von hier durch alle Adern des Volks; der Nebel der Barbarei, des finstern Aberglaubens verschwindet, die Nacht weicht dem siegenden Licht* (V, 828).

Warum diese im Vergleich zum ersten Aufsatz übertriebenen Annahmen über die moralische Wirkung des Theaters? Gewiß, er will die Herren von der »Deutschen Gesellschaft« überzeugen. Aber bei dieser Gelegenheit faßt er noch höhere Zwecke ins Auge: *Wer also unwidersprechlich beweisen kann, daß die Schaubühne Menschen- und Volksbildung wirkte, hat ihren Rang neben den ersten Anstalten des Staats entschieden* (V, 819).

Der Theaterautor, der um seine Anstellung kämpft, strebt eine Rangerhöhung des Theaters im öffentlichen Leben an: das Theater soll neben und gegenüber dem Staat eine eigene Autorität beanspruchen dürfen, und deshalb will er den Beitrag der Schaubühne für die *Menschen- und Volksbildung* beweisen. Er versammelt noch einmal alle Argumente, die in diesem Jahrhundert zur Verteidigung der Bühne aufgeboten worden waren.

Seit Rousseaus »Brief an d'Alembert«, worin die Bühne als Verderberin der Sitten angeprangert worden war – Schiller nennt diese Schrift den *härtesten Angriff* (V, 820) – hatte es sowohl in Frankreich wie auch in Deutschland eine heftige Debatte gegeben, die vordergründig ästhetisch-moralisch, in Wirklichkeit aber politisch war. Und auch Schiller formuliert mit seiner Verteidigung des Theaters einen politischen Anspruch. Er hat ihn in einer klassisch gewordenen Formulierung unmißverständlich zum Ausdruck gebracht. *Die Gerichtsbarkeit der Bühne fängt an, wo das Gebiet der weltlichen Gesetze sich endigt. Wenn … die Frevel der Mächtigen ihrer* (der Gerechtigkeit) *spotten …, übernimmt die Schaubühne Schwert und Waage, und reißt die Laster vor einen schrecklichen Richterstuhl* (V, 823).

Um diesen politischen Anspruch der ästhetisch-moralischen Gegenmacht des Theaters zu unterstreichen, übertreibt Schiller gegen seine eigene Erfahrung die moralische Wirksamkeit der Bühne. Er führt Bataillone ins Feld, die er gar nicht kommandiert. Doch bisweilen kommt ihm in dieser schwungvollen und hochpathetischen Rede sein Realismus in die Quere. Eben noch malt er den *großen Wirkungskreis* der Schaubühne aus, da befallen ihn Zweifel: *ich selbst bin der Meinung, daß … Karl Moors unglückliche Räubergeschichte die Landstraßen nicht viel sicherer machen wird* (V, 826). Kleinlaut zieht er sich dann auf die Formulierung zurück, daß die Schaubühne, wenn sie *die Summe der Laster weder tilgt noch vermindert*, uns wenigstens mit diesen Lastern bekannt gemacht hat. Eine bescheidene Auskunft, denn mit den Lastern wird man anderweitig hinreichend bekannt gemacht. Und daß man durch die Bühne auf *Anschläge* des Lasters vorbereitet werde und sich besser gegen sie schützen könne, wie Schiller behauptet, ist wohl doch nur Wunschdenken.

Der Versuch, die moralische Nützlichkeit zu erweisen, hat etwas Zwanghaftes. Erst am Ende der Rede kommt der Augenblick der diskursiven Befreiung, dann nämlich, wenn nicht der moralische und politische, sondern der eigentlich ästhetische Zustand beschrieben wird. Hier formuliert Schiller die Umrisse seiner wenige Jahre später glanzvoll entwickelten ästhetischen Theorie: *Die menschliche Natur erträgt es nicht, ununterbrochen und ewig auf der Folter der Geschäfte zu liegen, die Reize der Sinne sterben mit ihrer Befriedigung … Die Schaubühne ist die Stiftung, wo … keine Kraft der Seele zum Nachteil der andern gespannt, kein Vergnügen auf Unkosten des Ganzen genossen wird … in dieser künstlichen Welt träumen wir die wirkliche hinweg, wir werden uns selbst wiedergegeben, unsre Empfindung erwacht, heilsame Leidenschaften erschüttern unsre schlummernde Natur und treiben das Blut in frischeren Wallungen* (V, 831).

Hier ist nicht mehr die Rede von moralischer Wirkung, Aufklärung und Lehre, sondern es wird der andere Zustand der ästhetischen Erfahrung umschrieben: wenn der Geist sich löst vom Dienst am Realitätsprinzip, wenn er frei wird für den Versuch und die Versuchung, wenn nicht mehr der Egoismus der Selbstbehauptung die Regie führt, wenn sich ein Raum eröffnet für Probehandeln, wenn auf der Probebühne der Fiktion auch die extremen Leidenschaften erkundet werden können, wenn bei vermindertem Risiko an den Grenzen des Menschenmöglichen experimentiert wird, wenn der Mensch also mit seinen Kräften spielt und dabei erfährt, daß er erst dort wahrhaft Mensch ist, wo er spielt.

Schiller empfiehlt den seriösen Herren von der »Deutschen Gesellschaft« die Kunst als ultimative Lockerungsübung; sie sollen, so spricht er sie mit einer enthusiastischen Schlußwendung an, *jede Fessel der Künstelei und der Mode* abwerfen, sich dem Drang des alltäglichen Geschicks entwinden und spüren, wie sie im Spiel durch *eine allwebende Sympathie verbrüdert* sind. Es fehlt nur noch, daß er sie auffordert vorzutreten, sich an den Händen zu fassen und den großen Reigen zu tanzen. Was ist der ästhetische Zustand? Die entzückende Empfindung, *ein Mensch zu sein* (V, 831).

Die Herren von der »Deutschen Gesellschaft«, die Schiller auch mit der Aussicht lockte, daß, hätte man erst eine *Nationalbühne* – vielleicht in Mannheim? –, *so würden wir auch eine Nation* (V, 830), diese Herren lassen sich nicht erweichen. Es kommt zu keiner Zusammenarbeit mit dem Theater, zu keiner Stützungsaktion für Friedrich Schiller. Ende August 1784 läuft sein Theatervertrag aus. Er wird nicht verlängert. Er muß sich als gekündigt ansehen.

Die Kunde von Schillers Kündigung dringt sofort nach Stuttgart, wo sich die Gläubiger rühren, die auf sofortige Rückzahlung der Schulden drängen. Es handelte sich immer noch um die Geldbeträge, die Schiller 1781 und 1782 geliehen hatte, um »Die Räuber« und den »Almanach« im Selbstverlag herausbringen zu können. Sie waren noch nicht zurückgezahlt. Eine Korporalsfrau, die eine Anleihe vermittelt und dafür gebürgt hatte, wurde von den Gläubigern bedrängt, und um dem Schuldgefängnis zu entkommen, war sie nach Mannheim geflüchtet. In Stuttgart verbreitete sich das Gerücht, Schiller habe ihr bei der Verfertigung falscher Wechsel geholfen. Schillers Lage war zum Verzweifeln. Auch der Vater hatte für den Sohn gebürgt, und es bestand die Gefahr, daß auch er in die üble Angelegenheit hineingezogen werden könnte. Der Vater hilft ihm mit einem Betrag, der aber nicht ausreicht. Er schreibt vorwurfsvolle, bittere Briefe an den Sohn. »Solange Er … Seine Rechnung auf Einnahmen setzt, die erst kommen sollen, mithin dem Zufall oder Unfall unterworfen sind, so lange wird er in Gedränge verwickelt bleiben«. Der Sohn klagt sein übles Schicksal an, der Vater aber antwortet mit dem Vorwurf, »Mein lieber Sohn, Er hat noch nie recht mit Sich selber gerungen, und es ist höchst unanständig und sündlich, Sein Nichtwollen auf die Erziehung in der Akademie zu wälzen«. Vorwurfsvoll gibt der Vater dem Sohn zu bedenken, »daß er in alle seine Verlegenheit nicht gekommen wäre, wenn er hier geblieben wäre, und daß er überhaupt glücklicher, mit sich selbst zufriedener und in der Welt brauchbarer wäre, wenn er mehr in der Mittelstraße hätte bleiben und nicht Epoche hätte machen wollen«.

Der Vater konnte beim besten Willen nicht helfen, seine Geldmittel waren erschöpft. Es halfen ihm schließlich der Maurermeister Anton Hölzel und seine Frau, bei denen Schiller wohnte und die ihm in Dankbarkeit verbunden waren, weil er ihren Sohn ärztlich betreut und aus schwerer Krankheit gerettet hatte. Die Hölzels streckten ihm eine Summe vor, womit Schiller die hartnäckigsten Gläubiger zufriedenstellte. Die flüchtige Korporalsfrau konnte wieder nach Stuttgart zurückkehren.

Schulden hatte Schiller auch bei Henriette von Wolzogen. Sie hatte ihm für den Aufenthalt in Bauerbach und für die Reise nach Mannheim einiges vorgeschossen und außerdem hatte sie, weil diese Summen nicht ausreichten, bei einem Geldverleiher für Schiller gebürgt. Der bedrängte sie nun, da er Nachricht von Schillers Kalamität erhalten hatte. Freundlich, aber entschieden drang jetzt auch Henriette auf Rückzahlung. Beschämt und verzweifelt traute sich Schiller nicht, der Freundin zu schreiben und ihr seine Nöte zu bekennen. Erst nach einigen Wochen, am 8. Oktober 1784, gesteht er ihr seine verzweifelte Lage: *Unglückliches Schicksal, das unsere Freundschaft so stören mußte, das mich zwingen mußte, in Ihren Augen etwas zu scheinen, was ich niemals gewesen bin, und niemals werden kann, niederträchtig und undankbar … Der Gedanke an Sie, der mir jederzeit soviel Freude machte, wurde mir, durch die Erinnerung an mein Unvermögen, eine Quelle von Marter. Sobald Ihr Bild vor meine Seele kam, stand auch das ganze Bild meines Unglücks vor mir. Ich fürchtete mich, Ihnen zu schreiben, weil ich Ihnen nichts, immer nichts, als das ewige: Haben Sie Geduld mit mir, schreiben konnte.* Henriette geduldet sich, und es gelingt ihr, den Bauerbacher Geldverleiher, von dem sie selbst abhängig war, einstweilig ruhig zu stellen.

In dieser Misere erhält Schiller im Mai 1784 eine anonyme Sendung aus Leipzig. Vier unbekannte Freunde, zwei Frauen und zwei Männer, hatten sich zusammengetan und anonym ihre Portraits geschickt und in einem Brief ihre herzliche Verehrung dem Dichter bekundet. Später wird Schiller die Namen erfahren: Christian Gottfried Körner, Rat des Oberkonsistoriums in Dresden, der eine Komposition des Liedes der Amalia aus den »Räubern« beilegt, seine Braut Minna Stock, deren Schwester Dora, die eine gestickte Brieftasche beisteuert, und deren Verlobter Ludwig Ferdinand Huber. In dem Brief schreiben sie: »Zu einer Zeit, da die Kunst sich immer mehr zur feilen Sklavin reicher und mächtiger Wollüstlinge herabwürdigt, tut es wohl, wenn ein großer Mann auftritt und zeigt, was der Mensch auch jetzt noch vermag«.

Schiller fühlte sich, wie er später an Körner schreibt, beschämt. Er war durch die Schwierigkeit in seinem Selbstgefühl so sehr herabgestimmt, daß er nicht glauben konnte, einer solchen Verehrung würdig zu sein. Als er sich endlich, ein halbes Jahr nach Erhalt der Sendung, am 7. Dezember 1784 zu einem Antwort- und Dankesbrief aufrafft, schreibt er, sein Stillschweigen entschuldigend: *Ihre Briefe … trafen mich in einer der traurigsten Stimmungen meines Herzens … Meine damalige Gemütsverfassung war diejenige nicht, worin man sich solchen Menschen, wie ich Sie mir denke, gern zum ersten Mal vors Auge bringt. Ihre schmeichelhafte Meinung von mir war freilich nur eine angenehme Illusion … Darum, meine Teuersten, behielt ich mir die Antwort bis auf eine bessere Stunde vor – auf einen Besuch meines Genius, wenn ich einmal, in einer schönen Laune meines Schicksals, schöneren Gefühlen würde geöffnet sein.* Er habe, schreibt er weiter, den Dichterberuf verwünscht, er habe an sich gezweifelt bis zur Verzweiflung. In dieser Stimmung habe er nicht schreiben können und wollen.

Anfang des Jahres 1785 war wieder die Selbstgewißheit und Kraft zurückgekehrt. Das hing auch damit zusammen, daß Schiller nach den Demütigungen endlich wieder einen schönen Erfolg erleben durfte.

Weihnachten 1784 wird er auf Empfehlung einer Verwandten Henriettes, der Hofdame der Prinzessin Luise von Mecklenburg (der späteren Königin Luise von Preußen), an den Darmstädter Hof eingeladen, wo gerade der Herzog Karl August von Weimar als Gast weilt. Er soll aus »Don Karlos«, dem neuen Stück, an dem er arbeitet, vorlesen. Die Lesung macht Eindruck, Schiller hatte inzwischen gelernt, die eigenen Texte wirkungsvoller vorzutragen. Anderntags hat er eine Unterredung mit dem Weimarer Herzog, der ihm auf seine Bitten hin »mit vielem Vergnügen« den Titel eines Weimarer Rats erteilt. Wieder eine Gelegenheit, sich durch *geringe Anlässe* zu den größten Hoffnungen *schwindelnd fortreißen* zu lassen. Wie wäre es, wenn er das undankbare, ihn demütigende Mannheimer Theatermilieu verließe und sich nach Weimar begeben würde? Vielleicht ließe sich dort ein neuer Anfang machen, als Schriftsteller, als Theaterautor; vielleicht könnte er dort, da er doch auch ein wenig die Juristerei betrieben hatte, eine einträgliche Verwaltungsstelle am Hofe bekommen, vielleicht, daß aus dem frischgebackenen Titular-Rat ein wirklicher Rat würde, in Nachbarschaft zum Geheimrat Goethe …

Im Februar 1785 jedenfalls strotzt er wieder vor Selbstbewußtsein. Den neuen Freunden in Leipzig schreibt er am 10. Februar, daß er inzwischen auch aus seinen *Torheiten* schließen kann, *daß die Natur ein eigenes Projekt* mit ihm vor hatte …

Von den Leipziger Freunden weiß er noch so wenig, aber mit einer *Miene der Übereilung*, wie er selbst schreibt, stürzt er sich in diese Freundschaft, die vorerst nur ein Phantasma ist. *Für Sie, meine Besten, kann ich schlechterdings keine Schminke auftragen, diese armselige Zuflucht eines kalten Herzens kenne ich nicht.* Man kennt sich noch nicht, aber das ist auch nicht nötig, die Ahnung genügt, und diese sagt ihm: *Diese Menschen gehören Dir, diesen Menschen gehörst Du.* Ist das nicht ein wenig verrückt, diese Freundschaft ins Blaue hinein, diese überbordende Herzlichkeit, nur auf Ahnung und Phantasie gegründet? Das mag sein. Aber dieser Enthusiast der Freundschaft fühlt sich eben als ein besonderer Mensch, was er in dem bereits zitierten Brief vom 10. Februar stolz und selbstgewiß ausspricht: *Gewissen Menschen hat die Natur die langweilige Umzäunung der Mode niedergerissen* … In diesem Satz klingt jenes Motiv an, das ein halbes Jahr später in der auf den Freundschaftsbund mit Körner gedichteten Ode »An die Freude« mächtig wiederhallte: *Deine Zauber binden wieder / was der Mode Schwert geteilt* (in der zweiten Fassung heißt es: *Deine Zauber binden wieder, / Was die Mode streng geteilt*).

Wenn die Freunde, schreibt er weiter, plötzlich von einem Gefühl der *Wehmut* angeweht würden, dann könnten sie sicher sein, daß just in diesem Augenblick *Schiller an sie gedacht hat.* Wehmut? Gewiß, sie sollten doch noch einmal die elegische Klage des Karl Moor an der Donau nachlesen: *Seht! es ist alles hinausgegangen sich im friedlichen Strahl des Frühlings zu sonnen … daß alles so glücklich ist, durch den Geist des Friedens alles so verschwistert! – die ganze Welt* Eine *Familie … Ich allein der Verstoßene … nimmer mir der Geliebten schmachtender Blick – nimmer nimmer des Busenfreundes Umarmung …* (I, 561f.).

Der Brief vom 10. Februar bricht mitten im Satz ab. Er bleibt fast zwei Wochen liegen, dann setzt Schiller neu an, mit einem Fanfarenstoß. Es sei inzwischen *eine Revolution* mit ihm vorgegangen, *die Epoche in meinem Leben macht.* Er kann und will nicht mehr in Mannheim bleiben: *Zwölf Tage habe ich's in meinem Herzen herumgetragen, wie den Entschluß aus der Welt zu gehen. Menschen, Verhältnisse, Erdreich und Himmel sind mir zuwider. Ich habe keine Seele hier, keine einzige, die die Leere meines Herzens füllte, keine Freundin, keinen Freund.* Er wird, dazu hat er sich entschlossen, zu den Freunden nach Leipzig kommen. Dort, bei ihnen, ist seine wahre Heimat. Wenn er zu ihnen fährt, wird er wieder zu sich selbst kommen. *Meine poetische Ader stockt, wie mein Herz für meine bisherigen Zirkel vertrocknete. Sie müssen sie wieder erwärmen. Bei Ihnen will ich, werd ich alles doppelt, dreifach wieder sein, was ich ehemals gewesen bin, und mehr als das alles, o meine Besten, ich werde glücklich sein … Ich war noch nicht glücklich, denn Ruhm und Bewunderung und die ganze übrige Begleitung der Schriftstellerei wägen auch nicht einen Moment auf, den Freundschaft und Liebe bereiten.* Der Enthusiasmus reißt ihn mit, reißt ihn den Freunden entgegen. Schiller hat noch keine Vorstellung von Körner, Huber und den Damen Stock. Er wird sie erst in Leipzig kennenlernen.

In dem Brief vom 22. Februar macht Schiller eine dunkle Andeutung über eine Herzensangelegenheit, die ihn in Mannheim zugleich festhält und forttreibt: *und was mir vielleicht noch teuer sein könnte, davon scheiden mich Convenienz und Situation.* Worauf Schiller hier anspielt, ist seine Geschichte mit Charlotte von Kalb.

Charlotte war eine wunderliche Frau, schwärmerisch in ihren Träumen und Phantasien versunken, eine entfernte Verwandte Henriettes, geborene Freiin Marschalk von Ostheim. Früh verwaist, wurde sie wie ihre Geschwister bei Verwandten herumgereicht, lebte auf Schlössern und in Gutshäusern, einsam und in sich gekehrt. Sie war von melancholischer Gemütsart. In ihren Erinnerungen erzählt die hochbetagte und inzwischen blinde Frau von ihrer Großmutter, die bei ihrer Geburt ausgerufen habe »Du solltest nicht dasein«. Dieses Wort habe ihr

Leben bestimmt, schreibt sie. Tatsächlich hatte sie einige Schicksalsschläge erdulden müssen: der von ihr bewunderte und geliebte Bruder war plötzlich in Göttingen, wo er studierte, gestorben; ihre Schwester hatte einen bürgerlichen Mann geliebt, war mit einem vornehmen Herrn verheiratet worden und starb kurz darauf an ihrem Kummer; eine andere Schwester zwang man zur Heirat mit dem entlassenen Weimarer Kammerpräsidenten von Kalb, ein Mann, über den Goethe, der ihm im Amt nachfolgte, urteilte, er sei als Geschäftsmann mittelmäßig, als politischer Kopf schlecht und als Mensch abscheulich gewesen. Charlotte wurde dem jüngeren von Kalb in die Ehe gegeben. Dieser, Heinrich von Kalb, war soeben aus Nordamerika zurückgekehrt, wo er als Offizier in französischen Diensten gegen die Engländer gekämpft hatte. Inzwischen war er nach Landau versetzt worden, von wo Charlotte ins nahe Mannheim herüberkam, um den von ihr bewunderten Schiller zu besuchen, dessen Werke sie mehrfach gelesen hatte. Vom »Fiesko« hatte sie sich sechs Exemplare besorgt. Sie trieb nachgerade einen Kult mit diesem Buch und mit dem Autor. Da die Frauen der französischen Offiziere in der Regel nicht bei ihren Männern in den Garnisonsstädten lebten, konnte Charlotte es sich erlauben, im Sommer 1784 eine Wohnung in Mannheim zu beziehen. Es zog sie in Schillers Nähe. Als sie im September ihren ersten Sohn zur Welt brachte und tags darauf Komplikationen auftraten, war Schiller zugegen und sorgte für ärztliche Hilfe. Seitdem sah Charlotte in Schiller den Retter ihres Sohnes, der später, durch Vermittlung Schillers, dem Hofmeister Hölderlin in die Obhut gegeben wird.

In den Wochen nach der Geburt besucht Schiller die Frau fast täglich. Ob es wirklich zu einem Liebesverhältnis kam, wissen wir nicht. Charlotte deutet es an in ihren Erinnerungen, die nicht sehr verläßlich sind. Als fünf Jahre später Schiller seine andere Charlotte findet, wird Charlotte von Kalb einen seelischen Zusammenbruch erleben. Sie hatte sich in ihrer schwärmerischen und phantastischen Art wohl doch eine Zukunft mit ihrem Lieblingsdichter versprochen. Schiller wird ihr fünfzehn Jahre später, dankbar auf die gemeinsame Mannheimer Zeit zurückblickend, schreiben: *Damals trugen Sie das Schicksal meines Geistes an Ihrem freundschaftlichen Herzen und ehrten in mir ein unentwickeltes, noch mit dem Stoffe unsicher kämpfendes Talent. Nicht durch das was ich war und was ich wirklich geleistet hatte, sondern durch das, was ich vielleicht noch werden und leisten konnte, war ich Ihnen wert. Ist es mir jetzt gelungen, Ihre damaligen*

Hoffnungen von mir wirklich zu machen, und Ihren Anteil an mir zu rechtfertigen, so werde ich nie vergessen, wie viel ich davon jenem schönen und reinen Verhältnisse schuldig bin (20. April 1799).

In diesem Herbst des Jahres 1784, als die heikle Freundschaft mit Charlotte begann, schrieb Schiller das Gedicht »Freigeisterei der Leidenschaft«, worin ein Kampf geschildert wird zwischen der Tugend und der Verlockung durch eine Frau, die aber in einer Ehe gebunden ist. Die *Tugend*, heißt es dort, vermag nicht des *Herzens Flammentrieb* zu dämpfen. Den *Eid* auf das tugendhafte Leben will der Freigeist nicht mehr halten, *nimm ihn zurück und laß mich sündigen,* und dann wird über viele Strophen hinweg geschildert, wie nun also gesündigt wird. Es sind doch recht gesittete Ekstasen der Sinnlichkeit, die sich umständlich ihres guten Rechtes auf Ausschweifung vergewissern. Ist die Frau nicht in eine schlechte Ehe gezwungen worden, in einen Bund, *den die errötete Natur bereut*? Ist es Tugend, wenn man vor solcher Unnatur kapituliert? Ist eine Tugend, die solches fordert, nicht ein Tyrann, ist sie nicht ein *Nero*? Der verliebte Freigeist dieses Gedichtes nimmt, um sein erotisches Verlangen zu stillen, den Kampf mit der sittlichen Weltordnung auf. Dieser wunderliche Libertin strebt ins Bett der Lust, aber auch auf den theologischen Kampfplatz. Am Ende ist die Liebe zur Frau schon fast vergessen, und übrig bleibt die hochpathetische Gebärde der Gottesleugnung. *O diesem Gott laßt unsre Tempel uns verschließen, / kein Loblied feire ihn, / Und keine Freudenträne soll ihm weiter fließen, / er hat auf immer seinen Lohn dahin!* (I, 129).

Die Liebe zu einer verheirateten Frau, die Konstellation dieses Gedichtes, würde ganz gut passen auf eine Affäre mit Charlotte von Kalb, und so hat man das Gedicht auch meistens interpretiert: als lyrisches Geständnis. Aber das muß nicht so sein. Man kann es auch als Rollengedicht lesen, als das Gedicht eines Freigeistes eben, dem der theologische Diskurs fast wichtiger zu sein scheint als die geliebte Frau. Immerhin aber fand der Autor Schiller doch noch so viel erotische Brisanz darin, daß er die Erstveröffentlichung des Gedichtes in der »Thalia« (Zweites Heft, Jahrgang 1786) mit einem Kommentar versieht, der mögliche Mißverständnisse abwehren soll: Man soll *die Verzweiflung eines* erdichteten *Liebhabers nicht für das Glaubensbekenntnis des Dichters* ansehen. In einer späteren Fassung des Gedichtes (»Der Kampf«) werden dann alle mißverständlichen Anspielungen auf eine verheiratete Frau getilgt und auch der gottesleugnerische Ton wird gemildert.

Das andere Gedicht aus dieser Zeit trägt den Titel »Resignation«. Zwanzig Strophen lang wird das Gefühl lyrisch umspielt und variiert: *Auch ich war in Arkadien geboren … / doch Tränen gab der kurze Lenz mir nur* (I, 130). Eine beredte und auch redselige Anklage gegen ein Leben, das mehr versprochen als gehalten hat. Das war gewiß die Stimmung jener letzten Wochen des Jahres 1784.

Anfang 1785 hat Schiller mit dem Mannheimer Theater innerlich abgeschlossen. Am 18. Januar erlebt er noch einmal eine empörend schlechte Aufführung von »Kabale und Liebe«. Lieblos wird das Stück heruntergespielt, die Schauspieler haben den Text vergessen, sie improvisieren, wie es ihnen gefällt. Schiller schreibt dem Intendanten einen erbitterten Brief, dem man anmerkt, daß er jetzt keine Rücksicht mehr zu nehmen bereit ist. *Unsere hiesigen Herren Schauspieler*, schreibt er, haben die *Konvenienz bei sich getroffen, schlechten Dialog durch gutes Spiel zu erheben, und guten durch schlechtes zu verderben*. Das ist gegen die Bevorzugung der Stücke Ifflands und gegen die Verstümmelung der eigenen gerichtet. *Kabale und Liebe war durch das nachlässige Einstudieren … ganz in Lumpen zerrissen* (19. Januar 1785).

Als Schiller dieses schreibt, weiß er, daß er nichts mehr zu verlieren hat. Er ist schon halb entschlossen, zu den neuen Freunden nach Leipzig überzusiedeln. Die endgültige Entscheidung für Leipzig fällt Ende Februar. Es dauert noch einige Wochen, bis alle Dinge geregelt sind. Anfang April verabschiedet er sich von den Bekannten und den wenigen Freunden. Die sechzehnjährige Tochter des Verlegers Schwan, deren Liebreiz er schon zuvor einige Male gerühmt hatte, hat eine Brieftasche bestickt, die sie ihm zum Abschied mit tränenden Augen überreicht. Das gibt ihm zu denken. Von Leipzig aus wird der schnell entschlossene Mann ihr einen Heiratsantrag machen, den der Vater zurückweist.

Die letzten Tage in Mannheim verlebt Schiller zusammen mit dem treuen Freund Andreas Streicher. Am Abend des 8. April 1785 sprechen und zechen die beiden bis Mitternacht. Es werden Pläne geschmiedet: Streicher will sein Kompositionsstudium wieder aufnehmen, und Schiller bekräftigt seine Absicht, »den Besuch der Muse nur in der aufgereiztesten Stimmung anzunehmen; dafür aber mit allem Eifer sich wieder auf die Rechtswissenschaft zu werfen, durch welche er … einen wohlhabenden, sorgenfreien Zustand zu erwerben hoffen dürfte«. Das war der Plan einer Weinlaune, Schiller ist nicht mehr darauf zurückgekommen. An diesem letzten Abend aber haben die beiden Freunde darauf angestoßen und mit einer Umarmung besiegelt, daß keiner an den anderen schreiben werde, »bis er Minister oder der andere Kapellmeister sein würde«.

Die Freunde scheiden voneinander. Sie werden sich nie mehr wiedersehen.

Elftes Kapitel

Nach Leipzig. Körner. Huber.
»Rheinische Thalia«. Enthusiasmus der Freundschaft.
»Seid umschlungen ...«. Der philosophische Briefroman.
Noch einmal die Philosophie der Liebe.
Kälteschock des Materialismus. Der Enthusiasmus lernt Realismus.
Sich neu gebären.

Friedrich Schiller ist auf dem Wege nach Leipzig zu den neuen Freunden. Es wird, das ahnt er, eine neue Epoche seines Lebens beginnen. *Es ist mit der Ferne wie mit der Zukunft*, schreibt er am 5. Oktober 1785 an Ludwig Ferdinand Huber, *ein großes dämmerndes Ganze liegt vor unserer Seele, unsre Empfindung verschwimmt sich darin, und wenn das Dort nun Hier wird, ist alles nach wie vor, und unser Herz lechzt nach entschlüpftem Labsal.*

So ist es und so wird es kommen. Er reist voller Erwartungen nach Leipzig, in dieses *dämmernde Ganze*, und wenn er dann zwei Jahre später nach Weimar weiterzieht, wird er auf das enge Zusammenleben mit den Freunden so zurückblicken, als sei ihm dort ein *Labsal* entschlüpft. Am Ende dieser bei Körner und seinen Freunden verbrachten zwei Jahre wird er, von Weimar aus, den Zurückgebliebenen das Bekenntnis ablegen: *Hätte ich nicht die Degradation meines Geistes so tief gefühlt, ehe ich von Euch ging, ich hätte Euch nie verlassen.*

Vor der Erfahrung solcher *Degradation* aber gibt es Aufschwünge, Euphorien, die Augenblicke des Enthusiasmus. Die zwei Jahre in Leipzig, Gohlis, Dresden und Loschwitz sind eine literarisch produktive Zeit: Die »Philosophischen Briefe« werden abgeschlossen, »Don Karlos« vollendet, die Ode »An die Freude« gedichtet, der Roman »Der Geisterseher« begonnen, und doch zählt für Schiller im Rückblick weniger das Werk als das Glück der Freundschaft. *Es gibt für mich*, schreibt er am 8. August 1787 von Weimar aus an Körner, *kein gewisseres und höheres Glück in der Welt mehr, als der vollständige Genuß unserer Freundschaft, die ganze unzertrennbare Vermengung unseres Daseins, unserer Freuden und Leiden.* Diese beiden Jahre enden so wie sie begonnen hatten: mit dem Lob der Freundschaft.

Am 10. Februar 1785, kurz vor dem Aufbruch von Mannheim nach

Leipzig, schreibt Schiller an Körner: *Ruhm und Bewunderung und die ganze übrige Begleitung der Schriftstellerei wägen auch nicht einen Moment auf, den Freundschaft und Liebe bereiten – das Herz darbt dabei.* Schiller eilt einer Freundschaft entgegen, die vorerst nur Erwartung, noch nicht Wirklichkeit ist. Er hatte sich für Leipzig entschieden, obwohl er Körner und Huber bis zu diesem Zeitpunkt nur aus zwei Briefen kannte. Sie genügten ihm, um Vertrauen zu fassen. Körner hatte am 11. Januar 1785 geschrieben: »Wir wissen genug von Ihnen, um Ihnen nach Ihrem Briefe unsere ganze Freundschaft anzubieten; aber Sie kennen uns noch nicht genug. Also kommen Sie selbst sobald als möglich. Dann wird sich manches sagen lassen, was sich jetzt noch nicht schreiben läßt.«

Christian Gottfried Körner, drei Jahre älter als Schiller, stammte aus einer angesehenen Familie des Leipziger Patriziats. Der Vater war Superintendent und Prediger an der Thomaskirche, ein strenger Lutheraner, der die künstlerischen Neigungen seines Sohnes mißbilligte. Den Autor der »Räuber« wollte er nicht bei sich zu Hause empfangen. Der Vater starb im Sommer 1785. Für den Sohn war das eine Befreiung, denn der Vater hatte sich auch gegen die Braut, die »Kupferstechermamsell« Minna Stock, gestellt. Darum kam es erst nach dem Tode des gestrengen Vaters zur Heirat im August 1785. Die Kämpfe gegen den Standesdünkel des Vaters hatten bei den Brautleuten die Begeisterung für den Dichter von »Kabale und Liebe« noch zusätzlich entfacht.

Christian Gottfried Körner hatte auch sonst unter den strengen Erziehungsgrundsätzen seines Vaters gelitten. Er war für die Theologenlaufbahn bestimmt, aber er hatte dem widerstanden. Die aufklärerische Philosophie – er hatte Garve und Platner gehört – entfremdete ihn der Glaubenswelt des Vaters. Der junge Student irrte unstet von einer Wissenschaft zur anderen. Er studierte die alten Sprachen, Philosophie, Naturlehre, Mathematik und Jurisprudenz, widmete sich auch der Volkswirtschaft und Verwaltungslehre. Leidenschaftlich vertiefte er sich in die verschiedenen Wissensgebiete, verlor aber die praktische Anwendung nicht aus den Augen. Er wollte sich nützlich machen. In seinem ersten ausführlichen Brief an Schiller schreibt er: »Es war etwas Herrliches in dem Gedanken, das Feld dieser Wissenschaften zu erweitern, und dadurch die Macht des Menschen über die ihn umgebenden Wesen zu vergrößern und ihm neue Quellen von Glückseligkeit zu eröffnen« (2. Mai 1785). Als Magister der Philosophie und Doktor der

Rechte habilitierte er sich 1779 an der Universität seiner Vaterstadt und wurde sogleich als Notar und Richter eingesetzt. Im selben Jahr bot sich ihm die Gelegenheit, einen jungen sächsischen Grafen auf seiner Kavalierstour durch Europa zu begleiten. Er bereiste Holland, England, Frankreich und die Schweiz. So erwarb er sich eine gewisse Weltläufigkeit. Im Mai 1783 wurde er nach Dresden als Rat des Oberkonsistoriums und als Mitglied der Landesökonomie-Deputation berufen. Die Liebe zu Kunst, Musik und Literatur war bei ihm inzwischen noch stärker und beherrschender geworden. Im Elternhaus und im beruflichen Umkreis galt die Kunst allenfalls als schöne Nebensache, er aber wollte sie in den Mittelpunkt des Lebens gerückt sehen, ihm erschien sie als das »Mittel, wodurch eine Seele besserer Art sich anderen versinnlicht, sie zu sich emporhebt, den Keim des Großen und Guten in ihnen erweckt, kurz alles veredelt, was sich ihr nähert«. Körner hatte Geschmack genug, um von seinen eigenen Versuchen beim Komponieren und Dichten nicht sonderlich viel zu halten. Doch war er von empfänglicher Natur, konnte sich mit Hingabe in die Werke anderer vertiefen, Goethe nannte ihn ein »Genie der Rezeption«. Der Umgang mit Kunst und Künstlern war ihm eine Lebensnotwendigkeit. An Schiller schrieb er einige Jahre später: »Ich weide mich an der Gesundheit und Kraftfülle Deines Geistes ... So erscheint mir Deine Existenz, und indem ich sie mir aneigne, fühle ich die meine bereichert und verschönert« (22. September 1801).

Während Körner Enthusiasmus mit Biedersinn zu verbinden wußte, war Ludwig Ferdinand Huber schwärmerisch ohne ausgleichende Bodenhaftung. Huber, der Sohn einer Französin und eines frankophilen bayerischen Literaten, der Diderot unter seine Freunde rechnete, war schon als Knabe in die Welt der Literatur eingetaucht, hatte die bedeutenden französischen, englischen und italienischen Autoren gelesen. Der frühreife, sprachlich hochbegabte junge Mann war selbstbewußt und lebte im Vorgefühl künftiger Größe. Einstweilen aber verdiente er seinen Lebensunterhalt mit Übersetzungen und versuchte sich als Theaterautor. Schiller wird eines seiner Schauspiele, »Das heimliche Gericht«, in der »Thalia« abdrucken. Das Stück wurde in Mannheim aufgeführt, ohne Erfolg. Schiller schätzte die Begabung des fünf Jahre jüngeren Freundes hoch ein, bemerkte aber auch dessen Schwächen. Huber hatte etwas Unstetes, Flackerndes; er war ein zur Verwilderung neigendes Talent. Schiller wollte, wie er einmal an Körner schrieb, *die*

Epoche seines Geistes lenken helfen. Zunächst allerdings mußte man ihm helfen, eine auskömmliche Anstellung zu finden. Man wollte ihn als Sekretär beim diplomatischen Dienst unterbringen, was aber am mangelnden Arbeitswillen Hubers scheiterte. Huber war mit Minnas Schwester, Dora Stock, verlobt. Es kam nicht zur Heirat, auch dafür fehlte ihm die tatkräftige Entschlossenheit. Huber, der selbst Zuspruch nötig hatte, konnte seinerseits Freunde einfühlsam ermuntern. Schiller schätzte seine ansteckende Begeisterungsfähigkeit. Einmal hatte er dem Freund verzweiflungsvoll über seine Arbeit am »Don Karlos« geschrieben: *Warum wird mir immer noch so schwindelnd, wenn ich an ... Shakespeare hinaufsehe* (5. Oktober 1785), worauf Huber am 11. Oktober antwortete: »Schwindle nicht vor dem Briten Shakespeare – deutscher Schiller!«

So war Huber, ein wenig großspurig, schwankend zwischen Übereifer und Trägheit, bei guter Stimmung konnte er von überfließender Herzlichkeit sein.

Es war zunächst Huber, an den sich Schiller enger anschloß. Ihm zuerst offenbarte er, noch von Mannheim aus, seine finanzielle Notlage. Schiller erbat sich von ihm einen Kredit, um Schulden in Mannheim abtragen und die Reise finanzieren zu können. Huber und Körner stellten die Verbindung zu Georg Joachim Göschen her, bei dessen neugegründetem Leipziger Verlag Körner stiller Teilhaber war. Als Sicherheit hatte Schiller seine Zeitschrift »Rheinische Thalia« angeboten, deren erste Nummer im März 1785, kurz vor der Übersiedlung nach Leipzig, erschien. Schiller rechnete den Freunden Einnahmen vor, die er zu erzielen hoffte. Obwohl Göschen dem Projekt nicht so viel zutraute, fand er sich, durch Körners Kapitaleinlage abgesichert, bereit, die Zeitschrift von der zweiten Nummer an in seinen Verlag zu übernehmen. Die dreihundert Taler, um die Schiller gebeten hatte, wurden ihm als Vorschuß überwiesen.

Es war sehr riskant, die finanzielle Zukunft auf das Zeitschriftenprojekt zu gründen. Fünfhundert Subskribenten glaubte Schiller für sein Periodikum gewinnen zu können – eine Hoffnung, die sich bald als trügerisch erwies. Schiller hatte, was das Ökonomische betrifft, keine glückliche Hand mit seinen Zeitschriftenunternehmungen. Noch in der Stuttgarter Zeit hatte er mit dem Freund Petersen und seinem Lehrer Abel zusammen das »Wirtembergische Repertorium der Litteratur« herausgegeben, das ihm nur Schulden einbrachte. Er aber hatte gehofft, sich eine Einnahmequelle damit sichern zu können. Ebenso hochgesteckt waren auch seine inhaltlichen Ansprüche. Er hatte sich damals nichts Geringeres als eine grundlegende Erneuerung der literarischen Kritik zum Ziel gesetzt. Es sollte ein neuer Rezensionsstil geschaffen werden. *Ein Schriftsteller*, hatte Schiller in der Ankündigung des »Repertoriums« geschrieben, *der weniger auf die Nutzbarkeit und innere Fürtrefflichkeit seines Werkes als auf die Lobeserhebungen der gewöhnlichen Zeitungsklitterer achtet, ist in unsern Augen ein verächtliches Geschöpf, den Apoll samt allen Musen aus ihrem Reiche stoßen sollten* (V, 854).

Nach dem Mißerfolg des »Repertoriums« wollte Schiller mit der »Rheinischen Thalia« endlich die hochgesteckten Ansprüche verwirklichen. Auch diesmal wieder sollte dem Unwesen der *gewöhnlichen Zeitungsklitterer* und der Eitelkeit und Selbstüberschätzung mancher Literaten zu Leibe gerückt werden. Auch diesmal wieder handelte es sich um ein nicht nur finanziell ehrgeiziges Unternehmen.

Hervorgegangen war die »Rheinische Thalia« aus dem gescheiterten Projekt eines Theaterjournals für die Mannheimer Bühne, das nach Lessings Hamburger Vorbild »Mannheimer Dramaturgie« heißen sollte. Dalberg, der dafür gewonnen werden sollte, blieb uninteressiert. Nach seiner Entlassung in Mannheim hatte sich Schiller in das Abenteuer eines Selbstverlages gestürzt, mit dem er seine ehrgeizigen Ziele allein verfolgte. Das Ambitionierte zeigt sich bereits in der Ankündigung der Themenbereiche: *Gemälde merkwürdiger Menschen und Handlungen … Philosophie für das handelnde Leben … Schöne Natur und schöne Kunst in der Pfalz … Deutsches Theater … Gedichte und Rhapsodien, Fragmente von dramatischen Stücken … Geständnisse von mir selbst … Korrespondenzen* (V, 857ff.).

Diese »Ankündigung« der »Rheinischen Thalia« vom Herbst 1784 ist überhaupt ein merkwürdiges Dokument deutscher Zeitschriftengeschichte. Das hat es noch nicht gegeben, daß ein Herausgeber sich seinem Publikum vorstellt, indem er seine Seelengeschichte erzählt. Es ist dieser Ankündigungstext, worin Schiller wie noch nie zuvor Auskunft gibt über seine Schicksale an der Karlsschule; hier geht er erstmals ausdrücklich ins Gericht mit seinem Herzog: *Seine Bildungsschule hat das Glück mancher Hunderte gemacht, wenn sie auch gerade das meinige verfehlt haben sollte*; hier findet er die prägnante Formel der Selbstkritik früherer Werke: *Unbekannt mit Menschen und Menschenschicksal mußte mein Pinsel notwendig die mittlere Linie zwischen Engel und Teufel verfehlen.* Offen bis zur Intimität spricht er sein Publikum an, als wollte er einen geheimen Bund mit ihm schließen. Er wirft sich ihm in die Arme und erklärt: *Das Publikum ist mir jetzt alles, mein Studium, mein Souverain, mein Vertrauter. Ihm allein gehör ich jetzt an. Vor diesem und keinem andern Tribunal werd ich mich stellen. Dieses nur fürchte ich und verehr' ich. Etwas Großes wandelt mich an bei der Vorstellung, keine andere Fessel zu tragen, als den Ausspruch der Welt – an keinen andern Thron mehr zu appellieren, als an die menschliche Seele* (V, 856).

Es ist dieselbe Geste, mit der Schiller sich wenige Monate später den Freunden in Leipzig in die Arme wirft. Nur ist es zunächst eine anonyme Menge, ein Publikum eben, das viele Gesichter oder gar keines hat und das er bei späterer Gelegenheit ein *Ungeheuer* nennen wird.

Der vom Mannheimer Theater enttäuschte und von Dalberg gedemütigte Schiller hatte mit seinem Zeitschriftenprojekt die Flucht nach vorn angetreten, und das bedeutet: die Flucht ins Publikum, in die Abhängigkeit des freien Autors von den Wechselfällen des Marktes.

Schiller experimentiert mit den Extremen, auch diesmal wieder; so kann er seine Kräfte der Begeisterung mobilisieren, so steigert er sich in eine Übertreibung hinein, und so wird aus der Hinwendung zum Publikum fast schon eine Liebeserklärung. Die Absicht dieser Zeitschriftengründung, ruft Schiller am Ende der Ankündigung aus, sei nichts anderes, als *zwischen dem Publikum und mir ein Band der Freundschaft zu knüpfen* (V, 860).

Zu diesem Freundschaftsbund gehört, daß Schiller mit einigem Pathos seine Bereitschaft erklärt, einen Lernprozeß vor den Augen des Publikums zu absolvieren. Er wird seinen Lesern Einblicke in seine Werkstatt gewähren, sie dürfen Zeugen sein bei der allmählichen Verfertigung eines Werkes. Darum beginnt er im ersten Heft der »Rheinischen Thalia« mit dem Abdruck des ersten Aktes von »Don Karlos«, dem Stück, das er gegenwärtig unter der Feder hat. Bis zum Frühjahr 1787 werden in drei weiteren Heften seine Fortschritte bei der Ausarbeitung des Stückes dokumentiert. Auch das ist neu: daß ein Autor sein entstehendes Theaterstück dem Publikum in der Art eines Fortsetzungsromans mitteilt. Und darum ist es nicht erstaunlich, daß Schiller Anfang 1787 den »Geisterseher« nun tatsächlich als Fortsetzungsroman erscheinen läßt und damit in Deutschland ein neues Genre einführt.

Anders als zehn Jahre später die »Horen«, die einen eher erzieherischen, magistralen Stil pflegen, stimmt die »Thalia« auf den Geist der

Freundschaft ein. Schiller, der soeben seinen Freundschaftsbund mit dem Publikum angekündigt hat, eilt nun also in die Arme seiner wirklichen Freunde in Leipzig.

Am 17. April, es ist ein Sonntag, trifft Schiller ein. Vom »Blauen Engel«, seinem Absteigequartier, schickt er Huber die Benachrichtigung von seiner Ankunft. Er sei *zerstört und zerschlagen von einer Reise, die mir ohne Beispiel ist, denn der Weg zu Euch, meine Lieben, ist schlecht und erbärmlich, wie man von dem erzählt, der zum Himmel führt.*

Körner ist zur Zeit in Dresden, seine Braut Minna und ihre Schwester Dora sind da. Schiller wird am nächsten Morgen zu ihnen in die Dachwohnung geführt. Die Damen hatten sich Schiller anders vorgestellt, »wie einen Karl Moor aus den böhmischen Wäldern«, erzählt Minna später, »mit Kanonenstiefel und Pfundsporen, den rasselnden Schleppsäbel an der Seite«. Man war überrascht, einen »blonden, blauäugigen, schüchternen, jungen Mann« vor sich zu sehen, »dem die Tränen in den Augen standen« und der kaum wagte, die beiden Frauen anzureden. Doch bald legte sich die Befangenheit, und am Ende dieses ersten Zusammentreffens war es so, als wäre man schon lange Zeit miteinander vertraut.

Huber hatte für Schiller ein bescheidenes Studentenzimmer besorgt. Zu seiner Freude trifft Schiller im selben Haus die Schauspielerin Sophie Albrecht, die er bei seinen kurzen Aufenthalten in Frankfurt kennengelernt hatte. Man hat ihm ein Liebesverhältnis mit dieser Frau angedichtet, wofür wenig spricht, wenn man die Schilderung liest, die Sophie Albrecht später von dem Dichter gegeben hat: »Schillers gewöhnliche Kleidung«, schreibt sie, »bestand in einem dürftigen grauen Rock, und der Zubehör entsprach in Stoff und Anordnung keineswegs auch nur den bescheidenen Anforderungen des Schönheitssinnes. Neben diesen Mängeln der Toilette machte seine reizlose Gestalt und der häufige Gebrauch des Spanioltabaks einen ungünstigen Eindruck«.

Schiller, der bis dahin, von den kurzen Besuchen in Frankfurt abgesehen, städtisches Leben nur in Fürstenresidenzen kennengelernt hatte, fühlte sich in der bedeutenden sächsischen Handelsmetropole und Universitätsstadt wie in die große Welt versetzt. Man nannte damals Leipzig das »Klein Paris«, denn ein bewegtes, buntes Leben spielte sich auf den Plätzen, den breiten Straßen, den zahlreichen Gasthäusern und Cafés, in den großzügigen Parks am Rande der Stadt ab. Von »Richters Kaffeehaus« hatte Schiller schon reden gehört, er wußte, daß man hier alles traf, was Rang und Namen hatte, Gelehrte, Künstler, Politiker und Kokotten. Hier merkte er, daß er inzwischen berühmt war. Der Autor der »Räuber« wurde wie ein *Wundertier* angestarrt. In einem Brief an Schwan mokiert er sich über den *fatalen Schwarm* der Neugierigen, *die wie Geschmeißfliegen um Schriftsteller herumsumsen* und sich *einiger vollgekleckten Bogen wegen zu Kollegen aufwarfen* (24. April 1785).

Nach einigen Wochen hat Schiller genug vom städtischen Treiben, er übersiedelt mit Huber, Göschen und einigen anderen neuen Bekannten in das benachbarte Dorf Gohlis, ein bei den Leipzigern beliebtes Ausflugsziel, im anmutigen Rosental gelegen. Goethe war in seiner Leipziger Zeit gerne dorthin gewandert.

Schiller findet in einem kleinen Bauernhaus am Dorfrand eine bescheidene Unterkunft, ein niedriges Dachstübchen mit zwei winzigen Fenstern, ein paar Stühlen und einem kleinen Tisch, daneben eine Schlafkammer. Hier lebt er den Sommer über bis zum 10. September 1785. Er arbeitet am »Don Karlos«, aber er genießt auch die Geselligkeit mit den Freunden und Bekannten. Neugierige Besucher treffen ein, um Schiller zu sehen.

Eines Abends im Juli erscheint Karl Philipp Moritz. Dieser hatte »Kabale und Liebe« in einer Rezension vernichtend besprochen. Was Schiller berühre, hatte er geschrieben, würde »unter seinen Händen zu Schaum und Blase«. Die entspannte Atmosphäre und die sommerliche Geruhsamkeit bewirken, daß selbst dieser scharfzüngige Kritiker freundlich empfangen wird. Zwar wird er von Schiller zur Rede gestellt, doch er verteidigt sich tapfer, so daß Schiller ihm sogar in einigen Punkten recht gibt. Bis tief in die Nacht redet und disputiert man miteinander. Moritz kann sich dem Zauber der Persönlichkeit Schillers nicht entziehen. Am anderen Morgen liest Schiller einige Szenen aus dem »Don Karlos« vor. Moritz ist begeistert und umarmt den Dichter zum Abschied. Zwar hat er sein negatives Urteil über »Kabale und Liebe« nicht revidiert – er äußerte auch später noch, »daß kein Funke poetisches Drama darinnen sei« – aber um so überschwenglicher rühmte er den »Don Karlos«. Schiller hatte an dem Sommerabend in Gohlis diesen ernsten Mann, der sonst fast nur Goethe gelten ließ, für sich gewonnen.

Tatsächlich war es nicht leicht, sich der Wirkung eines enthusiastisch gestimmten Schiller zu entziehen. Der Verleger Göschen, der mehrere

Wochen in Gohlis verbrachte, schildert Schillers gute Augenblicke so: »Mit hinreißender Beredsamkeit, mit Tränen in den Augen, spornte er wieder und wieder die Freunde an, ja alle Kräfte anzuwenden, ein jeder in seinem Fache, um Menschen zu werden, die die Welt einmal ungern verlieren möchte.« Über Schillers Begegnung mit Moritz schreibt Göschen in einem Brief an Friedrich Justin Bertuch: »Ich kann Ihnen nicht sagen, wie nachgebend und dankbar er gegen jede Kritik ist, wie sehr er an seiner moralischen Vollkommenheit arbeitet, und wieviel Hang er zum anhaltenden Denken hat. Er wußte, daß Moritz ihn hämisch … rezensiert hatte, dem ohngeachtet empfing er Moritz bei seinem Hiersein mit einer Achtung und mit so gefälliger Zuvorkommenheit, daß … Moritz beim Weggehen … ihm ewige Freundschaft versicherte«.

Schiller, der sonst gern die Nacht zum Tage machte, stellte in Gohlis seinen Lebensrhythmus um. Er stand früh auf, manchmal um vier Uhr, und ging im Schlafrock durch die Felder. Ein Gehilfe der Wirtsleute mußte ihm mit der Wasserflasche und einem Glase folgen. Dieser junge Mann mit der Wasserflasche erzählt, wie er einmal nach einem solchen Spaziergang durchs Fenster schauend »den Dichter auf dem Boden hingestreckt gefunden, wobei sein Körper in großer Bewegung gewesen sei. Bestürzt sei er zu ihm getreten und habe ihn gefragt, ob ihm etwas zugestoßen? Schiller habe bloß ausgerufen: Lassen Sie mich! Nach einiger Zeit sei der Dichter erschöpft zu ihm gekommen und habe ihm mitgeteilt, daß er soeben den Plan zu einer Szene im »Don Karlos« gefaßt habe.

Mit Huber war Schiller inzwischen eng vertraut, Körner aber war einstweilen in Dresden noch unabkömmlich. Briefe wurden gewechselt, deren Ton so innig und herzlich war, daß Körner als der ältere dem Freund schließlich das »Du« anbot. Das war die Antwort auf Schillers überschwenglichen Brief vom 7. Mai: *Ich fühl es jetzt an uns wirklich gemacht, was ich als Dichter nur ahndete. – Verbrüderung der Geister ist der unfehlbare Schlüssel zur Weisheit. Einzeln können wir nichts … Freuen Sie sich, teurer Freund, daß unsere Freundschaft das Glück hatte, da anzufangen, wo die gewöhnlichen Bande unter den Menschen zerreißen. Fürchten Sie von nun an nichts mehr für ihre unsterbliche Dauer.* Er warnt den Freund vor den Stunden der Anfechtung, vor der *Anwandlung von Nüchternheit*. Es könnte dann sein, daß jenes innige Gefühl sich wie *Schwärmerei* ausnimmt. Aber es ist keine Schwärmerei, schreibt Schiller, *oder Schwärme-*

rei ist wenigstens ein vorausgenossener Paroxysmus unserer künftigen Größe, und ich vertausche einen solchen Augenblick für den höchsten Triumph der kalten Vernunft nicht.

Man schwelgt nicht nur in Gefühlen und versichert sich wechselseitig herzlicher Verbundenheit. Es entgeht Körner nicht, daß Schiller sich mit finanziellen Problemen herumschlägt und noch nicht den Mut gefunden hat, offen darüber zu sprechen. Körner ist rücksichtsvoll genug, um nicht abzuwarten, bis Schiller mit Bitten um Unterstützung an ihn herantritt. Das möchte er ihm ersparen und schreibt deshalb: »Ich weiß, daß Du imstande bist, sobald Du nach Brot arbeiten willst, Dir alle Deine Bedürfnisse zu verschaffen. Aber ein Jahr wenigstens laß mir die Freude, Dich aus der Notwendigkeit des Brodverdienens zu setzen« (8. Juli 1785). Schiller gesteht seine *Bedenklichkeit* und erwidert entschuldigend, *meine Philosophie kann für die Schamröte nicht, die mein Gesicht unwillkürlich färbte.* Und er beweist ihm sogleich philosophisch, daß es wirklich unklug ist, sich für seine Bedürftigkeit zu schämen. Denn dafür kann man nichts, ob man, wie Körner, ein Vermögen geerbt hat, oder ob einem, wie ihm, nichts in die Wiege gelegt worden ist. Der Wert eines Menschen bestimmt sich nicht nach dem Geldwert, den er besitzt. Was ist Freundschaft anderes, als sich wechselseitig zu helfen, den wahren Wert der Person zur Entfaltung zu bringen. Darum ist Freundschaft ein *Elysium* des gelingenden Lebens. Schiller, der selbstbewußt und selbstgewiß genug ist in bezug auf das, was er noch wird leisten können, schreibt seinem Freund: *Werde ich das, was ich jetzt träume – wer ist glücklicher, als Du* (11. Juli 1785).

Mit diesen Worten stimmt Schiller seinen Körner auf die Grundmelodie ihrer Freundschaft ein: sie werden beide an der allmählichen Hervorbringung eines noch besseren, noch gereifteren Dichters namens Schiller arbeiten. Das ist durchaus nicht eigensüchtig gemeint. Denn Schiller fühlt sich als öffentliche Seele: etwas aus sich zu machen, bedeutet für ihn eine Art Auftrag. Darum ist der Freundschaftsdienst gemeinsame Arbeit am objektiv Gültigen.

Am 1. Juli 1785 treffen Schiller und Körner auf dem Gut Kahnsdorf bei Borna, zwischen Leipzig und Dresden gelegen, persönlich zusammen. Der ganze Kreis, Huber, Göschen, die Damen Stock und andere, sind zugegen. Die große Gesellschaft verhindert eine gründliche Aussprache der beiden Freunde. Aber am nächsten Tag, als Huber, Göschen und Schiller sich wieder auf den Weg machen nach Gohlis, kehren sie unterwegs in einem Gasthaus ein. Es ist ein strahlend sonniger Morgen, man bestellt Wein, gerät in Stimmung, es wird über die Zukunft geredet, ein jeder muß versprechen, daß er dem selbstgewählten Ziel treu bleibt. Eine Euphorie ohnegleichen bemächtigt sich der Runde, und was dann geschieht, schildert Schiller seinem Freund Körner so: *Du warst bis jetzt noch mit keiner Silbe genannt worden, und doch las ich in Hubers Augen Deinen Namen – und unwillkürlich trat er auf meinen Mund. Unsere Augen begegneten sich, und unser heiliger Vorsatz zerschmolz in unsere heilige Freundschaft ... O, mein Freund! Nur unserer innigen Verkettung, ich muß sie noch einmal so nennen, unserer heiligen Freundschaft allein war es vorbehalten, uns groß und gut und glücklich zu machen ... Unsere künftig erreichte Vollkommenheit soll und darf auf keinem anderen Pfeiler als unserer Freundschaft ruhen* (3. Juli 1785).

Für Schiller bedeutete dieser Augenblick, an den er den Freund und sich selbst später noch mehrmals erinnern wird und den er dreimal *heilig* nennt, nichts weniger als die *Einsetzung eines Abendmahls*. Aber es war keine Einstimmung auf Opfertod und Leid, sondern auf ein Leben in beschwingter Freiheit. In dieser Freundschaft wurden die Lasten leicht, hier gelang ihm, was er später in die Worte faßte: *Wollt ihr hoch auf ihren Flügeln schweben, / Werft die Angst des Irdischen von euch, / Fliehet aus dem engen dumpfen Leben / In des Ideales Reich* (I, 201).

Der Sommer geht vorüber, und als der Herbst beginnt, ist Schiller bei Körner in Dresden, die ersten Wochen in dessen Haus am Loschwitzer Weinberg, draußen vor der Stadt. Körner hat inzwischen Minna geheiratet, der neue Hausstand ist gegründet. Wieder einmal sitzt man von goldener Herbstsonne beschienen unter einem Nußbaum im Garten beieinander. Man trinkt Wein. Schiller bringt eine Gesundheit auf das frohe Zusammensein aus. »Die Gläser«, erzählt Minna, »klangen hell, aber Schiller stieß in seiner enthusiastischen Stimmung so heftig mit mir an, daß mein Glas in Stücke sprang. Der Rotwein floß über das, zum ersten Male aufgelegte Damasttuch, zu meinem Schreck. Schiller rief: eine Libation für die Götter! Gießen wir unsere Gläser aus ... Darauf nahm dieser die geleerten Gläser und warf sie, daß sie sämtlich in Stücke sprangen, über die Gartenmauer auf das Steinpflaster mit dem leidenschaftlichen Ausrufe: Keine Trennung, keiner allein! Sei uns ein gemeinsamer Untergang beschieden!«

Aus solcher Stimmung entstand die nachmals durch Beethovens Vertonung so berühmte Ode »An die Freude«, ein Gedicht, das Schiller des Augenblicks wegen, dem es sich verdankt, zwar lieb und wert war, das ihm aber, mit kälterem, kritischem Blick betrachtet, nach einiger Zeit so mangelhaft vorkam, daß er es zunächst nicht in die Ausgabe seiner gesammelten Gedichte aufnehmen mochte. In der letzten Ausgabe allerdings wurde die Ode, in überarbeiteter Form, verdientermaßen wieder in Gnaden aufgenommen. *Seid umschlungen Millionen! / Diesen Kuß der ganzen Welt ! / Brüder – überm Sternenzelt / Muß ein lieber Vater wohnen. // Wem der große Wurf gelungen, / Eines Freundes Freund zu sein; / Wer ein holdes Weib errungen, / Mische seinen Jubel ein! / Ja – wer auch nur* eine *Seele /* Sein *nennt auf dem Erdenrund! / Und wers nie gekonnt, der stehle / weinend sich aus diesem Bund!* (I, 133).

Es waren diese Augenblicke enthusiastischer Freundschaft, die Schiller an seine Liebesphilosophie aus der »Theosophie des Julius« erinnerten und ihn den Plan wieder aufgreifen ließen, einen philosophischen Roman in der Form eines Briefwechsels zwischen zwei Freunden zu schreiben. Es war wirklich daran gedacht, daß Körner den Part des Raphael und Schiller den des Julius übernehmen sollte. Es wurde dann doch kein Roman daraus. Was Schiller im Mai 1786 in der »Thalia« erscheinen ließ, umfaßte zwei Briefe des Julius, eine Antwort Raphaels, die Schiller selbst verfaßte, weil Körner sie nicht zustande brachte, sodann ein umfangreiches Schreiben des Julius, worin die bereits um 1780 geschriebene »Theosophie«, enthalten ist. Den Abschluß bildet eine Nachbemerkung von Julius, der sich inzwischen ernüchtert gibt. Zwei Jahre später, im April 1788, verfaßt Körner endlich einen Raphael-Brief, den Schiller, dem das Unternehmen inzwischen ferngerückt ist, im siebten Heft der »Thalia« zum Abdruck bringt.

Als Körners verspäteter Beitrag eintrifft, gesteht Schiller seinem Freund, welche Mühe ihm das Philosophieren bereite und weshalb er inzwischen vom ursprünglichen Projekt eines philosophischen Briefromans abgekommen sei: *Ich bin weit davon entfernt, ihn ganz liegen zu lassen, weil ich wirklich oft Augenblicke habe, wo mir diese Gegenstände wichtig sind; aber wenn Du überlegst, wie wenig ich über diese Materien gelesen habe, wieviel vortreffliche Schriften darüber vorhanden sind, die man sich ohne Schamröte nicht anmerken lassen kann, nicht gelesen zu haben: so wirst Du mir gerne glauben, daß es mir immer eine schwerere Arbeit ist, einen Brief des Julius zu schreiben, als die beste Szene zu machen. Das Gefühl meiner Armseligkeit – und Du mußt gestehen, daß dies ein dummes Gefühl ist – kommt nirgends so sehr über mich, als bei Arbeiten dieser Gattung* (14. November 1788).

Warum aber hatte er diese *schwerere Arbeit* des philosophischen Begriffs im Frühjahr 1786 überhaupt wieder aufgenommen, zumal zu einem Zeitpunkt, da es ihn drängte, mit dem »Don Karlos« fertig zu werden? Es war, wie er am 15. April 1786 an Körner schreibt, wieder eine *Anarchie der Ideen* in ihm, eine *Mischung … von Spekulation und Feuer, Phantasie und Ingenium, Kälte und Wärme.* Probleme vom Anfang der achtziger Jahre, als er im Zusammenhang der medizinisch-philosophischen Dissertationen über das Verhältnis von Geist und Materie gebrütet hatte, waren wieder aufgetaucht und verlangten eine Klärung, vor allem auch deshalb, weil der philosophisch versierte und interessierte Körner häufig das Gespräch darauf lenkte.

Körner hatte mit dem Studium der vor kurzem erschienenen »Kritik der reinen Vernunft« begonnen. Kant war für ihn der große Spiritus rector, und Körner hatte Schiller einige Male aufgefordert, mit ihm zusammen Kant zu lesen. Schiller aber zögerte. Warum? Die Antwort gibt er in einem Brief an Körner vom 15. April 1788. *Ich habe,* schreibt er dort, *immer nur das aus philosophischen Schriften (den wenigen die ich las) genommen, was sich dichterisch fühlen und behandeln läßt.* Kants Philosophie aber gilt ihm einstweilen noch als *trockene Untersuchung über menschliche Erkenntnis* und deshalb als nicht geeignet, sich *dichterisch fühlen und behandeln zu lassen.*

Und doch merkt man den »Philosophischen Briefen« und besonders der einleitenden »Vorerinnerung«, an, daß Kant, dieses theoretische Gewissen der deutschen Philosophie, bereits hintergründig auf Schiller zu wirken begonnen hat.

Am 5. Dezember 1783 war in der »Berlinischen Monatsschrift« Kants Aufsatz »Beantwortung der Frage: Was ist Aufklärung?« erschienen. Er löste eine weit über die philosophische Szene hinausgehende öffentliche Debatte aus, und es ist unwahrscheinlich, daß Schiller, der die »Berlinische Monatsschrift« regelmäßig las, diesen kurzen, programmatischen Text nicht zur Kenntnis genommen haben sollte.

Denn wie Kant, der die »Aufklärung« definiert als »Ausgang des Menschen aus seiner selbst verschuldeten Unmündigkeit«, verwendet auch Schiller den Begriff der Aufklärung im Zusammenhang einer Metaphorik des Sich-auf-den-Weg-Machens. Wir leben, schreibt Schiller, in einer Epoche, *wo die glückliche Resignation der Unwissenheit einer halben Aufklärung Platz zu machen anfängt, und nur wenige mehr da stehen bleiben wollen, wo der Zufall der Geburt sie hingeworfen* (V, 336). Wenn Kant dazu auffordert, sich einen Weg aus der Unmündigkeit selbst zu suchen und sich dabei seines »eigenen Verstandes zu bedienen«, so greift Schiller diesen Appell auf, indem er davon erzählen will, wie es jemandem ergehen kann, der die Lust, aber auch die Qual des Vernunftgebrauches entdeckt, und welche Irrwege man gehen und in welche Labyrinthe man geraten kann. Er will, die eigene bisherige geistige Entwicklung reflektierend, von den Schicksalen der Vernunft am eigenen Leibe erzählen. *Die Vernunft*, so beginnen die »Philosophischen Briefe«, *hat ihre Epoche, ihre Schicksale wie das Herz, aber ihre Geschichte wird weit seltener behandelt* (V, 336). Das Schicksal der Vernunft am eigenen Leibe – das ist für Schiller genau jener philosophische Aspekt, der sich denken und zugleich *dichterisch fühlen und behandeln läßt*. Kant hatte die Vernunft aufgefordert, sich auf den Weg zu machen, und Schiller wollte in seinem Briefroman von den Schicksalen erzählen, die der Vernunft auf ihren Wegen widerfahren können.

Julius und Raphael sind Freunde, aber es ist eine asymmetrische Beziehung. Raphael ist der ältere, ein Mentor und Psychagoge, der den Jüngeren leitet und ihn, ohne daß dieser es bemerkt, in ein Erziehungsprogramm verwickelt. Darin zeigt sich freimaurerischer Geist, den Schiller später nicht mehr billigen kann. Als Körner im Frühjahr 1788 seinen »Raphael«-Brief verspätet nachreicht, worin die Theosophie des Julius als notwendiger Irrtum einer spekulativen und allzu enthusiastischen Lebensepoche kritisiert wird, antwortet Schiller, es gebe ihm *wenig Trost …, daß auch die Wahrheit ihre Saisons bei den Menschen haben soll,… daß man hier, wie in eurem maurischen Orden im ersten und zweiten Grade, Dinge glauben darf oder gar soll, die im dritten und vierten wie unnütze Schalen ausgezogen werden* (15. April 1788). Dies schreibt Schiller, als er seinen »Don Karlos« beendet hat und ihm am Verhältnis des Marquis Posa zu Don Karlos die Problematik der Seelenlenkung eines gefühlsstarken Gemütes durch ein raffiniertes Bewußtsein aufgegangen ist.

Julius ist in dem Text von 1786 ein junger Mann, der drei Entwicklungsstufen, *Revolutionen und Epochen des Denkens*, durchläuft. Da gab es eine *paradiesische Zeit*, als die Empfindung ihm die Welt belebte und ein Glaube alles mit Sinn erfüllte; es war eine geschlossene Sphäre der Geborgenheit. Und dann kam Raphael. Er lehrte ihn *denken*, er lehrte ihn das Kantische »sapere aude«: habe Mut, dich deines eigenen Verstandes zu bedienen! Er war bereit, sich auf seine Vernunft zu verlassen, und mußte erfahren, daß die junge Vernunft noch nicht sehr verläßlich ist. Zuerst führt und verführt sie ihn zu einer enthusiastischen Spekulation: als Dokument dieser Epoche teilt Julius seine »Theosophie« mit. Dieser Text, der tatsächlich ein philosophisches Bekenntnis des jungen Schiller aus der Karlsschulzeit ist und im Zusammenhang der »Philosophischen Briefe« zum ersten Mal von Schiller veröffentlicht wird, spiegelt also das Denken der zweiten Entwicklungsstufe wider. Julius verbindet die Mitteilung dieser Gedanken mit dem Kommentar: *Ich forsche nach den Gesetzen der Geister – schwinge mich bis zu dem Unendlichen, aber ich vergesse zu erweisen, daß sie wirklich vorhanden sind. Ein kühner Angriff des Materialismus stürzt meine Schöpfung ein* (V, 344).

Auf die glücklichen Stunden der *stolzen Begeisterung* folgt also als dritte Stufe eine Ernüchterung. Es ist aber nicht die Ernüchterung im kantischen Sinne, also als vernünftige Selbstbeschränkung der Vernunft durch den Nachweis ihrer Grenzen (daran wird erst Körner in seinem nachgereichten Raphael-Brief erinnern). Es ist die Ernüchterung durch den physiologischen Mediziner-Materialismus, mit dem Schiller in der Hohen Karlsschule Bekanntschaft geschlossen hat. Schon damals, als er den Theosophie-Text verfaßte, mußte er sich mit der materialistischen Kritik auseinandersetzen.

Bei Schillers eigener geistiger Entwicklung waren also die Epochen der enthusiastischen Liebesphilosophie und die der materialistischen Ernüchterung nicht, wie bei Julius, aufeinandergefolgt, sondern sie fanden gleichzeitig statt, die beiden Denkstile arbeiteten sich aneinander ab, das heiße und das kalte Denken ereignete sich bei Schiller als Wechsel der gegensätzlichen Gestimmtheiten. Diese Gleichzeitigkeit der Gegensätze unterscheidet die intellektuelle Biographie Schillers von der des Julius. Dieser blickt auf seinen Enthusiasmus wehmütig zurück wie auf etwas vollkommen *Erstorbenes*. Bei Schiller aber blieb die Liebesphilosophie, gerade weil sie von Anbeginn dem Kälteschock eines physiologischen Materialismus ausgesetzt war, eine kritisch abgehärtete Option. Diese Liebesphilosophie geht nie ganz verloren, aber sie verliert ihre schwärmerische Naivität.

Vergegenwärtigen wir uns noch einmal die Grundsätze dieser enthusiastischen Philosophie der Liebe, die Julius in seiner »Theosophie« entwickelt.

Das Universum ist ein Gedanke Gottes. Die Natur ist sinngesättigt, Naturphänomene sind *Chiffren*, sie sind für den menschlichen Geist lesbar. Der Sinn der Natur ist nicht, wie bei Kant, eine Projektion des menschlichen Geistes, sondern sie zeigt von sich aus dem menschlichen Geist einen Sinn. Es gibt keine sinnverlassene *Einöde in der ganzen Natur* (V, 345).

Die Natur antwortet auf die Fragen des Menschen, die Fragen nach dem Woher, Wohin und Wozu.

Die Natur kann wie ein in sich vollkommenes Kunstwerk gelesen werden. Ein vollkommenes Kunstwerk ist ein solches, das alle Zweckmäßigkeit in sich einschließt. Es mag an der Oberfläche Dissonanzen und Differenzen geben – das Böse, Verfall, Tod, Fressen und Gefressenwerden –, in einer tieferen Schicht aber ist alles Zusammenstimmung, Harmonie. Dringt der Blick tief genug in dieses kosmische Sein ein, zeigt sich die Sphärenharmonie. Vom Bewußtsein her wird sie entdeckt und vom Sein her zeigt sie sich. Das ergibt die große Vereinigung. Deshalb ist das Erkennen ein Akt der Verschmelzung, also der Liebe. Wer in ein solches Sein tief eindringt, mit dem geschieht eine Verwandlung: der eigene Zustand gleicht sich der Harmonie des Ganzen an. Der Augenblick der angleichenden Verwandlung ist der Moment des realisierten Ideals. *Ich bin überzeugt, daß in dem glücklichen Momente des Ideales der Künstler, der Philosoph und der Dichter die großen und guten Menschen wirklich sind, deren Bild sie entwerfen* (V, 347).

Solche Erkenntnis, als Liebesakt verstanden, sucht nicht einen Gegenstand zu erfassen, um ihn zu beherrschen, sondern um ihn – sein zu lassen. Vor den Augen des Erkennenden soll sich das Erkannte entfalten können. Zwischen dem erkennenden Bewußtsein und seinem Objekt spielt ein Wohlwollen. Mit Wohlwollen blickt man in die Welt, und die Welt blickt wohlwollend zurück. Auf beiden Seiten, beim Subjekt und beim Objekt, ereignet sich eine Entfaltung der Kräfte. Der Liebende erkennt, und der Erkennende kann sich geliebt fühlen. Es gibt eine Offenheit des Gebens und Nehmens.

Damit ist die Frage nach dem Woher, Wohin, Wozu beantwortet.

Woher?

Alles kommt aus der Liebe, denn das Universum als Gottes Gedanke ist eine Schöpfung aus Liebe: *Freundlos war der große Weltenmeister, / fühlte Mangel, darum schuf er Geister, / selge Spiegel seiner Seligkeit. / Fand das höchste Wesen schon kein Gleiches, / aus dem Kelch des ganzen Wesenreiches / schäumt ihm die Unendlichkeit* (V, 353). Die Vision erwies sich immerhin als so wirkungsmächtig, daß Hegel mit diesem Vers aus der »Theosophie« seine »Phänomenologie des Geistes« beschließen wird.

Wohin?

Alles ist schon in sich vollendet, dem menschlichen Geist aber ist es aufgegeben, durch erkennende und liebende Anverwandlung an das Ganze die Selbstvervollkommnung, und damit die bewußte Einfügung in das Ganze, zu vollbringen. Aber genau dieses, aus eigenem Bewußtsein und Wollen die Einfügung und Selbstvervollkommnung zu vollbringen, ist die besondere Leistung, die dem bewußten und selbstbewußten Wesen abverlangt wird. Damit ist auch die dritte Frage nach dem Wozu beantwortet.

Wozu?

Die nichtmenschlichen Wesen erfüllen, ohne Absicht und Plan, das Programm, in dem sie figurieren. Für sie gibt es keine Vollkommenheit, die sie erst noch erringen müßten. Sie sind, was sie sind, und das sind sie in der Vollkommenheit, deren Ausdruck sie sind. Nur der Mensch muß diese Vollkommenheit als Selbstvervollkommnung leisten – als seine Tat. Dem Menschen ist die Selbstschöpfung zur Disposition gestellt. Sein Wozu also ist: zu werden, was er sein kann, und er wird es, indem er sich dazu macht.

Diese Vision ist spirituell, kommt aber ohne ein Jenseits aus. Das Göttliche ist, seit der Schöpfung, vollkommen immanent. Es ereignet sich im Spiel der Liebe, das Erkennen und Handeln umfaßt und worin jene Offenheit der Wesen füreinander realisiert wird, wodurch das Ganze als die große Kette der Wesen vom Bewußtsein erlebt werden kann. Wer an die Macht der Liebe glaubt, braucht keinen überirdischen Gott, mehr noch: die liebende *Anziehung der Geister* ist stark genug, um *einen Gott hervorbringen* zu können (V, 353). Das ist der Gott, der in der Macht der Vereinigung sich manifestiert. Man braucht also keinen transzendenten Gott, vor allem keinen Gott, mit dem man Wechselgeschäfte tätigt nach dem Muster: ich bin fromm und tugendhaft, um dereinst im Himmel dafür belohnt zu werden. Die Liebe und die aus ihr entspringende Tugend ist Lohn in sich selbst. Das Leben kann jetzt gelingen, man braucht nicht auf jenseitige Belohnung zu warten. Es gelingt mit der Liebe. Und darum droht die Verdammnis nicht von seiten eines jenseitigen Gerichtes, sondern der Lieblose erleidet seine Strafe schon jetzt. Verschlossen und verstockt hütet er sein armes kleines Ich wie seinen Besitz und wird dessen Gefangener. Er hockt im Gefängnis seines Egoismus. *Egoismus errichtet seinen Mittelpunkt in sich selber; Liebe pflanzt ihn außerhalb ihrer in die Achse des ewigen Ganzen ... Liebe ist die mitherrschende Bürgerin eines blühenden Freistaates, Egoismus ein Despot in einer verwüsteten Schöpfung* (V, 351).

Diese Vision nimmt Motive von Giordano Bruno und Pico Della Mirandola auf – ob absichtsvoll oder unbewußt, kann dahingestellt bleiben. Wir wissen nicht, ob Schiller diese Renaissance-Philosophen studiert hat, doch wird er in Abels Unterricht davon gehört haben. Bruno hatte die Liebe als schöpferische kosmische Macht begriffen, und Mirandola hatte den Gedanken von der schöpferischen Unfertigkeit des Menschen entwickelt, dem es aufgegeben ist, sich selbst zu gestalten. Wir sind, schreibt Mirandola, nicht von der Natur festgelegt, »wir sind, was wir sein wollen«. Die Selbstvervollkommnung ist das schöpferische Werk, womit der Mensch den großen Schöpfer nachahmt. In der Vision des Julius wird beides zusammengedacht, die kosmische Vereinigungsmacht der Liebe und die schöpferische Macht der Selbstvervollkommnung.

Fast verschämt präsentiert Julius sein *weitläuftiges Spinngewebe der menschlichen Weisheit* (V, 357). Er muß befürchten, daß er sich vor Raphael, dessen Rolle der kantianisch gesinnte Körner spielen sollte, wahrscheinlich blamiert.

Obwohl Schiller erst einige Jahre später mit seinem gründlichen Kant-Studium beginnen wird, so viel weiß er über den »Alleszermalmer« (Mendelssohn) immerhin schon, daß er das Denken in die Disziplin genommen und ihm scharfsinnig vorgerechnet hat, bei welchen Gelegenheiten und von welchen Anreizen verlockt es über die Stränge schlägt und in den seligmachenden Gefilden herumwildert, wo es nichts zu suchen hat. Er weiß, daß der Königsberger Philosoph die Reviere des Denkbaren abgesteckt hat und dem metaphysischen Spekulationsfieber zu Leibe gerückt ist; daß er die Spekulanten und Enthusiasten an der Hand seiner knochentrockenen Erwägungen in die verborgene Werkstätte ihrer Trugbilder geführt hat. Kant gilt ihm einstweilen noch als Polizist des Denkens, der angeblich unwiderleglich bewiesen hat, was alles nicht mehr geht. Und er ahnt, daß womöglich eine solche metaphysische Liebesphilosophie auch nicht mehr geht. Körner wird ihm in dem nachgereichten Brief von 1788 diese Ahnung bestätigen. »Es gibt«, schreibt Körner, »mancherlei Taschenspielerkünste, wodurch die eitle Vernunft der Beschämung zu entgehen sucht, in Erweiterung ihrer Kenntnisse die Grenzen der menschlichen Natur nicht überschreiten zu können« (V, 1180).

Schiller wird zehn Jahre später noch erleben, wie Schelling beim Versuch, Kant zu überwinden, zu einer Naturphilosophie zurückkehrt, die der seinen aus der Zeit der Julius-Theosophie in manchen Stücken ähnlich ist. Er wird erleben, wie Kants Bedenklichkeit wieder aus dem Felde geschlagen wird. Einstweilen jedoch merkt er, wie der riesengroße Schatten Kants auf die eigenen Versuche fällt. Und doch sind es noch nicht die transzendentalen Bedenken Kants, die das *Spinngewebe* seiner Spekulationen zu zerreißen drohen, sondern der *kühne Angriff*, der seine ganze *Schöpfung* zum Einsturz bringen kann, droht von seiten des physiologischen Materialismus, mit dem er schon seit langer Zeit vertraut ist.

Der Physiologe in Schiller blickt nicht auf die Grenzen der Erkenntnis in der Dimension des Geistes, sondern des Körpers. Der Körper ist für das Erkennen die große Herausforderung oder der Skandal, je nachdem. Das Spannungsverhältnis zwischen Geist und Körper nennt der ernüchterte Julius den *unglückseligen Widerspruch der Natur – dieser freie emporstrebende Geist ist in das starre unwandelbare Uhrwerk eines sterblichen Körpers geflochten* (V, 341). Damit wird nicht das alte platonische Klagelied über den Körper als Gefängnis der Seele angestimmt, vielmehr wird ernst gemacht mit der Physiologie des Geistes, die den Geist entzaubert, indem sie ihn als einen Körperteil identifiziert. Wenn der Geist seinen *Kaiserthron in meinem Gehirn* aufgeschlagen haben sollte, so ist seine Majestät eine prekäre Illusion. *Ein zerrissener Faden in meinem Gehirn* (V, 340) und die Welt des Geistes ist verschwunden wie ein Spuk.

Es geht nicht um die transzendentalen Schranken der Erkenntnis (im Kantschen Sinne), sondern um das Verhältnis von Geist und Gehirn – darüber grübelt der ernüchterte Julius, und darüber hatte Schiller in seinen medizinisch-philosophischen Dissertationen nachgedacht. *Es ist der Geist, der sich den Körper baut*, heißt es in »Wallensteins Tod«. Wie aber verhält es sich mit dem Gehirn – gilt auch hier das Analoge: es ist der Geist, der sich des Gehirns bedient? Ist der Geist ein Wesen, das zwar im Gehirn Platz genommen hat, im übrigen aber zirkuliert und weht, wo er will – oder ist der Geist ein Produkt des Gehirns, eine Art Absonderung, die mit ihm verschwindet? Denken wir, was wir denken wollen oder was unser Gehirn ›will‹? Wie frei ist das Denken? Und wenn das Denken ein Produkt des Gehirns ist, welche Geltung kann es dann haben? Beeinträchtigt nicht die physiologische Genese die Geltung des Geistes?

Es sind diese Fragen, die Julius verwirren und ihn aufseufzen lassen: *Wehe mir, wenn die Saiten dieses Instrumentes in den bedenklichen Perioden meines Lebens falsch angeben – wenn meine Überzeugungen mit meinem Aderschlag wanken*! (V, 340).

Man kann nicht behaupten, daß diese Fragen in den »Philosophischen Briefen« abschließend beantwortet werden. Wie denn auch, waren es doch auch für Schiller, seit seinen philosophisch-medizinischen Dissertationen, offene Fragen. Es ist wie auf einer Drehbühne: einmal sieht er im Geist das Gehirn, das andere Mal im Gehirn den Geist wirken. Seine Theosophie kommentiert Julius am Ende mit den melancholischen Worten: *Die Welt, wie ich sie hier malte, ist vielleicht nirgends, als im Gehirne deines Julius wirklich* (V, 355).

Und doch ist damit nicht das letzte Wort gesprochen. Es fällt dem Julius noch eine Wendung ein, mit der er sich aus der physiologischen Immanenz, die den Geist flügellahm macht, befreien kann. Es mag ja sein, daß die großen Wahrheiten, die geistigen Visionen nur Ausgeburten eines womöglich verwirrten Gehirns sind, aber auch dieses Gehirn gehört zur Natur; und so ist es die Natur, die in diesem Gehirn ein eigentümliches Spiegelbild ihrer selbst erzeugt. *Jede Geburt des Gehirnes … hat ein unwidersprechliches Bürgerrecht in diesem größeren Sinne der Schöpfung* (V, 357). Julius sucht Zuflucht bei einem raffinierten Syllogismus: Alles Wirkliche ist wahr. Der enthusiastische Liebesgedanke ist – als Gedanke – auch wirklich. Also ist er auch wahr.

Dieser Syllogismus ist zu ausgedacht, als daß er Befriedigung verschaffen könnte, denn er gibt jedem Gedanken, auch dem unsinnigsten, einen Wahrheitswert. Die enthusiastische Theosophie wäre zwar gerettet, aber um den Preis, daß sie zusammen mit jedem Unsinn gerettet würde.

Schiller selbst hat von seiner Theosophie anderes bewahrt und dieses anders gerettet, nämlich praktisch. Er hat aus der kosmischen Liebesphilosophie eine pragmatische Selbstermunterung zur wirklichen Freundschaft gezogen, er hat damit die Freundschaft als schöpferische und darum höchste Lebensform geadelt. Der Dichter, der den Freundschaftsbund soeben mit den Worten: *Seid umschlungen, Millionen / Diesen Kuß der ganzen Welt* besungen hat, kann es sich leisten, die Theosophie des Julius zur Geltung zu bringen, wenn auch mit ironischer

Distanz. *Wem der große Wurf gelungen, / Eines Freundes Freund zu sein*, für den wird auch die Theosophie des Julius kein Ärgernis sein, der läßt sich die metaphysischen Obertöne gefallen. Denn das Lob der Freundschaft kann nicht hoch genug angestimmt werden. *Wenigstens wollen wir*, schreibt Schiller am 5. Oktober 1785 an Huber, *Arm in Arm bis vor die Falltüre der Sterblichkeit dringen.*

Der Enthusiasmus hat seine großen Augenblicke, aber vergessen wir nicht: sie vergehen. Die Vergänglichkeit des Enthusiasmus hatte Schiller in jenem Brief vom 5. Oktober an Huber in ein wunderbares Bild gefaßt: *Enthusiasmus ist der kühne, kräftige Stoß, der die Kugel in die Luft wirft, aber derjenige heiße ja ein Tor, der von dieser Kugel erwarten wollte, daß sie ewig in dieser Richtung und ewig mit dieser Geschwindigkeit auslaufen sollte. Die Kugel macht einen Bogen, denn ihre Gewalt bricht sich in der Luft. Aber im süßen Moment der idealischen Entbindung pflegen wir nur die treibende Macht, nicht die Fallkraft und nicht die widerstehende Materie in Rechnung zu bringen.* So erging es auch der Freundschaft. Sie macht einen *Bogen*, sie droht zu Boden zu fallen. Im Frühjahr 1786, nach einem Jahr des Überschwanges im Bunde mit Körner und Huber, zeigen sich Symptome der Ermüdung. *Ich bin jetzt fast untätig*, schreibt Schiller am 1. Mai 1786 an Huber, *Warum? Wird mir schwer zu sagen. Ich bin mürrisch, und sehr unzufrieden. Kein Pulsschlag der vorigen Begeisterung. Mein Herz ist zusammengezogen, und die Lichter meiner Phantasie sind ausgelöscht. Sonderbar, fast jedes Erwachen und jedes Niederlegen nähert mich einer Revolution einem Entschlusse … Ich bedarf einer Krisis – die Natur bereitet eine Zerstörung, um neu zu gebären.*

Körner bekommt Ähnliches zu hören. Gewiß ist er der Freunde nicht überdrüssig, aber sie können ihn nicht mehr in solche Hochstimmung versetzen wie während des ersten Jahres der Freundschaft. Es beginnen die Mühen der Ebene. Schiller muß für die nächste Zeit die Begeisterung aus der Arbeit am eigenen Werk ziehen. Der »Don Karlos« war liegengeblieben. Jetzt nimmt er ihn sich wieder vor, und in den Nebenstunden verfolgt er eine andere Idee: er beginnt den Roman »Der Geisterseher«.

So kommt er allmählich wieder in Schwung, und im Oktober 1786 kündigt er seinem Verleger Göschen triumphierend den Abschluß des »Don Karlos« für das Jahresende an.

Offenbar ist es ihm gelungen, sich *neu zu gebären*.

Zwölftes Kapitel

Entstehung des »Don Karlos«.
Handlungshemmung und Menschheitspathos.
Die Karriere des Marquis Posa. Zögern vor dem großen Auftritt.
Wechsel zum Roman »Der Geisterseher«.
Von der Verschwörung von Links zur Verschwörung von Rechts.
Verschwörer, Geheimbünde und Charismatiker.
Der Marquis Posa und die Dialektik der Aufklärung.

»Don Karlos« – zu diesem Stück hatte sich Schiller im Sommer 1782 von Dalberg anregen lassen, der ihm die »Histoire de Dom Carlos« des Abbé de Saint-Réal (1691) zur Lektüre überließ mit dem Hinweis, daß man daraus etwas fürs Theater machen könne. Dalberg kannte sein Publikum und wußte, daß rührende Familiengeschichten in historischer Verkleidung gut ankamen. Die »Agnes Bernauerin« von Joseph August Graf von Toerring zum Beispiel war in Mannheim mit großem Erfolg aufgeführt worden. Eine ähnliche Wirkung versprach sich Dalberg von einer Dramatisierung der traurigen Geschichte des Sohnes Philipps II., wie sie von Saint-Réal romanhaft und ziemlich unbekümmert um historische Genauigkeit erzählt wird. Der französische Autor wollte Elisabeth, die dritte Frau Philipps aus dem Hause Valois, die ursprünglich mit dem Infanten verheiratet werden sollte, im hellen Licht erscheinen lassen. Philipp war der Bösewicht und Don Carlos das unschuldige Opfer. Saint-Réal hatte die historisch nicht beglaubigte Liebesgeschichte zwischen dem Infanten und der Königin in den Mittelpunkt gerückt. Der eifersüchtige Philipp läßt am Ende den eigenen Sohn durch die Inquisition hinrichten und die Königin vergiften. Auch dafür gibt es keinen Beweis in den Quellen. Offiziell jedenfalls war die Inquisition nicht tätig geworden. Don Carlos, den der Vater von der Erbfolge ausgeschlossen und wegen seines jähzornigen und sogar sadistischen Gebarens unter Bewachung gestellt hatte, starb an einer Darminfektion. Aber schon damals war der Verdacht aufgekommen, der Infant sei ebenso vergiftet worden wie die Königin, die drei Monate später starb.

Saint-Réal blieb für Schiller die Hauptquelle, auch wenn er später noch andere, faktengetreuere Darstellungen der Geschichte benutzte, insbesondere Robert Watsons »Geschichte der Regierung Philipps des Zweiten, König von Spanien« (1778) und Wilhelm Robertsons »Geschichte der Regierung Kaiser Carls V. Nebst einem Abrisse vom Wachstume und Fortgange des gesellschaftlichen Lebens in Europa, vom Umsturze des römischen Kaisertums an, bis auf den Anfang des sechzehnten Jahrhunderts« (1771), Werke, die Schiller einige Jahre später auch für sein großes historisches Werk über den »Abfall der Niederlande« zu Rate zog.

Schiller konnte sich auf Saint-Réal ohne Bedenken stützen, weil es ihm weniger auf historische Wahrheit als auf psychologische Wahrscheinlichkeit und auf den starken dramatischen Effekt ankam. Was sein Verhältnis zur historischen Wahrheit betrifft, so hatte Schiller in der Nachrede zum »Fiesko« das Nötige gesagt: *Mit der Historie getraue ich mir bald fertig zu werden, denn ich bin nicht … Geschichtsschreiber, und eine einzige große Aufwallung, die ich durch die gewagte Erdichtung in der Brust meiner Zuschauer bewirke, wiegt bei mir die strengste historische Genauigkeit auf* (I, 753).

Die Geschichte, wie er sie bei Saint-Réal fand, sollte nicht nur in der *Brust der Zuschauer* Wirkung tun, zunächst hat sie ihn selbst in *große Aufwallung* gebracht. Hier fand er Motive, die ihn bei den ersten Stücken schon gefesselt hatten, den Vater-Sohn-Konflikt, Verschwörung, eine tödliche Liebesgeschichte. Es ließ sich hier auch ein Thema abhandeln, das er in den »Räubern« nur gestreift hatte: die Inquisition. Sie galt als Inbegriff der Ruchlosigkeit, die vom aufklärerischen Geist der Zeit angeprangert wurde. Man pflegte die Erinnerung an die Inquisition, die es ja nicht mehr gab, um das Kontrastbild finsterer Zeiten, die man inzwischen überwunden zu haben glaubte, mahnend ins Gedächtnis zu rufen. *Außerdem will ich es mir in diesem Schauspiel zur Pflicht machen, in Darstellung der Inquisition, die prostituierte Menschheit zu rächen, und ihre Schandflecken fürchterlich an den Pranger zu stellen* (an Reinwald, 14. April 1783).

Daß politische Aktionen sich nur für die Bühne eignen, wenn sie aus dem *menschlichen Herzen herauszuspinnen* sind, war Schiller beim »Fiesko« aufgegangen, und er hatte in der Vorrede zu dem Stück die Behauptung aufgestellt, daß er als bürgerlicher Autor besonders qualifiziert sei für dieses Verfahren der Psychologisierung und Intimisierung der Politik. *Mein Verhältnis mit der bürgerlichen Welt machte mich auch mit dem Herzen bekannter als dem Kabinett, und vielleicht ist eben diese politische Schwäche zu einer poetischen Tugend geworden* (I, 641).

Während der ersten Arbeitsphase in Bauerbach im Frühjahr 1783 hatte er ausgiebig mit dem Herzen Anteil genommen an dem unglücklich in die Stiefmutter verliebten Karlos. Er geht mit ihm um wie mit einer Geliebten, schreibt er an Reinwald, *ich schwärme mit ihm durch die Gegend um Bauerbach herum* (an Reinwald, 14. April 1783).

Wahrscheinlich sind in diesem Frühjahr in Bauerbach, als Schiller über die noch nassen Wiesen und aufgeweichten Wege um Bauerbach wanderte, die Verse jener ersten Szene in den königlichen Gärten von Aranjuez entstanden. Domingo zu Karlos: *Der schönste Frühlingstag – die muntern Gärten – / Und ringsherum die blumenvolle Flur – / Der Himmel selbst wetteifert mit der Gegend, / Die Kunst mit der Natur – Sie aufzuheitern* (II, 1101).

In Bauerbach skizziert Schiller den Plan des Dramas. In fünf *Schritten* (I, 1099f.) wird der Knoten der heiklen Liebe geschürzt und am Ende katastrophal gelöst. Die Prinzessin Eboli, die ebenfalls in Don Karlos verliebt ist, stiftet einige Verwirrung, eine höfische Kabale gegen den Prinzen wird ins Werk gesetzt. Der eifersüchtige Philipp *beschließt seines Sohnes Verderben.* Es taucht auch schon der Marquis Posa auf, der, um den Freund zu schützen, den Verdacht einer Liebschaft mit der Königin auf sich selbst lenkt. Im ersten Entwurf folgt daraus weiter nichts, Posa verschwindet wieder spurlos. Der König bleibt bei seinem Verdacht gegen den Sohn. Der Prinz und die Königin entsagen ihrer Liebe. Wahrscheinlich war bereits im ersten Entwurf daran gedacht, die Liebesgeschichte am Hof mit dem Aufstand in Flandern irgendwie zu verknüpfen. *Der König entdeckt eine Rebellion seines Sohnes,* heißt es in der Notiz zum vierten Akt. Hof und Inquisition sollten am Ende durchaus eine Niederlage erleben. Zwar stirbt Karlos, doch seine Ankläger werden als Verbrecher entlarvt. Das Stück sollte enden mit dem *Schmerz des betrogenen Königs* und mit der *Rache über die Urheber* des Betrugs. Also kein Triumph der alten Macht, aber auch kein eindrucksvoller Auftritt einer Gegenmacht. Die große Verschwörung des Marquis Posa und das Problem des *Despotismus* der Freiheit, später das geistige Zentrum des Stückes, sind noch nicht in Sicht.

Als Schiller im Sommer 1784 um seine Weiterbeschäftigung am Mannheimer Theater kämpfen muß, preist er Dalberg gegenüber sein im Entstehen begriffenes Stück mit den Worten an: *Karlos würde nichts weniger sein, als ein politisches Stück – sondern eigentlich ein Familiengemälde in einem fürstlichen Hause* (7. Juni 1784). Das ist eine auf den Geschmack und die politische Vorsicht des Intendanten zugeschnittene Kennzeichnung, denn eine politische Dimension – *die Rebellion des Sohnes* – hatte das Stück von Anfang an.

Nach der Trennung vom Mannheimer Theater hatte sich Schiller auf die Arbeit am »Don Karlos« konzentriert. Er war seiner Pflichten ledig, hatte Zeit und brauchte Geld. Zügig wollte er das Stück fertigstellen und setzte sich unrealistische Termine. Im Herbst 1784 faßte er den Entschluß, das Drama, anders als seine bisherigen Stücke, in jambischen Versen zu schreiben. Es gab hier einen Zusammenhang mit den Demütigungen, die er in den letzten Monaten am Theater erlebt hatte. Er wählte die jambische Form als bewußte Veredelung, als Arbeit am Stil, wodurch er sich aus dem Schlamm der Theaterkabale, herausziehen wollte. Er dachte inzwischen nicht mehr an das wirkliche Theater, von dem er sich erniedrigt fühlte, sondern an ein imaginäres, dort sollten die Worte erklingen, denen er durch den Vers eine neue Kostbarkeit und Erlesenheit geben wollte. Streicher hat geschildert, welche Mühe er zuerst damit hatte und welches Vergnügen er schließlich daran gewann. »Er mußte, um die Jamben fließend zu machen, versuchen, schon rhythmisch zu denken. Wie aber nur erst eine Szene in dieses Versmaß eingekleidet war, da fand er selbst, daß dieses nicht nur das passendste für das Drama sei, sondern, da es auch gemeine Gedanken heraushebe, um so viel mehr das Erhabene und die Schönheit der Ausdrücke veredeln mußte. Seine Freude, sein Vergnügen über den guten Erfolg erhöhte seine Lust am Leben, an der Arbeit«.

Es war nicht nur diese neue Lust, sondern auch eine Pflicht, die er verspürte. Ihm hatte nämlich eingeleuchtet, was Wieland 1784 im »Teutschen Merkur« den Theaterdichtern empfahl, daß sie nämlich die Versifizierung lernen sollten, um dem deutschen Theater im Vergleich zum französischen ein edleres Ansehen zu verschaffen.

Bis zur Abreise nach Leipzig arbeitete Schiller fleißig und mit Lust an seinem Stück. Neue Motive drangen aus dem Leben ins Werk. Als er sein Schicksal an die Freundschaft mit Körner und Huber knüpfte, entwarf er die großen Szenen zwischen Don Karlos und Posa, und es gewann das Motiv der Freundschaft im Stück eine weit über den ursprünglichen Plan hinausgehende Bedeutung.

Die beiden Jahre in Leipzig, Gohlis und Dresden bis zur Abreise nach Weimar im Sommer 1787 waren angefüllt mit der immer wieder unterbrochenen Arbeit an diesem Werk, das, als es dann fertig war, schon in seinem Umfang die Dimensionen bisheriger deutscher Dramenkunst sprengte. In den letzten Wochen vor Abschluß wurde ihm das Werk zum Magneten, so viele Ideen zog es an. Er hätte es immer weiter fortspinnen können. An Körner schreibt er am 22. April 1787: *Übrigens siehst Du ein, daß ich viele glückliche Ideen … abweisen muß … Der Karlos ist bereits schon überladen und diese anderen Keime sollen mir schrecklich aufgehen in den Zeiten reifender Vollendung.*

Während dieser Jahre hat Schiller einiges gelernt, und er hat sich gewandelt. Das wird sich in dem Stück zeigen. Schiller war, wenn er ein Werk begann, immer auch neugierig auf sich selbst. Er wird ein Werk machen, gut, aber was wird das Werk aus ihm machen?

Im Sommer 1787, nach Abschluß des »Don Karlos« und nach dem Abschied von Dresden, sagte er bei einem Gespräch im Weimarer Schloßgarten zu Herder, es sei ihm eigentümlich, *während einer weitläufigen poetischen Arbeit* sich zu verändern, und er würde, da er immer im *Fortschreiten* sei, *am Ende eines solchen Produkts anders als bei dessen Anfang denken und empfinden* (an Körner, 8. August 1787).

Die bedeutsamste Veränderung der Konzeption ist das mächtige Hervortreten des Marquis Posa, der Don Karlos als Hauptfigur fast verdrängt. Schiller hat darüber in den 1788 veröffentlichten »Briefen über Don Karlos«, womit er auf die Kritiker seines Stückes antwortete, Rechenschaft abgelegt: *Neue Ideen, die indes bei mir aufkamen, verdrängten die frühern; Karlos selbst war in meiner Gunst gefallen,* und Posa habe *seinen Platz eingenommen* (II, 226). Diese Wende ist ziemlich genau datierbar. In vier Folgen der »Thalia« – März 1785, Februar 1786, April 1786, Januar 1787 – erscheinen die Szenen bis an die Schwelle jener folgenreichen Begegnung zwischen dem König und dem Marquis Posa im dritten Akt.

Diese Szene, der zehnte Auftritt des dritten Aktes in der Buchfassung, ist noch nicht fertig, als Schiller im Spätherbst die bis dahin geschriebenen Szenen zum Abdruck für die »Thalia« aus der Hand gibt. Es sind genau die Wochen, in denen Schiller die Arbeit am »Don Karlos« wieder einmal unterbricht und mit einer neuen Arbeit beginnt, dem Roman »Der Geisterseher« – ein merkwürdiger Vorgang.

Betrachten wir die Entwicklung der Handlung und der Charaktere bis zum großen Gespräch zwischen dem Marquis Posa und König Philipp II.

Don Karlos liebt Elisabeth, die Frau seines Vaters. Mit einem Inzestverlangen, mit Blutschande, hat das nichts zu tun, denn Elisabeth ist nicht seine Mutter, sondern eine fast gleichaltrige Frau, die zuerst mit dem Prinzen verlobt, dann aber aus dynastischen Erwägungen vom Vater zur (dritten) Frau genommen worden war. Und doch muß diese Liebe ihm selbst und dem Vater, falls er davon erführe, als Frevel erscheinen, denn der Sohn darf nicht in die Machtsphäre des Vaters, wozu die Frau gehört, eingreifen wollen. Don Karlos muß sich verstellen und seine Gefühle verborgen halten. Seine Liebe darf nicht offenbar werden, der Prinz muß auf seine Worte achten, er lebt inmitten von Fallstricken, in einem Milieu des Mißtrauens, der Maskierung; es ist eine höfische Welt, wo alles auf der Hut sein muß und der Prinz ganz besonders. *Ich weiß*, sagt Karlos zu Domingo im Garten von Aranjuez, *daß tausend Augen besoldet sind mich zu bewachen* (II, 1108).

Die gefährlichen Gefühle und die verwickelten Konstellationen des höfischen Lebens bringen es mit sich, daß sich für den Prinzen das Problem von innen und außen dramatisch zuspitzt. Die äußeren Formen – beispielsweise muß der Besuch des Prinzen bei seiner Stiefmutter vom König genehmigt werden – und die Sprachkonventionen halten das Begehren in Zaum, und wenn es sich doch äußert, dann nur verbogen und verzerrt. Das Bedeutende darf nur andeutend erscheinen.

Im »Fiesko« hatte Schiller ein Maskenspiel vorgeführt, das der Protagonist souverän und lustvoll arrangiert. Hier aber handelt es sich um eine Maskierung aus Zwang und Angst. Da das Innenleben keinen angemessenen Ausdruck findet, wächst in Karlos die Spannung, jeden Augenblick kann sie sich entladen. Bereits im ersten Auftritt kommt es dazu. Karlos erregt zu Pater Domingo: *Mutter sagtest du? / O Himmel gib, daß ich es dem vergesse, / Der sie zu meiner Mutter machte* (II, 1104). Der Prinz prüft und wägt seine Worte nicht sorgfältig genug, und er bemerkt auch nicht, wie ihm der Pater unfreiwillige Geständnisse unerlaubter Gefühle entlocken will. Karlos kann nicht gut genug spielen und merkt nicht, was mit ihm gespielt wird. Die Angst vor dem *giftgen Schlangenbiß des Argwohns* (Vers 124; II, 13) lähmt ihn. Möglicherweise hat Schiller anhand von Baltasar Graciáns »Handorakel«, einem Lieblingsbuch seines Lehrers Abel, die Verhaltenslehren der Kälte in der höfischen Gesellschaft Spaniens studiert. Karlos jedenfalls ist darin noch nicht geübt. Er möchte authentisch sein, herzenswarm und innerlich wie ein sentimentaler Bürger des späten 18. Jahrhunderts. Aber er muß seine Gefühle verbergen, und sein Handeln ist gehemmt. Diese Handlungshemmung läßt ihn als einen Bruder Hamlets erscheinen.

Anders tritt der Marquis Posa auf, der Freund. Im Kontrast zu ihm bemerkt Karlos mit Scham und Wehmut die eigene Befangenheit, Untätigkeit, Lähmung: *ein verborgner Wurm / Frißt an dem Herzen dieser stolzen Staude, / Auf ewig ist ihr Wuchs dahin* (II, 1112). In der Thalia-Fassung bleibt zunächst unklar, was der Marquis Posa im Schilde führt. Natürlich gibt es da die herzliche Freundschaft, die beiden schwelgen in Erinnerung; aber Posa hält doch auch Distanz, er sieht im Prinzen den künftigen Herrscher. Karlos gesteht ihm seine Liebe zur Königin, Posa erschrickt und mahnt den Freund: *schonen Sie / Der Ruhe ihres Vaters* (II, 1116). Das ist Posas erster Gedanke, dann aber ist er bereit, ein Treffen zwischen dem Prinzen und der Königin zu vermitteln. Der Marquis Posa möchte dem Prinzen helfen, seine aussichtslose Leidenschaft für die Königin auf die politische Aktion umzulenken. Posa will den Freund für den flandrischen Freiheitskampf gewinnen.

In der Thalia-Fassung ist das Vorhaben des Marquis Posa nur angedeutet, in der Buchfassung wird deutlich, daß Posa eine regelrechte Verschwörung zur Befreiung der Niederlande organisiert. Karlos soll darin eine wichtige Rolle spielen. Darum muß seine Liebe zur Königin umgewandelt werden in Menschheitsliebe, in deren Namen sich der Prinz an die Spitze des niederländischen Freiheitskampfes stellen soll. Nur die Königin wird in diese Pläne eingeweiht; auch sie soll ihre Liebe zum Prinzen sublimieren, was ihr weniger schwer fällt, weil sie weniger leidenschaftlich liebt. Aber noch ist Karlos nicht für die Pläne des Marquis gewonnen. Noch brütet er über seiner Liebe im Gefängnis seiner Gefühle und bewacht von der höfischen Macht.

Bei der zweiten Begegnung bietet Karlos dem Freund das Du an, der Marquis erinnert an den unüberbrückbaren Abstand des Ranges, der die beiden trennt. Karlos appelliert an das *Herz*, das über alle ständischen Schranken und höfischen Etikette hinweg die Menschen verbindet. Schließlich willigt der Marquis ein, große Umarmung, Treueschwüre. Der Prinz ruft die Himmelsmacht an: *Hier umarmen, / Hier küssen sich vor deinem Angesicht / Zween Jünglinge, voll schwärmerischen*

Muts, / … / … hierunten / Nennt man sie sonst Monarch und Untertan, / Doch droben sagt man Brüder (II, 1139).

Der Marquis läßt sich vom Enthusiasmus des Prinzen beeindrucken, behält aber kühlen Kopf: *Lächle freundlich / Auf dieses schöne Hirngespinst herab, / Erhabne Vorsicht*. Für einen Augenblick nur ist Karlos bereit, den Enthusiasmus der Freundschaft auf die große Politik zu lenken: *Arm in Arm mit Dir – / So fordr' ich mein Jahrhundert in die Schranken!* (II, 1139).

Karlos ist der Gefühlsmensch, der Marquis ist der Stratege, der die Zukunft fest im Auge behält; der Prinz hingegen ist den Stimmungen des Augenblicks unterworfen. Aus einer solchen Augenblicksstimmung heraus bittet Karlos seinen Vater um das flandrische Kommando, das bereits dem Herzog von Alba übertragen ist. Vergeblich. Nach diesem enttäuschenden Ausflug in die Politik wird der Prinz wieder ein Opfer seiner verliebten Gefühle. Es kommt zu dem fatalen Mißverständnis bei der Fürstin Eboli, die in den Prinzen verliebt ist. Sie hat ihn zum Stelldichein geladen, der Prinz aber glaubt, die Königin hätte ihn geladen. Er kann, als er am vereinbarten Ort statt der Königin die Fürstin vorfindet, seine Enttäuschung nicht verbergen, die Eboli ist tief verletzt. Von nun an ist sie die Rächerin ihrer gekränkten Liebe.

So gerät Karlos wieder in den Liebestumult, aus dem ihn der Marquis vergeblich herauszuziehen versucht. Der Marquis ermahnt den Prinzen, er solle aufhören, in der Königin nur sich selbst zu lieben, und er solle seine Liebe ausweiten auf das Menschengeschlecht. Er habe eine öffentliche Aufgabe zu verrichten im Interesse der allgemeinen Freiheit, er solle seine kostbare Zeit nicht in aussichtslosen Leidenschaften verschwenden. Der Marquis erinnert den Prinzen an seine öffentlichen Verpflichtungen und tritt selbst auf als Sachwalter der großen Aufgaben, die für private Sentimentalitäten keine Zeit lassen: *Nicht als des Knaben Karlos Spielgeselle, / Ein Abgeordneter der ganzen Menschheit / Umarm ich Sie – es sind die flandrischen / Provinzen, die an Ihrem Hals jetzt weinen* (II, 1111). So redet der Marquis seinem wankelmütigen Freund ins Gewissen: *Ja einst / Einst wars ganz anders. Da warst du so reich, / So warm, so reich! Ein ganzer Weltkreis hatte / In deinem weiten Busen Raum. Das alles / Ist nun dahin, von einer Leidenschaft, / Von einem kleinen Eigennutz verschlungen. / Dein Herz ist ausgestorben. Keine Träne, / Dem ungeheuren Schicksal der Provinzen / Nicht einmal eine Träne mehr – O Karl, / Wie arm bist du, wie bettelarm geworden, / Seitdem du niemand liebst als dich!* (II, 1204f.).

Was soll der Marquis Posa jetzt mit Karlos anfangen? Die Situation ist ziemlich verfahren. Die gekränkte Eboli, das ahnt der Marquis, wird dem König die Liebe des Prinzen zur Königin hinterbringen. Sie wird sich rächen. Der Pater Domingo und Alba haben auch schon Verdacht geschöpft und bestärken, um Karlos zu stürzen und damit ihre eigene Macht zu sichern, den König in seiner Eifersucht. Der König ist verwirrt. Er weiß nicht, ob er den Anschuldigungen Glauben schenken kann. Eine der letzten Szenen des Thalia-Fragments enthält den großen Monolog des Königs: *Jetzt gib mir einen Menschen, gute Vorsicht* (II, 1222). Er blättert in Akten – Novalis nannte sie einmal das »Gedächtnis des Staates« – und stößt auf den Namen des Marquis Posa. Es sind rühmliche Taten von ihm verzeichnet, aber er hat sich selten am Hofe sehen lassen. Warum hat er sich vom König keinen Dank geholt? *Bei Gott! Im ganzen Umkreis meiner Staaten / Der einzge Mensch der meiner nicht bedarf!* (II, 1223). Das muß ein aufrichtiger Mensch sein. Den kann man befragen, den kann man gebrauchen, denkt der König.

Die Szenenfolge des Thalia-Fragments endet mit der großen Audienz beim König, in deren Verlauf der Marquis Posa aufgerufen werden wird. Aber ehe es dazu kommt, bricht das Fragment ab.

So weit also war der »Don Karlos« bis zum Spätsommer 1786 gediehen. Jetzt begann etwas Neues. Jetzt wird nicht mehr Karlos die Hauptrolle spielen, sondern der Marquis. Jetzt wird sich der Abgrund des Menschheitsenthusiasmus öffnen, der Wille zur Freiheit wird seine despotischen Aspekte offenbaren. *Despotismus* – diesen Ausdruck wird Schiller in seinen »Briefen über Don Karlos« (II, 262) in bezug auf den Marquis verwenden.

Der Marquis Posa wird für Friedrich Schiller eine Figur, mit der er sich in die verborgene Herzkammer der Geschichte vortastet. In den Widersprüchen des Marquis Posa antizipiert er eine Dialektik der Aufklärung: die Verwandlung von Vernunft in den Terror der Menschheitsbeglückung, eine Dialektik, die wenig später in der Französischen Revolution wirklich wird.

Aber noch zögert Schiller: er sieht eine Riesenaufgabe vor sich. Er will die Dialektik der Aufklärung und das Problem einer Revolution, die den einzelnen befreien will und ihn doch zugleich verbraucht, durchdenken. Er benötigte, so berichtet er in den »Briefen über Don Karlos«, für den Fortgang *ein ganz anderes Herz* (II, 226). Er wußte, daß der Schwerpunkt des Stückes sich verschieben würde von Don Karlos auf den Marquis Posa. Ein Übergang, der die Gewichtsverlagerung dramaturgisch möglich machte, mußte gefunden werden. Aber wie?

Es war erforderlich, den Marquis zum Träger der Handlung zu machen; dafür sollte er das Vertrauen Philipps gewinnen, *aber zu dieser außerordentlichen Wirkung*, schreibt Schiller, *erlaubte mir die Ökonomie des Stückes nur eine einzige Szene* (II, 227). Es würde, soviel war ihm klar, eine Szene von außerordentlichem Gewicht werden; es mußte ihm gelingen, den Enthusiasten der Freiheit, den Revolutionär und den kalten Strategen so auftreten zu lassen, daß er seinen ganzen Zauber entfalten könnte. Es müßte plausibel werden, daß auch der König beeindruckt ist. Und doch müßte der König auch weiterhin den Geist der alten Macht vertreten. Auf dem Hochplateau der Ideen müßte der Geist der Revolution und der Geist des Absolutismus aufeinanderstoßen. Mit anderen Worten: der europäische Diskurs über Freiheit und Ordnung am Ende des Jahrhunderts müßte gebündelt werden. Gefordert war großes Ideen-Theater, ein Schaukampf der politisch-philosophischen Gegensätze in einem historischen Augenblick, von dem Schiller nicht wissen konnte, daß er der Vorabend der Revolution war.

Schiller schreckte zunächst vor der Aufgabe zurück, gerade weil er ahnte, was sie ihm abverlangen würde. Und darum wich er zunächst in ein neues Projekt aus: er begann mit der Arbeit am Roman »Der Geisterseher«.

In diesem Roman geht es um eine Verschwörung, nämlich um das Komplott eines jesuitischen, vielleicht auch rosenkreuzerischen Geheimbundes, der einen evangelischen Erbfolger zur Konversion veranlaßt. Schiller taucht ein in die zwielichtige und mystifizierte Welt der Geheimbünde, Logen, Komplotte; eine halb wirkliche, halb phantasierte Welt, welche die europäische Öffentlichkeit am Vorabend der Französischen Revolution in Atem hält.

Schiller, der die Arbeit am »Don Karlos« unterbricht, um Abstand zu gewinnen und neue Kraft zu schöpfen, erholt sich also von einem Drama über eine republikanische Verschwörung von Links, indem er sich in die Arbeit an einem Roman über eine Verschwörung von Rechts stürzt.

Weil Schiller seinen »Don Karlos« eine Weile lang ruhen läßt, unterbrechen auch wir die Analyse des Stückes und wenden uns, wie Schiller, dem Roman »Der Geisterseher« zu.

Nachdem die ersten beiden Folgen des »Geistersehers« in der »Thalia« erschienen waren und Schiller vom Verleger und dem Lesepublikum dringlich um eine Fortsetzung der Geschichte gebeten wurde, schrieb Schiller an Körner: *Dem verfluchten Geisterseher kann ich bis diese Stunde kein Interesse abgewinnen; welcher Dämon hat mir ihn eingegeben!* (6. März 1788).

Der *Dämon*, der ihm diesen Roman im Sommer 1786 eingegeben hatte, entstammte der Stimmung eines Zeitgeistes im Aufruhr. Es kam in diesem Jahr einiges zusammen, was das Publikum erregte. Die Halsbandaffäre in Frankreich, Cagliostros Entlarvung und Sturz. Die Kampagne gegen die »Illuminaten«, die Aufdeckung ihrer geheimen Praktiken. Der Tod Friedrichs II. am 17. August 1786 und die Thronbesteigung Friedrich Wilhelms II. in Preußen, dessen obskurantistische Neigungen bekannt waren und von dem man befürchtete, er werde das Zeitalter der Aufklärung beenden. Es herrschte ein Vorgefühl von Zeitenwende.

Besonders Cagliostros Aufstieg und Sturz empfand man als Symbol einer Welt, die aus den Fugen gerät. Über die im Winter 1785/86 kulminierende »Halsbandaffäre« schrieb Goethe (in der »Campagne in Frankreich«) rückblickend: »Schon im Jahre 1785 erschreckte mich die Halsbandgeschichte wie das Haupt der Gorgone. Durch dieses unerhört frevelhafte Beginnen sah ich die Würde der Majestät untergraben, schon im Voraus vernichtet, und alle Folgeschritte von dieser Zeit an bestätigten leider allzusehr die furchtbaren Ahnungen«.

Schiller hatte sich zum Phänomen Cagliostro zunächst recht kühl verhalten. Im Sommer 1781 hatte er für die »Stuttgarter Nachrichten zum Nutzen und Vergnügen« einen Beitrag geschrieben unter dem Titel »Calliostro – viel Lärm um Nichts«. Darin heißt es: *Er seie nun was er wolle, so ist, wann man alles bisher Gesagte zusammennimmt, das zuverlässig, daß er bei weitem der apostolische Mann nicht ist, der Blinde sehend, Lahme gehend … und halb Verfaulte wieder lebendig machen kann* (V, 849). Trotz dieser Skepsis verfolgte auch er die »Halsbandaffäre« mit angespanntem Interesse, was damals ganz unvermeidlich war.

Cagliostro, der eigentlich Giuseppe Balsamo hieß und aus einer armen Familie in Sizilien stammte, hatte mit magischen Séancen, alchemistischen Experimenten und mysteriösen Prophezeiungen sein Publikum vorzugsweise in der aristokratischen Welt verzaubert und sich auch Zutritt verschafft am französischen Königshof. Im Auftrag des Kardinal Rohan hatte er für die Königin Marie Antoinette ein Halsband besorgt, aber als es dann zur Übergabe kam, waren die kostbaren Steine verschwunden und das Geld für das Halsband ebenfalls. Cagliostro wurde des Betrugs verdächtigt, und obwohl man ihm nichts nachweisen konnte, wurde er des Landes verwiesen. Bei dieser Affäre hatte sich ein Abgrund von Korruption, Leichtsinn und Verschwendung aufgetan. Nicht nur Goethe empfand dieses Ereignis als ein Menetekel des künftigen Schicksals der europäischen Aristokratie.

Bereits 1781 hatte Goethe über Cagliostro an Lavater geschrieben: »Glaube mir, unsere moralische und politische Welt ist mit unterirdischen Gängen, Kellern und Kloaken minieret, wie eine große Stadt zu sein pflegt, an deren Zusammenhang … wohl niemand denkt und sinnt«. Nach Bekanntwerden der Halsband-Affäre sah auch Schiller im Aufstieg und Fall des Cagliostro das Symptom einer unterminierten Welt kurz vor dem Einsturz.

Im Mai 1786 hatte er in der »Berlinischen Monatsschrift«, dem Zentralorgan der Aufklärung, einen enthüllenden Bericht der Schriftstellerin Elisa von der Recke über die Begegnung mit Cagliostro auf ihren Gütern im baltischen Mitau gelesen. Die Baronin war dem Scharlatan, von dem sie sich ärztliche Hilfe versprochen und mit dem sie Geisterbeschwörung betrieben hatte, für einige Zeit verfallen. Sie schildert ihn als Betrüger, beschreibt einige seiner Praktiken und kommt, inzwischen desillusioniert, zu dem Schluß, daß auch aufgeklärte Menschen nicht gegen die Gefahr der »überhand nehmenden Schwärmerei, des Geistersehens und aller geheimen Künste« gefeit seien.

Diese Schrift war veranlaßt worden durch den Umstand, daß Cagliostro im Halsband-Prozeß sich auf Elisas Vater als Gewährsmann seiner Reputation berufen hatte. Schiller hatte Gelegenheit, die Baronin während ihres Besuchs in Dresden bei Körners persönlich kennenzulernen, und erfuhr dadurch noch einiges mehr über deren Erlebnisse mit Cagliostro. Der mochte ein Betrüger sein, aber – soviel wurde Schiller durch die Gespräche deutlich – er mußte ein Betrüger mit Genie sein. Gewiß konnte er nicht zaubern, aber er konnte Menschen verzaubern. Es war nicht nur der aufklärerische Geist der Entlarvung, sondern mehr noch die Faszination angesichts dieses ominösen Charismas, wodurch Schiller sich veranlaßt sah, seinen geheimnisvollen Armenier im Roman als Menschenfänger und nicht nur als billigen Scharlatan auftreten zu lassen. Auch Schiller war vom Geheimnisvollen angerührt. Er konnte sich der allgemeinen Stimmung nicht entziehen.

Die Lust am Geheimnis hatte nämlich damals Konjunktur. Das Licht der Aufklärung verlor an Glanz. Bis in die einfachen Volksschichten war es sowieso nicht vorgedrungen, und in aristokratischen Kreisen spielte man mit der Vernunft und übte sich im Tischrücken. Am Ende des Jahrhunderts konnte das Wunderliche wieder selbstbewußt als das Wunderbare auftreten. Wieder tauchen die Wunderheiler auf, die man zuvor in die Arbeitshäuser gesperrt hatte. Wieder laufen in den Städten die Menschen zusammen, um Propheten anzuhören, die den Weltuntergang oder die Wiederkehr des Messias predigen. In Sachsen und Thüringen trieb der Teufelsaustreiber Gaßner sein Wesen, und in Leipzig erlangte der Gastwirt Schrepfer eine kurze Berühmtheit als Totenbeschwörer. Die allgemeine Stimmung hatte sich geändert, man fand wieder Gefallen am Rätselhaften, der Glaube an die Transparenz und Kalkulierbarkeit der Welt war schwächer geworden. Die Lust am Geheimnisvollen und Wunderbaren, die auch in der literarischen Kultur gegen Ende des Jahrhunderts aufkam, deutete auf den späteren Durchbruch des romantischen Geistes hin. In der gewitterschwülen Atmosphäre des Umbruchs wurden die vom Schicksal und der eigenen Geschicklichkeit wundersam emporgeschleuderten Hochstapler vom Schlage eines Cagliostro zu mythischen Figuren. Kometenhaft ziehen sie ihre Bahn, für kurze Augenblicke konnte man sie am Himmel der Gesellschaft sehen.

In einem Ausmaß, das wir uns heute im Zeichen der Terrorismushysterie und der Verschwörungstheorien ganz gut vorstellen können, erregten die Phantasien über Geheimbünde und geheime Komplotte die Öffentlichkeit. Diese Atmosphäre begünstigt ein literarisches Genre, zu dessen Erfindern Schiller mit seinem »Geisterseher«-Roman gehört. Es ist das Genre des Bundesromans, der mit wohligem Grausen von mysteriösen Geheimgesellschaften und ihren Machenschaften erzählt. In den achtziger und neunziger Jahren erschienen über zweihundert einschlägige Titel, meist dem Trivialbereich zugehörig, aber mit mächtiger Ausstrahlung auf die literarischen Gipfelhöhen. In Goethes »Wilhelm Meister« gibt es die geheime Turmgesellschaft; Jean Pauls »Titan« und Achim von Arnims »Die Kronenwächter« oder Tiecks »Wilhelm Lovell« sind ebenfalls geprägt von der Tradition des »Bundesromans«.

Im »Bundesroman« gab es ein stereotypes Schema, als dessen Miterfinder Schiller gelten kann: Ein harmloser Mensch gerät in geheimnisvolle Verstrickungen; er wird verfolgt; Menschen kreuzen seinen Weg, die alles über ihn zu wissen scheinen; allmählich bemerkt er, daß er sich in dem Netz einer unsichtbaren Organisation verfangen hat. Oft dient auch eine schöne Frau als Lockvogel: Zum bedrohlichen gesellt sich das süße Geheimnis. Vielleicht dringt der Protagonist in den Bund vor, vielleicht sogar bis in seine innersten Verliese, schwarze Höhlen mit flackernden Lichtern und weißen Gesichtern bekommt er dort zu sehen. Manchmal wird er eingeweiht in die Mysterien eines verborgenen Wissens oder einer verhüllten Absicht, lernt die Führer kennen, niemals die obersten. Bei denen, die sich zu erkennen geben, handelt es sich zu seinem Entsetzen oft um Menschen, die er schon lange kennt, aber bisher in einem anderen Licht gesehen hat; in diesen Geschichten gibt es manchmal den guten und den bösen Bund, und wenn erzählt wird, wie diese beiden im Kampf miteinander liegen, dann wird das Ganze vollends undurchsichtig und verwickelt, es wimmelt von Doppelagenten, und es gibt kaum noch Zimmer ohne doppelte Böden und Schränke ohne geheime Türen. Man kann auch nicht mehr über die Straße gehen, ohne von einem Emissär mit schmalem Gesicht und dünnen Lippen angesprochen zu werden.

Der reale Anknüpfungspunkt dieser Geschichten ist – auch bei Schiller – das Ineinander- und Gegeneinanderwirken der geheimen Bünde der Jesuiten, der Freimaurer, der Illuminaten und der Rosenkreuzer. Die Jesuiten waren seit 1773 verboten, aber man hatte sie im Verdacht, daß sie sich inzwischen darauf verlegt hätten, evangelische Thronfolger mit Hilfe heimlicher Machenschaften zum Übertritt in die katholische Kirche zu bewegen. Es kursierten schlimme Geschichten darüber, manche davon fanden Schillers besonderes Interesse: In der Familie des württembergischen Herzogs hatte es solche Konversionen gegeben, Karl Eugens Vater war übergetreten und später auch sein Neffe.

Wenige Wochen nach Elisa von der Reckes Bericht über Cagliostro hatte sich, ebenfalls in der »Berlinischen Monatsschrift« der Prinz Friedrich Heinrich Eugen von Württemberg zu Wort gemeldet mit dem Bekenntnis, daß er im Gegensatz zur Baronin den »Umgang mit höheren Geistern« sehr wohl für möglich halte, da doch die Kirche lehre, daß unsere unsterbliche Seele in einem sterblichen Leibe wohne; warum sollte dann nicht auch ein verkörperter Geist mit einem körperlosen in Verkehr treten können. Der württembergische Prinz hatte bisher als aufgeklärter Mensch gegolten. War er neuerdings ins obskurantistische Lager hinübergezogen worden, vielleicht von den Jesuiten?

So dachte und spekulierte man im aufgeklärten Berlin, und Schiller hörte davon. Das mochte ihm die Idee eingegeben haben, eine geheimbündlerisch-jesuitische Kabale zu schildern, die darauf abzielt, einen Prinzen zur Konversion anzustiften. »Der Geisterseher« ist ein Roman über einen im Netz der Verschwörung gefangenen Prinzen.

Vorbild für die geheimbündlerischen Aktivitäten von Links und Rechts waren die Freimaurerlogen. In den Logen, die sich bisher als Hort der Aufklärung verstanden, gewannen gegen Ende des Jahrhunderts die okkulten Bestrebungen an Bedeutung. Da gab es zum Beispiel die »Schottische Maurerei«, die ein kunstvolles System von Hochgraden, eine monströse Hierarchie von Einweihungen ins Bundesgeheimnis, entwickelte. Das innerste Geheimnis war nichts anderes als ein phantasievoller Ursprungsmythos. Die »Schottische Loge« beruhte auf der sogenannten Templerlegende, die besagt, daß nach der blutigen Unterdrückung des Templerordens im Mittelalter einige Templer im Geheimen weitergewirkt und ihre Lehren und Kunstgeheimnisse nachfolgenden Geschlechtern überliefert hätten. Um welche Lehren und um welche Kunst es sich hierbei handelte, blieb im Dunkeln. Schiller wird in seinen im Jahr 1790 gehaltenen Vorlesungen über die »Sendung Moses« die geheimnisvolle Tradition der Templer-Legende bis auf die altägyptischen Priester zurückführen; für Schiller besteht das innerste Geheimnis dieser Legende in dem Bericht über die Erfindung des Monotheismus. Da man, so Schillers These, an den einen Gott glauben soll, muß der Umstand verhüllt werden, daß er einst zu moralischen Zwecken erfunden worden ist. Für Schiller ist das eigentliche Bundesgeheimnis etwas Aufklärerisches, die zeitgenössische Phantasie indes vermutet irgendetwas zwischen Kabbala und Alchemie darin.

Die vom Verschwörungsverdacht stimulierten Phantasien sind die trivialen Vorformen der Geschichtsphilosophie. Man will dem Betriebsgeheimnis der Geschichte auf die Spur kommen, will die »unsichtbare Hand« ergreifen, welche die Geschichte lenkt. Der damals populärste Bundesroman, wenige Jahre nach Schillers »Geisterseher« entstanden, Carl Grosses »Der Genius«, beginnt mit den programmatischen Sätzen: »Aus allen Verwickelungen von scheinbaren Zufällen blickt eine unsichtbare Hand hervor, welche vielleicht über manchem unter uns schwebt«.

Diese Phantasien geraten gegen Ende des Jahrhunderts in den Sog der allgemeinen Politisierung. Überall wittert man Verschwörungen, das vermutete Komplott und seine Entlarvung beherrschen die öffentliche Aufmerksamkeit. Gegen die Geheimorganisationen und Logen, die man mit der Revolution im Bunde glaubt, agieren die ebenfalls geheimen Gegenbünde, die das Bestehende verteidigen. Am bekanntesten waren, neben den Jesuiten, der Rosenkreuzerorden, der am Hofe Friedrich Wilhelms II. genau in jenem Jahr Einfluß auf die Regierungsgeschäfte in Preußen gewinnt, als Schiller an seinem »Geisterseher« arbeitet. Der Kultusminister Johann Christoph Wöllner galt als Rosenkreuzer, der den Kampf gegen die »Hydra« der Aufklärung zu seiner Sache gemacht hatte. In dichter Folge wurden nach 1788 Edikte erlassen, worin zuerst den Geistlichen und dann allen Staatsbeamten eine strikte protestantische Orthodoxie anbefohlen und die Zensur verschärft wurde. Wenn Schiller seinen Marquis Posa die »Gedankenfreiheit« fordern läßt, so war dies auch als Angriff auf das reaktionäre Regime in Preußen gemeint.

Die Rosenkreuzer, die man hinter allem Reaktionären und Aufklärungsfeindlichen vermutete, hatten ebenfalls ihr System der strikten Observanz. So wurde das ganze politische Terrain gespenstisch. Man sah dort überall unsichtbare Mächte wirken, die zu abenteuerlichen Vermutungen Anlaß gaben. Das führte zu publizistischen Turbulenzen und lieferte der Imagination aus dem Geiste der Geheimnislust und des Verdachtes reichliche Nahrung. Tatsächlich ging es in diesen Bünden harmloser zu, als man es sich vorstellte. Von den Freimaurern weiß man, daß sie sich trafen, um gemeinsam Seneca, Ariost, Plutarch und Wieland zu lesen. Bisweilen ermutigten sich die Verschwörer auch zur Lektüre verbotener Bücher, d'Holbach, Helvétius, Diderot usw.

Die »Illuminaten« allerdings – ein Geheimbund im Geheimbund – gingen radikaler zu Werk. Sie setzten auf den Marsch durch die Institutionen. Sie träumten von der Machtergreifung. Die freimaurerische Idee von der schrittweisen sittlichen Läuterung führte bei ihnen zu einem System gegenseitiger Bespitzelung, um die »Fortschritte in der Tugend« einschätzen, Kandidaten auswählen und Mitgliedern den gebührenden Rang zuweisen zu können. »Bemerken Sie«, heißt es in einer Ordre der Illuminaten, »jeden Ihrer Untergebenen genau, beobachten Sie ihn in Gelegenheiten, wo er Reiz hat, anders zu sein als er sein sollte: Hier ist der Augenblick, wo es sich zeigen muß, wie weit er es gebracht hat«. Durch ein solches System der Bespitzelung konnte sich tatsächlich im Zentrum der Organisation ein für manche Leute gefährliches Wissen anhäufen, gefährlich, weil es sich auf fremde Intimität bezog. Die eigenen Leute wurden erpreßbar und wohl auch Außenstehende, die man ausspioniert hatte, um auf sie Einfluß zu nehmen. Nach dem Verbot der »Illuminaten« wurde mit der Herausgabe ihrer internen Papiere der Verdacht gegen diesen Bund mächtig geschürt. Die Phantasien wucherten gerade in jener Zeit, als Schiller am »Geisterseher« schrieb. Wenige Jahre später wird man behaupten, die Französische Revolution sei in Wirklichkeit von Ingolstadt aus gelenkt worden, wo Adam Weishaupt den Illuminatenorden gegründet hatte. So stellte sich der gemeine Verstand die geheimen Werkstätten vor, wo Geschichte gemacht wird.

Der Wille zum Geheimnis war eine Triebkraft sowohl bei denen, die einen Bund bildeten, wie auch bei denen, die sich in Ahnungen, Vermutungen und Phantasien ergingen. Wer sich an diesem Geschäft beteiligte – auf der einen oder anderen Seite –, verhielt sich so, wie es Novalis auf dem Hochplateau des romantischen Spekulationsgeistes wenig später, freilich in unpolitischer Absicht, fordern wird: »Indem ich dem Gemeinen einen hohen Sinn, dem Gewöhnlichen ein geheimnisvolles Ansehn, dem Bekannten die Würde des Unbekannten, dem Endlichen einen unendlichen Schein gebe, so romantisiere ich es«.

Schiller hatte mit seinem »Geisterseher« einen romantischen Roman noch vor der Zeit geschrieben.

»Romantisch« war auch das besondere Interesse am Schauplatz Venedig, eine Stadt, die von jeher die Phantasie beschäftigte. Man stellte sie sich so vor, wie sie die Gemälde Canalettos zeigen: klassisch, makellos, marmorn unter einem klaren Himmel. Berühmt waren allerdings auch die dionysischen Turbulenzen des Karnevals. Venedig war die Stadt der tollen Masken. Und da gab es noch die Geschichte, die der junge Schiller in Ludwigsburg gehört hatte: wie sich Karl Eugen einst in den venezianischen Karneval gestürzt habe und der ungeheuren Schulden wegen fast fluchtartig die Stadt habe verlassen müssen. Schiller war vielleicht der erste, der das Abgründige dieser Stadt so wirkungsvoll literarisch imaginierte. Er machte sie zum Schauplatz einer Geschichte aus verworrenen Geheimnissen, Intrigen, Verwicklungen. Bei Schillers »Geisterseher« beginnt das Motiv vom Tod in Venedig. Fortgeschrieben wird es wenig später in Wilhelm Heinses Künstlerroman »Ardinghello«, worin Venedig nun vollends als die Hauptstadt aus Liebe, Tod und Lust figuriert. Danach gab es kein Halten mehr. Autoren, die ihre Helden dionysische Lebenskunst und Lebensleid erlernen lassen wollen, schicken sie nach Venedig. Das ist auch heute noch so.

Inzwischen ist diese Stadt ein unvermeidlicher literarischer Ort. Sie war es noch nicht, als Schiller sie zum Schauplatz seines Romans machte. Geholfen hat ihm sein Freund Huber, mit dem er in diesem Sommer das Projekt eines Sammelbandes über die »Merkwürdigsten Rebellionen und Verschwörungen« entwickelte. Huber steuerte die Übersetzung einer historischen Darstellung über die »Verschwörung des Marquis von Bedemar gegen die Republik Venedig im Jahre 1618« bei. So erfaßte Schiller das Lokalkolorit einer Stadt, die er aus persönlicher Anschauung nicht kannte. Aber die Phantasie malt mitunter besser als die Erinnerung, die Leseerfahrung kann stärker sein als die Lebenserfahrung. Wahrscheinlich durfte man diese Stadt nie gesehen haben, um sie so schildern zu können, wie es Schiller getan hat.

Die erste Lieferung für das vierte Heft der »Thalia« vom Januar 1787 ging ihm leicht und spielerisch von der Hand. Die zweite Lieferung, erschienen ein Jahr später im Aprilheft 1788, bereitete ihm schon größere Mühe. Er kenne wenige Beschäftigungen, schreibt er an Körner am 17. März 1788, bei denen *ich mir eines sündlichen Zeitaufwandes so bewußt war, als bei dieser Schmiererei.* Als er die dritte Lieferung vorbereitet, schreibt er an Körner, es sei eine schlimme Kärrnerarbeit, *in eine planlose Sache Plan zu bringen, und so viele zerrissene Fäden wieder anzuknüpfen* (17. Mai 1788). Die letzten beiden Lieferungen, geschrieben 1789, gingen ihm wieder leichter von der Hand. Das gute Honorar, das er dafür erhielt, tat ein übriges, ihm die Arbeit angenehmer zu machen. Und doch war es ein Befreiungsschlag, als er sich Ende 1789 entschloß, den Roman abzubrechen, obwohl das Publikum die Fortsetzung verlangte. Er wollte endlich das Labyrinth verlassen, in das er sich und seine Leser geführt hatte und in dem er sich schließlich selbst kaum mehr auskannte. Er ließ eine überarbeitete Buchfassung des fragmentarischen Romans Ende 1789 erscheinen, ökonomisch war das sein bisher größter Erfolg. Das Romanfragment wurde überall nachgedruckt, andere Autoren haben auf eigene Faust abenteuerliche Fortsetzungen verfaßt. Die Verleger fragten einige Male bei Schiller an, ob er selbst nicht den Roman zu einem Ende führen wolle. Aber Schiller lehnte ab. Er war froh, den Geistern, die er gerufen hatte, glücklich entronnen zu sein.

Als Schiller mit dem Roman begann, war er, wie er gestand, planlos vorgegangen. Es gab vage Ideen über Verschwörung, Geheimbündelei, es gab einen Ort, eine Atmosphäre und einige Charaktere: den Erbprinzen vor allem und den geheimnisvollen Armenier. Einen genauen Handlungsplan gab es nicht. Dieser Roman über Geheimnisse war ihm selbst ein Geheimnis. Das hatte ihn gereizt, und darum hatte er angefangen, ohne genau zu wissen, wie es weitergehen würde. Er bemächtigte sich eines Stoffes und hoffte insgeheim, daß dieser Stoff sich schließlich seiner bemächtigen würde. Er wollte von etwas bewegt werden, was er selbst angestoßen hatte. Der Geist der Erzählung sollte seiner Einbildungskraft aufhelfen.

Nur soviel war von Anfang an klar: der Erbprinz, ein in sich gekehrter, melancholischer, protestantisch erzogener Mann, sollte in die Fänge eines charismatischen Armeniers geraten, dem zahlreiche Helfershelfer zu Gebote standen und der ein verwirrendes Maskenspiel dirigieren konnte. Der Erbprinz sollte zur Konversion bewegt werden; er sollte seine innere Freiheit verlieren und sein Charakter sollte sich umwälzen. Das alles sollte fatale Folgen haben. Es war eine von unbestimmten Erwartungen gespannte Geschichte, die Schiller in den gewitterschwülen Jahren vor der Revolution imaginierte. Und vielleicht verlor Schiller auch gänzlich die Lust, sie fortzusetzen, weil inzwischen die Revolution, dieses zunächst reinigende Gewitter, wirklich geschehen war.

Die Geschichte wird zunächst aus der Perspektive eines Grafen von O. erzählt, der dem Erbprinzen in Venedig zur Karnevalszeit Gesellschaft leistet. Schiller beginnt mit einem Portrait des Prinzen. Dieser hat bis zu seinem fünfunddreißigsten Jahr *allen Reizungen dieser wollüstigen Stadt widerstanden* (V, 49). Er lebt verschlossen in seiner eigenen *Phantasiewelt* und bleibt darum ein *Fremdling* in der wirklichen. Er träumt, aber er läßt sich nicht träumen, wie phantastisch, bedrohlich und verführerisch die Wirklichkeit sein kann. Da er seinen Blick nach innen richtet, beobachtet er schlecht. Seine Grundsätze hat er sich nicht durch Erfahrung und Studium gebildet, und darum findet er keinen festen Grund darin, sondern er hängt ihnen halb träumend an. Auch seinen Gefühlen fehlt die entschiedene Gestalt, er läßt sich tragen und treiben von Empfindungen, die bisweilen ins Schwärmerische gehen. Sein ungefestigter Charakter wird ihm zum Verhängnis werden. *Niemand war mehr dazu geboren, sich beherrschen zu lassen* (V, 49).

Der Graf von O. und der Prinz gehen auf den Markusplatz, mischen sich unter die Masken. Eine Maske folgt ihnen, die sich auch im dichten Gewühl nicht verliert. Der Graf und der Prinz suchen eine entfernte Bank, aber es dauert nicht lange, dann erscheint die Maske und setzt sich, wie selbstverständlich, neben den Prinzen. Als sich die beiden beklommen erheben, tönt es aus der Maske des Fremden: *Wünschen Sie sich Glück, Prinz … Um neun Uhr ist er gestorben* (V, 50).

Später werden sie erfahren, daß der regierende Fürst, den der Prinz dereinst beerben würde, an diesem Tag um neun Uhr gestorben war. Wie dieser Unbekannte hinter der armenischen Maske, der von nun an durch die Erzählung spukt, von diesem Tod erfahren hat, wird nicht hinlänglich erklärt. Es bleibt, wie vieles an diesem Armenier, rätselhaft. Beunruhigt begeben sich der Prinz und sein Begleiter auf die Suche nach diesem Mann. Durchstreifen die Plätze, besuchen Lokale. Sie finden ihn nicht. Er läßt sich nicht finden, denn er zeigt sich, wenn er es will. Und so tritt er plötzlich in einem Menschengewühl an den Prinzen heran und raunt ihm zu, daß er eine Ehrung von seiten des Senats zu gewärtigen habe. Woher weiß er das? Es beschleicht den Prinzen das Gefühl, daß sich ein ungreifbares Netz der Bobachtung und Lenkung immer enger um ihn zusammenzieht. In einem Spielsalon kommt es zu einem gefährlichen Auftritt. Ein Venezianer versperrt dem Prinzen mit einigen Grobheiten den Zugang zum Spieltisch. Der Prinz wehrt sich, andere rotten sich gegen ihn zusammen. Er muß um sein Leben fürchten. Plötzlich erscheinen *Bediente der Staatsinquisition.* Sie führen den Prinzen und den Grafen in ein mit schwarzen Tüchern behangenes Gewölbe, eine Versammlung dunkel gekleideter Männer hat offenbar auf die Ankömmlinge gewartet. Der venezianische Grobian wird vorgeführt, abgeurteilt und sofort geköpft. Anderes Rätselhaftes geschieht, Blicke, Andeutungen, Schatten, verwischte Spuren. Dann eine Spazierfahrt auf der Brenta.

In diesem Augenblick der Ruhe und des Atemholens malt Schiller das heitere Bild einer Landschaft, die er nie gesehen hat: *Die Fahrt war die angenehmste. Eine malerische Landschaft, die mit jeder Krümmung des*

Flusses sich an Reichtum und Schönheit zu übertreffen schien ... reizende Gärten und geschmackvolle Landhäuser ohne Zahl, welche beide Ufer der Brenta schmücken – hinter uns das majestätische Venedig, mit hundert aus dem Wasser springenden Türmen und Masten, alles dies gab uns das herrlichste Schauspiel von der Welt (V, 55).

Man verläßt die Barke. Am Ufer ein Volksfest mit Tänzen, Schaustellungen und Menschengewühl. Und doch wirkt das bunte Treiben so, als sei das Ganze nur für den Prinzen arrangiert, als habe man nur auf ihn gewartet. Dieser Eindruck verstärkt sich noch bei der Geisterbeschwörung, zu der die Ausflugsgesellschaft von einem Sizilianer eingeladen wird. Jetzt erst bemerkt der Prinz einen russischen Offizier mit ungewöhnlicher Physiognomie: *Nie in meinem Leben sah ich so viele Züge und so wenig Charakter, so viel anlockendes Wohlwollen mit so viel zurückstoßendem Frost in einem Menschengesichte beisammen wohnen. Alle Leidenschaften schienen darin gewühlt und es wieder verlassen zu haben. Nichts war übrig als der stille, durchdringende Blick eines vollendeten Menschenkenners, der jedes Auge verscheuchte, worauf er traf* (V, 56).

Es ist sofort klar: das ist der Mann hinter der Armeniermaske. Die Séance beginnt. Der Prinz versucht skeptisch zu bleiben und verlangt wie zum Spott seinen verstorbenen französischen Kriegskameraden zu sehen. Der Raum ist ausgestattet, wie es sich gehört: schwarze Tücher, eine chaldäische Bibel und ein Totenkopf auf dem Altar, Kerzen, dikker Rauch, schwere Düfte. Ein Donnerschlag. Es erscheint der tote Freund zuerst an der Wand, dann als körperliche Gestalt im Raum. Allgemeines Entsetzen. Der Magier schießt, die Kugel rollt aus dem Lauf. Der Prinz befragt die Gestalt und erhält dunkle Andeutungen zur Antwort. Die Gestalt verschwindet. Man stößt die Fensterflügel auf, inzwischen ist heller Morgen. Der russische Offizier, man hat ihn während der Séance nicht gesehen, tritt zu dem Magier: *Taschenspieler, ... du wirst keinen Geist mehr rufen* (V, 65). Der Sizilianer, indem er dem Offizier ins Gesicht blickt, stürzt vor Entsetzen zu Boden.

Hier bricht Schiller die Erzählung ab. Es ist wahrlich eine schauerromantische Szenerie, die er in dieser ersten Thalia-Folge des Romans ausmalt, und man kann nachempfinden, warum das Publikum auf eine Fortsetzung drängte. Und es wird auf immer weitere Fortsetzungen drängen. Zehn Jahre später konnte Schiller in den »Xenien« darüber spotten: *Das verlohnte sich auch, den delphischen Gott zu bemühen, / Daß er dir sage, mein Freund, wer der Armenier war* (I, 272).

Wer der Armenier ist und was er im Schilde führt und wie er dabei vorgeht und wie es dem Prinzen ergeht – diese Fragen läßt Schiller zunächst auf sich beruhen und wendet sich wieder seinem »Don Karlos« zu, dem großen Auftritt des Marquis Posa. Dieser wird im zweiten Teil des Dramas auch zu einer Art Armenier, und darum wird einem die Umstimmung auf das Drama nicht allzu schwer fallen. Denn auch der Marquis Posa wird sich ins Geheimnis hüllen und mit der Königin und seinem Freunde wie mit Schachfiguren spielen. Dieses Motiv der heimlichen und unheimlichen Lenkung eines Geschicks wird für Schiller zur Brücke, über die er vom »Geisterseher«-Roman wieder in sein Stück zurückfindet. Don Karlos wird wie der Prinz ein Instrument in den Händen eines überlegenen Geistes sein, und der Marquis Posa, diese Lichtgestalt, wird wie der Armenier, dieser Dunkelmann, die Rolle der unsichtbaren Hand spielen wollen.

Was den »Geisterseher« betrifft, so wird sich Schiller später, wenn er seinen »Don Karlos« abgeschlossen haben wird, noch einiges einfallen lassen. Der sizilianische Magier, der beim Anblick des Armeniers zusammengebrochen war, wird sich als dessen Handpuppe zu erkennen geben. Zunächst gelingt es dem Prinzen, die gegen ihn gerichtete Intrige zu durchschauen, aber der Leser erfährt, was der Prinz selbst nicht bemerkt: der Armenier hat alles so eingerichtet, daß es vom Prinzen durchschaut werden kann, damit er sich, stolz auf seine Vernunft, in Sicherheit wähnen kann. Das Kalkül ist: der Prinz soll lernen, sich auf seine Vernunft zu verlassen, dann soll sie ihn verlassen, weil er sie überschätzt. Er soll zum haltlosen Libertin werden, der sich von keinem Mystizismus blenden läßt, dem aber auch nichts mehr heilig ist. Der Armenier wird den Prinzen emanzipieren, er wird ihn befreien, aber er wird dann befreit sein wie ein Sklave, der *mit der Kette* am Fuß entflieht und den man deshalb leicht wieder einfangen und einem anderen Zweck dienstbar machen kann. Der Prinz darf sich zuerst einmal austoben im Trubel wilder Feste, sinnlicher Vergnügungen, er darf Spielschulden anhäufen, und wenn er seelisch zerrüttet und geistig haltlos geworden ist, wird er schwach genug sein, um die starke Hand der Kirche wieder ergreifen zu wollen. *Erinnern Sie sich des Armeniers, der uns voriges Jahr so zu verwirren wußte? In seinen Armen finden Sie den Prinzen, der seit fünf Tagen – die erste Messe hörte* (V, 160).

So endet die Buchfassung des Romans. Den geplanten Fortgang der Geschichte, wonach der Prinz noch einen Mord begehen und als guter

Katholik sich den Thron erobern sollte, hat Schiller sich erspart. Die Möglichkeiten der Figur des Prinzen waren für ihn erschöpft. Er hatte die Entwicklung und Lenkung eines Charakters dargestellt, vom gefühlvollen Melancholiker zum Skeptiker, dann zum Freigeist und Libertin und schließlich, vom Verschwörungszauber eingefangen, die Rückkehr in den Schoß der Kirche. Der Weg aus einem Dämmerzustand ins falsche Licht und wieder zurück in die Finsternis. Eine Entwicklung, die der Prinz durchlebt, aber nicht begreift, weil sie vom Armenier gesteuert wird (wie Goethes Wilhelm Meister von der Turmgesellschaft gelenkt wird). Es ist eine Geschichte über einen, der sich frei fühlt, aber nicht frei ist. In einem philosophischen Gespräch, das Schiller in späteren Buchfassungen wieder herausgenommen hat, weil er dem Prinzen nicht zuviel Bewußtheit zubilligen wollte, läßt er den Prinzen sagen: *Ich bin einem Boten gleich, der einen versiegelten Brief an den Ort seiner Bestimmung trägt* (V, 127). Was der Brief enthält, weiß er nicht. Weil er nicht mit sich bekannt ist, hat er keine Macht über sich und sein Geschick. Er wird gebraucht und schließlich verbraucht werden.

Dies ist ein Schicksal, das auch einem Don Karlos droht, der unter die Macht des Marquis Posa gerät.

Wir kehren zurück zu »Don Karlos«. Schiller hatte ihn beiseite gelegt kurz vor dem berühmten zehnten Auftritt im dritten Akt. Nun also der große Dialog zwischen dem König und dem Marquis Posa.

Der Marquis wird vom König gerufen, der in seiner herrscherlichen Einsamkeit nur von interessierten Höflingen umgeben ist und deshalb dem Argwohn mißtraut, den ihm der Herzog Alba, der Pater Domingo und die Fürstin Eboli einzuflößen versuchen. Der König verlangt Wahrheit über das Verhältnis zwischen Karlos und der Königin.

Der Marquis hat mit der Audienz beim König nicht gerechnet. In seinen Plänen war das nicht vorgesehen. Zwar hatte er Karlos angestiftet, vom König das flandrische Kommando zu fordern. Der Versuch des Infanten blieb ohne Erfolg. Jetzt wird der Marquis selbst, für ihn unerwartet, zum König gerufen. Der Politiker in ihm spürt sofort die sich bietende Gelegenheit, die er ergreifen muß. Vielleicht gelingt es, *eine Feuerflocke Wahrheit nur / In des Despoten Seele* (Vers 2967f.; II, 117) zu werfen. Der König sucht Hilfe in den Nöten seiner Eifersucht, er sucht *einen Menschen*, und er glaubt, ihn im Marquis gefunden zu haben.

Beide geraten in ein verwirrendes Maskenspiel. Der König sucht die Intimität mit Posa, und dieser nutzt die Intimität für seine große Politik. Der eine verlangt nach persönlicher Wahrheit, der andere will einer politischen Wahrheit zum Durchbruch verhelfen.

Der Marquis ist stark, weil der König um ihn wirbt. Posa hat sich bisher dem König entzogen und auf Belohnung für vergangene Heldentaten verzichtet. So hat er sich seine Unabhängigkeit bewahrt. Der König, an Unterwürfigkeit gewöhnt, hat es hier mit einem ungewöhnlich stolzen Selbstbewußtsein zu tun. Das fordert ihn heraus. Er bietet dem Marquis jedes Amt an, das dieser wünscht. Aber der Marquis wünscht kein Amt: *Ich kann nicht Fürstendiener sein!* (Vers 3020). Ein Amt würde ihn zu einem Werkzeug einer großen Maschinerie machen, er will nicht ein Ausführungsorgan eines höheren Willens sein, sondern der Täter seiner Tat bleiben.

Er beansprucht das *Königsrecht* auf ungeteilten Selbstbesitz. Er will nicht zum Mittel fremder Zwecke werden: *Ich aber soll zum Meißel mich erniedern, / Wo ich der Künstler könnte sein?* (Vers 3034f.). Posa nimmt eine königliche Souveränität in Anspruch, denn ein jeder soll König werden – über sein eigenes Leben. Für Posa ist eine solche Selbstbestimmung das Ziel der Geschichte. Im Auftritt vor dem König nimmt er sich jene Freiheit, die er für die Menschheit insgesamt fordert: *Geben Sie / Gedankenfreiheit !* (Vers 3213f.).

Das Wort ›Gedankenfreiheit‹ ist heute bis zur Banalität verblaßt. Zu Schillers Zeit war der Ausdruck noch ungewöhnlich, im deutschen Sprachraum hatte ihn zuerst Herder, von der englischen und französischen Aufklärung angeregt, im begrifflichen Sinne verwendet. Es war aber Schiller, der diesem Begriff durch die Figur des Marquis Posa zu einer reichen und programmatischen Bedeutung verhalf. Gedankenfreiheit bedeutet: freier Gebrauch der individuellen Vernunft in Religion, Moral, Staat und Wissenschaft – in allen wichtigen Angelegenheiten des Lebens also. Gedacht war dabei an eine Vernunft, die in jedem Individuum angelegt ist und sich dort, bei richtiger Erziehung, entwickeln kann. In diesem Sinne ist Gedankenfreiheit nichts anderes als Selbstbestimmung der Person durch die eigene Vernunft.

Mit der so verstandenen Gedankenfreiheit war mehr gefordert, als ein aufgeklärter Monarch wie Friedrich II. zu geben bereit war. Friedrich hatte bekanntlich erklärt: »Räsoniert wie ihr wollt, aber gehorcht«. Demgegenüber verlangt die ›Gedankenfreiheit‹ nicht nur das freie Räsonnement, sondern die praktische Selbstbestimmung aus räsonablen Gründen. Wie der Künstler sein Werk bestimmt und darin seinen Zweck realisiert, so soll jedes Individuum sich selbst bestimmen und seinen Zweck in der Gestalt finden, die es seinem Leben gibt. Jeder soll, sobald die Vernunft in ihm herangereift ist, nur sich selbst gehorchen und einem fremden Befehl nur dann, wenn er mit der Stimme der eigenen Vernunft übereinstimmt.

Diese Idee setzt ein positives Menschenbild voraus. *Der Mensch ist mehr, als Sie von ihm gehalten* (Vers 3186), erklärt Posa, und der König entgegnet ihm: *Ich weiß / Ihr werdet anders denken, kennet Ihr / Den Menschen erst, wie ich* (Vers 3290-92). Der König argumentiert wie Hobbes. Die Menschen sind bösartig und eigensüchtig, es wird niemals *Ruhe* und *Frieden* zwischen ihnen geben, wenn sie nicht einen Herrn über sich haben. Der hält sie im Zaum und gibt Sicherheit, unter deren Schutz es sich gut leben läßt: *Hier blüht / Des Bürgers Glück in nie bewölktem Frieden* (Vers 3157f.). Nein, antwortet Posa, ein solcher Friede ist nichts als *die Ruhe eines Kirchhofs* (Vers 3160). Das ist das Argument, das Rousseau gegen Hobbes vorbringt.

Der König läßt in diesem Disput einige Male durchblicken, daß er es eigentlich nicht nötig hat zu argumentieren. Er weiß, daß argumentieren bedeutet: sich legitimieren. Wer sich aber vor seinen Untertanen legitimiert, hat seine souveräne Macht schon halb verloren. Doch der König kann sich der charismatischen Wirkung des Marquis nicht entziehen. *Ich will den Jüngling, der sich übereilte, / Als Greis und nicht als König widerlegen. / Ich will es, weil ichs will* (Vers 3263-65).

Als Privatmann läßt er sich auf das Argumentieren ein, auch wenn er als König nicht dazu verpflichtet ist. Die Spielregeln der Machtsphäre, die er repräsentiert, kennen nicht die Kraft des besseren Arguments. Philipp argumentiert, weil er den feurigen Marquis zu lieben begonnen hat. Philipps Argument ist auf die Person des Marquis gemünzt: wenn alle Menschen wären wie er, könnte man ihnen Selbstbestimmung zubilligen. Doch der Marquis ist ein Ausnahmemensch. Man kann von ihm nicht auf die Beschaffenheit des Menschengeschlechtes schließen. Und darum müssen auch weiterhin die Prinzipien der Sicherheit und des Friedens Vorrang haben vor dem gefährlichen Prinzip der Freiheit und der Selbstbestimmung. Darum ist die Inquisition, das Verbot der Gedankenfreiheit also, nötig, und er kann dem Marquis nur raten: *Flieht meine Inquisition. – Es sollte / Mir leid tun* (Vers 3268f.).

Der düsteren Anthropologie des Königs setzt Posa den Gedanken entgegen, daß der Mensch erst mit dem Gebrauch der Freiheit lernt, sie richtig zu nutzen. Nur im Milieu der Freiheit lernt man jene Tugenden des Altruismus und der Opferbereitschaft fürs Gemeinwohl, die zur Aufrechterhaltung einer freiheitlichen Ordnung nötig sind. Nur in Republiken gedeihen republikanische Tugenden, lautet das Argument, das Montesquieu vorgetragen hat. Die Kultur der Freiheit, und nur sie schafft die geistig-sittlichen Voraussetzungen, unter denen sie bestehen kann. Deshalb ist stets mit einer riskanten Übergangszeit des Lernens zu rechnen. Das Risiko läßt sich nicht vermeiden, gleichwohl bleibt es dabei: Man muß den Menschen zuerst *sich selbst zurückgeben*, ihn also in Freiheit versetzen, damit *der Freiheit / Erhabne, stolze Tugenden gedeihen* (Vers 3246f.).

Es geht um das Problem der Freiheitsfähigkeit, das Schiller nach der Französischen Revolution in seinen ästhetischen Schriften ausführlich behandeln wird. Die Revolution, so wird er dort erklären, hat Menschen befreit, die selbst noch nicht innerlich frei, d.h. freiheitsfähig sind. Das aber führt zur Herrschaft des Pöbels, unten wie oben. Der Marquis Posa scheint für einen Augenblick diese Skepsis in bezug auf die Freiheitsfähigkeit der Unterdrückten zu teilen: *Das Jahrhundert / Ist meinem Ideal nicht reif. Ich lebe / Ein Bürger derer, welche kommen werden* (Vers 3076-78). Aber diese Skepsis setzt der Marquis nur taktisch ein, denn als er merkt, wie sehr er Philipp in seinen Bann gezogen hat, fordert er vom König die sofortige Befreiung der flandrischen Staaten.

Der Marquis Posa, berauscht von seiner enthusiastischen Beredsamkeit, glaubt, er könne den König lenken, wie man den Führer führt. Er hat sich zur großen Politik emporgeschwungen. Den König aber plagt seine Eifersucht, und darum verlangt er vom Marquis Hilfe. Der Marquis, der Flandern befreien will, soll entwürdigende Spitzeldienste leisten: *Dränget Euch zu meinem Sohn, / Erforscht das Herz der Königin* (Vers 3345f.).

Der Marquis Posa, eben noch im Höhenrausch seiner politischen Ambitionen, wird in den Schlamm der königlichen Intrige hinabgezogen. Wie soll er sich verhalten? Er könnte das Ansinnen des Königs zurückweisen und seine Freundschaft mit Karlos bekennen; das wäre aufrichtig, aber, an seinen politischen Ambitionen gemessen, unklug. So läßt er sich zum Schein auf das königliche Ansinnen ein. Damit hintergeht er nicht nur den König, sondern auch seinen Freund Karlos, den er nicht in die neue Konstellation einweiht und den er nach seinen politischen Zwecken zu lenken versucht. Auch noch wenn er ihm hilft, hintergeht er ihn: *Warum / Dem Schlafenden die Wetterwolke zeigen, / Die über seinem Scheitel hängt?* (Vers 3646-48). Auch wenn er es gut meint, degradiert er die Personen, die ihm vertrauten, zu *Werkzeugen* seiner Zwecke und Pläne.

Sein oberster Zweck ist der *enthusiastische Entwurf, den glücklichsten Zustand hervorzubringen, der der menschlichen Gesellschaft erreichbar ist* (II, 253). Diesem Interesse ist alles untergeordnet, die Freundschaft mit Karlos, die Verehrung für die Königin und das Vertrauen, das der König dem Marquis entgegenbringt. Den Freund behandelt der Marquis wie einen Unmündigen, den man vor sich selbst schützen muß – er nimmt ihn tatsächlich in Schutzhaft – und dem man die Liebe zur Königin *erklären* (Vers 4340) muß, indem man diese Gefühle auf den Freiheitskampf lenkt. Ebenso werden die zarten Gefühle der Königin für Karlos politisch ausgebeutet, wogegen sich die Königin halb resignierend wehrt: *Das überlegten Sie wohl nicht, wieviel / Für unser Herz zu wagen ist, wenn wir / Mit solchen Namen Leidenschaft veredeln* (Vers 4346-48). Über das Vertrauen des Königs geht Posa mit den Worten hinweg: *Was kann ich auch / Dem König sein? – In diesem starren Boden / blüht keine meiner Rosen mehr* (Vers 4315f.).

Der Marquis glaubt, alles genau durchdacht zu haben: wie man den Prinzen vor dem Verdacht des Vaters schützt; wie man die Königin dafür gewinnt, bei Karlos Liebesverzicht und Freiheitsenthusiasmus zu bewirken und wie man schließlich dem Prinzen zur Flucht nach Flandern verhelfen kann. Diese Pläne scheitern; Zufälle, Mißverständnisse und die notorische Unübersichtlichkeit von Leben und Leidenschaft kommen dazwischen: *Wer ist der Mensch, der sich vermessen will, / Des Zufalls schweres Steuer zu regieren / Und doch nicht der Allwissende zu sein?* (Vers 4222–24).

Am Ende bleibt dem Marquis nur das Selbstopfer: er lenkt den Verdacht einer unerlaubten Beziehung zur Königin auf sich selbst, um Karlos zu entlasten. Die Briefe, die für Karlos den Weg nach Flandern bahnen sollen, werden entdeckt. Der Prinz wird dem Großinquisitor überantwortet, Posa ist umsonst gestorben. Es triumphiert die alte Macht, unter deren Beobachtung der Marquis von Anfang an stand und die nur auf den rechten Augenblick gewartet hat, um das feingesponnene Netz der Verschwörung zu zerreißen. Die Inquisition erweist sich gegenüber dem revolutionären Komplott als der mächtigere Geheimbund. Der Großinquisitor über den Marquis Posa: *Das Seil, an dem / Er flatterte, war lang, doch unzerreißbar* (Vers 5156f.).

Mit der Figur des Marquis Posa hat Friedrich Schiller drei Jahre vor der Revolution die Abgründe der revolutionären Moral aufgedeckt.

Posa liebt die Menschheit, und selbstverliebt begeistert er sich an seinen Taten, die dem Menschheitsglück dienen sollen. Selbstverständlich liebt er auch seinen Freund Karlos, aber doch nur stellvertretend für das Ganze: *In meines Karlos Seele / Schuf ich ein Paradies für Millionen* (Vers 4257f.). Die Liebe zur Menschheit verschlingt die Liebe zum einzelnen. So kommt es, daß der Marquis in den verhängnisvollen Fehler verfällt, *sich an fremder Freiheit zu vergreifen, die Achtung gegen anderer Rechte ... hintanzusetzen und nicht selten einen willkürlichsten Despotismus zu üben* (II, 261).

Die revolutionäre Moral verrät im Einzelfall, was sie für die Gesamtheit zu erstreben beansprucht: die Freiheit. Einerseits fordert sie, daß der Mensch sich selbst zum Zweck werde, andererseits macht sie ihn zum Mittel ihrer Kalküle. *Gewalttätigkeit, Heimlichkeit* und *Herrschsucht* (II, 261) verbergen sich gern hinter den Masken des Freiheitskampfes.

In diesem Zusammenhang verweist Schiller, in seinen »Briefen über Don Karlos«, ausdrücklich auf die verschwörerische Praxis der Illuminaten. Im Namen der Vernunft und der Freiheit wird Robespierre wenig später die wirklichen Köpfe abschlagen lassen. Der Terror der Revolution ist im strategischen Agieren Posas antizipiert. Der Marquis erliegt der Verlockung der universellen Vernunft, *sich ihren Weg abzukürzen, ihr Geschäft zu vereinfachen und Individualitäten, die sie zerstreuen und verwirren, in Allgemeinheiten zu verwandeln* (II, 261). Die Wege abkürzen bedeutet: Menschen benützen; wer die Menschheit beglücken will, wird sich vom Gewimmel der *Individualitäten* nicht aufhalten lassen wollen. Die einzelnen *in Allgemeinheiten verwandeln* heißt: sie aufopfern. Der Marquis schreckt allerdings auch nicht davor zurück, sich selbst zu opfern. Das macht seinen menschlichen Adel aus und stellt den ursprünglichen Freundschaftsbund auf tragische Weise wieder her. Und doch bleibt auch bei diesem Selbstopfer der Verdacht zurück, den die Königin dem Marquis gegenüber formuliert: *Sie stürzten sich in diese Tat, die Sie / Erhaben nennen ... / Ich kenne Sie, Sie haben längst darnach / Gedürstet – Mögen tausend Herzen brechen, / Was kümmert Sies, wenn sich Ihr Stolz nur weidet* (Vers 4380–84).

Schiller thematisiert das prekäre Verhältnis von Moral und Hypermoral. Er zeigt, daß die natürliche moralische Intuition, die sich an den Umgang mit dem einzelnen konkreten Menschen knüpft, verläßlicher ist als die ausgedachten Moralprinzipien, die aufs Ganze gehen.

Gewiß, aus der innigen Freundschaft zwischen Karlos und dem Marquis sind die Träume des Menschheitsglücks erwachsen, und es sind wunderbare Worte, die der Marquis kurz vor seinem Tod dem Freund durch die Königin übermitteln läßt: *Sagen Sie / Ihm, daß er für die Träume seiner Jugend / Soll Achtung tragen, wenn er Mann sein wird* (Vers 4287-89). Diese Träume nicht zu verraten und doch auch den einzelnen, den konkreten Menschen nicht zu vergessen – das ist die humane Aufgabe, an der der Marquis Posa scheitert.

Die *nie genug zu beherzigende Erfahrung*, die dieses grandiose Drama zur Darstellung bringt, formuliert Schiller in den »Briefen über Don Karlos«: *daß man sich in moralischen Dingen nicht ohne Gefahr von dem natürlichen praktischen Gefühl entfernt, um sich zu allgemeinen Abstraktionen zu erheben, daß sich der Mensch weit sicherer den Eingebungen seines Herzens oder dem schon gegenwärtigen und individuellen Gefühle von Recht und Unrecht vertraut als der gefährlichen Leitung universeller Vernunftideen, die er sich künstlich erschaffen hat – denn nichts führt zum Guten was nicht natürlich ist* (II, 262).

Hier bereits deutet sich Schillers spätere Kritik an Kant an.

Dreizehntes Kapitel

Angebot aus Hamburg. Liebeskomödie. Abschied von den Freunden. Weimar: die berühmte Schneckenhauswelt. Die Weimarer Götter. Wieland, Herder und die anderen. Zum ersten Mal Kant. »Der Abfall der Niederlande«. Warum Geschichte?

Für die Arbeit am »Don Karlos« benötigte Schiller nach den Enttäuschungen beim Mannheimer Theater die Fiktion, daß sein Stück nicht für das Theater, sondern für das lesende Publikum bestimmt sei. Um sich in die passende Stimmung zu versetzen, durfte er nicht an eine mögliche Aufführung denken. Üble Erinnerungen und schlechte Gefühle mußten ferngehalten werden. Im Thalia-Fragment des »Don Karlos« heißt es in einer Fußnote: *Es wird kaum mehr nötig sein zu bemerken, daß der Dom Karlos kein Theaterstück werden kann. Der Verfasser hat sich die Freiheit genommen, jene Grenze zu überschreiten, und wird also nach jenem Maßstab auch nicht beurteilt werden* (II, 224).

Er nennt sein Stück einen *handelnden Dialog*, der seine höchste Wirkung nur erreichen kann, wenn er nicht auf die *Gesetze der Schaubühne* eingeschränkt wird. Als aber für ihn das Ende der Arbeit am Stück absehbar war, konnte er sich den Gedanken an eine mögliche Aufführung wieder erlauben. Seinen Verleger Göschen bat er im Sommer 1786, in Wien am Burgtheater zu sondieren. Von dem Mannheimer Schauspieler Beck erfährt er, daß der Hamburger Intendant Schröder vom Thalia-Fragment sehr angetan sei, und sogleich schreibt er an ihn. Schröder hatte früher, was Schiller nicht wußte, den Mannheimer Intendanten Dalberg vor ihm gewarnt, war aber jetzt tatsächlich zu einer günstigeren Beurteilung Schillers gelangt. Er stand in hohem Ansehen und übte damals einen beherrschenden Einfluß auf das Theaterleben aus. Deshalb nähert Schiller sich ihm mit Ehrfurcht: *Lange schon, ich gestehe es Ihnen, habe ich mir die angenehmste Hoffnung in der Verbindung mit einem Manne gebildet, der im ganzen Deutschland der einzige ist, alle meine Ideale über die Kunst zu erfüllen* (12. Oktober 1786). Er habe, schreibt er weiter, in Mannheim *beinahe allen Enthusiasmus für das Drama verloren* infolge der *schrecklichen Mißhandlung* seiner Stücke auf der Bühne. Von

Schröders Wirken verspreche er sich Besserung. In einer Verbindung mit ihm ließe sich noch am ehesten das ihm vorschwebende *Ideal* der Bühnenkunst realisieren, und darum *sollen alle meine Stücke für Ihre Bühne bestimmt sein.* Er verweist auf »Don Karlos« und kündigt für das folgende Jahr ein neues Stück, den »Menschenfeind« an. Sein Angebot unterstreicht er mit dem Eingeständnis: *Mit ungeduldiger Sehnsucht habe ich bisher nach derjenigen Bühne geschmachtet, wo ich meiner Phantasie einige Kühnheit erlauben darf und den freien Flug meiner Empfindung nicht so erstaunlich gehemmt sehen muß. Ich kenne nunmehr die Grenzen recht gut, welche bretterne Wände und alle notwendigen Umstände des Theatergesetzes dem Dichter vorschreiben, aber es gibt engere Grenzen, die sich der kleine Geist und der dürftige Künstler setzt, das Genie des großen Schauspielers und Denkers aber überspringt. Von diesen Grenzen wünschte ich freigesprochen zu werden.*

Schröder antwortet prompt. Auch er hege den Wunsch, sich mit dem Dichter des »Don Karlos« zu verbinden. Er signalisiert nicht nur Interesse an dem Stück, darüber hinaus lädt er den Dichter nach Hamburg ein, denn ein dramatischer Schriftsteller müsse am Ort der Bühne sein. Unklar bleibt, ob an eine feste Anstellung oder an eine freie Kooperation gedacht ist. Schiller fühlt sich zunächst geschmeichelt, von einem Schröder umworben zu werden. Nach längerem Besinnen entscheidet er sich gegen eine Übersiedlung nach Hamburg.

Ausschlaggebend dafür war die Überlegung, daß die Nähe zum wirklichen Theater ihn eher hindern würde. Er kennt inzwischen die Bedingungen seiner künstlerischen Produktivität. *Und dann, glauben Sie mir auch*, schreibt er am 18. Dezember 1786 an Schröder, *gewinnt mein Enthusiasmus für die Schauspielkunst dadurch sehr, wenn ich mir die glückliche Illusion bewahren kann, welche wegfällt sobald Kulissen und papierne Wände mich unter der Arbeit an meine Grenze erinnern. Besser ist es immer, wenn der erste Wurf ganz frei und kühn geschehen kann und erst beim Ordnen und Revidieren die theatralische Beschränkung und Konvenienz in Anschlag gebracht wird.* Schiller stellt einen Besuch in Hamburg für das nächste Jahr in Aussicht.

Tatsächlich war Hamburg das eigentliche Reiseziel, als er am 20. Juli 1787 nach Weimar aufbricht. Er wollte dort nur Zwischenstation machen auf dem Wege nach Hamburg, wo am 29. August 1787 die Uraufführung des »Don Karlos« stattfand, mit »rauschendem Beifall«, wie ein Theaterbesucher berichtete. Schröder selbst zeigte sich weniger begeistert. Vielleicht war er immer noch darüber verstimmt, daß Schiller nicht nach Hamburg gekommen war. Soviel könne er sagen, schreibt er an Schiller am 14. November 1787, er habe weder »Fleiß noch Kosten« gespart, und im übrigen wünsche er, »die Länge des Stücks *könnte* um eine Stunde verkürzt werden«.

Schröders Werben im Herbst 1786 veranlaßte Schiller, seine gegenwärtigen Lebensverhältnisse in Dresden zu überprüfen. Was bindet ihn noch an Dresden? Selbstverständlich die Freunde, besonders Körner. Aber der Enthusiasmus der Anfangszeit hatte sich in der Routine und durch Gewohnheit abgeschwächt. Schiller spürte eine Stagnation. *Soviel siehst Du ein,* schreibt er von Weimar aus auf die Dresdener Zeit zurückblickend an Körner, *daß seither – welches von uns allen gilt – wenig gehandelt und viel geschwelgt worden ist* (22. September 1787). Später sieht er das Unbefriedigende des Lebens in Dresden noch deutlicher. Wieder an Körner schreibt er am 9. März 1789: *Warum müssen wir getrennt von einander leben? Hätte ich nicht die Degradation meines Geistes so tief gefühlt, ehe ich von Euch ging, ich hätte Euch nie verlassen.*

Noch weniger als die Freundschaft konnte ihn Dresden selbst halten. Schiller hatte in den ersten Monaten die architektonische Schönheit der Stadt und ihre Kunstschätze genossen, aber er war enttäuscht vom kulturellen Leben. *Es ist dort eine Wüste der Geister … die Dresdener sind vollends ein seichtes, zusammengeschrumpftes, unleidliches Volk, bei dem es einem nie wohl wird. Sie schleppen sich in eigennützigen Verhältnissen herum, und der freie edle Mensch geht unter dem hungrigen Staatsbürger ganz verloren* (an Charlotte und Karoline von Lengefeld, 4. Dezember 1788).

Dresden hatte den gesellschaftlichen und höfischen Glanz aus der Zeit Augusts des Starken und seiner ersten Nachfolger verloren. Das Fürstenhaus war inzwischen aus politischen Gründen zum Katholizismus übergetreten, und es verbreiteten sich Frömmlertum und Prüderie. Die Theaterzensur war verschärft worden. Der »Don Karlos« zum Beispiel konnte in Dresden nur mit erheblichen Streichungen aufgeführt werden, vor allem die gegen die Inquisition gerichteten Textpassagen fielen der Zensur zum Opfer. Das gesellschaftliche Leben stockte. Als Schiller in Weimar gefragt wurde, weshalb er das schöne Elbflorenz verlassen habe, gab er zur Antwort: *Mittelmäßiger Umgang schadet mehr, als die schönste Gegend und die geschmackvollste Bildergalerie wieder gutmachen können.*

Im Frühjahr 1787 kam es zu einer unerfreulichen amourösen Affäre, die ihm die letzten Monate in Dresden vollends verleidete. Im Februar

1787 lernte Schiller bei einem Maskenball die neunzehnjährige Henriette von Arnim kennen, eine stadtbekannte und von gut situierten Herren umworbene Schönheit: schwarze Locken, helle Haut, braune Augen. Sie hatte das Kostüm einer Zigeunerin gewählt. Schiller ließ sich aus der Hand lesen und tanzte mit ihr die ganze Nacht. Er verliebte sich. Der warnende Hinweis Körners, Henriette sei von ihrer Mutter für eine bessere Partie vorgesehen, konnte ihn nicht abhalten. Er warb um die junge Frau, die sich das gerne gefallen ließ, ohne auf die anderen Verehrer zu verzichten. Henriette hatte mit ihm verabredet, eine brennende Kerze in ihrem Fenster sollte signalisieren, daß sie ihn nicht empfangen konnte. Minna Körner allerdings wollte herausgefunden haben, daß dieses Zeichen dazu diente, Schiller fernzuhalten und zugleich die begünstigten Nebenbuhler anzulocken.

Schillers Leidenschaft wuchs mit der Eifersucht. Zwei Monate dauerte das Verhältnis, bis die Körners den Freund überredeten, für einige Zeit ins nahe gelegene Städtchen Tharandt überzusiedeln, um dort endlich den »Don Karlos« ungestört zu vollenden. Bei scheußlichem Aprilwetter in einer schlecht beheizten Stube des Gasthauses fühlt sich Schiller auf eine *wüste Insel* versetzt (18. April 1787). Ihm ist ganz und gar *undichterisch* zumute, er quält sich mit seiner Verliebtheit, kann nicht schreiben, tröstet sich mit englischem Bier und bittet die Freunde in Dresden um Lesestoff gegen die *fürchterlich leeren Stunden*. Minna Körner findet etwas Passendes. Sie schickt ihm Choderlos de Laclos' »Gefährliche Liebschaften«. Schiller scheint die versteckte Warnung nicht bemerkt zu haben, er findet das Buch *allerliebst geschrieben* (22. April 1787).

Es haben sich zwei Briefe von Henriette an Schiller erhalten. Im Brief vom 28. April 1787 stellt sich die Neunzehnjährige als eine Frau dar, die Enttäuschungen erlebt und deshalb beschlossen hat, sich nicht mehr zu verlieben, sondern andere verliebt zu machen: »Ich wollte leichtsinnig wie die mehrsten Mannspersonen werden und mich vor allem, was meine Empfindung erregen könnte, hüten und doch ein Heer von Verehrern um mich versammelt halten«. Schiller aber habe ihre Vorsätze über den Haufen geworfen. Ihm gegenüber könne sie ihr Herz nicht mehr »vor Liebe bewahren«.

Schillers Briefe an Henriette sind nicht erhalten geblieben, aber aus ihrem zweiten Brief vom 5. Mai läßt sich entnehmen, daß Schiller den ersten offenbar nicht als Liebeserklärung, sondern als Geständnis ihrer

Koketterie verstanden und ihr die früheren Liebschaften zum Vorwurf gemacht hat. Sie antwortet selbstbewußt: »Sie rechnen mir das zum Verbrechen an, was Sie sich doch auch schon vorzuwerfen hätten«. Sie wehrt sich gegen sein von ihr als anmaßend empfundenes Verhalten: »Jede Stelle Ihres Briefes beweist mir, daß bei Ihnen der Stolz noch sehr über die Liebe herrscht«.

So geht das eine Weile hin und her, die beiden mißtrauen sich und kommen doch nicht voneinander los. Am 2. Mai schickt Schiller ihr ein Gedicht, worin die gegenwärtige Verwirrung der Gefühle auf jenen Maskenball zurückgeführt wird, bei dem sie sich zum ersten Mal nahegekommen waren. *Ein treffend Bild von diesem Leben, / Ein Maskenball, hat dich zur Freundin mir gegeben. / Mein erster Anblick war – Betrug. / Doch unsern Bund, geschlossen unter Scherzen, / Bestätigte die Sympathie der Herzen / … / Der Anfang unsrer Freundschaft war nur – Schein! / Die Fortsetzung soll Wahrheit sein* (I, 149).

Die Wahrheit aber wollte sich nicht finden lassen. Es blieb alles verworren, zumal im Hintergrund die Mutter ihre Hände im Spiel hatte, die Schiller als berühmten Dichter, nicht aber als künftigen Ehemann der Tochter schätzte. Das ahnte Schiller, wollte es aber doch nicht wahrhaben. Er quält sich. Da halfen auch nicht die Ermunterungen und Machtworte der Freunde aus Dresden. »Schüttle Dich zusammen, zum Henker!«, schrieb Huber am 2. Mai, »lulle Dich zurück in die Tage Deiner Kraft. Aber eigentlich sollte der Staat Pensionen für arme Verliebte aussetzen«.

Ende Mai fand Schiller endlich die Kraft, dem Liebeselend ein Ende zu setzen. Er vermied den offenen Bruch, und es gelang ihm sogar, freundschaftliche Gefühle für Henriette zu bewahren. Sie verheiratete sich wenig später standesgemäß nach Ostpreußen, lebte dort auf einem Gut, kehrte nach dem Tod ihres Mannes nach Dresden zurück und starb hier hochbetagt im Jahre 1847. Die Erinnerung an die Jugendliebe hielt sie in Ehren. Ihren Besuchern zeigte sie stolz Schillers Bild, das efeuumkränzt an der Wand hing.

Am 20. Juli 1787 bricht Schiller nach Weimar auf, nachdem er vom Honorar der Buchausgabe und der Hamburger Bühnenfassung des »Don Karlos« einige Schulden bezahlt hat. Finanziell ist er immer noch nicht abgesichert. Auch deshalb reist er nach Weimar. Vielleicht, so hofft er, wird der Herzog, von dem er vor einigen Jahren den Ratstitel verliehen bekommen hatte, ihm eine Versorgung verschaffen –

ein Amt wie Goethe und Herder oder eine Sinekure wie Knebel –, und er könnte sich dann dem Schreiben widmen, ohne davon leben zu müssen.

Diese Hoffnung schwindet schon bei der Anreise. In Naumburg erfährt er, daß der Herzog im gleichen Posthaus soeben die Pferde gewechselt habe, um nach Potsdam zu reisen. Er wird ihn also vorerst nicht in Weimar treffen können. Er wird finanziell vom Schreiben abhängig bleiben. Er wird den einträglichen »Geisterseher«-Roman fortsetzen müssen, und dann sind da noch die ersten Seiten einer Schrift über den »Abfall der Niederlande«, die zunächst als Aufsatz für die Sammlung »Geschichte der merkwürdigsten Rebellionen und Verschwörungen« bestimmt war, von der er aber spürt, daß sich noch mehr daraus machen läßt. Diese beiden Arbeiten hat er im Gepäck auf der Reise nach Weimar, wo er am Abend des 21. Juli 1787 eintrifft.

Wer vom belletristischen Glanz Weimars sich nicht blenden ließ, dem fiel bei der Anreise ärgerlich auf, daß er, aus welcher Richtung er auch kam, von der gut befahrbaren Straße abzweigen mußte. Die heimliche Hauptstadt der deutschen Kultur lag verkehrstechnisch im toten Winkel. Das letzte Wegstück vor Weimar war in erbärmlichem Zustand. Über und über beschmutzt und durcheinandergerüttelt nimmt Schiller im »Erbprinzen« Quartier. Seine einzige Vertraute am Ort ist Charlotte von Kalb, die er von nun an fast täglich besucht und die ihn in das gesellschaftliche Leben der Stadt einführt.

Weimar zählte damals ungefähr sechstausend Einwohner. Der Ort hatte, trotz seines kulturellen Ansehens, den Charakter einer Landstadt immer noch nicht verloren. Noch begegneten Theaterbesucher in Seidenstrümpfen den Schweinen auf der Straße, und auf der Friedhofswiese grasten Kühe. Die zahlreichen Dunghaufen vor den Häusern gehörten zum Stadtbild und zogen im Sommer die Mücken- und Fliegenschwärme an, weshalb die besseren Kreise in die umliegenden Bäder flüchteten.

Diese ›besseren Kreise‹ gruppierten sich um die herzogliche Hofhaltung: zuerst die Hofbeamten, Minister, Kammerräte, Hofdamen, geistliche Würdenträger, dann die Verwaltungs- und Polizeibeamten, die Angehörigen der Hofkapelle und des Theaters, die Lehrer, Ärzte, Apotheker, Advokaten – sie grenzten sich ab von den Handwerkern, Bauern und Tagelöhnern. Wie subtil auch immer die soziale Hackordnung hier gewesen sein mag, für den Außenstehenden, der mit hohen

Erwartungen die berühmte Stadt betrat, schrumpfte diese Welt zu einem Krähwinkel zusammen. »Vergebens würde man«, heißt es in einem zeitgenössischen Reisebericht, »in Weimar das fröhliche Getümmel oder die geräuschvollen, sinnlichen Freuden einer Hauptstadt suchen; es gibt ihrer hier zu wenig, welche den Müßiggang lieben, auch zu wenig Wohlhabende, um sich unnützen Zerstreuungen überlassen zu können. Ohne daß es einer Polizei, am allerwenigsten einer geheimen, bedürfte, stellt die Kleinheit der Stadt und die gewohnte Lebensart einen jeden unter die besondere Aufsicht des Hofes ... Ein Mann, dem es bloß um das Vergnügen zu tun ist, möchte leicht Weimar für einen traurigen Ort halten. Der Vormittag ist den Geschäften gewidmet, und selbst die wenigen Abgesonderten, welche nichts zu tun haben, würden sich schämen, für Müßiggänger gehalten zu werden ... Um sechs Uhr eilt jedermann in das Theater, welches man die Versammlung einer großen Familie nennen möchte ... Ungefähr um neun Uhr endet die Vorstellung, und man kann annehmen, daß gegen zehn Uhr jeder Hauswirt sich im tiefen Schlaf befindet oder wenigstens ganz ruhig die Nacht hindurch in seinen vier Pfählen weilt«.

Das öffentliche Leben in Weimar belebte sich, wenn die Stadt bei den periodischen Märkten zu ihrer ländlichen Herkunft zurückkehrte. Berühmt war der Zwiebelmarkt und vor allem das Erntedankfest, das Schiller nicht lange nach seiner Ankunft erlebte. Man schmückte die Häuser mit Baumgrün, es floß reichlich Wein, man tanzte auf der Straße, überall roch es nach Lauch und Sellerie. Festlich wurde auch der große Holzmarkt begangen. Dann kamen sogar die reichen holländischen Herren vom Schiffsbau – für Schiller, der an der »Geschichte des Abfalls der Niederlande« schrieb, eine denkwürdige Begegnung. Vor der Jakobskirche fand, zum Ärger des Oberkonsistorialrates Herder, der in der Nähe wohnte, jeden Monat ein Schweinemarkt statt.

Zwischen der periodischen Wiedergeburt der ländlichen Lustbarkeiten war Weimar aus der Nähe betrachtet eine *Schneckenhauswelt*, wie Schiller schon kurz nach seiner Ankunft feststellen mußte. Der adlige Klüngel bleibt standesstolz unter sich, desgleichen die bürgerlichen und kleinbürgerlichen Kreise. Im Weimarer Theater war noch bis 1848 der Zuschauerraum in einen bürgerlichen und adligen Teil getrennt. Überall hält man auf Auszeichnungen, die vielleicht, bei Wohlverhalten und vorauseilendem Gehorsam, vom Himmel der Gesellschaft herabregnen. In Weimar grassierte, mehr als anderswo, die Titelsucht und das Ratsunwesen: »Besonders fiel es mir auf«, berichtet ein Besucher, »immer nur vom *Hofrat* Wieland, *Geheimen Rat* Goethe, *Vizepräsident* Herder sprechen zu hören«. Gut, daß Schiller sich inzwischen auch »Rat« nennen durfte.

Eingeklemmt zwischen die höfische und die bürgerliche Welt lebte die Welt des Geistes – und auch dort gab es Schneckenhäuser, Parteien, Cliquen. Überall sind Feldstandarten aufgepflanzt, um die sich die Getreuen scharen. Wieland und Herder, zwei Fraktionshäupter, meiden sich. Nur Goethe, zur Zeit noch in Italien, schwebt über allen: sein Statthalter ist Knebel, der in Goethes Gartenhaus die Freunde zu regelmäßigem Angedenken versammelt. Bei der Herzoginmutter Anna Amalia hält Wieland Hof.

Durch Charlotte von Kalb lernt Schiller bereits in den ersten Tagen einige Grafen, Kammerherrn und Hofdamen kennen, unter ihnen Frau von Imhof, die Schwester der Frau von Stein. Die Imhof vermittelt ihm eine Wohnung. Mit Charlotte zieht er in der guten Gesellschaft Weimars herum. Er sei wie *betäubt*, schreibt er am 23. Juli an Körner, *die vielerlei Verhältnisse, in die ich mich zerteilen muß, in deren jedem doch ganz gegenwärtig sein muß, erschreckt meinen Mut und läßt mich die Einschränkung meines Wesens fühlen.*

Mit Lampenfieber erwartet er den Moment, da er endlich bei den *Weimarischen Göttern und Götzendienern* vorsprechen wird. *Ich besuchte also Wieland,* schreibt er am 24. Juli, *zu dem ich durch ein Gedränge kleiner und immer kleinerer Kreaturen von lieben Kinderchen gelangte. Unser erstes Zusammentreffen war wie eine vorausgesetzte Bekanntschaft. Ein Augenblick macht alles. Wir wollen langsam anfangen, sagt Wieland, wir wollen uns Zeit nehmen, einander etwas zu werden. Er zeichnete mir gleich bei dieser ersten Zusammenkunft den Gang unseres künftigen Verhältnisses vor, und was mich freute, war, daß er es als keine vorübergehende Bekanntschaft behandelte, sondern als ein Verhältnis, das für die Zukunft fortdauern und reifen sollte. Er fand es glücklich, daß wir uns jetzt erst gefunden hätten. Wir wollen dahin kommen, sagte er mir, daß einer zu dem anderen wahr und vertraulich rede, wie man mit seinem Genius redet.*

Christoph Martin Wieland lebte inmitten seiner großen Familie auf dem Gut in Oßmannstedt bei Weimar. Ein sanfter Patriarch mit Samtkäppchen. Der Vater zahlreicher Kinder wirkte, wenn er gut gelaunt war oder ein Thema ihn fesselte, selbst ein wenig kindlich und unbekümmert. Zu Schiller sagte er, man sei im Alter nicht so weit auseinander: Schiller sei um zehn Jahre reifer und er eigentlich um zehn Jahre jünger. Wieland war launisch, auch das gehörte zu seiner kindlichen Natur. Er konnte fast weinerlich darüber klagen, daß man ihn bei »lebendigem Leibe« zu vergessen beginne. Schiller mußte ihn trösten und ihm seine fortwirkende Bedeutung in Erinnerung rufen. Wieland hatte keine Scheu, seine Schwächen und Selbstzweifel zu bekennen. Er konnte auch hochfahrend, absprechend, arrogant sein, aber alles gemildert durch Ironie. Es war eine freundliche, keine boshafte Ironie. Wieland schwäbelte noch ein wenig, was Schiller angenehm berührte.

Schiller hatte Wieland seit der Studentenzeit bewundert. Dieser Dichter, Zeitschriftenherausgeber, Journalist, Übersetzer, Pamphletist und Prinzenerzieher hatte Weltläufigkeit in die deutsche Literatur gebracht, hatte sie französische Eleganz und Esprit, antike Bildung und Lebenskunst gelehrt. Er konnte frivol sein und erzieherisch. Er respektierte nicht die geistige Arbeitsteilung, er behandelte die Literatur philosophisch und die Philosophie literarisch. Seine hochgerühmten Übersetzungen hatten Shakespeare in Deutschland erst richtig bekannt gemacht. Er scheute nicht die dunklen Abgründe von Schicksal und Charakter, aber er näherte sich ihnen mit dem gelassenen Bewußtsein eines Menschen, der Helligkeit zu verbreiten wußte und dafür in Kauf nahm, bisweilen der Oberflächlichkeit geziehen zu werden. Obskurantismus war ihm verhaßt, jede Einengung war ihm zuwider, und er nannte sich selbstbewußt einen »Kosmopoliten«. Er war ein anmutiger Aufklärer. Die Idee der Freiheit ließ er sich weder von religiösen Dogmatikern noch von robusten Materialisten verstümmeln. Er liebte die lebbaren Wahrheiten, und darum hatte die Herzogin Anna Amalia 1772 den damals schon berühmten Autor des Erziehungsromans »Agathon« als Prinzenerzieher nach Weimar geholt, wo er den anderen großen Geistern, die nach ihm kamen – Goethe und Herder vor allem – den Boden bereitete. Wieland war der eigentliche Begründer des klassischen Weimar. Er bezog eine stattliche Pension, die der Herzog auf Lebenszeit bewilligt hatte aus Dankbarkeit und Achtung für diesen Mann von Geist und Bonhomie, der sich so zwanglos in der Weimarer Gesellschaft bewegte, daß es ihm sogar erlaubt war, auf dem Sofa bei der Herzogin einzuschlafen.

Die Studenten an der Karlsschule hatte es mit landsmannschaftlichem Stolz erfüllt, daß dieser ehemalige Kanzleibeamte aus Biberach offenbar den Olymp des deutschen Geisteslebens erklommen hatte.

Wieland war ihr Held, ihr Vorbild. Auch für Schiller, der »Die Räuber« an ihn geschickt, aber keine Antwort von ihm erhalten hatte. Von Zwischenträgern hörte er, Wieland habe das Stück für schlecht, den Autor aber für talentiert befunden. Auch bei seinen späteren Stücken legte Schiller auf Wielands Urteil großen Wert. Doch bislang hatte sich Wieland noch nicht öffentlich über Schiller geäußert. Aufgeregt und gespannt hatte Schiller deshalb der Begegnung mit Wieland entgegengesehen. Und nun durfte er erleben, wie Wieland mit ihm von gleich zu gleich umging. Stolz berichtete er Körner, daß *die nähere Bekanntschaft mit diesen Weimarischen Riesen* seine Meinung von ihm selbst verbessert hatte (28. Juli 1787). Der andere *Riese*, der ihm half, sich besser zu fühlen, war Herder.

Der Empfang bei Herder war zunächst weniger schmeichelhaft. *Überhaupt ging er mit mir um*, berichtet Schiller am 24. Juli 1787, *wie mit einem Menschen, von dem er nichts weiter weiß, als daß er für etwas gehalten wird. Ich glaube er hat selbst nichts von mir gelesen.*

Herder ist höflich, aber bald auch herzlich. Doch wahrt er seine Würde, achtet auf Distanz. Seine Unterhaltung ist geistvoll, er spricht so fließend und schön, wie er schreibt. Man merkt, daß er sich selbst gerne reden hört. Auch das Improvisierte, das die Gunst des Augenblicks eingibt, kommt bei ihm so heraus, als sei es wohlüberlegt und seit langem durchdacht. Seine Kenntnisse sind erstaunlich, aber nicht pedantisch. Virtuos, wie er alles in einen Zusammenhang zu bringen weiß, der eher musikalisch als systematisch ist. Resonanzen interessieren ihn, nicht Deduktionen. Schiller gesteht, daß er diesem Manne stundenlang zuhören könnte.

Erstaunlich, daß bei diesem Allesversteher, diesem Genie der Empathie, diesem Hermeneutiker der Zwischentöne, das Gefühlsleben in persönlichen Angelegenheiten stark polarisiert ist. *SeineEmpfindungen*, schreibt Schiller, *bestehen in Haß oder Liebe* (24. Juli 1787). Er liebt Goethe, den Freund aus Straßburger Tagen, *mit einer Art von Vergötterung.*

Damals, im Herbst 1770, waren die beiden am Treppenaufgang im Gasthof »Zum Geist« aufeinandergetroffen, und Goethe schilderte später in »Dichtung und Wahrheit«, daß ihm dieser Mann vorgekommen sei wie ein Abbé, mit seinem gepuderten und zu Locken aufgesteckten Haar; elegant, wie er die Treppe emporstieg, die Enden des schwarzen seidenen Mantels lässig in die Hosentaschen gesteckt. Goethe war damals der Empfangende, der Lernende. Dem fünf Jahre Älteren fühlt er sich in fast allen Belangen unterlegen. Aber das kränkt ihn nicht, denn Herders geistreiche Art war nicht belehrend, sondern hatte etwas Überschwengliches und Überfließendes. Es war Herder, der dem Genialischen zu seinem Recht verhalf, der dazu ermunterte, der ›Natur‹ mehr als der Regel zu folgen. Herders Liebe für die Sprache war ansteckend, bei der Besteigung des Straßburger Münsters kamen die Freunde auf die Idee zu dem Sammelband »Von deutscher Art und Kunst«, eines der Gründungsdokumente des »Sturm und Drang«, wie sich später herausstellte.

Goethe hatte Herder, der unzufrieden war mit seinem Amt als Bükkeburger Hofprediger, 1776 als Generalsuperintendenten nach Weimar geholt. Goethe glaubte, ihm eine Sinekure verschafft zu haben, tatsächlich aber war es ein Amt mit erdrückender Arbeitslast. Herder trug Verantwortung für die Pastoren im Herzogtum, für die Lehrer, die Totengräber, die Kantoren und Organisten. Er führte die Oberaufsicht über die Lehrpläne der Schulen, man erwartete von ihm Visitationen, Inspektionen, Examinationen. Er war Verwaltungsbeamter, Seelsorger und Prediger und wollte doch vor allem Schriftsteller, Philosoph, Theologe, Archäologe, Dichter und Kritiker sein. Er liebte die Macht, die mit seinen Ämtern und Aufgaben verbunden war, aber mehr noch liebte er die Macht des Gedankens und den Zauber der Beredsamkeit. So wurde sein Wesen allmählich von Mißmut überschattet.

Es dauerte nicht lange, da begann er auch Schiller gegenüber sein Klagelied über die mißlichen Verhältnisse. Den Kirchenleuten, sagte er einmal, sei er zu freisinnig, und den Geistigen sei er zu geistlich. Er könne es keinem recht machen. Er liebte Goethe, aber er beneidete ihn auch. Der muß sich nicht mit soviel Kleinkram herumschlagen, und wenn ihm doch die Plackerei des Amtes zu viel ist, flieht er nach Karlsbad oder, wie soeben geschehen, nach Italien. Herder bewunderte Goethe für diesen kühnen Schritt und ärgerte sich. Goethe hatte ihn, der sich für unabkömmlich hielt, allein zurückgelassen. Als Goethe im Sommer 1788 aus Italien zurückkehrt, weiß Herder es so einzurichten, daß er seinerseits sofort auch zu einer Italienreise aufbricht. Er mußte mit dem Freund gleichziehen.

Trotz allem, Herder liebte Goethe – und er haßte Kant. Auch das konnte Schiller bereits bei der ersten Begegnung bemerken.

Herder hatte bei Kant studiert und war mit ihm zunächst befreundet. Solange Kant, in seiner vorkritischen Phase, kosmologische Spekulationen über die Entstehung des Weltalls, der Sonnensysteme und der Erde anstellte und anthropologische, völker- und erdkundliche Forschungen vortrug, fühlt er sich ihm auch geistig verbunden. Als der Königsberger Philosoph aber begann, die Grenzen des Verstandes zu ziehen und die Bedeutung der Intuition herabzusetzen, trennten sich die Wege. Kant verteidigte rigoros die Prinzipien der Vernunft, Herder aber bevorzugte den Reichtum der Anschauung und ließ sich von seinen Intuitionen leiten. Kant forderte und gab strenge Begriffe, Herder schwelgte in Metaphern und Analogien. Bei Herder feierte die Sprache, während Kant sarkastisch die Träume der Geisterseher zerpflückte.

Die Differenzen hatten sich schon in der Mitte der siebziger Jahre gezeigt. Damals erschien Herders Schrift »Älteste Urkunde des Menschengeschlechtes«, worin Herder, wie er selbst von sich sagte, als »theologischer Libertin« auftrat. Er glaubte, in der biblischen Genesis die Überlieferung einer noch älteren mystischen Hieroglyphe entdeckt zu haben. Es zog ihn mächtig in die Ursprünge geschichtlicher Überlieferung zurück, was Kant mißbilligte, als er mit ironischer Bescheidenheit an Hamann schrieb, dieser möge ihm doch erklären, was sein Freund Herder denke, »aber womöglich in der Sprache der Menschen …, denn ich armer Erdensohn«, so fährt Kant fort, »bin zu der Göttersprache der anschauenden Vernunft gar nicht organisiert. Was man mir aus den gemeinen Begriffen nach logischer Regel vorbuchstabieren kann, das erreiche ich noch wohl«.

Herder hatte sich nicht davon abhalten lassen, die »anschauende Vernunft« zu Rate zu ziehen bei der großen Erzählung der Geschichte des Menschengeschlechtes. Wenige Jahre nach Kants »Kritik der reinen Vernunft« veröffentlichte Herder die »Ideen zur Philosophie der Geschichte der Menschheit«. Als Schiller mit Herder 1787 zusammentraf, waren die ersten drei Teile dieses gewaltigen Werkes erschienen, das die deutsche Geschichtsphilosophie begründete und sofort großes Aufsehen erregte. Nun wurden die Gegensätze zwischen Kant und Herder in voller Schärfe sichtbar. Herder sah in der »Kritik der reinen Vernunft« nichts als »leeren Wortkram« oder »polizeiliche Verbote«. Wie Hegel eine Generation später hielt er Kant vor, es könnte die Furcht zu irren selbst der Irrtum sein. Er wollte sich nicht von erkenntnistheoretischen Präliminarien behindern lassen, sondern zu den »Sachen« vordringen. Die »Sache« war für ihn: die Evolution des Menschengeschlechtes aus dem Tierreich, die Entfaltung des Geistes aus der Anatomie des Körpers, die Kultur als lebender Organismus, die Vielfalt menschlicher Lebens- und Ausdrucksformen. Für Herder waren Anschauung, Intuition und Sprache die Organe der Erkenntnis. Für Kant aber waren es die Kategorien des geregelten Verstandes und die Prinzipien der Vernunft, wodurch die erkannte Welt in unserem Geist entsteht.

Kurz vor Schillers Zusammentreffen mit Herder war Kants Kritik der ersten Teile der Herderschen »Ideen« erschienen. Sie war ironisch im Ton und vernichtend in der Sache. Herders Philosophie war für Kant in die Luft gebaut, es sei darin, schreibt er, von Naturkräften die Rede, die »ganz außer dem Felde der beobachtenden Naturlehre« lägen. Herder hätte besser daran getan, die »logische Pünktlichkeit in Bestimmung der Begriffe« zu beachten, seiner »Einbildungskraft« Zügel anzulegen und nicht das Unerklärliche mit dem noch Unerklärlicheren zu erklären. Herder habe die wahre Aufgabe der Philosophie nicht begriffen, denn diese bestehe »mehr im Beschneiden als Treiben üppiger Schößlinge«.

Kein Wunder also, daß es in Schillers Bericht vom Besuch beim Oberkonsistorialrat heißt: *Herder haßt Kanten* (24. Juli 1787). Vorerst steht Schiller, was das Verständnis der Geschichte betrifft, eher auf der Seite Herders. Aber das wird ihn nicht davon abhalten, Kant zu studieren und Ideen für sein eigenes Geschichtswerk daraus zu beziehen.

Während der ersten Wochen in Weimar wird Schiller vor allem von den Damen nach dem Fortgang des »Geisterseher«-Romans gefragt, aber er verspürt im Augenblick wenig Lust, daran weiterzuschreiben. Er hat Geschmack gefunden an der historischen Schrift über den »Abfall der Niederlande«. Bereits im Oktober 1788 war ihm der Text so angeschwollen, daß er dem Verleger Crusius vorschlug, daraus eine selbständige Buchveröffentlichung zu machen.

Die Geschichte hat es ihm angetan, nicht nur die des Abfalls der Niederlande, sondern Geschichte als Genre der Literatur. Zwei Motive waren dafür ausschlaggebend, ein ökonomisches und ein psychologisches. In Briefen an Körner, der ihm von der Geschichtsschreibung abrät und auf eine Rückkehr zur Dichtung drängt, legt er darüber Rechenschaft ab.

Das psychologische Motiv: Bereits während der Arbeit am »Don

Karlos« hatte er am 15. April 1786 an Körner geschrieben: *Unsere Seelen sind nur Destillationsgefäße, aber Elemente müssen ihnen Stoff zutragen, um in vollen saftigen Blättern ihn anzuschwellen.* Dieser Stoff sei die *Geschichte*, die ihm mit jedem Tag *teurer* werde. Er wählt die Geschichte, weil sie ihm *Fakten* bietet, auf die er sich stützen kann, denn er hat bemerkt, *daß die Erfindungen unserer Imagination bei weitem nicht die Autorität und den Kredit bei uns gewinnen, um einen dauerhaften Grundstein ... abzugeben* (7. Januar 1788).

Für den »Don Karlos« hatte er gründliche Geschichtsstudien betrieben, aber zuletzt war er doch auf seine Imagination angewiesen. Das für ihn Wesentliche fand er nicht in der Geschichte, sondern mußte es aus sich herausspinnen. Und davon fühlt er sich erschöpft. *Was ich bin, bin ich durch eine oft unnatürliche Spannung meiner Kraft. Täglich arbeite ich schwer – weil ich viel schreibe. Was ich von mir gebe, steht nicht in Proportion mit dem, was ich empfange. Ich bin in Gefahr, mich auf diesem Wege auszuschreiben* (an Körner, 18. Januar 1788).

Nach dem »Don Karlos« fühlte Schiller sich ausgeleert. Er hatte es zunächst nicht wahrhaben wollen, weil ihn die neue Lebenssituation und die *Götter und Götzen* von Weimar abgelenkt und angespannt hatten. *Fürs Erste*, schrieb er an Körner am 7. Januar 1788, *gehe ich wirklich seltener mit mir selbst um, ich bin mir ein fremdes Wesen geworden.* Als er schließlich bemerkte, wie *ausgeschrieben* er eigentlich war, mußte er nach einer Form des Schreibens suchen, bei der es eine günstigere *Proportion* gibt zwischen Hervorbringen und Empfangen, zwischen Imagination und Rezeption, zwischen Denken und Lernen. Darum wählt er die Geschichtsschreibung: *Es gibt Arbeiten, bei denen das Lernen die Hälfte, das Denken die andere Hälfte tut – zu einem Schauspiel brauche ich kein Buch, aber meine ganze Seele und alle meine Zeit. Zu einer historischen Arbeit tragen mir die Bücher die Hälfte bei. Die Zeit, welche ich für beide verwende, ist ungefähr gleich groß. Aber am Ende eines historischen Buchs habe ich Ideen erweitert, neue empfangen; am Ende eines verfertigten Schauspiels vielmehr verloren* (18. Januar 1788).

Das ökonomische Motiv: Da er schreiben und schreibend lernen will, muß er darauf sehen, daß *auch Lernen als Lernen mir rentiere.* Er wird also eine Geschichtsschreibung erfinden müssen, die ein größeres Publikum anzieht. Das hat es in Deutschland bisher noch nicht gegeben. So wird Schiller zum Erfinder einer literarisch anspruchsvollen und wissenschaftlich gehaltvollen Geschichtsschreibung. *Meine Absicht,* schreibt Schiller in der Vorrede des »Abfalls der Niederlande«, *bei diesem Versuche ist mehr als erreicht, wenn er* einen *Teil des lesenden Publikums von der Möglichkeit überführt, daß eine Geschichte historisch treu geschrieben sein kann, ohne darum eine Geduldprobe für den Leser zu sein, und wenn er einem andern das Geständnis abgewinnt, daß die Geschichte von einer verwandten Kunst etwas borgen kann, ohne deswegen notwendig zum Roman zu werden* (IV, 31).

Körner äußerte die Befürchtung, Schiller könnte infolge zu enger Bindung an die Wirklichkeit poetisch flügellahm werden. Schiller antwortete ihm selbstbewußt: *Bei einem großen Kopf ist jeder Gegenstand der Größe fähig. Bin ich einer, so werde ich Größe in mein historisches Fach legen* (18. Januar 1788).

Am 24. Oktober 1787 liest Schiller bei Charlotte von Kalb aus dem Manuskript vor. Wieland ist anwesend. *Er war*, schreibt Schiller an Huber am 26. Oktober, *von dem Ding hingerissen und behauptet, daß ich dazu geboren sei, Geschichte zu schreiben. Er umarmte mich schwärmerisch und erklärte, daß ich keinen vor mir haben würde, in der Geschichte.*

Wielands Begeisterung stimulierte Schiller. Sie war eine Bestätigung seines Gefühls, daß ihm mit dieser Arbeit womöglich eine ganz große Sache gelingt. Ohne falsche Bescheidenheit nennt er im Brief an Huber die Vorzüge seiner Schrift, den *schönen edlen Stil* des Vortrags, den *Eselsfleiß* bei der Quellenauswertung, die *klare Auseinandersetzung* der wirkenden Geschichtsmächte und – die *philosophische Darstellung.*

Tatsächlich sind dies die auszeichnenden Merkmale der Schillerschen Geschichtsschreibung. Was den *schönen edlen Stil betrifft*: Mit solcher literarischer Meisterschaft ist in Deutschland vor Schiller über Geschichte noch nie geschrieben worden. Er hat sein Gefühl für Rhythmus aus den Versen des »Don Karlos« hinübergenommen in die Prosa. Man bemerkt es, wenn man Sätze wie den folgenden über das niederländische Volk laut liest: *In der glücklichen Muße des Wohlstands verläßt es der Bedürfnisse ängstlichen Kreis und lernt nach höherer Befriedigung dürsten* (IV, 35). Es ist nicht übertrieben, wenn man den »Abfall der Niederlande« als eines der großen Prosa-Ereignisse in deutscher Sprache bezeichnet.

Das Buch verdankt sich dem *Eselsfleiß* einer gründlichen Auswertung der damals zugänglichen Quellen, wenngleich Schiller sich selbstverständlich auch auf frühere Darstellungen stützt. Gern hätte er, schreibt er in der Vorrede, alles aus den *ersten Quellen* gearbeitet, um diese Geschichte *unabhängig von der Form, in welcher sie mir von dem den-*

kenden Teile meiner Vorgänger überliefert war, neu zu erschaffen (IV, 31). Dann aber hätte er nicht nur Jahre, sondern ein ganzes Menschenleben darauf verwenden müssen. Schiller wollte vom Triumph der Freiheit in der Vergangenheit erzählen, er wollte aber nicht als Chronist zum Sklaven dieser Geschichte werden.

Was die *klare Auseinandersetzung* betrifft, so hat Schiller Maß genommen an der antiken Geschichtsschreibung, besonders an Thukydides. Wie dieser verdichtet auch Schiller die geschichtlichen Tendenzen und Triebkräfte in den herausragenden, glänzend portraitierten Personen, die das Widerspiel der geschichtlichen Mächte in Reden und Gegenreden vorführen.

Vor allem aber ist Schiller stolz auf die *philosophische Darstellung*. Sie ist für ihn deshalb philosophisch, weil er die Geschichte im Lichte von Ideen deutet, die er teils in der Geschichte findet, teils, vom Geist seiner Zeit angeregt, erfindet.

Mit seinen geschichtsphilosophischen Ambitionen befindet sich Schiller in guter Gesellschaft. Seit Vico, Bayle, Montesquieu, Voltaire und zuletzt Herder und Kant ist die Geschichte philosophisch geadelt. Eine Generation später werden die Romantiker zwar behaupten, die Aufklärung habe keinen Sinn für die Geschichte gehabt. Aber das traf nicht zu. Als Schiller seine *philosophische Darstellung* des Abfalls der Niederlande unternahm, konnte er sich auf eine Tradition geschichtsphilosophischen Denkens stützen, in der es zwei Grundtendenzen gab, die sich in Deutschland zuletzt im Gegensatz von Herder und Kant manifestierten.

Die eine Tendenz, die Herdersche, geht von der Naturhaftigkeit des Menschen aus, die andere, die Kant eindrucksvoll repräsentiert, stellt die Vernunft und damit die Freiheit in den Mittelpunkt. Beide Male aber wird eine Entwicklung gesehen, das eine Mal handelt es sich um die Naturgeschichte des Menschen, das andere Mal um seine Vernunftgeschichte.

In seiner Karlsschulzeit war Schiller als Student der Medizin und als Leser Fergusons zunächst mit dem Konzept der Naturgeschichte des Menschen in Berührung gekommen. Ausgangspunkt ist hier die Überzeugung, daß der Mensch ein Tier ist, das sich von anderen Tieren durch einen schwächeren Instinkt und ein helleres Bewußtsein unterscheidet. Der Selbsterhaltungstrieb sowie die Notwendigkeit von Austausch und Kampf mit der Natur stellt den Menschen den übrigen Lebewesen gleich. Beim Menschen hat der Selbstbehauptungskampf seine natürliche Bewußtseinsanlage entfaltet. Er wird erfinderisch, ein werkzeugschaffendes Tier, das sich selbst und die Natur umgestaltet und dabei seine Kultur hervorbringt. Er lernt, den natürlichen Selbsterhaltungstrieb in geselligen Formen zu bändigen und zu verfeinern. Da er nicht instinktgeleitet in der Wiederholung seiner Lebensvollzüge kreist, hat er Geschichte und macht sie. Die Geschichte, die ihn hervorbringt, und die Geschichte, die er hervorbringt –, das zusammen ergibt die Naturgeschichte des Menschen. Wie man sich das vorzustellen hat, schilderte der junge Schiller in seiner Dissertation mit einigen kühnen Sätzen: *Der Drang einer innern tätigen Natur, verbunden mit der Dürftigkeit der mütterlichen Gegend, lehrte unsere Stammväter kühner denken und erfand ihnen ein Haus … Hier wiederum neue Produkten, neue Gefahren, neue Bedürfnisse, neue Anstrengungen des Geistes. Die Kollision der tierischen Triebe stößt Horden wider Horden, schmiedet das rohe Erz zum Schwert, zeugt Abenteurer, Helden und Despoten. Städte werden befestiget, Staaten errichtet, mit den Staaten entstehen bürgerliche Pflichten und Rechte, Künste, Ziffern, Gesetzbücher, schlaue Priester – und Götter* (V, 303f.).

Die naturgeschichtlich-materialistische Methode hat Schiller gelehrt, auch bei seiner niederländischen Geschichte auf die Verflechtung von klimatischen, geographischen, wirtschaftlichen, kulturellen und politischen Gegebenheiten zu achten. Die Deutung der Geschichte am Leitfaden des Stoffwechsels mit der Natur ist auch die Methode Herders. Deshalb bemerkt Schiller bereits bei der ersten Begegnung die gemeinsamen *Berührungspunkte* (an Körner, 8. August 1787).

Für Herder ist der Mensch ein Tier, dem die Natur oder Gott – für Herder austauschbare Begriffe – den Auftrag erteilt hat: »Was du aus deiner Natur Edles und Vortreffliches zu schaffen vermagst, bringe hervor; ich darf dir nicht durch Wunder beistehn, da ich dein menschliches Schicksal in deine menschliche Hand legte; aber alle meine heiligen, ewigen Gesetze der Natur werden dir helfen«. Die Arbeit der Menschwerdung vollzieht sich als Steigerung der Natur. Humanität ist für Herder die wahre Natürlichkeit, das Produkt einer Evolution, die der Mensch selbsttätig ins Werk setzt, wobei insgesamt die menschliche Geschichte nur ein Kapitel, vielleicht das triumphale Schlußkapitel, der großen Naturgeschichte ist.

Gewiß, dieser Gedanke der Humanität bleibt ziemlich unbestimmt. Es ist von »selbstwirksamer Natur«, vom »Kreis freier Tätigkeit«, von

»Verständigkeit«, »Billigkeit« und »Anmut« die Rede. Bestimmend ist das organische Bild vom harmonischen Zusammenspiel der Kräfte. Es war Kant, der in seiner Rezension der Herderschen »Ideen« auf diese Organismusvorstellung von menschlicher Humanität kritisch hingewiesen hatte. »Es soll«, schreibt Kant, »die geistige Natur der menschlichen Seele, ihre Beharrlichkeit und Fortschritte in der Vollkommenheit, aus der Analogie mit den Naturbildungen der Materie, vornehmlich in ihrer Organisation, bewiesen werden«.

Herders organologische Vorstellungen über Humanität waren Schiller nicht fremd. Seine Liebesphilosophie aus der Zeit der »Julius«-Briefe ging in ähnliche Richtung. Aber nun liest er, kurz nach der ersten Begegnung mit Herder, Kants eigenen geschichtsphilosophischen Entwurf, die »Ideen zu einer allgemeinen Geschichte in weltbürgerlicher Absicht«. Karl Leonhard Reinhold, der Schwiegersohn Wielands und berühmter Vermittler Kantischer Philosophie in Jena, hatte ihn auf diese Schrift hingewiesen, als Schiller ihm von seiner historischen Arbeit berichtete.

Diese geschichtsphilosophische Abhandlung ist das erste Werk Kants, das bei Schiller nachhaltige Wirkung zeigt. Vielleicht hat er erst nach dieser ersten Kant-Lektüre die Lust und die Herausforderung gespürt, aus einem historischen Aufsatz ein großes Buch zu machen. Es sind drei Gedanken der Kantschen Schrift, die für Schiller bedeutsam werden.

Es ist zum einen der Gedanke, die »Naturabsicht« der Geschichte des Menschengeschlechtes sei, daß der Mensch seine Naturanlage zu Vernunft und Freiheit entfaltet.

Die vernünftige Freiheit aber, dies der zweite Gedanke, setzt sich nur durch im »Antagonismus« der eigensüchtigen Interessen. »Dank sei der Natur«, schreibt Kant, »für die Unvertragsamkeit, für die mißgünstig wetteifernde Eitelkeit, für die nicht zu befriedigende Begierde zum Haben oder auch zum Herrschen! Ohne sie würden alle vortrefflichen Naturanlagen in der Menschheit ewig unterentwickelt schlummern. Der Mensch will Eintracht; aber die Natur weiß besser, was für seine Gattung gut ist: sie will Zwietracht«.

Wenn auch die »Zwietracht« die Entfaltung der vernünftigen Naturanlagen begünstigt, so ist doch die Verwirklichung von Vernunft und Freiheit in der Geschichte dadurch nicht garantiert. Denn es kann auch sein, daß die »Zwietracht, die unserer Gattung so natürlich ist, am Ende für uns eine Hölle von Übeln« und eine »barbarische Verwüstung« herbeiführt. Deshalb kann man sich nicht auf die »Naturabsicht« verlassen, sondern – dies ist der dritte Gedanke – das Festhalten an der Idee der Freiheit ist selbst eine Voraussetzung dafür, daß sie sich in der Geschichte realisiert. Das nennt Kant den »Chiliasmus« der Philosophie.

Diesen »Chiliasmus«, um beim zuletzt genannten Gedanken zu beginnen, setzt Schiller ins Werk, indem er den niederländischen Freiheitskampf so darstellt, daß womöglich der Funke überspringt. Die Kraft, mit der das niederländische Volk handelte, *ist unter uns nicht verschwunden; der glückliche Erfolg, der sein Wagestück krönte, ist auch uns nicht versagt, wenn die Zeitläufte wiederkehren und ähnliche Anlässe uns zu ähnlichen Taten rufen*. (IV, 1022).

Das ist geschrieben zwei Jahre vor der Französischen Revolution, die in Pamphleten, Debatten, Konspirationen, Parteikämpfen und vereinzelten Unruhen bereits ihre Schatten vorauswarf. Bei der Neuauflage von 1801 streicht Schiller – inzwischen enttäuscht über den Verlauf der Revolution – diesen Satz, der ihm nun allzu erwartungsfroh vorkommt.

Der Hauptthese Kants, daß die allmähliche Realisierung der Freiheit in der »Naturabsicht« der Geschichte liege, bestätigt Schiller in der Überzeugung, daß er mit seiner Darstellung des »Abfalls der Niederlande« von der spanischen Tyrannei eine Etappe im langwährenden Prozeß der Selbstbefreiung des Menschengeschlechtes beschreibt. Das verleiht der Darstellung ihr eigentümliches Pathos. Die geschilderten lokalen Ereignisse gewinnen an Bedeutung. Sie werden dargestellt als ein Kapitel in der Universalgeschichte der Befreiung.

Der Gedanke schließlich, daß die Befreiung sich durch den »Antagonismus« eigensüchtiger und bornierter Interessen vollzieht, daß also erst die durchkämpfte »Zwietracht« die Einheit hervorbringt, gibt Schiller das Motiv an die Hand, sich immer tiefer in die verwickelten Kämpfe der Zeit zu versenken.

Das aber hat Folgen.

Während die Einleitung noch mit dem übersichtlichen Gegensatz zwischen dem bösen Tyrannen und dem guten Freiheitsstreben arbeitet, hier der *Arm eines Despoten* und dort *ein herzhafter Widerstand* (IV, 33), wird die antithetische Darstellung im Verlauf des epischen Berichtes aufgegeben. Es ist, als hätte die Komplexität der Geschichte den Autor über den Tisch gezogen. Das war schon Körner aufgefallen, der Ende November 1788 an Schiller schreibt: »Das Interesse für die Niederländer wird geschwächt, weil Du Dir nicht erlaubst, das Törichte und Niedrige in ihrem Betragen zu entschuldigen«. Man sei bisweilen sogar bereit, »für Philipp Partei zu nehmen« – eine empörende Zumutung für Körner.

Tatsächlich liest sich die Geschichte stellenweise wie eine Schilderung vom Untergang einer Freiheitsbewegung durch Korruption und Intrige. Die Verschworenen im Bund der »Geusen« erscheinen heuchlerisch und opportunistisch, als Leute, die dem König Treue geloben, im Geheimen Unruhe schüren und sich davonstehlen, wenn es Ernst wird. Schiller beschreibt den fanatischen Haß, der die Rebellen entzweit: da kämpfen Lutheraner gegen Calvinisten, Adlige gegen Bürger, eine Provinz gegen die andere, und es liegen Eitelkeit und Eigensucht im Streit. Die Bilderstürmer schildert er als *rohe zahlreiche Menge, zusammengeflossen aus dem untersten Pöbel, viehisch durch viehische Behandlung*. Ihr Motiv: *Fanatismus gibt dem Greuel seine Entstehung, aber niedrige Leidenschaften, denen sich hier eine reiche Befriedigung auftut, bringen ihn zur Vollendung* (IV, 215).

Die großen Protagonisten, die Egmont, Hoorn, Brederode, sie alle befinden sich, vielleicht mit Ausnahme Wilhelm von Oraniens, nicht auf der Höhe des Geschehens, sie haben Charakter aber kaum Einsicht. Sie sehen nicht weit, tappen im Dunkeln, handeln beschränkt und werden von einer Geschichte mitgerissen, die sie nur selten zu lenken vermögen.

Ihre Widersacher indes, Philipp, der Kardinal Granvella, der Herzog Alba, erscheinen imposant, schrecklich, entschlossen. Sie sind verschmolzen mit einer Macht, in der sich die Beharrungskräfte von Jahrhunderten verdichten. Schiller, der Enthusiast der Freiheit, kann sich erstaunlich gut in die Seele der Macht einfühlen.

Ehe wir ihn handeln sehen, müssen wir einen flüchtigen Blick in seine Seele tun, so beginnt das glänzende Portrait Philipps des Zweiten, *Mensch für Menschen war er niemals, weil er von seinem Selbst nur aufwärts, nie abwärts stieg. Sein Glaube war grausam und finster, denn seine Gottheit war ein schreckliches Wesen. Er hatte nichts mehr von ihr zu empfangen, aber zu fürchten ... er mußte sich um so viel ängstlicher an allgemeine Regeln halten, je weniger er zu den Arten und Individuen herabsteigen konnte. Was folgt aus diesem allem? Philipp der Zweite konnte kein höheres Anliegen haben, als die Gleichförmigkeit des Glaubens und der Verfassung, weil er ohne diese nicht regieren konnte* (IV, 77-79).

Gleichwohl wird der Freiheitskampf schließlich einen Erfolg haben, der von keinem einzigen Kopf so geplant war. *Doch denke man nicht, daß dem Unternehmen selbst eine so genaue Berechnung der Kräfte vorangegangen sei, oder daß sie beim Eintritt in dieses ungewisse Meer schon das Ufer gewußt haben, an welchem sie nachher landeten* (IV, 44).

Über das Mysterium der Geschichte, die in der Regel nicht den Absichten der Akteure folgt, hatte Kant geschrieben: »Einzelne Menschen und selbst ganze Völker denken wenig daran, daß, indem sie, ein jedes nach seinem Sinne und einer oft wider den andern, ihre eigene Absicht verfolgen, sie unbemerkt an der Naturabsicht, die ihnen selbst unbekannt ist, als einem Leitfaden … arbeiten«.

Was bei Kant die »Naturabsicht« ist, nennt Schiller die *unsichtbare Hand*. Sie ist eine ungewisse, fragwürdige und unverfügbare Instanz der Lenkung und Sinngebung, und es steht uns frei, so Schiller, darin den *Zufall* oder einen *höheren Verstand* am Werke zu sehen.

Verdüstert sich dann aber nicht die Aussicht auf allmähliche und kontinuierliche Verwirklichung der Freiheit in der Geschichte?

Die Antwort auf diese Frage gibt Schiller in der Einleitung. *Der Mensch verarbeitet, glättet und bildet den rohen Stein, den die Zeiten herbeitragen; ihm gehört der Augenblick und der Punkt, aber die Weltgeschichte rollt der Zufall* (IV, 44f.).

Für jeden ist in seinem Augenblick und an seinem Platz die Freiheitstat möglich und nötig, was sich aber daraus ergibt, bleibt einem Prozeß überantwortet, hinter dem sich kein historisches Subjekt mehr entdecken läßt.

Gewiß, die Menschen machen Geschichte, aber sie können sie nicht nach Plan beherrschen und lenken. Aber auch wenn sie nicht die Herren der Geschichte sind, kommt es für Schiller darauf an, so zu handeln, als ob die Freiheit möglich wäre – nicht nur individuell, sondern als geschichtliche Bestimmung des Menschengeschlechtes. Das ist eine Zuversicht, die weiß, daß sie sich nicht auf einen vermeintlich objektiven Gang der Geschichte stützen kann, sondern daß sie ihr belebendes Moment in die Geschichte einbringen muß, um sich wahr zu machen. Dem Willen zur Freiheit ist keine Erfolgsgarantie vorgegeben, sondern er kann allenfalls wie eine sich selbst erfüllende Prophezeiung wirken. Aber er kann auch auf furchtbare Widerstände treffen.

In düsteren Farben schildert Schiller das Grauen der Inquisition. Nicht nur, daß sie eine willkürliche Gewalt übt, war schlimm; schlimmer noch ist, daß sie den ganzen Gesellschaftskörper vergiftet: *Bis ins Gebiet der geheimsten Gedanken dehnte es* (das Inquisitionsgericht) *seine unnatürliche Gerichtsbarkeit aus. Jede Leidenschaft stand in seinem Solde; Freundschaft, ehrliche Liebe und alle Triebe der Natur wußte es zu seinem Zwecke zu brauchen; seine Schlingen lagen in jeder Freude des Lebens. Wohin es seine Horcher nicht bringen konnte, versicherte es sich der Gewissen durch Furcht, ein dunkler Glaube an seine Allgegenwart fesselte die Freiheit des Willens, selbst in der Tiefe der Seele* (IV, 1024).

Schiller beschreibt die Inquisition als eine Institution, die nicht nur die Gesellschaft vergiftet, sondern auch alles Niedrige und Abscheuliche anlockt, das im Gesellschaftskörper zirkuliert. Sie sammelt das Gift, mischt es mit Religion und schafft so das Netz des Terrors. Aus der Verbindung des Erbärmlichen mit dem Erhabenen läßt sie den Schrecken hervorgehen.

Am Beispiel der Inquisition antizipiert Schiller anderthalb Jahrhunderte vor dem Triumph des europäischen Totalitarismus das Wesen der totalen Herrschaft. Wie aber kann es zu einer solchen Macht kommen, die bis in die *Tiefe der Seele* reicht? Kommt sie vielleicht aus eben dieser *Tiefe der Seele*? Im »Abfall der Niederlande« rührt Schiller an diese Frage, die ihn nicht mehr losläßt. Ihr wird er mit dem »Wallenstein« sein größtes Drama widmen.

Schiller bricht sein auf sechs Bände geplantes Geschichtswerk nach dem ersten Band, der im Oktober 1788 erscheint, ab. Er endet, wo Albas Grausamkeiten beginnen, Egmont verhaftet wird, Wilhelm von Oranien flieht und die Inquisition wütet. Die niederländische Freiheit liegt am Boden. Mit vorerst düsteren Aussichten endet das Buch.

Aber man weiß ja, daß wenigstens diese Geschichte einigermaßen gut ausging.

Vierzehntes Kapitel

Die Anfechtungen eines Künstlers. Risiken der Einbildungskraft. Selbstermunterung. Der Traum der Antike. »Die Götter Griechenlandes«. Das wiedergewonnene Selbstbewußtsein: »Die Künstler«. Der verliebte Sommer in Rudolstadt. Die Schwestern Charlotte und Karoline. Vorspiel mit Goethe.

Während der Arbeit an seinem Geschichtswerk hat Schiller das befriedigende Gefühl, etwas Nützliches zu tun. Geschichte muß man lernen, sie gehört, wie auch immer interpretiert, zum notwendigen Wissen über die Wirklichkeit, in der man sich vorfindet. Sie gibt notwendige Orientierung für das praktische Leben. Die geschichtlichen Fakten sind bisweilen ungewiß, aber doch haltbarer als alles, was nur die Einbildungskraft hervorbringt. Geschichte kann eine Kraftquelle sein, wer sich ihr überläßt, muß nicht nur geben, sondern kann auch nehmen und findet Halt im vermeintlich Objektiven.

Schiller arbeitet bis tief in die Nacht an seinem Werk, und er seufzt unter der Arbeitslast, aber in einem anderen Sinne ruht er sich bei der Geschichte doch auch aus, weil sie ihm als solides Geschäft erscheint, nicht nur ökonomisch, sondern auch psychologisch. Sie gibt ihm Stoff, feste Unterlage, und er spürt, wie sehr er das nötig hat, denn er befindet sich zur Zeit in einer Krise. *Du weißt nicht*, schreibt er am 7. Januar 1788 an Körner, *wie verwüstet mein Gemüt, wie verfinstert mein Kopf ist – und alles dieses nicht durch äußeres Schicksal, denn ich befinde mich hier von* der *Seite wirklich gut, sondern durch inneres Abarbeiten meiner Empfindungen.*

Nicht nur fühlt er sich als Dichter *ausgeschrieben*, es beschleichen ihn auch Zweifel am Nutzen der Kunst für das Leben. Was tut denn der Dichter anderes, als daß er *Dir etwas noch so Schönes auftischt, das Du entbehren kannst*? Die Schönheit ist Überfluß, ist sie nicht auch überflüssig?

Wenn man etwas Notwendiges und Nützliches, wie die Vermittlung und Kenntnis der Geschichte, mit Schönheit schmückt, ist nichts dagegen einzuwenden. Das ist, wie wenn man auf der Straße, die man gehen muß, eine *wohltätige Bank* findet. Sie ist, weil sie beim Notwendigen hilft, angenehmer als eine ebenso bequeme Bank in einem *Lust-*

garten, an dem man hätte vorübergehen können. Die Schönheit im Reservat der Kunst weicht den Mühen des Lebens aus und ist darum untüchtig. Ist die Kunst, um ihrer selbst willen betrieben, nicht ein Irrweg, eine Vergeudung der Kräfte, soll man nicht jene Tätigkeit vorziehen, die dort *Genüsse hinstreut, wo man sich hätte gefallen lassen müssen, nur Mühe zu finden*? Das wäre dann eine Kunst, die bescheiden genug ist, sich auf eine untergeordnete, dienende Rolle zu beschränken, die dem Notwendigen nicht ausweicht, sondern es gefällig macht und schmückt.

Körner war über diese Anwandlung von Kleinmut bei Schiller entsetzt. »Willst Du Dich selbst zum Handlanger für die niedrigen Bedürfnisse gemeiner Menschen herabwürdigen, wenn Du berufen bist, über Geister zu herrschen?«, schreibt er am 13. Januar zurück.

Es handelt sich um Anfechtungen eines Poeten durch die Prosa der bürgerlichen Verhältnisse. Wenn Schiller an einem poetischen Werk arbeitet, ist er durch äußere Gesichtspunkte kaum zu irritieren, weil ihn die Atmosphäre des Schaffens schützt. Der Enthusiasmus bewahrt ihn vor den Zweifeln am Sinn der Kunst. Aber in den Pausen, wenn ihn die Einbildungskraft nicht gefangennimmt, wenn der Faden gerissen ist, die Schulden drücken und er Ausschau halten muß nach Verdienstmöglichkeiten, kommen die Zweifel. Warum hat er nicht einen soliden bürgerlichen Beruf gewählt? Als Arzt zum Beispiel hätte er vielleicht ein gutes Einkommen, und über die Nützlichkeit der Tätigkeit kann es keine Zweifel geben. Aber die Kunst? Mit dem Nutzen, den ihr die bürgerliche Umwelt zubilligt, nämlich Schmuck und Entspannung nach getaner Arbeit, damit kann sich ein Künstler, der etwas auf sich hält, nicht zufriedengeben. Der Künstler muß zwar auch seine Arbeit zu Markte tragen und verkaufen, seine Selbstachtung aber gebietet ihm, den Werken seiner Einbildungskraft ihre Würde und Bedeutsamkeit zu bewahren. Solange man in seiner Kunst lebt und webt, dient man nur ihrer Schönheit und ihren Ideen. In den Augenblicken des Selbstzweifels und des Kleinmutes gerät die Schönheit unter Rechtfertigungszwang.

Es gibt noch eine heimtückischere Anfechtung. Sie kommt aus der Einbildungskraft selbst. Das künstlerische Schaffen ist wie ihr Vorbild, die göttliche Weltschöpfung, auch eine »creatio ex nihilo« und hat es darum mit einer eigenartigen Negativität zu tun. Denn die creatio ex nihilo – das kann zum einen bedeuten, daß aus dem Nichtsein ein Sein herausgehoben, erschaffen wird. Das ist die triumphale Version des

Schöpfertums – das Bewußtsein der ›creatio‹. Aber es gibt noch dieses ›ex nihilo‹, und damit ist in jedem Schöpfungsakt auch zugleich die Erfahrung des Nichts und des Nichtenden gegeben. Jeder Schriftsteller, der das weiße unbeschriebene Blatt zunächst einmal als Horror empfindet, ist mit dieser Erfahrung vertraut. Man fühlt sich von diesem Nichts bedroht – wenn einem nämlich nichts mehr einfällt oder einem die eigene Hervorbringung plötzlich nichtig vorkommt. So ist es Schiller bisweilen ergangen, besonders in den ersten Jahren. Im Bauerbacher Winter war es ihm einmal so vorgekommen, als würden seine Werke von einem sanft und still niederfallenden Schnee zugedeckt. Ein weißes Leichentuch über dem tintenklecksenden Säkulum.

Die Vorahnung von Leere und Nichtigkeit lauert im schöpferischen Aufschwung. Im Enthusiasmus gibt es eine Unterströmung der Angst vor der Ernüchterung, vor dem Ende der traumwandlerischen Sicherheit. Wer sich auf die Einbildungskraft verläßt, muß damit rechnen, von ihr verlassen zu werden. Das sind die wahren Abgründe der Einbildungskraft. Schiller erfährt sie, als er sich im Frühjahr 1788 erschöpft und *ausgeschrieben* fühlt. Deshalb sucht er den Schutz der geschichtlichen *Fakten,* über die er schreibt. Wer ›über‹ etwas schreibt, kann sich festhalten, hat eine Abstützung. Nicht so derjenige, der erfindet. Er riskiert das Rendezvous mit dem Nichts. Deshalb muß Goethes Faust, ehe er das Bild der Helena künstlich hervorbringt, ins »Reich der Mütter« hinabsteigen, in diesen inneren Hades, in die Welt der wesenlosen Schatten, wo die Gestalt noch unentschieden schwankt zwischen dem Sein und dem Nichts. Und dieses Nichts und Nichtige sickert ins Werk ein, als Verdacht, als Selbstzweifel, als Beängstigung. Der Künstler hört durch seine Töne, Sätze, Fiktionen hindurch das leere Grundrauschen. Die Kunst, die aus dem Nichts der freien Einbildungskraft hervorkommt, kann in dieses Nichts wieder zurücksinken. Es bildet sich in ihrem Innern ein Potential der Zerstörung und Selbstzerstörung. Dann spricht man von der Krise des Erzählens, von dem absichtsvollen Fragment, von der Auflösung der Formen. Der Verdacht, daß die Gebilde der Kunst nicht nur sozial fragwürdig, sondern auch in sich schattenhaft und substanzlos sind, ist jene der Einbildungskraft innewohnende Negativität, welche der Kunst das Zutrauen zu sich selbst raubt.

Aber nun geschieht etwas Merkwürdiges: In einem Augenblick, da Schiller am Wert der Kunst und der Verläßlichkeit der Einbildungskraft zweifelt, beginnt er von einer griechischen Antike zu träumen, in der die Schönheit und die Kräfte der Einbildung angeblich unangefochten triumphierten. Im Frühjahr 1788 schreibt er das Gedicht »Die Götter Griechenlandes«, das mit den Versen beginnt: *Da ihr noch die schöne Welt regiertet, / An der Freude leichtem Gängelband / Glücklichere Menschenalter führtet, / Schöne Wesen aus dem Fabelland!* (I, 163).

Daß Schiller auf die griechische Antike zurückgreift, ist charakteristisch für eine Zeit, in der man seit Winckelmanns epochalem Werk »Gedanken über die Nachahmung der griechischen Werke« (1755) dem darin entworfenen Ideal von der »edlen Einfalt und stillen Größe« nachzudenken und nachzueifern begann. Seit Winckelmann wurde in Deutschland wieder über den Vorbildcharakter der griechischen und, in geringerem Maße, auch der römischen Antike gestritten. Es war eine Fortsetzung der »Querelle des Anciens et des Modernes«, eines Streites, den das geistige Frankreich am Ende des 17. Jahrhunderts ausgetragen hatte und bei dem es um die Frage ging, ob die »moderne« Kunst und Literatur gegenüber der antiken einen Fortschritt darstelle oder immer noch von der großen Vergangenheit zu lernen habe. In Frankreich war der Streit eher zugunsten der selbstbewußten »Modernen« entschieden worden. Als aber die Debatte ein halbes Jahrhundert später in Deutschland wieder aufkam, dominierten die »Klassizisten«.

Die Formel von der »edlen Einfalt und stillen Größe« war bereits in der französischen Debatte sinngemäß vorgeprägt worden, Winckelmann aber ging über die Kennzeichnung eines Kunststiles hinaus, er wollte den Lebensstil der versunkenen Epoche fassen, es ging ihm um eine kulturanthropologische Gesamtschau des Griechentums als eines durch »Geblüt«, »Klima« und »Erziehung« begünstigten Menschentyps, der zum ersten Mal in der Geschichte die Früchte der Freiheit sich erarbeitete und genoß. Die griechische Antike war für ihn ein Muster, das unter ähnlichen gesellschaftlichen Voraussetzungen wiederholbar ist. Das Wiederaufblühen einer Kultur, die solche vollkommenen Werke auf dem Gebiet der Plastik, der Poesie, der Tragödie, der Philosophie und der Staatskunst gesehen hat, hielt er für möglich, wenn nur das Ideal der schöpferischen Freiheit zum Prinzip der Vergesellschaftung gemacht würde.

Worin zeigt sich diese »Freiheit«? Zum Beispiel in der »Laokoon«-Figurengruppe. Sie zeigt den Priester mit seinen Söhnen, die von einem Seeungeheuer umschlungen und im Begriffe sind, in den Tod gerissen zu werden. Aber die Gestalten hören nicht auf, »schön« zu sein.

»So wie die Tiefe des Meeres allezeit ruhig bleibt, die Oberfläche mag noch so wüten, ebenso zeiget der Ausdruck in den Figuren der Griechen bei allen Leidenschaften eine große und gesetzte Seele.« Diese Gefaßtheit und Seelenruhe im Schmerz ist für Winckelmann die Freiheit eines Geistes, der von Schmerz und Leid letztlich nicht aus der Fassung gebracht wird, der gefaßt und darum schön bleibt. »Der Schmerz des Körpers und die Größe der Seele sind durch den ganzen Bau der Figur mit gleicher Stärke ausgeteilet, und gleichsam abgewogen … Sein (Laokoons) Elend gehet uns bis an die Seele; aber wir wünschten, wie dieser große Mann, das Elend ertragen zu können«.

Schönheit in diesem Verständnis ist kein Vorgeschmack auf Übersinnliches, ist kein Abglanz des Absoluten, sondern gelassenes Einverständnis auch mit dem Tod und dem Schrecklichen. *Auch das Schöne muß sterben!*, so beginnt Schillers ergreifende Klage im Gedicht »Nänie« (I, 242). Bei Winckelmann aber geht es um die Kunst, in Schönheit zu sterben. Das gelingt nur im Einverständnis mit dem zuerst blühenden und dann dem Verfall preisgegebenen Körper.

Winckelmann entwirft das Bild einer Harmonie von »schöner Seele« und »schönem Körper«, von Menschen, die noch in der Grenzsituation im Einklang mit sich und ihrer Welt leben. Auf die »Laokoon«-Gruppe war Winckelmanns Wort von der »edlen Einfalt und stillen Größe« gemünzt. Das Ideal der Harmonie von Leib und Seele, Ich und Welt, bedeutete also nichts Versöhnliches und Gefälliges, sondern eine Einheit in der Zerrissenheit des Schmerzes. Laokoon kämpft gegen eine Natur- und Schicksalsmacht, die ihn überwältigt, und er wird in diesem Ringen eins mit dieser Macht. Er wird sterben, aber behält seine Würde.

An dieser Figurengruppe haben nach Winckelmann auch Lessing, Goethe und Herder ihren Gedankenreichtum erprobt, und zuletzt hatte der junge Schiller 1783 in dem »Brief eines reisenden Dänen« anläßlich eines Besuchs im Mannheimer Antikenkabinett darüber geschrieben: *Dieser hohe Schmerz im Aug, in den Lippen, die emporgetriebene arbeitende Brust – ein Augenblick, ein Zustand, wo die Natur selbst sich so gern vergißt, so gern ins Gräßliche ausartet, bei aller Wahrheit so angenehm* (V, 881).

Mit dieser Schilderung blieb Schiller auf Winckelmanns Spur. Er sah hier, wie Winckelmann, ein entsetzliches Leiden *angenehm* dargestellt. Für ihn ist das der Triumph der Schönheit über die grauenhafte Wahrheit, eine Darstellung, wie sie charakteristisch ist für eine Kultur, in der, wie Schiller schreibt, *trostlos* philosophiert und geglaubt wird und gerade darum der Wille zur Schönheit, begünstigt von Sonne und mildem Klima, überaus mächtig ist. Auch die Tragödien, die Untergänge, die Leiden sind – schön. Ebenso die Helden und Götter. Schönheit war, so Schiller, für die Griechen der Vereinigungspunkt von Himmel und Erde, Göttern und Menschen.

Die Skizze von 1783 endet mit einem Gedanken, den Schiller in dem Gedicht »Die Götter Griechenlandes« wieder aufnimmt und zur Elegie auf einen verlorenen Weltzustand ausgestaltet. *Die Griechen*, schrieb er 1783, *malten ihre Götter nur als edlere Menschen und näherten ihre Menschen den Göttern. Es waren Kinder* einer *Familie* (V, 883). Und jetzt in den »Göttern Griechenlandes« heißt es fast gleichlautend: *Da die Götter menschlicher noch waren, / Waren Menschen göttlicher* (I, 169).

Warum kann dieses Gedicht zu einem melancholischen Therapeutikum gegen den im Frühjahr 1788 aufkeimenden Zweifel an der Kunst werden, warum kann der Dichter mit seiner Hilfe den zeitweiligen Kleinmut, den ihm Körner zum Vorwurf macht, überwinden?

Er erkundet in diesem Gedicht die Quellen des künstlerischen Selbstzweifels und erprobt zu diesem Zweck eine Gegenüberstellung von moderner und vermeintlich antiker Welt. Die griechische Antike ist für ihn von einem ästhetischen Weltverhältnis geprägt. Die Kunst, der Tanz, die Musik, überhaupt die sinnlich erfahrbare Schönheit in jeder Hinsicht, waren das Lebenselement der Kultur. Hier haben die Zweifel an der Kunst keinen Ort. Das Ästhetische steht an der Spitze aller möglichen Zweckreihen und braucht sich vor keiner übergeordneten Instanz zu rechtfertigen. Anders in der Moderne. In ihr dominieren rationale Wissenschaft, Materialismus und Nützlichkeit. Die Welt ist zum Arbeitshaus geworden, in dem der Kunst nur noch die Rolle einer schönen Nebensache zugestanden wird.

Selbstverständlich weiß Schiller, daß die Wirklichkeit der griechischen Antike sich nicht mit dem Phantombild des ästhetischen Weltzustandes deckt. Aber es geht ihm auch nicht um eine korrekte Beschreibung einer unwiderruflich versunkenen historischen Epoche, sondern um den Grundtypus eines alternativen Weltverständnisses, der sich kontrastierend der Moderne entgegensetzen läßt. Er imaginiert das *Fabelland* der griechischen Antike, um den Denkraum zu erweitern. Es geht um Freiheit gegenüber den Zwängen der eigenen Epoche. Und dazu war es erforderlich, eine Alternative, eine andere Option des Menschenmöglichen, zu entwerfen. Dies hat fast ein Jahrhundert später Nietzsche, ebenfalls mit Blick auf die griechische Antike, so formuliert: »nur als ästhetisches Phänomen ist das Dasein und die Welt ewig gerechtfertigt«.

Erst von Nietzsche her begreift man, welches kühne Experiment Schiller in seinem Gedicht »Die Götter Griechenlandes« unternommen hatte.

Schiller entwickelt, wie nach ihm Nietzsche, eine Art Typologie unter dem Gesichtspunkt, wie es den verschiedenen Kulturen gelingt, das Leben angesichts des Ungeheuren zu organisieren. Die Fragestellung lautet: auf welchem System der Sichtblenden gegen die elementaren Gewalten des Lebensprozesses beruht die jeweilige Kultur? Es geht um das Betriebsgeheimnis der Kultur. Wie hält man das Leben aus, wie steigert man es, wie bewahrt man es vor zerstörerischen und selbstzerstörerischen Einflüssen? In der Geschichte der Kulturen ist mit verschiedenen Modellen experimentiert worden. Die Antike wählte den Schönheitsschleier der Kunst; die christliche Kultur verleumdete die Sinnlichkeit, entzauberte die Welt und wählte einen Monotheismus mit rigoroser Moral; die Moderne setzt die Entzauberung der Welt fort mit Hilfe des neuen Gottes: der wissenschaftlichen Vernunft.

Das ästhetische Modell der griechischen Antike hat eine olympische Götterwelt ins Leben gerufen, es sind keine blassen jenseitigen Götter, sondern gesteigerte Menschen, die das Menschliche mitsamt der sinnlichen Lüste und Leidenschaften nicht transzendieren, sondern adeln und veredeln. Sie beseelen die Natur und leben auf in den großen Gefühlen der Liebenden und Leidenden, und sie wirken im Enthusiasmus der Künstler: *Himmlisch und unsterblich war das Feuer, / Das in Pindars stolzen Hymnen floß, / Niederströmte in Arions Leier, / In den Stein des Phidias sich goß* (I, 164).

Selbstverständlich sind diese Götter nichts anderes als Erfindungen der Phantasie, aber es sind Erfindungen, die tief eingreifen in die Lebensgestaltung der Menschen und ihnen zu einer trotzigen Heiterkeit verhelfen. Denn das weiß auch Schiller: die ästhetische Wahrnehmung legt über Dinge, Menschen und Schicksale einen wohltuenden Schleier. Die Griechen waren, so Schiller, heiter und zugleich tragisch gestimmt. *Die Griechen*, schreibt er im »Brief eines reisenden Dänen«, *philosophierten trostlos, glaubten noch trostloser und handelten – gewiß nicht minder edel als wir* (V, 883). Die griechischen Götter, was immer sie sonst noch bedeutet haben mögen, waren auch Lichtbilder auf dunklem

Hintergrund. Diesen Göttern nähert man sich am besten in Musik, Tanz und Rausch. Sie sind Ausdruck eines dionysischen Lebensgefühls: *Das Evoë muntrer Thyrsusschwinger / Und der Panther prächtiges Gespann / Meldeten den großen Freudebringer. / Faun und Satyr taumeln ihm voran, / Um ihn springen rasende Mänaden, / Ihre Tänze loben seinen Wein, / Und die Wangen des Bewirters laden / Lustig zu dem Becher ein* (I, 165).

Die griechische Götterwelt verdankt sich dem mythischen Bewußtsein. Mythisierung ist anschauliche, bildstarke Sinngebung des sonst Sinnlosen. Was die mythenbildende Potenz des Bewußtseins stets aufs neue herausfordert, ist die Gleichgültigkeit der Welt. Man wehrt sich gegen die Vorstellung einer Welt, in der man nicht das Gefühl haben kann, irgendwie ›gemeint‹ zu sein. Der Mensch, der erkennt, möchte erkannt sein, nicht nur vom anderen Menschen, sondern von einem sinngesättigten Kosmos. Der Mensch, selbst der Natur zugehörig, ist durch sein Bewußtsein in Distanz zu ihr gerückt und erwartet, daß dem eigenen Bewußtsein etwas Bewußtseinsähnliches draußen in der Natur entspricht. Der Mensch will mit seinem Bewußtsein nicht allein bleiben. Er möchte, daß die Natur ihm antwortet. Mythen sind Versuche, auch mit der Natur ins Gespräch zu kommen. Für das mythische Bewußtsein haben die Naturvorgänge eine Bedeutsamkeit.

Es war dieses Gedicht Schillers über die Götter Griechenlands, das Hölderlin zehn Jahre später zu seinen eigenen Versuchen der Wiederbelebung des mythischen Bewußtseins inspirierte. Hölderlin wird sich auf den Spuren Schillers auf die Suche machen nach einer lyrischen Sprache für die mythische Erfahrung, voller Trauer darüber, daß wir die Leichtigkeit und Selbstverständlichkeit dieser Erfahrung verloren haben, die, so meinte auch Hölderlin, für das Griechentum eine alltägliche gewesen sein muß. Dieser Verlust lasse, so Hölderlin, eine ganze Dimension verschwinden, worin das Wirkliche dem Blick und Erleben erst richtig habe aufgehen können. Deshalb »sieht« man die Erde nicht mehr, »hört« nicht mehr den Vögellaut, und die Sprache zwischen den Menschen ist »verdorrt«. Diesen Zustand nennt Hölderlin »Götternacht«, und er warnt vor der »Scheinheiligkeit«, mit der mythologische Themen und Namen zum bloß artistischen Spiel mißbraucht werden.

Bei Schillers Beschwörung der griechischen Götterwelt sind allerdings die artistischen Züge nicht zu übersehen. Über weite Strecken liest sich das Gedicht wie ein Who is Who der griechischen Götterwelt. Man merkt dem Gedicht bisweilen an, daß sein Autor das damals gängige Nachschlagewerk, Benjamin Hederichs »Gründliches mythologisches Lexikon«, so gründlich genutzt hat, daß man, um die Einzelheiten des Gedichtes zu verstehen, nun selbst auch das Lexikon zu Rate ziehen muß. Schon Körner hatte die beflissene Gelehrsamkeit des Gedichtes bemängelt, und Goethe fand es ansprechend, aber zu lang und zu überladen.

Die enzyklopädische Breite verdeckt die existentielle Obsession, mit der Schiller der Lebensmacht des mythischen Bewußtseins nachspürt. Denn nicht antikisierende Gelehrsamkeit, sondern dieser von Nietzsche später »dionysisch« genannte Weltentwurf ist sein eigentliches Thema. Es handelt sich um jene Lebensmacht, die dem Sein die Fülle des Festlichen zurückgibt. Die wirkungsvollste Art, eine sinngesättigte Zone inmitten der Gleichgültigkeit der Natur zu schaffen, ist für Schiller der poetische Sinn. Er erlaubt, die Nichtgleichgültigkeit in der Begegnung mit Menschen zu erleben, in der Solidarität, im Vertrauen, aber auch in den Regeln und Institutionen, welche die sinnhaften Bezüge zwischen den Menschen organisieren. Der poetische Sinn oder die Einbildungskraft – was für ihn dasselbe ist – haben die Gleichgültigkeit der Welt überwunden und dem Menschen erlaubt, mit allen seinen Sinnen in der Welt heimisch zu bleiben. Damit aber – auf diesen Kontrast kommt es Schiller an – ist es in christlicher Zeit und dann in der säkularisierten Moderne vorbei. Was bei Hölderlin »Götternacht« heißt, beschreibt Schiller so: *Müßig kehrten zu dem Dichterlande / Heim die Götter, unnütz einer Welt, / Die, entwachsen ihrem Gängelbande, / Sich durch eignes Schweben hält* (I, 168).

Der neuere Weltzustand, das gegenwärtig herrschende Bewußtsein, ist gekennzeichnet von der großen Entzauberung, einerseits infolge des christlichen Monotheismus und andererseits, damit zusammenhängend, infolge der kalten Vernunft des Rationalismus und Materialismus.

Die griechischen Götter haben in der sinnlich erfahrbaren Wirklichkeit gelebt, der christliche Gott aber hat sich in die Unsichtbarkeit zurückgezogen. Er spricht nicht mehr aus der Natur, er spricht nicht die Sinne an, er wirkt in der Höhle der Innerlichkeit und des Gewissens. Wer die Begegnung mit diesem verborgenen Gott sucht, für den gilt: *Mühsam späh ich im Ideenlande, / Fruchtlos in der Sinnenwelt* (I, 165).

Als Schiller dieses Gedicht verfaßte, fand er in Shaftesburys »Brief über den Enthusiasmus«, den er gerade las, den folgenden Satz, der ihm den christlichen Gott verdächtig machte. »Wir müssen«, schreibt Shaftesbury, »nicht nur bei gewöhnlicher guter Laune, sondern bei der allerbesten Laune sein, wir müssen die heiterste, sanfteste Gemütsstimmung von der Welt haben, wenn wir recht verstehen wollen, was in den Eigenschaften liegt, die wir der Gottheit … zuschreiben.« Die Eigenschaften des christlichen Gottes, die Schiller hervorhebt, sind Eigenschaften, die nicht der guten Laune, sondern der Angst, der Mißgunst, der Sinnenfeindschaft entspringen. Es ist ein einsamer Gott, autistisch auf sich selbst bezogen, der die Menschen zum fruchtlosen Selbstbezug anstiftet und sie allzu inwendig und darum einsam macht. *Freundlos, ohne Bruder, ohne Gleichen, / Keiner Göttin, keiner Irdschen Sohn, / Herrscht ein andrer in des Äthers Reichen / Auf Saturnus' umgestürztem Thron. / Selig, eh sich Wesen um ihn freuten, / Selig im entvölkerten Gefild, / Sieht er in dem langen Strom der Zeiten / Ewig nur – sein eignes Bild* (I, 168).

Dieser Gott macht sich nicht gemein mit den Menschen, und wenn doch, dann nur im grausamen Sohnesopfer. Am Schuldgefühl, nicht an der Daseinsfreude packt er die Menschen. Wozu dieser strenge Gott imstande ist, oder besser: wozu er gebraucht werden kann, deutet Schiller mit einem Hinweis auf das Grauen der Inquisition an. Das haben die griechischen Götter, die es bisweilen auch schlimm trieben, nie veranlaßt: diese Vergewaltigung des Gewissens. Dieses Ausspüren und diese Knechtung der Gesinnung, diese Verwandlung der Metaphysik in ein Folterwerkzeug. Diese schlimmen Gottesdiener, die nach den fatalen Gesetzen eines übelgesinnten und eifersüchtigen Gottes verfuhren – was waren sie anderes als *heilige Barbaren* …

Dieser Gott ist kein Freund des Lebens und der Liebe, er teilt nicht, wie die griechischen Götter, die irdischen Vergnügungen mit den Menschen; kein Wunder, denn er ist die Ausgeburt von Angst und Schuldgefühlen. Es ist kein Gott der ekstatischen Lebensfreude wie die griechischen Götter: *Näher war der Schöpfer dem Vergnügen, / Das im Busen des Geschöpfes floß* (I, 165). Will man den unansehnlichen Gott verehren, muß man die fröhliche Sinnenwelt verlassen: *Wohin tret ich? Diese traurge Stille / Kündigt sie mir meinen Schöpfer an? / Finster, wie er selbst, ist seine Hülle, / Mein Entsagen – was ihn feiern kann* (I, 166).

Es ist nicht verwunderlich, daß Kritiker des Gedichtes auf den Plan traten, die, wie der Graf Stolberg, dem Verfasser frevelhaften Atheismus vorwarfen. Sie hatten insofern recht, als der zornige Gott der eifernden Christen kein Gott nach Schillers Geschmack war.

Es ist Schillers origineller Gedanke, daß womöglich ein Zusammenhang besteht zwischen christlichem Monotheismus und der Herrschaft der abstrakten Vernunft in der Moderne. Der christliche Monotheismus hat Gott in ein unsichtbares Jenseits und in eine ebenso unsichtbare Innerlichkeit versetzt und hat die Welt damit erkalten lassen. Es ist dann nur noch ein kleiner Schritt von diesem monotheistisch entseelten und entzauberten Kosmos zur modernen wissenschaftlichen Entzauberung. Zuerst ist die Welt ein Werkstück Gottes, dann das Material der rechnenden Vernunft. Die Sphäre, wo einst Helios und die Oreaden am Himmelsgewölbe strahlten, ist jetzt zu einem leeren Raum geworden, worin *seellos ein Feuerball sich dreht*. Wohin die Wissenschaft blickt, sie wird am Ende immer nur ein *Gerippe* entdecken. Ob nun der christliche Gott oder der moderne Gott der Wissenschaft, von beiden gilt: *Alle jene Blüten sind gefallen / Von des Nordes winterlichem Wehn. /* Einen *zu bereichern, unter allen, / Mußte diese Götterwelt vergehn* (I, 168).

Das Gedicht handelt von der Gigantomachie zwischen mythischem und modernem Bewußtsein; das war auch schon das Thema in den »Philosophischen Briefen«, dort als Widerstreit zwischen Liebesphilosophie und skeptischem Materialismus. Erinnern wir uns an den Seufzer des enthusiastischen Julius: *Ein kühner Angriff des Materialismus stürzt meine Schöpfung ein* (V, 344). Dem in die griechische Antike projizierten mythischen Bewußtsein ergeht es ebenso wie der Liebesphilosophie des Julius. Sie wird zerstört – zuerst durch den christlichen Monotheismus und dann durch die moderne Rationalität.

Aber, trotz der elegischen Klage – das mythische Bewußtsein ist doch noch nicht ganz verschwunden. Es kann wiederkehren in der Poesie. Wenn die griechischen Götter sich ins *Dichterland* zurückgezogen haben, warum sollte man sie nicht im dichterischen Wort wieder erstehen lassen? Warum sollte man nicht auf das große Schweigen der Natur mit ihrer poetischen Wiederverzauberung antworten? Warum sollte die Poesie dem allzu moralisch und arbeitsam gewordenen Leben nicht wieder den Sinn für das Festliche eröffnen? Warum sollte sie aufhören mit dem Versuch der Sinngebung des Sinnlosen?

Schiller also erwägt die Wiederbelebung des mythischen Bewußtseins in den Grenzen der Poesie, und er weigert sich, die »Entzauberung« und »Entseelung« der Welt durch Rationalisierung und nüchtern-bürgerliche Wirtschaftsgesinnung hinzunehmen. Er bedauert die Mythenlosigkeit seiner Zeit und setzt auf die Wiederkehr des Mythischen in der Kunst. Zu einer Zeit, da Kunst unter den Zwängen der Ökonomie und des engen Nützlichkeitsdenkens zur schönen Nebensache zu werden beginnt, kämpft er für die Rangerhöhung der Kunst, die er wieder an die Spitze aller möglichen Zweckreihen des Lebens gesetzt sehen möchte.

Vergessen wir nicht: Schiller war, als er das Gedicht schrieb, in Selbstzweifel verstrickt, er war kleinmütig geworden in bezug auf die hohe Aufgabe der Kunst. Mit diesem Gedicht, einem Zeugnis des autosuggestiven Enthusiasmus, versetzt er sich in eine Stimmung, die ihm erlaubt, das Schöne wieder über das Gute, Wahre und Nützliche triumphieren zu lassen.

Ein halbes Jahr später, vom Herbst 1788 bis Anfang 1789, entsteht ein zweites großes Gedicht, »Die Künstler«, worin der Gedanke vom Triumph des Schönen über das Gute, Wahre und Nützliche weiter verfolgt wird, diesmal aber nicht in der Form einer Rückprojektion in die griechische Antike, sondern als opulente Darstellung der Gattungsgeschichte des Menschengeschlechtes. In einem Brief an Körner vom 9.Februar 1789 formuliert Schiller den Grundgedanken seines *philosophischen Gedichtes*, von dem er stolz sagt, daß noch keiner etwas Vergleichbares geleistet habe: *Nachdem also der Gedanke philosophisch und historisch ausgeführt ist, daß die* Kunst *die wissenschaftliche und sittliche Kultur vorbereitet habe, so wird nun gesagt, daß diese letztere noch nicht das Ziel selbst sei, sondern nur eine zweite Stufe zu demselben, obgleich der Forscher und Denker sich vorschnell schon in den Besitz der Krone gesetzt und dem Künstler den Platz unter sich angewiesen: dann erst sei die Vollendung des Menschen da, wenn sich wissenschaftliche und sittliche Kultur wieder in Schönheit auflöse.*

Anders als in den »Göttern Griechenlandes« wird die Gegenwart nicht nur als entzaubert und entseelt dargestellt. Es wird vom späteren Gedicht aus gesehen deutlich, daß bei der früheren Darstellung der Moderne auch um des Kontrastes willen die üblen Aspekte betont wurden. Nun aber bemerkt man, daß sich darin Schillers Urteil über die Moderne doch nicht erschöpft. Die Gegenwart mag von kalter Entfremdung bestimmt sein, aber diese Entfremdung, so die Auffassung Schillers, ist nur die Schattenseite der Befreiung. Unter dem Gesichtspunkt der wachsenden Freiheit, die den Menschen aus den alten Ordnungen löst und zur neuen Entfaltung seiner Kräfte drängt, wird die Moderne günstiger beurteilt. Er deutet sie als Epoche des Übergangs. Könnte es nicht sein, daß die Freiheit zunächst zur Entfremdung und Vereinzelung führt, um schließlich auf höherer Stufe eine neue, eine freie Einheit zu ermöglichen? Und wodurch kann sie diese höhere Stufe erreichen? Die Antwort, die Schiller im Gedicht »Die Künstler« gibt, lautet: durch die Steigerung des ästhetischen Sinns.

Schiller beginnt das Gedicht mit einer emphatischen Schilderung des Jahrhunderts *von seiner besseren Seite*, wie er Körner gegenüber fast entschuldigend bemerkt. *Wie schön, o Mensch, mit deinem Palmenzweige / Stehst du an des Jahrhunderts Neige, / In edler stolzer Männlichkeit, / ... / Frei durch Vernunft, stark durch Gesetze, / ... / Herr der Natur, die deine Fesseln liebet, / Die deine Kraft in tausend Kämpfen übet / Und prangend unter dir aus der Verwildrung stieg!* (I, 173).

Die Gegenwart, schreibt Schiller ein halbes Jahr vor der Französischen Revolution, hat wichtige Schritte der Aufklärung und des Freiheitsgewinnes unternommen, sie ist auf eine beachtliche Höhe der Entwicklung gekommen. Aber wie ist ihr das gelungen? Es war nicht zuerst die Vernunft, sondern der ästhetische Sinn, mit dem die Kulturentwicklung begonnen hat, und den freien Sinn wird die Gegenwart nur bewahren können, wenn sie den Schönheitssinn als ihr eigentliches Proprium begreift, wenn sie eingedenk bleibt der Kraft, welche sie auf diese Höhe geführt hat. Denn es ist der Schönheitssinn, der den Menschen sittlich gezähmt und veredelt und die Neugier und den Forschertrieb des Menschen gelenkt hat. Die gegenwärtige Kultur des Wissens und der Sittlichkeit, die dem Schönheitssinn so vieles verdankt, wird darum auch nur das menschliche Maß behalten können, wenn sie eingebunden bleibt in eine ästhetische Kultur. Spielend hat der Mensch sich zu dem gemacht, was er ist, und er wird entarten, wenn er aufhört zu spielen. Das ist bei allem Lob der Gegenwart die versteckte Kritik an ihr. Insofern knüpft das Gedicht »Die Künstler« an die Klage über die Verödung und Entseelung der Gegenwart in den »Göttern Griechenlandes« an. Das Gedicht »Die Künstler« aber blickt nicht elegisch zurück, sondern ermuntert die Moderne, ihre ästhetische Selbstvergessenheit zu überwinden.

Diese Ermunterung wirkt auch darum so dringlich, weil es Schiller selbst ist, der eine Ermunterung nötig hat.

Das Gedicht ist mit schwerer Gedankenfracht beladen, und es finden sich darin Vorstudien zur Arbeit an der ästhetischen Erziehung des Menschen, die Schiller einige Jahre später in großem Stil in Angriff nehmen wird.

Das Jahr 1788 ist nicht nur den »Göttern Griechenlandes« und den »Künstlern« gewidmet, sondern auch zwei Frauen, die Schillers Herz näher angingen.

Im Dezember 1787 war Schiller nach Meiningen gereist, um seine Schwester und den alten Freund und jetzigen Schwager Reinwald zu besuchen, auch traf er die alte Freundin Henriette von Wolzogen im nahen Bauerbach. Er suchte dort die Seelenlandschaft jenes Winters vor fünf Jahren, als er mit »Don Karlos« im Kopf in den zugeschneiten Wäldern herumgestrichen war. Er fand sie nicht. Es hatte sich in ihm vieles verändert, er spürte, daß er inzwischen ein anderer geworden war. Nicht mehr geängstigt und gedemütigt vom Theaterbetrieb, nicht mehr auf der Flucht vor einem übelwollenden Landesherrn, nicht mehr verliebt in Henriettes Tochter. All dies lag für ihn weiter zurück, als die fünf Jahre, die ihn von dieser Epoche seines Lebens trennten. *Jene Magie*, schreibt er am 8. Dezember 1787 an Körner, *war wie weggeblasen. Ich fühlte nichts. Keiner von allen Plätzen, die ehemals meine Einsamkeit interessant machten, sagte mir jetzt etwas mehr. Alles hat seine Sprache an mich verloren.*

Bei Henriette in Bauerbach traf er deren Sohn, Wilhelm von Wolzogen, und dieser nahm ihn mit zu einem Ausflug nach Rudolstadt. Dort lebten fernere Verwandte der Wolzogens, die Lengefelds: die verwitwete Mutter, Hofdame beim Rudolfstädter Fürsten, und ihre beiden Töchter, die mit einem Herrn von Beulwitz unglücklich verheiratete Karoline und die noch ledige zweiundzwanzigjährige Charlotte.

»An einem trüben Novembertag«, so schildert Karoline später das denkwürdige Treffen, »kamen zwei Reiter die Straße herunter. Sie waren in Mäntel eingehüllt; wir erkannten unseren Vetter Wilhelm von Wolzogen, der sich scherzend das halbe Gesicht mit dem Mantel verbarg; der andere Reiter war uns unbekannt und erregte unsere Neugier.«

Später werden Schiller und Charlotte einander gestehen, daß sie bereits am ersten Abend, als man am Kaminfeuer zusammensaß, eine starke Zuneigung füreinander empfunden hätten. Beim Abschied äußerte Schiller den Wunsch, im nächsten Sommer einige Wochen bei den Lengefelds oder in ihrer Nachbarschaft zubringen zu dürfen. Das hörten die Schwestern mit Vergnügen.

Die Lengefelds gehörten zum alten Reichsadel. Hans Christoph von Lengefeld war Oberforstmeister gewesen, ein damals berühmter Mann vom Fach, der den planlosen Raubbau der Wälder so wirkungsvoll bekämpfte, daß ihn Friedrich der Große zum obersten Aufseher seiner Forste machen wollte. Aber der Herr von Lengefeld lehnte ab. Als er 1775 starb, hinterließ er zwei Töchter. Die ältere, die 1763 geborene Karoline war die lebhaftere und leidenschaftlichere. Ihr Vorbild waren die selbstbewußten, am geistigen Leben teilnehmenden Frauen der Berliner Salons wie Henriette Herz, zu deren »Tugendbund« sie von fern Verbindung unterhielt. Sie war befreundet mit Karoline von Dacheröden, der späteren Frau Wilhelm von Humboldts. Es war Karoline, die Schiller mit Humboldt bekannt machte. Dieser schrieb nach dem Tode seiner Karoline an die Lengefeldsche Karoline: »In Ihnen ... ist das Wesen schöner und tiefer Weiblichkeit in einer ganz neuen und eigenen Gestalt zur Erscheinung gekommen, die aber, wenigstens in dieser Vollendung, auch wieder mit Ihnen untergeht. Daß mir das Glück geworden ist, dieser Erscheinung so nahe zu stehen, sie so aufzufassen, halte ich für den größten Vorzug meines Lebens.«

In seinem Aufsatz »Über die männliche und weibliche Form« beschreibt Humboldt die Vorzüge des weiblichen Geschlechts. Schon damals vermutete man, daß ihm nicht nur seine Karoline, sondern auch Karoline von Lengefeld dazu Modell gesessen hat.

Karoline war impulsiv, direkt und kühn genug, die gesellschaftlich gebotenen Formen bisweilen zu mißachten. Sie wollte sich nicht auf die Rolle als Ehefrau und Mutter beschränken lassen. »Wenn ich bedenke,« schrieb sie am 3. Juni 1789 an Schiller, »welch ein Gewebe von Kleinigkeiten um unser Leben geschlungen ist, und wie einen dieses oft um die edelsten besten Genüsse bringt, so macht es mich sehr unmutig und uneins mit mir, und dies ist mit unserm weiblichen Leben so gar oft der Fall.«

Ihr Traum war, wie ihre Berliner Freundinnen einen geistvollen Salon zu führen, was ihr nach der Trennung von Beulwitz und als Ehefrau ihres Vetters Wilhelm von Wolzogen in Weimar auch gelingen wird. Als Wolzogen einmal zu einer großen Reise aufbrach, schrieb er einem Freund, dem er die Familie in Obhut gab: »Meine Frau, einer der schönsten Charaktere, die ich im Leben angetroffen – so viel Geist, mit so unendlich großer Sanftmut; so viel herzliche Liebe, mit solchem Drang nach hohen Gegenständen; so unbegreiflich einfach, und doch so viel umfassend; eine gute Hausfrau, eine zärtliche Mutter, und doch Schöpferin von Welten, die ihre schöne Phantasie in solcher Harmonie ordnete. Ich kann Ihnen nicht beschreiben, lieber Freund, wie unendlich glücklich ich die Jahre war, die ich mit dieser ausgezeichneten Frau verlebte.«

Es war nötig, diese »ausgezeichnete Frau« ein wenig zu schildern, weil bei der im Sommer 1788 beginnenden Romanze nicht ganz klar war, ob Schiller es auf Karoline oder auf die zurückhaltendere Charlotte abgesehen hatte. Zuweilen waren seine herzlichen Briefe mit den versteckten Liebeserklärungen an beide gerichtet, und die Schwestern konnten sich aussuchen, welche wohl ›gemeint‹ war. Körner gegenüber, der Schillers Verhältnis zu Frauen beargwöhnte, erklärt er die Zweideutigkeit strategisch: *Ich habe meine Empfindungen durch Verteilung geschwächt, und ist so denn das Verhältnis innerhalb der Grenzen einer herzlich vernünftigen Freundschaft* (14. November 1788). Auch als Schillers Liebesgeständnisse deutlicher wurden, waren sie immer noch an beide Schwestern gerichtet.

Ende 1789, die Beziehung dauerte inzwischen fast zwei Jahre, wird Charlotte ungeduldig. Sie will von Schiller endlich wissen, wen er denn nun eigentlich bevorzuge. Sie habe, so gibt sie ihm zu verstehen, nicht die glänzenden Eigenschaften ihrer Schwester und würde, wenn es denn sein müßte, auch zurückstehen. Schillers Antwort wird Charlotte nicht so bald vergessen haben: *Karoline ist mir näher im Alter und darum auch gleicher in der Form unserer Gefühle und Gedanken. Sie hat mehr Empfindungen in mir zur Sprache gebracht als Du, meine Lotte – aber ich wünschte nicht um alles, daß dieses anders wäre, daß Du anders wärest als Du bist. Was Karoline vor Dir voraus hat, mußt Du von mir empfangen; Deine Seele muß sich in meiner Liebe entfalten, und mein Geschöpf mußt Du sein, Deine Blüte muß in den Frühling meiner Liebe fallen. Hätten wir uns später gefunden, so hättest Du mir diese schöne Freude weggenommen, Dich für mich aufblühen zu sehen* (15. November 1789).

Schiller hält es offenbar für einen Liebesbeweis, wenn er der umworbenen Frau ankündigt, er werde sie zu seinem *Geschöpf* machen. Charlotte hat daran keinen Anstoß genommen; die Briefe, die sie ihm danach schreibt, strömen über von Zärtlichkeit und Fürsorge.

Zwischen den Schwestern gab es keine Mißtöne, auch nicht, als Schillers Undeutlichkeit sie in Konkurrenz zueinander brachte. »So wie Sie«, schreibt Karoline am 18. November 1788, »hat es noch niemand verstanden, die Saiten meines innersten Wesens zu rühren – bis zu Tränen hat es mich oft bewegt, mit welcher Zartheit Sie meine Seele in trüben Momenten gepflegt, getragen haben. – Wie nötig ist es mir in der Hoffnung zu leben!« Karoline hätte sich Schiller zuliebe womöglich aus der Ehe mit Beulwitz, den sie nicht liebte, gelöst. Aber sie ließ ihrer Schwester den Vortritt. Sie wird sich von ihrem Mann trennen, nachdem Schiller Charlotte geheiratet hat.

Karoline war verspielt, liebte die Inszenierung, wollte ihrem Leben einen romanhaften Anstrich geben. Sie schrieb auch wirklich einen Roman. Schiller wird ihn unter dem Titel »Agnes von Lilien« anonym in seiner Zeitschrift »Die Horen« abdrucken, und manche Zeitgenossen, darunter sogar August Wilhelm Schlegel, schätzten den Roman so sehr, daß sie ihn für ein Werk Goethes hielten.

Im Rückblick auf die Periode ihres Lebens, die sie in der Nähe Schillers verbracht hatte, schreibt die vierundsechzigjährige Karoline im Tagebuch: »Aber die Lockungen irdischer Genüsse führten mich abwärts; Spitzfindigkeiten des Geistes, Wissenstrieb, mitunter Spiel der Phantasie, auch im Höheren, Besseren, ein Trieb, alles nach meinem Sinn zu lenken, verwirrte meine Seele.« Auf ihre alten Tage wurde Karoline fromm und wählte für den Grabstein die Inschrift: »Sie irrte, litt, liebte, verschied im Glauben an Christum, die erbarmende Liebe.«

Und nun Charlotte, die jüngere Schwester. Sie war schüchtern und zurückhaltend, wenn Karoline das große Wort führte. Sie las viel und trug gewissenhaft ihre Gedanken in eine Kladde ein, die sie später Schiller zu lesen gab. Eines ihrer Lieblingsbücher war Gibbons »Verfall und Untergang des Römischen Reiches«, aus dem sie einige Kapitel ins Deutsche übersetzte. Ihr melancholisches Temperament sprach auf Untergänge an. Sie liebte auch den Herbst. Heroische Stoffe zogen sie an, doch bewunderte sie menschliche Stärke nur, wenn sie mit Anmut verbunden war. Das hatte sie bei Shaftesbury gelernt, ihrem anderen Lieblingsautor, von dem sie ganze Seiten auswendig hersagen konnte. Charlotte, die von der Mutter für eine Laufbahn als Hofdame vorgesehen war, konnte den Jahrmarkt der Eitelkeiten nur aus der Distanz ertragen. »Es ist«, schreibt sie am 26. November 1788 an Schiller, »mehr Menschenliebe, sie in der Ferne zu beobachten, als wenn man sich unter ihnen herumtreibt; da erstickt wohl oft das warme Gefühl für die Menschheit, wenn man so all ihre Kleinheiten mit ansieht. Ich lebe gar still und ruhig in meiner Stube, und bin froh, daß ich mich mit mir selbst beschäftigen kann.« Sie wünscht sich eine Einsamkeit zu zweit, »denn eigentlich möchte ich gerne allen Menschen Ihre Gesellschaft nicht gönnen«. Sie hält Zwiesprache mit der Natur, fühlt sich als Teil von ihr, und statt direkt ihre Gefühle auszudrücken, läßt sie gern eine Landschaftsschilderung für sie sprechen. Nach dem strengen Winter 1788/89, eine Zeit auch des Zweifels an der Zukunft der Beziehung, schreibt sie: »Ich war ganz niedergedrückt von der Kälte, ich kam mir vor wie eine Blume, die vom Reif getroffen ist, es war mir als lebte ich nur halb … Heute habe ich mich zum ersten Mal wieder der Natur gefreut, ich war auf dem Wasserdamm, die Saale ist so schön, die großen Eismassen liegen am Ufer zerstreut, die Berge sind wieder blau, und die Sonne schien so lieblich; mir wars, als käme der Frühling, die Knospen sehn schon rötlich, es war mir so weit, so groß, die Seele dünkte sich freier …«

Charlotte war eine Patentochter der Frau von Stein, die ihr einmal schrieb: »Wenn ich ganz versteinert bin, so wird nie der innere Funke, der meiner getreuen Lolo gehört, ausgelöscht werden.« Auch Goethe mochte Charlotte, die er häufig im Steinschen Hause traf, und er hatte mit ihr gespielt, als sie noch ein Kind war. Charlotte wird das erste Treffen Schillers mit Goethe geschickt arrangieren, wie sie überhaupt Anteil daran hat, daß sich Schiller und Goethe allmählich näher kommen.

Nach dem ersten Besuch in Rudolstadt im November 1787 beginnt ein reger Briefwechsel zwischen Schiller und Charlotte. Charlotte gibt sich herzlich, aber bleibt zurückhaltend. Sie spricht von Freundschaft, Schiller läßt durchblicken, daß ihm das nicht genügt. Er läßt Freundschaft allenfalls als *Samenkorn* gelten, *wenn die Frühlingssonne darauf scheint, so wollen wir schon sehen, welche Blume daraus werden wird*. Er schwelgt in Vorfreude auf den Sommer und malt sich aus, wie man in Rudolstadt zusammen wandern, lesen und im Garten plaudern würde. *Was für schöne Träume bilde ich mir für diesen Sommer, die Sie alle wahr machen können*. Ihn beunruhigt der Gedanke, das *teure Fräulein* könnte vielleicht doch nur ein *vorübergehendes Vergnügen* an einer Beziehung finden, die für ihn *höchste Glückseligkeit* bedeutet. So versucht er, Charlotte aus der Reserve zu locken. Doch sie bleibt dezent auch dann noch, als er ihr mit den Worten schmeichelt: *Meine Phantasie soll so unermüdet sein, mir Ihr Bild vorzuführen, als wenn sie in den 8 Jahren, daß ich sie den Musen verdingt habe, sich nur für dieses Bild geübt hätte* (April 1788).

Charlotte schildert ihm getreulich die alltäglichen Vorkommnisse und ihre Gefühle angesichts der erwachenden Natur des Frühlings. Darf Schiller das als ein Geständnis ihrer Frühlingsgefühle ihm gegenüber deuten? Er ist sich nicht sicher. Er schreibt ihr, daß er hoffe, in der ländlichen Stille Rudolstadts sein *eigenes Herz* (2. Mai 1788) wiederzufinden, das ihm in den Weimarer Geselligkeiten und bei der Arbeit bisweilen abhanden kommt.

Charlotte ist vorsichtig, aber auch seine Briefe wollen bisweilen den Eindruck erwecken, daß er weniger eine Person als eine Situation sucht, die ihn erfüllen und beflügeln könnte. Dem mißtrauischen Körner gegenüber äußert er sich unverhohlen in diesem Sinne: *Ich bedarf eines Mediums*, schreibt er am 7. Januar 1788, *durch das ich die anderen Freuden genieße. Freundschaft, Geschmack, Wahrheit und Schönheit werden mehr auf mich wirken, wenn eine ununterbrochene Reihe feiner wohltätiger häuslicher Empfindungen mich für die Freude stimmt und mein erstarrtes Wesen wieder durchwärmt. Ich bin bis jetzt ein isolierter fremder Mensch in der Natur herumgeirrt und habe nichts als Eigentum besessen. Alle Wesen, an die ich mich fesselte, haben etwas gehabt, das ihnen teurer war als ich, und damit kann sich mein Herz nicht behelfen. Ich sehne mich nach einer bürgerlichen und häuslichen Existenz, und das ist das Einzige, was ich jetzt noch hoffe.*

Von der Frau, die er sucht, verspricht er sich jene Bindung an die *häusliche Existenz*, die den Freuden des Geistes Bodenhaftung und *bürgerliche* Solidität verschaffen könnte. Natürlich soll das Herz dabei beteiligt sein. Körner, der den Freund nicht an eine Frau verlieren will, warnt: Schiller werde seine Unabhängigkeit als Schriftsteller verlieren, wenn er für einen Hausstand zu sorgen hätte. Wahrscheinlich müßte er dann, aus finanziellen Gründen, Kompromisse machen und den gängigen Publikumsgeschmack bedienen. Fände sich aber ein »Mädchen mit Geld«, so sei »zu berechnen, ob die Vorteile des Überflusses Dir das ersetzen können, was Du vielleicht an häuslichen Freuden entbehrst« (13. Januar 1788).

Ein »Mädchen mit Geld« ist Charlotte nicht. Sie ist zwar aus gutem Hause, aber die Lengefelds sind nicht vermögend, um so wichtiger ist es für die Mutter, die Tochter standesgemäß zu verheiraten. Schiller weiß, daß er unter rationalen Gesichtspunkten hier nicht auf seine Rechnung kommen würde. Aber selbstverständlich rechnet er nicht nur, sondern träumt.

Anfang April wird ein bizarres Ansinnen an ihn gestellt: aus Schweinfurt wird ihm eine *Ratsherrenstelle mit leidlichem Gehalt, verbunden mit einer Frau von einigen tausend Talern* angeboten. Als eine Satire auf berechnende Heiratserwägungen meldet Schiller dieses Vorkommnis seinem Freund (25. April 1788), der ihm zuvor Nüchternheit in diesen Dingen anempfohlen hatte.

Am 18. Mai 1788 macht sich Schiller auf den Weg nach Rudolstadt. Schiller im Lengefeldschen Hause unterzubringen schickte sich nicht, und darum hatte Charlotte für den Besucher ein Quartier im Hause des Kantors Unbehaun im benachbarten Dorf Volkstädt besorgt, eine saubere, stille Stube mit Schlafkammer und mit Aussicht auf eine schöne Landschaft. Ein Fußweg führte an Gärten, Kornfeldern und uralten Bäumen saaleabwärts nach Rudolstadt in die Neue Gasse, wo die Familien von Lengefeld und Beulwitz nebeneinander wohnten. Es ergab sich das Ritual, daß Schiller am frühen Abend den Weg hinunterwanderte, und manchmal kamen ihm die Schwestern auf halber Strecke entgegen. Dort gab es eine kleine Brücke, die Schwestern standen dort in ihren weißen Kleidern und winkten ihm entgegen, nahmen ihn in ihre Mitte, und man ging gemeinsam das letzte Wegstück bis zum Lengefeldschen Haus. Dort saß man im Gesellschaftszimmer oder im Garten. Wenn Gäste zu Besuch waren, durfte sich Schiller, wenn ihn das konventionelle Geplaudere langweilte, in Charlottes Kammer zurückziehen, denn er hatte vieles zu arbeiten: er mußte in diesem Sommer sein historisches Werk zum Abschluß bringen und schrieb außerdem die »Briefe über Don Karlos« und die letzte Folge des »Geistersehers«. Was er unter der Feder hatte, wurde sogleich vorgelesen und besprochen, bei Tee und Wein. Hier fand Schiller, was ihm wohltat: *Ich rede gern von ernsthaften Dingen, von Geisteswerken, von Empfindungen – hier kann ich es nach Herzenslust und ebenso leicht wieder auf Possen überspringen*, schreibt er am 27. Juli 1788 an Körner. Wenn das Wetter schlecht ist oder, was häufig geschieht, ihn Erkältungen und Zahnschmerzen plagen, wandern Briefe, von einer Botenfrau bestellt, hin und her. Man hatte gemeinsam Homer in der Voßschen Übersetzung gelesen und versuchte sich nun spielerisch in seiner Manier. Es war, wie die Beteiligten sich später gern erinnerten, ihr »Homer-Sommer«. Schiller an Lotte: *Wie haben Sie denn heute Nacht in Ihrem zierlichen Bette geschlafen? Und hat der süße Schlaf ihre lieben holden Augenlider besucht? Sagen Sie mir's in ein paar geflügelten Worten* (Ende August). Lotte an Schiller: »Ich hoffe, Sie haben, als die dämmernde Frühe mit Rosenfingern erwachte, noch ruhig geschlummert« (September 1788). So geht das eine Weile lang hin und her, und Schiller darf Charlotte nun sogar bei ihrem familiären Kosenamen »Lolochen« nennen.

Über diesen idyllischen Sommer in Rudolstadt schreibt Karoline später: »Hoher Ernst und anmutige, geistreiche Leichtigkeit des offenen, reinen Gemüts waren in Schillers Umgang immer lebendig … man wandelte wie zwischen den unwandelbaren Sternen des Himmels und den Blumen der Erde in seinen Gesprächen. Wie wir uns beglückte Geister denken, von denen die Bande der Erde abfallen, und die sich in einem reineren, leichteren Elemente der Freiheit eines vollkommenen Einverständnisses erfreuen, so war uns zumute.«

An Abenden, an denen Schiller nicht herüberkam, ging Charlotte allein durch die Wiesen und setzte sich ans Ufer des Flusses und memorierte »Die Götter Griechenlandes«. Einmal träumte sie nachts von Wilhelm von Oranien, darüber schreibt sie am nächsten Morgen und schickt den Brief mit einem frisch gepflückten Feldblumenstrauß an ihren Dichter nach Volkstädt. Der freut sich, daß seine Phantasien in die ihren verwoben sind. Er ist glücklich. Es geht ihm, schreibt er am 26. Mai 1788 an Charlotte, *wie dem Orest in Goethes Iphigenie,… Sie werden die Stelle der wohltätigen Göttinnen bei mir vertreten und mich vor den bösen Unterirdischen beschützen.*

In diesem Jahr, in dem Schiller die Antike für sich entdeckte – in Rudolstadt arbeitete er auch an einer Übersetzung des Euripides –, hatte er Goethes »Iphigenie« gelesen in der Absicht, das Stück zu rezensieren. Goethe war ihm nahe. Seitdem Schiller in seiner Jugend den »Werther« gelesen hatte und den bewunderten Dichter damals bei der Abschlußfeier an der Karlsschule neben Karl Eugen und dem Weimarer Herzog auf der festlich geschmückten Empore hatte stehen sehen, war ihm Goethe stets gegenwärtig geblieben. In seinen ersten Monaten in Weimar hatte es keine Geselligkeit gegeben, bei der nicht von Goethe die Rede war. Herder hatte ihn bei einem gemeinsamen Spaziergang einmal den »göttlichen« genannt. Er hatte auch manches Mißgünstige zu hören bekommen. Daß Goethe seine Amtsgeschäfte vernachlässigt habe, daß es ihm als Dichter an Ausdauer fehle, daß seine Italienreise eigentlich eine Flucht war; daß er die Frau von Stein schnöde verlassen habe, um im Süden ein Lotterleben zu führen; daß er unzuverlässig und wankelmütig sei und daß man überhaupt zuviel Aufhebens von ihm mache.

Inzwischen, am 18. Juni 1788, war Goethe aus Italien zurückgekehrt, und Schiller war gespannt darauf, ihm endlich einmal persönlich zu begegnen. Er hatte inzwischen Selbstbewußtsein genug – *doch fühl ich mein Genius wieder,* schrieb er an Körner am 5. Juli 1788 –, um dem großen Mann ohne Scheu unter die Augen zu treten. Die Gelegenheit dazu ergab sich, als Goethe auf dem Gut der Frau von Stein im benachbarten Kochberg am 6. September zu Gast war. Charlotte besuchte ihre Patentante, um zu veranlassen, daß die Gesellschaft von dort aus für einen Tag nach Rudolstadt herüberkommt. Schillers hochgespannte Erwartungen erfüllen sich nicht. Noch entwickelt sich aus dieser Begegnung keine persönliche Beziehung.

Goethe war damals in einer gedrückten Stimmung. Nachdem er »freie Lebensluft« in Italien geatmet hatte, war er wieder in die engen Verhältnisse Weimars zurückgekehrt. Er schildert später sein Befinden in den ersten Monaten der Eingewöhnung: »Aus Italien dem formreichen war ich in das gestaltlose Deutschland zurückgewiesen, heiteren Himmel mit einem düsteren zu vertauschen; die Freunde, statt mich zu trösten und wieder an sich zu ziehen, brachten mich zur Verzweiflung. Mein Entzücken über entfernteste, kaum bekannte Gegenstände, mein Leiden, meine Klagen über das Verlorne schien sie zu beleidigen, ich vermißte jede Teilnahme, niemand verstand meine Sprache. In diesen peinlichen Zustand wußt' ich mich nicht zu finden.«

Goethe hatte sich bei seiner Rückkehr aus Italien unterwegs während der Kutschenfahrt einige Maßregeln für sein künftiges Verhalten notiert: »Verbergen – des gegenwärtigen Zustands ... Nicht von Italien vergleichsweise zu sprechen.« Aber mißmutig wie er war, mußte er bei den Lengefelds in Rudolstadt dann doch, um sich überhaupt einigermaßen umgänglich zu zeigen, das Gespräch auf Italien bringen. *Er spricht gern und mit leidenschaftlicher Erinnerung von Italien,* schreibt Schiller an Körner am 12. September 1788 in einem Brief, worin er diesen Tag mit Goethe ausführlich schildert. Er bedauert, daß es zu einem persönlichen Gespräch nicht gekommen war und schreibt erklärend dazu: *freilich war die Gesellschaft zu groß und Alles auf seinen Umgang zu eifersüchtig, als daß ich viel allein mit ihm hätte sein oder etwas anders als allgemeine Dinge mit ihm sprechen können.*

Schiller täuscht sich oder will sich täuschen. Hinderlich war nicht nur die Ablenkung durch die anderen Gäste, sondern bei diesem ersten Zusammentreffen mied Goethe eine wirkliche Begegnung. Später gibt er darüber die Auskunft, er sei bei seiner Rückkehr aus Italien erschrocken über das hohe Ansehen gewesen, das Schiller in der Öffentlichkeit genoß. Ihm aber galt Schiller immer noch als Autor der »Räuber«, eines Stückes, das ihm »verhaßt« war. Bei ihm galt er als ein »kraftvolles, aber unreifes Talent«, das gerade die »ethischen und theatralischen Paradoxen von denen ich mich zu reinigen gestrebt, recht im vollen hinreißenden Strome über das Vaterland ausgegossen hatte.« Er erinnerte ihn zu sehr an die eigenen Tollheiten des Sturm und Drang, und Schillers spätere Entwicklung hatte er noch nicht zur Kenntnis genommen. Nun mußte er bemerken, daß auch unter seinen Freunden Schillers Ansehen gewachsen war. Selbst Knebel lag ihm mit dem Lobe Schillers in den Ohren, und bei der Frau von Stein, die ihm auch aus anderen Gründen beschwerlich geworden war, hörte er viel Gutes über einen Autor, der ihm mißfiel.

In der höflichen Zurückhaltung Goethes lag also mehr bewußte Absicht, als Schiller ahnte. Aber vielleicht ahnte er es doch, denn in seiner Schilderung dieses denkwürdigen und doch auch enttäuschenden Tages macht sich einiger Unmut bemerkbar. Das beginnt schon bei der Beschreibung von Goethes äußerer Erscheinung: *Sein erster Anblick stimmt die hohe Meinung ziemlich tief herunter, die man mir von dieser anziehenden und schönen Figur beigebracht hat. Er ist von mittlerer Größe, trägt sich steif und geht auch so; sein Gesicht ist verschlossen.*

Schillers nüchternes Resümee dieser ersten Begegnung: *ich zweifle, ob wir einander je sehr nahe rücken werden. Vieles, was mir jetzt noch interessant ist, was ich noch zu wünschen und zu hoffen habe, hat seine Epoche bei ihm durchlebt; er ist mir (an Jahren weniger, als an Lebenserfahrungen und Selbstentwicklung) so weit voraus, daß wir unterwegs nie mehr zusammenkommen werden; und sein ganzes Wesen ist schon von Anfang her anders angelegt, als das meinige; seine Welt ist nicht die meinige, unsere Vorstellungsarten scheinen wesentlich verschieden. Indessen schließt sich's aus einer solchen Zusammenkunft nicht sicher und gründlich. Die Zeit wird das Weitere lehren* (12. September 1788).

Die Enttäuschung über die erste Begegnung wirkte nach. Als Schiller nach der Rückkehr aus Rudolstadt Karl Philipp Moritz traf, der mit Goethe einen wahren Heiligenkult trieb, wuchs sein Ärger. Er spottet über die *Sekte* der Goethe-Enthusiasten und steigert sich allmählich in eine Erbitterung hinein. Am 2. Februar 1789 schreibt er an Körner: *Öfters um Goethe zu sein, würde mich unglücklich machen: er hat auch gegen seine nächsten Freunde kein Moment der Ergießung, er ist an nichts zu fassen; ich glaube in der Tat, er ist ein Egoist in ungewöhnlichem Grade. Er besitzt das*

Talent, die Menschen zu fesseln ... aber sich selbst weiß er immer frei zu behalten. Er macht seine Existenz wohltätig kund, aber nur wie ein Gott, ohne sich selbst zu geben ... Ein solches Wesen sollten die Menschen nicht um sich herum aufkommen lassen. Mir ist er dadurch verhaßt, ob ich gleich seinen Geist von ganzem Herzen liebe und groß von ihm denke. Ich betrachte ihn wie eine stolze Prüde, der man ein Kind machen muß, um sie vor der Welt zu demütigen.

Es ist eine *sonderbare Mischung von Haß und Liebe*, die ihn nicht von Goethe loskommen läßt. In seinen Phantasien sieht er sich als werbenden Mann und Goethe als Frau, die es zu penetrieren gilt. Wie der Bösewicht Franz Moor hadert er mit der Natur, die ihn benachteiligt hat im Vergleich zu Karl, dem Begünstigten. Schiller kennt den Haß, der daraus entspringt – er hat seine Folgen ja in den »Räubern« geschildert. Aber es gibt da nicht nur *Haß*, sondern eben auch *Liebe*, und das macht das Verhältnis so schwierig. Noch hat er nicht die wunderbare Formel gefunden, die acht Jahre später erst eine wirkliche Freundschaft mit Goethe ermöglichen wird. Diese Formel, aus einem Brief an Goethe vom 2. Juli 1796, lautet: *Wie lebhaft habe ich erfahren ..., daß es dem Vortrefflichen gegenüber keine Freiheit gibt als die Liebe.*

So frei ist Schiller einstweilen noch nicht. Zwar ist schon Liebe im Spiel, aber auch Haß, und daraus ergibt sich Ressentiment. Ständig muß er sich mit Goethe vergleichen und messen, ihm muß er im Geiste die eigenen Werke zur Prüfung vorlegen. Würde das Goethe gefallen, fragt er sich, und die Freude ist groß, als er erfährt, daß Goethe über »Die Götter Griechenlandes« günstig geurteilt hat und bei dem großen Gedicht »Die Künstler«, woran er gerade arbeitet, stellt er sich den künftigen Leser Goethe vor, der dadurch *viel Einfluß* darauf hat, *daß ich mein Gedicht recht vollendet wünsche.*

Die Stimmung wechselt. Einen Monat später, »Die Künstler« sind ihm nach seinem Gefühl gut gelungen, kann er wieder *lachen* über das, was er seinem Freund zuvor geschrieben hatte. Körner möge, schreibt er am 9. März 1789, an seiner *Schwäche* nicht Anstoß nehmen, *ich will mich gerne von Dir kennen lassen wie ich bin.* Und wie ist er? Er fühlt sich als ein vom Schicksal Benachteiligter, der gelernt hat, zu kämpfen und aus dem Wenigen, wozu er gemacht wurde, das Beste zu machen. Eben noch konnte er lachen über seine Erbitterung, aber wenn er an Goethe denkt, gerät er sofort wieder in Rage: *Dieser Mensch, dieser Goethe ist mir einmal im Wege, und er erinnert mich so oft, daß das Schicksal mich hart behandelt hat. Wie leicht ward* sein *Genie von seinem Schicksal ge-*

tragen, und ich muß bis auf diese Minute noch kämpfen!... Aber ich habe noch guten Mut, und glaube an eine glückliche Revolution für die Zukunft! (9. März 1789).

Es ist tatsächlich eine Revolution seiner Lebensumstände im Gange, an der Goethe nicht unbeteiligt ist. Goethe war es nämlich, der nachhaltig die Bestrebungen unterstützte, Schiller auf eine Professur für Geschichte nach Jena zu berufen. Anlaß dazu gab der frische Ruhm, den sich Schiller durch sein Geschichtswerk über den »Abfall der Niederlande« erworben hatte. Der ihm wohlgesinnte Geheimrat Voigt, zur Zeit der einflußreichste Hofbeamte in Weimar, hatte bei Schiller bereits im Dezember 1788 vorgefühlt. Schiller hatte sich erfreut gezeigt über den ehrenvollen Antrag und, wie er später fand, zu schnell in die Berufung eingewilligt. Zu spät nämlich bemerkte er, daß die Stelle mit keinem Gehalt verbunden war und er auf die spärlichen Hörergelder angewiesen sein würde. Körner, der das Dichtertum des Freundes gegen alle sonstigen Verlockungen und Verpflichtungen zu verteidigen bestrebt war, riet ab. Schiller aber nahm den Ruf nach einigem Zögern an in der Hoffnung, daß sich daraus Vorteilhaftes entwickeln könnte, vielleicht eine besser dotierte Professur mit geringer Lehrverpflichtung, eine Ehrenstelle bei Hofe oder eine sonstige Sinekure, die ihm finanzielle Unabhängigkeit gewähren würde. Die Kunst, dessen ist er sich inzwischen sicher, wird er der Wissenschaft keinesfalls opfern. *Ich muß ganz Künstler sein können oder ich will nicht mehr sein* (an Körner, 9. März 1789).

Als Künstler wird er sich auch weiterhin an Goethe messen, aber doch so, daß er dabei seine eigene Kraft zu entfalten vermag. Er wird auch ihm gegenüber zu einem unverkrampften Selbstbewußtsein gelangen und schließlich sogar herzlich und von gleich zu gleich mit ihm verkehren. Und Goethe seinerseits wird diesen Freund bewundern und von ihm lernen. Er wird von ihm sagen, daß er wie kein anderer in seinem Leben »Epoche« gemacht habe.

Doch noch ist es nicht so weit. In einem Brief an Karoline, die hinsichtlich Goethes zu einem geduldigen Abwarten geraten hatte, formuliert Schiller kurz vor seiner Übersiedlung nach Jena sein Lebensrezept für die folgenden Jahre: *Wenn ich auf einer wüsten Insel oder auf dem Schiff mit ihm* (Goethe) *allein wäre, so würde ich allerdings weder Zeit noch Mühe scheuen, diesen verworrenen Knäuel seines Charakters aufzulösen. Aber da ich nicht an dieses einzige Wesen gebunden bin, da jeder in der Welt, wie*

Hamlet sagt, seine Geschäfte hat, so habe ich auch die meinigen; und man hat wahrlich zu wenig bares Leben, um Zeit und Mühe daran zu wenden, Menschen zu entziffern, die schwer zu entziffern sind … Es ist eine Sprache, die alle Menschen verstehen, diese ist, gebrauche deine Kräfte. Wenn jeder mit seiner ganzen Kraft wirkt, so kann er dem anderen nicht verborgen bleiben. Dies ist mein Plan. Wenn einmal meine Lage so ist, daß ich alle meine Kräfte wirken lassen kann, so wird er und andre mich kennen, wie ich seinen Geist jetzt kenne (25. Februar 1789).

Schiller wird also zunächst seinen Weg allein gehen, abwartend und nur wie von ferne zu Goethe hinüberblickend.

Fünfzehntes Kapitel

Jena. Die Stadt und ihr Geist. Burschenherrlichkeiten.
Der große Auftritt: die Antrittsvorlesung. Optimistische Geschichtsphilosophie und ihr Widerruf im »Geisterseher«. Teleologie als ob.
Versiegelte Botschaften. »Die Sendung Moses«.
Die Erfindung des Monotheismus. Das Nichts hinter dem »Verschleierten Bild zu Sais«. Nach der Entzauberung: die ästhetische Religion.

Schiller nahm den Ruf nach Jena auch deshalb an, weil er bei seinem ersten Besuch im August 1787 einen sehr günstigen Eindruck von der Stadt gewonnen hatte. Noch nie habe er sich so behaglich gefühlt, schrieb er damals an Körner. Besonders das freie Universitätsleben hatte ihn beeindruckt.

Die Jenaer Universität unterstand nicht einem einzelnen Landesherrn, sondern wurde von vier Kleinstaaten unterhalten. Die sogenannten »Nutritoren« waren die Herzöge von Weimar, Coburg, Gotha und Meiningen. Da alle Entscheidungen im Einvernehmen der vier Höfe getroffen werden mußten, konnten die Professoren in der Regel tun und lassen, was sie wollten. Auf Schiller wirkt die Jenaer Universität wie eine *freie und sichere Republik, in welcher nicht leicht Unterdrückung stattfindet* (an Körner, 29. August 1787).

Studenten und Professoren gaben hier den Ton an. Achthundert Studenten lebten in den Mauern der Saale-Stadt, deren Einwohnerzahl damals ungefähr fünftausend betrug. Der Anteil der Studenten war fünfzig Jahre früher noch größer gewesen. Um 1750 hatte die Salana zeitweise sogar dreitausend Studenten angezogen, erst als man in den benachbarten Ländern die Landeskinder stärker an die eigenen Universitäten zu binden begann, gingen die Studentenzahlen zurück, aber sie waren immer noch hoch genug, um das Leben in der Stadt zu dominieren. *Daß die Studenten hier etwas gelten*, schreibt Schiller im selben Brief, *zeigt einem der erste Anblick; und wenn man sogar die Augen zumachte, könnte man unterscheiden, daß man unter Studenten geht, denn sie wandeln mit Schritten eines Niebesiegten.* Überhaupt sei die *Grobheit dieser Herren Studenten* auffällig: Sie tragen große Hüte, die sie nicht abnehmen, wenn sie einem Professor begegnen; sie rauchen auf offener Straße; sie streiten und lärmen in den Wirtshäusern; abends kann es geschehen, daß es die Gassen herunterhallt: Kopf weg!, wenn die Studenten in den Fenstern liegen und ihre Nachttöpfe entleeren. Die braven Bürger zu verschrecken, ist das Vergnügen der Studenten.

Nach 1789 bekommen die studentischen Raufereien und Krawalle einen politischen Anstrich. Es kommt zu Demonstrationen, als Studenten, wie üblich, ins Gefängnis geworfen werden, weil sie ihre Zech- und Mietschulden nicht bezahlen können. Im Sommer 1792 ist dann der Höhepunkt der Unruhen. Die Studenten fordern die Einrichtung einer eigenen Gerichtsbarkeit, um ihre Ehrenhändel und Schuldenaffären selbst regulieren zu können. Die Regierung will das nicht zugestehen. Man verstärkt die Garnison, was die Studenten als Angriff auf ihre akademische Freiheit empfinden. Am 19. Juli 1792 beschließen sie den Boykott. Mehr als zwei Drittel der Studenten, insgesamt sechshundert, versammeln sich auf den Wiesen längs der Saale und ziehen landsmannschaftlich geordnet mit Musik und Fahnen zur Stadt hinaus. Sie drohen mit der Umsiedlung nach Erfurt. Die Leute in Jena geraten in Panik. Das Wirtschaftsleben der Stadt würde ohne Studenten und Professoren zum Erliegen kommen. Man schickt den Studenten Emissäre der Regierung hinterher. Im nahe gelegenen Dorf Nohra, wo sich der Zug mittlerweile befindet, kommt es zu Verhandlungen. Die Regierung verspricht, keine disziplinarischen Maßnahmen zu ergreifen. Im Triumph kehren die Studenten nach Jena zurück und werden von den Bürgern mit einem »Vivat« begrüßt. Erleichtert meldet Goethes Amtskollege Voigt an den Herzog: »unsere jenaischen Jakobiner sind ruhig«. Als Fichte zwei Jahre später die studentischen »Orden« gegen sich aufbringt, wird es wieder zu Krawallen kommen. Einige Studenten treiben es so schlimm, daß Fichte sich seines Lebens nicht mehr sicher fühlt und ins benachbarte Oßmannstedt flieht.

Schiller ist von diesen »Burschenherrlichkeiten« nicht angetan, aber es gibt manches, was ihn in dieser »Stapelstadt des Wissens« dafür entschädigt. Zwar fehlt ein Theater am Ort, überhaupt ist das kulturelle Leben auf das akademische eingeschränkt. Aber in dieser Hinsicht gedeiht es vortrefflich. Es gibt außer der Universitätsbibliothek mit ihren fünfzigtausend Bänden sieben gut sortierte Buchhandlungen, es gibt das Voigtsche Akademische Leseinstitut am Markt, wo mehr als hundert Journale aus dem In- und Ausland ausliegen. Hier strömen die politischen Nachrichten zusammen und werden sogleich besprochen. In den Häusern der Professoren findet ein reges geselliges Leben statt. Clubs, Teezirkel, Kammermusikabende, zahlreiche Gasthäuser mit gutbesuchten Stammtischen – das Angebot für Unterhaltung und Zerstreuung war ausreichend. Man verkehrte hier ungezwungener miteinander als in Weimar. Sogar Goethe wirkte wie verwandelt, wenn er von Weimar herüberkam. Dort war er eher steif und gravitätisch, hier unter den Studenten und Professoren gab er sich locker. Hier konnte man ihn im Winter dabei beobachten, wie er auf dem zugefrorenen Fluß Schlittschuh lief.

Ein bedeutender Treffpunkt des geistigen Lebens der Stadt war das Haus von Christian Gottfried Schütz, wo die »Allgemeine Literatur-Zeitung«, das in Deutschland führende Rezensionsorgan, untergebracht war. Über seinen ersten Besuch dort berichtet Schiller: *Das Haus heißt in Jena schlechtweg die Literatur, und ist sehr schön und bequem gebaut. Ich habe mich in dem Bureau herumführen lassen, wo eine ungeheure Quantität Verlagsbücher, nach dem Namen der Buchhändler geordnet, auf seinen Richterspruch wartet. Eigentlich ist doch eine rezensierende Sozietät eine brutale und lächerliche Anstalt, und ich muß Dir gestehen, daß ich zu einem Komplott gegen diese geneigt bin* (an Körner, 29. August 1787).

Die Macht der ALZ aber ist so groß, daß Schiller später nicht umhin kann, mit dem Blatt zu kooperieren. Er wird selbst brav seine Rezensionen schreiben und mit gespannter Erwartung die Kritiken seiner Werke in der ALZ lesen. Ein *Komplott* wird es nicht geben, es sei denn, man rechnet jene Verabredung dazu, die Schiller mit der ALZ einige Jahre später bei Erscheinen der eigenen Zeitschrift »Die Horen« trifft. Laut dieser Verabredung wird der Verleger der »Horen«, Cotta, die Druckkosten einer günstigen Besprechung der neuen Zeitschrift in der ALZ bezahlen.

Noch ist Jena nicht die heimliche Hauptstadt der Philosophie in Deutschland; aber seit Karl Leonhard Reinhold, der bedeutendste Vermittler Kantscher Philosophie, 1787 nach Jena berufen wurde und seine von dreihundert Studenten besuchte Vorlesung hält, wächst das philosophische Ansehen der Salana. Es werden nacheinander Fichte, Schelling und dann Hegel hier lehren. So wird Jena schließlich zur Geburtsstätte des Deutschen Idealismus.

Reinhold, ein entlaufener Jesuit, dann Freimaurer und Illuminat sowie Schwiegersohn Wielands, hatte Schillers Neugier geweckt. Die Schilderung seines ersten Besuchs bei ihm nimmt er zum Anlaß für ein

Portrait des inzwischen berühmten Professors, das zugleich eine kontrastierende Selbstcharakteristik enthält: *Reinhold kann nie mein Freund werden, ich nie der seinige, ob er es gleich zu ahnen glaubt. Wir sind sehr entgegengesetzte Wesen. Er hat einen kalten klarsehenden tiefen Verstand, den ich nicht habe und nicht würdigen kann; aber seine Phantasie ist arm und enge, und sein Geist begrenzter als der meinige. Die lebhafte Empfindung, die er im Umgange über alle Gegenstände des Schönen und Sittlichen ergiebig und verschwenderisch verbreitet, ist aus einem fast vertrockneten ausgesognen Kopfe und Herzen unnatürlich hervorgepreßt. Er ermüdet mit Gefühlen, die er suchen und zusammenscharren muß. Das Reich der Phantasie ist ihm eine fremde Zone, worin er sich nicht wohl zu orientieren weiß. Seine Moral ist ängstlicher als die meinige, und seine Weichheit sieht nicht selten der Schlappheit, der Feigheit ähnlich. Er wird sich nie zu kühnen Tugenden oder Verbrechen, weder im Ideal noch in der Wirklichkeit erheben, und das ist schlimm. Ich kann keines Menschen Freund sein, der nicht Fähigkeit zu einem von beiden oder zu beiden hat* (an Körner, 29. August 1787).

Mit Reinhold hatte der neuerliche Aufstieg der Universität Jena begonnen. Im Unterschied zu Halle und Göttingen konnten die finanzschwachen sächsischen »Erhalter« nur kleine Gehälter bezahlen und waren deshalb auf Nachwuchskräfte angewiesen. Das sollte sich als Vorteil erweisen. Fichte, Schelling, Hegel, die Brüder Schlegel stehen noch am Anfang ihrer akademischen Karriere, als sie nach Jena kommen. Das gilt sogar für Schiller. Der inzwischen berühmte Schriftsteller war als akademischer Lehrer noch ein Anfänger, dem kein Gehalt gezahlt wurde und der sich auf die geringen Einkünfte aus Hörergeldern verwiesen sah. Aber er bezog inzwischen beträchtliche Honorare aus schriftstellerischer Arbeit, und es erging ihm deshalb nicht wie manchen vielversprechenden jungen Professoren, die dem Ruf nach Jena gefolgt waren und nicht wußten, wovon sie leben sollten. Ein solches unbemitteltes Talent erklärte sich beispielsweise durch Anschlag am schwarzen Brett bereit, Vorlesungen über Kants Kritik zu halten, falls ihm jemand das Werk leihen wollte. Die Universität besitzt nur wenige Vorlesungsräume, die etablierten und wohlhabenden Professoren, wie der weithin berühmte Mediziner Stark oder der Theologe Griesbach, haben in ihren Häusern eigene Vorlesungsräume, die sie an Kollegen vermieten. Das Griesbachsche Auditorium ist das größte in der Stadt. Wer hier am Katheder steht, darf sich als Star fühlen. Daran wagt Schiller noch nicht zu denken.

Am 11. Mai 1789 kommt er in Jena an und bezieht bei den Schwestern Schramm, die eine Pension für Studenten und Professoren betreiben (»Schrammei«), drei Räume, die Schiller das Gefühl geben, erstmals, so schreibt er an Körner am 13. Mai, eine *eigentlich bürgerliche* Existenz zu führen. Es sind geräumige, hohe Zimmer, mit hellen Tapeten, vielen Fenstern, *reichlich und schönen* Möbeln, Spieltisch, drei Kommoden, achtzehn Sesseln mit rotem Plüsch, er wird also Seminare auch in der Wohnung abhalten können. Besonders entzückt ihn der Schreibtisch, der nach seiner Anweisung gefertigt wurde. Zum ersten Mal ist dieses *wichtigste Meuble* ein Stück, mit dem er Ehre einlegen kann. Das Mittagessen nimmt er für zwei Groschen auf seinem Zimmer, um die Hälfte billiger als in Weimar. Mit den vierhundertfünfzig Talern, die ihm die jüngst übernommene Herausgeberschaft der »Allgemeinen Sammlung Historischer Memoires« einbringen soll, hofft er in Jena auszukommen; die weiteren Einnahmen sollten zur Tilgung der restlichen Schulden verwendet werden.

Schiller blickt einigermaßen zuversichtlich in die fernere Zukunft, gespannt aber ist er auf das, was ihm unmittelbar bevorsteht. Es sind noch zwei Wochen bis zur Antrittsvorlesung, die in Jena Epoche machen wird. Planmäßig geht Schiller zu Werk. Zuerst macht er sich mit den Zelebritäten am Ort bekannt und empfängt Besuche von Studenten. *Ich bin*, schreibt er an Körner, *nicht ohne Verlegenheit, öffentlich zu reden; aber eben weil ich sie ganz überwinden möchte, will ich mich indessen mehr an diese Gesichter gewöhnen, um nicht zum ersten Mal unter ganz fremden Menschen mich zu sehen.*

Am 26. Mai abends 18 bis 19 Uhr findet die Antrittsvorlesung statt. »Was heißt und zu welchem Ende studiert man Universalgeschichte« lautet der Titel, den Schiller ihr später gibt. Er hat das Auditorium Reinholds gewählt, das sich aber als zu klein erweist. Es kommt zu jener berühmten Szene, die schon oft geschildert worden ist und die sich, nach Schillers eigenen Worten, so abgespielt hat: *Ich wollte diese größere Menge nicht gerade voraussetzen, indem ich gleich mit dem größten Auditorium debütierte. Diese Bescheidenheit ist auf eine für mich sehr brillante Art belohnt worden … Halb sechs Uhr war das Auditorium voll. Ich sah aus Reinholds Fenster Trupp über Trupp die Straße heraufkommen, welches gar kein Ende nehmen wollte. Ob ich gleich nicht ganz frei von Furcht war, so hatte ich doch an der wachsenden Anzahl Vergnügen, und mein Mut nahm eher zu. Überhaupt hatte ich mich mit einer gewissen Festigkeit gestählt, wozu die Idee, daß meine Vorlesung mit keiner anderen, die auf irgendeinem Katheder in Jena gehalten worden, die Vergleichung zu scheuen brauchen würde, und überhaupt die Idee, von allen, die mich hören, als der Überlegene anerkannt zu werden, nicht wenig beitrug. Aber die Menge wuchs nach und nach so, daß Vorsaal, Flur und Treppe vollgedrängt waren, und ganze Haufen wieder gingen. Jetzt fiel es einem, der bei mir war, ein, ob ich nicht noch für diese Vorlesung ein anderes Auditorium wählen sollte. Griesbachs Schwager war gerade unter den Studenten, ich ließ ihnen also den Vorschlag tun, bei Griesbach zu lesen, und mit Freuden ward er angenommen. Nun gabs das lustigste Schauspiel. Alles stürzte hinaus, und in einem hellen Zuge die Johannisstraße hinunter, die, eine der längsten in Jena, von Studenten ganz besäet war. Weil sie liefen was sie konnten, um im Griesbachschen Auditorium einen guten Platz zu bekommen, so kam die Straße in Alarm, und alles an den Fenstern in Bewegung. Man glaubte anfangs, es wäre Feuerlärm, und am Schlosse kam die Wache in Bewegung. Was ists denn, was gibts denn? hieß es überall. Da rief man denn: der neue Professor wird lesen ... Ich folgte in einer kleinen Weile, von Reinhold begleitet, nach; es war mir, als wenn ich durch die Stadt, die ich fast ganz durchwandert hatte, Spießruten liefe* (an Körner, 28. Mai 1789). Auch Griesbachs Auditorium quillt über von Menschen. Im Vorsaal und im Flur sitzen die Studenten dichtgedrängt am Boden; die Fenster sind an diesem warmen Abend im Mai geöffnet, und so versammeln sich auch noch draußen auf der Straße Zuhörer. Wie ein Triumphator bahnt sich Schiller den Weg durch die Menschenmenge, eskortiert von den Würdenträgern der Universität. Kaum findet er im Gewühl den Katheder, *unter lautem Pochen, welches hier für Beifall gilt, bestieg ich ihn, und sah mich von einem Amphitheater von Menschen umgeben ... Mit den zehn ersten Worten, die ich selbst noch fest aussprechen konnte, war ich im ganzen Besitz meiner Contenance; und ich las mit einer Stärke und Sicherheit in der Stimme, die mich selbst überraschte.*

Diese Vorlesung machte einen solchen Eindruck, daß man noch den ganzen Abend davon in der Stadt reden hören konnte. Studenten intonierten eine Nachtmusik, es wurde Vivat gerufen, und anderntags war das Auditorium ebenso voll. Auch im nahen Weimar ist dieser Anfangserfolg Schillers ein Gesprächsthema, und eine Woche später redet man schon in Hamburg, Frankfurt, Stuttgart und Wien davon. Schiller selbst jedoch bleibt skeptisch, was die Wirksamkeit seines öffentlichen Auftritts betrifft. Er fürchtet unter den Kollegen den *Geist des Neides.* Sehr zu Recht, denn einige Wochen später wird der Ordinarius für Geschichte seinem Kollegen Schiller von Amts wegen die Führung des

Titels »Professor für Geschichte« untersagen lassen mit Hinweis darauf, daß der neue Professor »nur« für Philosophie eingestellt worden sei. Solche Mißgunst aber macht Schiller weniger zu schaffen als die Zweifel, ob er die zahlreichen Zuhörer wirklich erreichen kann. Auch wenn die Studenten sein Katheder dicht umlagern, hat er das deutliche Gefühl einer Schranke, *die sich kaum übersteigen läßt. Man wirft Worte und Gedanken hin, ohne zu wissen und fast ohne zu hoffen, daß sie irgendwo fangen; fast mit der Überzeugung, daß sie von vierhundert Ohren vierhundertmal, und oft abenteuerlich mißverstanden werden. Keine Möglichkeit, sich wie im Gespräch an die Fassungskraft des Anderen anzuschmiegen. Bei mir ist dies der Fall, noch mehr, da es mir schwer und ungewohnt ist, zur platten Deutlichkeit herabzusteigen.*

Nicht platt, aber deutlich redet Schiller den Studenten an diesem warmen Maiabend ins Gewissen. Er beginnt mit der Unterscheidung zwischen den *Brotgelehrten* und den *philosophischen Köpfen*, die mit *Enthusiasmus* nach *Wahrheit* streben. Er beginnt seine Vorlesung wie eine Erweckungspredigt. Schiller, der nun als Lehrer vor der akademischen Jugend spricht, wird an Abel gedacht haben, den geliebten und verehrten Lehrer der eigenen Jugendzeit, der damals seine Rede über das »Genie« auch mit einer solchen Unterscheidung zwischen den gewöhnlichen und den begabten Köpfen begonnen hatte. Wie Abel will auch Schiller seine Zuhörer begeistern und sie zur Unbescheidenheit anstiften: sie sollen entdecken, was in ihnen steckt, und sollen sich nicht zu fleißigen und allseits verwendbaren Arbeitstieren abrichten lassen. Schiller predigt Begeisterung für die Wahrheit. Welche Wahrheit? Davon ist noch nicht die Rede. Zunächst geht es um eine Haltung, eine innere Einstellung.

Was unterscheidet den *Brotgelehrten* vom philosophisch-enthusiastischen Kopf? Dem Brotgelehrten sind Erkenntnisse genau so viel wert, wie sie an Geld, Amt und Ansehen einbringen. Der Brotgelehrte will nicht für die Wissenschaft leben, sondern von ihr. Es fehlt ihm die Hingabe. Er verkehrt die Wertordnung: die Entfaltung geistiger Kräfte ist für ihn kein Zweck, sondern bloß Mittel für *Gold, Zeitungslob und Fürstengunst.*

Schiller beginnt also mit dem enthusiastischen und programmatischen Entwurf eines Wissenschaftsethos. Damit wird er an diesem Ort eine Tradition begründen. Denn als Fichte 1794 und Schelling 1799 ihre Antrittsvorlesungen in Jena halten, knüpfen beide an Schillers

Rede an. Auch sie werden, wie Schiller, den Geist der Forschung und die Liebe zur Wahrheit gegen die »Krämerseelen« verteidigen. Auch sie werden sich auf jenen hohen Ton einstimmen, den Schiller in seiner Vorlesung zum ersten Mal so nachdrücklich angeschlagen hatte: *Beklagenswerter Mensch, der mit dem edelsten aller Werkzeuge, mit Wissenschaft und Kunst, nichts Höheres will und ausrichtet als der Taglöhner mit dem schlechtesten! der im Reiche der vollkommensten Freiheit eine Sklavenseele mit sich herumträgt!* (IV, 751).

Der Brotgelehrte wird darauf achten, daß seine Kenntnisse ihren Verkehrswert behalten, deshalb wird ihm der Fortschritt der Forschung als bedrohlich erscheinen, und er wird ihn zu verhindern streben. Der Brotgelehrte ist also dem *Fortgang nützlicher Revolutionen im Reiche des Wissens* feindlich gesinnt. Er verbarrikadiert sich in seinen Schulsystemen wie in einer Festung. Er wird notwendig zum Dogmatiker, der seine Kraft nur fühlt, indem er Entwicklungen und Fortschritte hindert. Der *philosophische Kopf* aber liebt die Wahrheit mehr als sein System. Er ist bereit, sich selbst in Frage zu stellen. Er fängt immer wieder neu an. Das Fragen ist seine Leidenschaft, nicht die bewährte und beruhigende Antwort. Während der Brotgelehrte die Konkurrenz fürchtet und seine Besitzstände verteidigt, suchen die denkenden Köpfe *die innige Gemeinschaft der Güter des Geistes*, denn was einer im *Reiche der Wahrheit erwirbt, hat er Allen erworben.*

Auf sein eigentliches Thema, die »Universalgeschichte«, kommt Schiller erst im zweiten Teil der Vorlesung – am zweiten Vorlesungsabend – zu sprechen. Er leitet über mit der Feststellung, daß erst ein philosophischer Kopf den Sinn und Wert des Studiums der Universalgeschichte begreifen kann. Denn vom Standpunkt der Brotwissenschaft aus wird man den praktischen Nutzen und die alltägliche Verwendbarkeit universalgeschichtlicher Betrachtungen vermissen. Es muß einem zum Bedürfnis geworden sein, in weite Horizonte hinauszublicken, und man muß von den Fragen umgetrieben sein: Woher kommen wir, wohin gehen wir und wozu das Ganze?

Schiller hatte seinen Rousseau gelesen, doch inzwischen verwirft er dessen Antwort, daß das Paradies natürlicher Lebensverhältnisse hinter uns liege und daß die Geschichte der Zivilisation eine Geschichte des Abstiegs von der Vollkommenheit zur Verkommenheit sei. Es gibt keinen Grund, die Vergangenheit des Menschengeschlechtes zu idealisieren. Man erinnere sich der Entdeckungen, welche die europäischen

Seefahrer in fernen Ländern gemacht haben: *Sie zeigen uns Völkerschaften, die ... wie Kinder verschiednen Alters um einen Erwachsenen herumstehen und durch ihr Beispiel ihm in Erinnerung bringen, was er selbst vormals gewesen und wovon er ausgegangen ist.* Das Bild, das die Völker von unserer Kindheit geben, sei *beschämend* (IV, 754). Gegen Rousseau gewendet, erklärt Schiller: der Mensch fing *verächtlich* an. Instinkte, rohe Triebe regierten ihn, unvernünftige Ängste plagten ihn, Feindseligkeit war seine erste Reaktion gegen das Fremde. Der frühe Mensch war schutzlos seinen Ängsten und Feindseligkeiten preisgegeben. Seine Klugheit begann mit Hinterlist und Tücke. Nur unter Zwang lernten die Menschen Geselligkeit und die Tugend wechselseitiger Rücksicht. Schiller skizziert, wie später Norbert Elias, den langsamen und lange währenden Prozeß der Zivilisation, der den außengelenkten in einen innengelenkten Menschen verwandelt, der es lernt, an sich zu halten und jene Zwänge zu verinnerlichen, die für die Gesittung notwendig sind. *Wo die Zwangspflichten von dem Menschen ablassen, übernehmen ihn die Sitten. Den keine Strafe schreckt und kein Gewissen zügelt, halten jetzt die Gesetze des Anstands und der Ehre in Schranken* (IV, 757).

Zur Idee vom verlorenen Paradies der Natürlichkeit gehört der Traum von der ursprünglichen Gleichheit zwischen den Menschen. Tatsächlich, so Schiller, gehört diese Gleichheit noch ins Tierreich. Seit der Mensch zur Vernunft erwachte, bemerkte er den Unterschied und mehr noch: er setzte seinen Ehrgeiz daran, sich zu unterscheiden. Selbstverständlich geht es um den Unterschied zu eigenen Gunsten. Kultur ist Wille zum Unterschied. Der Wille zur Gleichheit hätte Kultur erst gar nicht aufkommen lassen. Die zivilisierte Gesellschaft muß also die ursprüngliche Gleichheit verlieren, doch kann sie das Verlorene auf einem höheren Niveau wieder gewinnen: als Gleichheit aller vor dem Gesetz, unbeschadet der Ungleichheit der Menschen in jeder anderen Hinsicht. *Die Gleichheit, die er durch seinen Eintritt in die Gesellschaft verlor, hat er wiedergewonnen durch weise Gesetze* (IV, 756).

Ende Mai 1789, als Schiller seine Vorlesung hält, konnte man auch in Jena von den sich überstürzenden ungeheuren politischen Entwicklungen in Frankreich hören. Im März hatten die Wahlen zu den Generalständen stattgefunden, die Flut der Beschwerden und Reformvorschläge war aus den Provinzen über die Hauptstadt hereingebrochen. Hungerrevolten machten das Land unsicher. Nach der Eröffnung der Generalstände gärte es in Paris, überall Flugschriften, Volksredner auf den Plätzen, Verschwörer in den Cafés und Clubs. Der Dritte Stand nennt sich »Commune«, ehe er sich dann am 17. Juni als »Assemblée Nationale« konstituiert. Das Vorgefühl der Zeitenwende wirkt in die Ferne, auch in Jena macht es sich bemerkbar. Man spürt: große Dinge bereiten sich vor, es ist eine große Zeit.

Auch Schillers Antrittsvorlesung ist von einem eigenartigen Hochgefühl bestimmt. Es ist schon viel erreicht, erklärt er, wir befinden uns auf einem Höhepunkt. *Selbst daß wir uns in diesem Augenblick hier zusammenfanden, uns mit diesem Grade von Nationalkultur, mit dieser Sprache, diesen Sitten, diesen bürgerlichen Vorteilen, diesem Maß von Gewissensfreiheit zusammenfanden, ist das Resultat vielleicht aller vorhergegangenen Weltbegebenheiten: die ganze Weltgeschichte würde wenigstens nötig sein, dieses einzige Moment zu erklären* (IV, 758f.).

Wir haben es weit gebracht, erklärt er, darum werden wir es noch weiter bringen. Die Geschichte ist das ungeheure Arbeitsfeld des Menschengeschlechtes. Wer die Weltgeschichte aus diesem Blickwinkel sieht, wem das *große Gemälde von Zeiten und Völkern* vor Augen steht, der verläßt die Höhle seines bloß privaten Lebensglücks, der befreit sich von den *beschränkten Urteilen der Selbstsucht*; der blickt über seine kurze Lebensspanne zwischen Geburt und Tod hinaus und sieht sein Geschick verknüpft mit der großen Geschichte, der *führt das Individuum unvermerkt in die Gattung hinüber* (IV, 765).

Schiller schließt seine Vorlesung mit der pathetischen Wendung: *Ein edles Verlangen muß in uns entglühen, zu dem reichen Vermächtnis von Wahrheit, Sittlichkeit und Freiheit, das wir von der Vorwelt überkamen und reich vermehrt an die Folgewelt wieder abgeben müssen, auch aus unsern Mitteln einen Beitrag zu legen und an dieser unvergänglichen Kette, die durch alle Menschengeschlechter sich windet, unser fliehendes Dasein zu befestigen* (IV, 767).

Unmittelbar vor der Ausarbeitung seiner Antrittsvorlesung verfaßte Schiller das große »philosophische Gespräch« für die vorletzte Lieferung des »Geisterseher«-Romans. Zum ersten Mal hatte ihm bei dieser Gelegenheit die Arbeit am Roman ein wirkliches Vergnügen bereitet, und er hielt diesen Text für seine bisher beste philosophische Arbeit. Einschränkend bemerkt er zwar, daß diese Philosophie nicht gänzlich auf seine Rechnung gesetzt werden dürfe, sondern auch als Gedanken einer Romanperson zu gelten hätten, zeigt sich aber doch so befriedigt darüber, daß man den Eindruck haben muß, er identifiziere sich mit den dort vorgetragenen Gedanken. *Halte diese Philosophie*, schreibt er an

Körner am 9. März 1789, *gegen die Philosophie des Julius* (aus den »Philosophischen Briefen«). *Du wirst sie gewiß reifer und gründlicher finden.*

Die Gedanken aus dem philosophischen Gespräch des »Geistersehers« stehen nun aber in schroffem Gegensatz zu der Antrittsvorlesung. Diese präsentiert die hellen, enthusiastischen Aspekte von Schillers Geschichtsverständnis, das »Geisterseher«-Gespräch aber die dunklen, skeptischen, sogar verzweifelten. Wieder gibt es hier wie bei Schillers physiologisch-philosophischen Arbeiten eine Doppelperspektive: damals der Widerstreit zwischen physiologischem Materialismus und enthusiastischer Liebesphilosophie, und jetzt zeigt sich auf der Vorderseite die enthusiastisch-aufklärerische Fortschrittsidee und auf der Rückseite die Vision einer von allen guten Geistern verlassenen Welt. Zwei Denkstile im Widerstreit: heiß und kalt, hell und dunkel, enthusiastisch und skeptisch.

Die Antrittsvorlesung öffnet die Lebenszeit zur Weltzeit, der Geist der Geschichte breitet *optisch täuschend* das kurze Dasein *in einen unendlichen Raum aus*. Das »Geisterseher«-Gespräch aber verschließt diesen Raum. Die *grübelnde Vernunft* (V, 125) läßt bewußt werden, daß es nur Gegenwart gibt, nur sie können wir erfassen, nur in ihrem Kreis haben wir Dasein, was darüber hinausgeht, sind Einbildungen.

Gegen die Philosophie einer geräumigen Weltgeschichte in der »Antrittsvorlesung« wird im »Geisterseher«-Gespräch die Philosophie des *Augenblicks* (V, 125) gesetzt. Die Philosophie der Geschichte spiegelt dem Menschen eine Dauer vor, die er als solche gar nicht erleben kann. Wir denken uns in die Geschichtsabläufe hinein, bis wir eine vermeintliche Festigkeit und Haltbarkeit spüren, wir fühlen uns als ein Wesen, das sich über eine historische Fläche ausdehnt, wir gleiten über den Ozean der Geschichte hin und vergessen, daß wir nur eine *Furche* sind, *die der Wind in die Meeresfläche bläst* (V, 161). Das historische Ganze gibt es als erlebte Wirklichkeit nicht, nur als gedankliches Konstrukt oder als Phantasma. Der Mensch bewohnt den schmalen Grat der wirklichen Gegenwart zwischen den beiden ungeheuren Unwirklichkeiten: Vergangenheit und Zukunft.

Aber es ist doch unbezweifelbar, daß es eine Vergangenheit und eine Zukunft gibt? Gewiß, allerdings entgleiten sie uns, wenn wir sie fassen wollen. – Aber es gibt doch die Spuren der Vergangenheit, die gegenwärtigen Wirkungen, die auf eine vergangene Ursache zurückweisen? Gewiß, allerdings ist nur die Spur Gegenwart, und das, wovon sie Spur ist, gibt es nicht mehr, es ist vergangen. Die Spur ist ein gegenwärtiges Zeichen, aber wie jedes Zeichen enthält sie nicht das Bezeichnete, sondern verweist nur darauf. So verweist die Gegenwart als Zeichen auf eine nicht mehr existente Vergangenheit. Dieses Verhältnis entdeckt man auch, wenn man von »Ursache« und »Wirkung« in der Geschichte spricht. Die (vergangene) Ursache verschwindet in der (gegenwärtigen) Wirkung, und die künftige Wirkung ist nur in der gegenwärtigen Ursache zu fassen. Auch so gesehen gibt es nur Gegenwart. Ihre Verknüpfung mit dem Vorher und Nachher existiert nur im Gedanken und in der Einbildungskraft. Es ist der historische Sinn, der den gelebten Augenblick im Geschichtsraum verknüpft. Er verwebt die Ereignisfäden zu Mustern in einem großen Teppich, den es so nur in der Imagination gibt. Leicht löst sich die imaginäre Textur unserer Geschichtsbilder wieder auf, und es bleiben nur die abgerissenen Augenblicke, die erinnerten und die gegenwärtigen. Das Ganze zerfällt, es ist nicht zu fassen, nicht einmal den Augenblick, den es nur einen Augenblick lang gibt, kann man festhalten.

Die Antrittsvorlesung hatte Geschichte als Kontinuum, als panoramatisches Bild entworfen; im »Geisterseher«-Gespräch arbeitet die *grübelnde Vernunft* wie eine *schneidende Sichel*, die mit jeder neuen gedanklichen Bewegung einen *neuen Zweig meiner Glückseligkeit zerschneidet* (V, 125). Zerstückelt, atomisiert findet sich der einzelne von den sinnhaften Verbindungen zu Vergangenheit und Zukunft abgeschnitten. Den Sinnzusammenhang hat er zur Illusion zergrübelt. In einem großartigen Bild erfaßt Schiller die prekäre Lage: *Was mir vorherging und was mir folgen wird, sehe ich als zwei schwarze undurchdringliche Decken an, die an beiden Grenzen des menschlichen Lebens herunterhängen und welche noch kein Lebender aufgezogen hat … Viele sehen ihren eigenen Schatten, die Gestalten ihrer Leidenschaft, vergrößert auf der Decke der Zukunft sich bewegen und fahren schaudernd vor ihrem eigenen Bilde zusammen … Eine tiefe Stille herrscht hinter dieser Decke, keiner, der einmal dahinter ist, antwortet hinter ihr hervor; alles was man hörte, war ein hohler Widerhall der Frage, als ob man in eine Gruft gerufen hätte* (V, 166).

Man muß den Schrecken, der sich hier ausspricht, richtig verstehen: es geht nicht nur um Vergänglichkeit, um die dramatische Befristung des individuellen Lebens, es geht auch nicht nur um die Unwissenheit in bezug auf Vergangenheit und Zukunft, sondern es geht um die Erfahrung einer Sinnlosigkeit: die intentionale, also sinnhafte Verbindung zwischen Vergangenheit und Gegenwart und Gegenwart und Zukunft ist zerrissen. Mit anderen Worten: es gibt keine Teleologie in der Geschichte, keinen übergreifenden Zweck, keine End-Ursache, sondern nur zielblinde Wirk-Ursachen. Die verhängte Decke, heißt es weiter in dem Text, narrt den Menschen: er sucht dahinter ein tiefes Geheimnis und kann sich doch kaum des Verdachts erwehren, daß *nichts dahinter sei.*

Es ergeben sich zwei Schlußfolgerungen: Erstens, das Ganze – als Erlebtes und Gelebtes – entzieht sich uns, es gibt nur Konstruktionen und Phantasmen darüber.

Zweitens: bei dem Versuch, das Ganze doch in einem historischen Prozeß zu fassen, bekommt man keine Teleologie, sondern nur eine »blinde« Aufeinanderfolge von Ursache und Wirkung zu fassen.

Selbstverständlich gibt es einzelne intentionale Handlungsabläufe, aber entscheidend ist, daß sie alle sich verstricken und verwirren und notwendig zu Gesamtresultaten führen, die keiner der Beteiligten so beabsichtigt hat. In begrenzten Binnenverhältnissen gibt es das Intentionale, im Großen aber herrscht das intentionslose Prinzip Ursache–Wirkung. Ausdrücklich verwirft das »Geisterseher«-Gespräch die Umdeutung von Ursache und Wirkung in das Verhältnis von *Mittel* und *Absicht.* Die Antrittsvorlesung hatte sich ausdrücklich zu dieser Umdeutung bekannt. Der Geschichtsforscher müsse, heißt es dort, *was er als Ursache und Wirkung ineinander greifen sieht, als Mittel und Absicht zu verbinden* (IV, 764) suchen. Als würde die Geschichte als Ganzes *Absichten* verfolgen, wofür die Menschen *gebraucht* werden. Nein, heißt es dagegen im »Geisterseher«, so ist es nicht: das Ganze ist nichts anderes als der Inbegriff einer *fühllosen Notwendigkeit* (V, 181), die alles bestimmt. Die Menschen werden nicht von einer höheren Absicht gebraucht, vielmehr werden sie von dieser fühllosen Notwendigkeit verbraucht. Dieser Gedanke wird auf die Spitze getrieben in der Frage: *Das Ganze wäre tot und die Teile lebten? Der Zweck wäre so gemein und die Mittel so edel?* (V, 162). Umgekehrt in der Antrittsvorlesung: hier gilt das Ganze als das Wahre und Lebendige, das sich auch niedriger Beweggründe bedient, um seine Zwecke zu realisieren. Die Antrittsvorlesung formuliert den Grundsatz, *daß der selbstsüchtige Mensch niedrige Zwecke zwar verfolgen kann, aber unbewußt vortreffliche befördert* (IV, 766). Hegel wird dieses idealistische Konzept die »List der Vernunft« nennen. Im »Geisterseher« aber wird gezeigt, daß die listige Vernunft zuletzt doch eine betrogene

Vernunft ist. Sie vermag nichts gegen die *fühllose Notwendigkeit*. Es gilt: auch der vortreffliche Mensch wird nur die Sinnlosigkeit des Ganzen befördern.

Und doch: der Autor des »Geistersehers« und der Antrittsvorlesung, der Skeptiker und der Enthusiast bewohnen keine theoretischen Paralleluniversen, sondern wirken wechselseitig aufeinander ein. Man merkt es besonders dort, wo in der Antrittsvorlesung das Prinzip der Teleologie der Geschichte methodisch entwickelt wird. Nicht die Geschichte selbst, heißt es, ist teleologisch. Das wäre eine zu starke Behauptung, mit der wir Wahrheitsansprüche erheben, die wir nicht einlösen können. Das teleologische Prinzip nehmen wir vielmehr aus uns selbst, im *geliehenen Lichte des Verstandes* lassen wir die Wirklichkeit eine *heitre Gestalt* annehmen (IV, 764); wir verpflanzen die eigene *Harmonie* in die *Ordnung der Dinge*. Warum? Wir verschaffen uns dadurch eine *höhere Befriedigung* und motivieren uns zur Mitwirkung an der Verwirklichung der vermeintlich höheren Zwecke der Geschichte.

Auf dem dunklen Hintergrund der *fühllosen Notwendigkeit* aus dem »Geisterseher« entwickelt, kann die Teleologie, welche die Antrittsvorlesung darstellt, nur noch eine Teleologie des ›Als ob‹ sein. Der Mensch wird nicht zum *Mitwisser des Zwecks* werden können, *den die Natur durch ihn ausführt* (V, 165). Es reicht aus, daß er sich diese Mitwisserschaft einbildet. Und warum sollte er das? Die Einbildungskraft gibt praktische Zuversicht, und Zuversicht ist der kleine Lichtkegel inmitten der Dunkelheit, aus der man kommt und in die man geht. Eingedenk dieser beiden Dunkelheiten kann man immerhin versuchen, so zu handeln, als ob ein Gott oder die Geschichte es gut mit uns gemeint hätten.

Ein solches Handeln – ungeachtet, was es im einzelnen bewirkt: die Wirkungskette ist unabsehbar und darum auch unverantwortbar – hat seinen Lohn auch in sich selbst. Dafür hat Schiller im »Geisterseher« ein wunderbares Bild gefunden: *Ich bin einem Boten gleich, der einen versiegelten Brief an den Ort seiner Bestimmung trägt. Was er enthält, kann ihm einerlei sein – er hat nichts als sein Botenlohn dabei zu verdienen* (V, 167).

Für die »Antrittsvorlesung« ist die Universalgeschichte die große Veranstaltung, bei der solche *versiegelten Briefe* zirkulieren, und die infolge dieser Zirkulation in Bewegung gehalten wird. Es wimmelt dort von Boten, die hin und her eilen und dem Ganzen ein chaotisches und rätselhaftes Aussehen geben. Aber da gibt es noch die wenigen Geschichtstäter, die das Siegel mancher Briefe erbrochen haben, die glauben zu wissen, was gespielt wird und die selbst auch Botschaften haben, die sie durch ahnungslose Boten versenden.

»Die Sendung Moses« heißt eine Vorlesung aus demselben Sommer – ein bemerkenswerter Text, auf den Schiller so stolz war, daß er ihn sogleich in der »Thalia« veröffentlichte und später auch unter seine ausgewählte Prosa aufnahm.

Es ist hier von nichts weniger die Rede als von der Erfindung des Monotheismus in Ägypten und von der Weitergabe dieser Geheimlehre durch den Mann Moses an die Hebräer, deren universalhistorische Bedeutung es war, diese Sendung wider Willen in christlicher Verpackung einem ganzen Weltkreis zugestellt zu haben. Es soll also das Betriebsgeheimnis einer Religion, die auf krummen Wegen Karriere gemacht hat, aufgedeckt werden.

Der Bote, der eine hochbedeutsame Botschaft weitergibt, die er selbst nicht kennt – dieses Bild paßt auf die welthistorische Rolle der *Hebräer*, wie Schiller sie darstellt. Sie haben von Moses den Monotheismus empfangen, eine im Vergleich zum Polytheismus aufgeklärte Religion, die sich mit Vernunft erfassen und sogar erfinden läßt. Allerdings haben die *Hebräer* den Monotheismus nicht rein erfaßt, sondern mit Aberglauben und rituellen Torheiten vermischt, und überhaupt waren sie, so Schiller, nicht imstande, ihre Religion vernünftig zu erfassen, sondern sie konnten nur *blind* daran glauben. Sie haben die Wahrheit mit dem falschen Organ aufgenommen, statt mit Vernunft nur mit dem Glauben, und insofern haben sie diese doch nicht wirklich erfaßt. Deshalb gilt: sie waren Boten einer Botschaft, die sie in ihrer ganzen Bedeutung nicht kannten. Gleichwohl, schreibt Schiller, *muß uns die Nation der Hebräer als ein wichtiges universalhistorisches Volk erscheinen, und alles Böse, welches man diesem Volke nachzusagen gewohnt ist, alle Bemühungen witziger Köpfe, es zu verkleinern, werden uns nicht hindern, gerecht gegen dasselbe zu sein* (IV, 784).

Die Botschaft ist also der Monotheismus der Vernunft. Die These, daß Moses diesen Monotheismus nicht durch eine Offenbarung, sondern als Geheimlehre von ägyptischen Priestern übernommen hatte, mußte auf ein größeres Publikum provozierend wirken. Unter Freimaurern und Illuminaten war sie indes schon bekannt. Schiller selbst hatte sie von seinem Jenaer Kollegen und Mitglied des Illuminatenordens Karl Leonhard Reinhold übernommen. Ein Jahr zuvor war Reinholds Werk »Die Hebräischen Mysterien oder die älteste religiöse Freimaurerei« erschienen, war aber, obwohl der erfolgreiche Verleger Göschen sich des Buches annahm, kaum über den Kreis der Logenbrüder hinausgedrungen. Reinhold wollte einen größeren Leserkreis ansprechen, aber das schmale Buch blieb doch esoterisch. Reinhold seinerseits stützte sich auf Forschungen und Spekulationen der älteren Ägyptologie, John Spencer und William Warburton. Es war erst Schiller, der durch die Veröffentlichung seiner Vorlesung das geheimnisvolle und provozierende Thema einem größeren Publikum bekannt machte.

Schiller veröffentlichte seine Vorlesung in einem Augenblick, da die intellektuelle Öffentlichkeit noch unter dem Eindruck des Streites um den Spinozismus stand. Im August 1785 hatte der Goethe-Freund Friedrich Heinrich Jacobi seine Schrift »Über die Lehre des Spinoza in Briefen an den Herrn Moses Mendelssohn« erscheinen lassen. Sie erregte deshalb großes Aufsehen, weil Jacobi darin Lessings Bekenntnis zu Spinoza bekannt gemacht hatte. Spinoza galt mit seinem Grundsatz »deus sive natura« (Gott ist gleich Natur) immer noch als heimlicher Atheist. Sollte nun also auch Lessing ein heimlicher Atheist gewesen sein? Jacobi insinuierte es. Er zitierte aus einem Gespräch, in dem Lessing gesagt haben soll: »Die orthodoxen Begriffe von der Gottheit sind nichts für mich; ich kann sie nicht genießen. Hen Kai Pan! Ich weiß nichts anders«.

Gott als »Hen Kai Pan«, als »Ein und Alles« verstanden bedeutet: es gibt ihn nicht als eine personale Realität gegenüber der Welt, es gibt ihn nicht als außerweltliches Gegenüber. Er ist keine Macht, die sich anbeten ließe, die gnädig oder ungnädig sein könnte. Gott ist ganz einfach der Inbegriff von allem, was ist, und er wirkt durch die Kausalität zwischen Dingen und Menschen. Dieser spinozistische Gott ist nichts anderes, als was Schiller die *fühllose Notwendigkeit* genannt hatte.

Moses Mendelssohn verfaßte sogleich eine Schrift, in der er seinen Freund Lessing gegen den Jacobischen Atheismus-Verdacht verteidigte, und starb ehe sie herauskam. Man sagte damals, Mendelssohn sei vor Ärger und Kummer gestorben, Jacobi habe ihn auf dem Gewissen. Tatsächlich hatte sich Mendelssohn im Januar, als er sein Manuskript zum Verleger brachte, eine schwere Erkältung zugezogen, an der er starb.

Das Provozierende an Schillers »Moses«-Text ist, daß der Gott der ägyptischen Geheimlehre, den Moses umgeformt an die *Hebräer* weitergegeben haben soll, verdächtige Ähnlichkeit mit dem spinozistisch-atheistischen Gott hat. Schiller zitiert die Worte, die sich auf einer ägyptischen Bildsäule der Isis finden: *Ich bin, was da ist.* Dieser Satz steht im scharfen Gegensatz zu jenem alttestamentarischen Satz »Ich bin, der ich bin«. Hier gibt sich Gott als Personalität, als »Ich« zu erkennen. In dem anderen Satz aber ist Gott aufgelöst in alles, was da ist. Das eine Mal steht er der Welt gegenüber, das andere Mal ist er die Welt. Dieser ägyptische Geheimgott ist, wie Schiller schreibt, nichts anderes als der *allgemeine Zusammenhang der Dinge* (IV, 790). Der Nachdruck liegt auf *Zusammenhang.* Gott ist das Notwendige an der Ordnung des Seins, er ist darum sowohl das Prinzip der *Einheit* als auch der *Allmacht.* An diesen Gott kann man sich nicht wenden, man kann sich nur an seine eigene Vernunft wenden, mit der man dem Zusammenhang der Dinge nachforschen kann. Der Vernunftgebrauch ist der wahre Gottesdienst.

Schiller skizziert eine kurze Religionssoziologie, die Auskunft darüber geben soll, unter welchen Umständen eine solche spinozistische »Religion« im alten Ägypten entstehen konnte. Es war, schreibt er, eine Zivilisation mit entwickelter Arbeitsteilung, die Priester – die Spezialisten der *Sorge für göttliche Dinge* (IV, 790) – nutzten die Fortschritte in Wissenschaft und Technik, und so waren von ihnen auch *hellere Blicke in die physische Ökonomie der Natur getan worden,* die Vernunft mußte *endlich über jene groben Irrtümer siegen, und die Vorstellung von dem höchsten Wesen mußte sich veredeln* (IV, 790). Aber die Priester, die ursprünglich den staatlichen Polytheismus zu verwalten hatten, wußten auch, daß sie diese geklärten Einsichten dem Volk, das lieber blind glauben als die eigene Vernunft benutzen will, nicht zumuten durften. Und darum war der ägyptische Spinozismus eine Geheimlehre unter den Priestern geblieben.

Ein Jahrhundert nach Schiller wird die Ägyptologie das Geheimnis um Echnaton lüften. Offenbar hatte der Pharao Echnaton seinem Land einen Sonnen-Monotheismus aufgezwungen, der, wie Jan Assmann gezeigt hat, manche Ähnlichkeit mit dem spinozistischen »deus sive natura« besaß. Der Versuch endete katastrophal. Es kam zu einem Bürgerkrieg. Echnatons Religion wurde unterdrückt und alle Spuren zerstört. (Gestützt auf diese historische Forschung wird Sigmund Freud aus Moses einen verfolgten Echnaton-Anhänger machen.) In den Wirren damals war die staatliche Ordnung Ägyptens fast zusammengebrochen. Schiller hatte, ohne von Echnatons fatalem Experiment etwas zu wissen, als denkbare Möglichkeit beschrieben, was damals tatsächlich eingetreten war: Brachte man den Polytheismus zum Einstürzen, *so stürzte man zugleich alle Säulen, von welchen das ganze Staatsgebäude getragen wurde, und es war noch sehr ungewiß, ob die neue Religion, die man an seinen Platz stellte, auch sogleich fest genug stehen würde, um jenes Gebäude zu tragen* (IV, 790f.).

Die Priester also haben ihre Lehre geheimgehalten, und Moses hat sie von ihnen gelernt und benützt sie dem jüdischen Volk gegenüber als politisches Instrument. Er will sein Volk aus der ägyptischen Gefangenschaft herausführen und muß ihm deshalb Zuversicht und Selbstvertrauen geben. Er muß ihnen einen Gott geben. Aber das kann, wie er bald merkt, nicht dieser Vernunftgott sein, den er bei den Priestern gelernt hat. Denn dieser Gott ist zwar *einig und allmächtig*, aber er ist nicht persönlich. Es ist ein Gott, der ein und alles ist und in allem lebt und webt, der aber gerade deshalb kein Gott ist, der einem bestimmten Volk besonders zugetan wäre. Kein Gott mit persönlichen Vorlieben. *Er muß also dem wahren Gott, den er ihnen ankündigt, Eigenschaften geben, die ihn den schwachen Köpfen faßlich und empfehlungswürdig machen* (IV, 803f.). Der – aus Schillers Sicht – geniale Trick von Moses bestand darin, daß er die Hebräer lehrte, die Götter der anderen Völker als Hirngespinste anzusehen – insoweit ließ er sie an der ägyptischen Geheimaufklärung teilnehmen –, daß er ihnen diesen Gott aber mit einem *heidnischen Gewand* angenehm machte. Dieses heidnische Gewand war der Glaube an die Auserwähltheit, den er ihnen vermittelte. Ein universeller unpersönlicher Gott mit persönlichen Vorlieben – das war die geniale und überaus wirkungsmächtige Erfindung von Moses. Das war seine universalhistorische Sendung. Für die Nachwelt aber kommt es darauf an, diesen universellen spinozistischen Gott – »ich bin alles, was da ist« – von der heidnischen Zutat der persönlichen Vorliebe und der Grille der Auserwählung zu reinigen.

Und welches war der Gott Schillers? War die Sendung des Moses, über die er schrieb, auch bei ihm selbst angekommen? Die Personalisierung der Gottesvorstellung glaubte er zusammen mit Reinhold, auf den er sich stützte, als Zugeständnis an die beschränkte Fassungskraft der *Hebräer* durchschaut zu haben. Ein persönlicher Gott kam für ihn seit dem Ende der Kindheit nicht mehr in Frage. Für den Gott im Gedicht, beispielsweise bei Klopstock, konnte er sich noch eine Weile lang erwärmen. Aber das war schon nicht mehr der christliche Gott. Der ästhetische Gott ist nicht der eine und alleinige, sondern er kommt in der Mehrzahl vor. Genaugenommen zeigen sich so viele Götter, wie es Augenblicke der wahren Empfindung gibt in der Natur, im gesellschaftlichen Leben, im Selbstverhältnis. Der Polytheismus, das hatte Schiller in den »Göttern Griechenlandes« sinnfällig gemacht, ist die wahre ästhetische Religion. Sie bleibt immanent und so reich und vielfältig wie die Wirklichkeit selbst und kennt nur die Heiligung von Intensitäten. Auf den personalistischen Monotheismus, dessen Entstehung die »Sendung Moses« beschreibt, war in den »Göttern Griechenlandes« kein günstiges Licht gefallen: *Einen zu bereichern, unter allen, / Mußte diese Götterwelt vergehn. ... Durch die Wälder ruf ich, durch die Wogen, / Ach! sie widerhallen leer!* (I, 168). Der personalistische Monotheismus – in dem Gott nicht Alles ist, sondern der Eine – kann auch verstanden werden als der erste Akt der großen Entzauberung.

Wenn die Göttlichkeit sich aus der Welt auf diesen einen Gott zurückzieht, wenn *das* der geheime Sinn des Monotheismus sein sollte, dann bedeutet er für Schiller eine ästhetisch geschmacklose Torheit. Der ägyptische Geheimgott hatte für Schiller, wie wir inzwischen wissen, große Ähnlichkeit mit dem spinozistischen Gott des »deus sive natura«, einem Gott also, von dem nicht klar ist, ob er wirklich einer ist oder nur ein erhabener Begriff für den allseitigen Naturzusammenhang. Einen solchen Gottesbegriff ließ sich Schiller allenfalls gefallen. Wenn *das* die eigentliche Sendung Moses gewesen sein sollte, konnte Schiller ihren Empfang bestätigen.

Doch auch mit diesem »göttlichen« Naturzusammenhang hatte Schiller bekanntlich seine Probleme. Die so verstandene Natur wirkte auf ihn wie ein Kippbild: einmal sieht man in ihr *fühllose Notwendigkeit*, das andere Mal *lebenden und liebenden Zusammenhang*, je nachdem, wie man selbst gestimmt ist bei der Annäherung an die Geheimnisse der Natur.

Fünf Jahre später wird Schiller mit seinem Gedicht »Das verschleierte Bild zu Sais« noch einmal das ägyptologische Schattenreich besuchen. Mit der »Sendung Moses« hatte er selbst daran mitgewirkt, daß in den neunziger Jahren Ägypten und seine alten Mysterien zum Modethema wurden.

Im »Verschleierten Bild zu Sais« wird der monotheistische, halb ägyptische, halb spinozistische Gott nochmals einer Prüfung unterzogen. Der wahrheitssuchende Jüngling steht vor dem verschleierten Bild, hinter dem sich, wie der Priester erklärt, die *Wahrheit* verbirgt. Warum ist sie verschleiert? Warum sollte man den Schleier nicht einfach beiseite schieben? *»Das mache mit der Gottheit aus«, versetzt / Der Hierophant. »Kein Sterblicher, sagt sie, / Rückt diesen Schleier, bis ich selbst ihn hebe. / Und wer mit ungeweihter, schuldger Hand / Den heiligen, verbotnen früher hebt, / Der, spricht die Gottheit –« »Nun?« »Der* sieht *die Wahrheit«* (I, 224).

Wie kann die Wahrheit, nach der man verlangt, zugleich eine Strafe sein? Vielleicht so: Was die Welt im Innersten zusammenhält, die Wahrheit also, soll man sich zeigen lassen, man soll sie nicht enthüllen. Wenn man der Neugier nicht widerstehen kann, sieht die Wahrheit, die man enthüllt, einer Strafe zum Verwechseln ähnlich. Der Jüngling jedenfalls wird ihren Anblick nicht überleben. Sind es zwei verschiedene Wahrheiten – die eine, die sich von sich aus zeigt, und die andere, die sich erst zeigt, wenn man sie enthüllt? Nein, es ist dieselbe Wahrheit, die nur anders aussieht, je nachdem, ob man sie hinnimmt oder erzwingt. Dieselbe Wahrheit – welche sollte das sein? Es ist immer noch, wie in der »Sendung Moses«, die Wahrheit des »deus sive natura«. Aber je nachdem, in welcher Haltung wir sie erfassen, erscheint die Natur göttlich oder das Göttliche bloß natürlich – mit den Worten Schillers als *fühllose Notwendigkeit* oder als *lebender und liebender Zusammenhang.*

Es gibt Tugenden, die ihren Lohn in sich tragen, und es gibt Untugenden, die nicht bestraft zu werden brauchen, weil sie selbst Strafe genug sind. So gibt es auch eine Wahrheitssuche, die sich selbst bestraft. Der Mediziner Schiller wußte: Schneidet man den Leib auf, findet man keine Seele, und schneidet man das Gehirn auf, findet man keinen Gedanken.

Um auf die »Sendung Moses« und »Das verschleierte Bild zu Sais« zurückzukommen: über das Betriebsgeheimnis der Welt, sei es Gott oder die Natur, entscheidet zuletzt doch nur die Haltung, in der man ihm gegenübertritt. Bei der Frage nach der Wahrheit bekommen wir die Antworten, die wir verdienen. Was der Jüngling von Sais gesehen hat, als er zudringlich den Schleier lüftete, können wir ahnen, denn Schiller hatte zuvor im »philosophischen Gespräch« des »Geistersehers« einen Fingerzeig gegeben; hinter der Decke vor dem Geheimnis der Welt könnte, so heißt es dort, sich ganz einfach auch – nichts verbergen. Wahrscheinlich hatte der Jüngling von Sais auch genau dies – die Belanglosigkeit – entdeckt und war darüber zu Tode erschrocken.

Das heißt: Die großen Wahrheiten darf man nicht enthüllen wollen, denn dann stürzen sie einen in die Banalität; man muß sie vielmehr mit Enthusiasmus und Liebe ins Werk setzen, dann erst werden sie reich und schön.

Das ist die ästhetische Religion Friedrich Schillers.

Sechzehntes Kapitel

Revolution als gegenwärtiger Mythos. Schillers Vorsicht. »Ob die späte Vernunft die frühe Freiheit noch findet?« In der Haselnußschale auf dem Menschenozean. Völkerfrühling und Liebesfrühling. Verlobung. Heirat. Überfluß von Ideen. Die eifersüchtige Charlotte von Kalb. Wie aktuell ist der »Dreißigjährige Krieg«? Schiller: der deutsche Plutarch. Hochgefühle. Zusammenbruch. Todesnähe. Auferstehung.

Im Sommer 1789, während Schiller seine Vorlesungen über Universalgeschichte und die Urgeschichte des Monotheismus hält, sind in Frankreich Dinge geschehen, von denen die Zeitgenossen sofort überzeugt waren, daß sie von weltgeschichtlicher Bedeutung seien und noch bei den künftigen Generationen Entsetzen und Bewunderung hervorrufen würden. Es sind Ereignisse, die im Augenblick des Geschehens bereits in mythischem Glanz erstrahlen und als Urszenen der Geburt eines neuen Zeitalters gedeutet werden. Ereignisse, die, kaum geschehen, schon überall, auch im fernen Jena, als buchenswert und als »klassisch« empfunden werden: der »Ballhausschwur« am 20. Juni, als die Deputierten des Dritten Standes sich als Nationalversammlung konstituieren und ihre Absicht beschwören, beieinander zu bleiben bis eine neue Verfassung beschlossen ist; die Entlassung des liberalen Finanzministers Necker am 11. Juli als erster Akt der Gegenrevolution und die darauf folgende Erstürmung der Bastille am 14. Juli; das Wüten der Lynchjustiz; die ersten Aristokraten an der Laterne; die Bildung der Nationalgarde; am 17. Juli die erste Kapitulation des Königs, der sich vor der Nationalgarde verbeugt und die Kokarde nimmt; der revolutionäre Sturm, der durch das große Frankreich fegt, der Zusammenbruch der Staatsgewalt in den Provinzen, die Revolte der Bauern und der Umsturz in den Städten; die »große Furcht«, die das Land in Atem hält; der Beginn der Emigration des Adels. Auf der Straße nach Turin flieht die »Zierde« des alten Frankreich, an der Spitze des Zugs der Tausend die beiden Brüder des Königs; die denkwürdige Nacht vom 3. auf den 4. August, als die Nationalversammlung, berauscht von der eigenen Kühnheit, mit zahllosen pathetischen Dekreten das jahrhundertealte

Feudalsystem Frankreichs zerschlägt; die feierliche Erklärung der Menschen- und Bürgerrechte am 26. August; der zweite große Aufstand in Paris am 5. Oktober, als die Marktfrauen den König und die Nationalversammlung zur Übersiedlung von Versailles nach Paris nötigen.

Mit dieser Revolution entsteht in Frankreich und den angrenzenden Ländern fast über Nacht ein neues Politikverständnis. Politik, bisher eine Spezialität der Höfe, läßt sich nun als ein Unternehmen verstehen, das man zur Herzensangelegenheit machen kann. Man muß sich die gewaltige Zäsur klarmachen, die diese Explosion des Politischen zur Folge hat. Die Sinnfragen, für die zuvor die Religion zuständig war, werden jetzt an die Politik gerichtet; ein Säkularisierungsschub, der die sogenannten ›letzten‹ Fragen in gesellschaftlich-politische verwandelt: Freiheit, Gleichheit, Brüderlichkeit sind politische Losungen, die ihre religiöse Herkunft kaum verleugnen: Robespierre wird später einen Gottesdienst der politischen Vernunft inszenieren.

Bis zur Französischen Revolution war Geschichte für die meisten ein schicksalhaftes Geschehen, das wie jede Seuche oder Naturkatastrophe über einen hereinbrach. Erst die Ereignisse von 1789 lassen bei den Zeitgenossen eine verstehende Wahrnehmung von historischen Abläufen in großem Stil entstehen, und mit dieser Politisierung geht eine Beschleunigung einher. Die Revolutionsarmeen, die Europa überschwemmen, bringen nicht nur das Ende der alten Kabinetts- und Söldnerkriege, darüber hinaus bedeuten die Volksheere, dieser Inbegriff einer waffenstarrenden Nation, daß die Historie nunmehr auch den kleinen Mann zur Mittäterschaft rekrutiert.

Schiller weiß das Pathos der geschichtlichen Stunde für seine Vorlesungen zu nutzen. Er vermeidet es aber, sich direkt auf die Ereignisse zu beziehen. Auch in den Briefen finden sich nur wenige Andeutungen. Einmal erzählt er in einem Brief an Charlotte und Karoline einige Anekdoten, die er von einem Parisbesucher gehört hatte. *Ihr könnt bei Hofe damit Glück machen* (30. Oktober 1789), so kommentiert er die Vorkommnisse. Er schildert, wie der König vor der aufmarschierten Nationalgarde, die Kokarde in der einen Hand und den Hut in der anderen, den Beifall der revolutionären Truppe erwidern wollte, aber keine Hand frei hatte und also die Kokarde in den Mund steckte, den Hut aufsetzte und derart erleichtert kräftig in die Hände klatschte. Oder die andere Szene, wie beim Eintreffen der Pariser Marktfrauen in Versailles die Höflinge vor Schreck die königliche Mahlzeit vergessen und dem hungrigen König am Ende nichts anderes auftischen als ein Gläschen sauren Wein mit einem Stück Schwarzbrot. Charlotte hat Schlimmeres gehört: von den Pariser Marktweibern würde erzählt, »es hätten sich einige bei einem erschlagenen Gardekorps versammelt, sein Herz herausgerissen, und sich das Blut in Pokalen zugetrunken«.

Schiller verfolgt die Geschichte aufmerksam. Er liest begierig jedes Zeitungsblatt, das von den Pariser Ereignissen berichtet; noch ergeht es ihm nicht wie nach der Hinrichtung Ludwigs XVI., als er an Körner schreibt: *Ich kann seit vierzehn Tagen keine französische Zeitung mehr lesen, so ekeln diese elenden Schindersknechte mich an* (8. Februar 1793).

Schiller wartet ab, er läßt sich nicht, wie Herder, Forster, Wieland, Klopstock und andere, zu öffentlichen Beifallsbekundungen hinreißen; er dichtet nicht, wie Klopstock, eine Ode auf die französische Freiheit: »Gallien krönet sich / Mit einem Bürgerkranze, wie keiner war«; er schreibt keine Balladen über den Untergang der Feudalordnung wie Bürger. Er pflanzt keinen Freiheitsbaum wie Hölderlin, Schelling und Hegel auf der Neckarwiese in Tübingen. Selbstverständlich verfolgt er die ersten Schritte der Revolution mit Sympathie, den »Ballhausschwur«, die hochpathetischen Reden des Grafen Mirabeau, die Aufhebung des Feudalsystems, die Erklärung der Menschenrechte; daß hier einige Träume des Marquis Posa wahr wurden, dessen war sich Schiller bewußt, und es freute ihn auch. Es beschwingte ihn. Karoline hat später diese ersten Wochen der Revolution in Beziehung gesetzt zu den Aufbruchsgefühlen der Verlobungszeit. Man habe, erzählt sie, einen Liebesfrühling und einen Völkerfrühling zur selben Zeit erlebt.

Und doch – Schiller blieb vorsichtig. Gewiß, die französische Erde hatte gebebt, das Bestehende war fast über Nacht eingestürzt, aber nun mußte sich entscheiden, ob der aufgeklärte Gedanke stark genug sein würde, um die elementarisch losgebrochene Freiheit zu lenken. Schiller hüllte sich in Schweigen nicht aus mangelnder Anteilnahme, sondern weil er den Atem anhielt angesichts der ungeheuren Vorgänge, in denen für ihn das weitere Schicksal von Vernunft und Freiheit auf dem Spiel stand.

In diesem Augenblick des gespannten Abwartens, im November 1789, schreibt Schiller für die von ihm herausgegebene »Allgemeine Sammlung historischer Memoires« den einleitenden Aufsatz über das Mittelalter und die frühe Neuzeit. Er hatte zunächst mit der übernommenen Verpflichtung gehadert und war mit Unlust zu Werke gegangen, aber plötzlich fing er zu seinem eigenen Erstaunen Feuer; er schrieb den Text in einem Zug nieder und, noch ganz von euphorischen Gefühlen beflügelt, berichtet er Karoline: *Ich habe noch nichts von diesem Werte gemacht … ; nie habe ich so viel Gehalt des Gedankens in einer so glücklichen Form vereinigt, und nie dem Verstand so schön durch die Einbildungskraft geholfen … Es war mir aber nie so lebhaft, daß jetzt niemand in der deutschen Welt ist, der gerade das hätte schreiben können als ich* (3. November 1789).

Das glückliche Gefühl des Gelingens kam daher, daß Schiller bei der Frage, welches die mittelalterlichen Voraussetzungen für den Erfolg der Reformation gewesen seien, einen zündenden Gedanken gefunden zu haben glaubte, mit dem er auch das aktuelle Problem der Revolution besser verstehen konnte. Es gibt, so lautet dieser Gedanke, eine ungleichzeitige Entwicklung einerseits der vitalen Kräfte, die sich in Phantasie, Enthusiasmus, Opferbereitschaft und Freiheitswillen äußern, und andererseits der Kräfte der Vernunft und Aufklärung. Für Schiller sind die Kreuzzüge, die Europas Elite in ein enthusiastisches Abenteuer aufbrechen ließen, Beweis der ungeheuren Vitalität einer Zivilisation, eine Vitalität aber, die nicht vernünftig geleitet und durch Aufklärung erleuchtet war. Und darum ergab sich für die folgenden Jahrhunderte das Problem, ob es gelingen werde, diese freie Vitalität so lange zu bewahren, bis die langsamere Entwicklung der Aufklärung sich ihrer annehmen könnte. Denn darauf, so Schiller, kommt alles an: ob nämlich *die späte Vernunft die frühe Freiheit noch findet* (IV, 850).

Das ist die Formel, die Schiller fast wie ein historisches Gesetz handhabt. Es handelt sich um das Problem der Ungleichzeitigkeit. Die ungleichzeitige Entwicklung der elementaren Vitalkräfte (Schiller nennt sie in diesem Zusammenhang *Freiheit*) einerseits und der Vernunft andererseits birgt das Risiko in sich, daß die Elementarkräfte, unbelehrt durch die Vernunft, im Chaos untergehen oder daß eine entwickelte Vernunft zu spät kommt und nur noch auf ein Leben trifft, dessen Kräfte sich schon ausgetobt haben. Das wäre dann die Zeit der Dekadenz. Die Reformation ist für Schiller jener Glücksfall, daß die aufgeklärten Köpfe noch starke Herzen fanden und daß die Revolution der Denkungsart ein kräftiges und robustes Geschlecht ergriff. Die Kraft, die sich einst in den abergläubischen Abenteuern der Kreuzzüge verausgabte, lebte noch, als die Reformation die Köpfe erhellte, und darum konnte dieselbe Kraft für die neue Freiheit eines Christenmenschen streiten. Das Leben hatte sich seine leidenschaftlichen Kräfte bewahrt und konnte sie später auf der Seite der Vernunft ins Gefecht werfen. Daß die Reformation einen Triumph der Vernunft darstellt, steht für Schiller außer Frage, aber es triumphierte eine Vernunft, die mit starken Gefühlen, die tiefer als jede Vernunft reichen, im Bunde war, und nur darum ließ sich Schiller von dieser Geschichte faszinieren.

Zwei Jahre später, in der »Vorrede zu Niethammers Bearbeitung der Geschichte des Malteserordens von Vertot«, ergreift Schiller nochmals die Gelegenheit, auf den Gedanken von der Ungleichzeitigkeit von Vernunft und Vitalität zurückzukommen, diesmal noch deutlicher bezogen auf das welthistorische Drama, das sich vor seinen Augen vollzieht. *Die Heroen des Mittelalters setzten an einen Wahn, den sie mit Weisheit verwechselten, und eben weil er ihnen Weisheit war, Blut, Leben und Eigentum; so schlecht ihre Vernunft belehrt war, so heldenmäßig gehorchten sie ihren höchsten Gesetzen – und können wir, ihre verfeinerten Enkel, uns wohl rühmen, daß wir an unsre Weisheit nur halb so viel, als sie an ihre Torheit, wagen?* (IV, 992).

Auch in diesem Text bezieht sich Schiller nicht ausdrücklich auf die Französische Revolution, aber die Frage, mit der er ihre Aussichten erkundet, ist genau diese: ob *die späte Vernunft die frühe Freiheit noch findet.*

Die *frühe Freiheit* bedeutet näherhin Willensstärke und Glaubensstärke im Dienste von uneigennützigen Zielen, auch wenn diese mit Aberglauben verknüpft sein sollten, Charakterstärke aus menschlicher Substanz, aus der die *späte Vernunft* etwas machen kann.

Nach einiger Zeit wird Schiller zu dem Ergebnis kommen, daß die späte Vernunft, die in der Revolution die geschichtliche Bühne betrat, den freien, starken Menschen nicht mehr oder noch nicht vorgefunden hat. *Der Moment*, heißt es in dem berühmten Brief an den Herzog von Augustenburg vom 13. Juli 1793, *war der günstigste, aber er fand eine verderbte Generation, die ihn nicht wert war*, und das beweise *unwidersprechlich, daß das Menschengeschlecht der vormundschaftlichen Gewalt noch nicht entwachsen ist … und daß derjenige noch nicht reif ist zur bürgerlichen Freiheit, dem noch so vieles zur menschlichen fehlt.*

Menschliche Freiheit bedeutet also nicht nur das Vermögen, sich von der Vernunft leiten zu lassen, sondern auch Charakterstärke.

Schiller zieht es einstweilen noch vor, sich öffentlich nur indirekt über die Revolution zu äußern, weil er den schnellen Urteilen mißtraut. Er weiß, daß er zu wenig weiß von den Ereignissen. Er findet es lächerlich, wie schnell Wieland zum Beispiel mit seinen Urteilen herausrückt, als sei er in die wahren Geheimnisse der Revolution eingeweiht. Diese schnellen Urteile und das angemaßte Bescheidwissen sind ihm verhaßt. Es ergeht ihm ebenso wie Goethe, der auch mit Abscheu bemerkt, wie die Revolution plötzlich die braven Leute zu »politischen Kannegießern« werden läßt. In den Tagen nach dem Bastillesturm fügt Goethe in die zweite der »Römischen Elegien« den Satz ein: »Auch ihr übrigen fahret mir wohl in großen und kleinen / Zirkeln, die ihr mich oft nah der Verzweiflung gebracht, ... / Wiederholet politisch und zwecklos jegliche Meinung, / Die den Wandrer mit Wut über Europa verfolgt«.

Was bedeutet es, Zeitgenosse oder gar Zeuge von großen geschichtlichen Ereignissen zu sein? Was geschieht, wenn sie einen berühren? Was sollte geschehen? Muß man sich nicht zuerst verwandeln, um ihrer würdig zu sein? Muß man seinen Alltagsmenschen nicht ausziehen? Gibt es nicht gerade deshalb so viele törichte Urteile, weil die Menschen in ihren *Hauskitteln* sich dem Erhabenen nähern und nicht mehr richtig unterscheiden können zwischen dem Öffentlichen und dem Privaten?

Diese Fragen hatte Schiller sich bereits im November 1788 bei Gelegenheit der Briefe gestellt, die ihm sein Freund Wolzogen aus Paris geschrieben hatte. Man müsse, so kommentiert er diese verwirrten Briefe in einem Schreiben an Karoline vom 27. November 1788, den inneren Sinn erst auf die Größe des Objektes hinaufstimmen. Wer das nicht vermag, soll dem geschichtlichen Ort ausweichen. Er ist nicht dafür geschaffen. Es ist nicht jedermanns Sache, an einem großen Ort und bei großen Ereignissen zugegen zu sein. *Wer Sinn und Lust für die große Menschenwelt hat, muß sich in diesem weiten großen Element gefallen; wie klein und armselig sind unsre bürgerlichen und politischen Verhältnisse dagegen! ... Der Mensch, wenn er vereinigt wirkt, ist immer ein großes Wesen ... Mir für meine kleine stille Person erscheint die große politische Gesellschaft aus der Haselnußschale, woraus ich sie betrachte, ohngefähr so, wie einer Raupe der Mensch vorkommen mag, an dem sie hinaufkriecht. Ich habe einen unendlichen Respekt vor diesem großen drängenden Menschenozean, aber es ist mir auch wohl in meiner Haselnußschale.*

Schiller blieb sich seiner beschränkten Perspektive bewußt. Er vergaß keinen Augenblick, daß er nicht in den *Menschenozean* eingetaucht war, sondern auf dem Trockenen saß, in seiner Arbeitsstube in der »Schrammei«; er vergaß auch nicht, daß er sich das *große Wesen* des vereinigt wirkenden Menschen nur denken, es aber nicht unmittelbar erfahren konnte. Und darum blieb er vorsichtig und mied gesinnungsstarke Auftritte und meinungsfrohes Gefuchtel.

Außerdem geschah in diesen Monaten anderes, was sein Herz näher anging: im August 1789 verlobte er sich und heiratete im Februar 1790.

Nach dem gemeinsamen langen Sommer in Rudolstadt 1788 waren zwischen Karoline, Charlotte und Schiller zahlreiche Briefe hin und her gegangen. Man erzählte sich die Vorkommnisse des Tages mit allen Details; Schiller nutzte die Briefe auch für den Probelauf von Gedanken und Formulierungen aus entstehenden Werken. Er gewährt Einblick in seine Werkstatt: *Die Geschichte ist überhaupt nur ein Magazin für meine Phantasie, und die Gegenstände müssen sich gefallen lassen, was sie unter meinen Händen werden* (10. Dezember 1788). So deutlich wird sich Schiller sonst über sein Selbstverständnis als Historiker nicht äußern. Der Umgang mit Charlotte und Karoline regt seine Einbildungskraft an und ermutigt ihn zu kühnen Gedanken. Einmal skizziert er spielerisch mit leichter Hand die Umrisse einer genialen Naturphilosophie: *Nie hab' ich es noch so sehr empfunden, wie frei unsere Seele mit der ganzen Schöpfung schaltet – wie wenig sie doch für sich selbst zu geben imstande ist, und alles, alles von der Seele empfängt* (10. September 1789). Würden wir ihr nicht unsere Gefühle leihen, wäre sie nichts anderes als das *ewige Einerlei ihrer Erscheinungen* und die *ewige Nachahmung ihrer selbst.* Die Natur, schreibt er, ist wie der Feuerball der Sonne, der *millionenfach verschieden* gesehen wird und im Brennpunkt dieser zahlreichen Perspektiven unveränderlich ruht. *Er darf ruhen, weil der menschliche Geist sich statt seiner bewegt – und so liegt alles in toter Ruhe um uns herum, und nichts lebt als unsere Seele.* Aber wie wohltätig ist es doch auch, dieses *gleichförmige Beharren der Natur.* Wir irren umher, immer in Gefahr, uns selbst zu verlieren, wir kehren zur Natur zurück und werden von ihr an die Gefühle erinnert, die wir in sie hineingelegt haben. Wir geben unser wechselndes Selbst der Natur zur Aufbewahrung, und in Augenblikken, in denen wir uns selbst verlorengehen, erhalten wir uns von ihr gnädig zurück. *Wie unglücklich wären wir, wir, die es so nötig haben, auch die Freuden der Vergangenheit haushälterisch zu unserem Eigentum zu schlagen, wenn wir diese fliehenden Schätze nicht bei dieser unveränderlichen Freundin in Sicherheit bringen könnten. Unsere ganze Persönlichkeit haben wir ihr zu danken, denn würde sie morgen umgeschaffen vor uns stehen, so würden wir umsonst unser gestriges Selbst wieder suchen* (10. September 1789).

Beim Schreiben erst bemerkt Schiller, welche großartige Ideen ihm soeben gekommen sind, *die Erinnerung an Euch führt mich auf alles, weil alles wieder mich an Euch erinnert. Auch hab' ich nie so frei und kühn die Gedankenwelt durchschwärmen können als jetzt, da meine Seele ein Eigentum hat, und nicht mehr Gefahr laufen kann, sich aus sich selbst zu verlieren. Ich weiß, wo ich mich immer wieder finde* (10. September 1789). Leider hat Schiller diese Ideen über das Naturdepot der Selbstfindung nicht weiter entwickelt. Aber Liebe ist verschwenderisch und überfließend, sie kann nicht haushalten, und darum blieben manche brieflichen Gedankenflüge der buchhalterischen Verwertung entzogen.

Auch Karoline zeigt sich in ihren Briefen gedankenreich, sie theoretisiert und reflektiert, indes Charlotte sich eher in der Schilderung von Natureindrücken übt. Beide, Charlotte und Karoline, erzählen gern von Gesprächen, Begegnungen, Theateraufführungen, Spaziergängen, bisweilen auch Gesellschaftsklatsch, zwischenhinein immer wieder die Beteuerung, wie man sich vermisse, man schwelgt in Erinnerungen an den vergangenen Sommer, man beteuert sich wechselseitig, wie nah man sich fühlt und wie fremd einem die gegenwärtigen Menschen seien. Da schreibt Schiller: *Ich bin wie einer, der an eine fremde Küste verschlagen worden und die Sprache des Landes nicht versteht* (24. Juli 1789), und Charlotte antwortet postwendend: »ich bin immer verstimmt, wenn ich unter solchen Geschöpfen bin, und stehe so einsam in mir unter ihnen, als auf einer wüsten Insel; mein Herz hat keine Sprache für sie« (27. Juli 1789).

Doch auch für ihre wechselseitige eigentliche Herzensangelegenheit finden die beiden noch keine deutliche Sprache. Schiller, obwohl seit seiner Installierung als Professor entschlossen, um Lotte zu werben, findet noch nicht den Mut, ihr seine Wünsche zu bekennen. Und Lotte, die natürlich einiges spürt, hat auch nicht den Mut, sich zu offenbaren. Schiller zögert auch deshalb, weil er um die Standesschranken weiß und die Mutter inzwischen gut genug kennt, um zu wissen, daß ihr die standesgemäße Verheiratung der jüngeren Tochter sehr am Herzen liegt. Werden sich diese Widerstände überwinden lassen? Schiller schwankt zwischen Zuversicht und Kleinmut. Er ist sich auch unsicher über Lottes Gefühle, ist es Liebe, ist es Freundschaft, und würde er nicht die Freundschaft zerstören, wenn er ihr seine Liebe gestünde. So jedenfalls hat Schiller der Braut später sein langes Zögern erklärt.

Zweimal nimmt er im Sommer 1789 einen Anlauf, sich Charlotte zu offenbaren. Im Juni reist er für einige Tage nach Rudolstadt, er redet über vieles und bleibt stumm beim Entscheidenden. Ebenso beim kurzen Besuch der Schwestern in Jena am 10. Juli. Danach schreibt er an Lotte: *Nie hatte ich Ihnen soviel sagen wollen, damals, und nie habe ich weniger gesagt. Was ich bei mir behalten mußte, drückte mich nieder, ich wurde Ihres Anblicks nicht froh* (24. Juli 1789). Aber statt ihr nun wenigstens brieflich zu sagen, was er sich mündlich nicht getraute, zitiert er eine unterdrückte Stelle aus »Don Karlos«: *Schlimm, daß ... die Seele sich im Schalle / Verkörpern muß, der Seele zu erscheinen.* Wiederum bleibt er auf beredte Weise stumm.

Endlich am 2. August in Lauchstädt, wo die Schwestern zur Kur weilen, kommt es zu einer erlösenden Aussprache. Aber auch diesmal noch nicht mit Charlotte selbst, sondern mit Karoline. Sie, die von Schiller auch gern ein Liebesgeständnis gehört hätte, muß dem Ängstlichen Mut machen, sich bei der Schwester zu bewerben. Karoline deutet ihm an, daß Lotte ihn liebe und gern in die Ehe einwilligen würde, doch es sei Vorsicht geboten, die Mutter müsse zuerst bearbeitet werden, man sollte sie noch nicht ins Bild setzen. Schillers berufliche Aussichten müßten sich erst noch günstiger entwickeln, vielleicht daß man ihm beim Weimarer Herzog ein höheres Gehalt erwirken oder beim Coburger Erbprinzen eine Hofratsstelle verschaffen könnte. Karoline denkt durchaus praktisch, und bei der Aussprache am 2. August ist eben nicht nur von Liebe, sondern auch von solchen Dingen die Rede. Schiller reist von Lauchstädt ab, ohne mit Lotte selbst über all dies gesprochen zu haben. Aber jetzt weiß er, daß er sich ihr offenbaren kann und daß er nicht zurückgewiesen werden wird. Er schreibt ihr am nächsten Tag: *Ist es wahr, teuerste Lotte? Darf ich hoffen, daß Karoline in Ihrer Seele gelesen hat und aus Ihrem Herzen mir beantwortet hat, was ich mir nicht getraute, zu gestehen?* (3. August 1789).

Schiller ist auf dem Weg nach Leipzig, wo er den Freund Körner treffen wird. Ihm hat er bisher alles verschwiegen und jetzt, da er es ihm gesteht, fühlt sich Körner hintergangen. Vor einem halben Jahr hatte ihm Schiller geschrieben: *Könntest Du mir innerhalb eines Jahrs eine Frau von 12 000 Talern verschaffen ... die Akademie in Jena möchte mich dann im Arsch lecken* (9. März 1789). Und am 28. Mai, da Schiller bereits entschlossen war, um Lottes Hand anzuhalten, hatte er bei Körner angefragt: *Weißt Du nun übrigens eine reiche Partie, so schreib mir immer.* Die Verstimmung zwischen den Freunden wird noch über die Hochzeit am

22. Februar 1790 hinaus für einige Zeit anhalten. Für Körner war es ein Vertrauensbruch und gewiß war er auch eifersüchtig. Zu gern hätte er den Freund für sich allein gehabt.

Schiller seinerseits hatte in dieser Angelegenheit kein Unrechtsbewußtsein, denn er hatte nicht vergessen, wie Körner ihm Anfang des Jahres 1788 von einer Heirat abgeraten hatte, obwohl er bei dieser Gelegenheit doch tiefen Einblick in seine seelische Not gewährt hatte. Damals schrieb er ihm: *Ich muß ein Geschöpf um mich haben, das mir gehört, das ich glücklich machen kann und muß, an dessen Dasein mein eigenes sich erfrischen kann. Du weißt nicht, wie verwüstet mein Gemüt, wie verfinstert mein Kopf ist – und alles dieses … durch inneres Abarbeiten meiner Empfindungen. Wenn ich nicht Hoffnung in mein Dasein verflechte … so ist es um mich geschehen* (7. Januar 1788).

Diesen Notschrei hatte Körner nicht verstanden oder nicht verstehen wollen, und darum hatte Schiller schroff erklärt, wenn er wieder von Heiratsangelegenheiten schreibe, *so geschieht es, um euch bekannt zu machen, wozu ich entschieden bin* (an Huber, 20. Januar 1788). So geschieht es. Erst im August 1789, als für Schiller alles schon entschieden war, setzt er den Freund davon in Kenntnis.

Die Geheimnistuerei gegenüber der Mutter wird allmählich lästig, und weil sich herausstellt, daß die berufliche Situation Schillers so schnell nicht grundlegend zu verbessern ist, gibt es keinen vernünftigen Grund mehr, die Verlobung weiterhin geheimzuhalten. Am 15. Dezember 1789 enthüllen Charlotte und Karoline der Mutter das Geheimnis, und Schiller selbst schreibt drei Tage später an Frau von Lengefeld und bittet förmlich um die Hand der Tochter. Nach einigem Zögern gibt sie ihre Zustimmung, nicht ohne besorgt nachzufragen: »Verzeihen Sie aber der Sorgsamkeit und der Pflicht einer Mutter, können Sie Lottchen neben Ihrer zärtlichen Liebe (nicht ein glänzendes Glück), sondern nur ein gutes Auskommen verschaffen?« (21. Dezember 1789).

Die finanziellen Aussichten, auf die Schiller verweisen kann, sind einstweilen noch bescheiden. Der Herzog hat ihm ein Gehalt von zweihundert Talern zugesagt; als gefragter Professor kann er einiges an Hörergeldern von den Studenten erwarten; es besteht eine vage Aussicht, daß ihm der Koadjutor von Mainz, Karl von Dalberg, der Bruder des Mannheimer Intendanten, eine gut dotierte Professur in Mainz verschaffen könnte. Ende des Jahres schließt er einen Vertrag mit Göschen ab über einen Beitrag für den »Historischen Kalender für Damen«. Das vereinbarte Honorar ist mit vierhundert Talern außerordentlich hoch, vergleicht man es etwa mit den tausend Talern, die Goethe für die achtbändige Ausgabe seiner Werke erhält. Aus diesem Beitrag wird im Laufe der nächsten drei Jahre Schillers zweites und letztes großes historisches Werk erwachsen: »Die Geschichte des Dreißigjährigen Krieges«. Schiller nahm den Auftrag an, zunächst nicht des Themas, sondern des stattlichen Honorars wegen, das er für den neu gegründeten Ehestand gut gebrauchen konnte.

Am 22. Februar 1790 findet in der Dorfkirche von Wenigenjena vor den Toren von Jena in aller Stille die Trauung statt, nur Karoline und die Mutter sind als Trauzeugen zugegen. Man wollte den womöglich lauten und turbulenten Gratulationsaktionen der Studenten aus dem Weg gehen.

Frau von Lengefeld schenkt dem Ehepaar Wäsche, Besteck, Möbel, doch wird noch kein eigener Haushalt gegründet, sondern es werden nur ein paar Zimmer in der »Schrammei« hinzugemietet. Lotte hält sich eine Jungfer, Schiller einen Bediensteten. Für die Mahlzeiten sorgen weiterhin die Schwestern Schramm.

So beginnt die *häusliche* Existenz, deren Wunschbild Schiller einst mit den schwärmerischen Worten beschrieben hatte: *Eine ununterbrochene sanfte Übung in geselligen Freuden, die einen so schönen Boden und gleichsam die Grundfarbe des Lebens machen und einem Menschen, bei dem Kopf und Herz stets beschäftigt sein müssen, heilsam und unentbehrlich sind* (an Huber, 20. Januar 1788).

Nur zweimal war der Friede kurz vor der Hochzeit gestört worden. Schiller hatte seiner langjährigen Freundin Charlotte von Kalb die Verlobung mit Lotte verheimlicht, sogar dann noch, als sie ihm Ende September 1789 berichtete, sie hoffe, mit Herders Hilfe die Auflösung ihrer Ehe erreichen zu können. Sie hatte sogar angedeutet, daß dann eine Verbindung mit Schiller möglich sein würde, und spätestens zu diesem Zeitpunkt hätte Schiller ihr seine Verlobung mitteilen müssen. Charlotte von Kalb ahnte etwas. Ende Dezember 1789 macht sie Lotte während eines Hoffestes in Weimar eine schlimme Szene. Sie beschimpfte den abwesenden Schiller mit wüsten Worten und hörte damit auch nicht auf, als der Herzog hinzutrat. Schiller schrieb seiner ehemaligen Freundin erst am 8. Februar, zwei Wochen vor der Heirat. Zwei Tage später treffen die beiden Charlotten in Weimar erneut zusammen. Wieder eine schlimme Szene. Charlotte von Kalb, berühmt und berüchtigt für ihre melodramatischen Auftritte, wirkt diesmal »wie ein rasender Mensch, bei dem der Paroxysmus vorüber ist, so erschöpft, so zerstört … Sie saß unter uns, wie eine Erscheinung aus einem anderen Planeten …«, so Lottes unverhohlen triumphierender Bericht.

Lotte hatte auch Grund, die leidenschaftliche Frau als bedrohlich zu empfinden. Charlotte von Kalb zieht sich zurück, meidet für einige Zeit jede Verbindung mit Schiller. Sie fordert von ihm ihre Briefe zurück und vernichtet die seinen. Vierzig Jahre später zog Charlotte von Kalb, inzwischen erblindet und arm, das Fazit ihrer Liebeserfahrungen »Ein Mensch, ein Wesen, mit dem man leben möchte: dieser Wunsch ist der größte Irrtum«. Sie verwindet die Enttäuschung, verliebt sich in Jean Paul und wird auch für Hölderlin entflammen. Sie wird sich auch wieder Schiller nähern, es gelingt sogar eine entspannte Freundschaft, die bis zu Schillers Tod anhält. Rückblickend nennt sie sich »eine treue Deutsche«, die nie aufgehört habe, »Schiller zu lieben«.

Im ersten Jahr des *häuslichen Glücks* bleibt Schiller rastlos. Fast manisch stürzt er sich in die Arbeit. Er hat sich vieles aufgebürdet. Da sind die täglichen Vorlesungen, für die er noch nicht aus einem Fundus schöpfen kann. Er muß lehren, was er selbst soeben erst gelernt und gelesen hat. Er muß die Herausgabe der »Allgemeinen Sammlung Historischer Memoires« betreuen und umfängliche Einleitungen dazu schreiben. Vor allem aber ist es die Arbeit an dem Buch über den Dreißigjährigen Krieg, die zunehmend Zeit beansprucht. Wenn er auch nicht ein so gründliches Quellenstudium betreibt, wie bei der Schrift über den »Abfall der Niederlande«, so muß er doch große Mengen von Literatur durchstudieren. Es kommt das Frühjahr und die Zeit der Ausflüge und Gartenfeste. Aber Schiller sitzt zu Hause hinter den Bücherbergen. Lotte und Karoline, die für einige Zeit auch ihren Wohnsitz in Jena genommen hat, müssen sich allein zu Unternehmungen verabreden. Ursprünglich sollte das Buch über den »Dreißigjährigen Krieg« eine knappe, populäre Darstellung werden, für ein weibliches Publikum berechnet und deshalb mit leichter Hand geschrieben. Doch es kam anders. Das Werk wuchs unter seinen Händen, weil ihn das Thema immer stärker in seinen Bann zog.

Mit dem Dreißigjährigen Krieg hatte er sich zum ersten Mal im Frühjahr 1786 beschäftigt. Nach der Lektüre einer französischen Darstellung hatte er an Körner geschrieben: *Daß doch zugleich die Epoche des höchsten Nationen-Elends auch zugleich die glänzendste Epoche menschlicher Kraft ist! Wie viele große Männer gingen aus dieser Nacht hervor!* (15. April 1786).

Nach wenigen Wochen der Vorbereitung beginnt er mit dem Schreiben. An manchen Tagen in diesem heißen Sommer des Jahres 1790 sind es fünfzehn Stunden, die er über dem Manuskript verbringt, *mit Glück*, wie er einem Besucher erklärte, der ihn gefragt hatte, warum er sich abends so selten außer Haus blicken ließe. Es ist jenes Glück, das er zwei Jahre zuvor schon einmal empfunden hatte bei der Arbeit am »Abfall der Niederlande«. Damals hatte er an Körner geschrieben: *Die Geschichte ist ein Feld, wo alle meine Kräfte ins Spiel kommen* (17. März 1788).

Es kommt einiges zusammen: er spürt bei der Arbeit wieder sein Genie der Darstellung – Körner gegenüber nennt er sich stolz einen *deutschen Plutarch* (26. November 1790) – die Helden der Nacht, die Wallenstein, Graf Mansfeld, Gustav Adolf, halten ihn in Atem, und die aktuellen Aspekte jener vergangenen Geschichte treten immer deutlicher hervor.

Was die aktuellen Aspekte betrifft, so hat Schiller sich eindeutig dazu bekannt, daß es nicht die *vaterländischen*, sondern die *weltbürgerlichen* Interessen sind, die seinen Blick auf die Geschichte lenken. An Körner schreibt er am 13. Oktober 1789, wenige Wochen vor Beginn der Arbeit am »Dreißigjährigen Krieg«: *Wir Neuern haben ein Interesse in unserer Gewalt, das kein Grieche und kein Römer gekannt hat, und dem das vaterländische Interesse bei weitem nicht beikommt. Das letzte ist überhaupt nur für unreife Nationen wichtig, für die Jugend der Welt … Es ist ein armseliges kleinliches Ideal, für eine Nation zu schreiben; einem philosophischen Geist ist diese Grenze durchaus unerträglich. Dieser kann bei einer so wandelbaren, zufälligen und willkürlichen Form der Menschheit, bei einem Fragmente (und was ist die wichtigste Nation anders?) nicht stille stehen. Er kann sich nicht weiter dafür erwärmen, als soweit ihm diese Nation oder Nationalbegebenheit als Bedingung für den Fortschritt der Gattung wichtig ist. Ist eine Geschichte … dieser Anwendung fähig, kann sie an die Gattung angeschlossen werden, so hat sie alle Requisiten, unter der Hand des Philosophen interessant zu werden.*

Schiller arbeitet drei solcher Anschlußstellen für ein universalgeschichtliches Interesse am »Dreißigjährigen Krieg« heraus.

Erstens. Dieser große, zerstörerische Krieg ist zugleich der Geburtshelfer der modernen europäischen Staatengemeinschaft. Dadurch, daß zahlreiche europäische Staaten gegeneinander handelten, sich wechselseitig schädigten und die geschichtliche Bühne, auf der sie feindselig handelten, gemeinschaftlich zerstörten, entwickelte sich das Bewußtsein einer Schicksalsgemeinschaft. Europa hatte sich in diesem großen Krieg und als Folge davon *zum ersten Mal als eine zusammenhängende Staatengesellschaft erkannt* (IV, 366). Es bestätigt sich wieder einmal: der Krieg, als der Vater aller Dinge, steht auch am Beginn eines gesamteuropäischen Bewußtseins. Im Westfälischen Frieden am Ende des Krieges kodifiziert das verwüstete Europa seinen Lernprozeß. Es etabliert Regeln der Friedenswahrung, die zwar nicht jeden Krieg verhindert aber doch dafür gesorgt haben, daß die Konflikte eingegrenzt blieben und nicht wieder zu einem solchen furchtbaren Flächenbrand führten. Das war so bis zu dem geschichtlichen Augenblick, als Schiller mit der Arbeit begann. Noch hatten die revolutionären Kriege, die abermals Europa verwüsten werden, nicht begonnen. Und als sie begannen, 1792, schrieb Schiller am Schlußkapitel seines Werkes. Es war eine ausführliche Würdigung des Westfälischen Friedens geplant. Er schrieb sie nicht mehr. Als die Ordnung des Westfälischen Friedens nach hundertfünfzig Jahren zerbrach, hatte Schiller nicht mehr die Geduld, die ursprünglich geplante Apotheose dieses Friedens zur Elegie aufs Verlorene umzuarbeiten.

Zweitens. Im Dreißigjährigen Krieg betritt eine neue Leidenschaft die Bühne der Politik: der *Religionsenthusiasmus* (IV, 367). Grundlegend verändert sich damit das gewöhnliche Verhältnis der Massen zur Politik. Bisher war sie ihnen gleichgültig bis furchtbar. Sie nahmen sie hin wie eine Naturgewalt. Zumeist als Opfer und Objekt. Jetzt wird die Politik zu einer Herzensangelegenheit, eben darum, weil sie zu einer Sache der Religion geworden ist. Allerdings nicht für die Fürsten, für die auch weiterhin die Religion ein machtpolitisches Mittel bleibt, aber für das Volk. *Für den Staat, für das Interesse des Fürsten würden sich wenig freiwillige Arme bewaffnet haben; für die Religion griff der Kaufmann, der Künstler, der Landbauer freudig zum Gewehr. Für den Staat oder den Fürsten würde man sich auch der kleinsten außerordentlichen Abgabe zu entziehen gesucht haben; an die Religion setzte man Gut und Blut, alle seine zeitlichen Hoffnungen* (IV, 371).

Über den religiösen Enthusiasmus vollzieht sich die moderne Politisierung der Massen, die mit der Französischen Revolution und der

Begeisterung, die sie in Deutschland auslöst, eine neue Stufe erreicht. Schiller sieht diesen Zusammenhang zwischen dem religiösen Enthusiasmus des 17. Jahrhunderts und dem demokratischen Enthusiasmus, der soeben erst erwacht. Zuerst wurde die Religion zur Politik, und dann wird die Politik zur Religion.

Diese Entwicklung stimmt Schiller nicht zuversichtlich. Zweifellos, der Enthusiasmus ist eine beeindruckende Kraft, er bringt starke Individuen hervor, die sich nicht nur ängstlich berechnend an das Interesse der Selbsterhaltung klammern. Der Enthusiasmus macht opferbereit und erkennt: *das Leben ist der Güter Höchstes nicht*, aber er kann auch ausarten in blinden Fanatismus, wenn ihn die Vernunft nicht lenkt. Ebenso verhält es sich mit dem demokratischen Enthusiasmus der Befreiung. Auch hier beobachtet Schiller eine Ausartung zum Fanatismus. Der Enthusiasmus der Befreiung wird zum blinden Fanatismus, wenn die Vernunft entmachtet wird, und diese ist entmachtet, wenn der Impuls der Befreiung nur nach außen und nicht mehr nach innen wirkt. Der Freiheitsfanatiker ist, so Schiller, ein innerlich unfreier Mensch.

Drittens. Aus der *Nacht* des »Dreißigjährigen Krieges« kamen große Männer hervor. Das begreift Schiller als Lehrstück. Zukunftsweisend ist die kometenhafte Karriere Wallensteins, der vom böhmischen Grafen zu einem Machthaber wird, der den Kaiser führt, die Reichsfürsten demütigt und die größte Armee, die das Abendland bisher gesehen hat, aus dem Boden stampft. Die Systemkrise der Legitimität ist die Stunde der Aufsteiger, die aus dem Nichts kommen. Wenn das historische Erdreich aufgewühlt ist, muß man mit erstaunlichen und schrecklichen Gewächsen menschlicher Größe rechnen. Die Nacht der Geschichte gebiert Ungeheuer. Als Schiller die Passagen über Wallenstein schrieb, ahnte er, daß das revolutionäre Frankreich solche modernen Ungeheuer noch hervorbringen werde, und als er fünf Jahre später die Arbeit am »Wallenstein«-Drama aufnimmt, beginnt der Aufstieg Napoleons. Als er es vollendet, ist Napoleon an der Macht.

Im September 1790 schließt Schiller die ersten beiden Bücher (am Ende werden es fünf) der »Geschichte des Dreißigjährigen Krieges« ab mit einem Gefühl des großen Gelingens. An Körner schreibt er am 26. November 1790: *Ich sehe nicht ein, warum ich nicht, wenn ich ernstlich will, der erste Geschichtsschreiber in Deutschland werden kann.* Er ist es schon. Johannes von Müller, auch ein Historiker von bedeutendem Ruf, verneigte sich vor dem Überlegenen, indem er ihn in einer Rezension mit Thukydides verglich. Schiller habe, schreibt er, eine Geschichtsdarstellung gegeben nicht für Damen, sondern für die ganze Nation, und dabei das Kunststück fertig gebracht, Leidenschaft mit Unparteilichkeit zu verbinden. Der Stil sei bewundernswert, und es werde so bald kein Geschichtsschreiber von vergleichbarem literarischen Rang hervortreten. Müller hat Recht behalten. Was den literarischen Glanz der Darstellung betrifft, ist der Historiker Schiller bis heute unerreicht.

Das Buch findet reißenden Absatz. Bereits nach wenigen Wochen sind siebentausend Exemplare verkauft und Göschen muß nachdrukken. Nach mehreren Auflagen wird es dahin kommen, daß dieses Buch in jedem gebildeten Haushalt in Deutschland zu finden ist. Das erste Werk Schillers, das zum deutschen Hausbuch wird. Als der Vater ihm aus Schwaben schreibt, man lese jetzt in Stuttgart überall den »Dreißigjährigen Krieg«, antwortet ihm Schiller mit befriedigtem Stolz: *Eine Reputation in historischem Fach ist mir des Herzogs wegen nicht gleichgültig. Auch vor seine Ohren muß es endlich kommen, daß ich ihm im Auslande keine Schande mache* (29. Dezember 1790).

Beschwingt und im Hochgefühl seiner Kraft reist Schiller Ende des Jahres nach Erfurt zu einem Besuch bei Karl von Dalberg, dem Koadjutor und designierten Nachfolger des Mainzer Kurfürsten, der ihm einige lockende berufliche Aussichten eröffnet. Schiller wird in der feinen Gesellschaft von Erfurt herumgereicht und in einer feierlichen Sitzung als Historiker in die »Kurfürstliche Akademie nützlicher Wissenschaft« aufgenommen. Doch dann geschieht die Katastrophe.

Am 3. Januar 1791 abends bei einem prunkvollen Konzert anläßlich des Geburtstags des Mainzer Kurfürsten wird Schiller von einem heftigen Fieber erfaßt und von krampfartigen Hustenanfällen geschüttelt. Er bricht zusammen, verliert zeitweilig das Bewußtsein und wird in einer Sänfte in seine Unterkunft gebracht. Es ist der erste schlimme Ausbruch der Krankheit, die man damals »kruppöse Pneumonie begleitet von trockener Rippenfellentzündung« nannte. Er wird daran nach langer Leidenszeit vierzehn Jahre später sterben, aber bereits an diesem 3. Januar 1791 geht es mit ihm fast zu Ende. Doch er erholt sich, kehrt über Weimar, wo er einen Tag Zwischenstation bei der Frau von Stein macht, nach Jena zurück. Am 14. Januar wieder heftiger Fieberanfall, Blutspucken, Husten mit eitrigem Auswurf, Atemnot, Schüttelfrost, Magenkrämpfe. Er kann sechs Tage lang keine Nahrung zu sich nehmen, ist deshalb so geschwächt, daß schon kleine Bewegungen Ohnmacht zur Folge haben.

Schiller liegt auf den Tod. Studenten halten Nachtwache. Einer von ihnen ist der neunzehnjährige Novalis, der Schillers Vorlesungen über die »Sendung Moses« und über die »Kreuzzüge« gehört hat und seinem Professor mit inniger Zuneigung und enthusiastischer Bewunderung zugetan ist. Er sitzt einige Nächte bei Schiller am Bett und trocknet ihm die schweißnasse Stirn. Einige Monate später wird Novalis an Reinhold über Schiller, dieses Idol seiner Jugend, schreiben: »Ach! wenn ich nur Schillern nenne, welches Heer von Empfindungen lebt in mir auf … und stört mich dann … der nagende Gedanke, daß dieser Mann der Vernichtung nahe war, Schiller, der mehr ist als Millionen Alltags Menschen … so bebe ich unfreiwillig vor meiner eignen Existenz zurück, und es drängt sich ein Seufzer zwischen meine Lippen, in welchen aller Glaube an eine höhere Hand, die den Faden lenkt und die ganze Liebe und das Mitleid gegen eine Menschheit gepreßt ist … Hätt er nie mit mir gesprochen, nie Teil an mir genommen, mich nicht bemerkt, mein Herz wär ihm unveränderlich geblieben; denn ich erkannte in ihm den höhern Genius, der über Jahrhunderte waltet … Ihm zu gefallen, ihm zu dienen, nur ein kleines Interesse für mich bei ihm zu erregen, war mein Dichten und Sinnen bei Tage und der letzte Gedanke, mit welchem mein Bewußtsein abends erlosch«.

Nach zwei Wochen, Ende Januar, läßt das Fieber nach, und es beginnt eine langsame Erholung. Am 11. Februar 1791 verspricht Schiller dem Verleger Göschen, die »Geschichte des Dreißigjährigen Krieges« abzuschließen. Am 22. Februar schreibt er wieder den ersten ausführlichen Brief an Körner; im letzen Brief vom 12. Januar hatte es noch geheißen: *Es ist mir jetzt wieder einmal so wohl*, sechs Wochen später beschreibt er mit kühler Sachlichkeit und ohne Scheu vor ekelhaften Details fachkundig seine Zustände. Er stellt sich die Diagnose, daß die akute Krise überwunden sei, daß aber die Krankheit noch im Körper stecke. Er wird mit ihr leben, er wird ihr das Leben abtrotzen müssen. Beim tiefen Atemholen verspürt er Stiche, Husten und Gefühle der Beklemmung kehren wieder. *Ich mag*, schreibt er am 10. April 1791 an Körner, *es hier niemand sagen, was ich von diesem Umstand denke; aber mir ist, als ob ich diese Beschwerden behalten müßte … Mein Gemüt ist heiter und es soll mir nicht an Mut fehlen, wenn auch das Schlimmste über mich kommen wird.*

Im April lebt er mit Lotte für einige Zeit in Rudolstadt, um Kräfte zu sammeln. Er kann wieder das gesellige Leben genießen, unternimmt auch Ausritte. Am 8. Mai 1791 der dritte, bisher schwerste Anfall: bei jedem Atemzug ein Gefühl, als ob die Lunge zerspringt, Fieberfrost, Erkalten der Glieder, Verschwinden des Pulses. Der berühmte Doktor Stark aus Jena wird gerufen, er verabreicht Opium. Seine Diagnose: Eiterungen am Zwerchfell und, womöglich als Folge eines Durchbruches, auch im Unterleib. Zwei Tage später wieder eine Attacke. Diesen Tag, schreibt Schiller an Körner, *glaubte ich nicht zu überleben, jeden Augenblick, fürchtete ich, der schrecklichen Mühe des Atemholens zu unterliegen, die Stimme hatte mich schon verlassen, und zitternd konnte ich bloß schreiben, was ich gerne noch sagen wollte … Mein Geist war heiter* (24. Mai 1791). Er notiert, nach dem Bericht Karolines, die zugegen war, den Satz: *Sorget für eure Gesundheit, man kann ohne das nicht gut sein.* Als ihm die Stimme wiederkehrt, spricht er mit Karoline über Reisepläne. Er wolle endlich einmal die fernen Länder am Nordpol besuchen, *wo der Mensch mit allen Elementen um sein Dasein kämpfen muß*. Einmal liest ihm Karoline auf seinen Wunsch eine Stelle aus Kants »Kritik der Urteilskraft« vor, die auf Unsterblichkeit der Seele hindeutet.

Während sich Schiller langsam wieder erholt, verbreitet sich überall im Lande das Gerücht von seinem Tod. Ende Juni gelangt es bis nach Kopenhagen, wo Schiller-Bewunderer um Jens Baggesen und den dänischen Minister Graf Ernst von Schimmelmann gerade eine Feier zu Ehren ihres Lieblingsdichters veranstalten wollen. Aus der Jubelfeier wird ein Totenfest. Man rezitiert die Ode »An die Freude«, der Baggesen eine Abschiedsstrophe hinzugefügt hat: »Unser toter Freund soll leben! / Alle Freunde stimmet ein! / Und sein Geist soll uns umschweben / Hier in Hellas Himmelhain«.

Für die dänischen Freunde ist ihr Dichter von den Toten auferstanden, als sie hören, daß Schiller lebt, und diese Freunde, der Minister Schimmelmann und der Herzog von Augustenburg, werden dem kranken Dichter am Ende dieses schlimmen Jahres, am 13. Dezember, in einem ergreifenden Brief ein großherziges Angebot machen: »Zwei Freunde, durch Weltbürgersinn miteinander verbunden, erlassen dieses Schreiben an Sie, edler Mann! Beide sind Ihnen unbekannt, aber beide verehren und lieben Sie. Beide bewundern den hohen Flug Ihres Genius der verschiedene Ihrer neuern Werke zu den erhabensten unter allen menschlichen Zwecken stempeln konnte … Ihre durch allzu häufige Anstrengung und Arbeit zerrüttete Gesundheit bedarf, so sagt man uns, für einige Zeit einer großen Ruhe, wenn sie wiederhergestellt, und die Ihrem Leben drohende Gefahr abgewendet werden soll. Allein Ihre Verhältnisse Ihre Glücksumstände verhindern Sie, Sich dieser Ruhe zu überlassen. Wollten Sie uns wohl die Freude gönnen, Ihnen den Genuß derselben zu erleichtern? Wir bieten Ihnen zu dem Ende auf drei Jahre ein jährliches Geschenk von tausend Talern an«. Schiller nimmt das Angebot gerührt und dankbar an. Ein Geschenk, so nobel dargereicht, daß es den Beschenkten nicht demütigt.

Das Geschenk wird ihm die Freiheit geben, einige der Vorhaben und Vorsätze zu verwirklichen, die er, als er auf den Tod darniederlag, gefaßt hatte für den Fall, daß er noch einmal davonkommen würde.

Siebzehntes Kapitel

Leben mit der Krankheit. Entscheidung für Kunst und Kant. Die »Revolution der Denkungsart«. Über Kant hinaus. »Kallias«-Briefe. »Schönheit ist Freiheit in der Erscheinung«. Das ästhetische Fest der Freiheit. Die Schrecken der Revolution. Mainzer Republik. Forster. Hubers Verwicklungen. Das Ethos des Dichters. »Anmut und Würde«. Kant korrigieren. Die schöne Seele. Goethes Ärger über »gewisse Stellen«.

Nach den schlimmen Krankheitsanfällen in der ersten Hälfte des Jahres 1791 wurde es Schiller, der als Arzt die Schicksale seines Körpers beobachtete, zur Gewißheit, daß er nur noch wenige Jahre zu leben haben werde, daß sein langsames Sterben begonnen habe, daß er also haushälterisch mit der Zeit, die ihm noch blieb, umgehen mußte. Von nun an will er sich auf das Wesentliche konzentrieren, was bedeutet: er will zur Dichtung zurückkehren, zu seinem eigentlichen Metier.

Er hat mit Erfolg und auch mit Lust seine historischen Arbeiten verfaßt, er fühlt sich inzwischen als der führende Historiker in Deutschland, er hat auf diesem Felde erreicht, was er erreichen konnte, und dabei gelernt, was er lernen konnte. Er hat begriffen, daß die historische Wirklichkeit nicht die Verwirklichung eines Planes ist, sondern ein Gewimmel aus Widersprüchen mit Resultaten, die keiner beabsichtigt hat; er hat erkannt, daß teleologische Prinzipien zwar in die Geschichte hineingelesen, nicht aber aus ihr abgelesen werden können, daß es doch auch Fortschritte gibt, die sich nicht leugnen lassen, und daß man deshalb doch von einer »Universalgeschichte« sprechen kann, die den philosophischen Kopf beschäftigen muß. Schiller hat, von Kant angeregt, philosophischen Geist in die Geschichte getragen und hat sie genutzt für die Erkundung des Menschenmöglichen; ihre reichen Stoffmassen haben seiner dichterischen Phantasie Nahrung gegeben. Und so ist es kein Zufall, daß Schiller kurz nach dem ersten Krankheitsanfall im Januar 1791 im Gespräch mit dem Koadjutor Karl von Dalberg in Erfurt zum ersten Mal die Idee eines Wallenstein-Dramas andeutet.

Schiller kann sich nicht sofort aus seinen Verpflichtungen als Historiker lösen. Er wird das Werk über den »Dreißigjährigen Krieg« noch beenden müssen, aber es soll sein letztes großes historisches Buch sein. Er wird es in einem erbitterten Kampf seiner Krankheit abringen, die ihn mit immer neuen Anfällen quält.

Nach dem Zusammenbruch vom Mai 1791 kommt es vorübergehend zu einer leichten Besserung. Das Fieber läßt nach, die Unterleibskrämpfe werden seltener. *Die Beklemmungen*, notiert er am 27. August 1791, *ob sie gleich keinen Tag ausbleiben, sind minder heftig und halten weniger lang an.* Am 6. September: *Noch immer bleiben die Krampfzufälle nicht ganz aus, und der kurze Atem hält immer noch an.* Inzwischen aber kann er wenigstens zwei bis drei Stunden am Tag lesen. Am 19. November: *Mit dem Atem und mit dem Unterleib wills noch gar nicht fort.* Und so geht das weiter. Kleine Pausen der Linderung und Erholung, Wiederkehr der Schmerzen. *Gewöhnlich muß ich ... einen Tag der glücklichen Stimmung mit fünf oder sechs Tagen des Drucks und des Leidens büßen,* schreibt er am 8. Dezember 1797, auf einige Jahre des Leidens zurückblickend.

Wenn man mit Schmerzen leben muß, kommt alles darauf an, sich an sie zu gewöhnen. Man muß sie, so äußert sich Schiller einmal in einem Gespräch, als einen unliebsamen Hausgenossen ansehen, der sich zwar aufdrängt, den man aber, da man ihn nicht loswerden kann, in die Familie so aufnimmt, daß er möglichst wenig stört. Schiller verändert seinen Lebensrhythmus und Lebensstil. Er geht seltener in Gesellschaft; verzichtet auf Aufputschmittel, die er zu Zeiten maßlos gebraucht hatte. Wenn ihn die Schmerzen nachts nicht schlafen lassen, arbeitet er, um sich abzulenken, und schläft dann in den Tag hinein. Lautes Sprechen verursacht Atemnot, er bricht die Lehrveranstaltungen ab und beantragt eine Beurlaubung, die ihm mit Weiterzahlung des Gehalts gewährt wird. Im Frühjahr 1793 nimmt er seine Vorlesungen noch einmal auf, bis ihn eine Schmerzattacke am Pult niederwirft. Danach kehrt er nicht mehr ans Katheder zurück. Er veranlaßt den Eintritt Lottes in die Berliner Generalwitwen-Kasse, um ihr für seinen Todesfall vierhundert Taler Pension zu sichern.

Schiller führt jetzt ein zurückgezogenes, doch nicht isoliertes Leben. Er macht selten Besuche, dafür empfängt er zahlreiche Besucher, die sich bei dem inzwischen berühmten Mann einfinden, und er unterhält einen ausgebreiteten und regen Briefverkehr. Man kann Schillers Briefe als wichtigen Teil seines Werkes ansehen. Er ist also abwesend und zugleich für die Öffentlichkeit so präsent wie eh und je. Und alle Welt weiß auch, wie krank er ist, und staunt über seine Schaffenskraft. Auch

Goethe hat ihn bei seinen Begegnungen in den frühen neunziger Jahren als Grenzgänger des Todes erlebt. »Als ich ihn zuerst kennen lernte,« sagte er später zu Eckermann, »glaubte ich, er lebte keine vier Wochen«.

Es waren diese ersten Krankheitsjahre, in denen Schillers kombattantes Verhältnis zum eigenen Körper sich entwickelte. Freiheit wurde für ihn nun der Inbegriff jener Kräfte, mit denen man den Attacken des Körpers widerstehen und sich Spielräume erobern konnte. Von nun an galt: der Körper ist dein Attentäter! Darum erklärte er, daß sein physischer Zustand, der durch die Natur bestimmt werden kann, gar nicht zu seinem Selbst zähle, *sondern als etwas Auswärtiges und Fremdes* (V, 502) zu betrachten sei. Mit dieser Sichtweise konnte sich sein großer Antipode und späterer Freund Goethe nicht anfreunden. Er nannte sie Schillers »Evangelium der Freiheit« und meinte, er seinerseits »wollte die Rechte der Natur nicht verkürzt wissen«. Das wiederum erschien Schiller abwegig. Ihm war die Natur mächtig genug, sie braucht keinen Beistand; man sollte den bedrohten Rechten des Geistes beistehen und die Macht der Freiheit sichern.

Früher war Schiller sorglos mit seinem Körper umgegangen. Er hatte über ihn hinweggelebt; hatte geschnupft, geraucht, viel Kaffee getrunken; hatte sich bei seinen häufigen Katarrhen mit Chinarinde und Opiaten kuriert. Der ehemalige Regimentsarzt verstand sich auf Roßkuren, die er nicht nur anderen, sondern auch sich selbst verschrieb. Im Winter 1784 hatte er zum ersten Mal das Gefühl, es mit seinen Kuren zu schlimm getrieben zu haben, und er befürchtete, daß sie ihm *auf Zeitlebens einen Stoß versetzt* haben könnten.

Damals war er rücksichtslos mit seinem Körper umgegangen, jetzt aber achtet er auf seine Signale mit der Sorgfalt eines Soldaten, der im feindlichen Gelände operiert. Noch will er ihm nicht unterliegen, er will ihm so viel wie möglich abgewinnen. In jenem berühmten Brief an Goethe vom 31. August 1794, worin er die Summe seiner Existenz zieht, schreibt er: *Eine große und allgemeine Geistesrevolution werde ich schwerlich Zeit haben in mir zu vollenden, aber ich werde tun, was ich kann, und wenn endlich das Gebäude zusammenfällt, so habe ich doch vielleicht das Erhaltungswerte aus dem Brande geflüchtet.*

Das *Erhaltungswerte*? Für Schiller war es vor allem die Kunst, die Schönheit. Doch er wußte: *Auch das Schöne muß sterben! Das Menschen und Götter bezwinget, / Nicht die eherne Brust rührt es des stygischen Zeus …* (»Nänie«; I, 242).

In der Nähe des Todes also entschließt sich Schiller, seine verbleibende Zeit der Schönheit zu widmen, dem poetischen Werk, dieser kurzen Ewigkeit. Er wollte von nun an jenem Gott nahe bleiben, der in der Kunst lebt. Aus der Zone des Sterbens setzt er auf das befristete Fortleben im Wort, die Religion des Ästhetischen: *Auch ein Klaglied zu sein im Mund des Geliebten, ist herrlich, / Denn das Gemeine geht klanglos zum Orkus hinab* (»Nänie«). Nein, klanglos wollte er nicht davongehen.

Er entscheidet sich für die Kunst, aber zuvor will er noch mit einem gründlichen Studium Kants beginnen. Wie hängen diese beiden Entscheidungen, für die Kunst und für Kant, zusammen?

Selbstverständlich liest Schiller Kant auch deshalb, weil man zumal in Jena, wo Reinhold die kantische Kirche begründet hatte, Kants große »Kritiken« einfach gelesen haben mußte, um die »Revolution der Denkungsart« (Mendelssohn), die er ausgelöst hatte, nachvollziehen zu können. Doch sein spezielles Interesse, das ihn im Februar 1791 zwischen den beiden schlimmen Krankheitsanfällen mit der Lektüre der »Kritik der Urteilskraft« beginnen läßt, ist in seiner Entscheidung für die Kunst begründet. Er will vor sich selbst und vor dem Publikum philosophisch erklären können, warum die Kunst verdientermaßen zur Hauptsache werden kann und darf. Er überprüft seinen Willen zur Kunst in einem philosophischen Examen rigorosum.

Er weiß, daß Kant den Zusammenhang der geistigen und praktischen Lebenstätigkeiten neu geordnet und die Spielräume des Weltverständnisses neu definiert hat. Er sucht bei ihm Antwort auf die Fragen: was tue ich eigentlich, wenn ich dichte, was ist es, das ich als schön, anmutig und erhaben empfinde, und warum können mich diese Empfindungen veranlassen, die Lebensenergie für ihre Hervorbringung zu verwenden?

Schiller braucht Kant nicht, um sich für die Kunst zu entscheiden, aber er braucht ihn, um seinen künstlerischen Enthusiasmus besser begreifen zu können.

Im Interesse der Kunst will Schiller die Philosophie Kants durchqueren. Als er im Februar 1791 damit beginnt, schreibt er an Körner: *Du errätst wohl nicht, was ich jetzt lese und studiere? Nichts Schlechteres als Kant. Seine Kritik der Urteilskraft, die ich mir selbst angeschafft habe, reißt mich hin durch ihren lichtvollen geistreichen Inhalt und hat mir das größte Verlangen beigebracht, mich nach und nach in seine Philosophie hineinzuarbeiten* (3. März 1791). Schiller dachte, er würde bald damit fertig sein. Denn es drä ten ihn bereits künstlerische Pläne, das »Wallenstein«-Drama nahm in seinem Kopf erste Gestalt an, auch trug er sich mit einigen Ideen für die Fortsetzung des »Geisterseher«-Romans, und der erste Plan zum »Lied von der Glocke« war auch schon gefaßt. Trotz der poetischen Projekte hält ihn Kant fest. Das Studium zuerst der »Kritik der Urteilskraft« und dann der »Kritik der reinen Vernunft«, die er zunächst ehrfurchtgebietend wie ein Bergmassiv vor sich hat aufsteigen sehen, entwickelt eine Eigendynamik und beansprucht fast seine ganze Arbeitszeit. Ein Jahr später, am 1. Januar 1792, schreibt Schiller an Körner: *Ich treibe jetzt mit großem Eifer Kantische Philosophie und gäbe viel darum, wenn ich jeden Abend mit Dir darüber verplaudern könnte. Mein Entschluß ist unwiderruflich gefaßt, sie nicht eher zu verlassen, bis ich sie ergründet habe, wenn mich dieses auch drei Jahre kosten könnte. Übrigens habe ich mir schon sehr vieles daraus genommen und in mein Eigentum verwandelt.*

Schiller nähert sich Kant mit dem klaren Bewußtsein, daß jener für die Philosophie das ist, was die Französische Revolution für die Politik: die große Zäsur am Ende des 18. Jahrhunderts.

Nach Kants Auftreten war im abendländischen Denken nichts mehr wie zuvor, und Kant selbst wußte das, als er stolz erklärte: »Bisher nahm man an, alle unsere Erkenntnis müsse sich nach den Gegenständen richten … Man versuche … einmal, ob wir nicht besser fortkommen, daß wir annehmen, die Gegenstände müssen sich nach unserer Erkenntnis richten … Es ist hiermit eben so, als mit den ersten Gedanken des Kopernikus bewandt, der, nachdem es mit der Erklärung der Himmelsbewegungen nicht gut fort wollte, wenn er annahm, das ganze Sternenheer drehe sich um den Zuschauer, versuchte, ob es nicht besser gelingen möchte, wenn er den Zuschauer sich drehen und dagegen die Sterne in Ruhe ließ«.

Kant hatte seine Untersuchung im Stile der alten Metaphysik begonnen, indem er nach den Aprioritäten des Denkens fahndete, d. h. nach Gewißheiten, die dem Denken *vor* aller Erfahrung (Physis) gegeben sind und daher, herkömmlicherweise, eine Meta-Physik begründen können. Kant findet solche Gewißheiten vor aller Erfahrung, A-priori-Gewißheiten, aber, so zeigt er, sie gelten nur *für* die Erfahrung – sie können keine Metaphysik mehr begründen. Das war der Paukenschlag, das ›a priori‹ war vom Himmel heruntergeholt und die Kathedralen der Metaphysik mußten einstürzen.

Das kam Schiller bekannt vor. Er verstand sich auf solche Einbrüche und Himmelsstürze, hatte er doch einst von seiner schwärmerisch-metaphysischen Liebesphilosophie gesagt: *Ein kühner Angriff des Materialismus stürzt meine Schöpfung ein* (V, 344). Kants Angriff aber war nicht materialistisch, sondern transzendental. Nicht das Physiologische, Körperliche entzaubert hier die Metaphysik, sondern die Reflexion auf die Strukturen des Erkenntnisaktes. Es handelt sich dort um Schranken, aber auch um Bedingungen von Möglichkeiten. Die einengenden und zugleich ermöglichenden Aprioritäten nehmen der erkannten Wirklichkeit etwas von ihrer vermeintlichen Objektivität und schlagen es auf die Seite des Subjektes. Überhaupt kann es Objektivität nur für ein Subjekt geben. Ein subjekt-unabhängiges Objekt ist ein Unding. Dieser Gedanke hat bei Schiller gezündet. Deshalb bezeichnet er, in einem Brief an Körner vom 18. Februar 1793, als eines der größten Worte, die je *ein Sterblicher gesprochen*, den Grundsatz Kants: »Die Natur steht unter dem Verstandesgesetz«. Angewandt auf das Materialismus-Problem bedeutet dieser Satz: der Materialismus, der die Schöpfung des Geistes einzustürzen droht, ist selbst eine Konstruktion des Geistes, bei der der Geist nicht bemerkt, daß er sie selbst konstruiert hat. Der Materialismus ist also, transzendental gesehen, ein Dogmatismus der selbstvergessenen Vernunft. Von Kant besorgt sich Schiller das gute theoretische Gewissen bei dem Versuch, die schöpferische Kraft und Freiheit ins Zentrum des Menschen zu rücken. Alles liegt im Subjekt – die ›Materie‹ des Materialismus ebenso wie der Himmel, der sie überwölbt und in den die alte Metaphysik ihre Welten hinaufgebaut hat.

Zweifellos ist das auch eine Entzauberung. Gleichwohl werden die Geheimnisse dort draußen noch geheimnisvoller, indem der welterzeugende und zugleich weltverbergende Apparat unserer Aprioritäten entdeckt wird, mit dem wir uns die Wirklichkeit zurechtmachen. Und was hat Kant hier nicht alles entdeckt: da sind die Anschauungsformen des Raumes und der Zeit; wir können nicht anders als mit ihnen die Realität erfassen; und deshalb können wir auch nicht wissen, ob es Raum und Zeit »an sich« überhaupt gibt. Dasselbe gilt für die Kausalität: Sie ist ein Schema unseres Verstandes, mit dessen Hilfe wir den Erfahrungsstoff organisieren. Ob es Kausalität »an sich« gibt, wissen wir ebenfalls nicht und können es gar nicht wissen. Raum, Zeit, Kausalität – das sind die wichtigsten transzendentalen Bedingungen unserer Wahrnehmung und Erkenntnis. Sie liegen *vor* der Erfahrung, weil sie Erfahrung überhaupt erst ermöglichen, nicht etwa jenseits der Erfahrung, in einem spekulativ-metaphysischen Nirgendwo. Das Kantsche ›Transzendentale‹ ist in gewissem Sinne das Gegenteil des ›Transzendenten‹, da die transzendentale Analyse gerade in dem Nachweis besteht, daß wir keine Erkenntnis des Transzendenten haben können. Kein Weg führt vom Transzendentalen zur Transzendenz. Mit Kants Nachweis, daß die Kausalität lediglich ein Prinzip unseres Verstandes ist und keine Auskunft geben kann über die Wirklichkeit ›an sich‹, zerreißen auch die über Jahrhunderte prachtvoll geknüpften Argumentationsketten des vernünftigen Gottesbeweises, die alle am Leitfaden der Kausalität Gott als ersten Verursacher beweisen wollten. Indem Kant solcher Metaphysik den Kategorienfehler nachwies, hat er sie zerstört und die moderne Erkenntnistheorie aus der Taufe gehoben, die mit dem Mißverständnis aufräumt, das Erkenntnissubjekt sei bloß rezeptiv. Kant wies nach, daß Erkennen immer auch Produzieren bedeutet.

Selbstverständlich gesteht diese Erkenntnistheorie zu, daß es eine Natur unabhängig von unserer Erkenntnis gibt. Aber eben darum können wir sie nicht erkennen, und wenn wir sie erkennen, dann nur so, daß unser Verstand ihr die Gesetze »vorschreibt«, von denen er dann glaubt, er habe sie ihr »abgelesen«.

Diese Erkenntnistheorie mußte bei Schiller auf fruchtbaren Boden fallen. Denn sie war ihm weder ganz fremd noch ganz neu. In seinen früheren philosophischen Versuchen spielt die Zeichentheorie bereits eine wichtige Rolle. Daran konnte er anknüpfen bei dem Versuch, die Kantsche Wende nachzuvollziehen. Auch die Zeichentheorie, so wie sie Schiller in der dritten Dissertation und in den »Philosophischen Briefen« entwickelt hatte, läßt zwischen Zeichen und Bezeichnetem keine substantielle Gemeinsamkeit, sondern nur eine konventionelle Verbindung zu, schließt also den Menschen ebenso in seine Zeichenwelt ein wie Kants Erkenntnissubjekt eingeschlossen bleibt in die Welt seiner transzendentalen Bedingungen. Doch die Zeichentheorie ließ immer noch den Einbruch des Realen in die Zeichenwelt zu. Als Schiller aber bei Kant lernte, die Eigenmacht des erkennenden Subjektes noch tiefer zu legen, war ein solcher Einbruch nicht mehr möglich. Natürlich konnte ihn auch weiterhin die Vision eines geistlosen Materialismus überwältigen, aber er konnte sich dann sagen, daß dieser Materialismus nicht etwa als Einbruch des Realen zu gelten habe, sondern nur eine Konstruktion des Geistes ist. Auch der womöglich zerstörerische Materialismus ist nicht die Wirklichkeit sans phrase, sondern eine Interpretation der Wirklichkeit. So fühlte sich Schiller von Kant auf die sichere Seite gebracht. Die schöpferische Macht des Subjektes wirkt auch noch dort, wo das Subjekt sich entmachtet fühlt. Es gibt keine »Wahrheit« des Materialismus, die den Geist entmachtet, denn auch der Materialismus ist bloß ein Konzept des Geistes. Es gibt Wirklichkeit, die Welt ist nicht ein Traum, gewiß; aber jede Wirklichkeit, die uns begegnet, ist, eben weil sie uns begegnet –, interpretierte Wirklichkeit. Auch wenn der Materialismus den Idealismus untergraben sollte, so ist er doch nur ein Erzeugnis des Geistes, der, wenn er sich desillusionieren läßt, vergißt, daß er selbst die materialistische Interpretation, die ihn enttäuscht, hergestellt hat. Der Materialismus ist das Produkt eines Geistes, der nicht weiß, daß und was er tut. Später wird Schiller in den Briefen zur »Ästhetischen Erziehung des Menschen« schreiben: *die Wahrheit ist nichts, was so wie die Wirklichkeit oder das sinnliche Dasein der Dinge von außen empfangen werden kann; sie ist etwas, das die Denkkraft selbsttätig und in ihrer Freiheit hervorbringt.* Das gilt dann auch für den Materialismus und das ihm innewohnende Konzept von (mechanischer) Notwendigkeit. Er bleibt eine Hervorbringung des freien Geistes, der sich die Freiheit nimmt, in das Feld der äußeren Wirklichkeit die Nicht-Freiheit als seine Konstruktion hineinzulegen und diese Nicht-Freiheit in sich selbst zurückzuspiegeln, und folglich gilt: Die Notwendigkeit ist eine Funktion, mehr noch: eine Fiktion der Freiheit. Auf diesen Gedanken bezieht sich Schiller in dem bereits zitierten Brief an Körner vom 18. Februar 1793, worin er den entscheidenden Punkt seines Kant-Erlebnisses mit einigem Pathos aussprach: *Es ist gewiß von keinem sterblichen Menschen kein größeres Wort noch gesprochen worden, als dieses Kantische, was zugleich der Inhalt seiner ganzen Philosophie ist: Bestimme Dich aus Dir selbst; sowie das in der theoretischen Philosophie: Die Natur steht unter dem Verstandesgesetze.*

Der zuletzt genannte Satz bezeichnet also den Grundsatz der transzendentalen Erkenntnistheorie, die von nun an auch für Schiller maßgeblich wird. Der erste Satz – *Bestimme Dich aus Dir selbst* – bezieht sich auf den hier zugrundeliegenden schöpferischen Aspekt des menschlichen Wesens. Schiller rechnet es Kant hoch an, daß er sich nicht mit der Rolle des Erkenntnistheoretikers begnügte, sondern daß er im eminenten Sinne ein Philosoph der schöpferischen Freiheit war.

Tatsächlich hat Kant mehr getan, als nur den geregelten Geschäftsgang des Verstandes zu analysieren und vielleicht auch zu beaufsichtigen. Und dieses ›Mehr‹ hat bei den Zeitgenossen, und eben auch bei Schiller, entfesselnd gewirkt.

Diese ganze von Kant rokokohaft konstruierte Spieluhr unseres Wahrnehmungs- und Erkenntnisvermögens mit den vier verschiedenen Urteilsarten, an denen dann die Greifarme der jeweils drei Kategorien befestigt sind, am Qualitätsurteil beispielsweise die Kategorien ›Realität, Negation, Limitation‹ und so fort (Kant wollte sogar noch feinere Räderwerke installieren, jedenfalls hat er damit gedroht, als er erklärte, daß er nach Belieben den »Stammbaum des reinen Verstandes völlig ausmalen« könne) – dieser ganze Apparat ist alles andere als ein »Baum«; damit er arbeiten und den Erfahrungsstoff zermahlen und neu zusammensetzen kann, bedarf es der lebendigen Energie. Die Bestimmung dieser Energie ist ein Herzstück der Kantschen Philosophie. Er nennt sie – und das muß heute jeden überraschen, der in Kant nur den Maschinisten des Verstandes sieht – die »produktive Einbildungskraft«. »Daß die Einbildungskraft«, schreibt er, »ein notwendiges Ingredienz der Wahrnehmung sei, daran hat wohl noch kein Psychologe gedacht«.

Die Thronerhebung der Einbildungskraft ist also nicht das Werk des Sturm und Drang und später der Romantik allein. Kant selbst hatte sie besorgt, und bedenkt man sein öffentliches Ansehen, so war er wohl der wirkungsvollste Königsmacher. Für Schiller jedenfalls ist die Rangerhöhung der Einbildungskraft durch Kant das schönste Geschenk, das die Philosophie der Poesie machen konnte.

Dieses schöpferische Prinzip, das auch noch den rezeptiven Vorgängen wie Wahrnehmen und Erkennen zugrunde liegt, nennt Kant also »Einbildungskraft«. Er hat auch noch schwierigere Begriffe dafür erfunden. Er spricht, ohne Scheu vor Wortungetümen, von der »transzendentalen Synthesis der Apperzeption« oder einfacher vom »reinen Selbstbewußtsein« und nennt dies den »höchsten Punkt, an dem man allen Verstandesgebrauch, selbst die ganze Logik, und nach ihr, die Transzendentalphilosophie heften muß«. Und Schiller nennt diesen höchsten Punkt: *Selbstbestimmung.*

Wenn Schiller Kants Diktum »Bestimme Dich aus Dir selbst« als dessen bedeutendsten Gedanken wertet, zeigt er damit, daß er tatsächlich ins Zentrum der Kantschen Philosophie vorgedrungen ist. Dieses Zentrum ist das Mysterium der menschlichen Freiheit. Kant hatte sich ihm genähert auf eine Art, die ebenso wie seine Erkenntnistheorie eine epochale Wirkung ausübte. Es ist ein windungsreicher Weg. Er führt über das ominöse »Ding an sich«.

Kant hatte in der »Kritik der reinen Vernunft« die Natur, sofern sie nicht von uns erfaßt wird, als »Ding an sich« bezeichnet. Das »Ding an sich« ist der Name für jenes Unbekannte, das wir paradoxerweise erst erzeugen, indem wir uns damit bekannt machen; wir können alles nur als das erfassen, was es *für* uns ist. Dieses ›für mich‹ wirft seinen Schatten: es ist das nicht vorstellbare, aber als leerer Gedanke herumspukende ›an sich‹, denn wenn ich es mir vorstelle, ist es bereits zu einem ›für mich‹ geworden. Mit dem »Ding an sich« war eine neuartige Transzendenz am Horizont erschienen; keine Transzendenz des alten Jenseits, sondern eine Transzendenz, die nichts anderes ist als die immer unsichtbare Rückseite aller Vor-Stellungen. Kant hatte mit großer Gelassenheit das erkenntnistheoretische »Ding an sich« außerhalb von uns auf sich beruhen lassen. Aber mit einer beispiellos kühnen und doch auch konsequenten Wendung verlegt Kant diese Rück-Seite auch in uns selbst.

Auch wir sind uns selbst, sofern wir uns begreifen wollen, eine Vorstellung, aber wir sind auch ein Sein, unabhängig davon, daß wir Bewußtsein sind. Insofern also sind wir selbst, für uns selbst, ein unerkennbares »Ding an sich«. So verwandelt sich die ehemals erhabene Transzendenz in den blinden Fleck unserer Existenz, in das Dunkel des gelebten Augenblicks. Das hat eine dramatische Konsequenz. Denn wenn wir uns selbst begreifen, entdecken wir, wie auch sonst in der äußeren Realität, nur Kausalitäten. Von außen gesehen, finden wir keine Freiheit in uns, sondern nur Kausalitäten und Determinationen. Von innen aber erleben wir die Freiheit. Wir erfahren uns als unbestimmt genug, um unser Handeln selbst zu bestimmen. Hinterher und von außen (und die eigene Person kann man ›von außen‹ nur ›hinterher‹ sich vorstellen) werden wir dann die Freiheit wieder wegerklären müssen. Es ist wie auf einer Drehbühne: von innen Freiheit, von außen Notwendigkeit. Im Augenblick des Handelns zerreißt das Universum des notwendigen Seins. Kant erläutert das an einem trivialen Beispiel: »Wenn ich jetzt ... völlig frei, und ohne den notwendig bestimmenden Einfluß der Naturursachen von meinem Stuhle aufstehe, so fängt in dieser Begebenheit, samt deren natürlichen Folgen ins Unendliche, eine neue Reihe schlechthin an«. Hinterher, wenn ich dann aufgestanden sein werde, läßt sich alles erklären; es zeigt sich Notwendigkeit, wo im Erlebnis Freiheit war. Notwendigkeit wird immer erst sichtbar, wenn das Ereignis der Freiheit vorbei ist. Im Augenblick des Handelns erfahre ich keinen Zwang, der mich vollkommen einschließen würde, weil Handeln und Optionenhaben ein und dasselbe sind. Bewußtes Handeln bewegt sich stets in einer Offenheit, es stellt mich vor die Wahl und überantwortet mich der Freiheit, die ich bisweilen auch gerne los wäre.

›Notwendigkeit‹, ›Kausalität‹ – das sind Kategorien unseres vorstellenden Verstandes, also der erscheinenden, uns erscheinenden Welt. Ich selbst bin mir auch Erscheinung, sofern ich mich betrachte, über meine Handlung reflektiere. Zugleich aber erfahre ich mich in Freiheit. Der Mensch lebt in zwei Welten. Einerseits ist er, in Kantscher Terminologie, ein »Phainomenon«, ein Element der sinnlichen Welt, das nach deren Gesetzen existiert; andererseits ist er ein »Noumenon«, ein »Ding an sich« – ein lebendiges Etwas, das niemals zureichend objektiviert werden kann, weil es zugleich das Subjekt jeder Objektivierung ist. Beim Versuch, sich zu begreifen, bleibt ein blinder Fleck. Er ist das Lebendigste und Geheimnisvollste. Er ist das inwendige »Ding an sich«. Er ist das Moment der Freiheit.

Schiller erkennt, daß hier das Gravitationszentrum der Kantschen Philosophie liegt. Kant selbst hat es in einem Brief eingeräumt, als er bekannte, daß gerade das Problem der Freiheit – »Der Mensch ist frei und dagegen: es gibt keine Freiheit, alles ist naturgesetzliche Notwendigkeit« – ihn aus dem »dogmatischen Schlummer« geweckt und zur Kritik der Vernunft veranlaßt habe.

Schiller hatte – von Kants geschichtsphilosophischen Schriften, die er bereits Ende der achtziger Jahre studierte, abgesehen – seine Kant-Lektüre mit der »Kritik der Urteilskraft« begonnen. Er hatte also mit Kants letztem Werk in der Reihe der »Kritiken« begonnen, weil er vor allem wissen wollte, was Kant über die Kunst und das Schöne zu sagen hatte. Er war dabei, wie es nicht anders sein konnte, tief in das ganze Universum der Kantschen »Kritiken« hineingezogen worden. Und doch blieb er hartnäckig auf der Spur des Ästhetischen. Was konnte er speziell aus der »Kritik der Urteilskraft« für sein ästhetisches Interesse gewinnen?

Wenn der Verstand in der Natur überall Notwendigkeit und Kausalität entdeckt, also nur »blinde« Wirkursachen im Gegensatz zu den intentionalen End-Ursachen, wenn also der Verstand in der Natur kein

Ziel und keinen Zweck, kein teleologisches Prinzip entdecken kann; und wenn die praktische Vernunft andererseits im freien Handeln solche Ziele und Zwecke als das Gesollte und Gewollte kennt, so besteht die Gefahr, daß die Welt, in der wir leben, uns in zwei Paralleluniversen auseinanderbricht. Und deshalb hatte Kant versucht, in der »Urteilskraft« jene mittlere Wirklichkeitseinstellung ausfindig zu machen, bei der die Natur so angesehen wird, »als ob« in ihr ein teleologisches Prinzip wirke, als ob sie auch von Endursachen bestimmt sei, als ob in der Natur ein Ziel gelegen sei, auf das hin sie sich entwickle, vom Keim zur Blüte und Frucht, von der Naturanlage zur entfalteten Gestalt. Das gilt für das Organische, dessen Verständnis unbefriedigend bleibt, wenn es nur im Sinne der mechanischen Kausalität aufgefaßt würde. Nur wenn wir die Natur mit einer ›Teleologie als ob‹ ausstatten, haben wir das befriedigende Gefühl, ihrer »inneren Natur« einigermaßen zu entsprechen. Warum stellt sich das befriedigende Gefühl ein? Weil der Verstand sich mit der Einbildungskraft verbindet, und diese Regsamkeit des inneren Lebens stimmt uns ein auf das letztlich undurchdringliche äußere Leben. Es ist die Einbildungskraft, die dem äußeren Leben die innere Lebendigkeit leiht.

Wenn aber die Einbildungskraft sich löst vom Erkenntnisdienst und ihr freies Spiel beginnt, dann stellt sich das Gefühl von Schönheit ein. Was ist Schönheit? Kants Antwort: es ist dasjenige, was uns das freie Spiel der Einbildungskraft erlaubt. Warum und inwiefern ist dieses »Spiel« frei? Es ist frei, weil es nicht von einem Begehren getrieben ist, weil es »interesselos« ist, wie Kant sagt; es ist frei, weil es nicht unter moralischen Imperativen steht, und schließlich ist es auch deshalb frei, weil es nicht auf Erkenntnisgewinn aus ist; die Einbildungskraft wird zu einem Spiel veranlaßt, bei dem sie die eigenen losgelassenen Kräfte genießt. Soweit Kant.

Für Schiller geht Kant nicht weit genug. Schiller sieht Kant beim Kunstgenuß, beim Rezipienten also, stehenbleiben; zum schönen Gegenstand selbst, zum Kunstwerk, dringe er noch nicht vor. Für Schiller entwickelt Kant noch keinen Begriff des objektiv Schönen.

Nach wenigen Wochen der Kantlektüre schreibt Schiller triumphierend an Körner, er habe nun philosophisch den Weg vom subjektiv zum objektiv Schönen gefunden. *Über die Natur des Schönen ist mir viel Licht aufgegangen, so daß ich Dich für meine Theorie zu erobern glaube. Den objektiven Begriff des Schönen, der sich eo ipso auch zu einem objektiven*

Grundsatz des Geschmacks qualifiziert, und an welchem Kant verzweifelt, glaube ich gefunden zu haben. Ich werde meine Gedanken darüber ordnen, und in einem Gespräch: Kallias, oder über die Schönheit, auf die kommenden Ostern herausgeben (21. Dezember 1792).

Dieses geplante »Gespräch« wird er nicht verfassen, doch zwischen dem 25. Januar und dem 28. Februar 1793 schreibt er eine Reihe von Briefen an Körner, in denen er jene Gedanken entwickelt und in eine Ordnung bringt, die er ursprünglich für die »Kallias«-Gespräche vorgesehen hatte.

Schiller fragt, was einen Gegenstand qualifiziert für die Erfahrung von Schönheit. Wie muß dieser Gegenstand beschaffen sein, damit er schön wirkt? Die Antwort, auf die Schiller hinarbeitet und die er dann entfaltet, lautet: Schönheit ist *Freiheit in der Erscheinung*.

Freiheit gibt es nur im Menschen; nicht in der Natur. Aber es gibt in der Natur so etwas wie *Freiheitähnlichkeit*, das, wenn es uns anspricht, als Schönheit empfunden wird. Die große Idee der *Selbstbestimmung* strahlt uns aus gewissen Erscheinungen der Natur zurück, und diese nennen wir *Schönheit* (V, 400).

Da gibt es das Naturschöne; Schiller wählt als Beispiel das rassige Pferd, das sich nach seiner Natur bewegt, ungezwungen und frei; andererseits der Kutschergaul, dem sich Last, Arbeit und Zwang in den Körper eingeschrieben haben. Das ist der Unterschied zweier Naturwesen, schreibt Schiller, *worunter das eine ganz Form ist und eine vollkommene Herrschaft der lebendigen Kraft über die Masse zeigt, das andre aber von seiner Masse unterjocht worden ist* (V, 416). Was seine Natur entfalten kann, ungekrümmt, unbedrückt, unverzerrt, was sich aus sich selbst zu sich selbst entwickelt im Schwung seiner lebendigen Form – das ist die *Freiheitähnlichkeit* und darum die Schönheit in der Natur. Es ist eine Art Selbstbestimmung, wenn der Keim sich zur Blüte entfaltet; diese Entfaltung der inneren Natur, die sich zur Gestalt bringt, ist zwar noch keine hinreichende, aber eine notwendige Bedingung der Schönheit. Das Gezwungene, Gehemmte, Gedrückte, sagt Schiller, kann niemals schön sein. Das ist die *Freiheitähnlichkeit* in den organischen Formen, die deshalb als schön empfunden werden können. Diese *Freiheitähnlichkeit* erwarten wir um so mehr bei den künstlichen Gegenständen, auch bei denen, die im unbelebten Material gearbeitet sind. *Schön ist ein Gefäß*, schreibt Schiller, *wenn es, ohne seinem Begriff zu widersprechen, einem freien Spiel der Natur gleichsieht. Die Handhabe an einem Gefäß ist bloß des*

Gebrauchs wegen, also durch einen Begriff, da; soll aber das Gefäß schön sein, so muß diese Handhabe so ungezwungen und freiwillig daraus hervorspringen, daß man ihre Bestimmung vergißt. Ginge sie aber in einem rechten Winkel ab, verengte sich der weite Bauch plötzlich zu einem engen Hals und dergleichen, so würde diese abrupte Veränderung der Richtung allen Schein von Freiwilligkeit zerstören, und die Autonomie der Erscheinung würde verschwinden (V, 420).

Das Spiel der Form und der Masse bestimmt die Schönheit der Natur. Wenn sich die Form ungehindert ausprägen kann und die Masse nicht stört, empfinden wir Schönheit; wenn aber die Masse zu schwer und darum ungestalt ist und die Form sich darin verliert, wenn die Ausdrucksgebärde und Bewegung gehemmt, verzerrt und nur verkümmert sich zeigen kann, reagieren wir mit Widerwillen oder sogar Abscheu. Die schwere Materie darf nicht den Eindruck erwecken, als werde sie *gezwungen*, sie muß von sich aus, *freiwillig*, sich dem Formwillen fügen, jedenfalls sollte es so erscheinen.

Solche *Freiwilligkeit* ist selbstverständlich nur analog auf die nichtmenschliche Natur anzuwenden, aber sie gibt den Gesichtspunkt für die Beurteilung der Schönheit, und sie ist maßgeblich für das schöne Zusammenspiel von Mensch und Dingen. Schiller wählt zur Veranschaulichung das Beispiel der Kleidung. *Wann sagt man wohl, daß eine Person schön gekleidet sei? Wenn weder das Kleid durch den Körper, noch der Körper durch das Kleid an seiner Freiheit etwas leidet* (V, 420f.). Ist die Kleidung zu eng, dann drängt sich der Körper auf Kosten des Kleides vor; ist sie umgekehrt zu weit, drängt sich die Kleidung auf Kosten des Körpers vor und degradiert den Menschen zum bloßen Träger eines Textils. Schiller ist kühn genug, an diesem eher beiläufigen Beispiel sein Modell einer ästhetischen Vergesellschaftung zu demonstrieren: *In dieser ästhetischen Welt, die eine ganz andere ist als die vollkommenste platonische Republik, fordert auch der Rock, den ich auf dem Leibe trage, Respekt von mir für seine Freiheit, und er verlangt von mir, gleich einem verschämten Bedienten, daß ich niemanden merken lasse, daß er mir dient. Dafür aber verspricht er mir auch reciproce, seine Freiheit so bescheiden zu gebrauchen, daß die meinige nichts dabei leidet; und wenn beide Wort halten, so wird die ganze Welt sagen, daß ich schön angezogen sei* (V, 421).

Der Grundgedanke ist: Schönheit spielt mit den Materialien – den Dingen, den Stoffen, den Ideen, der Sprache – so, daß deren jeweiliger Eigensinn und Eigenwert zum Ausdruck kommt und sie insofern »frei«

bleiben, sich aber einem Ganzen einfügen. In der *ästhetischen* Welt, schreibt Schiller, hat jedes Element *gleiche Rechte* und darf um des Ganzen willen nicht *gezwungen* werden, sondern es muß zu allem *schlechterdings konsentieren.* Die ästhetische Welt ist der spannungsvolle Konsens aller Elemente, aus denen sie sich aufbaut. *Freiheit in der Erscheinung* bedeutet, die kombinierten Elemente so in Szene zu setzen, daß ihre Freiheit oder *Freiheitähnlichkeit* zum Vorschein kommen kann. Das ästhetische Unternehmen ist der grandiose Versuch, den Geist der Freiheit ansteckend zu machen und über die ganze erscheinende Welt bis hinunter zur unbelebten Natur auszubreiten. Das ästhetische Weltverhältnis etabliert auch ein Parlament der Dinge.

Diese Überlegungen haben Konsequenzen für das künstlerische Schaffen im engeren Sinne: der Künstler darf seine Ideen dem Stoff nicht aufherrschen – daraus entsteht *Manier*: der Künstler nimmt sich zu wichtig, drängt sich vor, hascht nach Originalität, will sich auf dem Markt der Eitelkeit behaupten. *Stil* hat der Künstler erst, wenn seine Absichten sich mit dem Eigensinn des Stoffes verbinden und dadurch etwas Unverwechselbares entsteht: es läßt sich nicht auf den Künstler reduzieren und nicht auf den Stoff, es ist etwas Drittes, das sich aus dieser Verbindung ergibt. Der Künstler muß so arbeiten, daß seine Ideen erscheinen, als kämen sie aus dem Stoff selbst hervor. Der Dramatiker etwa muß den Eigensinn seiner Figuren respektieren und darf sie nicht nach seiner Absicht modeln. Das Geschehen auf der Bühne darf nicht konstruiert sein, sondern muß Eigendynamik entwickeln. Gewiß, es ist der Künstler, der darstellt, aber zur Schönheit gehört, daß es so scheint, als ob es das Darzustellende selbst ist, das zur Darstellung drängt. Es verhält sich damit so, wie es Michelangelo einmal andeutete, als er erklärte, die Skulptur verberge sich im Stein, man brauche nur die überflüssigen Massen wegschlagen, damit sie zum Vorschein komme. Der Künstler ist nur ein Geburtshelfer der Dinge, die zur Erscheinung drängen. Schiller bezieht diesen Gedanken sogar auf die Philosophie: *Gut ist eine Lehrart, wo man vom Bekannten zum Unbekannten fortschreitet; schön ist sie, wenn sie sokratisch ist, d.i. wenn sie dieselben Wahrheiten aus dem Kopf und Herzen des Zuhörers herausfragt. Bei der ersten werden dem Verstand seine Überzeugungen in forma abgefodert, bei der zweiten werden sie ihm abgelockt* (V, 423).

Die ästhetische Welt ist der Inbegriff aller Bedeutungen, die dem Sein nicht aufgezwungen und abgefordert, sondern eben *abgelockt* werden, und darum kann die ästhetische Welt auch so verlockend sein. Die Welt hebt an zu singen, man muß nur das Zauberwort treffen.

In der ästhetischen Welt feiert die Freiheit ihr Fest. Alles kommt heraus, kommt zu sich, zeigt sich so, wie es von sich aus ist, tritt ein in ein Spiel, worin jeder Mitspieler zu seinen besten Möglichkeiten ermuntert wird. Das muß nicht harmonisch sein, es kann auch tragisch enden. Und doch ist es ein Zusammenstimmen des Lebendigen in seinen starken Momenten. So ist eben das Leben. Gestaltenreich, gefährlich und schön. Das ist der Schillersche Idealismus: wenn die Dinge und Menschen zu sich selbst kommen und in der vollendeten Gestalt ihrer Möglichkeit und Lebendigkeit ihr Spiel des Lebens aufführen. Wenn der Geist sich zeigt in allem, was lebt, bis hinunter zur stummen und versteinerten Natur. Auch dort findet sich Schönheit, wenn man sie nur zu finden weiß; und man findet sie überall, wenn man sie in der Kraft der eigenen Lebensgestaltung erfahren hat.

Die hochgestimmten Sätze über die ästhetische Republik, von der gelten soll, daß in ihr *jedes Naturwesen ein freier Bürger* ist, *der mit dem Edelsten gleiche Rechte hat, und nicht einmal um des Ganzen willen darf gezwungen werden, sondern zu allem schlechterdings konsentieren muß* (V, 421), schreibt Schiller in einem Augenblick, da ihn die Französische Revolution mehr, als ihm lieb ist, in Anspruch nimmt.

Am 26. August 1792 hatte die Pariser Nationalversammlung ihm in einem feierlichen Akt den Titel eines »Citoyen français« erteilt. Das erfreute ihn, doch das offizielle Dokument erhielt er nicht, denn es war auf einen »Le sieur Gille, Publiciste allemand« ausgestellt. Einen Schriftsteller namens »Gille« aber, wie ihn die französische Ignoranz halbwegs phonetisch getauft hatte, kannte man in Deutschland nicht und wußte deshalb auch nicht, wem man die Urkunde zustellen sollte. Und so blieb sie einige Jahre in Straßburg liegen. Am 1. März 1798 erst wird sie ihm ausgehändigt. Sie trug die Unterschrift von Danton und all den anderen, die schon längst enthauptet waren. Goethe wird mit den denkwürdigen Worten gratulieren: »Zu dem Bürger Dekrete, das Ihnen aus dem Reich der Toten zugesendet worden, kann ich nur insofern Glück wünschen als es Sie noch unter den Lebendigen angetroffen hat«.

Schiller hatte diese Ehrenbürgerschaft, sobald er im Herbst 1792 davon erfuhr, immerhin so ernst genommen, daß er sich in die französischen Vorgänge, die ihn empörten, einmischen wollte. Da waren die

Septembermorde, als fast zweitausend Personen vom Pariser Mob niedergemacht wurden. Unter den Opfern befand sich eine große Zahl von Priestern, die man bloß deshalb umbrachte, weil sie den Eid auf den neuen Staat verweigerten. Da waren die zahllosen Gewaltakte in den erregten Provinzen. Die Furcht ging um, und die Panik rief Exzesse hervor. Die Ereignisse dieses Herbstes, die in der deutschen Presse noch blutiger dargestellt wurden, als sie vielleicht waren, hatte Schiller vor Augen, als er ein Jahr später in den »Briefen an den Herzog von Augustenburg« die berühmten Worte schrieb: *In seinen Taten malt sich der Mensch – und was für ein Bild ist das, das sich im Spiegel der jetzigen Zeit uns darstellt? … In den niedern Klassen sehen wir nichts als rohe gesetzlose Triebe, die sich nach aufgehobenem Band der bürgerlichen Ordnung entfesseln, und mit unlenksamer Wut ihrer tierischen Befriedigung zueilen … Es waren also nicht freie Menschen, die der Staat unterdrückt hatte, nein, es waren bloß wilde Tiere, die er an heilsame Ketten legte* (13. Juli 1793).

In der erregten Zeit des ersten Koalitionskrieges, den Österreich und Preußen gegen das revolutionäre Frankreich führten, fanden die September-Pogrome statt, die von der allgemeinen Hysterie geprägt waren, welche die ersten Kriegserfolge der Koalition ausgelöst hatte. Nach diesen Ereignissen, die Schillers Abscheu hervorriefen, hatte der neugewählte Nationalkonvent die Abschaffung des Königtums beschlossen, und im Oktober 1792 wurde der Prozeß gegen Ludwig XVI. eröffnet. Der Nationalkonvent gab den Rechtsgedanken zugunsten der Idee des »salut public« (des öffentlichen Wohls) preis, indem er im Widerspruch zum noch geltenden Recht, das für ein Todesurteil drei Viertel der Stimmen des Gerichtes verlangte, eine einfache Mehrheit für ausreichend erklärte. Während die französischen Heere nach ersten Rückschlägen von Sieg zu Sieg eilen und über die Rheingrenze vordringen – die Kanonade von Valmy, bei der Goethe zugegen war, hatte Ende September die Wende eingeleitet –, sitzt der Konvent zu Gericht über den König, den man des Landesverrates bezichtigt. In diesem historischen Augenblick glaubt Schiller eingreifen zu müssen. *Kaum kann ich*, schreibt er am 21. Dezember 1792 an Körner, *der Versuchung widerstehen, mich in die Streitsache wegen des Königs einzumischen … und ein deutscher Schriftsteller, der sich mit Freiheit und Beredsamkeit über diese Streitfrage erklärt, dürfte wahrscheinlich auf diese richtungslosen Köpfe einigen Eindruck machen … Der Schriftsteller, der für die Sache des Königs öffentlich streitet, darf bei dieser Gelegenheit schon einige wichtige Wahrheiten mehr sagen als ein anderer … Vielleicht rätst Du mir an zu schweigen, aber ich glaube, daß man bei solchen Anlässen nicht indolent und untätig bleiben darf. Hätte jeder freigesinnte Kopf geschwiegen, so wäre nie ein Schritt zu unserer Verbesserung geschehen. Es gibt Zeiten, wo man öffentlich sprechen muß.*

Schiller wäre sogar bereit gewesen, nach Frankreich zu reisen und seine Sache dort öffentlich zu vertreten. Er erwog es allen Ernstes, obwohl er sich aus gesundheitlichen Gründen eine solche Reise eigentlich nicht zumuten durfte. Aber sein Zorn über die Vorgänge in Paris war so gewachsen, daß er alle sonstigen Rücksichten hintanstellte. Er erkundigte sich bei Körner nach einem französischen Übersetzer, er fragte Bekannte, die schon einmal in Paris waren, nach Reiseroute und Unterkunft. Es war ihm ernst.

Was hatte er der französischen Nation sagen wollen? Es sind keine Entwürfe zu der geplanten Denkschrift erhalten geblieben, wir sind auf Vermutungen angewiesen. Schiller war Republikaner, der Geist seiner Stücke ist Beweis dafür. Aber er war Republikaner im Sinne Montesquieus, was bedeutet: Herrschaft der auf Menschenrechte gegründeten Gesetze statt persönlicher Willkür. Diese Herrschaft der Gesetze war auch in einer konstitutionellen Monarchie möglich, für sie hätte er wohl Partei ergriffen, gegen Willkür und Pöbelherrschaft unter dem Deckmantel der Demokratie. Das Vorgehen des Nationalkonvents gegen den König, für den Schiller sonst wenig Sympathie empfand, war für ihn ein schlimmes Beispiel für die Tyrannei der Mehrheit. Daher wäre Schiller in seiner Denkschrift zwar für die Freiheit eingetreten, hätte aber ihre strenge Bindung an Recht und Gesetz eingefordert.

Während Schiller noch an seiner Denkschrift arbeitet und die Briefe über die *ästhetische Republik* schreibt, fällt in Paris das Todesurteil gegen Ludwig XVI. Am 21. Januar 1793 wird er hingerichtet. Davor gab es auch in Deutschland ein revolutionäres Intermezzo, das Schillers Anteilnahme erregen mußte. Am 21. Oktober 1792 besetzen die französischen Revolutionstruppen Mainz und vertreiben den Kurfürsten; keine gute Nachricht für Schiller, denn vom Mainzer Koadjutor, Karl von Dalberg, waren ihm Hoffnungen gemacht worden auf eine Sinekure in Mainz. Die Vertreibung des Fürsten zerstörte vorläufig alle diesbezüglichen Aussichten.

Mainz erlebte in diesem Herbst nicht nur eine Besetzung, sondern auch eine Revolution. Eine »Gesellschaft der Freunde der Freiheit und Gleichheit« hatte mit französischer Unterstützung einen Umsturz herbeigeführt und für ein halbes Jahr, bis die Koalition am 23. Juli 1793 die Stadt zurückeroberte, eine Republik begründet und damit begonnen, die Gesellschaft nach französischem Vorbild umzugestalten. Georg Forster war der Kopf dieses Revolutionsversuchs.

Bisher hatte Schiller Georg Forster bewundert, als Prosaisten, Naturforscher, Weltreisenden und Aufklärer. Forster hatte 1765 mit elf Jahren seinen Vater nach Rußland begleitet, dann in England gelebt und hatte als Siebzehnjähriger an Cooks Forschungsreise in der Südsee teilnehmen dürfen. Georg Forster war inzwischen fast zur Legende geworden. Mit seinem Freund Lichtenberg gab er das »Göttingische Magazin der Wissenschaft und Literatur« heraus, worin er seine vielgelesenen Abhandlungen über verschiedene Themen – Natur, Kunst, Religion, Staatspolitik – veröffentlichte. Auf allen diesen Gebieten brachte er seinen empiristischen Standpunkt zur Geltung: Ideen, schrieb er, taugen nur dann etwas, wenn sie im praktischen Experiment überprüft werden. Im Gegensatz zu Goethe, der ihn schätzte, kam Forster von der Naturwissenschaft zur Politik, während Goethe sich aus der Politik in die Naturwissenschaft zurückzog. Als die französischen Revolutionstruppen sich Mainz näherten, sah Forster den Augenblick gekommen, seine Ideen über Menschenrechte, Bauernbefreiung und republikanische Staatsform in der Praxis zu erproben. Er vertrat das Programm einer jakobinisch-radikal gewordenen Aufklärung und war sich nicht zu schade dafür, die praktischen Aufgaben, etwa die Umgestaltung von Verwaltung und Schule sowie die Organisation einer Bürgermiliz in Angriff zu nehmen – der Enthusiasmus für die Französische Revolution beflügelte ihn. »Die Nachwelt wird es nicht vergessen«, erklärte er in seiner Ansprache vor dem Mainzer Jakobinerklub am Neujahrstag 1793, »daß unsere Brüder zuerst die Denkmäler der Tyrannei eines barbarischen Zeitalters stürzten, zuerst unser tief gedemütigtes Volk gewöhnten, das Haupt emporzuheben und sich als Menschen und Freigewordene zu fühlen«. Lichtenberg, im Prinzip auch ein Anhänger der Revolution, warnte seinen Freund Forster vor allzu großem Vertrauen in die französische Besatzungspolitik. Später, als sein Mißtrauen bestätigt worden war, schrieb er sarkastisch: »Die Franzosen versprechen in den adoptierten Ländern Bruderliebe; sie schränkten sich am Ende bloß auf Schwesterliebe ein«.

Auch Schiller gab dem Revolutionsversuch in Mainz keine Chance. *Für die Mainzer*, schrieb er an Körner am 21. Dezember 1792, *kann ich mich gar nicht interessieren; denn alle ihre Schritte zeugen mehr von einer lächerlichen Sucht sich zu signalisieren, als von gesunden Grundsätzen.* Daß Forster hierbei mitwirkt, enttäuscht ihn und läßt ihn an dessen politischer Urteilskraft zweifeln. *Forsters Betragen wird gewiß von jedem gemißbilligt werden; und ich sehe voraus, daß er sich mit Schande und Reue aus dieser Sache ziehen wird*, heißt es in demselben Brief.

Zu diesem Zeitpunkt weiß Schiller noch nicht, wie sehr sein Freund Huber in die ganze Geschichte verwickelt ist. Am 26. Februar 1793 erfährt er es von Körner. Huber hatte in Mainz den Posten eines sächsischen Legationssekretärs bekleidet und unterhielt Verbindungen zu den Jakobinern am Ort. Wohl deshalb hatte er seine Stellung aufgegeben und den Vorsatz gefaßt, sich als freier Autor durchzuschlagen. Er hatte mit der Frau Georg Forsters, Therese, ein Liebesverhältnis angefangen und es gegenüber Dora Stock, seiner langjährigen Verlobten und Schwägerin Körners, verschwiegen. Briefe Thereses an Huber waren geöffnet worden, Körner hatte davon Mitteilung erhalten und erfahren, daß Therese inzwischen ein Kind von Huber erwartete. Auch gegenüber Georg Forster war das Verhältnis verheimlicht worden, der darüber so verzweifelt war, daß er sich im März als Deputierter nach Paris schicken ließ, um dort vor dem Nationalkonvent den Anschluß der Mainzer Republik an das revolutionäre Frankreich zu fordern, ohne Erfolg, denn wenig später wird die Stadt von den Truppen der Koalition wieder erobert. Forster erlebt den Terror des Wohlfahrtsausschusses und stirbt desillusioniert im Januar 1794 im Pariser Exil.

Dora Stock war von der Untreue ihres Verlobten tief getroffen. Sie glaubte, ihre besten Jahre durch Huber verloren zu haben. Dies alles berichtet Körner in seinem Brief vom 26. Februar 1793 an Schiller und deutet dem Freund darüber hinaus an, daß er selbst infolge seiner Verbindung mit Huber in politischen Verdacht geraten sei. Schiller zeigt sich empört über das doppelte Spiel Hubers und solidarisiert sich mit der verzweifelten Dora. Er schenkt den Verleumdungen Glauben, die Therese als »Flintenweib« und »femme fatale« hinstellten, und sieht in Huber das schwächliche Opfer einer weiblichen Kabale. *Die Forstern hat nichts, und will mit ihren Kindern sich von ihm ernähren lassen, da er sich selbst nicht helfen kann. Ich weiß in aller Welt nicht, wo er hinaus will* (an Körner, 28. Februar 1793).

Schiller hatte schon Monate zuvor Huber verurteilt, als dieser auf die

Auflösung der Verlobung mit Dora Stock drang. *Huber hat sich benommen*, schrieb er am 21. September 1792 an Körner, *wie zu erwarten war, ohne Charakter, ohne Männlichkeit ... Er bleibt, was er ist, ein räsonierender Weichling und ein gutmütiger Egoist.*

Vom enthusiastischen Freundschaftsbund früherer Tage war nicht mehr viel übrig, seit man sich aus den Augen gekommen war. Die neuesten Nachrichten aus Mainz bestärkten Schiller in seiner Verachtung, da auch er sich vom ehemaligen Freund hintergangen fühlte. Dora, schreibt er an Körner, möge sich wie er mit dem Gedanken trösten, daß es immerhin ehrenwert sei, einen Menschen für besser gehalten zu haben, als er ist. *Von nun an, dächte ich, könntet ihr ihn völlig vergessen und ignorieren. Wäre hier Rache nötig, so würde ich sagen, daß die Forster sie reichlich an ihm ausüben wird* (22. März 1793). Dies schreibt Schiller an Körner, kurz nachdem er Huber getroffen hatte, der für einige Tage nach Jena gekommen war. Er hatte einen fahrigen, nervösen und verkrampften Menschen erlebt und war froh, als Huber wieder abreiste. Es war das letzte Zusammentreffen der beiden. Noch einige wenige Briefe gingen in den nächsten Jahren hin und her. Huber zog sich mit Therese in die Schweiz zurück, denn beide mußten mit politischer Verfolgung rechnen. Schiller vergaß den ehemaligen Freund, bis er Ende 1804 von seinem Tod erfuhr. Betroffen und doch auch selbstgerecht schreibt er an Körner: *Hubers Tod wird Euch, so wie auch mich, sehr betroffen haben, und ich mag jetzt noch nicht gern daran denken. Wer hätte das erwartet, daß er uns zuerst verlassen müßte! Denn ob wir gleich außer Verbindung mit ihm waren, so lebte er doch nur für uns und war an zu schöne Zeiten unsers Lebens gebunden, um uns je gleichgültig zu sein. Ich bin gewiß, daß Ihr jetzt auch sein großes Unrecht gegen Euch gelinder beurteilt; er hat es gewiß tief empfunden und hart gebüßt* (20. Januar 1805).

Schillers Groll gegen Huber ging über das Persönliche hinaus. Er nahm ihn als Beispiel dafür, daß die gegenwärtige Revolution nicht die innerlich freien Menschen anzieht, sondern die »Aufgeregten«, wie sie Goethe nannte; getriebene und umgetriebene Menschen, nicht charakterfest genug, um ihr Leben in Ordnung zu bringen.

Charakterstärke, Entschiedenheit, Aufrichtigkeit – das waren Schillers Ansprüche sich selbst gegenüber, er forderte sie aber auch von jedem, der seine Wertschätzung verdienen wollte. Er konnte diese Ansprüche mit verletzender Strenge geltend machen.

In diesem Geist hatte er auch die Literaturfehde gegen Gottfried

August Bürger eröffnet. Dem populären Balladendichter hatte er nichts Geringeres als Charakterschwäche zum Vorwurf gemacht. Bürger, schrieb er in seinem Anfang 1791 veröffentlichten Aufsatz »Über Bürgers Gedichte«, habe die *höhere Schönheit* der *Popularität* aufgeopfert, was nicht nur als künstlerische, sondern auch als charakterliche Schwäche zu gelten habe, ein Verstoß gegen das Ethos des Dichtertums. *Alles, was der Dichter uns geben kann, ist seine Individualität. Diese muß es also wert sein, vor Welt und Nachwelt ausgestellt zu werden. Diese seine Individualität so sehr als möglich zu veredeln, zur reinsten herrlichsten Menschheit hinaufzuläutern, ist sein erstes und wichtigstes Geschäft, ehe er es unternehmen darf, die Vortrefflichen zu rühren* (V, 972). Bürger war von dieser Kritik tief gekränkt, zumal er seinerseits den Dichter Schiller bewunderte. Es sind ihm dadurch die letzten Lebensjahre – Bürger starb 1794 – vergiftet worden.

Ebenso trug auch Huber schwer an der schroffen Ablehnung durch den Freund.

Diese Rigorosität hatte sich bei Schiller seit den ersten großen Krankheitsanfällen deutlich verstärkt. Im Schatten des nahen Todes war ihm aufgegangen, daß ein hinfälliges Leben seine Würde nur behaupten kann, wenn es mit dem entschiedenen Willen zur Veredelung geführt wird. Angesichts des Todes ist die Lebenszeit zu kostbar, als daß man sich gehen lassen dürfte. Besonders den Dichter – und Huber wollte ja auch einer sein – stellte Schiller unter die Pflicht der Selbstveredelung. Deshalb empörte ihn nicht nur Hubers Charakterschwäche, sondern vor allem die Tatsache, daß er trotz dieser Schwäche sich als Dichter zeigen wollte. Huber sei ein *Schwätzer*, schrieb er einmal an Körner (17. November 1792). Ein vernichtendes Urteil von jemandem, dem es mit dem Spiel der Kunst inzwischen so ernst war, daß er aus ihrem Tempel jeden Unwürdigen glaubte verjagen zu müssen.

Als Schiller in den »Kallias«-Briefen die Schönheit definierte als *Freiheit in der Erscheinung*, war das Ethos des künstlerischen Schaffens, die *Veredelung*, die er als Anspruch gegen Bürger und dann auch gegen Huber so schroff zur Geltung brachte, noch nicht eigens zum Thema erhoben. Das geschieht erst in der großen Abhandlung »Über Anmut und Würde«, die im Frühjahr 1793, nach den »Kallias«-Briefen, entsteht.

Schiller wußte, daß er mit seiner Definition *Schönheit ist Freiheit in der Erscheinung* zwar ein objektives Kriterium für die Empfindung der Schönheit gewonnen hatte und damit über Kant hinausgekommen war; und auch, daß er den Schönheitsbegriff über den menschlichen Bereich hinaus auf das ganze Naturreich, also den Bereich des *Freiheitähnlichen*, ausgedehnt hatte. Damit war aber noch nicht die spezifische *Veredelung*, die ausschließlich das Werk des Menschen ist, zureichend erfaßt. Nun gilt es, diese *Veredelung* begreiflich zu machen. Sie ist möglich in der Gestalt der *Anmut* und der *Würde*.

Anmut ist die Schönheit der Gestalt unter dem Einfluß der Freiheit (V, 446). Schönheit der Gestalt ist dasjenige, was von Natur aus ist, die Gestalt des Körpers zum Beispiel; deshalb nennt Schiller sie auch die *architektonische Schönheit*, womit nichts anderes bezeichnet ist als der Bau, die Gestalt. Aber dazu gehört auch die Sinnlichkeit, die Natur in uns also, die nicht ein Produkt unserer Absicht, Willkür und Vernunft ist. Anmut ist mehr als diese ›natürliche‹ Schönheit; sie ist aber auch nicht bloßer Ausdruck von Vernunft und Freiheit. Sie ist nicht das Produkt der Herrschaft über die Natur, sondern – und das ist der entscheidende Gedanke des ganzen Aufsatzes – sie ist Kooperation zwischen Natur und Freiheit. Der menschliche Geist veranlaßt die Natur, auch die eigene, mitzuspielen bei den Absichten des Geistes; und indem die Natur sich vergeistigt, wird umgekehrt der Geist natürlich. Vielleicht, daß sich auf diese Weise der in der Moral spürbare Dualismus zwischen Körper und Geist, Natur und Freiheit überwinden läßt. Hier ist der zweite Schauplatz, wo Schiller die Auseinandersetzung mit Kant sucht.

Bei Kant war dieser Dualismus in moralischen Fragen schroff hervorgetreten. Für ihn ist die freie moralische Handlung der Natur abgezwungen. Der kategorische Imperativ drückt, ihm zufolge, nicht aus, was wir von Natur aus ›wollen‹, sondern was wir womöglich gegen unser ›Wollen‹ sollen. Die sittliche Vernunft bewegt sich in der Natur wie im Feindesland. Sie zwingt. Dieser moralische *Einfluß der Freiheit* auf die Natur kann, eben weil er zwingend ist, nicht *anmutig* sein. Die so verstandene sittliche Freiheit wäre demzufolge für die Schönheit verloren.

Schillers Vorhaben ist ehrgeizig: so wie er Kants Begriff der Schönheit objektivieren wollte, so will er jetzt Kants Begriff der Sittlichkeit aus der dualistischen Erstarrung lösen und im Bild der *Anmut* ein ganzheitliches Bild vom Menschen gewinnen. *Anmut* ist ihm das Kennzeichen der Versöhnung von Begehren und Freiheit, Natur und (sittlicher) Vernunft. Wenn diese Versöhnung gelingt – und für Schiller kann sie gelingen –, wird der Mensch zur *schönen* Seele, die er so definiert: *Eine schöne Seele nennt man es, wenn sich das sittliche Gefühl aller Empfindungen des Menschen endlich bis zu dem Grad versichert hat, daß es dem Affekt die Leitung des Willens ohne Scheu überlassen darf und nie Gefahr läuft, mit den Entscheidungen desselben im Widerspruch zu stehen ... Mit einer Leichtigkeit, als wenn bloß der Instinkt aus ihr handelte, übt sie der Menschheit peinlichste Pflichten aus, und das heldenmutigste Opfer, das sie dem Naturtriebe abgewinnt, fällt wie eine freiwillige Wirkung eben dieses Triebes in die Augen* (V, 468).

In Respektbekundungen wohlverpackt, trägt Schiller seine Kritik an Kant vor: *In der Kantischen Moralphilosophie ist die Idee der Pflicht mit einer Härte vorgetragen, die alle Grazien davon zurückschreckt und einen schwachen Verstand leicht versuchen könnte, auf dem Wege einer finstern und mönchischen Asketik die moralische Vollkommenheit zu suchen* (V, 465).

Schiller nimmt an Kants Konzeption eine grundlegende Veränderung vor: Bei Kant ist das ›Sollen‹ der Inbegriff der Freiheit. Es ist nicht die Empirie, sondern der Zwang seines Systems, das ihn zu dieser Gleichsetzung von ›Sollen‹ und ›Freiheit‹ und zur Entgegensetzung dieser beiden Momente zum ›Wollen‹ bringt. Eine verschlungene Argumentation, aber ein zuletzt doch wieder einfacher Gedanke führt ihn dahin: ›Wille‹ – das ist die Natur in uns. Was die Natur in uns will, das ist eben Naturnotwendigkeit und keine Freiheit. Frei sind wir dann, wenn wir die Kraft beweisen, die Ketten, die uns als Naturwesen binden, zu zerreißen. Freiheit ist der Triumph über unsere Triebnatur. Wir handeln unbedingt, wenn wir uns nicht mehr durch die Natur bedingen – also zum Ding machen – lassen. Als Naturwesen gehören wir dem Reich der Erscheinungen an, aber als freies Wesen, das die Stimme des Sollens hört, gehen wir über das Reich der Notwendigkeit hinaus; wir sind kein Ding mehr, sondern das von innen erfahrene »Ding an sich«. Es ist unsere Sittlichkeit, die uns, nach Kant, ins verschwiegene Herz der Welt führt. An diesem Punkt tritt das moralisierte »Ding an sich« bei Kant das Erbe der alten Metaphysik an. »Ding an sich«, »Freiheit«, »Sittengesetz«, »Gewissen«, »Sollen« – das alles wird zusammengezogen zur »praktischen Vernunft«, die den leeren Himmel draußen durch einen Himmel der Sittlichkeit im Kopf kompensiert. Es ist, als hätte die entthronte alte Metaphysik, aus den weiten Räumen des Kosmos vertrieben, alle verbleibende Kraft zusammengerafft und wäre dem säkularisierten Subjekt ins Gewissen gefahren.

Theoretische und praktische Vernunft geraten in eine überraschende

Konstellation: Die Kategorien der theoretischen Vernunft können, nach Kant, nur arbeiten, wenn sie als Bedingung möglicher Erfahrung gebraucht werden. Bei der praktischen Vernunft ist es genau umgekehrt: Sie verschafft sich nur Geltung, wenn sie den praktisch-moralischen Erfahrungsregeln (Eigennutz, Selbstbehauptung, Glückstreben) widerstreitet. Wenn die praktische Vernunft nur geböte, was die Erfahrung lehrt und wozu die Natur zwingt, so könnte sie ja nicht aus der »Freiheit«, aus dem inneren »Ding an sich« kommen. Das soll sie aber. Das gebietet der Systemzwang. Und so steckt endlich die Kraft der Freiheit bei Kant nicht in dem (naturnahen) Willen, sondern im ›Sollen‹. Die praktische Vernunft, die aus dem Mysterium des »Ding an sich« kommt, hat Kant zufolge die Kraft, Handlungen zu bewirken, die allein deshalb geschehen, weil sie vernünftig sind und darum gesollt werden. Diese Kraft soll auf keine unterstützenden Impulse der Neigung oder Angst angewiesen sein. Sie muß sogar solche Impulse zurückweisen: »Es gibt«, schreibt Kant, »manche so teilnehmend gestimmte Seelen, daß sie … ein inneres Vergnügen daran finden, Freude um sich zu verbreiten … Aber ich behaupte, daß in solchem Falle dergleichen Handlung …, so liebenswürdig sie auch ist, dennoch keinen wahren sittlichen Wert habe«.

Das war dem Kantianer Schiller zuviel. Er sah darin eine Sittlichkeit ohne Anmut, ein garstiges Zerrbild der Freiheit. In seiner Schrift »Anmut und Würde« ist er mit subtilen Argumenten dagegen vorgegangen. Einige Jahre später, in den »Xenien«, fühlt er sich frei genug, um ziemlich derb darüber zu spotten: *Gerne dien ich den Freunden, doch tu ich es leider mit Neigung, / Und so wurmt es mir oft, daß ich nicht tugendhaft bin. // Da ist kein anderer Rat, du mußt suchen, sie zu verachten, / Und mit Abscheu alsdann tun, wie die Pflicht dir gebeut* (I, 299f.).

Schiller will es anders: das Sollen soll nicht über das Wollen herrschen, sondern das Wollen soll durch Kunst so kultiviert werden, daß es das Sollen in seinen Willen aufnimmt. Gewiß, es sind auch Fälle denkbar, wo ich partout das Sollen nicht wollen kann, Situationen, in denen ich mich zu etwas zwingen muß – für Schiller sind das jene Grenzfälle, in denen sich zwar nicht Schönheit und Anmut, dafür aber *Würde* zeigt.

Den Unterschied zwischen Anmut und Würde hat Schiller, wie schon in den »Kallias«-Briefen, in ein politisches Bild gefaßt: *Bei der Würde also führt sich der Geist in dem Körper als Herrscher auf, denn hier hat er seine Selbständigkeit gegen den gebieterischen Trieb zu behaupten, der ohne ihn zu Handlungen schreitet und sich seinem Joch gern entziehen möchte. Bei der Anmut hingegen regiert er mit Liberalität, weil er es hier ist, der die Natur in Handlung setzt und keinen Widerstand zu besiegen findet* (V, 477).

In der *schönen Seele* geht es also zu wie in einem liberalen Staatswesen. Es wird nicht die allgemeine Verfeindung vorausgesetzt, nicht die Wolfsnatur, sondern man vertraut den Menschen, daß sie in ihren eigensinnigen und vielleicht sogar eigensüchtigen Strebungen zuletzt doch ein zusammenstimmendes Ganzes ergeben. Das Politische ist in diesem Aufsatz vorerst noch eine Metapher. Wenig später aber wird Schiller diese Gedanken der ästhetischen *Liberalität* zu einer politischen Kulturtheorie des Übergangs vom Reich der Notwendigkeit in das Reich der Freiheit fortentwickeln.

Mit seinen »Räubern« war Schiller zum führenden Dramatiker des Sturm und Drang geworden, zum bedeutendsten Geschichtsschreiber wurde er durch seine großen historischen Werke, und mit diesem Aufsatz »Über Anmut und Würde« wurde er fast über Nacht zum maßgeblichen Kunstphilosophen in Deutschland. Selbst Kant, der sich doch von der Kritik getroffen fühlen mußte, hat das neidlos anerkannt. In der zweiten Auflage der »Religion innerhalb der Grenzen der bloßen Vernunft« (1794) nennt er Schillers Schrift eine meisterhafte und sieht sich veranlaßt, sein Konzept der Sittlichkeit in einigen Punkten zu mildern. Schiller meldet sogleich stolz seinem Freund Körner, Kant spreche *mit großer Achtung von meiner Schrift, und nennt sie das Werk einer Meisterhand. Ich kann Dir nicht sagen, wie es mich freut, daß diese Schrift in seine Hände fiel, und daß sie diese Wirkung auf ihn machte* (18. Mai 1794).

Wenn Schiller sich auch geschmeichelt fühlte durch Kants Kompliment und mehr noch dadurch, daß Kant daraufhin Korrekturen an seiner Moralphilosophie vornahm (die er allerdings als bloße Verdeutlichungen ausgab), so war er selbst doch im Zweifel, ob er noch auf den Spuren Kants oder bereits gegen ihn argumentierte. An Friedrich Heinrich Jacobi, der ihn darüber befragt hatte, schrieb er am 29. Juni 1795: *Da wo ich bloß niederreiße und gegen andre Lehrmeinungen offensiv verfahre, bin ich streng kantisch; nur da wo ich aufbaue, befinde ich mich in Opposition gegen Kant. Indessen schreibt er mir, daß er mit meiner Theorie ganz zufrieden sei: ich weiß also doch nicht recht, wo ich gegen ihn stehe.*

Schillers Schrift »Über Anmut und Würde« war die erste in der Reihe der großen ästhetisch-philosophischen Abhandlungen, welche die Generation der Schelling, Hölderlin, Hegel, Schlegel, Novalis und Schleiermacher prägte. Diese Abhandlungen waren für die jungen Genies, die noch in den Kulissen auf ihren Auftritt warteten, eine Schule des ästhetischen Denkens. Goethe indes zeigte sich noch spröde und ablehnend. Er fand, wie er in seinem 1817 geschriebenen Rückblick »Glückliches Ereignis« schrieb, daß Schiller der Natur noch nicht alle Rechte vindiziert hatte, die ihr gebührten. Es werde der Kantschen Herrschaft der Vernunft noch zu sehr nach dem Munde geredet. Schiller habe sich »im höchsten Gefühl der Freiheit und Selbstbestimmung« noch undankbar gezeigt gegen »die große Mutter (die Natur), die ihn gewiß nicht stiefmütterlich behandelte«.

Diese Bemerkung verwundert, denn tatsächlich war Schiller, mehr als es Goethe hier zugibt, auf die Seite der Natur getreten. Goethe selbst hat später Schillers Idee der *schönen Seele*, worin Natur und Vernunft harmonieren, in seinem »Wilhelm Meister« aufgegriffen. Goethes Abwehr hatte wohl doch eine andere Ursache. Er deutet sie selbst an, wenn er schreibt: »Gewisse harte Stellen sogar konnte ich direkt auf mich deuten, sie zeigten mein Glaubensbekenntnis in einem falschen Lichte«.

Bei den »gewissen Stellen« handelt es sich um jene Passage, in der Schiller Kritisches über die sogenannten Natur-Genies schreibt. Was soll man mehr bewundern, fragt Schiller, die Kraft eines Geistes, der eine womöglich ungünstige Natur in sein Spiel hineinzieht, oder das geborene Genie, das seine Werke keinem Widerstande abringen mußte? Für Schiller ist bewundernswerter der Geist, der sich seinen Körper baut. Es sollte hier wie in der Gesellschaft sonst auch, schreibt Schiller, das Verdienst mehr zählen als das angeborene Privileg und die Gunst der Natur. Diese Bemerkung konnte Goethe, der sich tatsächlich als *Günstling der Natur* (V, 457) fühlte, auf sich beziehen. Ob sie auf ihn gemünzt waren, bleibt ungewiß. Jedenfalls hat Goethe sie auf sich bezogen. Und darum lag diese Abhandlung »Über Anmut und Würde«, die Goethe in anderer Hinsicht schätzte und nutzte, einstweilen einer Annäherung noch im Wege.

Doch es dauert nur noch ein Jahr, bis Goethe und Schiller zu ihrem epochalen Freundschaftsbund finden werden.

Achtzehntes Kapitel

Das Erhabene und die Krankheit. Die Reise nach Schwaben. Der erste Besuch Hölderlins. Der alte Herodes stirbt. Danneckers Büste. Pläne mit Cotta. Rückkehr nach Jena. Fichtes Revolution. Die neue Lust, ein Ich zu sein. Schicksale des Ichs. Jenaer Romantik. Goethe und Schiller nähern sich einander.

Anfang des Jahres 1793 hatte Schiller die »Kallias«-Briefe verfaßt; er hatte sie, weil die Krankheit ihm zusetzte, Ende Februar abgebrochen, den Faden aber Anfang Mai wieder aufgenommen mit dem Aufsatz »Über Anmut und Würde«, den er zügig binnen sechs Wochen niederschrieb, obwohl es ihm gesundheitlich auch weiterhin schlecht ging. *Das alte Übel*, schreibt er am 27. Mai 1793 an Körner, *regt sich bei diesem unbeständigen Wetter so oft, und hält gewöhnlich so hartnäckig an, daß ich immer von 3 Tagen 2 verliere und in den guten Intervallen eilen muß, um nur das Notwendige an meinen Geschäften zu fertigen.*

Der Umstand, daß Schiller die Gedanken den Schmerzen abringen muß, schlägt sich auch darin nieder, daß er zur selben Zeit einen Aufsatz über das Pathetische beginnt, den er später in zwei Abhandlungen aufteilt, wovon die eine über das »Erhabene«, die andere über das »Pathetische« handelt. Viel Raum nimmt in diesen Aufsätzen die Abrechnung mit den ruinösen Folgen der übertriebenen Empfindsamkeit ein. Den *schmelzenden* Gefühlen des Schönen ist er nicht gewogen, er spottet über ein Genre, das die *bloße Ausleerung des Tränensacks* bewirkt. Diese *weiche* Ästhetik entspricht nicht seiner Stimmung in einer Situation, die ihn zwingt, gegen ein körperliches Übel anzukämpfen. Er ist angespannt, er will nicht unterliegen, und darum denkt er vorzugsweise über die *energische* Schönheit nach, die er mit Hilfe des von Kant entwickelten Begriffs des »Erhabenen« erläutert. Kant seinerseits schließt an eine Tradition des Nachdenkens über das Erhabene an, die seit Edmund Burkes Schrift »Vom Erhabenen und Schönen« (deutsch 1773) die philosophischen, theologischen und literarischen Köpfe am Ende des 18. Jahrhunderts bewegte. Unter dem Erhabenen verstand man zunächst das Ungeheure an Gott, das alle Dimensionen sprengt und das man nicht lieben, sondern wovor man nur erschrecken kann. Das Erhabene ging dann von Gott auf bestimmte Aspekte der Natur über, auf die bedrohliche Schönheit des Weltraums, der Wüste, des Hochgebirges, des Meeres – einer Natur, in welcher der Mensch sich winzig und verloren vorkommen muß. Es war Kant, der den Übergang des Erhabenen vom Objekt auf das Subjekt einleitete. Als erhaben galt nun die Selbststeigerung angesichts des Ungeheuren. »Zwei Dinge«, sagte Kant, »erfüllen das Gemüt mit … Ehrfurcht …: Der bestirnte Himmel über mir, und das moralische Gesetz in mir«.

An diese Subjektivierung des Erhabenen knüpft Schiller an. Auch bei ihm gilt: Es ist nicht eigentlich der Gegenstand, der erhaben ist, sondern wir selbst sind es, wenn wir vor einer übergroß erscheinenden Macht nicht kapitulieren, sondern in uns etwas Unbesiegbares entdecken, eine Kraft, die den Gewalten, die uns klein machen oder gar vernichten können, widersteht. Diese von Kant übernommene Subjektivierung des Erhabenen wendet Schiller, seiner existentiellen Situation entsprechend, auf den eigenen Körper an. Den Schicksalen des Körpers widerstehen und die Freiheit des Geistes gegen die kranke Materie behaupten wird für ihn zur Aufgabe, deren Bewältigung die Würde des Erhabenen verleiht. Es gilt zu beweisen, *daß wir unsern physischen Zustand, der durch die Natur bestimmt werden kann, gar nicht zu unserm Selbst rechnen, sondern als etwas Auswärtiges und Fremdes betrachten, was auf unsre moralische Person keinen Einfluß hat* (V, 502).

Kant hatte diese triumphierende Unabhängigkeit auf die moralische Person begrenzt, Schiller aber reklamiert sie auch für den ästhetischen Zustand. Wenn sich trotz der Drangsale des Körpers ein Schönheitsgefühl rührt, wenn ein Satz, ein Vers, ein Ton gelingt, wenn man sagen kann, worunter man leidet, wenn man es sogar schön sagen kann – dann ist eine Freiheit des Geistes verwirklicht noch auf dem Gebiet der Sinnlichkeit und nicht nur, wie es Kant angenommen hat, gegen die Sinnlichkeit. Die moralische Souveränität gibt sich streng und schroff, die ästhetische aber spielt, auch mit dem Ernstfall. Das ergibt keine Unsterblichkeit, aber es hindert, schon tot zu sein, noch ehe man gestorben ist. Schönheit hält am Leben und sie kann kein Ende finden, weil sie noch mit jedem Ende, also auch mit dem Tod, etwas anfangen kann. Es ist nicht der religiöse Mensch, der Schiller nicht war, es ist auch nicht nur der Moralist, sondern vor allem der Ästhetiker Schiller, der dazu auffordert, die *Angst des Irdischen* von sich zu werfen. In dem Teil der Abhandlung über das »Erhabene«, den Schiller abzweigt und unter dem

Titel »Über das Pathetische« veröffentlicht, beschreibt Schiller, wie der Dramatiker mit dem *Furchtbaren* und dem Leiden daran *spielt*. Dieser ästhetische Triumph über das Furchtbare verlangt dem Menschen wenig ab, solange er bloß Zuschauer eines Bühnenspiels bleibt. Wer aber dem eigenen Leben gegenüber die Haltung des Zuschauers einzunehmen vermag, auch dann noch, wenn es von schrecklichen Gewalten bedroht ist, der beweist die Macht des Ästhetischen am eigenen Leib, denn er spielt mit dem Ernstfall, in den er selbst verwickelt ist. Diese Macht des Ästhetischen hat für Schiller auch etwas Erhabenes. Und darum empfindet er ein Ungenügen bei Kants Moralisierung des Erhabenen. Für Schiller ist das Erhabene überall im Spiel, wo die Freiheit über Natur- und Schicksalszwang triumphiert, und sie kann triumphieren in der moralischen Selbstbehauptung ebenso wie im ästhetischen Spiel. Das eine Mal zeigt die geistige Natur des Menschen Würde, das andere Mal Anmut.

Als Schiller seine Aufsätze »Über Anmut und Würde«, »Vom Erhabenen« und »Über das Pathetische« vollendet hatte, konnte er am 1. Juli 1793 seinem Freund Körner schreiben: *Ich für meine Person befinde mich aber jetzt viel besser, als ich lange nicht gewesen*. In demselben Brief kündigt er sein nächstes großes Vorhaben an: er wird in die schwäbische Heimat reisen. Der Vater wird siebzig Jahre alt, er hat nicht mehr lange zu leben, befürchtet er, und auch die Mutter kränkelt. Lotte ist schwanger, und er wünscht, daß ihr erstes Kind im Lande seiner Vorfahren zur Welt kommt. Finanziell kann er sich die Reise leisten, weil im Juni die ersten tausend Taler der dänischen Pension eingetroffen sind. Kurz vor der Abreise, am 13. Juli 1793 schickt er den ersten Brief über die »Philosophie des Schönen« an den Herzog von Augustenburg. Es sollte eine ganze Briefserie daraus werden, er wollte darin die Summe seines Nachdenkens über die Kunst ziehen. Gedacht war dieses für die Veröffentlichung bestimmte Briefwerk als Gabe des Dankes für das großzügige Geschenk der Pension. Der Herzog gewährt ihm Lebensunterhalt, und Schiller will ihm coram publico mitteilen, wozu er dieses Leben zu gebrauchen versteht. Bei einem Brand des Schlosses Christiansborg in Kopenhagen am 26. Februar 1794 werden die bis dahin geschickten Briefe vernichtet. Zum Glück hatte sich Schiller Abschriften anfertigen lassen, und so konnte er im Sommer 1794, angeregt durch den Beginn der Freundschaft mit Goethe, die Arbeit an den Briefen wieder aufnehmen und unter dem Titel »Über die ästhetische Erziehung des Menschen« herausgeben. Goethe wird später dieses Werk, mit dem die klassische Epoche zu ihrem eigentlichen Selbstbewußtsein kommt, in den höchsten Tönen rühmen: noch nirgendwo habe er das »was ich teils lebte, teils zu leben wünschte auf eine so zusammenhängende und edle Weise vorgetragen« (26. Oktober 1794) gefunden.

Am 1. August 1793 brechen die Schillers nach Schwaben auf. Am 8. August kommt man in Heilbronn an. Die freie Reichsstadt gewährt Schutz. Schiller muß zuerst sondieren, ob er ohne Gefahr in das Herrschaftsgebiet Karl Eugens einreisen kann. Einstweilen kommen die Anverwandten zu ihm nach Heilbronn herüber. Der Vater und die Schwester Luise besuchen ihn. Luise bleibt, um bei der Haushaltsführung zu helfen und Lotte bei der nahen Geburt beizustehen. In Heilbronn verkehrt Schiller mit dem Arzt Dr. Gmelin, einer berühmten Koryphäe des tierischen Magnetismus. Es werden ausführliche Gespräche geführt über Somnambulismus und verwandte Phänomene. Es könnte sein, daß ihm hier Ideen kamen zu seinem Stück über die Johanna von Orleans, eine metaphysische Magnetiseurin. Jedenfalls wird er sich später bei der Arbeit an dem Stück an die damaligen Gespräche erinnern. Durch Gmelin wurde Heilbronn überhaupt berühmt als heimlicher Hauptort wunderlicher Vorkommnisse, und es ist kein Zufall, daß Kleist sein somnambules Käthchen in Heilbronn ihr Wesen treiben läßt.

Ende August bittet Schiller den Herzog Karl Eugen förmlich um die Erlaubnis, württembergischen Boden betreten zu dürfen. Der Herzog, der zur Zeit am Rhein weilt, antwortet nicht, aber aus dem Schloß verlautet, Schiller würde, falls er ins Württembergische kommt, ignoriert. So wagt Schiller am 8. September die Übersiedlung nach Ludwigsburg. Man bezieht eine Wohnung in der Nähe des Schulfreundes Hoven. Die beiden erneuern ihre Freundschaft und treffen fast täglich zusammen. Am 14. September hilft Hoven, inzwischen ein angesehener Arzt, bei der Geburt des ersten Sohnes Karl Friedrich Ludwig.

Charlotte von Kalb hatte Schiller um Hilfe gebeten bei der Suche nach einem Hauslehrer für ihren Sohn. Ende September empfängt Schiller den Besuch eines von Stäudlin empfohlenen jungen Magisters der Theologie, Friedrich Hölderlin. Ganz unbekannt ist ihm dieser schöne junge Mann nicht, der da schüchtern im Zimmer steht und sich nicht getraut, Platz zu nehmen. Schiller hat einige Gedichte von ihm im »Schwäbischen Musenalmanach« gelesen. Der junge Magister sei *nicht ohne poetisches Talent*, schreibt er an Charlotte von Kalb, *ich glaube ..., daß Ihnen sein Äußeres sehr gefallen wird. Auch zeigt er viel Anstand und Artigkeit. Seinen Sitten gibt man ein gutes Zeugnis; doch völlig gesetzt scheint er noch nicht, und viele Gründlichkeit erwarte ich weder von seinem Wissen noch von seinem Betragen.*

Hölderlin war sehr angespannt und aufgeregt bei dieser ersten Begegnung, denn Schiller war der Abgott seiner Jugend. Als er sechzehn war, schwärmte er für die »Räuber«, übte das Lied von »Brutus und Cäsar« auf dem Klavier ein und träumte sich in die Rolle des Brutus hinein. In Amalie aus den »Räubern« und Luise aus »Kabale und Liebe« sieht der junge Hölderlin sein Frauenideal verkörpert, das er auf seine Jugendgeliebte Luise Nast überträgt. Als Knabe lebte und webte er in Schillers Lebensgeschichte. Als er einmal nach Oggersheim kam, besuchte er jenes Wirtshaus, wo Schiller bei seiner Flucht einquartiert war. »Der Ort wurde mir so heilig«, schrieb er an seine Mutter, »und ich hatte genug zu tun, eine Träne im Auge zu verbergen, die mir über der Bewunderung des großen genialischen Dichters ins Auge stieg« (4. Juni 1788).

Die erste persönliche Begegnung mit Schiller ist für Hölderlin ein Augenblick, »worin die Nähe eines großen Mannes ihn sehr ernst machte«.

Auf Schillers Fürsprache hin nimmt Charlotte von Kalb den jungen Hölderlin in ihre Dienste. Der reist nach Waltershausen ab in der Hoffnung, dem Verehrten nahe zu sein, wenn dieser nach Jena zurückkehrt. Er verspricht sich von ihm, als Dichter gefördert zu werden. Bei der ersten Begegnung hatte er noch nicht den Mut, seine diesbezüglichen Wünsche zu äußern. Ein halbes Jahr später wagt er es, einem ausführlichen Brief, worin er Rechenschaft ablegt über seine erzieherischen Bemühungen, sein Gedicht »Das Schicksal« zur Beurteilung und Veröffentlichung in der »Neuen Thalia« beizulegen. Der Brief ist sachlich und berichtend. An einer Stelle aber bricht es aus Hölderlin heraus: »Warum muß ich so arm sein und so viel Interesse haben um den Reichtum eines Geistes? Ich werde nie glücklich sein. Indessen, ich muß wollen, und ich will. Ich will zu einem Manne werden. Würdigen Sie mich zuweilen eines aufmerksamen Blicks!« (April 1794). Wie anders schreibt der gleichaltrige Novalis, der Schiller ebenso schwärmerisch verehrte: »Und doch werde ich alles leichter ertragen, wenn mich nur das Bewußtsein begleitet, daß ich Ihnen ein bißchen lieb bleibe und daß ich, wenn ich Sie wiedersehe, noch immer die alte Stelle in Ihrem Herzen offen finde«. Novalis, obwohl auch er der Werbende ist, spricht zu Schiller in selbstbewußter Zutraulichkeit von gleich zu gleich; Hölderlin indes verliert in der Bewunderung an Selbstbewußtsein, er fühlt sich einschrumpfen, wird demütig und schämt sich zugleich seiner Unterwürfigkeit. Alles ist verknotet und verkrampft. Hölderlin wird, anders als Novalis, dem verehrten und geliebten Schiller gegenüber niemals seine Freiheit finden.

Vor Schillers Abreise nach Württemberg hatten die Brust- und Unterleibskrämpfe aufgehört, nach einigen Wochen, gerade um die Zeit von Hölderlins Besuch, waren sie verstärkt zurückgekehrt. In den guten Stunden notierte Schiller einiges für den geplanten »Wallenstein«, wenn es ihm schlechter ging, schrieb er an den ästhetischen Briefen. Die Qualen, die er litt, ließ er sich nicht anmerken. Auf Hölderlin machte er den Eindruck eines entschlossenen, konzentrierten und dabei zuvorkommenden und freundlichen Geistes. Es kamen aber Augenblicke, da glaubte er, das Leiden nicht mehr länger ertragen zu können. Am 10. Dezember 1793 schrieb er einen verzweifelten Brief an Körner: *Ein so hartnäckiges Übel, als das meinige, … müßte endlich auch einen stärkeren Mut, als der meinige überwältigen. Ich wehre mich dagegen mit meiner ganzen Abstraktionsgabe, und wo es angeht, mit der ganzen Fruchtbarkeit meiner Einbildungskraft; aber immer kann ich doch nicht das Feld behalten … Bei dieser hinfälligen Gesundheit muß ich alle Erweckungs-Mittel zur Tätigkeit aus mir selbst nehmen … Gebe nur der Himmel, daß meine Geduld nicht reiße, und ein Leben, das so oft von einem wahren Tode unterbrochen wird, noch einigen Wert bei mir behalte.*

In diesem klagenden Brief findet sich eine lakonische Bemerkung: *Der Tod des alten Herodes hat weder auf mich, noch auf meine Familie Einfluß, außer daß es allen Menschen, die unmittelbar mit dem Herrn zu tun hatten, wie mein Vater, sehr wohl ist.* Herodes nennt Schiller den Herzog Karl Eugen, der am 24. Oktober gestorben war. Er hatte nicht vergessen, daß der Herzog der Tyrann seiner Jugend war. In seinen Briefen findet sich keine Spur versöhnlicher Gefühle. Hoven weiß in seiner Lebenserinnerung anderes zu berichten: Der Tod des Herzogs habe Schiller mit einer Trauer erfüllt, »als wenn er die Nachricht von dem Tode eines Freundes erhalten hätte«. Und die Schwester Christophine berichtet: »Als die Leiche des Herzogs von Stuttgart aus in die Fürstengruft nach Ludwigsburg gebracht wurde, sah mein Bruder dem Leichenzug aus seiner Logis mit ungeheuchelter Rührung vorüberziehen – die Tränen stunden ihm in den Augen, und er sagte zu den Anwesenden: ›Ach Gott, nun ist er auch dahin – ich habe ihm doch auch vieles zu danken‹«. Diesen Berichten kann man nicht allzuviel Vertrauen schenken. Als Christophine 1826 diese Anekdote Streicher erzählte, hatte sie Rücksicht zu nehmen auf den ältesten Sohn Schillers, der als Forstmann in württembergischen Diensten stand, und Hoven verfaßte seine Erinnerungen dreißig Jahre später aus der Perspektive eines milden, versöhnlich gestimmten alten Mannes. Für Schiller aber waren im Herbst 1793 die Drangsale der Jugend noch nicht so entrückt. Beim Besuch in der Heimat kehrten die belastenden Erinnerungen wieder, so daß er zu seinem Jugendfreund Elwert, den er in Ludwigsburg traf, geäußert haben soll. »Ich hasse Stuttgart, Stuttgart soll mich nicht bei Tag erblicken«. Und wirklich soll er das erste Mal bei Nacht nach Stuttgart gefahren und in wenigen Stunden wieder zurückgekommen sein. Öffentlich aber hat Schiller seinen Groll und seine Verletzungen nicht mehr laut werden lassen. Er hielt sich an den einst (1784) in der Ankündigung zur »Rheinischen Thalia« formulierten Grundsatz: *Ich verschweige das übrige, weil ich es in keinem Falle für anständig halte, gegen denjenigen mich zu stellen, der bis dahin mein Vater war ... Nunmehr sind alle meine Verbindungen aufgelöst* (V, 856).

Von Ludwigsburg aus besuchte Schiller seinen Lehrer Abel in Tübingen, der dorthin als Professor berufen worden war. Es war für beide ein ergreifendes Zusammentreffen. Abel war stolz auf seinen berühmten Schüler und wollte ihm in den Tagen, da Schiller in Tübingen weilte, nicht von der Seite weichen. Auch nicht in den Nächten. Hoven, der auch dabei war, berichtet, wie Abel, mit dem Licht in der Hand, Schiller auf dem Schlafzimmer besuchte und stundenlang auf ihn einredete, ohne zu bemerken, daß dieser schon längst eingeschlafen war.

Im November dann Schillers Besuch in der Hohen Karlsschule. Vierhundert Schüler sind ihm zu Ehren an festlicher Tafel versammelt. Er wird mit enthusiastischen Vivat-Rufen begrüßt. Schiller ist zu Tränen gerührt und elegisch gestimmt, denn er weiß von dem Gerücht, daß Karl Eugens Nachfolger beabsichtige, die Karlsschule zu schließen, was ein Vierteljahr später, am 16. April 1794 auch geschieht. In Stuttgart erzählte man sich, das Gebäude sei vor der Umwandlung in einen Marstall nur durch den treffenden Witz des schwäbischen Dichters Johann Christoph Haug, eines Studienkollegen Schillers an der Karlsschule, bewahrt worden, der als passende Inschrift vorschlug: »Olim musis, nunc mulis« (»Einst den Musen, jetzt den Mauleseln«).

Anfang März 1794 rückt das Kriegsgeschehen Württemberg bedrohlich näher. Ein kaiserliches Lazarett ist in die Nähe Ludwigsburgs verlegt worden, und in einem Nachbarort waren, als vermutliche Folge davon, Krankheiten ausgebrochen. *Eine seuchenschwangere Lazarettwolke wälzt sich gegen Schwaben her,* schreibt Schiller am 7. März 1794 an Dr. Gmelin, *und ich muß mich hüten, daß der Blitz nicht in meine baufällige Hütte schlägt.* Überstürzt plant er die Abreise binnen weniger Tage. Dann erhält er vom Vater die traurige Nachricht, daß der neue Herzog plane, die Baumschule auf der Solitude, das Lebenswerk des Vaters, zu beseitigen. »Was mit mir werden soll,« schrieb der Vater seinem in der Abreise begriffenen Sohn, »das kann ich noch nicht erraten, aber fürchten will ich nichts, denn ich bin unter Gott, wie Philipp der Zweite, da ihm sein Admiral sagt, die ganze Armada sei zu Grund gegangen«. Schiller zögert mit der Abreise, obwohl auch der Vater sie ihm empfiehlt: »Da ich Euch nun gesehen habe, vielleicht das letzte Mal gesehen habe, was soll ich gegen die Vorsehung murren, daß wir uns schon wieder trennen müssen!«. Der Vater will am 9. März einen Wagen schicken, der die Schillers zu einem letzten Besuch auf der Solitude abholt. Inzwischen hat es sich Schiller anders überlegt. Er verschiebt die Abreise und zieht statt dessen am 15. März nach Stuttgart um, das der Gefahr ferner liegt. Hier wird er noch zwei Monate bleiben. Man wohnt in einem hübschen Gartenhaus. Es ist ein bezaubernder Frühling. Schillers Leiden lassen nach. Er unternimmt Spaziergänge im nahen Bopserwald, wo er einst seinen Mitschülern aus den »Räubern« vorgelesen hatte. Vom Vater kommen gute Nachrichten: sein alter Wirkungskreis bleibt ihm erhalten, und er wird sogar zum Major befördert. An sonnigen Tagen im Garten nimmt sich Schiller wieder den »Wallenstein« vor. In übermütiger Laune erklärt er: wäre der Plan erst fertig, er würde noch in Stuttgart das Werk in drei Wochen vollenden. In Stuttgart versammelt sich ein ganzer Kreis ehemaliger und neu gewonnener Freunde um ihn, unter ihnen der damals berühmte Lyriker Friedrich von Matthisson, über den Schiller einen ausführlichen Aufsatz schreiben wird, und der Bildhauer Johann Heinrich Dannecker, der in diesen letzten Wochen von Schiller jene Büste fertigt, deren unzählige Abgüsse zum Schiller-Kult des 19. Jahrhunderts gehören. Den ersten Abguß schickte Dannecker am 22. September 1794 nach Jena mit den Worten: »Es ist sonderbar, als ich's vollendet hatte, so gefiel es mir nicht, jetzo bin ich wie ein Narr verliebt darein. Ich muß Dir aber auch sagen, daß Dein Bild einen unbegreiflichen Eindruck macht: die Dich gesehen, finden es vollkommen ähnlich, die Dich nur aus Deinen Schriften kennen, finden in diesem Bild mehr als ihr Ideal schaffen konnte«. Schiller, der sich daran zu gewöhnen beginnt, als Klassiker behandelt zu werden, antwortet: *Ganze Stunden könnte ich davor stehen und würde immer neue Schönheiten an der Arbeit entdecken.* Auch Schillers Vater war beeindruckt von der »unvergleichlichen Büste«, fast hätte er sie selbst erworben, aber schließlich siegte doch der sparsame Schwabe in ihm: »Wenn sie zwei bis drei Louisd'or gekostet hätte, würde ich sie gerne bezahlt haben, denn unsere Freude daran ist nicht zu taxieren«. Nach dem Tod Schillers fertigte Dannecker aus der Büste ein Denkmal: »Ich will eine Apotheose!«

In diesem beschwingten Frühjahr 1794 spinnt sich die folgenreiche Verbindung mit dem aufstrebenden Verleger Johann Friedrich Cotta an. Der junge Cotta, der Rechtswissenschaften und Mathematik studiert hatte und Mittelpunkt eines Kreises junger Künstler und Publizisten war, hatte 1787 das Buchgeschäft seines Vaters übernommen mit dem ehrgeizigen Ziel, das seit 1659 bestehende Familienunternehmen, zu dem auch eine Druckerei gehörte (Schillers Dissertationen waren dort gedruckt worden), zu einem führenden Verlag in Deutschland auszubauen. Das wird ihm mit einem soliden Grundkapital und mit Hilfe seines unternehmerischen Geschicks, seines geselligen Talents und seiner intellektuellen Neugier in wenigen Jahren auch gelingen. Dann zählen neben Schiller und Goethe auch Jean Paul, Hölderlin, August Wilhelm Schlegel, Ludwig Tieck sowie Hegel, Fichte, Schelling und Humboldt zu seinen Hausautoren. Cotta will auf den Zeitschriftenmarkt vordringen und plant eine Tageszeitung. So fügt es sich gut, daß auch Schiller wieder daran denkt, eine neue Zeitschrift herauszugeben. Für diesen Plan wollte er bereits im Oktober 1792 seinen Verleger Göschen gewinnen. *Ich meine immer, daß Sie bei meiner alten Idee, ein großes vierzehntägiges Journal, an dem dreißig oder vierzig der besten Schriftsteller Deutschlands arbeiten, herauszugeben am besten fahren und ein Werk für ihr Leben lang dann haben würden. Sie würden und müßten dadurch der Erste und Respektierteste Buchhändler in Deutschland werden* (14. Oktober 1792). Göschen war auf das Angebot nicht eingegangen, denn er blieb nach dem finanziellen Mißerfolg der »Thalia« skeptisch gegenüber Schillers Zeitschriftenplänen. Cotta aber, als ihm Schiller bei der ersten durch Johann Christoph Haug vermittelten persönlichen Begegnung im März 1794 seine Pläne vortrug, war begeistert von der Aussicht, eine literarisch-philosophische Plattform mit vielen durch Schiller angelockten großen Namen schaffen zu können. Bei der zweiten Begegnung Anfang Mai unternimmt man einen Ausflug nach Untertürkheim, und unterwegs auf dem Kahlenberg, zukunftsfroh gestimmt vom Wein und von der Frühlingssonne, verabredet man gleich zwei Projekte: eine Tageszeitung und ein monatliches ästhetisches Journal.

Mit diesen Plänen im Gepäck bricht Schiller mit Lotte und dem Kind am 6. Mai 1794 zur Rückreise nach Jena auf. Ein bewegter Abschied von Vater und Mutter, denn er ahnt, daß er sie nicht mehr wiedersehen wird, wenngleich der Vater beim Scheiden sich fest entschlossen zeigt, das nächste Jahr auf eigenem Pferd den Ritt nach Thüringen zu wagen, um seine Kinder in Meiningen und Jena zu besuchen. Die Reisekosten wollte er aufbringen durch den Verkauf seines Buches über die Baumzucht. Schiller hatte mit Cotta die Veröffentlichung dieses Werkes verabredet. Es kam auch im nächsten Jahr heraus, die Freude des Vaters aber währte kurz: er wurde krank und starb im Oktober 1796.

Nach neuntägiger Reise kommt Schiller am 14. Mai 1794 bei passabler Gesundheit in Jena an, wo er die neue Wohnung am Unteren Markt bezieht in unmittelbarer Nachbarschaft zu Wilhelm von Humboldt, der im Februar nach Jena gezogen war. Noch von Schwaben aus hatte sich Schiller für eine Berufung Fichtes nach Jena auf den Lehrstuhl Reinholds eingesetzt, der einen Ruf nach Kiel erhielt. Fichte besuchte Schiller noch in Stuttgart. Er hatte den Ruf nach Jena auch deshalb angenommen, weil er Schiller verehrte und die Aussicht verlockend empfand, mit ihm zusammen an der Universität zu wirken. Zu Humboldt sagte er, Schiller bedeute »sehr viel für die Philosophie«, es sei von ihm philosophisch »schlechterdings eine neue Epoche zu erwarten«. Doch war Fichte selbstbewußt genug, diese Hoffnung auf eine »neue Epoche« auch mit seinem eigenen Auftreten zu verknüpfen. Und wirklich wurde der Beginn seiner Lehrtätigkeit ebenso zu einem Ereignis in Jena wie einige Jahre zuvor Schillers erste Vorlesung. »Fichte ist jetzt die Seele von Jena«, schreibt Hölderlin an seinen Freund Neuffer (November 1794).

Fichte war, als er nach Jena kam, schon ein berühmter Mann. Angefangen hatte seine Karriere mit einem Paukenschlag.

Der 1762 als Sohn eines Handwerkers geborene Johann Gottlieb Fichte hatte sich, nach einem Studium der Theologie und Jurisprudenz, zunächst als Hauslehrer durchgeschlagen. Ein Schüler wünschte von ihm in die Kantsche Philosophie, von der alle Welt redete, eingeführt zu werden. Fichte nahm sich die »Kritik der reinen Vernunft« vor, die ihn bisher wegen ihrer Schwerverständlichkeit abgeschreckt hatte, und war davon so hingerissen, daß er sogleich im Sommer 1791 nach Königsberg reiste, um den großen Philosophen aufzusuchen. Er trifft einen müden Greis, der sich ihm gegenüber ziemlich gleichgültig verhält, kein Wunder, denn der inzwischen Hochberühmte war von Bewunderern umlagert. Auch Damen bitten neuerdings den notorischen Junggesellen um sittlichen Rat in schiefen Lebenslagen. Fichte wird also wie manche anderen Damen und Herren zunächst nach Hause geschickt. Dort zieht er sich für fünfunddreißig Tage in Klausur zurück und verfaßt in fieberhafter Eile eine Schrift, mit der er sich beim Meister empfehlen möchte: »Versuch einer Kritik aller Offenbarung«. Kant ist von diesem Werk so beeindruckt, daß er den Verfasser nicht nur zum Mittagessen einlädt, sondern ihm auch einen Verleger besorgt. Im Frühjahr 1792 erscheint das Buch, gegen den Willen Fichtes anonym. Der Verleger ließ aus Zensurgründen Vorsicht walten, außerdem war geschäftliches Kalkül im Spiel, denn die Schrift war so sehr im Geiste Kants verfaßt, daß man darauf rechnen konnte, das Publikum werde sie dem Königsberger, von dem die Öffentlichkeit schon seit geraumer Zeit ein letztes Wort in Religionsdingen erwartete, zuschreiben und sich dementsprechend kauflustig zeigen. So geschah es. Die in Jena erscheinende »Allgemeine Literatur-Zeitung« brachte die Mitteilung: »Jeder der nur die kleinste derjenigen Schriften gelesen, durch welche der Philosoph von Königsberg sich unsterbliche Verdienste um die Menschheit erworben hat, wird sogleich den erhabenen Verfasser jenes Werkes (»Versuch einer Kritik aller Offenbarung«) erkennen«. Daraufhin bedankte sich Kant in derselben Zeitung für die schmeichelhafte Zuschreibung und erklärte, er sei nicht der »erhabene Verfasser«, diese Ehre gebühre dem bislang noch unbekannten Fichte. Mit dieser Erklärung war Fichte über Nacht zu einem der berühmtesten philosophischen Schriftsteller in Deutschland geworden.

Auch Schiller hatte Fichtes Religionsschrift sogleich gelesen in dem

Glauben, es handele sich um ein Werk Kants. In Briefen an Körner hatte er Zustimmung zum Grundgedanken der Abhandlung bekundet, wonach nicht die Religion die Sittlichkeit, sondern umgekehrt die Sittlichkeit die Religion begründet. Sollte die Offenbarung der Religion davon abweichen, könnte sie nicht als wahre Offenbarung gelten. Die Autonomie des sittlichen Ichs ist der Prüfstein der Wahrheit.

Beschwingt durch diesen Anfangserfolg hatte sich Fichte an die Umwälzung der ganzen bisherigen Philosophie gewagt. Er radikalisierte den Kantschen Freiheitsbegriff. In seiner »Wissenschaftslehre«, die er zum ersten Mal in Jena vorträgt, zieht er aus dem Kantschen Satz »das ›ich denke‹ muß alle meine Vorstellungen begleiten können« den Begriff eines allmächtigen Ichs heraus, das die Welt als trägen Widerstand oder als möglichen Stoff seiner »Tathandlungen« erfährt. Fichte trat auf als Apostel des lebendigen Ichs. In Jena erzählte man sich, wie Fichte die Studenten im Kolleg aufforderte, die gegenüberliegende Wand anzublicken. »Meine Herren, denken Sie die Wand«, sagte Fichte, »und dann denken Sie sich selbst als das davon unterschiedene«. Spöttisch bedauerte man die strebsamen Studenten, die in hellen Scharen in die Vorlesungen Fichtes drängten, um dort ratlos auf die Wand zu starren, wo ihnen nichts auffiel, weil ihnen das eigene Ich nicht einfiel. Mit seinem Wandexperiment aber wollte Fichte das gewöhnliche Bewußtsein aus seiner Selbstversteinerung und Selbstverdinglichung herauslösen, denn, so pflegte er zu sagen, der Mensch sei leichter dahin zu bringen, sich für ein Stück Lava vom Mond als für ein lebendiges Ich zu halten.

Aber nicht alle saßen ratlos vor der Wand. Das hinreißende Rednertalent Fichtes versetzte auch viele in Begeisterung. So hatte man noch niemals über das Wunderwerk des eigenen Ichs reden hören. Ein eigentümlicher Zauber ging aus von seinen schwierigen Erkundungen in einer fremden und doch so nahen Welt. Fichte wollte unter seinen Hörern die Lust verbreiten, ein Ich zu sein. Kant sei, lehrte Fichte, von dem ›ich denke‹ als von etwas Gegebenem ausgegangen, das dürfe man aber nicht, sondern man müsse einmal beobachten, was in uns vorgeht, wenn wir das ›ich denke‹ denken. Das ›Ich‹ ist etwas, das wir im Denken erst hervorbringen, und gleichzeitig ist die hervorbringende Kraft die unvordenkliche Ichheit in uns selbst. Das denkende und das gedachte Ich bewegen sich in einem tätigen Zirkel. Er umschließt das Denken ebenso wie das Gedachte, und darum gibt es kein festes Sein, auf das wir uns beziehen könnten, sondern nur diese unvordenkliche Aktivität, die unter anderem auch uns denken läßt. Alles ist in Bewegung und lebt, wir denken es, mehr noch: wir spüren es in unserer eigenen Lebendigkeit. Die Welt hebt an mit einem Tun, und mit einem Tun hebt auch an, was wir Ich nennen. Fichte würde sagen: Ich bringe mich als Ich hervor, darum bin ich.

Monströs erscheinen auf den ersten Blick die Folgerungen, die Fichte aus seinen Grundsätzen zieht. »Aller Realität Quelle ist das Ich«, erklärt er, und folglich: »alle Realität des Nicht-Ich ist lediglich eine aus dem Ich übertragene«. Der Widerstand, der sich dem Ich entgegenstellt, die Gegenständlichkeit also, ist die nach außen projizierte Trägheit des Ichs. Dieser Widerstand ist vom Ich ebenso »gesetzt« wie auch das Ich sich selbst »setzt«. Jede Grenze ist eine sich selbst verborgene Selbstbegrenzung. Es ist die Selbstverdinglichung, die den äußeren Dingen eine Macht erteilt, die sie nicht hätten, wenn das Ich sich seiner selbst bewußt würde. Monströs müssen diese Überlegungen wirken, wenn sie so aufgefaßt werden, als würde hiermit eine Außenwelt geleugnet und ein absoluter Solipsismus behauptet. Das aber ist bei Fichte nicht der Fall. Selbstverständlich gibt es auch für ihn ›Außenwelt‹. Nur – und er wird nicht müde darauf hinzuweisen – ist diese Außenwelt stets auf ein sie erfahrendes Ich bezogen. Die Welt ist alles, wovon es eine Erfahrung gibt. Und was ist die Welt unabhängig von meiner Erfahrung? Sie ist ein leeres Wortspiel. Denn wollte man die vom Ich unabhängige Welt wirklich denken, würde man sie sogleich wieder zu einer Welt ›für mich‹ machen. Deshalb verwirft Fichte das Kantsche »Ding an sich«. Seine im Anschluß an die Kant-Kritiker Gottlob Ernst Schulze (der seine Kant-Kritik unter dem Pseudonym »Aenesidemus« veröffentlichte) und Salomon Maimon entwickelte Argumentation: Kant selbst habe sich vom Begriff des »Ding an sich« täuschen lassen, als er in einer späteren Auflage der »Kritik der reinen Vernunft« das »Ding an sich« als eine Ursache für die erscheinende Welt bezeichnete. Da aber, wie Kant selbst nachgewiesen hat, das Prinzip Kausalität nur für die erscheinende Welt gilt, habe Kant einen Fehlgriff getan, als er dem »Ding an sich«, dem Nichterscheinenden also, Kausalität zusprach. Das »Ding an sich« kann niemals Ursache von irgendetwas sein. Also kann darauf verzichtet werden. Warum ein Paralleluniversum konstruieren aus lauter Worten, die nichts bedeuten? Es gibt eben nur die vom Ich konstituierte Welt. Das »Ding an sich« ist wirklich ein Unding. Also bleibt nur der fundamentale Lehrsatz des Idealismus, wonach die Welt so ist, wie wir glauben, daß sie ist. Die Selbstbestimmung gilt nicht nur für die Moralität, sondern auch für die theoretische Erkenntnis. Es gibt nichts, was über den Absolutismus des Ichs hinausführt.

Daran schließt sich nun die zweite Monstrosität an, wenn man nämlich diese in jeder Erfahrung vorausgesetzte Ichheit verwechselt mit dem psychologischen und umgangssprachlich verstandenen »Ich«. Dann läßt sich auch leicht darüber spotten. Jean Paul: »Ach, wenn jedes Ich sein eigner Vater und Schöpfer ist, warum kann es nicht auch sein eigner Würgengel sein«. Auch Schiller und Goethe werden über diesen wilden Mann der Philosophie, den sie hochschätzen, ihre Witze machen. Als Fichte in einen Streit mit studentischen Orden gerät und Studenten ihm nachts die Fensterscheiben einwerfen, schreibt Goethe an seinen Ministerkollegen Voigt: »Sie haben also das *absolute Ich* in großer Verlegenheit gesehen und freilich ist es von den Nicht-Ichs, die man doch *gesetzt* hat, sehr unhöflich durch die Scheiben zu *fliegen*«. Schiller schreibt zur selben Zeit, da er Fichte den nach Kant *größten spekulativen Kopf in diesem Jahrhundert* (an Hoven, 21. November 1794) nennt, spöttisch an Goethe, die Welt sei für Fichte *nur ein Ball, den das Ich geworfen hat und den es bei der Reflexion wieder fängt. Sonach hätte er seine Gottheit wirklich deklariert, wie wir neulich erwarteten* (28. Oktober 1794). Als Fichte 1795 wegen der seinetwegen entstandenen Unruhen unter Studenten, mit denen er sich wegen ihres übermäßigen Alkoholkonsums, wegen nächtlicher Ruhestörung und Raufereien angelegt hatte, ins nahe gelegene Oßmannstedt ausweichen mußte, schreibt Schiller an Goethe: *Von hiesigen Novitäten weiß ich Ihnen nichts zu melden, denn mit Freund Fichte ist die reichste Quelle von Absurditäten versiegt* (15. Mai 1795).

Fichte wirkte polarisierend. Die einen riß er mit, die anderen empörten sich gegen ihn, in beiden Parteien war die neu geweckte Lust, ein Ich zu sein, mit im Spiel. »Es war eine gefährliche Zeit für Jünglinge von Geist«, erinnert sich später ein Zeitzeuge, »heftig aufgeregt und angezogen … bewegte sich das Leben zwischen lauter Extremen«. Für jeden Extremismus machte man folglich Fichtes Ich-Philosophie verantwortlich. Da nützte es wenig, daß sich Fichte gegen das Mißverständnis verwahrte, als rechtfertige seine Ich-Philosophie Rücksichtslosigkeit und Egoismus. Aber was war denn nun das richtige Verständnis seiner Philosophie?

In der Schrift »Sonnenklarer Bericht an das größere Publikum über das eigentliche Wesen der Philosophie« mit dem bezeichnenden Untertitel »Ein Versuch, die Leser zum Verstehen zu zwingen« bemüht er sich geradezu verzweifelt um den Nachweis, daß er nicht dem Egoismus das Wort reden, sondern das Sein egologisch zur Sprache bringen wolle mit der These, daß die Dynamik des Lebensprozesses von Geschichte und Natur nur zu begreifen sei, wenn man das Ganze ichartig denkt. Die Kraft, die Natur und Geschichte bewegt, ist von derselben Art, wie wir sie im Aktivismus, in der Spontaneität unseres Ichs erfahren. Kühn wird hier der Rousseausche Gedanke zu Ende gebracht, daß ich vom Anfang und der Bewegung der Welt weiß, weil ich selbst jeden Augenblick anfangen und mich bewegen kann. Die Selbsterfahrung führt uns in die Welt als Universum der Spontaneität. Das »Ich bin« ist das offenbare Geheimnis der Welt. Diese Einsicht war für Fichte jener grelle »Blitz«, der sein Philosophieren bis zum Ende erhitzte.

Der »Blitz« kam auch aus der spannungsgeladenen geistigen Großwetterlage der Französischen Revolution. Fichte, der auch mit einer Verteidigungsschrift dieser Revolution hervorgetreten war (weshalb die Ministerien bei seiner Berufung nach Jena zunächst zögerten), wirkte nicht mit seinen schwierigen Deduktionen, welche die wenigsten begriffen, sondern mit Schlagworten, aus denen sogleich gängige Münze geschlagen werden konnte für den Wechselkurs der neuen Lust, ein ›Ich‹ zu sein. Er begünstigte den Jugendkult der neuen Wilden, die Goethe in »Faust II« sagen läßt (Verse, die er damals notierte): »Hat einer dreißig Jahr vorüber, / So ist er schon so gut wie tot. / Am besten wär's, euch zeitig totzuschlagen«. Gewiß hatten Rousseau, Geniekult und Sturm und Drang vorgearbeitet. In dieser Tradition lernte man einen trotzigen Selbstbezug, der sich gegen die Konventionen der Gesellschaft auflehnte. Noch immer ließ man sich erregen von den Fanfarenstößen jener epochemachenden Sätze: »Ich alleine. Ich lese in meinem Herzen und kenne die Menschen. Ich bin nicht wie einer von denen geschaffen, die ich gesehen habe«, mit dem Rousseaus »Bekenntnisse« beginnen, und Werthers »Ich kehre in mich selbst zurück und finde eine Welt«. So wollte man auch sein, so unverwechselbar und doch universell, so vertraut mit sich und so seiner selbst mächtig und mit dieser Macht auf die Welt ausstrahlend.

Fichte hatte dieses Ich mit viel Getöse auf den philosophischen

Olymp gehoben, dort stand es nun wie eine Figur Caspar David Friedrichs, die Welt zu seinen Füßen gebreitet: eine herrliche Aussicht. Durch Fichte bekam das Wort ›Ich‹ ein ungeheures Volumen, nur vergleichbar mit jener Bedeutungsfülle, die später Nietzsche und Freud dem ›Es‹ zuteil werden ließen. Der popularisierte Fichte wurde zum Kronzeugen für den Geist des Subjektivismus und der grenzenlosen Machbarkeit. Die vermeintliche Macht des Machens stimmte euphorisch. Da sitzen Hölderlin, Hegel und Schelling am Ende des Jahrhunderts bei einer Flasche Wein beisammen und entwickeln die Umrisse einer neuen Mythologie, die man ›machen‹ müsse. Wo findet man solche Mythologie? Natürlich in sich selbst. Das traut man sich zu, man stiftet eine neue gesellschaftsbildende Idee, um den entfremdeten Gesellschaftsmechanismus in ein gemeinschaftliches Leben zu verwandeln. Später nannte man das Protokoll dieses beschwingten Zusammenseins »Das älteste Systemprogramm des deutschen Idealismus«. In dieser Schrift, die vom weltbildenden Geist des Machens und des Ichs bewegt ist, heißt es: »Die erste Idee ist natürlich die Vorstellung von mir selbst, als einem absolut freien Wesen. Mit dem freien, selbstbewußten Wesen tritt zugleich eine ganze Welt aus dem Nichts hervor, die einzig wahre und gedenkbare Schöpfung aus dem Nichts«.

Die da so emphatisch sich ihres Ichs vergewisserten, fühlten sich oft bedroht und eingeschränkt von einer Welt, die dem Entfaltungsverlangen doch erheblichen Widerstand entgegensetzte. Dieses Ich mußte sich der Wirklichkeit eines sehr robusten Nicht-Ichs erwehren und drohte bisweilen in Jammer und Schmerz unterzugehen. An seinen Bruder schreibt der junge Hölderlin am 2. November 1797: »Wer vermag sein Herz in einer schönen Grenze zu halten, wenn die Welt auf ihn mit Fäusten einschlägt? Je angefochtener wir sind vom Nichts, das, wie ein Abgrund, um uns her uns angähnt, oder auch vom tausendfachen Etwas der Gesellschaft und der Tätigkeit der Menschen, das gestaltlos, seel- und lieblos uns verfolgt, zerstreut, um so leidenschaftlicher und heftiger und gewaltsamer *muß der Widerstand* von unsrer Seite werden … Die Not und Dürftigkeit von außen macht den Überfluß des Herzens Dir zur Dürftigkeit und Not.« Der »Überfluß des Herzens« verlangt die Tat, das Verströmen seiner Kraft; Hemmung, An-sich-Halten wäre tödlich. Am Ende der Versuche, mit seinem Ich zur Welt zu kommen, steht der Turm in Tübingen, wo Hölderlin, gleichviel ob als ›edler Simulant‹ oder als Kranker, die letzten Jahrzehnte seines Lebens im Verborgenen verbringt. Ein Ich, das es aufgegeben hat, sich die Welt als Schauplatz seiner »Tat-Handlungen« zu erobern. Wie bei Hölderlin, so tritt auch beim jungen Friedrich Schlegel, der die Nähe von Fichte und Schiller sucht, das Ich-Gefühl aus dem Dunkel heraus. An den Freund Novalis, ebenfalls ein Fichteaner der ersten Stunde, schreibt er: »Ich Flüchtling habe kein Haus, ich ward ins Unendliche hinaus verstoßen (der Kain des Weltalls) und soll aus eigenem Herzen und Kopfe mir eins bauen.« Friedrich Schlegel indes ist, anders als Hölderlin, fest entschlossen, den »Überfluß des Herzens«, den auch er verspürt und den er auf den Namen des Fichteschen ›Ichs‹ tauft, nicht an einer verneinenden Wirklichkeit verkommen zu lassen. Die Kräfte der Verneinung zieht er auf seine Seite, selbstbewußt verneint er, was ihn verneint. Keine Zeit für Traurigkeit, die Hölderlinsche Elegie aufs Verlorene ist nichts für Friedrich Schlegel, der sich in seinem »Gespräch über die Poesie« als jemand portraitiert, »der mit seiner revolutionären Philosophie das Vernichten gern im Großen trieb«. Als Schlegel dies schreibt, ist für ihn die »revolutionäre Philosophie« diejenige Fichtes.

In Jena, wo Fichte zwischen 1794 und 1799 lehrt, versammeln sich für kurze Zeit alle, die mit ihrem Ich hoch hinaus wollen. August Wilhelm Schlegel lehrt Literatur in Jena und schreibt für Schiller in den »Horen«. Sein Haus wird zum Mittelpunkt der jungen Bewegung, die man später die »Jenaer Romantik« nennen wird. Ludwig Tieck ist da. Novalis, inzwischen Assessor des Salinenwerkes in Weißenfels, kommt öfters nach Jena herüber. Clemens Brentano studiert hier Medizin und bändelt mit der empfindsamen und schönen Sophie Mereau an, die Schiller für die begabteste Autorin ihrer Generation hält. Hölderlin kommt, um Schiller nahe zu sein und Fichte zu hören. Schelling, der sich mit dem berühmten Satz »Das Ich ist etwas, das sich schlechterdings nicht zum Ding machen läßt« als Fichteaner empfohlen hatte, kommt von Tübingen nach Jena und erhält hier Ende der neunziger Jahre eine Professur. Nicht zu vergessen die klugen Frauen im Hintergrund: Dorothea Veit, Tochter von Moses Mendelssohn und Lebensgefährtin Friedrich Schlegels, sowie Caroline Schlegel, die in diesen Jahren zu Schelling überwechselt. Henrik Steffens, der spätere Naturphilosoph, gehört zu diesem Kreis und berichtet im Rückblick: »sie hatten ein inniges Bündnis geschlossen, und sie gehörten in der Tat zusammen. Was die Revolution als äußeres Naturereignis, was die Fichtesche Philosophie als innere absolute Tat, das wollte dieses Bündnis als reine, wild spielende Phantasie entwickeln«.

Die Jenaer Romantiker bevorzugten den Begriff der »produktiven Einbildungskraft«, damit deutlich würde, daß ihnen mehr am Ästhetischen als am Sittlichen ihrer Tat-Handlungen gelegen sei. Die »produktive Einbildungskraft«, die bei Kant das Räderwerk der Apperzeption in Gang hält und bei Fichte Hebammendienste bei der Geburt der sittlichen Welt verrichtet, wird bei den Romantikern zum »Prinzip der göttlichen Imagination«. Schiller, der sich auf das Spiel der Kunst verstand, sie aber doch an der langen Leine der freien Sittlichkeit halten wollte, geht das alles entschieden zu weit: *Der Phantast verläßt die Natur aus bloßer Willkür,* schreibt er, *um dem Eigensinne der Begierden und den Launen der Einbildungskraft desto ungehinderter nachgeben zu können ... Weil die Phantasterei keine Ausschweifung der Natur, sondern der Freiheit ist, also aus einer an sich achtungswürdigen Anlage entspringt, die ins Unendliche perfektibel ist, so führt sie auch zu einem unendlichen Fall in eine bodenlose Tiefe und kann nur in einer völligen Zerstörung sich endigen.*

Diese Ermahnung glaubten die Romantiker nicht nötig zu haben. Ihre intellektuelle Virtuosität, mit der sie immer schon über sich hinaus sein wollten, hatte ihnen die Risiken ihrer Flugunternehmungen vor Augen gerückt. Ludwig Tieck, Friedrich Schlegel, Clemens Brentano – sie haben eine scharfe Witterung für das Abgründige ihrer Bestrebungen und ziehen auch noch aus den Gefahren des »Nihilismus« (dieser Ausdruck kommt damals auf) einen speziellen Genuß. Tieck läßt seine Romanfigur William Lovell ausrufen: »Fliege mit mir, Ikarus, durch die Wolken, brüderlich wollen wir in die Zerstörung jauchzen«. Wenn man ihnen vorwirft, sie gebärdeten sich »willkürlich«, antworten sie: ja wie denn anders, die Willkür ist unser bestes Teil. Jean Paul, der weiß, wovon er spricht, weil er sich auch gern der poetischen Selbsterhebung und Weltüberwindung hingibt, ergreift, um nicht unter die Zauberlehrlinge zu geraten, Schillers Partei, als er in seiner »Vorschule der Ästhetik« schreibt: »Es folgt aus der gesetzlosen Willkür des jetzigen Zeitgeistes – der lieber ichsüchtig die Welt und das All vernichtet, um sich nur freien Spiel-Raum im Nichts auszuleeren ... –, daß er von der Nachahmung und dem Studium der Natur verächtlich sprechen muß«.

Man sprach im Fichte-Kreis durchaus nicht nur verächtlich über das Studium der Natur. Ausgerüstet mit den Fichteschen Deduktionen, wonach das Ich als die Kraft des intentionalen Werdens tief in den

Grund des Seins hinabreicht, will man auch der Natur ins Innere blikken. Schelling versucht es mit seiner Naturphilosophie auf systematischem Weg. Novalis, der Bergbauingenieur, verläßt sich auf seine genialische Intuition. »Nach innen geht der geheimnisvolle Weg«, schreibt er, oder »Das Äußere ist ein in Geheimniszustand erhobenes Innere« oder »Zur Welt suchen wir den Entwurf: dieser Entwurf sind wir selbst«. Novalis kontrastiert den »äußeren Blick« in die Natur, der überall, wie Kant lehrte, Kausalität erblicken muß, mit dem »inneren Blick«, dem sich »Analogien« erschließen. Diese »innere« Denkweise läßt uns »die Natur oder Außenwelt als ein menschliches Wesen ahnen, sie zeigt, daß wir alles nur so verstehen können und sollen, wie wir uns selbst und unsere Geliebten, uns und euch, verstehen«. Gestützt auf dieses Analogieverfahren entwirft Novalis grandiose Bilder, etwa wenn er sagt, die Natur sei womöglich erst beim Anblick des Menschen zu Fels erstarrt. Statt für eine herzlose Analytik der Naturerkenntnis plädiert Novalis für eine Erotik des Naturumgangs. Bei Novalis wird aus Fichtes absolutem Ich, das auch der Natur zugrunde liegen soll, ein Du. Und wie zwischen Liebenden alles möglich ist, so auch hier: »Was ich will, das kann ich – bei den Menschen ist kein Ding unmöglich«. Da unser Körper die uns nächste Natur ist, soll sich, so phantasiert Novalis, unsere liebende Macht auch über ihn erstrecken. Es hatten sich ihm jene Stunden am Krankenlager Schillers tief eingeprägt, als er den Verehrten mit dem Tod ringen und schließlich über ihn triumphieren sah, und so schreibt er, daß zu dieser liebenden Macht über die eigene Natur gehört, daß ein jeder »sein eigener Arzt« werden könne und dann vielleicht sogar imstande sei, »verlorene Glieder zu restaurieren, sich bloß durch seinen Willen zu töten und dadurch erst wahre Aufschlüsse über Körper, Seele, Welt, Leben, Tod und Geisterwelt zu erlangen. Es wird vielleicht nur von ihm dann abhängen, einen Toten zu beseelen. Er wird seine Sinne zwingen, ihm die Gestalt zu produzieren, die er verlangt, und im eigentlichsten Sinne in seiner Welt leben können«.

Wer sein Ich so tief ins Nicht-Ich der Natur versenkt, wie es Novalis tut, der macht am Ende die merkwürdige Erfahrung, daß ihm die Natur nicht mehr ichartig, sondern umgekehrt das Ich naturartig erscheint. Er geht mit dem, was er für sein Ich hält, in den »dunkeln lockenden Schoß der Natur« ein, es verzehrt sich ihm die »arme Persönlichkeit in den überschlagenden Wogen der Lust«, wie es in den »Lehrlingen zu

Saïs« heißt, ein Text, der von Schillers Gedicht »Das verschleierte Bild zu Sais« angeregt ist. Das Ich, das überall sich selbst wiederfinden und wiedersehen will, steht plötzlich im Dunkeln, gerät auf die Nachtseite der Natur. Ein Schattenreich tut sich in ihm selbst auf. Die Umrisse eines unbekannten Kontinents, des Unbewußten, werden sichtbar, und er wird zum Ausflugsziel einer neuen Neugier. Das kann auch nicht anders sein: Wer sich selbst so intensiv fühlen und begreifen will, der wird sehr bald die Entdeckung von Undefinierbarem und Vieldeutigem machen. Unklar bleibt, ob es die Nacht ist, die den Begeisterten anzieht, oder ob die Nacht erst vom Lyrismus hervorgerufen wird, ob sie aus dem Sprachlosen kommt oder das Delirium der Sprache als Schatten begleitet. Jedenfalls beginnt das innere »Zwielicht«, wovon später Eichendorff singen und sagen wird, in jener Unterwelt des Ichs, wo die Neugierigen mehr entdecken als die gängigen Münzen des »Gemeinsinns«, den das optimistische 18. Jahrhundert sonst gern im Souterrain des Bewußtseins vermutet hatte. Während Forschungsexpeditionen die Wildnis hinterm Stillen Ozean erkunden, machen sich andere daran, die Wildnis in uns zu erforschen.

Manche von denen, welche die Lust, ein Ich zu sein, besonders tief in die eigene Wildnis verstrickte, überanstrengen sich am Ende. Wie ein melancholisches Echo auf Werthers frohlockenden Ausruf »Ich kehre in mich selbst zurück und finde eine Welt« klingt 1802 die Bemerkung Clemens Brentanos: »Wer mich zu mir selbst weist, tötet mich«.

Die überanstrengten Ichs halten Ausschau nach etwas Festem. Schließlich wird ja auch der Ich-Komet Bonaparte sich in der steifen Kaiserwürde befestigen. August Wilhelm Schlegel schlüpft bei der korpulenten und vermögenden Madame de Staël unter. Friedrich Schlegel bereitet seinen Übergang in den Schoß der katholischen Kirche vor. Auch Brentano wird katholisch. Tradition ist wieder gefragt, man sammelt Volkslieder und Märchen, »Es fiel ein Reif in der Frühlingsnacht …«, gottlob muß man doch nicht alles selber machen, man darf sich tragen lassen und in einem Strome schwimmen, der von weither kommt. Man sucht sich feste Stellen und feste Beziehungen.

Die Spielschar der Ichlustigen wird sich davontrollen, auch Fichte wird den romantischen Tatort Jena verlassen, aber sonst wird er bleiben, was er war, seine Posaune verkündet immer noch den jüngsten Tag des sittlichen Ichs. Er wird später in den »Reden an die deutsche Nation« die Wiedergeburt des Ichs noch einmal ins Große treiben, wenn er einem ganzen Volk zuruft: ein Nicht-Ich zu sein, ertraget es nicht länger.

Mit einem gewissen Wohlgefallen beobachtet Goethe, der sich häufig in Jena aufhält, das muntere Treiben der neuen Generation. Für ihn sind das genialische Leute, ein bißchen überspannt, sie stehen »auf der Kippe«, meint er, es kann mit ihnen schlimm enden, und das würde ihm leid tun. Als aber Friedrich Schlegel jedem der es hören will, erzählt, er würde bei Schillers »Glocke« vor Lachen vom Stuhl fallen, da muß der eine Olympier dem anderen doch die Stange halten, denn inzwischen sind sie beide aufs herzlichste miteinander befreundet. Friedrich Schlegel bekommt den Kopf gewaschen und geht nach Berlin, um dort sein ichverliebtes, ironisches und respektloses Treiben noch eine Weile lang fortzusetzen. Die Zeitschrift »Athenäum«, die er dort gründet, sollte eigentlich »Herkules« heißen, es sollte signalisiert werden, daß das romantische Ich sich stark genug fühlt, die Augiasställe des Zeitalters auszumisten.

Die Freundschaft zwischen Goethe und Schiller, dieses fast mythische Ereignis des deutschen Geistes, sie begann zwei Monate nach Schillers Rückkehr aus Schwaben, an einem lauen Sommerabend. Es war der 20. Juli 1794. Wie hatte es nun vor diesem Ereignis zwischen den beiden gestanden?

Nach seiner Rückkehr aus Italien war es Goethe zunächst schwer gefallen, sich wieder an die »Nebelregion« zu gewöhnen. Frei von amtlichen Geschäften hatte er ganz der Kunst, der Liebe und der Naturforschung leben können. In Weimar traf er eine Frau von Stein, die sich beleidigt, abweisend und kalt gab. In dem wahrscheinlich letzten Brief an sie vom 8. Juni 1789 schrieb er ihr: »Wenn nun gar ein übles Verhältnis zu den Nächsten entsteht: so weiß man nicht mehr wohin man soll«. Ganz so schlimm aber war es doch nicht: Goethe hatte sich mit Christiane Vulpius zusammengetan, womit er die Hüter von Sitte und Anstand in Weimar provozierte. Er kam ganze Tage nicht aus dem Bett, das er nun mit Christiane teilte. Er schrieb an seinem »Eroticon«, den »Römischen Elegien«, worin weniger eine verflossene römische als vielmehr die gegenwärtige weimarische Liebschaft anklang. Im übrigen arbeitete er, wenn ihm die Amtsgeschäfte dazu Zeit ließen, an seiner Farbenlehre, an seinen botanischen Forschungen und an der Fertigstellung des in Italien umgeschriebenen

»Tasso«, der für den letzten Band der »Gesammelten Schriften« vorgesehen war.

Das Ende der »italienischen Epoche«, die Vorbereitung dieser ersten Gesamtausgabe und die Geburt des ersten und einzigen Sohnes, August, Ende 1789 vermittelten ihm das Gefühl einer lebensgeschichtlichen Zäsur. Hinzu kam das Ereignis der Französischen Revolution. An Jacobi schrieb er am 3. März 1790: »Daß die Französische Revolution auch für mich eine Revolution war kannst du denken«. Er habe, notiert er im Rückblick, »viele Jahre« gebraucht, »dieses schrecklichste aller Ereignisse in seinen Ursachen und Folgen dichterisch zu gewältigen«. Die »Anhänglichkeit an diesen unübersehlichen Gegenstand«, habe sein »poetisches Vermögen fast unnützerweise aufgezehrt«. Tatsächlich spielt die Revolution in fast allen seinen Werken der neunziger Jahre eine bedeutsame Rolle, teils als ausdrückliches Thema wie in den »Aufgeregten«, im »Bürgergeneral« oder in der »Natürlichen Tochter«, teils als Hintergrund und Problemhorizont wie in »Herrmann und Dorothea« oder in den »Unterhaltungen deutscher Ausgewanderten«.

Was ist für ihn so »schrecklich« an der Revolution?

Goethe versteift sich nicht auf Interessen und Sichtweisen des Adels und der wohlhabenden Gesellschaft, er bemerkt durchaus empörendes Unrecht und Ausbeutung. An Knebel schrieb er einige Jahre vor der Revolution: »Du weißt aber wenn die Blattläuse auf den Rosenzweigen sitzen und sich hübsch dick und grün gesogen haben, dann kommen die Ameisen und saugen ihnen den filtrierten Saft aus den Leibern. Und so geht's weiter, und wir haben's so weit gebracht, daß oben immer in einem Tage mehr verzehrt wird, als unten in einem beigebracht werden kann« (17. April 1782). Indem er die Revolution ablehnt, wird er doch nicht zum Fürsprecher des ancien régime. Von der Kampagne in Frankreich 1792 schreibt er an Jacobi, ihm sei »weder am Tode der aristokratischen noch demokratischen Sünder im mindesten etwas gelegen« (18. August 1792). Das Schreckliche an der Revolution ist für ihn nicht, daß alte und womöglich ungerechte und ausbeuterische Besitzstände in Frage gestellt werden. In seiner Revolutionskomödie »Die Aufgeregten« tritt eine besonnene Gräfin auf, die er später in den Gesprächen mit Eckermann als Repräsentantin eines Adels, wie er sein sollte, bezeichnet: »Sie hat sich überzeugt, daß das Volk wohl zu drücken, aber nicht zu unterdrücken ist und daß die revolutionären

Aufstände der unteren Klassen eine Folge der Ungerechtigkeit der Großen sind«.

Das Schreckliche an der Revolution ist für ihn, daß es sich hierbei um einen Vulkanausbruch des Sozialen und Politischen handelt. Nicht zufällig beschäftigt er sich in den Monaten nach der Revolution mit dem ihn beunruhigenden Naturphänomen des Vulkanismus im Gegensatz zum Neptunismus, der Theorie von der allmählichen Veränderung der Erdoberfläche durch die Ozeane. Das Allmähliche zog ihn an, das Plötzliche und Gewaltsame stieß ihn ab, in der Natur ebenso wie in der Gesellschaft. Er hielt es mit den Übergängen, nicht mit Brüchen. Er war ein Freund der Evolution, nicht der Revolution. Aber das Forcierte der Revolution war es nicht allein, was ihn schreckte. Unheimlich war ihm die Vorstellung, daß von nun an die Massen unwiderruflich die Bühne der Geschichte betreten haben könnten. Aber ist das nicht wünschenswert, gehört es nicht zur Emanzipation, zum vielbeschworenen aufklärerischen »Ausgang aus der selbstverschuldeten Unmündigkeit«? Gewiß, es wäre erfreulich, wenn mit den Massen auch die politische Mündigkeit zur Macht käme. So ist es aber nicht. Es sind die Demagogen, die Doktrinäre und Dogmatiker, die »Revolutionsmänner«, wie Goethe sie verächtlich nennt, welche die Massen führen und verführen. Und das muß auch so sein, denn verführbar sind die Massen, weil sie in eine Sphäre hineingerissen werden, wo sie sich nicht auskennen. Politik hat es mit dem Allgemeinen zu tun, mit den Angelegenheiten der Gesellschaft als ganzer. Das setzt eine Denkweise voraus, die nicht nur dem eigenen Interesse folgt, sondern für das Ganze Verantwortung übernehmen kann. Der gewöhnliche Mensch aber, so Goethe, kann sich zu diesem Gesichtspunkt nicht erheben, und darum wird er zur Manövriermasse von Agitatoren. Die allgemeine Politisierung begünstigt das Lügen, Belogenwerden und den Selbstbetrug. Man will das Ganze beherrschen und kann sich nicht einmal selbst beherrschen, man will die Gesellschaft verbessern und weigert sich, mit der Verbesserung seiner selbst zu beginnen. Im Rausch der Masse geht die Vernunft unter, und der Durchbruch niederer Instinkte wird begünstigt. Anschauungsmaterial dafür liefern der staatliche Terror, der im Jahr 1793 durch Frankreich tobt, die Massenhinrichtungen, die Pogrome, die Plünderungen in den besetzten Gebieten. »Zuschlagen muß die Masse, / Dann ist sie respektabel, / Urteilen gelingt ihr miserabel«. Wo die Revolution die Köpfe nicht abschlug, reichte ihre

Macht immerhin aus, sie zu verwirren. Die Politisierung der Öffentlichkeit empfand Goethe als verhängnisvoll. Er nannte sie eine allgemeine Ermunterung zur »Kannegießerei«. Er litt unter dem endlosen Geschwätz und Debattieren über Ereignisse, die keiner von denen, die in der Zeitung oder am Stammtisch das große Wort führen, beeinflussen kann, und er ärgerte sich über die absurde Verkennung der politischen Realitäten in Deutschland bei den Revolutionsfreunden. Das ganze politisierte Zeitungswesen war ihm verhaßt. Von der Kampagne in Frankreich schreibt er: »Leider kommen die Zeitungen überall hin das sind jetzt meine gefährlichsten Feinde« (18. August 1792). Er empörte sich über die Unaufrichtigkeit der Fürstenkritiker, die sich nicht eingestehen mochten, daß sie selbst Nutznießer der Fürstenherrschaft waren. Gegenüber Herder, den er neuerdings zu diesen Unaufrichtigen rechnete, äußerte er: »Ich nehme jetzt die Grundsätze meines gnädigsten Herrn an, er gibt mir zu essen, es ist daher meine Schuldigkeit, daß ich *seiner Meinung* bin«. Das war boshaft gegen Herder und ironisch gegen sich selbst gerichtet. Politische Meinungen, wenn sie über die eigene Erfahrung und Verantwortung hinausgehen, taugen nichts, man sollte ihnen nicht trauen, auch dann nicht, wenn es die eigenen sind: »Unser Anteil an öffentlichen Angelegenheiten ist meist nur Philisterei«, sagte Goethe.

Goethes Ablehnung der Revolution ist Ausdruck der Überzeugung, daß die allgemeine Politisierung im beginnenden Massenzeitalter eine fundamentale Verwirrung in der Wahrnehmung des Nahen und des Fernen zur Folge hat. »Der Mensch«, heißt es in »Wilhelm Meisters Wanderjahren«, »ist zu einer beschränkten Lage geboren, einfache, nahe, bestimmte Zwecke vermag er einzusehen, und er gewöhnt sich die Mittel zu benutzen, die ihm gleich zur Hand sind; sobald er aber ins weite kommt, weiß er weder was er will, noch was er soll, und es ist ganz einerlei, ob er durch die Menge der Gegenstände zerstreut, oder ob er durch die Höhe und Würde derselben außer sich gesetzt werde. Es ist immer sein Unglück, wenn er veranlaßt wird, nach etwas zu streben, mit dem er sich durch eine regelmäßige Selbsttätigkeit nicht verbinden kann«. Gegen die politische Leidenschaft der »Aufgeregten« setzt Goethe die aus der Kraft der Begrenzung erwachsene Gestaltung der individuellen Persönlichkeit. Da wir das Ganze nicht umfassen können und das Ferne uns zerstreut, so bilde der Einzelne sich zu etwas Ganzem aus – das ist Goethes Maxime und darum gilt: »Höchstes

Glück der Erdenkinder / Sei nur die Persönlichkeit«. In diesem fast trotzigen Persönlichkeitsideal steckt auch jene glänzende Ignoranz im Dienste des Lebens, die Nietzsche an Goethe gerühmt hat, und die zu seiner prometheischen Gestaltungskraft gehört. Eine Gestaltungskraft, die der Lebensformel entspringt: sich die Welt anverwandeln und sie dadurch zur eigenen machen, aber auch nur so viel davon aufzunehmen, wie man sich anverwandeln kann. Daraus folgt: Das »Unzukömmliche« ohne Skrupel draußen zu halten. Goethes Welt und Leben blieben geräumig genug, auch trotz der Gesten der Abwehr und Abgrenzung.

Diese Abwehr konnte sehr heftig und radikal sein. Zum Tod beispielsweise wollte Goethe gar kein Verhältnis finden. Den Tod fand er unanständig. Über den magischen Todeskult des Novalis konnte er nur den Kopf schütteln, diese jungen Leute, meinte er, verschwenden ihre Hingabe. Er jedenfalls wollte dem Tod keine Macht über seine Gedanken einräumen. Er ging auf keine Beerdigung und war auch an keinem Sterbelager zu finden. Der Leichenzug der Frau von Stein hatte das Haus am Frauenplan zu meiden. Frau von Stein hatte es mit der Höflichkeit des Herzens selbst so verfügt. Als Christiane stirbt, zieht sich Goethe ein wenig kränklich in seine Gemächer zurück. Und beim Tode Schillers kam er für eine Woche nicht aus seinem Zimmer heraus. Mit dem Begriff der Verdrängung kommt man diesem Verhalten nicht bei. Denn es fehlt ihm das Enge und Verkrampfte. Souverän zieht Goethe seinen Kreis und seine Kreise. Er beansprucht Mitspracherecht bei allem, was ihn berühren könnte. Er entscheidet selbst, was ihn angeht. Es war viel genug. Der wahrlich universell gebildete Goethe konnte spotten über die Vielleser und über die Leute, die urteilsfroh aber nicht urteilsstark sind, die Meinungsmacher eben. Gegen die Zerstreuung hilft nur die Sammlung. Nicht jede Neugier findet seinen Beifall. Er bevorzugt eine Neugier, die uns auf dem Umweg über die Welt mit uns selbst bekannt macht. Nicht nur als Naturforscher strebt Goethe nach einer Wahrheit, bei der uns Hören und Sehen nicht vergeht und die wir in Leib und Leben ausgestalten können. Damit ist nicht Verinnerlichung gemeint, die »so bedeutend klingende Aufgabe: *erkenne dich selbst*« sei ihm »immer verdächtig« vorgekommen, schreibt er. Wer nur sich selbst sucht, kann sich nicht finden. »Tätigkeit gegen die Außenwelt« ist nötig, und ruhige und sorgfältige Beobachtung: »Der Mensch kennt nur sich selbst, insofern er die Welt kennt … Jeder neue Gegenstand, wohl beschaut, schließt ein neues Organ in uns auf«. Der Nachdruck liegt auf dem »wohl beschaut«, damit ist auf eine Wirklichkeitsbeziehung verwiesen, die welthaltiger ist als das aufgeregte Meinungsunwesen.

Zwar kann sich Goethe von den Einflüssen des politisierenden Zeitgeistes nicht ganz frei halten – immerhin kauft er für August eine Spielzeugguillotine –, aber er ist fest entschlossen, seine Zuflucht vor dem Umtrieb in den ruhigen Betrachtungen seiner Naturforschungen zu suchen. Am 1. Juni 1791 schreibt er an Jacobi, er »attachiere« sich täglich mehr an die Wissenschaft der Optik und der Farben, und er »merke wohl daß sie in der Folge mich vielleicht ausschließlich beschäftigen werden«. So war es dann doch nicht. Von Kunst und Literatur mochte er sich nicht trennen, sie bildeten für ihn, neben der Naturbeobachtung, das zweite Bollwerk gegen den aufgeregten Zeitgeist. »Die ästhetischen Freuden halten uns aufrecht, indem«, schreibt er mit provozierender Ironie an den jakobinisch gesinnten Komponisten und Zeitschriftenherausgeber Reichardt, »fast alle Welt dem politischen Leiden unterliegt«. Und an einen anderen Bekannten, der im frankreichnahen unruhigen Trier lebt, meldet er: »Wir haben mehr als jemals jene Mäßigung und Ruhe des Geistes nötig, die wir den Musen allein verdanken können«. Als er die Arbeit an seinem liegengebliebenen Roman »Wilhelm Meisters Lehrjahre« wieder aufnimmt, schreibt er am 7. Dezember 1793 an Knebel: »Jetzt bin ich im Sinnen und Entschließen, womit ich künftiges Jahr anfangen will, man muß sich mit Gewalt an etwas heften. Ich denke es wird mein alter Roman werden«.

Zu Schiller hielt er immer noch Abstand. Daß ihm der Aufsatz »Über Anmut und Würde« nicht behagte, davon war schon die Rede. Allerdings hatte sich inzwischen mit Wilhelm von Humboldt, der Schillers wegen im Februar 1794 nach Weimar gezogen war, eine Freundschaft angesponnen. Humboldt versuchte alles, um Goethe für den noch in Schwaben weilenden Schiller günstig zu stimmen. Und dann war da noch Fichte, der kurz vor Schiller in Weimar eintraf und der ebenfalls manches Rühmende über Schiller zu sagen wußte.

Auch das konnte Eindruck auf Goethe machen, da er doch für Schillers Lobredner Fichte Zuneigung gefaßt hatte. Fast liebevoll nannte er ihn einen »wunderlichen Kauz«. Fichte, als er das erste Mal im Haus am Frauenplan vorsprach, wartete nicht, bis ihm Hut und Stock abgenommen wurden, sondern ließ, sogleich ins Gespräch vertieft, seine

Garderobe auf den nächsten Tisch fallen. Goethe war perplex und doch auch beeindruckt von solcher ernsten und mitreißenden Leidenschaft, die sich um keine Förmlichkeit scherte. Er ließ sich aus der Druckerei den ersten Bogen der »Grundlage der gesamten Wissenschaftslehre« kommen, las ihn sofort und schrieb ihm: »Er enthält nichts das ich nicht verstünde oder wenigstens zu verstehen glaubte, nichts das sich nicht an meine gewohnte Denkart anschlösse« (24. Juni 1794). Fichte brauchte das nicht als höfliches Kompliment anzusehen, denn nach einer weiteren Unterredung mit Goethe konnte er seiner Frau berichten: »Neulich ... hat er mir mein System so bündig und klar dargelegt, daß ich's selbst nicht klarer hätte darstellen können«. Die unvermeidlichen kleinen Spötteleien Dritten gegenüber hielten sich noch in freundlichen Grenzen. An Jacobi schickt er Fichtes Schrift mit den Worten: »Möchtest du liebes Nicht-Ich gelegentlich meinem Ich etwas von deinen Gedanken darüber mitteilen. Lebe wohl und grüße alle guten und artigen Nicht-Ichs um dich her« (23. Mai 1794).

Erstaunlich ist es schon, wie Goethe zunächst auf Fichtes Philosophie ansprach. Er werde ihm Dank wissen, schrieb er an Fichte, »wenn Sie mich endlich mit den Philosophen versöhnen, die ich nie entbehren und mit denen ich mich niemals vereinigen konnte« (24. Juni 1794). An Fichtes Philosophie war ihm sympathisch die energische Betonung der Tätigkeit und des Strebens und Gestaltens. Den radikalen Subjektivismus nahm er in Kauf und milderte ihn für seine Zwecke ab. Erste Spuren davon zeigten sich in seiner Farbenlehre. Er nahm die Physiologie der Farbwahrnehmung stärker in den Blick, wie er überhaupt dem Subjektiven mehr Raum zu geben begann. Um diese Zeit nahm er unter seine »Maximen« den Grundsatz auf, wonach man sich stets zu fragen habe: »Ist es der Gegenstand oder bist du es, der sich hier ausspricht?«

Goethes Annäherung an die Philosophie hatte auch die Wirkung, daß sich der von ihm gefühlte Abstand zu Schiller verringerte. Dies zusammen mit dem Willen, den ästhetischen Kreis gegen den politischen Umtrieb fester zu schließen, schuf die Voraussetzung, daß bei Goethe jener Brief eine günstige Wirkung tat, den er Mitte Juni 1794 empfing. Es war Schillers Einladung an ihn, dem Herausgeberkreis der neu gegründeten Zeitschrift »Die Horen« beizutreten. *Der Entschluß Eurer Hochwohlgeboren, diese Unternehmung durch ihren Beitritt zu unterstützen, wird für den glücklichen Erfolg derselben entscheidend sein, und mit größter*

Bereitwilligkeit unterwerfen wir uns allen Bedingungen unter welchen Sie uns denselben zusagen wollen (13. Juni 1794).

Das Zeitschriftenprojekt »Die Horen« war übriggeblieben aus den Verabredungen, die Schiller mit Cotta im Frühjahr getroffen hatte. Zuerst war Schiller von der geplanten Herausgeberschaft einer Tageszeitung, Cottas Lieblingsprojekt, zurückgetreten. Es wäre finanziell lukrativ gewesen, aber Schiller befürchtete, daß es ihn ganz der schönen Literatur abspenstig machen würde. Auch von dem Periodikum einer »Allgemeinen Europäischen Staatenzeitung« nahm er Abstand. Er fühle sich nicht kompetent, teilte Schiller am 14. Juni dem Verleger mit, ein politisches Journal herauszugeben; er würde damit am falschen Ort den kärglichen Rest seiner Gesundheit ruinieren, besser sei es, die verbleibenden Kräfte auf ein ästhetisches Periodikum zu konzentrieren. Hier kenne er sich aus, hier würde er *mit Neigung und innerm Beruf* etwas zustandebringen können, was es noch nie gab, eine Versammlung *der ersten Köpfe der Nation.*

Hier gewinnt die Idee einer Kulturnation als Antwort auf die politische Nation des revolutionären Frankreichs erste Konturen. In der offiziellen Einladungsschrift, die dem Brief an Goethe beiliegt, wird diese Idee präzisiert: *So weit ist es noch nicht mit der Kultur der Deutschen gekommen, daß sich das, was den Besten gefällt, in jedermanns Händen finden sollte. Treten nun die vorzüglichsten Schriftsteller der Nation in eine literarische Assoziation zusammen, so vereinigen sie eben dadurch das vorher geteilt gewesene Publikum, und das Werk, an welchem alle Anteil nehmen, wird die ganze lesende Welt zu seinem Publikum haben* (V, 868). Gedacht ist an eine geistige Sammlungsbewegung auf hohem Niveau, und tatsächlich wurde alles angeschrieben, was unter Schriftstellern, Publizisten und Philosophen Rang und Namen hatte. Die meisten reagierten zustimmend, sogar der greise Kant in Königsberg stellte Beiträge in Aussicht. Daß für ein solches Vorhaben auch Goethe gewonnen werden mußte, versteht sich von selbst. Die Gruppe der Herausgeber, die sich um Schiller versammelte, bestand aus Wilhelm von Humboldt, Fichte und Woltmann, dem neu berufenen Geschichtsprofessor in Jena.

Schiller meinte es ernst mit der Idee einer literarischen Öffentlichkeit, denn programmatisch verspricht und verlangt die »Einladung« literarischen Stil. Die Zeitschrift werde *sich über alles verbreiten, was mit Geschmack und philosophischem Geiste behandelt werden kann.* Schiller wollte sein Ideal von Anmut und Würde für dieses Zeitschriftenprojekt wirksam machen, deshalb sollte das literarisch Unterhaltsame geschmackvoll und das Gelehrte geistreich dargeboten werden. Bloße Unterhaltung einerseits und steifes Gelehrtentum andererseits sollten ausgeschlossen bleiben. Besonders sympathisch mochte es Goethe vorgekommen sein, daß Schiller, der des Politisierens ebenso überdrüssig war wie Goethe, die »Horen« allen Themen öffnen wollte, nur nicht den politischen: *vorzüglich aber und unbedingt* werde sich die Zeitschrift *alles verbieten, was sich auf Staatsreligion und politische Verfassung bezieht* (V, 867). Zwar wird Goethe selbst sich in seinen Beiträgen für die »Horen« nicht an diesen Grundsatz halten, und auch Schillers dort zuerst veröffentlichte »Ästhetische Briefe« sind ebenfalls durchaus politisch gerichtet, aber im Augenblick empfinden beide eine gewisse politische Enthaltsamkeit wohltuend für das geistige Leben.

Einige Tage läßt Goethe verstreichen, ehe er antwortet. Zwar hatte er sofort begriffen, daß sich hier eine Gelegenheit bietet, nicht nur dem literarischen Leben allgemein, sondern auch dem eigenen Schaffen neue Impulse zu geben, und auch die Annäherung Schillers erfreute ihn – zu Charlotte von Kalb äußert er, Schiller werde »freundlicher und zutraulicher gegen uns Weimarer« –, und doch zögert er noch, weil er ahnt, daß etwas anfängt, das er zwei Monate später eine neue »Epoche« in seinem Leben nennen wird. Mit Sorgfalt – es haben sich mehrere Briefentwürfe erhalten – formuliert er seine Antwort in einer Mischung aus Diplomatie und Konfession: »Ich werde mit Freuden und von ganzem Herzen von der Gesellschaft sein. Sollte unter meinen ungedruckten Sachen sich etwas finden, das zu einer solchen Sammlung zweckmäßig wäre, so teile ich es gerne mit; gewiß aber wird eine nähere Verbindung mit so wackern Männern, als die Unternehmer sind, manches, das bei mir ins Stocken geraten ist, wieder in einen lebhaften Gang bringen« (24. Juni 1794).

Es ist dies überhaupt der erste Brief, den Goethe an Schiller schreibt. Schiller freut sich, einen so prominenten Mitarbeiter für sein Projekt gewonnen zu haben. Daß er aber dabei ist, einen unvergleichlichen Freund zu gewinnen, ahnt er noch nicht.

Neunzehntes Kapitel

Goethe und Schiller: »Glückliches Ereignis«. Schmelzende und energische Schönheit. »Über die ästhetische Erziehung des Menschen«. Was auf dem Spiel steht. Goethe und Schiller, naiv und sentimentalisch. Der Kentaur.

Goethe hatte sich im Sommer 1794 für die Mitarbeit an den »Horen« gewinnen lassen. Am 20. Juli, einem Sonntag, kommt Goethe nach Jena, um am Nachmittag in der von ihm kürzlich mitbegründeten »Naturforschenden Gesellschaft« einen Vortrag über Botanik anzuhören. Schiller, dem das Thema eher fern liegt, hat sich auch eingefunden. Draußen ist es heiß, im alten Schloß, wo die Versammlung stattfindet, angenehm kühl. Nach dem Vortrag kurze Aussprache, dann Stühlerücken, plaudernde Gruppen, man begibt sich hinaus, inzwischen ist es Abend geworden, denn der Referent hat lange und langweilig gesprochen. Goethe schildert im Rückblick (1817) unter dem Titel »Glückliches Ereignis« die Begegnung und das erste lange Gespräch mit Schiller: »wir gingen zufällig beide zugleich heraus, ein Gespräch knüpfte sich an, er schien an dem Vorgetragenen Teil zu nehmen, bemerkte aber sehr verständig und einsichtig und mir sehr willkommen, wie eine so zerstückelte Art die Natur zu behandeln, den Laien, der sich gern darauf einließe, keineswegs anmuten könne. Ich erwiderte darauf: daß … es doch wohl noch eine andere Weise geben könne die Natur nicht gesondert und vereinzelt vorzunehmen, sondern sie wirkend und lebendig, aus dem Ganzen in die Teile strebend darzustellen. Er wünschte hierüber aufgeklärt zu sein, verbarg aber seine Zweifel nicht, er konnte nicht eingestehen daß ein solches, wie ich behauptete, schon aus der Erfahrung hervorgehe. Wir gelangten zu seinem Hause, das Gespräch lockte mich hinein; da trug ich die Metamorphose der Pflanzen lebhaft vor, und ließ, mit manchen charakteristischen Federstrichen, eine symbolische Pflanze vor seinen Augen entstehen. Er vernahm und schaute das alles mit großer Teilnahme, mit entschiedener Fassungskraft; als ich aber geendet, schüttelte er den Kopf und sagte: das ist keine Erfahrung, das ist eine Idee. Ich stutzte, verdrießlich einigermaßen: denn der Punkt der uns trennte, war dadurch aufs strengste bezeichnet. Die Behauptung aus Anmut und Würde fiel mir wieder ein, der alte Groll wollte sich regen, ich nahm mich aber zusammen und versetzte: das kann mir sehr lieb sein daß ich Ideen habe ohne es zu wissen, und sie sogar mit Augen sehe. Schiller, der viel mehr Lebensklugheit und Lebensart hatte als ich, und mich auch wegen der Horen ... mehr anzuziehen als abzustoßen gedachte, erwiderte darauf als ein gebildeter Kantianer, und als aus meinem hartnäckigen Realismus mancher Anlaß zu lebhaftem Widerspruch entstand, so ward viel gekämpft und dann Stillstand gemacht ... Der erste Schritt war jedoch getan, Schillers Anziehungskraft war groß, er hielt alle fest, die sich ihm näherten ...; seine Gattin, die ich, von ihrer Kindheit auf, zu lieben und zu schätzen gewohnt war, trug das ihrige bei zu dauerndem Verständnis, alle beiderseitigen Freunde waren froh, und so besiegelten wir, durch den größten, vielleicht nie ganz zu schlichtenden Wettkampf zwischen Objekt und Subjekt, einen Bund, der ununterbrochen gedauert, und für uns und andere manches Gute gewirkt hat.«

Für Goethe war es ein Gespräch über die Natur, für Schiller eines über die Kunst. *Wir hatten vor sechs Wochen über Kunst und Kunsttheorie ein langes und breites gesprochen, und uns die Hauptideen mitgeteilt, zu denen wir auf ganz verschiedenen Wegen gekommen waren. Zwischen diesen Ideen fand sich eine unerwartete Übereinstimmung, die um so interessanter war, weil sie wirklich aus der größten Verschiedenheit der Gesichtspunkte hervorging. Ein jeder konnte dem andern etwas geben, was ihm fehlte, und etwas dafür empfangen. Seit dieser Zeit haben diese ausgestreuten Ideen bei Goethe Wurzel gefaßt, und er fühlt jetzt ein Bedürfnis, sich an mich anzuschließen, und den Weg, den er bisher allein und ohne Aufmunterung betrat, in Gemeinschaft mit mir fortzusetzen* (1. September 1794).

Seltsamerweise berichtet Schiller seinem Freund Körner erst einige Wochen später von dieser Begegnung. Warum hat er ihn nicht sofort unterrichtet? Wollte er sich kühl geben, damit nicht der Eindruck entstünde, er fühlte sich jetzt am Ziel seiner Wünsche? Erinnern wir uns an jenen *Plan*, den Schiller im Februar 1789 gefaßt hatte. Damals schrieb er, erbittert über Goethes Unnahbarkeit, an Karoline: *Wenn jeder nur seiner ganzen Kraft wirkt, so kann er dem andern nicht verborgen bleiben. Dies ist mein Plan. Wenn einmal meine Lage so ist, daß ich alle meine Kräfte wirken lassen kann, so wird er und andere mich kennen, wie ich seinen Geist jetzt kenne* (25. Februar 1789). Offenbar hatte sich diese *Lage* nun ergeben. In der Wahrnehmung Schillers war es Goethe, der sich ihm anschloß. Die Genugtuung darüber löst die Verkrampfung. Das gewachsene Selbstgefühl erlaubt ihm, alle seine *Kräfte* so wirken zu lassen, daß Goethe nun bewundernd von Schillers »großer Anziehungskraft« sprechen kann.

Zwei Tage nach der ersten Begegnung lädt Wilhelm von Humboldt Goethe und Schiller zu einem gemeinsamen Abendessen ein, bei dem die »Horen«-Pläne besprochen werden und Schiller seine Ideen aus den »Kallias«-Briefen entwickelt. Der freundschaftliche Geist dieser ersten beiden Treffen ermuntert Schiller zu jenem berühmten ausführlichen Brief vom 23. August, auf den Goethe mit bewegten Worten antwortet: es hätte ihm kein angenehmeres Geburtstagsgeschenk gemacht werden können als dieser Brief, »in welchem Sie, mit freundlicher Hand, die Summe meiner Existenz ziehen und mich, durch Ihre Teilnahme, zu einem emsigern und lebhaftern Gebrauch meiner Kräfte aufmuntern« (27. August 1794).

Schiller hatte in jenem Brief mit kühnen Strichen ein geistiges Portrait Goethes skizziert und dabei die Unterschiede zwischen beiden genau bezeichnet. Goethe, schreibt Schiller, vertraut den sinnlichen Eindrücken und der Intuition. Sein beobachtender Blick ruht *still und rein auf den Dingen* und ist nie in Gefahr, auf Abwege der Spekulation zu geraten. Die Einbildungskraft ist tätig, aber haftet am *Objekt* und geht deshalb nicht in die Irre, sondern erschließt den Reichtum der erscheinenden Welt. Goethe geht den Weg vom Besonderen zum Allgemeinen, während er, Schiller, umgekehrt das Allgemeine mit spekulativen Ideen zu erfassen sucht, um es dann im anschaulichen Material wiederzufinden; er steigt also vom Allgemeinen zum Besonderen herab, wobei es geschehen kann, daß der Gedanke die Erfahrung verfehlt, wie umgekehrt der intuitive und beobachtende Zugang bisweilen nicht bis zur notwendigen geistigen Klarheit durchdringt. Wenn die so verschieden gearteten Geister aufeinander hören und sich gegenseitig helfen, könnte es zu glückhaften Augenblicken wechselseitiger Ergänzung kommen. *Sucht aber der erste mit keuschem und treuen Sinn die Erfahrung, und sucht der letzte mit selbsttätiger freier Denkkraft das Gesetz, so kann es gar nicht fehlen, daß nicht beide einander auf halbem Wege begegnen werden.* Die Voraussetzungen dafür, daß die Begegnung gelingt, sollte man allerdings nicht unterschätzen. Es muß nämlich ein jeder sein Geschäft *genialisch* betreiben; der eine erzeugt dann intuitiv im Individuellen das Gattungshafte; der andere trifft in der Gattung das individuelle Leben.

Wenn Schiller über Goethe schreibt, so ist dabei doch auch immer von ihm selbst die Rede. Indem er sich als komplementäre Figur entwirft, ist er selbstbewußt genug, auch für sich das Genialische zu beanspruchen. Der Vereinigungspunkt ist eine Mitte, aber man wird sie auf dem Gipfel suchen müssen. Wie wird man sich wechselseitig auf diese Höhe bringen? Ganz einfach, Schiller wird Goethe dabei helfen, *Gefühle durch Gesetze zu berichtigen*; und Goethe wird Schiller vor den Gefahren der Abstraktion bewahren, die Intuition beleben und den Sinn für das Konkrete schärfen. Goethe wird Schiller als Spiegel des Bewußtseins gebrauchen, Schiller wird von Goethe das Zutrauen zum Unbewußten erlernen. Es fügen sich zwei Hälften zu einem Kreis. So jedenfalls hat Goethe das wechselseitige Verhältnis gedeutet: »Selten ist es aber«, schreibt er in einer im Nachlaß aufgefundenen Notiz über die Freundschaft mit Schiller, »daß Personen gleichsam die Hälften voneinander ausmachen, sich nicht abstoßen, sondern sich anschließen und einander ergänzen«.

Goethe hat das Bild, das Schiller von ihm entwarf, bestätigt; daß Schiller in ihm das intuitive Genie sieht, veranlaßt ihn zu einer Bemerkung, die nicht ohne Ironie ist: »Wie groß der Vorteil Ihrer Teilnehmung für mich sein wird, werden Sie bald selbst sehen, wenn Sie, bei näherer Bekanntschaft, eine Art Dunkelheit und Zaudern bei mir entdecken werden« (27. August 1794). Goethe wird Schillers Helligkeit zu nutzen wissen, aber doch selbst entscheiden, wieviel »Dunkelheit« er sich bewahren möchte. Zuviel Durchsichtigkeit könnte schädlich sein, es gibt eine produktive Art, sich selbst und den anderen verborgen zu bleiben. Beim »Wilhelm Meister« wird sich Goethe in die Karten sehen lassen, er wird das Werk während der Entstehung mit Schiller durchsprechen und dessen zahlreiche Briefe dazu gründlich studieren; »Herrmann und Dorothea« aber wird er in wenigen Wochen niederschreiben und dann dem vor Staunen fassungslosen Schiller als fertiges Werk präsentieren. Das eine Mal will er von Schillers Klarheit profitieren, das andere Mal schützt er seine »Dunkelheit«; und was das »Zaudern« betrifft, so nimmt er Schillers bisweilen zudringliche Ermahnungen hin, ohne sich davon sonderlich beeindrucken zu lassen. Er achtet auf den Rhythmus seines Lebens und Schaffens.

In seiner Antwort auf den großen »Geburtstagsbrief« hatte Goethe, der sich so gut verstanden fühlte, den Wunsch geäußert, seinerseits Schiller besser verstehen zu können. Die Symmetrie des Verhältnisses hätte eigentlich verlangt, daß Goethe seinerseits sich an einem Portrait Schillers versucht, doch er schreibt: »ich darf nunmehr Anspruch machen, durch Sie Selbst mit dem Gange Ihres Geistes ... bekannt zu werden« (27. August 1794). Gewiß hätte Schiller es vorgezogen, sich im Urteil Goethes gespiegelt zu sehen, aber es wird ihm eine Selbstdeutung abverlangt. Er gibt sie bereitwillig. In seiner postwendenden Antwort im Brief vom 31. August schildert Schiller weniger den »Gang« als vielmehr die Anatomie seines Geistes. Es sind Sätze von beispielloser Prägnanz, als wollte Schiller mit ihnen beweisen, daß kein Kritiker an die Klarsicht seiner Selbstkritik heranreicht. *Weil mein Gedankenkreis kleiner ist, so durchlaufe ich ihn eben darum schneller und öfter, und kann eben darum meine kleine Barschaft besser nutzen, und eine Mannigfaltigkeit, die dem Inhalte fehlt, durch die Form erzeugen. Sie bestreben sich, Ihre große Ideenwelt zu simplifizieren, ich suche Varietät für meine kleinen Besitzungen. Sie haben ein Königreich zu regieren, ich nur eine etwas zahlreiche Familie von Begriffen, die ich herzlich gern zu einer kleinen Welt erweitern möchte.*

Man bemerkt: Schiller, von Goethe darum gebeten, sich selbst zu schildern, kann nicht anders, als immer wieder sich mit Goethe zu vergleichen. Goethe habe das *Höchste* erreicht: einen weiten Erfahrungskreis, eine Vielzahl von Begriffen, vor allem aber die Souveränität, *seine Anschauung zu generalisieren und seine Empfindung gesetzgebend zu machen*. Das aber gelinge ihm, Schiller, nicht. Er versteht sich auf eine andere Kunst. Er kann mit Gedanken Empfindungen beherrschen, er kann sie sogar hervorrufen. Ein Beispiel dafür ist Schillers Enthusiasmus, jene gefühlsstarke Beschwingtheit, die nicht primär aus der Empfindung, sondern aus dem Gedanken kommt. Enthusiasmus ist bei Schiller etwas Gedankliches, das die Empfindung mitreißt. Die Magie einer Empfindung aber, die von sich aus dem Leben das Gesetz gibt, ist ihm fremd. Aber ist sie für ihn wirklich das *Höchste*, das er selbst nicht erreichen kann? Daß die Empfindung *gesetzgebend* wird, beschreibt Schiller in seiner ästhetischen Theorie als *schmelzende* Schönheit, die dort durchaus nicht als das Höchste gilt. Dieser Rang ist der *energischen* Schönheit vorbehalten, bei der es der Geist ist, welcher den Empfindungen das Gesetz gibt. Es ist die *energische* Schönheit, an der sich Schiller mißt, auf die er zustrebt und von der er glaubt, daß er ihr näher gekommen sei als Goethe. Der Ausspruch, Goethe verstehe es, *seine Empfindung gesetzgebend zu machen,* verhüllt also eine unausgesprochene Ambivalenz. Das *Höchste,* was Schiller Goethe zuspricht, ist für ihn zwar nicht das Höchste, aber doch etwas, um das man Goethe beneiden kann: nämlich Macht ausüben zu können ohne die Anstrengung des Begriffs und absichtslos, die spontane, charismatische Macht eines Menschen, der in seinen Anschauungen und Empfindungen ruht, seinen Intuitionen folgt, eines Menschen, bei dem die Macht kein Machen ist. Schiller aber weiß, daß er alles selbst machen muß, auch seine Macht. Goethes Leichtigkeit des Seins hat für Schiller auch etwas Unerträgliches. In den ersten Freundschaftsbriefen klingt noch von fern das frühere Ressentiment an: *Dieser Mensch,* hatte Schiller am 9. März 1789 an Körner geschrieben, *dieser Goethe ist mir einmal im Wege, und er erinnert mich so oft, daß das Schicksal mich hart behandelt hat. Wie leicht ward sein Genie von seinem Schicksal getragen, und wie muß ich bis auf diese Minute kämpfen.* Diesen »Kampf« hat Schiller inzwischen zur *energischen Schönheit* verklärt, und mit ihr tritt er der *schmelzenden Schönheit* Goethes gegenüber. Oder vielleicht doch – entgegen?

Schiller ist selbstkritisch genug, um zu wissen, daß seiner Energie bisweilen die Anmut fehlt, er prägt dafür die Formel: er *schwebe* noch *zwischen dem technischen Kopf und dem Genie.* Die Technik ist die vom Gedanken angeleitete Kunstfertigkeit: die ausgedachte Regel; Genie aber ist die Natur, die sich selbst die Regel gibt. Er weiß, was er noch zu lernen hat: der energische Geist muß besser auf die Empfindungen hören, nicht um sich auf ihre Seite ziehen zu lassen, sondern um sie, ohne ihnen Gewalt anzutun, für die eigenen Zwecke zu gebrauchen. Der Ausgleich ist theoretisch gefunden, aber noch nicht praktisch, *denn gewöhnlich,* schreibt er, *übereilt mich der Poet, wo ich philosophieren sollte, und der philosophische Geist, wo ich dichten sollte.* Empfindungsreiche Einbildungskraft und gedankenstarke Abstraktion liegen noch im Streit, doch er setzt auf die Energie des Gedankens, die ihn wird schlichten können. Es muß der Gedanke sich selbst einschränken und dadurch der Empfindung Raum geben. Der Gedanke ist in den Streit verwickelt und steht doch auch über ihm. Er ist zugleich Partei und überparteilich. Er ist der Meister des Streites. Könnte er der beiden Kräfte von Empfindung und Gedanke *in so weit Meister werden, daß ich einer jeden durch meine Freiheit ihre Grenze bestimmen kann,* so erwarte ihn noch ein schönes Los.

Es könnte alles gut werden, wenn es da nicht die schlimme Krankheit gäbe. Während er lernt, seine geistigen Kräfte richtig zu gebrauchen, ist die Krankheit dabei die *physischen zu untergraben*. Und dann folgt jener Satz, der Goethe so kostbar war, weil er ihm den Heroismus, die energische Schönheit seines Freundes so vollkommen vor Augen rückte: *Eine große und allgemeine Geistesrevolution*, schreibt Schiller, *werde ich schwerlich Zeit haben, in mir zu vollenden aber ich werde tun was ich kann, und wenn endlich das Gebäude zusammenfällt, so habe ich doch vielleicht das Erhaltungswerte aus dem Brande geflüchtet.*

Am 4. September 1794 lädt Goethe Schiller nach Weimar ein. Der Hof, schreibt er, geht für einige Zeit nach Eisenach, das wäre doch eine schöne Gelegenheit, die neu begründete Freundschaft zu genießen. *Mit Freuden* nimmt Schiller die Einladung an, aber konfrontiert Goethe sogleich mit Komplikationen, die sich aus seiner Krankheit ergeben. Er wird sich einer gewöhnlichen Hausordnung nicht einfügen können, *denn leider nötigen mich meine Krämpfe gewöhnlich, den ganzen Morgen dem Schlaf zu widmen, weil sie mir des Nachts keine Ruhe lassen … Ich bitte bloß um die leidige Freiheit, bei Ihnen krank sein zu dürfen* (7. September 1794).

Am 14. September kommt in Weimar ein Kranker an, der voller Pläne ist. Er hat sie im Brief vom 7. September bereits angedeutet. Es gibt noch kein *Gesetzbuch* der ästhetischen Kritik, schreibt Schiller dort, in der Welt des Geschmacks herrscht trotz Kants »Kritik der Urteilskraft« und trotz seiner eigenen Versuche auf diesem Gebiet immer noch *Anarchie*, dem muß endlich ein Ende gesetzt werden. Die große Begriffsbestimmung, was denn nun eigentlich der ästhetische Sinn sei und wozu er gut ist, muß geleistet werden. Er hat damit angefangen, jetzt will er das grundlegende Werk der Klärung und Orientierung vollenden. Mit Energie wendet er sich der Schönheit zu und der Frage, was es mit ihr eigentlich auf sich hat. In den Tagen nach Goethes Einladung und vor seinem Eintreffen in Weimar beginnt Schiller, die Briefe an den Herzog von Augustenburg umzuarbeiten und zu erweitern zu den »Briefen über die ästhetische Erziehung des Menschen«. Sie sollen, so sein Plan, in den ersten Nummern der »Horen« als eine Art Programm erscheinen.

Schiller konnte an einige Ergebnisse seiner bisherigen theoretischen Arbeit anknüpfen. Da gibt es die in den »Kallias«-Briefen entwickelte Definition des Schönen als »Freiheit in der Erscheinung«, ein Versuch, über Kants Rezeptionsästhetik hinaus einen objektiven Begriff des

Schönen zu bestimmen, also von der Erfahrung des Schönen zur Beschaffenheit des Schönen vorzudringen. In »Über Anmut und Würde« hatte er seinen Vorschlag zur ästhetischen Vermittlung von Sinnlichkeit und Sittlichkeit unterbreitet, ein Versuch, den Kantschen Rigorismus und Dualismus der beiden Kräfte zu versöhnen. Im Aufsatz »Über das Erhabene« hatte er seine Präferenz für die *energische* Schönheit begründet. Einige Bausteine für seine große Theorie waren also beisammen. Es sollte aber wirklich eine ›große‹ Theorie daraus werden, und deshalb spannt er nun einen weiten Horizont auf, geschichtsphilosophisch, gesellschaftstheoretisch, kulturanthropologisch und transzendentalphilosophisch. So werden die Briefe eine theoretisch überaus reich instrumentierte Schrift, die manche Zeitgenossen als überanstrengt empfinden. Der Rezensent der »Allgemeinen Literatur-Zeitung« moniert »Verschraubungen«. Herder »abhorriert« sie als »Kantische Sünden«, und Madame de Staël findet »allzuviel Metaphysik« darin. Aber es dauert nicht lange bis man in ihr das Gründungsdokument einer Theorie der Moderne sieht. Bereits Hölderlin, Hegel und Schelling haben sie so verstanden, und Goethe bemerkte zu Humboldt über Schiller: »Man wird ihm, fürcht ich, erst lebhaft widersprechen und ihn in einigen Jahren ausschreiben (abschreiben), ohne ihn zu zitieren« (3. Dezember 1795). Die Schrift ist als Theorie der Moderne zugleich eine Fundamentalontologie des Ästhetischen im weiten Sinne des Wortes: es geht nicht nur um Kunstproduktion, um die Fundierung von Geschmacksurteilen; es geht um die Lokalisierung des Ästhetischen im gesellschaftlichen Zusammenhang und damit auch um die Bedingungen und Möglichkeiten der Lebenskunst in der Moderne. Ein Jahrhundert vor Nietzsche betätigt sich Schiller als »Arzt der Kultur«.

Schiller beginnt mit der Frage: Weshalb überhaupt Kunst? Warum lohnt es sich, über sie nachzudenken? Gibt es nicht wichtigere Dinge als diese schöne Nebensache? Zum Beispiel die Politik. In ihr steht das Schicksal der Gesellschaft und damit auch das des einzelnen auf dem Spiel. Das hat doch die Französische Revolution gezeigt, und Napoleon, ihr Erbe, wird erklären: »Die Politik ist das Schicksal«. Warum sollte man sich *nach einem Gesetzbuch für die ästhetische Welt* umsehen, wenn einen die *Zeitumstände so nachdrücklich* auffordern, *sich mit dem vollkommensten aller Kunstwerke, mit dem Bau einer wahren politischen Freiheit zu beschäftigen*? (V, 571f.).

Es spricht hier immer noch der Autor der »Räuber« und des »Fiesko«, der Republikaner also, wenn Schiller den *Bau* der politischen Freiheit als das *vollkommenste aller Kunstwerke* bezeichnet. Daran mitzuwirken bleibt für Schiller, der inzwischen Abstand zur Tagespolitik hält, offenbar die vornehmste Aufgabe. Ihr sind die ästhetischen Reflexionen zugeordnet. Indem Schiller die »Ästhetischen Briefe« mit der Reflexion auf die politische Tragweite seiner Theorie eröffnet, verstößt er sogleich gegen das für die »Horen« ausgesprochene Politikverbot, und es wird deutlich, daß es nur gilt für die Tagespolitik und für die »politische Kannegießerei«, nicht aber für die grundsätzlichen politischen Überlegungen, die Schiller im folgenden vorträgt.

Wie verhält sich die ästhetische Welt zu jener Hauptaufgabe der politischen Freiheit, wie das ästhetische zum politischen Kunstwerk des freiheitlichen Staates? Ehe Schiller diese Frage beantwortet, wirft er einen Blick auf die Französische Revolution, auf die Avantgarde des politischen Freiheitskampfes. Sein Urteil kennen wir schon: in einem historischen Augenblick, da der *Naturstaat*, der auf Unterdrückung basiert, wankt und die Möglichkeit gegeben zu sein scheint, *das Gesetz auf den Thron zu stellen, den Menschen endlich als Selbstzweck zu ehren und wahre Freiheit zur Grundlage der politischen Verbindung zu machen*, zeigt es sich, daß der *freigebige Augenblick* ein *unempfängliches Geschlecht* vorfindet (V, 580). Die Menschen in ihrer Masse sind der äußeren Freiheit, die sie sich erobert haben, innerlich noch nicht gewachsen. Wie sollen sie eine äußere Freiheit errichten können, wenn sie innerlich noch unfrei sind? Was aber bedeutet es, innerlich frei zu sein? Man dürfte nicht von Begierden abhängig sein, sei es, daß man ihnen roh und unzivilisiert oder mit dem Raffinement der Zivilisation folgt. So oder so bleibt der Mensch von seiner Natur beherrscht, ohne sich selbst beherrschen zu können. Aber leben wir nicht in einem Zeitalter der Aufklärung und der Wissenschaft, in einer Periode der Blüte des freien und forschenden Geistes? Nein, sagt Schiller, man dürfe die gegenwärtigen Errungenschaften nicht überschätzen. Aufklärung und Wissenschaft haben sich bloß als *theoretische Kultur* erwiesen, eine äußerliche Angelegenheit für *innerliche Barbaren*. Die öffentliche Vernunft hat noch nicht den Kern der Person ergriffen und umgestaltet. Was ist zu tun? Ist nicht der einzige Weg der Befreiung des inneren Menschen der politische Kampf um die äußere Freiheit? Freiheit lernt man doch nur, indem man politisch um sie kämpft. Das jedenfalls werden Fichte und andere Freiheitsfreunde gegen Schiller einwenden, der dieses Konzept des ›learning by doing‹ zurückweist. Sein Argument: wenn man zu früh die autoritäre Klammer des Staates (*Naturstaat*) durch den politischen Kampf schwächt oder gar auflöst, ist *Anarchie* und damit die vervielfachte Gewalt und Willkür der Egoismen die notwendige Folge: *Die losgebundene Gesellschaft, anstatt aufwärts in das organische Leben zu eilen, fällt in das Elementarreich zurück* (V, 580). Vielmehr muß man den Menschen gewissermaßen ein Übungsgelände der Freiheit eröffnen; man muß, während noch der *Naturstaat* besteht, der die *physische Existenz* der Menschen sichert, die geistigen Fundamente schaffen, auf denen sich in Zukunft der freie Staat errichten läßt. Man kann das *Uhrwerk* des Staates nicht zuerst zerstören und sodann ein neues erfinden wollen, sondern man muß *das rollende Rad während seines Umschwungs* austauschen (V, 575).

Warum aber sollte dieser Austausch des rollenden Rades, diese Revolution der Denkungsart, ausgerechnet von der Kunst und dem Umgang mit ihr bewirkt werden können? Weil *es die Schönheit ist, durch welche man zu der Freiheit wandert* (V, 573). Das ist leicht gesagt und bleibt gerade deshalb abstrakt. Um diesen Satz plausibel erscheinen zu lassen, wählt Schiller einen Weg, der ihn durch das Dickicht der Widersprüche der modernen bürgerlichen Gesellschaft führt. Er bekommt das System der Arbeitsteilung mit ihren epochalen Folgen in den Blick. Schiller hat als einer der ersten mit außerordentlicher Klarsicht und Antizipation das Schicksal einer Gegenwart, die noch nicht vergangen ist, analysiert. Hegel und später Marx, Max Weber und Georg Simmel werden ausdrücklich an seine Analyse anknüpfen. Die *moderne* Gesellschaft, schreibt Schiller, hat Fortschritte gemacht auf dem Gebiet der Technik, der Wissenschaft, des Handwerks infolge von Arbeitsteilung und Spezialisierung. In demselben Maße wie die Gesellschaft im Ganzen reicher und komplexer wird, läßt sie den einzelnen in Hinsicht auf die Entfaltung seiner Anlagen und Kräfte verarmen. Indem das Ganze sich als reiche Totalität zeigt, hört der einzelne auf, das zu sein, was er gemäß einem idealisierenden Vorurteil in der Antike gewesen sein soll: eine Person als Totalität im Kleinen. Statt dessen findet man heute unter den Menschen nur *Bruchstücke,* was zur Folge hat, *daß man von Individuum zu Individuum herumfragen muß, um die Totalität der Gattung zusammenzulesen* (V, 582). Jeder versteht sich nur auf sein spezielles Handwerk, sei es ein materielles oder ein geistiges. Auch die Politik ist zu einem *Maschinenwesen* von Spezialisten der Macht geworden, sie wurzelt nicht mehr in der Lebenswelt und ist nicht mehr ein organischer Ausdruck der vereinigten Macht der Individuen: *der Genuß wurde von der Arbeit, das Mittel vom Zweck, die Anstrengung von der Belohnung geschieden. Ewig nur an ein einzelnes kleines Bruchstück des Ganzen gefesselt, bildet sich der Mensch selbst nur als Bruchstück aus, ewig nur das eintönige Geräusch des Rades, das er umtreibt, im Ohre, entwickelt er nie die Harmonie seines Wesens, und anstatt die Menschheit in seiner Natur auszuprägen, wird er bloß zu einem Abdruck seines Geschäfts* (V, 584).

Doch gegen die rousseauistischen Träume einer besseren Vergangenheit hält Schiller daran fest, *daß, so wenig es auch den Individuen bei dieser Zerstückelung ihres Wesens wohl werden kann, doch die Gattung auf keine andere Art hätte Fortschritte machen können* (V, 586). Die Anlagen der Gattung als ganzer zu entwickeln, war offenbar kein anderes Mittel, als sie unter den Individuen aufzuteilen und sogar einander entgegenzusetzen. Den *Antagonismus der Kräfte* bezeichnet Schiller als das *große Instrument der Kultur*, im gesellschaftlichen Ganzen den Reichtum der menschlichen Wesenskräfte zu verwirklichen und ihn in der großen Masse der einzelnen zu verfehlen. In dieser Analyse wird Hölderlin den Schlüssel zum Verständnis seines Leidens an der Gegenwart finden. Im »Hyperion« heißt es: »Handwerker siehst du, aber keine Menschen, Denker, aber keine Menschen … ist das nicht wie ein Schlachtfeld, wo Hände und Arme und alle Glieder zerstückelt untereinander liegen, indessen das vergoßne Lebensblut im Sande zerrinnt … Doch das wäre zu verschmerzen, müßten solche Menschen nur nicht fühllos sein für alles schöne Leben«.

Die Zersplitterung und Verstümmelung ist für Schiller auch ein Grund dafür, daß in Frankreich die Aufklärung als *theoretische Kultur* zur bloßen Ideologie geworden ist und schließlich sogar, wie das Beispiel Robespierre beweist, zum Terror der Vernunft, der nicht nur gegen die alten Institutionen, sondern gegen den alten Glauben im Herzen der Menschen vorging.

So eingehend und scharfsichtig beschreibt Schiller die Deformationen der modernen Zivilisation und ihre rohe und sublime Barbarei, daß nicht einzusehen ist, warum ausgerechnet die sanfte Kraft des Schönen dagegen etwas ausrichten können sollte. Gewiß kann man behaupten – und Schiller behauptet es auch –, daß die schöne Kunst die Empfindungen schult und verfeinert. Das wäre dann ihr Beitrag zur

Ent-Barbarisierung. Aber damit begnügt sich Schiller nicht. Die ästhetische Welt ist nicht nur ein Übungsgelände für die Verfeinerung und Veredelung der Empfindungen, sondern sie ist der Ort, wo der Mensch explizit erfährt, was er implizit immer schon ist: der ›homo ludens‹.

Erst im fünfzehnten Brief findet sich jener Satz, auf den in dieser Abhandlung alles zuläuft und aus dem alles abgeleitet wird, was für Schiller am Kunstschönen von Belang ist. Es handelt sich um eine kulturanthropologische These mit weitreichenden Konsequenzen für das Verständnis der Kultur im allgemeinen und der Moderne im besonderen; eine These auch, mit der Schiller seinen Anspruch, durch ästhetische Erziehung die Krankheit der Kultur kurieren zu können, recht eigentlich begründet. Diese These lautet: *um es endlich auf einmal herauszusagen, der Mensch spielt nur, wo er in voller Bedeutung des Worts Mensch ist, und er ist nur da ganz Mensch, wo er spielt* (V, 618).

Wenn das so ist, kann die Kurzformel für den Krankheitsbefund im Umkehrschluß nur lauten: die Moderne begünstigt nicht mehr den ›spielenden‹ Menschen, und darum droht sie unmenschlich zu werden.

Es ist also noch nicht das Entscheidende über die Moderne gesagt, wenn man auf die Folgen der Arbeitsteilung, auf die Fragmentierung des Menschen und die Vorherrschaft der bloß »theoretischen« Kultur hinweist. Vielmehr ist die Moderne auch und vor allem eine Kultur, die unter dem Diktat der Nützlichkeit steht. Die Moderne ist ernst, sie spielt nicht, erklärt Schiller, sie hat keinen Sinn für die schöne Zwecklosigkeit. Er beschreibt sie als ein geschlossenes System der Zweckrationalität und der instrumentellen Vernunft, als eine Gesellschaftsmaschine, fast schon als jenes »stählerne Gehäuse«, als welches sie Max Weber ein Jahrhundert später bezeichnen wird: *Der Nutzen*, schreibt Schiller, *ist das große Idol der Zeit, dem alle Kräfte fronen und alle Talente huldigen sollen. Auf dieser groben Waage hat das geistige Verdienst der Kunst kein Gewicht, und, aller Aufmunterung beraubt, verschwindet sie von dem lärmenden Markt des Jahrhunderts* (V, 572).

Schiller bestimmt den Begriff des Spiels als Freiheit vom Zwang und als Gegensatz zum bloß nützlichen Handeln, genauer: zu einem Handeln, das seinen Zweck nicht in sich selbst, sondern außer sich hat.

Was tun wir eigentlich, wenn wir spielen? Bei der Beantwortung dieser Frage gerät Schiller tief in die Kulturanthropologie, und das muß auch so sein, weil sich dort nämlich zeigen läßt – Schiller ist einer der ersten, der darauf hingewiesen hat –, daß der Weg von der Natur zur

Kultur über das ›Spiel‹, und das heißt, über Rituale, Tabus, Symbolisierungen führt. Es wird dem Ernst der Triebe – Sexualität, Aggression – und den Ängsten vor Tod und Krankheit und Verfall etwas von ihrer zwingenden, freiheitsberaubenden Gewalt genommen.

Sexualität ist ernst, zwingend, der von seiner Sexualität getriebene Mensch ist nicht frei. Er ist Opfer seines Begehrens. In der Sexualität gehören wir restlos dem Tierreich an, nichts unterscheidet uns vom Schimpansen. Erst im Spiel der Erotik wird die Sexualität menschlich. Erotik hat ›Spiel‹, wie sich von einem Rad sagen läßt, daß es ›Spiel‹ haben muß, da es sich andernfalls nicht in der Achse drehen kann. Erotik hält Abstand zum Begehren, sie spielt mit ihm. Kultur ist überhaupt Inszenierung von Abständen, von Aufschub. Kultur hält das, was an uns Natur ist, an der langen Leine der Verfügbarkeit. Erotik inszeniert das Spiel der Abstände. Man spielt auch mit dem Begehren des anderen, und wenn es gelingt, spielen die Partner wechselseitig miteinander. Deshalb sind Verhüllungen, Listen, Schmuck und Ironien im Spiel, wodurch sich jene wunderbaren Verdoppelungen ergeben: man genießt das Genießen, fühlt das Gefühl, liebt das Verliebtsein, man ist zugleich Akteur und Zuschauer. Solches Spiel erlaubt erst die raffinierte Steigerung, während das Begehren in der Befriedigung erlischt und somit unheilvoll auf den toten Punkt zustrebt: post coitum animal triste. Erotik ist bedeutungsreich, Sexualität tautologisch. Am Beispiel der Erotik läßt sich studieren, wie Freiheit ins Spiel kommt, wenn es gelingt, mit den Zwängen der Natur zu spielen. Das Spiel eröffnet Freiheitsräume. Wir sind so frei, daß wir auch mit den Ernstfällen spielen können. Kultur ist der große Versuch, bedrohliche oder auch nur, wie im Falle der Sexualität, zudringliche Ernst-Fälle in Spiel zu verwandeln. Es steht also allerhand auf dem Spiel, wenn die Kultur ihre Spielfähigkeit verliert, wenn die Gewalt des schlimmen Ernstes – »unsublimiert« (Freud) – zurückkehrt.

Bedenken wir noch das Beispiel der Aggression. Welches immer ihre Wurzeln sind, es gibt sie. Unentschieden kann bleiben, ob sie Gründe hat oder sich Gründe im Sinne von Anlässen sucht, ob sie also primär oder sekundär ist. Kultur jedenfalls muß mit ihr rechnen und mit ihr arbeiten: Aggression wird tatsächlich zur Arbeit verwandt, wird im Krieg kanalisiert und gemildert in der Konkurrenz. Bei solchen Umformungen sind immer Elemente des Spiels mit im Spiel. Im günstigen Falle wird Aggression fast ganz ins Spiel abgelenkt. Gefährliche Nationalismen lassen sich etwa im sportlichen Wettkampf entschärfen. Wenn die sportliche Nationalehre befriedigt ist, sinkt die Bereitschaft, fürs »Vaterland« zu sterben. Ehre und Stolz, Ressentiment und Vorurteil können sich auf vergleichsweise ungefährlichem Gelände austoben. Auch das ermöglicht die Spielkultur, und auch hier gilt: Wo Ernst war, soll Spiel werden.

Wenn man die ernsten Zwänge der Natur, die Triebe also, und die Zwänge der lebensdienlichen und lebenserhaltenden Nützlichkeit unter dem Begriff des Realitätsprinzips zusammenfaßt, dann bedeutet ›Spiel‹ befristete Entmachtung des Realitätsprinzips, eine Lockerungsübung für Herz, Sinn und Verstand, welche im Treiben der Triebe und in der Walkmühle der nützlichen Arbeit eingeschränkt und gefesselt sind.

Gegen die Gewalt der Triebe bedeutet solche spielerische Lockerung: Zivilisierung, Sublimierung.

Gegen den Zwang der lebenserhaltenden Nützlichkeit bedeutet Lockerung: Sinn für das Überflüssige, Hingabe ans Zwecklose oder Selbstzweckhafte, Verspieltheit statt Zielstrebigkeit.

Noch ein anderer, ebenfalls zwingender Aspekt der Realität, der gegenüber dem Spiel auch Freiheit wahren kann, ist für Schiller bedeutsam. Es handelt sich um die Moral. Auch sie kann, wenn sie im kantischen Sinne streng aufgefaßt wird, Zwang ausüben, und deshalb soll auch hier, nach Schiller, das Spiel Erleichterung und Lockerung schaffen. Selbstverständlich hat auch das Spiel seine Regeln, die jedoch mit Moral nur insofern etwas zu tun haben, als es zur Moral des Spiels gehört, daß man kein Spielverderber sein will.

Die spielerische Neutralisierung der Moral ist für Schiller besonders bedeutsam beim Spiel der Schönen Künste. Denn zu seiner Zeit nahm man die Kunst gern an die Kandare der Moral: sie sollte der Sittlichkeit dienen. Sie galt als gut, insofern sie Gutes bewirkt; aber für Schiller ist diese Indienstnahme eine Unterwerfung der Kunst unter den Nutzen und eine Einschränkung ihrer Freiheit. Doch vergessen wir nicht: Schiller hatte in seiner früheren ästhetischen Theorie – »Die Schaubühne als eine moralische Anstalt betrachtet« – ebenfalls im Sinne des sozialen Nützlichkeitsdenkens argumentiert, und auch noch die Ästhetischen Briefe« beginnen mit der politischen und zugleich moralischen Frage, welchen Beitrag die Kunst leisten kann, um die Menschen im sittlichen Sinne freiheitsfähig zu machen; also immer noch bleibt die Frage nach dem sittlichen Nutzen leitend. Die Pointe seiner Argumentation liegt aber jetzt in dem Gedanken, daß man in der Kunst das sittliche Ziel nur trifft, wenn man nicht darauf zielt. Das Spiel der Kunst duldet keine moralische Vorzensur; Kunst erlegt dem freien Spiel der Einbildungskraft keine anderen als ästhetische Schranken auf. Die ästhetische Welt besitzt ihre eigene Ordnung, die sie sich nicht von Moral, Politik und Religion vorgeben läßt. Diese eigene Ordnung wird dann »künstlerische Autonomie« genannt. Es war Karl Philipp Moritz, der einige Jahre zuvor mit seinem Aufsatz »Über die bildende Nachahmung des Schönen« zum ersten Mal den Gegensatz der Kunst zu allen Formen der Nützlichkeit programmatisch und rigoros betont und damit ihre selbstzweckhafte Würde verteidigt hatte. Das Kunstschöne, erklärt Moritz, ist deshalb keinem fremden Zweck untertan, weil es ein »für sich bestehendes Ganzes« ist; es bildet ein eigenes Reich, worin alle Elemente zweckmäßig aufeinander bezogen sind; sie ist mit Zwecken »gesättigt« und muß nicht auf einen außer ihr liegenden Zweck, dem sie zu dienen hätte, bezogen werden. Nur die schlechte Kunst schielt nach Wirkung und verlagert damit ihren Schwerpunkt nach draußen, die gute Kunst hat ihn in sich selbst und wirkt deshalb wie ein Magnet. Solche Kunst ist stolz: die Gleichgültigen sind ihr gleichgültig. So kann die Kunst das Erbe des alten Gottes antreten, denn was ist Gott anderes als der Inbegriff aller Zwecke und keinem fremden Zweck untertan. Moritz hatte mit seiner Schrift bei den Kunstfreunden in Weimar, wo er zeitweilig Goethes Gast war, großes Aufsehen erregt. Seine Theorie wurde als Befreiungsschlag empfunden, sie half aus der Verlegenheit, wenn robuste Realisten die Künstler fragten: wozu überhaupt Kunst? Mit Moritz konnte man jetzt antworten: die Frage ist falsch gestellt. Die Kunst hat kein Wozu, und das genau unterscheidet sie von den bloß dienstbaren Geistern und Tätigkeiten. Große Kunst will nichts als sich selbst, sie lädt uns ein, bei ihr zu verweilen, sie ist der erfüllte Augenblick.

Auch Schiller war beeindruckt, nahm diese glanzvolle Verteidigung des künstlerischen Selbstzwecks in die eigene Gedankenreihe auf und machte daraus die ›Autonomie‹ der Kunst. Die autonome Kunst, so Schiller, ist gerade als moralisch entlastete zutiefst moralisch: denn sie ermöglicht jene geistige Beweglichkeit und Sensibilität, die dann auch der freien Sittlichkeit zugute kommen soll. Es ist die Schönheit, durch die man *zu der Freiheit wandert* (V, 573). Das freie Spiel des Denkens, der

Einbildungskraft und der Empfindungen heilt, so Schillers Idee, die Wunden, welche die fragmentierende Arbeitsteilung, die Fühllosigkeit der bloß *theoretischen Kultur* (heute würden wir sagen: Wissensgesellschaft) und die dumpfe Welt der entfesselten *tierischen Bedürfnisse* dem Menschen in der Moderne zufügt. Das künstlerische Spiel erlaubt es ihm, die zersplitterten Kräfte zu sammeln und etwas Ganzes, eine Totalität im Kleinen zu werden, wenn auch nur im befristeten Augenblick und im begrenzten Bereich des Kunstschönen. Im Genuß des Schönen erlebt er den Vorgeschmack einer Fülle, die im praktischen Leben und in der geschichtlichen Welt noch aussteht. Er gibt sich nicht zufrieden, sein Erwartungshorizont ist weit, er kapituliert nicht vor dem sogenannten Realitätsprinzip.

Die Kunst und das Spiel. Sie gehören zusammen, aber das Spiel umfaßt weit mehr als die Kunst. Aber wenn Schiller das Spiel als Therapie der Kultur vorschlägt, denkt er fast ausschließlich an die Schönen Künste. Sein Befund, daß die Moderne den spielenden Menschen nicht ermuntert und begünstigt, mag auf das Schicksal der Künste in der bürgerlichen Gesellschaft zutreffen; bedenkt man aber, daß im Zeitalter der elektronischen Massenmedien die Dimension des Spiels sich ungeheuer ausgeweitet hat, muß man zu dem Schluß kommen, daß sich Schillers Utopie der spielenden Gesellschaft auf überraschend banale Weise verwirklicht hat. Seitdem das Fernsehen zum Leitmedium geworden ist, verbringt man wachsende Anteile des Lebens in der Welt des Scheins, auch wenn es meist nicht mehr der schöne Schein ist, der da lockt. In den ›ernsten‹ Lebensbereichen der Politik und Ökonomie sind inzwischen auch Spielertypen gefragt, und Inszenierungen machen sich überall geltend. Die ursprünglich ästhetische Haltung des ›als ob‹ dehnt ihren legitimen Geltungsbereich, wo sie zur Spielregel gehörte, aus. Das Realitätsprinzip verliert seine strenge Miene. Die Medienkultur bewirkt Lockerungen bis hin zur Bereitschaft, sich gehen zu lassen. Immer mehr Angelegenheiten des Lebens werden ins Belieben des einzelnen gestellt. Traditionelle Verbindlichkeiten lösen sich auf, werden Geschmacksache, und der schlechte Geschmack bekommt ein gutes Gewissen. Die Spielfelder erstrecken sich inzwischen fast über den ganzen Raum des gesellschaftlichen Betriebs. Das hat Schiller nicht geahnt, und er hätte es sich als Erfüllung seiner Utopie auch nicht gewünscht. Er dachte bei dem Satz *der Mensch … ist nur da ganz Mensch, wo er spielt* vor allem an das edle Spiel der Kunst; beim Versuch, diesen

Satz zu begründen, entdeckte er den *Spieltrieb* als anthropologische Konstante. Er hatte damit die anthropologische Voraussetzung einer Entwicklung, die er sich nicht hat träumen lassen, als einer der ersten wirklich begriffen. Was er aber doch nicht ahnte: daß sein Therapievorschlag ›Spielen‹ zu einem Teil des Problems werden könnte, als dessen Lösung er gedacht war.

Während Schiller noch an den »Ästhetischen Briefen« schreibt, bereitet er die nächste große Abhandlung vor, mit der er Anfang 1796 die Reihe seiner philosophisch-ästhetischen Schriften vorläufig abschließt. Mit dieser Abhandlung »Über naive und sentimentalische Dichtung« bereitet Schiller seine Rückkehr zur poetischen Praxis vor. Als er sie fertiggestellt hat, schreibt er an Goethe: *Ich habe mich lange nicht so prosaisch gefühlt, als in diesen Tagen und es ist hohe Zeit, daß ich für eine Weile die philosophische Bude schließe* (17. Dezember 1795).

Auch wenn Schiller in dieser Abhandlung seine Gedanken enger an die künstlerische Praxis anschließt – fast könnte man sagen, sie beschäftige sich im Kern mit der Klärung des Unterschiedes zwischen seinem und Goethes Künstlertum –, so gelingt ihm auch in dieser Untersuchung eine Ausweitung ins Grundsätzliche, die Schule gemacht hat. Die seit einem Jahrhundert geführte große Debatte über das Verhältnis der Moderne zur Antike, die von Perrault angestoßene »Querelle des Anciens et des Modernes«, wird von ihm auf ein höheres Niveau gehoben, und er liefert die Stichworte, mit denen die Romantiker sich ihre eigenen Bestrebungen zum Bewußtsein bringen. Sie werden Schillers Begriff des *Sentimentalischen* auf sich anwenden, Friedrich Schlegel wird es das »Interessante« nennen. Hegel wird Schillers Vision der drei Epochen: der naiven, der sentimentalischen und der versöhnt naiv-sentimentalischen übernehmen und in sein dialektisches Konzept der Dreistufigkeit umarbeiten: vom Naiven als dem unmittelbar-natürlichen Geist über das Sentimentalische als den vermittelt-reflektierten Geist zum absoluten Geist als Vermittlung von Naiv und Sentimentalisch; oder kürzer: vom »An sich« zum »Für sich« und schließlich zum »An und für sich«.

Für Schiller ist das *Naive* das Natürliche, Intuitive, Unmittelbare. Das *Sentimentalische* ist gebrochene Unmittelbarkeit, das Reflektierte. Das Naive ist das Antike und das Sentimentalische das Moderne. Im Naiven wirkt das spontane Sein, im Modernen das Bewußtsein. Dort ist die Erkenntnis eingehüllt ins Gefühl, hier verselbständigt sich die

Erkenntnis (*theoretische Kultur*) und setzt sich womöglich dem Gefühl entgegen. Die Moderne hat ihre Unschuld verloren, sie ist klug geworden, sogar überklug. Die *naiven* Dichter der Antike sind noch ganz *Natur*, den modernen aber bleibt nichts anderes übrig, als die verlorene Natur zu *suchen* (V, 712). Schiller tastet sich an den Urschmerz des Bewußtseins heran, an jenen Augenblick, da das erwachende Bewußtsein die unmittelbare Leichtigkeit des Seins, die traumwandlerische Sicherheit der natürlichen Lebensvollzüge, die Unbefangenheit verliert. Deshalb die schlechte Künstlichkeit und der seelenlose Mechanismus, für Schiller die große Gefahr der Moderne. »Solche Mißgriffe«, schreibt Kleist einige Jahre später, ingeniös an Schillers Befund anknüpfend, »sind unvermeidlich, seitdem wir von dem Baum der Erkenntnis gegessen haben«, und er fährt fort, ganz im Sinne der Schillerschen Vision einer Synthese der Gegensätze: »Doch das Paradies ist verriegelt und der Cherub hinter uns; wir müssen die Reise um die Welt machen, und sehen ob es vielleicht von hinten irgendwo wieder offen ist ... so findet sich ..., wenn die Erkenntnis gleichsam durch ein Unendliches gegangen ist, die Grazie wieder ein ... Mithin ... müßten wir wieder von dem Baum der Erkenntnis essen, um in den Stand der Unschuld zurückzufallen? – Allerdings, ... das ist das letzte Kapitel von der Geschichte der Welt«.

Schillers Abhandlung, die reich ist an konkreten Analysen gegenwärtiger Kunstproduktion, faßt die Synthese der überwundenen Gegensätze im Begriff des Ideals: *Dieser Weg, den die neueren Dichter gehen, ist übrigens derselbe, den der Mensch überhaupt sowohl im einzelnen als im ganzen einschlagen muß. Die Natur macht ihn mit sich eins, die Kunst trennt und entzweiet ihn, durch das Ideal kehrt er zur Einheit zurück* (V, 718).

Dieses *Ideal* braucht Schiller nicht zu konstruieren, er sieht es vor sich: es ist Goethe. Er ist der modern-naive Dichter, die gelebte Synthese. Er ist der Künstler, dessen *Intuitionen* stark genug sind, um Reflexionen und Erkenntnisse, die ihm das sentimentalische Zeitalter aufnötigt, integrieren zu können. Er verwirklicht diese zweite, höhere Naivität, von der Schiller selbst einstweilen nur träumen kann. Erinnern wir uns, wie er sich selbst in dem Brief an Goethe vom 31. August 1794 geschildert hat: er sieht sich *zwischen technischem Kopf und Genie ... denn gewöhnlich übereilt mich der Poet, wo ich philosophieren sollte, und der philosophische Geist wo ich dichten sollte*. Es ist bei ihm noch zuviel Reflexion, Konstruktion und Absicht im Spiel; in ihm ist es zu hell, er könnte Goethe um seine wohlbewahrte Dunkelheit beim Schaffen geradezu beneiden. Aber Schiller wäre nicht der auf Wettkampf erpichte Geist, der er war, wenn er sich damit abgefunden hätte, daß ihn das Übermaß an Gedanken vom Ideal unwiderruflich trennt. Auch er, so will es sein Ehrgeiz, wird sich dem Ideal nähern. Wenn Goethe von der Natur getragen ist und den Geist integriert, wird er, Schiller, mit dem Schwung und der Energie des Geistes die Natur veredeln. Und dann wird auch er seinen Platz auf dem Olymp einnehmen können.

An einer Stelle seiner Abhandlung läßt er durchblicken, daß derjenige, der sich durch *Kultur* dem Ideal annähert, was sein Fall ist, demjenigen vorzuziehen ist, den die Schubkraft der Natur in die Nähe des Ideals befördert. Es zeige sich, schreibt Schiller, *daß das Ziel, zu welchem der Mensch durch Kultur strebt, demjenigen, welches er durch Natur erreicht, unendlich vorzuziehen ist* (V, 718). Das hätte Goethe als Herabsetzung seiner Naturbegünstigung lesen können, zum Glück hat er, vielleicht auch nur der Freundschaft wegen, das Despektierliche daran doch nicht auf sich bezogen.

Die »Ästhetischen Briefe« und die Abhandlung »Über naive und sentimentalische Dichtung« waren die besonders gewichtigen und programmatischen Beiträge für die ersten Nummern der »Horen«. Auch Goethe lieferte fleißig. In Fortsetzung erschienen die »Unterhaltungen deutscher Ausgewanderten«, in denen Goethe so offensichtlich gegen das Politikverbot in den »Horen« verstieß, daß ihn Schiller, der ja auch ins Politische geraten war, an die den Lesern versprochene *Keuschheit in politischen Urteilen* erinnern mußte. In dem Rahmengespräch für die lockere Folge von Erzählungen wird tatsächlich heftig politisiert. Die Menschen, die hier beisammen sind und sich Geschichten erzählen, hat die Revolution aus ihren angestammten linksrheinischen Besitzungen vertrieben, und darum finden sich kaum Freunde der Revolution unter ihnen. Ein mit deutlicher Sympathie gezeichneter Geheimrat erklärt wütend, er hoffe die Revolutionsfreunde »alle gehangen zu sehen«. Woraufhin ein anderer, der es wagt, das Recht der Revolution zu verteidigen, zornig erklärt, er seinerseits wünsche, »daß die Guillotine auch in Deutschland eine gesegnete Ernte« finde, woraufhin sich der Geheimrat mit der Bemerkung, er werde nun zum zweiten Mal, und zwar »durch einen Landsmann«, vertrieben, grimmig entfernt. Der Fortgang des Gespräches zeigt, daß Goethes eigentliches Thema nicht die Auseinandersetzung über das Für und Wider der Revolution ist, sondern die Zerstörung von menschlichen Umgangsformen durch »unseliges Politisieren« und »Parteiengeist«. Die Menschen, erklärt die Baronesse, sind untereinander so verschieden und in jedem steckt so viel Bosheit, daß man gut beraten ist, das zivilisatorische Minimum der »gemeinsten Höflichkeit« und der »geselligen Schonung« zu verteidigen. In chaotischen, politisch erregten Zeiten wie den gegenwärtigen sind sie besonders nötig. Die »Unterhaltungen« enthalten also eine versteckte Antwort auf Schillers »Ästhetische Briefe«: Vielleicht, so deutet Goethe an, ist weniger mehr, vielleicht helfen nicht die großen Projekte, sondern nur die kleinen Vorsichten und Rücksichten, vielleicht ist Gesittung mehr als Sittlichkeit, vielleicht leistet soziale Bildung mehr als ästhetische Erziehung.

Für unterirdische Spannungen in den »Horen« war also gesorgt; manche Hefte müssen einen besonders bizarren Eindruck auf die Zeitgenossen gemacht haben, etwa wenn in einer Nummer die schwierigen theoretischen Erörterungen Schillers und die als schlüpfrig empfundenen »Römischen Elegien« Goethes nebeneinander standen; Goethe freute sich darüber, und bisweilen nannte er die »Horen«, ihr gemeinsames Werk, einen »Kentaur«.

Zwanzigstes Kapitel

»Horen«-Auftritt. Ärger mit den Schlegels. Romantische Opposition. Revierkämpfe mit Fichte. Hölderlins Liebe und Schmerz. Leitmedium Literatur. Die streitlustigen Dioskuren. Die »Xenien«. Ans Werk.

»Unser Journal soll ein Epoche machendes Werk sein«, hatte Schiller erklärt. Es ließ sich auch zunächst gut an. Zweitausend Abonnenten waren gewonnen worden; die glanzvollen Namen der Herausgeber und die angekündigte Autorenprominenz hatten hochgespannte Erwartungen geweckt. Schiller griff zu ungewöhnlichen Werbemethoden. Mit dem Chefredakteur Schütz von der »ALZ« hatte er vereinbart, daß dort vierteljährlich eine ausführliche Rezension der »Horen« erscheinen sollte, die vom Horen-Verleger Cotta bezahlt würde. Ein starkes Stück, das, als es bekannt wurde, dem Ansehen der »Horen« sehr geschadet hat. Unter den Autoren waren die »Horen« auch berühmt wegen der stattlichen Honorare. Cotta ließ sich das Prestige des Blattes einiges kosten. Die großen Namen, das Geld, das stolze Auftreten der Herausgeber, die den Eindruck erweckten, sie wollten die ganze literarische Welt erziehen, schufen viel Mißgunst und schließlich auch Häme, als sich nach einigen Nummern ein deutlicher Rückgang der Auflage abzeichnete. Der Philosophieprofessor Mackensen aus Kiel konnte sich einiger Zustimmung sicher sein, als er schrieb: »Gerade in diesem Journale, das dem Deutschen Volke recht eigentlich gewidmet sein soll, treibt sich ein Häufchen idiosynkratischer Schriftsteller in seinem engen Kreis herum, in welchen kein anderer, als ein Eingeweihter treten, und mit dem Volke so wenig gemein haben kann, daß es vielmehr davor, als vor einem Zauberkreise zurückbeben wird«.

Zunächst aber drängen sich viele Autoren in diesen »Zauberkreis«. Manche, die abgewiesen wurden, haben später über das Blatt gespottet. Friedrich Schlegel schrieb nach seiner Zurückweisung, es sei »für einen jungen Schriftsteller keine sonderliche Ehre mehr, an den Horen Teil zu nehmen, da die Schofelanten so mit hellen Haufen zugelassen sind«. Zu diesem Zeitpunkt war sein Bruder August Wilhelm Schlegel noch einer der eifrigsten Mitarbeiter der Zeitschrift. Auch ein »Schofelant«?

August Wilhelm Schlegel, der ältere der beiden hochbegabten Brüder, hatte sich, ehe ihn Schiller für die »Horen« verpflichtete, bereits einen Namen als Literaturkritiker gemacht. Seine günstige Besprechung der »Thalia« und des Gedichtes »Die Künstler« hatten Schillers Aufmerksamkeit auf ihn gelenkt. Körner, der schon zuvor mit den Schlegels auf vertrautem Fuße stand, fand August Wilhelms Haltung zu devot: »Seine Kritik sieht noch zu sehr an Dir hinauf«, schrieb er 1790 an Schiller. Als Schillers vernichtende Bürger-Kritik erschien, geriet August Wilhelm Schlegel, der um Schiller warb, in einen inneren Konflikt, denn er gehörte in Göttingen zum Freundeskreis Bürgers. Caroline Böhmer, seine spätere Frau, die niemals ein Verständnis für Schillers Dichtung fand, war entrüstet und ermunterte Schlegel zu einem bissigen Gedicht gegen Schiller, das anonym im »Göttinger Musenalmanach« erschien: »Ward Kraft und Genius Dir angeboren, / Und modelst doch an Dir mit Müh und Qual?« Noch wußte Schiller nicht, wer hinter diesem Angriff steckt. Ein halbes Jahr später, am 17. Mai 1792, lernte Schiller im Hause Körner den Bruder, den zwanzigjährigen Friedrich Schlegel kennen. Sein Eindruck ist nicht günstig. Körner gegenüber nennt er ihn einen »unbescheidenen kalten Witzling«. Friedrich erfährt es, hält Schiller aber trotzdem für einen »großen Mann«, der ihm »ganz außerordentlich gefällt« (Friedrich an August Wilhelm Schlegel, 17. Mai 1792). Schiller bleibt bei seinem Vorbehalt. Ihm mißfällt die spöttische, ironische, arrogante Art des genialischen jungen Mannes, der schon alles gelesen zu haben scheint und allzu schnell urteilt. Friedrich Schlegel bewundert Schiller als Person, nicht aber sein Werk: die Empfindungen seien »eckigt«, der Stil zu rhetorisch, die Handlung konstruiert, und überhaupt lasse sich Schiller zur »armseligen Kunst« herab, »die Neugier zu spannen«. Schillers Popularität ist ihm verdächtig. Friedrich Schlegel aber möchte dem Publikum nicht gefallen, sondern es provozieren. Auch er will, wie Schiller, den Geschmack reinigen, aber mit radikaleren Mitteln. Die beiden Schlegels sind die Wortführer einer Generation, die noch undeutlich auf Neuerungen drängt. Als Freunde der Revolution sind die beiden vom Wunsch beseelt, es möge auch in der Literatur etwas Revolutionäres geschehen. Man muß, so Friedrich Schlegel, schöpferisches Chaos auch in die Literatur tragen, denn stets war »Anarchie ... die Mutter einer wohltätigen Revolution. Sollte die ästhetische Anarchie unseres Zeitalters nicht eine ähnliche glückliche Katastrophe erwarten dürfen?« Friedrich Schlegel, kühner als sein älterer Bruder, sieht sich gern in der Rolle des Unruhestifters. Schiller war ihm auch philosophisch nicht radikal genug. Das allerdings ändert sich mit dem Erscheinen der Abhandlung »Über naive und sentimentalische Dichtung«. Friedrich Schlegel hatte sich in seinem Aufsatz »Über das Studium der griechischen Poesie« unabhängig von Schiller auch an einer Unterscheidung zwischen Antike und Moderne versucht, und als er, nach Fertigstellung seiner Arbeit, Schillers Abhandlung las, war er wie elektrisiert und schrieb an seinen Bruder, ihn habe »Schillers Theorie des Sentimentalen so beschäftigt, daß ich einige Tage nichts andres getan habe, als sie lesen und Anmerkungen schreiben … Schiller hat mir wirklich Aufschlüsse gegeben … Der Entschluß noch diesen Winter eine Skizze meiner Poetik für den Druck auszuarbeiten, ist nun fest genommen« (15. Januar 1796).

Schillers Aufsatz war ein entscheidendes Erlebnis seiner geistigen Entwicklung. Friedrich Schlegel hatte, wie Schiller, Antike und Moderne mit den Begriffen des ›Objektiven‹ und ›Subjektiven‹ unterschieden, aber noch mit deutlicher Bevorzugung der ›objektiven‹ Antike. Friedrich Schlegel hatte es noch nicht gewagt, das »totale Übergewicht des … Individuellen und Interessanten« in der Moderne ebenso positiv zu bewerten, wie Schiller das »Sentimentalische«, worin Schlegel eine Entsprechung zu seinem Begriff des »Interessanten« sah. Ausgerechnet von Schiller fühlte er sich zur selbstbewußten Modernität ermuntert. In der später geschriebenen »Vorrede« zu seinem Aufsatz »Über das Studium der griechischen Philosophie« bedankt sich Friedrich Schlegel ausdrücklich bei Schiller. Man kann also sagen, daß Friedrich Schlegel durch Schiller vom Klassizisten, der er trotz seiner Liebe zur »Anarchie« immer noch war, zu jenem romantischen Ästhetiker wurde, den Schiller nicht leiden konnte. Über seine Lektüre des »Athenäum« schreibt Schiller am 23. Juli 1798 an Goethe: *mir macht diese naseweise, entscheidende und einseitige Manier physisch wehe*. Für Schiller entwickelte sich Friedrich Schlegel zur Karikatur des »Sentimentalischen«, er sah bei ihm alle Poesie durch Reflexion getötet; und da er nur zu genau wußte, daß auch bei ihm selbst diese Gefahr bestand, so galt ihm Friedrich Schlegel fast als ein mißratener jüngerer Bruder, an dem die eigenen Gefährdungen zur Kenntlichkeit verzerrt hervortraten. Daher auch Schillers außergewöhnliche Gereiztheit. Nach der Lektüre der »Lucinde«, Schlegels erstem und einzigen Roman, bemerkt Schiller zu

Goethe: *Ich habe mir vor einigen Stunden durch Schlegels »Lucinde« den Kopf so taumelig gemacht, daß es mir noch nachgeht ... Da er fühlt, wie schlecht er im Poetischen fortkommt, so hat er sich ein Ideal seiner selbst aus Liebe und dem Witz zusammengesetzt ... diese Schrift ist der Gipfel moderner Unform und Unnatur ...* (19. Juli 1799). Goethe, den die Schlegels – auch um Schiller zu ärgern – geradezu kultisch verehrten, gab sich gelassen. Er versuchte Schillers Zorn zu dämpfen, auch diesmal. Er nennt in seiner Antwort (20. Juli 1799) den Roman ein »wunderliches Produkt«, um dann beiläufig zu bemerken: »Wenn mir's einmal in die Hände kommt, will ich's auch ansehen«.

Zu diesem Zeitpunkt war Schillers Bruch mit den Schlegels bereits geschehen.

Das Verhältnis zu August Wilhelm, der im Mai 1796 Schillers wegen nach Jena gezogen war, hatte sich zunächst günstig entwickelt. Schiller war zufrieden mit seinen zahlreichen Beiträgen sowohl für die »Horen« als auch für seinen neu begründeten »Musenalmanach«. Als Schiller sich nach einer Entlastung bei den »Horen« umsieht, erwägt er sogar, August Wilhelm Schlegel als »Vizedirektor« einzusetzen. In diesem Sommer der freundlichen Zusammenarbeit erschien in Reichardts Zeitschrift »Deutschland« Friedrich Schlegels unfreundliche Kritik des »Musenalmanachs«. Über Schillers Gedicht »Würde der Frauen« wird gespottet: »Strenge genommen, kann diese Schrift nicht für ein Gedicht gelten: weder der Stoff noch die Einheit sind poetisch. Doch gewinnt sie, wenn man die Rhythmen in Gedanken verwechselt und das Ganze strophenweise rückwärts liest«. Schiller ist erbost, aber noch hält er sich zurück. Als aber im Jahr darauf, 1797, Friedrich Schlegel, der inzwischen auch nach Jena gezogen war in der Hoffnung, trotz seiner Sottisen für die »Horen« arbeiten zu können, eine Kritik der »Horen« veröffentlichte, worin bemängelt wird, daß die Zeitschrift inzwischen zu mehr als der Hälfte aus Übersetzungen bestünde, ist Schiller auch deshalb so empört, weil es doch gerade August Wilhelm Schlegel war, der die vom Bruder gerügten zahlreichen Übersetzungen beigesteuert hatte. Am 31. Mai 1797 schreibt Schiller an August Wilhelm Schlegel: *Es hat mir Vergnügen gemacht, Ihnen durch Einrückung Ihrer Übersetzungen aus Dante und Shakespeare in die »Horen« zu einer Einnahme Gelegenheit zu geben, wie man sie nicht immer haben kann, da ich aber vernehmen muß, daß mich Herr Friedrich Schlegel zu der nämlichen Zeit, wo ich Ihnen diesen Vorteil verschaffe, öffentlich deswegen schilt ... so werden Sie mich für die Zu-*

kunft entschuldigen. Und um Sie, einmal für allemal, von einem Verhältnis freizumachen, das für eine offene Denkungsart und eine zarte Gesinnung notwendig lästig sein muß, so lassen Sie mich überhaupt eine Verbindung abbrechen, die unter so bewandten Umständen gar zu sonderbar ist und mein Vertrauen zu oft schon kompromittiert.

August Wilhelm, der auf das gute »Horen«-Honorar nicht verzichten will, beteuert in demütigem Ton seine Unschuld an dem »Frevel«, und Caroline bittet Goethe um Vermittlung, der in den folgenden Wochen auch versucht, die Wogen zu glätten, mit halbem Erfolg. August Wilhelm bleibt vom persönlichen Verkehr mit Schiller ausgeschlossen, aber als Mitarbeiter des »Musenalmanachs« zugelassen. Friedrich Schlegel verläßt Jena und siedelt nach Berlin über. Schiller war auch deshalb so erregt, weil er die Kritik Friedrich Schlegels als nicht unberechtigt empfinden mußte. Denn tatsächlich hatte Schiller, inzwischen in die Arbeit an seinem »Wallenstein« vertieft, das Interesse an den »Horen« schon fast verloren und deshalb bereitwillig auf Schlegels Übersetzungen, die er im übrigen sehr schätzte, zurückgegriffen, um sich weitere Mühen zu ersparen.

So entstand der Riß zwischen Schiller und der ersten Generation der Romantiker, die sich um die Schlegels sammelten. Aber nicht alle ließen sich in die Querelen hineinziehen. Novalis zum Beispiel bewahrte sich seine Liebe und Verehrung für Schiller. Henrik Steffens, der auch zu dem Kreis gehörte, erinnert sich, wie man bei der Beurteilung Schillers schwankend wurde, als der »Wallenstein« erschien: »In unserem Kreis hatte man keine große Neigung, Schiller sehr günstig zu beurteilen; man ließ ihm kaum Gerechtigkeit widerfahren, und dennoch sprach sich der mächtige Eindruck, den das Stück hinterlassen hatte, fast unwillkürlich aus«.

Die Schlegels verabredeten untereinander, daß sie vorerst nichts Kritisches mehr über Schiller veröffentlichen wollten, um nicht auch noch das Wohlwollen Goethes zu verlieren. Als Schleiermacher 1799 gegen Schiller zu Felde ziehen will, schreibt ihm August Wilhelm Schlegel: »Wenn wir mit Schiller übel umgehen, so verderben wir unser persönliches Verhältnis mit Goethe«(1. November 1799). Die Taktik hatte Erfolg. Goethe wurde nicht verärgert und ließ sogar, gegen Schillers Rat, zwei Theaterstücke der Brüder am Weimarer Theater aufführen. In einem 1837 verfaßten Rückblick auf die Affäre Schiller stellt der greise August Wilhelm Schlegel mit Genugtuung fest: »Überhaupt trat Goethe auf eine sehr liebenswürdige Weise vermittelnd ein. Seine sorgsame Schonung für Schiller, welche der eines zärtlichen Ehemanns für seine nervenschwache Frau glich, hielt ihn nicht ab, mit uns auf dem freundschaftlichsten Fuße fortzuleben.«

Es gab nicht nur Ärger mit den Schlegels, auch mit Fichte bekam Schiller seine Probleme. Zunächst war das Verhältnis herzlich, man traf sich bei Humboldts, im Jenaer Professorenclub, bei Schütz in den Redaktionsräumen der »ALZ«. Schiller hörte sogar einige Vorlesungen. Es war eine Arbeitsgemeinschaft, denn Fichte gehörte nominell auch zum Herausgeberkreis der »Horen«, für deren erste Nummer er einen kleineren Beitrag lieferte. Schiller hatte noch in seinen »Ästhetischen Briefen« auf Fichte verwiesen bei der Unterscheidung zwischen dem *idealischen Menschen*, den jeder in sich trage, und den wechselnden *Zuständen* des in der Zeit existierenden Individuums, woraus sich das Spannungsverhältnis zwischen der ideellen Einheit der Person und ihrer Zersplitterung in die Mannigfaltigkeit ihrer Bedürfnisse, Äußerungen und Schicksale ergibt. Bei diesem Gedanken verweist Schiller ausdrücklich auf die *lichtvolle* Darstellung seines *Freundes Fichte* (V, 577), den dieses Kompliment freute, da er doch nicht nur den Poeten, sondern auch den Philosophen Schiller schätzte. Inzwischen aber war bei Schiller die Skepsis gegenüber der Philosophie seines »Freundes« gewachsen. Er ahnte die Gefahr einer allzu radikalen Ich-Philosophie. An Johann Benjamin Ehrhard, einen philosophisch gebildeten Arzt, den er bei seiner Schwabenreise in Nürnberg besucht hatte und den er, obwohl er ein ausgemachter Jakobiner war, für die Mitarbeit an den »Horen« gewinnen wollte, schrieb er im September 1794, Fichtes Weg gehe *an einem Abgrund hin, und alle Wachsamkeit wird nötig sein, nicht in diesen zu stürzen.* Als Fichtes Jugendfreund Friedrich August Weißhuhn, ein mittelloser, ein wenig verwahrloster, aber sich genialisch gebärdender Privatgelehrter in Jena auftauchte und seinem alten Freund mit einigem Ressentiment subjektiven Spinozismus vorwarf, äußerte sich Schiller in einem Brief an Goethe zustimmend. Auch er, schreibt Schiller, sehe die Gefahr, daß Fichte sein weltstürzendes Ich zur spinozistischen absoluten Substanz mache. Gleichwohl war diese Kritik nur ein Vorgeplänkel. Ernst wurde es erst, als Fichte seinen aus einer Vorlesung des Sommers 1794 entwickelten Beitrag »Über Geist und Buchstab in der Philosophie« den »Horen« anbot und Schiller ablehnte. Vier Briefkonzepte vom Juni 1795 sind erhalten geblieben, Schiller hat es sich offenbar nicht leicht gemacht; im letzten, wahrscheinlich abgeschickten Entwurf heißt es: *Durch Ihren Aufsatz … hoffte ich den philosophischen Teil des Journals zu bereichern, und der Gegenstand, den Sie wählten, ließ mich eine allgemein verständliche und allgemein interessierende Untersuchung erwarten. Was erhalte ich nun, und was muten Sie mir zu, dem Publikum vorzulegen? Die alte, von mir noch nicht geendigte Materie, sogar in der alten, schon von mir gewählten Briefform.* Also: Thema verfehlt, außerdem habe Fichte sich nach Form und Inhalt auf ein Feld begeben, das Schiller soeben mit seinen »Ästhetischen Briefen« selbst schon beackert hat. Nur betrage sich Fichte dabei so unbeholfen, daß es unmöglich sei, *die Partien Ihres Aufsatzes zusammenzuhalten.*

Fichte, tief gekränkt, antwortet mit einem Gegenangriff. Er fühlt sich von Schiller aus dem ästhetischen Gebiet gedrängt und antwortet, indem er Schiller nun seinerseits die philosophische Kompetenz abspricht. »Sie fesseln die Einbildungskraft, welche nur frei sein kann, und wollen dieselbe zwingen, zu denken. Das kann sie nicht«. Schiller soll mit seinem Talent, der künstlerischen Einbildungskraft, nicht am falschen Ort wuchern.

Schillers Antwort vom 3. August 1795 liegt nur in Bruchstücken vor. Der Ton der verschiedenen Entwürfe schwankt, mal versöhnlich, mal gekränkt, dann wieder angriffslustig. Im versöhnlichen Ton schlägt er vor, die *Maxime der gesunden Vernunft zu adoptieren, welche lehrt, daß man Dinge, welche einander nicht gleichzusetzen sind, einander auch nicht entgegensetzen müsse.* An anderer Stelle kehrt er zu der Schärfe des ersten Briefes zurück. Fichte hatte das Publikum und die Nachwelt zum Schiedsrichter aufgerufen. Dazu nun erklärt Schiller, daß Schriften, die nur Verstandesresultate vortragen, notwendigerweise mit der Zeit *entbehrlich* werden, weil *der Verstand entweder gegen diese Resultate gleichgültiger wird oder auf einem leichtern Weg dazu gelangen kann: dahingegen Schriften, die einen von ihrem logischen Gehalt unabhängigen Effekt machen und in denen sich ein Individuum lebend abdrückt, nie entbehrlich werden und ein unvertilgbares Lebensprinzip in sich enthalten, eben weil jedes Individuum einzig und mithin unersetzlich ist.*

Mit diesem im Handgemenge mit Fichte entwickelten Gedanken bringt Schiller eine überraschend neue Konfiguration von wissenschaftlicher Wahrheit und individueller künstlerischer Bedeutsamkeit ins Spiel. Diese Konfiguration ist als Konsequenz aus den »Ästhetischen Briefen«, näherhin aus dem dort abgehandelten Verhältnis von *Form-*

trieb und *Stofftrieb* entwickelt. Was den Künstler vom Wissenschaftler unterscheidet, ist, daß der Künstler es mit der individuellen Form, dem Stil also, zu tun hat; der Wissenschaftler aber mit dem allgemeinen Stoff, dem Gehalt. Der Wissenschaftler wirkt durch seine Ergebnisse und verschwindet darin. Der Künstler jedoch prägt sich aus in seinem Stil und bleibt darin als Individuum sichtbar und faßbar. Als Theoretiker beansprucht der Künstler zwar auch wissenschaftliche Wahrheit, aber kraft seines Stils partizipiert er darüberhinaus an der Welt individueller Bedeutsamkeit. Er positioniert sich auf beiden Feldern, dem des Allgemeinen und dem des Besonderen. Wenn der Erkenntnis-Stoff, den er zutage fördert, auch im Archiv der Stoffmassen der Erkenntnis untergehen, wenn seine Allgemeingültigkeit beanspruchenden Erkenntnisse im anonymen Strom des Allgemeinen verschwinden sollten, so bleibt die Individualität, die sich eine Form gegeben hat, im Gedächtnis der Nachwelt erhalten als Ausdrucksform in der Welt der Bedeutsamkeiten. Das bedeutet: sollte die Wahrheit der Theorie über das Schöne fraglich oder selbstverständlich werden, wird sie immer noch überleben können – als schöne Theorie. Schiller will sich mit seiner schönen Theorie gegen Fichte behaupten, der bloß eine Theorie über das Schöne vorgelegt hat.

In der Auseinandersetzung mit Fichte betreibt Schiller eine Ästhetisierung des Wissens, und man hat nicht den Eindruck, daß er sich der ganzen Tragweite dieses Manövers bewußt ist. Er dehnt seinen Spielbegriff auf das Feld des Wissens aus und unterwirft das Wahrheitsspiel dem Kriterium der Schönheit. Dahinter aber steht eine tiefe Skepsis gegenüber der Wahrheit. Was ist schon Wahrheit? Wir werden sie nie erreichen. Was aber bleibt, stiften die Dichter. Sie behaupten auch auf dem Felde des Wissens die »geprägte Form, die lebend sich entwickelt« (Goethe). Kein Wunder, daß Schiller die Schönheit auch für die Theorie in dem Augenblick reklamiert, als er dabei ist, von der Theorie wieder zur Poesie zurückzukehren. Was Fichte betrifft, so bedauert er doch jene Sprachlosigkeit, die sich zwischen ihnen aufgetan hat. Wie eine Elegie aufs Verlorene klingt eine Bemerkung aus dem ersten Briefentwurf: *Wir haben in einer Zeit gelebt, und die Nachwelt wird uns als Zeitgenossen zu Nachbarn machen etc., aber wie wenig haben wir uns vereinigt.*

War es bei Fichte eine Entzweiung, so war es bei Hölderlin ein quälendes Werben und eine schmerzliche Trennung, wenn man die Geschichte aus Hölderlins Perspektive sieht.

Hölderlin hatte fast ein ganzes Jahr in Waltershausen bei Charlotte von Kalb verbracht, wo ihm Schiller, noch von Schwaben aus, eine Hofmeisterstelle vermittelt hatte. Mit Charlotte hatte sich eine leicht erotisch getönte Verbindung ergeben, kompliziert wurde die Situation aber vor allem dadurch, daß der Zögling Fritz von Kalb zwar an seinem Hofmeister innig hing, sich aber im übrigen so ungebärdig aufführte, daß es für alle Beteiligten zum Verzweifeln war. Waltershausen war abgelegen, ohne Anregung und äußeres Leben. Es drängte Hölderlin nach Jena. Er hatte ein Fragment seines »Hyperion« in Schillers »Neuer Thalia« untergebracht und hoffte nun, bei den prestigeträchtigeren »Horen« unterzukommen. Auch hoffte er, mit Schillers Hilfe in die literarischen und philosophischen Kreise in Jena eingeführt zu werden, auch wenn er seine Ängste und Selbstzweifel kennt: »Die Nähe der wahrhaft großen Geister … schlägt mich nieder und erhebt mich wechselsweise« (an Neuffer, November 1794).

Im November 1794 ist Hölderlin in Jena und besucht Schiller. Es kommt zu einer Situation, an die er sich noch lange Zeit mit Beklemmung erinnern wird. Seinem Freund Neuffer schildert er die Szene. Schiller ist nicht allein im Raum, im Hintergrund hält sich ein ihm unbekannter Mann auf. Er bemerkt ihn kaum, obwohl er ihm vorgestellt wird. Er hat den Namen nicht verstanden, er ist eben »einzig im Innern und Äußern mit Schillern beschäftigt«. Als Schiller für einen Moment den Raum verläßt und Hölderlin schweigsam bleibt, blättert der Fremde in der auf dem Tisch liegenden »Neuen Thalia«, die Hölderlins Hyperion-Fragment enthält. Hölderlin wird über und über rot. Nach einiger Zeit erkundigt sich der Fremde nach Frau von Kalb. Hölderlin antwortet einsilbig. Als Schiller zurückkehrt, spricht man angeregt über das Theater, der Fremde läßt ein paar Worte fallen, »die gewichtig genug waren, um mich etwas ahnen zu lassen«. Später im Professorenclub erfährt Hölderlin, daß es kein anderer war als Goethe, dem er soeben begegnet ist. »Der Himmel helfe mir«, schreibt er an Neuffer, »mein Unglück und meine dummen Streiche gut zu machen«. Immerhin wird er einige Wochen später, nach der Trennung vom Hause von Kalb, in Weimar von Goethe empfangen. Diesmal werden freundliche Worte gewechselt. Hölderlin ist fast gelöst. Überhaupt geht es ihm jetzt besser. Er ist nach Jena gezogen, häufig ist er bei Schiller zu Besuch. Der ermuntert ihn zur Weiterarbeit am »Hyperion«, und es gelingt ihm, seinen Verleger Cotta für den entstehenden Roman zu interessieren. Hölderlin habe *recht viel Genialisches*, schreibt Schiller an Cotta am 9. März 1795, *und ich hoffe auch noch einigen Einfluß darauf zu haben.* Jetzt wartet Schiller auf die Fertigstellung des Romans. Aber Hölderlin kommt nicht voran. Vielleicht will er zuviel: die neuen philosophischen Bildungsideen von Fichte und Schiller, das ästhetische Programm der ›schönen Seele‹, die Wiederverzauberung durch den griechischen Götterhimmel, die Kritik an der Prosa des Lebens – das alles will er einarbeiten, und es sprengt die bisherige Konzeption. Der Abschluß des Werkes verzögert sich, bis er sich eingestehen muß, daß kein Ende und schon gar nicht eine Vollendung abzusehen ist. Es quält ihn das schlechte Gewissen, weil er glaubt, Schillers Vertrauen und seine Erwartungen enttäuscht zu haben.

Auch um Hölderlin eine Erwerbsmöglichkeit zu bieten, beauftragt Schiller ihn mit einer Übersetzung von Ovids »Phaeton« für den »Musenalmanach«. Es läßt sich darüber spekulieren, warum Schiller ihm gerade diesen Text für die Übersetzung angeboten hat. Schiller, der Goethe immer wieder ermuntert, sein »Faustpaket« aufzuschnüren, hat vielleicht in der Geschichte vom Absturz des zur Sonne Emporstrebenden eine Variation des Faustmotivs entdeckt; vielleicht war auch eine erzieherische Absicht im Spiel und er wollte den jungen Dichter vor dem Phaeton-Schicksal warnen. Jedenfalls macht sich Hölderlin zunächst mit Lust ans Werk: »Ich bin noch von keiner Arbeit mit solcher Heiterkeit weggegangen als bei dieser«, schreibt er am 28. April 1795 an Neuffer. Doch die Heiterkeit hält nicht an. Die Arbeit wird Hölderlin beschwerlich. Schiller hatte ihm die Strophenform der Stanzen empfohlen, während sich Hölderlin bei seinen früheren Übertragungen aus der Antike an den Hexameter gehalten hatte. Vielleicht wäre er besser zurechtgekommen, wenn er seinem eigenen Stilempfinden gefolgt wäre. Auch diese Arbeit stockt. Resigniert schreibt er am 22. Mai 1795 an die Mutter: »Aber man findet doch immer bald wieder, wie schülerhaft man in manchem ist«. Er bricht die inzwischen nur noch lustlos ausgeführte Übersetzung ab. Er ist verzweifelt, seinen Mentor doppelt enttäuscht zu haben, mit dem unfertigen »Hyperion« und der abgebrochenen Übersetzung.

Plötzlich, Ende Mai 1795, ist Hölderlin aus Jena verschwunden. Überstürzt war er abgereist, zurück in die Heimat. Dort in Nürtingen hat ihn sein Freund Magenau getroffen und ihn kaum wiedererkannt: »Ich habe Hölderlin gesprochen, gesehen wollte ich sagen, denn er konnte nicht mehr sprechen, war abgestorben allem Mitgefühl mit seinesgleichen, ein lebender Toter! Er sprach vieles phantastische Zeug von einer Reise nach Rom, wo die guten Deutschen gewöhnlich die Seele sich verkälten«. Vielleicht war das bereits ein Vorzeichen seiner späteren Krankheit, ausgelöst von der Schaffenskrise, der Verzweiflung und der Scham, vor dem ›großen‹ Schiller versagt zu haben. Am 23. Juli 1795 hat Hölderlin sich soweit gefangen, daß er in einem Brief an Schiller, dem die fragmentarische Übersetzung beigelegt ist, seine »Flucht« zu erklären versucht: »Es ist sonderbar, daß man sich sehr glücklich finden kann unter dem Einfluß eines Geistes … bloß durch seine Nähe, und daß man ihn mit jeder Meile, die von ihm entfernt, mehr entbehren muß. Ich hätt' es auch schwerlich mit all meinen Motiven über mich gewonnen, zu gehen, wenn nicht eben diese Nähe mich von der andern Seite so oft beunruhiget hätte. Ich war immer in Versuchung, Sie zu sehn, und sah Sie immer nur, um zu fühlen, daß ich Ihnen nichts sein konnte … weil ich Ihnen so viel sein wollte, mußt' ich mir sagen, daß ich Ihnen nichts wäre«. Schiller ist wirklich enttäuscht, auch gekränkt. Er hatte mehr Vertrauen erwartet. Er hatte mit Hölderlin noch einiges vorgehabt. Er wollte ihn in die Redaktion der »Horen« aufnehmen. Auf den Brief vom Juli antwortet er nicht. Vielleicht macht ihn die Befangenheit Hölderlins ebenfalls befangen. Noch einmal schreibt Hölderlin am 4. September 1795, traurig und elegisch: »Ich fühle nur zu oft, daß ich eben kein seltner Mensch bin. Ich friere und starre in dem Winter, der mich umgibt. So eisern mein Himmel ist, so steinern bin ich«. Dann das Bekenntnis, daß sein »Mißfallen an mir selbst« ihn inzwischen in die »Abstraktion hineingetrieben« habe. Es folgen komplizierte und angestrengte Erörterungen über die »Vereinigung des Subjekts und Objekts«, über die »Annäherung des Quadrats zum Zirkel« und darüber, »daß, um ein System des Denkens zu realisieren, eine Unsterblichkeit ebenso notwendig ist, als sie es ist für ein System des Handelns«. Das sind zur Zeit unpassende Überlegungen für Schiller, der gerade dabei ist, seine *philosophische Bude zu schließen.* Auch auf diesen Brief also reagiert Schiller nicht. Anderthalb Jahre währt sein Schweigen.

Hölderlin nimmt eine Hauslehrerstelle bei der Bankiers-Familie Gontard in Frankfurt an, verstrickt sich in eine Liebesgeschichte mit Susette, der Frau des Hauses. Mit seinem »Hyperion« geht es voran. Sein Selbstgefühl ist soweit wieder gestärkt, daß er am 20. November 1796 an Schiller in einem neuen Ton schreiben kann, direkter, offener. »Ihr gänzlich Verstummen gegen mich macht mich wirklich blöde … Haben Sie Ihre Meinung von mir geändert? Haben Sie mich aufgegeben? Verzeihen Sie mir diese Fragen. Eine Anhänglichkeit an Sie, gegen welche ich oft vergebens anging, wenn sie Leidenschaft war, eine Anhänglichkeit, die noch immer mich nicht verlassen hat, nötigt solche Fragen mir ab. Ich würde mich darüber tadeln, wenn Sie nicht der einzige Mann wären, an den ich meine Freiheit so verloren habe«. Selbstbewußt erklärt er, daß er sich überall frei fühlt, nur bei Schiller wird er schwach. Schiller ist seine Leidenschaft. Das ist eine Liebeserklärung, aber mit einer Munterkeit vorgebracht, die Schiller offenbar ermuntert, nun endlich auch zu antworten: *Ich habe Sie keineswegs vergessen, lieber Freund, wie Sie denken, bloße Zerstreuungen und Geschäfte, neben meiner gewöhnlichen Briefscheu haben die Antwort auf Ihre freundschaftlichen Briefe so lange verzögert.* Es folgen einige Ermahnungen: *Nehmen Sie, ich bitte Sie, Ihre ganze Kraft und Ihre ganze Wachsamkeit zusammen, wählen Sie einen glücklichen poetischen Stoff, tragen ihn liebend und sorgfältig pflegend im Herzen, und lassen ihn, in den schönsten Momenten des Daseins, ruhig der Vollendung zureifen; fliehen Sie wo möglich die philosophischen Stoffe, sie sind die undankbarsten, und in fruchtlosem Ringen mit denselben verzehrt sich oft die beste Kraft; bleiben Sie der Sinnenwelt näher, so werden Sie weniger in Gefahr sein, die Nüchternheit in der Begeisterung zu verlieren* (24. November 1796). Auch wenn es so klingt, Schiller schreibt nicht von oben herab, denn mit ähnlichen Worten hatte er in einem Brief an Körner ungefähr zur selben Zeit sich selbst ermahnt; er weiß, es sind auch seine Gefährdungen und Schwächen. Hölderlin aber wird es nicht bemerkt haben, daß Schiller mit seinen Ermahnungen auch sich selbst gemeint hatte. Es werden ihn jene Stellen des Briefs gekränkt haben, wo Schiller die *Weitschweifigkeit* der Hölderlinschen Gedichte kritisiert, die *Flut der Strophen*, die kein Ende nehmen wollen. Eine Spur seiner Verletztheit findet sich in einem Epigramm Hölderlins aus dieser Zeit: »Wißt! Apoll ist der Gott der Zeitungsschreiber geworden, / Und sein Mann ist, wer ihm treulich das Faktum erzählt«. Schiller schließt seinen Brief mit der freundlichen Wendung: *Verzeihen Sie mir diese Aufforderungen, diese Warnungen, teilnehmende Freundschaft hat beide eingegeben. Leben Sie recht wohl und lassen mich fleißig von sich hören.*

Ein halbes Jahr später, am 20. Juni 1797, schickt Hölderlin zwei Gedichte, »An den Äther« und »Der Wanderer«, für die Veröffentlichung in den »Horen«. Im Begleitbrief heißt es: »Ich habe Mut und eignes

Urteil genug, um mich von andern Kunstrichtern und Meistern unabhängig zu machen und insofern mit der so nötigen Ruhe meinen Gang zu gehen, aber von Ihnen dependier' ich unüberwindlich; und weil ich fühle, wie viel ein Wort von Ihnen über mich entscheidet, such' ich manchmal Sie zu vergessen, um während einer Arbeit nicht ängstig zu werden. Denn ich bin gewiß, daß gerade diese Ängstigkeit und Befangenheit der Tod der Kunst ist, und begreife deswegen sehr gut, warum es schwerer ist, die Natur zur rechten Äußerung zu bringen, in einer Periode, wo schon Meisterwerke nah um einen liegen, als in einer andern, wo der Künstler fast allein ist mit der lebendigen Welt«.

Hölderlin ahnt nicht, was er mit diesem Brief über die Unsicherheit des Urteils auslöst. Denn nun wird Schiller selbst plötzlich unsicher in seinem Urteil. Er sendet die Gedichte ohne den Autor zu nennen an Goethe, um dessen Urteil zu erfahren. Goethe antwortet: Der Dichter habe offenbar »einen heitern Blick über die Natur« und »Talent« für verschiedene Versformen. »In beiden Gedichten sind gute Ingredienzien zu einem Dichter, die aber allein keinen Dichter machen. Vielleicht täte er am besten, wenn er einmal ein ganz einfaches idyllisches Faktum wählte und es darstellte, so könnte man eher sehen, wie es ihm mit der Menschenmalerei gelänge, worauf doch am Ende alles ankommt« (28. Juni 1797). Er empfiehlt einen Abdruck. Daraufhin bedankt sich Schiller für das nicht *ganz ungünstige Urteil*, nennt Hölderlins Namen und rückt dann mit einem bemerkenswerten Geständnis heraus: *Aufrichtig, ich fand in den Gedichten viel von meiner eigenen sonstigen Gestalt, und es ist nicht das erste Mal, daß mich der Verfasser an mich mahnte. Er hat eine heftige Subjektivität und verbindet damit einen gewissen philosophischen Geist und Tiefsinn. Sein Zustand ist gefährlich* (30. Juni 1797). Goethe antwortet postwendend: »Ich will Ihnen nun auch gestehen, daß mir etwas von Ihrer Art und Weise aus den Gedichten entgegensprach, eine ähnliche Richtung ist wohl nicht zu verkennen«. Tatsächlich mußten sich beide etwa bei dem Gedicht »Der Wanderer« erinnert fühlen an Schillers große Elegie »Der Spaziergang«: *Frei empfängt mich die Wiese mit weithin verbreitetem Teppich, / Durch ihr freundliches Grün schlingt sich der ländliche Pfad* (I, 229).

Goethe hatte keinen Sinn für den großen Atem der Hölderlinschen Gedichte. Deshalb sein Rat, Hölderlin möge doch besser ein »einfaches idyllisches Faktum« wählen. Doch immerhin ist er von dem »jungen Talent« so angetan, daß er Hölderlins Besuch in Frankfurt empfängt, als er im Spätsommer 1797 bei seiner Reise in die Schweiz dort Station macht. Bei dem Treffen erneuert Goethe seinen Vorschlag, die »Idylle« betreffend. Er habe ihm geraten, berichtet er Schiller, »kleine Gedichte zu machen und sich zu jedem einen menschlich interessanten Gegenstand zu wählen« (23. August 1797).

In diesem Sommer schickt Hölderlin den inzwischen abgeschlossenen ersten Band des »Hyperion« mit einigem Stolz an Schiller, der dort lesen konnte, wie doppeldeutig es um Hölderlin stand, wenn er, wie es häufig geschah, sich zurückhielt und verstummte: »Es gibt ein Vergessen alles Daseins, ein Verstummen unsers Wesens, wo uns ist, als hätten wir alles gefunden. Es gibt ein Verstummen, ein Vergessen alles Daseins, wo uns ist, als hätten wir alles verloren, eine Nacht unsrer Seele«.

Hölderlins Geschichte mit Schiller ist noch nicht zu Ende. Im Juni 1799 plant er eine poetische Monatschrift herauszugeben und wendet sich an seine alten Freunde Schelling und Hegel und natürlich auch an Schiller. Er bekommt lauter ablehnende Antworten. Der Plan scheitert. Er erwägt, nach Jena zurückzukehren, sondiert die Möglichkeit einer Dozentur. In diesem Jahr macht Susette Gontard auf einer Reise Station in Jena; sie möchte unbedingt Schiller treffen, von dem ihr der Geliebte so vieles erzählt hat. Es sei ihr »sonderbar wehmütig« in Schillers Gartenhaus zumute gewesen, schreibt sie am 23. August 1799 an Hölderlin, sie habe dort nur kurz verweilt. Auch ihr ergeht es wie ihm: »In dieser schönen Seele mochte ich nicht klein mich spiegeln«. Sie will Hölderlin von seinem Plan einer erneuten Übersiedlung nach Jena abbringen. Sie ist eifersüchtig, sie weiß, daß Schiller die männliche Liebe ihres Geliebten ist. »Du könntest doch nicht umhin ihn zu besuchen, es könnte Dir wohl nicht angenehm sein, und was ich dabei empfinden würde, fühlte ich genug an meinem hochklopfenden Herzen« (10. November 1799).

Nach der Trennung von Susette wendet sich Hölderlin im Juni 1801 wohl das letzte Mal an Schiller. Wieder die alte Sehnsucht: »Mein Wunsch, einmal in Jena, in Ihrer Nähe zu leben, ist mir beinahe zur Notwendigkeit geworden«. Ob Schiller geantwortet hat, wissen wir nicht. Jedenfalls macht sich Hölderlin Ende des Jahres auf den Weg nach Bordeaux, zu Fuß über das verschneite Massif Central. Es sollte ein Abschied von Deutschland sein: »Aber sie können mich nicht brauchen« (an Böhlendorff, 4. Dezember 1801).

Er wird Bordeaux, wie einst Jena, überstürzt verlassen, in die Heimat zurückkehren, verwahrlost, mit struppigem Bart bei der Mutter in Nürtingen ankommen. Sie wird ihn fragen: »Wo bist du gewesen?«, und er wird sie in einem Wutanfall aus dem Haus werfen, und da steht sie dann nachts und ruft in den hallenden Gassen: »der Holder ist verrückt geworden!« Er wurde es kurz darauf wirklich.

Noch viele Jahre später soll er, wenn Schillers Name genannt wurde, gemurmelt haben: »Mein Schiller, mein herrlicher Schiller«.

Die Beispiele von Friedrich und August Wilhelm Schlegel, Fichte und Hölderlin zeigen, wie Schiller auch durch die »Horen« Menschen anzog, bei anderen aber Ablehnung bis hin zur Feindseligkeit hervorrief. Die Zeitschrift polarisierte. Die »Ästhetischen Briefe«, sein *Gesetzbuch der ästhetischen Welt*, ließ man sich durchaus nicht überall gefallen; über Goethes »Unterhaltungen deutscher Ausgewanderten« schüttelten viele den Kopf, man fand sie ohne Kraft, munkelte etwas von einer »Krise«; die »Römischen Elegien« hielten manche für unanständig. Schiller und Goethe, im Vollgefühl ihrer verschworenen Gemeinschaft, reagierten darauf mit Streitlust. Nur im Angriff ist klingendes Spiel, dachten sie. Vorbei die Zeiten, als Schiller noch, in der »Ankündigung der ›Rheinischen Thalia‹«, schreiben konnte: *Das Publikum ist mir jetzt alles, mein Studium, mein Souverain, mein Vertrauter. Ihm allein gehör ich jetzt an* (V, 856). Jetzt ist er nicht mehr bereit, das Publikum als Souverän anzuerkennen, man muß seinen Geschmack erziehen, andernfalls bekämpfen. Wie soll man vorgehen? Publikumsbeschimpfung empfiehlt sich nicht, man muß den gängigen Geschmack in effigie angreifen, also die Kritiker, die ihn angeblich verkörpern, aufs Korn nehmen. Schillers und Goethes heiliger Zorn richtet sich vorzugsweise gegen jene Kritiker, in denen sie die Wortführer des Massengeschmacks vermuten; kämpfen wollen sie gegen die Anführer der gewöhnlichen Leserkohorten. Gibt es nicht auch in der literarischen Öffentlichkeit einen Aufstand der Massen und verdirbt er nicht den Geschmack? So sehen es die beiden Dioskuren, und deshalb müßten die »Horen«, sagt Schiller, zu einer *wahren ecclesia militans* werden. Wogegen kämpfen?

Da ist zunächst die Vielleserei selbst. Das *tintenklecksende Säkulum* hat sie hervorgebracht. Das lesehungrige und schreibwütige Zeitalter hat begonnen. Die Vielleserei wird am Ende des 18. Jahrhunderts in den bürgerlichen und kleinbürgerlichen Kreisen fast epidemisch. Pädagogen und Kulturkritiker beginnen darüber zu klagen. Was im Lesenden vorgeht, läßt sich schwer kontrollieren. Da gibt es Erregungen, Phantasien im Verborgenen. Das lesende Frauenzimmer auf dem Sofa, Romane verschlingend, überantwortet es sich nicht verhüllten Exzessen? Und die lesenden Gymnasiasten, nehmen sie jetzt nicht teil an Abenteuern, von denen ihre Erziehungsberechtigten sich nichts träumen lassen? Zwischen 1750 und 1800 verdoppelt sich die Zahl derer, die lesen können. Ungefähr 25 % der Bevölkerung gehören am Ende des Jahrhunderts zum potentiellen Lesepublikum. Langsam vollzieht sich im Leseverhalten ein Wandel: Man liest nicht mehr ein Buch mehrmals, sondern viele Bücher einmal. Die Autorität der großen, wichtigen Bücher – die Bibel, Erbauungsschriften, Kalender –, die mehrfach gelesen und studiert werden, schwindet, man verlangt nach einer größeren Masse von Lesestoff, nach Büchern, nicht dafür geschaffen, daß man darin liest, sondern daß man sie verschlingt. Zwischen 1790 und 1800 erscheinen zweitausendfünfhundert Romantitel auf dem Markt, genau so viele wie insgesamt in den neunzig Jahren zuvor. Das wachsende Angebot will bewältigt sein. Das Publikum lernt die Kunst des schnellen Lesens. Ohne Muße kann es natürlich ein Leseleben nicht geben. Doch an Muße hat es damals im bürgerlichen Leben nicht gefehlt. Man verlängert die Lesestunden in die Nacht. Nicht nur die Aufklärung, auch die Lesewut verlangt nach mehr Licht.

Die Vielleser rufen die Vielschreiber auf den Plan, Autoren, die es verstehen, fürs schnelle Lesen zu schreiben. Schiller hatte sich, als er an seinem Fortsetzungsroman »Der Geisterseher« schrieb, auch darin geübt. Von Lafontaine, der weit über hundert Romane verfaßte, sagte man, er schreibe schneller als er lesen kann, weshalb er noch nicht alle seine Romane gelesen haben könne. Professionelle Kritiker treibt diese Romanflut zur Verzweiflung. »Unter den zahlreichen Romanen«, schreibt Friedrich Schlegel 1797, »welche mit jeder Messe unsre Bücherverzeichnisse anschwellen, vollenden die meisten den Kreislauf ihres unbedeutenden Daseins so schnell, um sich dann in die Vergessenheit und den Schmutz alter Bücher in den Lesebibliotheken zurückzuziehen, daß der Kunstrichter ihnen ungesäumt auf den Fersen sein muß, wenn er nicht den Verdruß haben will, sein Urteil auf eine Schrift zu verwenden, die eigentlich gar nicht mehr existiert«.

Die besonderen gesellschaftlich-politischen und geographischen Bedingungen haben in Deutschland das Buch- und Blätterwesen so trefflich gedeihen lassen. Das Fehlen von bedeutenden städtischen Mittelpunkten des geselligen Lebens begünstigt die Vereinzelung und damit die Lust an der imaginären Geselligkeit im Buch. Deutschland besaß keine die Phantasie beflügelnde politische Macht, keine große Hauptstadt mit ihren labyrinthischen Geheimnissen, keine Kolonien, die den Sinn für Ferne und Abenteuer in der äußeren Welt erregen. Alles war zersplittert, eng und klein. In Jena lagen die Hauptquartiere von Romantik und Klassik nur einen Steinwurf voneinander entfernt. All das Außerordentliche, was die englischen Seefahrer und Entdecker, die Pioniere in Amerika, die Matadore der Französischen Revolution vollbrachten, erlebte das deutsche Publikum in der Regel bloß im Nachvollzug und in der Ersatzform der Literatur. In einem Brief an Merck stellt Goethe lapidar fest, daß »das ehrsame Publikum alles Außerordentliche nur durch den Roman kennt« (11. Oktober 1780).

Wer viel liest, kommt leicht auf die Idee, selber zu schreiben. Da tauschen Freunde Briefe aus und tragen sie hinterher sogleich zum Verleger. Wer es am Ort zu Ehre und Geld gebracht hat oder auch zu keinem von beidem, schreibt, wenn er in die Jahre kommt, seine Lebensbetrachtung. »Wieviel die Menschen schreiben, davon hat man gar keinen Begriff«, seufzt Goethe im »Wilhelm Meister«. Jean Paul hat diese Entwicklung in seinem »Schulmeisterlein Wutz« parodiert. Wutz läßt sich regelmäßig den Meßkatalog kommen, und da er knapp bei Kasse ist, schreibt er die dort angekündigten Romane selbst. Dabei nimmt er allmählich die Meinung an, seine Schreibbücher wären die eigentlichen Originale. Als er dann die eigentlichen Originale kennenlernt, hält er sie für verfälschte Nachdrucke.

Das vermehrte Lesen läßt Lesen und Leben zusammenrücken. Man fahndet im Gelesenen nach dem Leben des Autors, der plötzlich mit seiner Biographie interessant wird, und wenn er es noch nicht ist, sich interessant zu machen versucht. Auch das gehört zum Hintergrund des Geniekults. Sprichwörtlich war damals die leise Enttäuschung darüber, daß der Autor der »Räuber« ein manierlicher und freundlicher Mensch war und so gar nichts Räuberisches und Wildes an sich hatte. Umgekehrt versucht man zu leben, was man gelesen hat. Man zog Werthers Sperlingsfrack an oder rollte mit den Augen wie Karl Moor. Man setzt auf Erlebnisse nach dem literarischen Drehbuch, das schon die Rollen verteilt, die Atmosphäre bezeichnet und die Handlung festgelegt hat. Es ging damals von dem noch recht neuen Leitmedium Literatur eine faszinierende, das Leben inszenierende Kraft aus. Was der großen Literatur recht war, konnte der sogenannten Unterhaltungsliteratur, den Lafontaineschen Familienromanen, den Räubergeschichten des Goethe-Schwagers Vulpius und den Geheimbundromanen eines Grosse (und Schiller) nur billig sein. Auf beiden Niveaus äußert sich der Wunsch nach intensiverem Selbstgefühl. Man will sich fühlen, vom Leben verlangt man Lebendigkeit, und wenn die äußeren Umstände dem entgegenstehen, dann muß eben die Identifikation mit literarischen Mustern aus dem in alltäglichen Ritualen verrinnenden Lebensstrom bedeutungsvolle Momente herausheben. Man will sein Leben im Spiegel der Literatur aufwerten, ihm eine Dichte, eine Dramatik und eine Atmosphäre geben. So kann der Lesende, der nach seiner im Alltag verschollenen Existenz sucht, zum Selbstgenuß kommen. »Wir sind aus Literatur gemacht«, klagt der junge Tieck, und auch Clemens Brentano hört im Leben das Papier rascheln: Er sehe nach und nach immer mehr ein, daß durch die Romane »eine Menge unsrer Handlungen unwillkürlich bestimmt werden, und daß Frauenzimmer besonders am Ende ihres Lebens nichts als Kopien der Romancharaktere waren, die ihnen die Lesebibliotheken ihres Orts dargeboten haben«.

Dieser dichte Grenzverkehr zwischen Literatur und Leben, die Neigung, das Leben zu literarisieren, mag Tieck damals auch zur Übersetzung des »Don Quichotte« angeregt haben, denn das Thema des Romans ist bekanntlich die Verdrängung der Lebenserfahrung durch Leseerfahrung. Man konnte den Roman lesen als Epos über den gefährlichen Imperialismus der Literatur, die sich das Leben untertan macht. Die Macht der Literarisierung zeigt sich sogar in der Politik. Die Akteure der großen revolutionären Ereignisse erscheinen sich selbst und dem gebildeten Publikum als Darsteller von Rollen, die man aus der antiken Literatur bereits kennt. Die klassische Bildung ermöglicht ein déjà-vu-Erlebnis eigener Art: Cäsar, Cicero und Brutus, sie kennt man, und sie kehren wieder als historisches Kostüm. Brutus beispielsweise wird jetzt von einer Frau dargestellt: Charlotte Corday, die sanfte Fanatikerin aus der Normandie, die 1793 den Volkstribun Marat in der Badewanne ersticht. Klopstock, Wieland und andere haben diese Tat bedichtet: ein Tyrannenmord, wie er im Buche steht.

Nur in einem solchen literaturbesessenen Milieu, wo die Durchdringung von Literatur und Leben schon fast alltäglich geworden war, konnten sich die hochfliegenden theoretischen Konzepte der Frühromantiker entwickeln. Diese jungen Leute, zuerst in Jena und dann in

Berlin, sind von einem Geist inspiriert, mit dem sie sich und andere verzaubern wollen: die Literatur soll das Leben zum Tanzen bringen. Die Jenaer treiben es weit mit ihren Lockerungsübungen, sie wollen die Scheidewände zwischen Literatur und Leben vollends niederreißen. Friedrich Schlegel und Novalis prägen für dieses Geschäft den Begriff des »Romantisierens«. Jede Lebenstätigkeit soll sich mit poetischer Bedeutsamkeit aufladen, soll eine eigentümliche Schönheit zur Anschauung bringen und eine Gestaltungskraft offenbaren, die ebensogut ihren ›Stil‹ hat wie das Kunstprodukt im engeren Sinne. Überhaupt gilt ihnen Kunst weniger als Produkt denn als Ereignis, das immer und überall stattfinden kann, wo Menschen ihre Tätigkeit mit gestalterischer Energie und vitalem Schwung verrichten. Novalis ist davon überzeugt, daß sich auch »Geschäftsarbeiten« poetisch behandeln lassen. Für Friedrich Schlegel ist die heitere Geselligkeit verwirklichte »Universalpoesie«. Man muß das Leben mit Poesie anstecken. Wie macht man das? Am besten mit Hilfe der romantischen Verfremdungstechnik, die Tieck so beschreibt: »Wir sollten es nur einmal versuchen, uns das Gewöhnliche fremd zu machen, und wir würden darüber erstaunen, wie nahe uns so manche Belehrung, so manche Ergötzung liegt, die wir in einer weiten, mühsamen Ferne suchen. Die wunderbare Utopie liegt oft dicht vor unsern Füßen, aber wir sehn mit unsern Teleskopen darüber hinweg«.

Lesen und Schreiben also versprechen das Abenteuer um die Ecke.

So erklärt es sich, daß Schiller mit seinem Projekt der »ästhetischen Erziehung« bei den Romantikern auf große Zustimmung stieß, denn die Ästhetisierung des Lebens war bei ihnen schon in vollem Gange, weshalb auch manche von ihnen ironisch abwinken, als Schiller den ästhetischen Ernstfall ausruft. Wenn Schiller zusammen mit Goethe seine *ecclesia militans* in Stellung bringt, nimmt er deshalb nicht nur die Wortführer der kopflosen aber viellesenden Menge ins Visier, sondern auch die *Witzlinge*, die behaupten, das Pensum der Ästhetisierung schon hinter sich zu haben. Es geht also gegen das Mittelmaß und das Übermaß. Schiller und Goethe, diese beiden Zauberer, verschwören sich gegen die ausgenüchterten Entzauberer und gegen die Zauberlehrlinge.

Die »Horen« sollten den besseren Geschmack repräsentieren; für die Aufgabe, den schlechten Geschmack zu bekämpfen, mußte noch eine andere Form gefunden werden. Es war Goethe, der die zündende Idee hatte. Er ärgerte sich zur Zeit vor allem über ein Publikum, das ihn als Naturwissenschaftler nicht ernst nahm; er war deshalb in polemischer Laune und konnte sich mit Schillers Ärger über die »Horen«-Kritiker und über die zurückgehenden Absatzzahlen der Zeitschrift verbünden. Sie waren sich einig: man müsse endlich losschlagen gegen die Bornierten und die Neunmalklugen, gegen die Vielleser und Vielschreiber, diese Tempelschänder der Literatur, gegen den dünkelhaften gelehrten Haufen; nötig sei »eine Art Kriegserklärung gegen die Halbheit, die wir in allen Fächern beunruhigen müssen« (Goethe an Schiller, 21. November 1795). Einen Monat später schlägt Goethe als literarische Form für dieses polemische Geschäft »Distichen« vor, »wie die Xenia des Martials sind« (23. Dezember 1795), also eine Art vergifteter Gastgeschenke. Gemeinsam sollte man diese leichte Kavallerie in Schillers »Musenalmanach« aufstellen und ins Gefecht werfen. Er ist von dieser Idee so angetan, daß er bereits einige Musterexemplare – es sind Xenien gegen »Newtons Kirche« – dem Brief beilegt. Schiller antwortet prompt: *Der Gedanke mit den Xenien ist prächtig und muß ausgeführt werden* (29. Dezember 1795). Anfang Januar 1796 gibt er die Parole aus: *nulla dies sine epigrammate* (Kein Tag ohne Epigramm). So tauschen sie also ihre Xenien aus, die sie fleißig verfertigen, und wenn Goethe in Jena ist, brüten sie gemeinsam welche aus mit großem Vergnügen, Charlotte hört ein Stockwerk höher ihr Lachen. Neunhundert Distichen sind bis zum Sommer 1796 beisammen. Schiller sammelt und ordnet sie für den »Musenalmanach«. Ein Drittel wird ausgeschieden, ein anderer Teil, minderen polemischen Gehalts und eher den Sinnsprüchen verwandt, wird als »Tabulae votivae« unter die sogenannten »Zahmen Xenien« eingereiht. Die Autoren einigen sich, die Urheberschaft der einzelnen Stücke nicht bekannt zu machen. Sie waren ja auch teilweise wirklich gemeinschaftlich verfaßt worden.

Die kleine *Hasenjagd in unserer Literatur*, wie Schiller das Unternehmen nannte, hat für uns heute viel von ihrer Schärfe und polemischen Energie verloren. Einige Kostproben:

Gegen den expandierenden Büchermarkt: *Messieurs! Es ist der Gebrauch, wer diese Straße bereiset, / Legt für die Dummen was, für die Gebrechlichen ein* (I, 257); *Hier ist Messe, geschwind, packt aus und schmücket die Bude, / Kommt, Autoren, und zieht, jeder versuche sein Glück* (I, 257). Über die Kunstgriffe der Trivialautoren: *Wollt ihr zugleich den Kindern der Welt und den Frommen gefallen? / Malet die Wollust – nur malet den Teufel dazu*

(I, 258). Darauf verstehen sich auch die Biedermänner, die sich schlüpfrig geben, um Leser anzulocken: *Was das entsetzlichste sei von allen entsetzlichen Dingen? / Ein Pedant, den es jückt, locker und lose zu sein* (I, 261). Unter ihnen finden sich auch manche Erhabene und Erlesene, zum Beispiel Lavater: *Schade, daß die Natur nur einen Menschen aus dir schuf, / Denn zum würdigen Mann war und zum Schelmen der Stoff* (I, 259). Gegen die überklugen Literaturkritiker, zum Beispiel Friedrich Schlegel: *Dichter, ihr Armen, was müßt ihr nicht alles hören, damit nur / Sein Exerzitium schnell lese gedruckt der Student!* (I, 262). Gegen Leute wie Reichardt, politisch gesinnungstüchtig, aber literarisch urteilsschwach: *Mögt ihr die schlechten Regenten mit strengen Worten verfolgen, / Aber schmeichelt doch auch schlechten Autoren nicht mehr* (I, 262). Gegen die bornierten Köpfe, die sich des gesunden Menschenverstandes rühmen: *Etwas nützet ihr doch, die Vernunft vergißt des Verstandes / Schranken so gern, und* die *stellet ihr redlich uns dar* (I, 263). In dem folgenden Epigramm ist es Wieland, der als *Jungfrau* bezeichnet wird: *Bücket euch, wie sichs geziemt, vor der zierlichen Jungfrau zu Weimar, / Schmollt sie auch oft – wer verzeiht Launen der Grazie nicht?* (I, 265). Wieland nahm das übel und erklärte im ersten Zorn, er werde von nun an kein Wort mehr mit Schiller wechseln. Wieland war nicht als Gegner der »Horen« aufgetreten, aber er war mit seinem »Teutschen Merkur« ein Konkurrent auf dem hart umkämpften Zeitschriftenmarkt, deshalb war er auch ins Visier geraten. Auch Klopstock, den Schiller einst verehrte, wird nicht geschont: *Klopstock, der ist mein Mann, der in neue Phrasen gestoßen, / Was er im höllischen Pfuhl Hohes und Großes vernahm.* (I, 271). Nicolai wird als Vertreter einer langweiligen und uninspirierten Aufklärung mehrfach abgestraft: *Was du mit Händen nicht greifst, das scheint dir Blinden ein Unding, / Und betastest du was, gleich ist das Ding auch beschmutzt* (I, 278). Auch Fichte wird bedacht: *Ich bin ich und setze mich selbst, und setz ich mich selber / Als nicht gesetzt, nun gut! setz ich ein Nicht-Ich dazu* (I, 299).

Immerhin wird unter die »Xenien« auch Schlegels Spott über Schillers Gedicht »Würde der Frauen« aufgenommen. Hatte Goethe das veranlaßt oder war es Schillers Bereitschaft zur Selbstkritik? *Vorn herein liest sich das Lied nicht zum besten, ich les es von hinten, / Strophe für Strophe, und so nimmt es ganz artig sich aus* (I, 290).

Die »Xenien« erregten großes Aufsehen. In wenigen Tagen war der »Musenalmanach«, worin sie Ende 1796 erschienen waren, vergriffen. Zweimal mußte nachgedruckt werden. Es war auch ein gutes Geschäft für den Herausgeber Schiller. Wer etwas auf sich hielt, beteiligte sich am Rätselspiel. Wer ist gemeint? Welche Epigramme sind von wem? Der Literat und Schuldirektor Manso, der auch etwas abbekommen hatte, verfaßte mit dem Verleger Dyck zusammen die »Gegengeschenke an die Sudelköche in Jena und Weimar von einigen dankbaren Gästen«, die aber, weil sie allzu platt waren, keine Wirkung taten.

Nachdem die ersten Erregungen abgeklungen waren, äußerte Goethe am 7. Dezember 1796, es sei »eine nicht genug gekannte und geübte Politik, daß jeder, der auf einigen Nachruhm Anspruch macht, seine Zeitgenossen zwingen soll, alles was sie gegen ihn in Petto haben, von sich zu geben, den Eindruck davon vertilgt er durch Gegenwart, Leben und Wirken jederzeit wieder ... Ich hoffe, daß die Xenien auf eine ganze Weile wirken und den bösen Geist gegen uns in Tätigkeit erhalten sollen, wir wollen indessen unsere positiven Arbeiten fortsetzen und ihm die Qual der Negation überlassen«.

Man war zufrieden, den Stein ins Wasser geworfen zu haben, sollen die anderen doch toben, die beiden Streiter werden bald wieder an ihr eigentliches Werk gehen. Goethe an Schiller: »denn nach dem tollen Wagestück mit den Xenien müssen wir uns bloß großer und würdiger Kunstwerke befleißigen und unsre poetische Natur, zu Beschämung aller Gegner, in die Gestalten des Edlen und Guten umwandeln« (15. November 1796).

So dachte auch Schiller. Seine *philosophische Bude* hatte er geschlossen; das übriggebliebene philosophische Material war in die Gedankenlyrik von 1795 und 1796 eingegangen, vor allem in »Das Reich der Schatten« und »Der Spaziergang«; Zorn und polemische Lust hatten ihr Ventil gefunden; und so kann er nun mit allen Kräften sich dem »Wallenstein« zuwenden, angespornt von Goethe, der sich anschickt, den »Wilhelm Meister« unter tätiger Mitwirkung Schillers zu vollenden.

Einundzwanzigstes Kapitel

Angst vor Wallenstein. Aufschub. Mitwirken an Goethes »Wilhelm Meister«. Warum es dem Vortrefflichen gegenüber keine Freiheit gibt als die Liebe. Lob der Undeutlichkeit. Warum nur die Philosophie das Philosophieren unschädlich machen kann. Wallenstein und der dreifache Wille zur Macht. Machtmensch und Möglichkeitsmensch. Rituale der Freundschaft: Goethe, Humboldt. Abschied von Jena.

In dem Gedicht »Das Glück« (1798) bezeichnet Schiller den schöpferischen Vorgang als *dunkle Geburt aus dem unendlichen Meer* (I, 241). Doch die Entstehung des großen »Wallenstein«-Dramas war durchaus keine dunkle Geburt. Schiller ließ seine Freunde, besonders Körner, Goethe und Humboldt, an jeder Phase der Entstehung dieses Werkes teilnehmen, an den Zweifeln und Krisen ebenso wie an der Euphorie des Gelingens. »Während der Arbeit an dieser höchst bedeutenden Trilogie«, schreibt Goethe dreißig Jahre später in seiner Rezension der englischen Übersetzung des »Wallenstein«, »kam ich dem Verfasser nicht von der Seite. Er hatte die Gabe, über das, was er vorhatte, ja so eben arbeitete, sich mit Freunden besprechen zu können. Ein wunderbares Nachgeben und Verharren lag in der Natur seines ewig reflektierenden Geistes, störte seine Produktion keineswegs, sondern regelte sie und gab ihr Gestalt«.

Wenn Schiller in seinem Kalender den 22. Oktober 1796 als Datum des Beginns der Arbeit am »Wallenstein« angibt, dann scheint er die Vorarbeiten seit 1791 nicht zur eigentlichen Arbeitszeit zu rechnen. Tatsächlich beschäftigten ihn die *kolossalischen Gestalten* des Dreißigjährigen Krieges und die Möglichkeit ihrer dramatischen Darstellung schon seit zehn Jahren. Am 15. April 1786 hatte er an Körner geschrieben: *Daß doch die Epoche des höchsten Nationen-Elends auch zugleich die glänzendste Epoche menschlicher Kraft ist! Wie viele große Männer gingen aus dieser Nacht hervor.* Nach dem ersten schweren Krankheitsanfall im Januar 1791 hatte er den Entschluß zu einem Wallenstein-Drama gefaßt, sich aber noch nicht an die Arbeit gemacht: *Vor einem größern Ganzen fürchte ich mich noch, daher zweifle ich, ob der Wallenstein sogleich daran kommen wird* (an Körner, 21. September 1792). Auf der Reise nach Schwaben hatte er seine Materialien für das geplante Stück wieder hervorgeholt; am 17. März 1794 schreibt er mit fast übermütigem Selbstvertrauen über das »Wallenstein«-Projekt: *ist nur der Plan fertig, so ist mir nicht bange, daß er in 3 Wochen ausgeführt sein wird.* Aus diesen geplanten drei Wochen werden schließlich fünf Jahre – so lange dauert es, bis die Trilogie im Frühjahr 1799 endlich abgeschlossen ist. Die Zeit, die er ausschließlich an dem Stück arbeitete, berechnet Schiller später auf zwanzig Monate. Er nennt diese Zahl mit einigem Erstaunen: es war ihm die Zeit, die er an den »Wallenstein« gewandt hatte, doch um einiges länger vorgekommen.

Nach seiner Rückkehr aus Schwaben im Mai 1794 legt Schiller den »Wallenstein« zunächst beiseite. Die Arbeit an den Briefen »Über die ästhetische Erziehung« und an den »Horen« nimmt ihn vollständig in Anspruch. Er bemerkt aber auch eine gewisse Furcht vor dem großen Werk, er zögert, vertieft sich nochmals in die historischen Quellen, studiert Sophokles und Äschylos, um seine Dramentechnik zu verfeinern. Es nimmt mit den *Zurüstungen* kein Ende, und das, schreibt er am 18. März 1796 an Goethe, setze sein *Gemüt doch in eine gar sonderbare Bewegung.* Er tut sich so schwer, weil er spürt, daß ihm etwas Vollkommenes gelingen könnte, vorausgesetzt, er geht sorgfältig zu Werke. Eine solche geradezu ängstliche Vorsicht ist neu bei ihm. Er will mit dem Schreiben erst beginnen, wenn der Plan völlig ausgereift ist. Und so arbeitet und feilt er am Plan. Es sind inzwischen zehn Jahre seit seinem letzten Stück, dem »Don Karlos«, vergangen. Wird er zur bisweilen tollkühnen Sicherheit seiner ersten Produktionen zurückfinden? Er hat seitdem, schreibt er am 4. September 1794 an Körner, *einen völlig neuen Menschen angezogen.* Aber wird dieser neue Mensch sich auch in einem neuen großen Theaterstück bewähren können? Es gibt Augenblicke, da zweifelt er daran. Am 4. September 1794 schreibt er an Körner: *Vor dieser Arbeit ist mir ordentlich angst und bange, denn ich glaube …, daß ich eigentlich nichts weniger vorstellen kann als einen Dichter, und daß höchstens da, wo ich philosophieren will, der poetische Geist mich überrascht. Was soll ich tun?* Körner versucht, ihm die Zweifel auszureden, erinnert ihn an sein Genie, dem er sich anvertrauen könne. Er soll die Anspannung lockern und darauf vertrauen, daß man besser trifft, wenn man nicht zu angestrengt zielt: »Wie, wenn Du nicht absichtlich Dich mit Wallenstein beschäftigtest, sondern es dem Zufall überließest, ob Dir die Phantasie von selbst genug dichterischen Stoff zuführte?« (10. September 1794).

Darauf antwortet Schiller: *Du meinst, daß ich den Wallenstein zu sehr mit dem Verstand und zu wenig mit Begeisterung angreife. Aber das gilt nur von dem Plane, der nicht streng genug berechnet werden kann. Ausführen muß ihn die Imagination und die augenblickliche Empfindung. Dies ist es aber, wofür ich fürchte, daß mich die Einbildungskraft, wenn ihr Reich kommt, verlassen werde* (12. September 1794).

Die Wiederherstellung des Vertrauens in die eigene Einbildungskraft wird dadurch erschwert, daß Goethe ihn in den Entstehungsprozeß des »Wilhelm Meister« verwickelt. Ende 1794 erhält Schiller die Druckfahnen des ersten Buches der »Lehrjahre«. In den folgenden Monaten bis zum Juli 1796 treffen nacheinander die weiteren Bände des Romans im Manuskript zur Begutachtung ein. Schiller erlebt aus der Nähe, wie dem Freund scheinbar leicht und mühelos der große poetische Wurf gelingt. Dieser Liebling der Götter scheint von der Einbildungskraft getragen zu werden, und er, Schiller, muß befürchten, daß sie ihn im Stich läßt. Der »Wilhelm Meister« stürzt Schiller zunächst in Selbstzweifel, was zur Folge hat, daß es mit dem »Wallenstein« nicht vorangeht. Goethes Phantasie, so kommt es ihm vor, führt den Leser in ein reiches und rundes Leben voller spielerischer Bedeutung, ein Werk mit Anmut und Klugheit, das eine reizende Oberfläche zeigt und tieferen Sinn verspricht. Es durchströme ihn, schreibt Schiller, ein *Gefühl geistiger und leiblicher Gesundheit.* Und deshalb sei es ihm *peinlich, von einem Produkt dieser Art in das philosophische Wesen hineinzusehen. Dort ist alles so heiter, so lebendig, so harmonisch aufgelöst und so menschlich wahr, hier alles so strenge, so rigid und abstrakt, und so höchst unnatürlich, weil alle Natur nur Synthesis und alle Philosophie Antithesis ist.* Überhaupt sei ihm bei dieser Gelegenheit der *unendliche Abstand zwischen dem Leben und dem Räsonnement* aufgegangen, und damit auch der quälende Abstand zwischen ihm, dem eher philosophischen Kopf, und Goethe, der mit seiner Einbildungskraft das volle Leben zu gestalten versteht. *Soviel ist indes gewiß, der Dichter ist der einzige wahre Mensch, und der beste Philosoph ist nur eine Karikatur gegen ihn* (7. Januar 1795).

Trotzdem verliert sich Schiller nicht in blinder Bewunderung; Goethe, der Schillers Kunstverstand gerade im Technischen schätzt, bittet um Kritik und Verbesserungsvorschläge, und Schiller kommt dem nach. Aber es sind tatsächlich – zunächst jedenfalls – nur Details, die Schiller zu bemängeln hat. Beispielsweise beanstandet er die zu breite Darstellung des Theatermilieus und empfiehlt, die Gespräche über

Hamlet aufzulockern durch zusätzliche Handlungselemente. Goethe ist dankbar für die Teilnahme des Freundes am entstehenden Werk und ermuntert seinerseits Schiller, die Arbeit am »Wallenstein« fortzusetzen. Er will den Freund wieder ans Theater heranführen und bittet ihn deshalb, den »Egmont« für eine erneute Aufführung am Weimarer Theater zu bearbeiten. Schiller willigt ein, und wirklich gibt ihm diese Arbeit im Frühjahr 1796 wieder Zutrauen in die eigenen dichterischen, vor allem aber theaterpraktischen Fähigkeiten. So kann er Körner am 21. März 1796 melden, er habe nun endlich den *ernstlichen* Entschluß gefaßt, mit der Niederschrift des »Wallenstein« zu beginnen. Doch wieder kommt es zu Verzögerungen, verursacht durch Krankheitsanfälle und die Sorgen um den Vater und die Schwester Nanette, die beide todkrank darniederliegen. Nanette stirbt Ende März und der Vater einige Monate später im September 1796. Schiller ist tief bewegt, aber gefaßt. Denn seine eigene Krankheitsgeschichte hat ihn gelehrt, mit dem Tod wie mit etwas Vertrautem umzugehen. Und doch hindert ihn die Trauer auch, sich für das neue Werk in die passende Stimmung zu versetzen. Auch die »Horen« lenken Schiller ab. Die Zeitschrift verliert an Auflage. Prominente Autoren, unter ihnen Herder und Fichte, sind abgesprungen. Allmählich hört die Zeitschrift auf, das repräsentative Organ der kulturellen Elite zu sein. Schiller muß sich nach Texten minderer Qualität umsehen, nur um die monatliche Ausgabe zu füllen. Lieber heute als morgen würde Schiller die Zeitschrift einstellen, auch wenn er damit ein stattliches Honorar verliert. Um nicht von dieser Einnahmequelle abhängig zu sein, kümmert sich Schiller verstärkt um den von ihm herausgegebenen »Musenalmanach«, mit dem er zuletzt durch die »Xenien« einen großen finanziellen Erfolg erzielt hatte. Er nutzt seine zur Zeit seltenen *poetischen* Stimmungen, um eigene Gedichte für die nächste Ausgabe des »Almanachs« beisteuern zu können. Noch ist Schiller also in Umstände verstrickt, die ihn von der konsequenten und ausschließlichen Arbeit am »Wallenstein« abhalten.

Ende Juni 1796 erhält Schiller den letzten Band des »Wilhelm Meister«, und jetzt liest Schiller noch einmal den ganzen Roman im Zusammenhang. Er ist überwältigt: *Eine würdige und wahrhaft ästhetische Schätzung des ganzen Kunstwerks ist eine große Unternehmung. Ich werde ihr die nächsten 4 Monate ganz widmen und mit Freuden*, schreibt er am 2. Juli 1796 an Goethe. Also nochmals vier Monate Aufschub: »Wilhelm Meister« verdrängt »Wallenstein«. Nicht vier Monate, doch immerhin einen

Monat lang beschäftigt er sich ausschließlich damit und schreibt jene berühmten umfangreichen Briefe – die ersten und gewiß bedeutendsten Dokumente der Wirkungsgeschichte dieses epochalen Romans.

Den ersten dieser großen Briefe leitet Schiller mit der Bemerkung ein: *Ohnehin gehört es zu dem schönsten Glück meines Daseins, daß ich die Vollendung dieses Produkts erlebte, daß sie noch in die Periode meiner strebenden Kräfte fällt, daß ich aus dieser reinen Quelle noch schöpfen kann; und das schöne Verhältnis, das unter uns ist, macht es mir zu einer gewissen Religion, Ihre Sache hierin zu der meinigen zu machen, alles was in mir Realität ist, zu dem reinsten Spiegel des Geistes auszubilden, der in dieser Hülle lebt, und so, in einem höheren Sinne des Worts, den Namen Ihres Freundes zu verdienen.* Und dann folgt jener Satz, der die Formel ausspricht, die sich Schiller für das Verhältnis zu seinem Freunde zurechtgelegt hat, eine Formel, die Goethe als Schillers Vermächtnis nahm, weshalb er sie nach Schillers Tod in den »Wahlverwandtschaften« noch einmal zitieren wird: *Wie lebhaft habe ich*, schreibt Schiller, *bei dieser Gelegenheit erfahren, daß das Vortreffliche eine Macht ist, daß es auf selbstsüchtige Gemüter auch nur als eine Macht wirken kann, daß es, dem Vortrefflichen gegenüber keine Freiheit gibt als die Liebe* (2. Juli 1796). Es ist die Liebe, die Ressentiment und lähmenden Neid gegenüber dem Vortrefflichen verhindert. Schiller muß Goethe lieben, um sich Freiheit und Selbstvertrauen für den »Wallenstein« bewahren zu können. Und wirklich ist besonders dieser erste »Wilhelm Meister«-Brief auf einen besonders liebevollen Ton gestimmt. Die Analyse, die Schiller vorträgt, ist zwar streng, scharfsinnig und sachlich. Sie ist dabei aber so ausgefeilt und in einem solch glänzenden Stil geschrieben, daß genau diese unerhörte literarische Qualität der Analyse als Ausdruck der intellektuellen Liebe gelten kann und von Goethe auch so verstanden wurde. Diese Briefe sind ein Geschenk an den Freund. Den ersten der »Meister«-Briefe beschließt Schiller mit dem Satz: *Leben Sie jetzt wohl, mein geliebter mein verehrter Freund. Wie rührt es mich, wenn ich denke, was wir sonst nur in der weiten Ferne eines begünstigten Altertums suchen und kaum finden, mir in Ihnen so nahe ist.* Die Briefe kommen in so dichter Folge bei Goethe an, daß dieser zunächst keine Lücke findet, um ausführlich zu antworten. Fassungslos vor Entzücken schreibt Goethe am 5. Juli 1796 einen kurzen Dank: »Ihre Briefe sind jetzt meine einzige Unterhaltung ...« Zwei Tage später: »Fahren Sie fort mich mit meinem eigenen Werk bekannt zu machen«. Endlich nach einer Woche taucht Goethe aus dem Studium der Schillerschen Briefe auf und findet Besonnenheit und Distanz für eine ausführliche Antwort, die darum so bemerkenswert ist, weil Goethe darin etwas offenbart, was er selbst seine »innerste Natur« nennt. Nur dem Freund nämlich mag er seinen »realistischen Tic« gestehen, »durch den ich meine Existenz, meine Handlungen, meine Schriften den Menschen aus den Augen zu rücken behaglich finde. So werde ich immer gerne inkognito reisen, das geringere Kleid vor dem besseren wählen, und, in der Unterredung mit Fremden oder Halbbekannten, den unbedeutendern Gegenstand, oder doch den weniger bedeutenden Ausdruck vorziehen, mich leichtsinniger betragen als ich bin und mich so, ich möchte sagen, zwischen mich selbst und zwischen meine eigne Erscheinung stellen« (9. Juli 1796). Diesen »realistischen Tic« – einen Willen zur Verborgenheit, eine Scheu vor dem allzu Expliziten – macht er dafür verantwortlich, daß er gegen Schillers Rat den reichen philosophischen Gehalt des Romans nicht explizit ausgesprochen habe.

Dieser Gehalt besteht Schiller zufolge darin, daß im Roman die beiden Grundhaltungen, die des Realismus und die des Idealismus, als versöhnbar und versöhnt dargestellt werden. Schiller greift dabei auf eine Unterscheidung zurück, die er soeben in seinem Aufsatz »Über naive und sentimentalische Dichtung« getroffen hat. Danach ist Realismus im Theoretischen *nüchterner Beobachtungsgeist* und eine *Anhänglichkeit* an das Zeugnis der Sinne; im Praktischen eine *resignierte Unterwerfung unter die Notwendigkeit* der Natur und des gesellschaftlichen Zusammenlebens. Idealismus andererseits ist im Theoretischen ein *unruhiger Spekulationsgeist, der auf das Unbedingte in allen Erkenntnissen dringt, im Praktischen ein moralischer Rigorism, der auf dem Unbedingten in Willenshandlungen bestehet* (V, 770). Schiller betont, daß die einseitige Entwicklung einer der beiden Einstellungen zu Verzerrung und Entfremdung führt, und daß erst die Synthese als menschenwürdig zu gelten habe. Im »Wilhelm Meister« sieht er nun diese Synthese künstlerisch vollkommen dargestellt. In einer überaus knappen Formulierung, die von den späteren Deutungen und Kommentaren nur noch wortreich wiederholt wird, faßt Schiller die Bedeutung der Hauptfigur des Romans so zusammen: *er tritt von einem leeren und unbestimmten Ideal in ein bestimmtes tätiges Leben, aber ohne die idealisierende Kraft dabei einzubüßen* (an Goethe, 8. Juli 1796). Nicht nur die Hauptfigur, sondern den Roman insgesamt sieht Schiller von diesem realistisch-idealistischen Geist erfüllt.

Nun aber gibt Schiller zu bedenken, ob dieser Gehalt des Romans, also die Vereinigung des Idealen und Realen, vom gewöhnlichen Leser nicht vielleicht übersehen werden könnte; der Roman biete eine so reizvolle Oberfläche, daß der Blick in die Tiefe dadurch abgelenkt werde. Goethe solle noch einige Vorkehrungen treffen, damit man *klar in die Ökonomie des Ganzen blicken* könne. Die Bedeutung des Buches verlange, *daß Sie hier völlig begriffen werden.* Darauf also antwortete Goethe mit dem Bekenntnis seines »realistischen Tics«, der ihm das Indirekte, Angedeutete und eben nicht allzu Explizite nahelegt: das bedeutungsreiche Geheimnis. Ironisch macht Goethe den Vorschlag, Schiller solle doch selbst für die nötige Deutlichkeit sorgen. Vielleicht müsse man nur »den Inhalt Ihres Briefes … an die schicklichen Orte verteilen«. Da es sich nun einmal so verhält, daß ihm, Goethe, »die letzten bedeutenden Worte nicht aus der Brust wollten, so werde ich Sie bitten zuletzt, mit einigen kecken Pinselstrichen, das noch selbst hinzu zu fügen, was ich, durch die sonderbarste Natur-Notwendigkeit gebunden, nicht auszusprechen vermag« (9. Juli 1796).

Goethe will es bei der Andeutung der Bedeutung belassen, aber Schiller hört nicht auf, größere Deutlichkeit zu fordern. Doch dann vollzieht Schiller eine überraschende und auch selbstkritische Wende. Er ist bereit, im Willen zur Deutlichkeit ein Problem zu sehen. Warum überhaupt das Verlangen nach Deutlichkeit, warum wollen wir das Implizite explizit haben? Es ist, schreibt Schiller am 11. Juli 1796 an Goethe, das *Bedürfnis nach Trostgründen*, das uns nach der klaren Vernunftform und damit nach Eindeutigkeit suchen läßt. Wir streben nach Eindeutigkeit in Erkenntnis und Moral, weil uns das Mehrdeutige im Praktischen und Theoretischen beunruhigt und verunsichert. Im unheimlichen Zwielicht des gewöhnlichen Lebens greifen wir nach dem Deutlichen wie nach einem Rettungsanker. Deshalb kommen die klaren Begriffe unserem *Bedürfnis nach Trostgründen* entgegen. Die *ästhetische Geistesstimmung* indes bedarf dieses Trostes durch Deutlichkeit nicht. Sie genießt das Undeutliche: die Stimmung, die Atmosphäre, das Symbolische, das Raunende. *Die gesunde und schöne Natur braucht … keine Moral, kein Naturrecht, keine politische Metaphysik … keine Gottheit, keine Unsterblichkeit um sich zu stützen und zu halten.* Der ästhetische Mensch benötigt keine Antwort auf die großen Fragen, welche die spekulierende Vernunft stellt: was kann ich wissen, was darf ich hoffen, was soll ich tun? Der ästhetische Mensch hat so viel *Selbstständigkeit,*

Unendlichkeit in sich, daß er nicht in die Wüste der Abstraktionen gerät auf der Suche nach Halt und Orientierung. Jetzt erst versteht Schiller, warum Wilhelm Meister seinen Lebensweg mit traumwandlerischer Sicherheit zurücklegt, warum er in jedem Augenblick natürlich und zugleich vernünftig ist, weshalb er durch die »Gesellschaft vom Turm« – von der man nicht recht weiß, was es mit ihr auf sich hat – undeutlich aber bestimmt geführt wird, weshalb hier Zufall und Notwendigkeit verschwimmen. Es ist die *ästhetische Geistesstimmung,* die all dies bewirkt und auch die Frage beantwortet, warum der Roman im einzelnen deutlich und prägnant ist, im ganzen aber ins Grenzenlose verdämmert.

Im Zuge dieser Überlegungen, mit denen Schiller jener »Dunkelheit« auf die Spur kommen will, von der Goethe bereits in einem seiner ersten Briefe vom 27. August 1794 gesprochen hat, tastet sich Schiller vor zu einem deutlicheren Verständnis des Sinnes von Undeutlichkeit. Philosophie, die auf Klarheit und Begriffsschärfe aus ist, kann die Lebenskeime, die auf Dunkelheit und Unbewußtheit angewiesen sind, zerstören. Eine Philosophie, welche diese Gefahr erkennt, wäre eine Philosophie in der zweiten Potenz, eine Philosophie also, die ihre eigene Gefährlichkeit – die Verführung durch sich selbst – zum Thema macht. Philosophie ist nötig, um den Schaden, den sie anrichtet, in Grenzen zu halten, oder mit den Worten Schillers: *denn nur die Philosophie kann das Philosophieren unschädlich machen* (11. Juli 1796).

Bei seinen Reflexionen über »Wilhelm Meister« stößt Schiller auf die paradoxe Gestalt des Philosophierens: es sind philosophische Überlegungen, die das Philosophieren daran hindern können, nach der Macht zu greifen. Mit philosophischen Mitteln wird gegen die philosophische Versuchung durch das Ideal der vollkommenen Transparenz gedacht. Dem Eigensinn des Lebendigen zuliebe dient philosophische Reflexion der Selbstbegrenzung. Das ist ein zweites Denken, wodurch das Denken sich vor sich selbst schützt. Dieses zweite Denken ist also genau diese Philosophie in der Potenz: sie wendet sich auf sich selbst zurück und bemerkt die Fragwürdigkeit des Willens zur Deutlichkeit.

Dieses zweite Philosophieren, welches den Eigensinn des Lebens gegen den Eigensinn des Denkens verteidigt, entdeckt Schiller nicht zufällig in dem Augenblick, da er im Begriff ist, von der Philosophie wieder zum großen Theater überzuwechseln, von der Welt der rationalen Begründungen zur Welt der ästhetischen Behauptungen.

Am 22. Oktober 1796 also beginnt Schiller, laut Kalenderbucheintragung, mit der Arbeit am »Wallenstein«. Er beschließt, daß die Vorarbeit nun ein Ende haben und die Zeit der endgültigen Niederschrift beginnen soll. Aber als hätte er sich mit seiner Entschlossenheit überfordert, schreibt er am nächsten Tag, dem 23. Oktober, an Goethe: *Zwar habe ich den Wallenstein vorgenommen, aber ich gehe noch immer darum herum, und warte auf eine mächtige Hand, die mich ganz hineinwirft.* Wenige Tage später fängt er wirklich mit dem Schreiben an, stockt dann wieder und vertieft sich erneut in die historischen Quellen. Am 13. November 1796 schreibt er an Goethe: *Je mehr ich meine Ideen über die Form des Stücks rektifiziere, desto ungeheurer erscheint mir die Masse, die zu beherrschen ist, und wahrlich, ohne einen gewissen kühnen Glauben an mich selbst würde ich schwerlich fortfahren können.*

In einem Brief an Körner vom 28. November 1796 benennt er noch deutlicher die Widerstände, mit denen er zu kämpfen hat. Es ist nicht nur die ungeheure Masse des Stoffes, die zu bewältigen, das heißt in eine dramatische Form zu bringen ist. Der Stoff selbst ist im *höchsten Grade ungeschmeidig.* Eigentlich ist er für die Dramatisierung überhaupt ungeeignet. Da gibt es verwickelte Staatsaktionen. Was aber kann unpoetischer sein als solche Intrigen, zersplitterte Handlungen, Winkelzüge, Beratungen, Räsonnements? Da gibt es das Militär, die Machtbasis Wallensteins. Es ist eine *unendliche Fläche, die ich nicht vors Auge und nur mit unsäglicher Kunst vor die Phantasie bringen kann.* Wallenstein ruht auf der Armee und stürzt durch die politischen Machinationen; beides aber, die Armee und die Politik, lassen sich schlecht auf die Bühne bringen. Und dann die Gestalt Wallensteins selbst. *Sein Charakter ist niemals edel.* Und doch ist er *kolossal*, es gibt keinen ebenbürtigen Gegenspieler. Schiller stellt die Schwierigkeiten so drastisch dar, daß man sich fragt, warum er denn ausgerechnet aus diesem *ungeschmeidigen* Stoff ein Stück machen will. *Es ist mir fast alles abgeschnitten, wodurch ich diesem Stoffe nach meiner gewohnten Art beikommen könnte, von dem Inhalt habe ich fast nichts zu erwarten.* Warum also sucht er diese Schwierigkeiten?

Die Antwort steckt in dem Begriff, den er Goethe gegenüber verwendet: er will die ungeheure Materie *beherrschen.* Es geht um Macht, näherhin um die künstlerische Macht, die Macht der Form: *alles muß durch eine glückliche Form bewerkstelligt werden.* Triumphieren soll die Meisterschaft der künstlerischen Form als Wille zur Macht.

Und so kommt es, daß Schillers »Wallenstein«-Projekt in dreifacher Hinsicht mit dem Willen zur Macht zu tun hat.

Da ist der Wille zur Macht über das Publikum. Schiller drängt es zum Theater zurück, zu jenen großen Augenblicken, *wo die Herzen so vieler Hunderte, wie auf den allmächtigen Schlag einer magischen Rute, nach der Phantasie eines Dichters beben* (I, 754).

Da ist der Wille zur Macht als Herrschaft der künstlerischen Form über einen spröden und ungeheuren Stoff.

Und da ist schließlich der Wille zur Macht als Thema und Problem des Stückes.

Was die Macht über das Publikum betrifft: sie kostet er im voraus aus, und sie treibt ihn zur Vollendung des Stückes. Er wird sie bei den späteren triumphalen Aufführungen genießen können, in Weimar und vor allem in Berlin. Mit dem »Wallenstein« wird er seinen Ruf als »deutscher Shakespeare« festigen. Der beispiellose und viel bewunderte Erfolg wird ihm Kraft, Schwung und Selbstbewußtsein geben, wodurch es ihm möglich wird, in schneller und fast schon atemloser Folge die großen »klassischen« Dramen, von »Maria Stuart« bis »Wilhelm Tell« und »Die Braut von Messina« auf die Bühne zu bringen. Mit dem »Wallenstein« und den folgenden Stücken wird er die Muster deutscher Dramenkunst schaffen, an denen die späteren Generationen werden Maß nehmen müssen.

Was die Macht als künstlerische Bewältigung des ungeheuren Stoffes betrifft, so erfindet Schiller Kunstgriffe, die es ihm erlauben, das komplizierte Geschehen in einigen Handlungssträngen zu verdichten und die atmosphärischen und gesellschaftlichen Hinter- und Untergründe anschaulich werden zu lassen. Besonders ist hier die Erfindung von »Wallensteins Lager« zu nennen, worauf der Autor auch einigermaßen stolz war. Keine Exposition im üblichen Sinne, sondern eine vorausgehende Erklärung für Wallensteins Aufstieg, Größe und Sturz. *Sein Lager nur erkläret sein Verbrechen*, heißt es im Prolog. In »Wallensteins Lager« wird diejenige *Welt im Ganzen* sichtbar, in deren Mitte das große Drama spielen wird. Hätte Schiller einzelne Lagerszenen zwischen das Drama hinein verteilt, würde die Aufmerksamkeit zersplittert worden sein. *Es ist der Geist, der sich den Körper baut,* heißt es von Wallenstein. Das »Lager« ist genau jener Körper, den sich Wallenstein geschaffen und der ihn zugleich hervorgebracht hat. Die Tragödie wird dann darin bestehen, daß dieser ›Körper‹ sich schließlich entzieht, seiner eigenen Dynamik folgt und für seinen ›Schöpfer‹ zum Verhängnis wird. Zu Schillers Kunstgriffen gehört auch, daß er die Handlung an einem Punkt einsetzen läßt, der bereits die eigentliche Peripetie voraussetzt, die Umkehr von der Aufwärts- zur Abwärtsbewegung, nur hat Wallenstein davon noch nichts bemerkt. Er ist noch im Vollgefühl seiner Macht, und doch hat sein Absturz schon begonnen. Aus der langen, verwickelten Geschichte Wallensteins schneidet Schiller einige wenige Tage heraus, den Zeitabschnitt kurz vor seiner Ermordung. Wallenstein stürzt in dem Augenblick, da er glaubt, mit seinem Verrat am Kaiser und mit seinem Übertritt zu den Schweden ein neues, womöglich das grandioseste Kapitel seines Wirkens aufgeschlagen zu haben. Aber er täuscht sich.

Es ist Anfang des Jahres 1634, nur einige Wochen vor seiner Ermordung am 25. Februar 1634. Die Stationen der beispiellosen Karriere des Generalissimus werden in Gesprächen angedeutet. Wallenstein, ein ostböhmischer Edelmann, der vor Beginn des Großen Krieges auf die Seite des Kaisers getreten war gegen die böhmischen Rebellen; der für seine militärischen und politischen Dienste mit riesigen Landgütern belohnt wurde und den militärischen Oberbefehl in Böhmen erhielt; der für den Kaiser 1625 eine gewaltige Armee aus dem Boden stampfte, wie sie das Zeitalter bisher noch nicht gesehen hatte; der dabei nach dem Prinzip verfährt, daß der Krieg sich selbst ernähren muß: die Truppen erpressen ihre Lebensmittel bei Freund und Feind. Wallenstein erobert Schlesien, Holstein, Schleswig und Mecklenburg. Triumphale Siege über die Mansfeldischen und dänischen Truppen. Wallenstein, inzwischen Herzog von Friedland und von Mecklenburg, steigt zum mächtigsten Reichsfürsten auf und macht sich wegen seiner bevorzugten Stellung beim Kaiser die übrigen katholischen Reichsfürsten zu Feinden. Auch dem Kaiser wird dieser Gewaltmensch unheimlich. Auf dem Kurfürstentag in Regensburg 1630 enthebt der Kaiser auf Druck der katholischen Reichsfürsten Wallenstein seines Kommandos. Nachdem die Katholischen unter Tilly von den vereinigten Protestanten unter dem Schwedenkönig Gustav Adolf vernichtend geschlagen worden sind, bietet der Kaiser 1631 hilfesuchend Wallenstein das zweite Generalat an. Wieder bringt Wallenstein eine gewaltige Heeresmacht zusammen, über die er unbeschränkt verfügt. Seine Armee wird zu einem beweglichen Staat im Staat. Der Kaiser ist nicht stark genug, ihm die weitreichenden Vollmachten, militärstrategische, juristische und politische, zu verwehren. Nach dem Erfolg in der Schlacht bei Lützen im November 1632, wo Gustav Adolf fällt, ergibt sich wieder dieselbe Situation wie beim ersten Generalat: der erste Diener des Kaisers scheint sich zum Herrn über den Kaiser aufzuschwingen. Wallenstein verschließt sich den Wünschen des Kaisers. Er bleibt im Winter 1633/34 mit seiner Armee in Böhmen und weigert sich, dem bayerischen Herzog gegen die Schweden zu helfen und den Bruder des spanischen Königs bei seinem Zug von Mailand nach Flandern mit Truppen zu unterstützen. In Wien hegt man den Verdacht, daß Wallenstein eine eigene Politik verfolgt. Will er die Seite wechseln, sich mit den Schweden verbünden, auf eigene Faust einen Reichsfrieden zustande bringen und sich ein Königreich Böhmen schaffen?

In diesem schicksalsträchtigen Winter 1633/34 befindet sich Wallenstein bei seiner Armee in Pilsen, während in Wien seine Absetzung und Ächtung bereits beschlossene Sache ist, aber geheimgehalten wird, solange er die verräterischen Schritte, die man von ihm erwartet, noch nicht unternommen hat. Dies ist die Ausgangssituation des Dramas.

Welches sind die wirklichen Absichten Wallensteins? Schiller versteht es meisterhaft, die Antwort auf diese Fragen über lange Zeit offenzuhalten. So bleibt Wallenstein eine rätselhafte Figur, auf die sich weder Freund noch Feind einen Reim machen können. Wallenstein zu seinem General Terzky: *Und woher weißt du, … Daß ich nicht euch alle / Zum Besten habe? Kennst du mich so gut? / Ich wüßte nicht, daß ich mein Innerstes / Dir aufgetan – … / Es macht mir Freude, meine Macht zu kennen* (»Die Piccolomini«, Vers 861–868; II, 343).

In »Wallensteins Lager« schwirrt es nur so von Gerüchten und Mutmaßungen über die Pläne des Feldherrn, der in diesem ersten Stück noch gar nicht auftritt. Er wirkt aus der Ferne, und darum wirkt er um so mächtiger in seiner abwesenden Anwesenheit. Er muß offenbar nicht physisch anwesend sein, um die Gedanken, Wünsche und Phantasien seiner Soldaten an sich zu binden. Ehe Wallenstein wirklich auftritt, wirft er seinen riesengroßen Schatten auf jene Welt, die ihm zugehört, weil sie auf ihn hört. »Wallensteiner« sollte das erste Stück ursprünglich heißen. Es ist Wallensteins persönliche, charismatische Macht, die ein Kraftfeld schafft, das keinen unberührt läßt und viele verwandelt. Max Piccolomini spricht das Geheimnis dieser Wirkung aus: *Und eine Lust ists wie er alles weckt / Und stärkt und neu belebt um sich herum, / Wie jede Kraft sich ausspricht, jede Gabe / Gleich deutlicher sich wird in seiner Nähe! / Jedwedem zieht er seine Kraft hervor, / Die eigentümliche, und zieht sie groß, / Läßt jeden ganz das bleiben, was er ist, / … so weiß er aller Menschen / Vermögen zu dem seinigen zu machen* (»Die Piccolomini«, Vers 424–433)

Diese Macht schüchtert nicht nur ein, sie ermuntert auch: *Jedwedem zieht er seine Kraft hervor.* Das gilt, wie sich in »Wallensteins Lager« beobachten läßt, für die verschiedenen Charaktere: der Wachtmeister ahmt seinen Feldherrn nach in der Art wie er geht, steht, sich räuspert und spricht; andere, wie den Ersten Jäger, ermuntert er zur Tollkühnheit: *Da tret ich auf mit beherztem Schritt, / Darf über den Bürger kühn wegschreiten, / Wie der Feldherr über der Fürsten Haupt* (»Wallensteins Lager«, Vers 312–314; II, 287). In dieser Armee eines Emporkömmlings werden die Tüchtigen belohnt. Hier gelten, wie später in der Armee Napoleons, nicht die alten Hierarchien, sondern die neuen Karrieren.

Das »Lager« steht unter dem Bann des Feldherrn und unter der Magie seines Willens, auch wenn man nicht genau weiß, was er will. Der Erste Jäger erklärt: *Ein Reich von Soldaten wollt er gründen, / Die Welt anstecken und entzünden, / Sich alles vermessen und unterwinden* – (332–334). Dem Wachtmeister aber ist das zu wild und landsknechthaft. Ihm hilft der Feldherr dabei, einen *neuen Menschen* (416) anzuziehen, der sich einer *würdigen Menge* (418) anschließen kann. Der eine fühlt sich von Wallenstein zur soldatesken Anarchie, der andere zur edlen Ordnung aufgerufen. Nur in einem Punkt stimmen alle überein: Krieg, soldatisches Leben, Gewalt ist ihnen nicht ein Mittel, sondern ein Zweck; nicht eine bedauerliche Lebensphase, sondern eine erwünschte Lebensform, der Daseinszweck des freien Mannes: *Der dem Tod ins Angesicht schauen kann, / Der Soldat allein ist der freie Mann … Und setzet ihr nicht das Leben ein, / Nie wird euch das Leben gewonnen sein* (1064–1107). Wofür setzen sie das Leben ein? Nicht fürs *Vaterland* (»Die Piccolomini«, Vers 225), nicht für den *Kaiser*, nicht für das *Reich*, sondern für sich selbst und für Wallenstein, ihren *Soldatenvater* (»Wallensteins Lager«, Vers 1034). Sie würden den *Respekt, die Neigung, das Vertraun* (242) nicht auf den *ersten besten* verpflanzen, den ihnen der Kaiser schickt. Ein persönliches Verhältnis verbindet sie mit ihrem Feldherrn: sie sind der Leib, er ist ihr Geist, und so vereint, wollen sie sich schlagen. Wenn ihnen der Kapuziner im Stile des Abraham a Sancta Clara ins Gewissen redet, so lassen sie sich alles gesagt sein, daß sie zuviel saufen, huren, stehlen; daß sie den Kaiser nicht ehren und es mit der Religion nicht so genau nehmen. Aber wenn er ihren Feldherrn angreift: *Kömmt doch das Ärgernis von oben! / Wie die Glieder, so auch das Haupt! / Weiß doch niemand, an wen* der *glaubt!* (»Wallensteins Lager«, Vers 592–594), dann ist ihre Geduld am Ende und sie stopfen dem Prediger das *Lästermaul.*

Wenn die Soldaten sich für Wallenstein schlagen wollen, wofür schlägt sich dann aber Wallenstein selbst? Für ihn sind Armee und Krieg kein Selbstzweck, sondern Mittel zum Zweck. Er hat zweifellos seine politischen Ziele. Aber welche? Die Soldaten wissen es nicht. Aber auch nicht seine Generäle, die ihm näher stehen. Im zweiten Stück, den »Piccolomini«, drängen Terzky, Illo und Isolani den Feldherrn zur Entscheidung. Sie unterstützen ihn bei seiner Weigerung, dem Ansinnen des Kaisers (die Truppenbegleitung für den spanischen Infanten) zu folgen. Aber will Wallenstein wirklich den Bruch mit dem Kaiser riskieren und wird er auf die schwedisch-protestantische Seite überwechseln? Terzky, sein Schwager, drängt ihn dazu. Ihm antwortet Wallenstein: *Mich soll das Reich als seinen Schirmer ehren, / Reichsfürstlich mich erweisend, will ich würdig / Mich bei des Reiches Fürsten niedersetzen. / Es soll im Reiche keine fremde Macht / Mir Wurzel fassen, und am wenigsten / Die Goten sollens, diese Hungerleider, / Die nach dem Segen unsers deutschen Landes / Mit Neidesblicken raubbegierig schauen. / Beistehen sollen sie mir in meinen Planen, / Und dennoch nichts dabei zu fischen haben* (»Die Piccolomini«, Vers 835–844).

An diesen Ausspruch Wallensteins knüpft sich die »vaterländische« Interpretation des Dramas. Danach habe Wallenstein als Vertreter der Reichsidee im zersplitterten und zerstrittenen Deutschland zu gelten, als verhinderter Friedensstifter und Friedensfürst, der sich im Gestrüpp der kaiserlichen und schwedisch-protestantischen Machinationen verfängt und mit seinen löblichen Absichten tragisch scheitert. Solche Interpretationen glauben, Wallensteins Absichten aus Äußerungen ablesen zu können, die dieser bei bestimmten Gelegenheiten macht. Bei anderer Gelegenheit aber spricht Wallenstein anders. Dann ist nicht von Friede und Reich die Rede, sondern von den eigenen Machtambitionen: *Es macht mir Freude, meine Macht zu kennen* (»Die Piccolomini«, Vers 868). Er will sich ein Königreich Böhmen verschaffen und weiß, daß es ein *verbrecherischer* Weg war, der ihn zu seiner starken Armee und in seine gegenwärtige Machtstellung geführt hat, und daß er, um sich behaupten zu können, auf diesem Weg wird fortschreiten müssen: *Es übte dieser Kaiser / Durch meinen Arm im Reiche Taten aus, / Die nach der Ordnung nie geschehen sollten. / Und selbst den Fürstenmantel, den ich trage, / Verdank ich Diensten, die Verbrechen sind* (»Wallensteins Tod«, Vers 622). Die Gesetze der alten Ordnung verurteilen ihn, er aber will eine neue Ordnung schaffen, von der nur so viel klar ist, daß sie seine Machtstellung garantieren und die üblen Methoden, mit denen er sie errungen hat, nachträglich rechtfertigen soll. Es gibt also Augenblicke, da weiß Wallenstein, daß er ein Usurpator ist, zwar der Abgott seiner Soldateska aber eine *Geißel* für die übrige Menschheit.

Es ist die Gräfin Terzky, die aus eigenem Ehrgeiz den zögernden Wallenstein anstachelt: er sei anders als die anderen, ein Machtmensch aus eigenem Recht. Seine Stärke liege in der Übereinstimmung mit sich selbst. Du warst im Recht, sagt sie zu ihm, *als du vor acht Jahren / Mit Feuer und Schwert durch Deutschlands Kreise zogst, / Die Geißel schwangest über alle Länder, / Hohn sprachest allen Ordnungen des Reichs, / Der Stärke fürchterliches Recht nur übtest, / Und jede Landeshoheit niedertratst ...* (603–608) Damals hatte er für den Kaiser Unheil über das Land gebracht, jetzt soll er es auf eigene Rechnung tun. Wenn er seine Armee nicht auf die gegnerische Seite führt, wird sie ihm vom Kaiser genommen werden, sagt sie. Er habe nur die Wahl zwischen Verrat aus eigener Machtvollkommenheit oder demütigendem Gehorsam gegenüber Wien. Sie rückt ihm das Bild eines ohnmächtigen ehemaligen Herrenmenschen vor Augen, der auf seinen Besitzungen ohne Ehrgeiz den sanften Frieden genießt. Damit wäre erwiesen, daß er doch nichts anderes sei als einer dieser *neuen Menschen ..., die der Krieg emporgebracht* (517–518) und wieder in die Bedeutungslosigkeit gestürzt hat. Das Schreckbild tut seine Wirkung. Wallenstein: *Doch eh ich sinke in die Nichtigkeit, / So klein aufhöre, der so groß begonnen, / Eh mich die Welt mit jenen Elenden / Verwechselt, die der Tag erschafft und stürzt, / Eh spreche Welt und Nachwelt meinen Namen / Mit Abscheu aus, und Friedland sei die Losung / Für jede fluchenswerte Tat* (531–537).

Jetzt ist nicht mehr von den erhabenen Ideen des Friedens und der Reichseinheit die Rede, jetzt geht es nur noch um die Behauptung der eigenen Macht. Was genau aber bedeutet ›Macht‹ und der Wille zur Macht für Wallenstein?

Selbstverständlich ist für Wallenstein ›Macht‹ zunächst einmal nichts anderes als die Kraft, seinen Willen politisch und gesellschaftlich herrschend werden zu lassen. Macht bedeutet Wirken-Können. Wallenstein: *Wenn ich nicht wirke mehr, bin ich vernichtet* (528). Doch sein Zögern vor der Entscheidung verrät noch eine andere Bedeutung der Macht. Der Machtmensch Wallenstein ist wie Hamlet auch ein Möglichkeitsmensch. Er will Herr über seine Handlungsmöglichkeiten bleiben. Die Wirklichkeit ist demgegenüber eine Verengung, sie reduziert die Möglichkeiten. Sie ist das, was übrig bleibt, wenn der Reichtum der Möglichkeiten durch das Nadelöhr der Entscheidung gezogen wird. Die Wirklichkeit, für die man sich entschieden hat, nimmt gefangen und verstrickt einen in die unabhängige Logik der Tatsachen, auch wenn man selbst es war, der sie geschaffen hat. Deshalb zögert Wallenstein. Er will sich seine Optionen bewahren. Als Machtmensch will er handeln und scheut doch die Unumkehrbarkeit des Handelns. Er will beides zugleich sein, Machtmensch und Möglichkeitsmensch.

Es ist ein Geniestreich Schillers, auf dem Höhepunkt des Dramas, das von der Dynamik der Handlung lebt, Wallenstein in dem großen Monolog das Geheimnis seiner Handlungshemmung aussprechen zu lassen. Der Wille zur Macht krümmt sich in sich selbst zurück und wird grüblerisch: *Wärs möglich? Könnt ich nicht mehr, wie ich wollte? / Nicht mehr zurück, wie mirs beliebt? Ich müßte / Die Tat vollbringen, weil ich sie gedacht / … / In dem Gedanken bloß gefiel ich mir; / Die Freiheit reizte mich und das Vermögen. / Wars unrecht, an dem Gaukelbilde mich / Der königlichen Hoffnung zu ergötzen? / Blieb in der Brust mir nicht der Wille frei, / Und sah ich nicht den guten Weg zur Seite, / Der mir die Rückkehr offen stets bewahrte? / Wohin denn seh ich plötzlich mich geführt? / Bahnlos liegts hinter mir, und eine Mauer / Aus meinen eignen Werken baut sich auf, / Die mir die Umkehr türmend hemmt! – / … / In meiner Brust war meine Tat noch mein: / Einmal entlassen aus dem sichern Winkel / Des Herzens, ihrem mütterlichen Boden, / Hinausgegeben in des Lebens Fremde, / Gehört sie jenen tückschen Mächten an, / Die keines Menschen Kunst vertraulich macht* (139–191).

Entscheidungen sind unwiderruflich: sie schaffen eine *Mauer aus meinen eigenen Werken*, sagt Wallenstein. Sie versperren den Rückweg in die Möglichkeit. Entscheidungen führen den eigenen Faden in die unabsehbare Textur des Wirklichen ein, sie verstricken sich damit in des *Lebens Fremde*. Wer handelt, muß sich entfremden. Niemals wird er sich in seinen Taten vollkommen wiedererkennen, und schon gar nicht in den verwickelten Konsequenzen, die sich daraus ergeben.

Es ist ausführlich darüber gestritten worden, ob die Wallenstein-Trilogie wirklich als Tragödie gelten kann. Schiller selbst hatte zu Anfang seine Zweifel. An Goethe schrieb er am 28. November 1796, die *Tragödien-Ökonomie* sei noch nicht realisiert, *das eigentliche Schicksal tut noch zu wenig, und der eigene Fehler noch zuviel zu seinem Unglück*. Es ist dann doch eine veritable Tragödie daraus geworden, allerdings in einem modernen Sinn. Transzendente Schicksalsmächte spielen keine Rolle – Wallensteins Sternenglaube ist zwar kein blindes Motiv, aber auch kein konstitutives. In keinem Fall macht Wallenstein seine Entscheidungen von der Sternenkonstellation abhängig. Schiller verwendete das astrologische Motiv nach dem Rat Goethes als Symbol der Verknüpfung menschlichen Handelns mit dem »ungeheuren Weltganzen« (8. Dezember 1798). Für Schiller zeigt sich das »ungeheure Weltganze« in der Verstrickung ins Menschengeflecht. Daß der Täter sich seiner Tat entfremdet und daß sie über den Umweg durch dieses »ungeheure Weltganze« schließlich zerstörerisch auf ihn zurückwirkt – das ist für Schiller das tragische Motiv. Wallenstein hat mit dem Verrat gespielt, halb noch in seinem Herzen, halb schon in der Wirklichkeit. Und dann verwickelt ihn die Wirklichkeit so, daß er nicht mehr Herr seines Spiels ist.

Wallenstein hat keinen gleichwertigen Gegenspieler. Der Wiener Gesandte Questenberg und Octavio Piccolomini sind nicht als Einzelfiguren stark, sondern sie vertreten lediglich eine Sache, die sich am Ende als die stärkere herausstellt. Wallenstein ist gewaltig auch dann noch, wenn es mit ihm zu Ende geht. Unvergeßlich, wie er sich kurz vor seiner Ermordung nichtsahnend und doch mit dunklem Hintersinn von Gordon, einem Gefährten aus der Jugendzeit, verabschiedet, der in die Mordpläne eingeweiht ist: *Gut Nacht, Gordon! / Ich denke einen langen Schlaf zu tun, / Denn dieser letzten Tage Qual war groß, / Sorgt, daß sie nicht zu zeitig mich erwecken* (3676–3679).

Schiller hat die beherrschende Stellung Wallensteins so lange als Schwäche seines Stückes angesehen, bis es ihm mit der Einführung der Figur des Max Piccolomini und dessen Liebe zu Thekla, Wallensteins Tochter, gelang, eine Gegenwelt jenseits von Politik und Krieg zu schaffen. Für Max Piccolomini gibt es kein historisches Vorbild. Diese Figur ist eine reine Erfindung nach dem Geschmack Schillers. Er hat etwas von der Gefühlsseligkeit des Don Karlos und vom *Ideenschwung* des Marquis Posa. Er ist ein tapferer Soldat, auch ein Geschöpf von

Wallensteins Lager, wo er groß geworden ist. Wallenstein hat sich seiner wie ein Vater angenommen, und Max liebt den Feldherrn wie seinen Vater. Geistig wurzelt er in der alten Ordnung, an deren Spitze er den Kaiser unumstritten thronen sieht. Max Piccolomini ist kühn, aber kein Rebell. Der bewunderte und geliebte Wallenstein gilt ihm als der erste Diener des Kaisers, nicht weniger, aber auch nicht mehr. Max ist nicht bereit, seinem Ziehvater in den Verrat zu folgen, aber, anders als sein wirklicher Vater Octavio, kann er auch nicht gegen ihn kämpfen: *Das Herz in mir empört sich, es erheben / Zwei Stimmen streitend sich in meiner Brust, / In mir ist Nacht, ich weiß das Rechte nicht zu wählen* (2279). Er wird am Ende doch gegen die Schweden, mit denen Wallenstein inzwischen im Bündnis steht, kämpfen, aber nicht um zu siegen, sondern um zu sterben. Die *zwei Stimmen* in seiner Brust, von denen die eine ihn zu Wallenstein und die andere zum Kaiser hinzieht, streiten um so heftiger in ihm, weil die Liebesgeschichte mit Thekla hinzukommt. Die verliebten Gefühle lassen ihm zum ersten Mal die Aussicht auf den Frieden verlockend erscheinen. Für einen Augenblick öffnet sich dem Soldaten die sonst geschlossene Sphäre von Krieg und Tapferkeit. Max, der Verliebte, träumt von einem Leben nach dem Krieg, wenn die kriegerischen Tugenden sich umwandeln in zivile Tüchtigkeit. Er traut Wallenstein zu, daß er diesen Umschwung, der die verliebten Gefühle begünstigt, herbeiführen könnte: *Er wird den Ölzweig in den Lorbeer flechten, / Und der erfreuten Welt den Frieden schenken. / … / Ja, wenn die kühne Kraft nicht ruhen kann, / So mag er kämpfen mit dem Element, / Den Fluß ableiten und den Felsen sprengen, / Und dem Gewerb die leichte Straße bahnen. / Aus unsern Kriegsgeschichten werden dann / Erzählungen in langen Winternächten* – (»Die Piccolomini«, Vers 1656–1676).

Diese Träume zerstieben. Nicht nur, daß Wallenstein nicht die Rolle des Friedensfürsten spielt, er billigt auch nicht den Liebesbund zwischen Max und Thekla. Seine dynastischen Interessen sind stärker als seine persönliche Zuneigung für Max. Wallenstein will Thekla politisch gewinnbringend verheiraten, die Liebe als Passion hat in seinem Weltbild keinen Platz. Thekla sieht die Dinge illusionsloser als Max: sie durchschaut das Spiel, bemerkt, daß man Maxens Verliebtheit nutzen will, um ihn fester an Wallenstein zu binden, und sie ahnt, daß man eine wirkliche Verbindung zwischen ihnen hintertreiben wird. In ihrem Monolog spricht sie es aus: *Das ist kein Schauplatz, wo die Hoffnung wohnt, / Nur dumpfes Kriegsgetöse rasselt hier, / Und selbst die Lie-*

be, wie in Stahl gerüstet, / Zum Todeskampf gegürtet, tritt sie auf (1895–1898).

Auch die Liebe wird in diesem *Todeskampf* unterliegen, Thekla stirbt ebenso wie Max. Es erfüllt sich, was Thekla schon früher geahnt hat: *Das Herz ist gestorben, die Welt ist leer, / Und weiter gibt sie dem Wunsche nichts mehr* (1762–1763).

Die Spiele der Macht entleeren die Welt. Ein Mächtiger geht unter und reißt alle mit, die ihm anhängen. Es siegt dabei keine höhere Ordnung, kein höherer Zweck. Hegel erschrak über den Abgrund von Nihilismus in diesem Stück. Eine solche triumphale Düsternis hätte er dem idealistischen Schiller nicht zugetraut. Nach der Lektüre der Buchfassung des Stückes schreibt er im Jahre 1801: »Der unmittelbare Eindruck … ist trauriges Verstummen über den Fall eines mächtigen Menschen, unter einem schweigenden und tauben Schicksal. Wenn das Stück endigt, so ist Alles aus, das Reich des Nichts, des Todes hat den Sieg behalten; es endigt nicht als Theodizee«. Das sollte es auch nicht. Mit dem »Wallenstein« brachte Schiller eine Welt ohne Trost grandios auf die Bühne. Bei der Arbeit wandelten ihn bisweilen düstere Stimmungen an. Aber da ist sie wieder – die *ästhetische Geistesstimmung*, die sich dadurch nicht anfechten läßt. Denn Schiller erfüllen Stolz und Hochgefühle, als sein ästhetischer Gestaltungswille schließlich doch über den nicht nur spröden, sondern auch traurigen Stoff triumphierte. *Es ist mir in meinem Leben nichts so gut gelungen,* schreibt er am 5. Januar 1798 an Cotta, und am selben Tag an Goethe: *Ich finde augenscheinlich, daß ich über mich selbst hinausgegangen bin, welches die Frucht unseres Umgangs ist.*

Schiller hatte in jeder Phase der Arbeit den Rat Goethes gesucht. Und der war es auch, der im September 1798 empfahl, den »Wallenstein« zu unterteilen in die drei Stücke »Wallensteins Lager«, »Die Piccolomini« und »Wallensteins Tod«. Am 21. Oktober 1798 fand die Uraufführung von »Wallensteins Lager« zur festlichen Eröffnung des umgebauten Theaters in Weimar statt. Am 30. Januar 1799 dann die Uraufführung der »Piccolomini«; wieder wird das Ereignis mit einem festlichen Akt verbunden: man feiert den Geburtstag der Weimarer Herzogin Luise. Von nun an fiebert man in Weimar und Berlin, wo Iffland die »Piccolomini« inzwischen auch schon aufgeführt hat (das »Lager« wurde wegen politischer Bedenken zurückgestellt), dem abschließenden Stück »Wallensteins Tod« entgegen. Die Uraufführung in

Weimar am 20. April 1799 und die Berliner Premiere am 17. Mai 1799 sind ein spektakulärer Erfolg. Sogar bei den Schlegels spricht man mit Bewunderung vom »Wallenstein«. Das allgemeine Publikum und die Kritik sind sich bald einig: der »Wallenstein« ist das bisher größte Theaterereignis in Deutschland. Das Stück wird, davon ist man überzeugt, noch für viele Generationen als Muster und Vorbild dienen.

Schiller war also eindrucksvoll zum Theater zurückgekehrt. Für die Vorbereitung der Aufführungen war er in den letzten Monaten häufig nach Weimar herübergekommen. Da er nun im Vollgefühl seiner Kraft eine Serie weiterer Stücke plante – »Maria Stuart« war sein nächstes Projekt –, begann er eine Übersiedlung nach Weimar zu erwägen, um dem dortigen Theater und auch um Goethe näher zu sein.

Die Zusammenarbeit der beiden war in den letzten Jahren immer intensiver geworden. Man nimmt regen Anteil an den alltäglichen Lebensumständen des anderen. Um so erstaunlicher, daß Schiller niemals Grüße an Christiane Vulpius bestellen läßt. Goethes Liebesleben erschien Schiller ein wenig unordentlich. Goethe besuchte Schiller während seiner Aufenthalte in Jena fast täglich. Gegen vier oder fünf Uhr pflegte er zu kommen; fast immer brachte er ein kleines Geschenk für die Küche mit, einen Hecht, Erdbeeren, Gemüse oder einen Hasen; manches Mal auch Spielsachen für die Kinder – den inzwischen fünfjährigen Karl Friedrich Ludwig und den am 11. Juli 1796 geborenen Ernst Friedrich Wilhelm. Da er um die Gesundheit seines Freundes besorgt war, überredete er ihn zu Spaziergängen. Dann sah man die beiden Arm in Arm am Ufer der Saale wandeln, im Laubengang des »Paradieses«, so nannte man den Park an den Flußauen. Schiller in soldatisch steifer Haltung überragte den inzwischen korpulenten Begleiter. Schiller war jetzt stets sorgfältig gekleidet. »Er trug gewöhnlich«, berichtet ein Augenzeuge, »einen grauen Überrock, den feinen weißen Hemdkragen offen, das rötlich-blonde Haar sorgfältig zurückgeschlagen – überhaupt war eine gewisse Achtsamkeit in der Kleidung, jedoch ohne alle pedantische Übertreibung, bei ihm nicht zu verkennen«. Ein anderer Zeitgenosse, Rittmeister von Funck, erzählt, wie es zuging, wenn Goethe bei Schiller zu Besuch war: »Gewöhnlich tritt er schweigend herein, setzt sich nieder, stützt den Kopf auf, nimmt auch wohl ein Buch oder einen Bleistift und Tusche und zeichnet. Diese stille Szene unterbricht etwa der wilde Junge einmal, der Goethen mit der Peitsche ins Gesicht schlägt, dann springt dieser auf, zaust und schüttelt das Kind, schwört, daß er ihn einmal wurzeln oder mit seinem Kopf Kegeln schieben müsse, und ist nun, ohne zu wissen wie, in Bewegung gekommen. Dann folgt gewöhnlich ein interessanter Diskurs, der oft bis in die Nacht fortdauert. Auf alle Fälle taut er beim Tee auf, wo er eine Zitrone und ein Glas Arrak bekommt und sich Punsch macht. Schiller wandelt, ja man möchte sagen, rennt unaufhörlich im Zimmer herum, setzen darf er sich gar nicht. Oft sieht man ihm sein körperliches Leiden an, besonders wenn ihn die Suffokationen anwandeln. Wenn es zu arg wird, geht er hinaus und braucht irgendeinen Palliativ. Kann man ihn in solchen Momenten in eine interessante Unterredung ziehen, kann man besonders etwa einen Satz hinwerfen, den er auffaßt, zerlegt und wieder zusammensetzt, so verläßt ihn sein Übel wieder, um sogleich zurückzukommen, wenn an dem Satz nichts mehr zu erörtern übrig ist. Überhaupt sind ihm anstrengende Arbeiten das sicherste Mittel für den Augenblick. Man sieht, in welcher ununterbrochenen Spannung er lebt und wie sehr der Geist bei ihm den Körper tyrannisiert, weil jeder Moment geistiger Erschlaffung bei ihm körperliche Krankheit hervorbringt. Aber eben deshalb ist er auch so schwer zu heilen, weil der an rastlose Tätigkeit gewöhnte Geist durch das Leiden des Körpers immer noch angespornt wird und weil er beim Anfang einer Kur erst recht krank gemacht werden müßte«.

Goethe, der sorgfältig auf die gesundheitlichen Umstände seines Freundes achtete, wußte auch, daß geistige Arbeit und anregende Gespräche für den Freund das beste sind, und konnte ihn deshalb ohne Bedenken beanspruchen und in die eigenen Arbeiten hineinziehen. Jede neue Idee legte er ihm vor. Er besprach sich mit ihm über seine Farbenlehre und über die Grundgesetze von Epik und Dramatik, zusammen legten sie ein Schema an über den Unterschied zwischen dilettantischer und »echter« Kunstausübung. Es wurde erwogen, die »Xenien«-Produktion fortzusetzen. Im Jahre 1797 begannen sie im edlen Wettstreit ihre Balladen zu schreiben. Sie tauschten Themen und Ideen aus. Die Produktionen wurden, ehe man sie veröffentlichte, gründlich besprochen. Neidlos mußte Goethe, der u.a. die »Braut von Korinth« und den »Schatzgräber« beisteuerte, die größere Meisterschaft Schillers in diesem Metier anerkennen. Die Balladen »Der Taucher«, »Der Ring des Polykrates«, »Die Kraniche des Ibykus«, »Der Handschuh« entstanden damals – Werke, mit denen Schiller bewies, daß hoher geistiger Anspruch und Volkstümlichkeit sich durchaus miteinander verbinden ließen; Werke von solch wunderbarer Deutlichkeit, daß man sie nicht zu kommentieren braucht. Diese Balladen erschienen zusammen mit denen, die Goethe in diesem Jahr beigesteuert hatte, im »Musenalmanach auf das Jahr 1798«. Im Jahr darauf schloß Schiller auch »Das Lied von der Glocke« ab, jenes später überaus berühmte Gedicht, das, wie die Elegie »Der Spaziergang«, eine lyrische Vergegenwärtigung der Geschichte der Zivilisation ist und das Hohe Lied bürgerlicher Gesittung. Bei den Schlegels fiel man vor Lachen vom Stuhl, Goethe aber äußerte sich bewundernd. Er erkannte darin etwas vom Geist seines Versepos »Herrmann und Dorothea« wieder. Wie Goethes »Herrmann und Dorothea« ist auch Schillers »Lied von der Glocke« der Versuch, die liebevoll gestaltete kleinbürgerliche Welt mit der großen Welt zu verknüpfen; der genau geschilderte Vorgang des Glockengießens wird zum Symbol der Kulturarbeit des Menschen. *So laßt uns jetzt mit Fleiß betrachten, / Was durch die schwache Kraft entspringt, / Den schlechten Mann muß man verachten, / Der nie bedacht, was er vollbringt* (I, 430). Dieses Gedicht, das wegen seiner eigentümlichen Verbindung von Erhabenheit und Biedersinn zahllose Parodien veranlaßte, sprach Goethe auch deshalb aus dem Herzen, weil er es im guten Sinne als unzeitgemäß empfand. Hier werde, sagte er, der Sinn für das richtige Maß geschärft und die Liebe zu einem Leben in formbewußten Grenzen geweckt. So sehr hat Goethe dieses Gedicht geliebt, daß er 1805 seine Elegie auf den Tod des Freundes »Epilog zu Schillers Glocke« nannte: »Nun glühte seine Wange rot und röter / Von jener Jugend, die uns nie verfliegt, / Von jenem Mut, der, früher oder später, / Den Widerstand der stumpfen Welt besiegt«. Der Epilog wurde bei einer Feier am 10. August 1805 von der Schauspielerin Amalia Wolff gesprochen, die später erzählte, wie Goethe, der diese Verse mit ihr einübte, an einer bestimmten Stelle aufschluchzte, sie am Arm faßte und sprach: »Ich kann, ich kann den Menschen nicht vergessen!«

Die Stelle aus dem »Lied von der Glocke«, die Goethe besonders gern zitierte, lautet: *Der Meister kann die Form zerbrechen / Mit weiser Hand, zur rechten Zeit, / Doch wehe, wenn in Flammenbächen / Das glühnde Erz sich selbst befreit! / Blindwütend mit des Donners Krachen / Zersprengt es das geborstne Haus, / Und wie aus offnem Höllenrachen / Speit es Verderben zündend aus; / Wo rohe Kräfte sinnlos walten, / Da kann sich kein Gebild gestalten* (I, 439f.). Auf die Gestaltung der heißen Lebensmaterie kommt es an. Ohne Gestalt verrinnt das Leben in der Sinnlosigkeit oder bricht vulkanisch und zerstörerisch hervor. Im »Wallenstein« hatte Schiller den Zauber und den Schrecken eines solchen vulkanischen Menschen dargestellt. Im »Lied von der Glocke« erholte sich Schiller von der beängstigenden Welt Wallensteins, und doch ließ sie ihn nicht los. Im Aufstieg Napoleons entdeckt er Anzeichen für die Wiederkehr des Gleichen. Als der »Wallenstein« auf die Bühne kam, war Napoleon in Ägypten verschwunden. Wenige Monate später ergreift er im Staatsstreich vom 9. November 1799 die ganze Macht; von nun an wartet Schiller ab, ob es diesem Kometen am geschichtlichen Himmel ebenso ergehen wird wie seinem Wallenstein, ob er eine neue Ordnung gründen oder eine Welt zerstören wird. Den Sturz Napoleons hat Schiller nicht mehr erlebt. Napoleon befand sich noch im Zenit seiner Macht, als Schiller starb.

Nicht nur in der Geschichte, auch in Schillers Leben geschahen während der Arbeit am »Wallenstein« bedeutsame Veränderungen. Im Sommer 1797 verläßt Wilhelm von Humboldt Jena. Seit 1794 gehörte er zum engen Freundeskreis: an Goethe, Körner und Humboldt denke er beim Schreiben, erklärt Schiller. Humboldt, der seit 1791 als Privatier auf den Gütern seiner Frau bei Erfurt gelebt hatte, war Schillers wegen 1794 nach Jena gezogen, und in kurzer Zeit ergab sich eine intensive und freundschaftliche Arbeitsgemeinschaft mit Schiller. Der berichtet in einem Brief an Körner vom 18. Mai 1794 begeistert davon: *Humboldt ist mir eine unendlich angenehme und zugleich nützliche Bekanntschaft, denn im Gespräch mit ihm entwickeln sich alle meine Ideen glücklicher und schneller. Es ist eine Totalität in seinem Wesen, die man äußerst selten sieht und die ich außer ihm nur in Dir gefunden habe. Er hat ... vor Dir sehr viel an einer gewissen Leichtigkeit voraus, die man sich in den seinen Verhältnissen leichter erwerben kann als in den unsrigen.* Es war ein reger Verkehr nicht nur der beiden Männer, auch die Frauen, Lotte und Humboldts Karoline, verband eine Freundschaft, die in die Jugendzeit zurückreichte. Die Wohnungen waren benachbart, man sah sich fast täglich, manchmal kam Wilhelm auch nachts herüber zu Schiller, wenn der nicht schlafen konnte, und es kam vor, daß Lotte die beiden Männer noch in der Frühe antraf in der verqualmten Stube und ins Gespräch vertieft. Beide waren Meister des Gesprächs. Für Humboldt war das »gesellige Denken«, wie er es nannte, das eigentliche Lebenselement. Hier traf er sich mit Schiller, von dessen Gesprächskunst er seinerseits eine eindrucksvolle Schilderung gibt: »Anhaltend selbsttätige Beschäftigung des Geistes verließ ihn fast nie und wich nur den heftigeren Anfällen seines körperlichen Übels. Sie schien ihm Erholung, nicht Anstrengung. Dies zeigte sich am meisten im Gespräch, für das Schiller ganz eigentlich geboren schien. Er suchte nie nach einem bedeutenden Stoff der Unterredung, er überließ es mehr dem Zufall, den Gegenstand herbeizuführen, aber von jedem aus leitete er das Gespräch zu einem allgemeinen Gesichtspunkt, und man sah sich nach wenigen Zwischenreden in den Mittelpunkt einer den Geist anregenden Diskussion versetzt. Er behandelte den Gedanken immer als ein gemeinschaftlich zu gewinnendes Resultat, schien immer des Mitredenden zu bedürfen, wenn dieser sich auch bewußt blieb, die Idee allein von ihm zu empfangen, und ließ ihn nie müßig werden … Schiller sprach nicht eigentlich schön. Aber sein Geist strebte immer in Schärfe und Bestimmtheit einem neuen geistigen Gewinne zu, er beherrschte dies Streben und schwebte in vollkommener Freiheit über seinem Gegenstande. … Die Freiheit tat aber dem Gange der Untersuchung keinen Abbruch. Schiller hielt immer den Faden fest, der zu ihrem Endpunkt führen mußte, und wenn die Unterredung nicht durch einen Zufall gestört wurde, so brach er nicht leicht vor Erreichung des Zieles ab«.

In Humboldt hatte das Gesprächsgenie Schiller einen würdigen Partner gefunden. Schiller lobte an ihm das *reine Interesse an der Sache* und die bemerkenswerte *Geschicklichkeit, die Gedanken des anderen aufzufassen und zu prüfen.* Humboldts Talent war zu diesem Zeitpunkt noch eher rezeptiver als produktiver Natur. Es war für ihn, schreibt Schiller, *höchst notwendig …, von außen ins Spiel gesetzt zu werden und zu der scharfen Schneide seiner intellektuellen Kraft einen Stoff zu bekommen; denn er kann nie bilden, immer nur scheiden und kombinieren* (an Körner, 6. August 1797). Dankbar empfing Schiller Humboldts ausführliche Analysen und Kommentare seiner Werke. Humboldt wurde, noch vor Körner, Schillers erster Rezensent. Auch Goethe wußte den analytischen Scharfsinn, den gebildeten Kunstgeschmack und die altertumswissenschaftlichen Kenntnisse Humboldts zu nutzen, und so wurde aus der Freundschaft Schillers mit Humboldt bald ein um Goethe erweiterter Dreierbund.

Gelegentlich kam auch Wilhelms jüngerer Bruder Alexander, damals noch Oberbergrat in Bayreuth, zu Besuch. Zunächst war Schiller von ihm nicht sonderlich beeindruckt. Er hielt ihn für *flach.* Als er ihn dann näher kennenlernte, lobte er *Eifer und Geist, mit dem er sein Fach betreibt*, bemängelte aber das *etwas Hastige und Bittere* an ihm, *das man bei Männern von großer Tätigkeit häufig findet* (an Körner, 21. Juli 1797). Gleichwohl war Schiller stolz, als er Alexander von Humboldt für die »Horen« als Mitarbeiter gewann. *Wir haben von ihm*, schreibt er am 12. September 1794 an Körner, *über Philosophie des Naturreichs sehr gute Aufsätze zu erwarten*. Vielleicht, daß Alexander *an Kopf noch seinen Bruder übertrifft*, doch Schiller wird aus freundschaftlichen Gründen weiterhin Wilhelm vorziehen. Alexander hatte damals bereits den Plan zu einer großen Südamerika-Reise gefaßt. Auch für ihn galt, was Wilhelm kurz vor seinem Tod rückblickend als das Prinzip des eigenen Lebens formulierte: »Wer, wenn er stirbt, sich sagen kann: ›Ich habe soviel Welt, als ich konnte, erfaßt und in meine Menschheit verwandelt‹ – der hat sein Ziel erreicht«. Im Unterschied zu seinem Bruder lag bei Wilhelms Neugier und Lust auf Weltaneignung ein besonderer Akzent auf der Selbstbildung. Wilhelm strebte mehr nach intensivem als nach extensivem Erfahrungsreichtum. Es kam ihm nicht so sehr auf die Erweiterung der Kenntnisse an als vielmehr auf ihre »Anverwandlung«. Er hielt fest an dem früh gefaßten Plan, die Fülle seiner Gaben gleichmäßig zu entfalten, Herz und Verstand in eine Harmonie zu bringen, sich als Individuum zu »bilden« und überhaupt das Leben als ein »Kunstwerk« zu gestalten. Als Sohn einer vermögenden adligen Familie, verheiratet mit einer ebenfalls vermögenden Frau, konnte er sich das gut leisten, frei von Sorgen um Lebensunterhalt und Berufsarbeit. Wilhelm war, wie sein Bruder, reiselustig. Und so zog es ihn bald wieder von Jena fort. Er ging 1797 für zwei Jahre nach Paris, dann nach Spanien. 1801 wurde er preußischer Ministerresident am Vatikan. Das war der Beginn einer diplomatischen und politischen Karriere. Nach Schillers Tod wurde er Geheimer Staatsrat im Ministerium des Inneren und gehörte in dieser Funktion zu den preußischen Reformern und beteiligte sich maßgeblich an der Gründung der Berliner Universität im Jahre 1809.

Für Humboldt war die Bildung der Persönlichkeit die oberste Aufgabe. Danach richtete er sein Leben ein, und mit diesem von Schiller geprägten Grundsatz hielt Humboldt seinem Freund die Treue über dessen Tod hinaus.

Nach Humboldts Weggang aus Jena gab es Zeitabschnitte, in denen der Briefverkehr zwischen den beiden stockte. Das tat der Freundschaft aber keinen Abbruch. Einen Monat vor seinem Tod schrieb Schiller an Humboldt: *Ist es gleich eine unendlich lange Zeit, daß ich Ihnen nicht eine*

Zeile gesagt, so kommt es mir doch vor, als ob unsre Geister immer zusammenhingen, und es macht mir Freude, zu denken, daß ich mich auch nach dem längsten Stillstande mit gleichem Vertrauen, wie da wir noch zusammenlebten, an Ihr Herz legen kann. Für unser Einverständnis sind keine Jahre und keine Räume. Ihr Wirkungskreis kann Sie nicht so sehr zerstreuen und der meinige mich nicht so sehr vereinseitigen und beschränken, daß wir einander nicht immer in dem Würdigen und Rechten begegnen sollten. Und am Ende sind wir ja beide Idealisten und würden uns schämen, uns nachsagen zu lassen, daß die Dinge uns formten und nicht wir die Dinge (2. April 1805).

Der Abschied von Humboldt im Sommer 1797 war das eine wichtige Ereignis während der Arbeit am »Wallenstein«. Ein anderes geschah 1798. In diesem Jahr ließ Schiller die »Horen« *still und leise*, wie er an Körner schreibt, eingehen. Es war immer schwieriger geworden, bedeutende Beiträge einzusammeln. Das angestrebte Niveau der Zeitschrift konnte nicht mehr gehalten werden; andererseits war Schiller nicht bereit, noch größere Zugeständnisse an den Publikumsgeschmack zu machen. Das Ende der »Horen« bedeutete erhebliche finanzielle Einbußen, doch hoffte Schiller sie ausgleichen zu können durch Einnahmen vom Theater, denn er war auch vom finanziellen Erfolg des »Wallenstein« überzeugt. Seine Erwartungen wurden nicht enttäuscht.

Im August 1798 bezieht Schiller ein Gartenhaus bei Jena. In der anmutigen Umgebung möchte er seine Stubenhockerexistenz endlich beenden. Und wirklich sieht man ihn nun in gewohnt eiliger Manier im Garten herumgehen, als ob er ein Pensum zu absolvieren hätte. Wenn er sich auch inzwischen mit dem Gedanken an eine Übersiedlung nach Weimar trägt, so will er Jena doch nicht ganz aufgeben. Es sollte zwei Wohnsitze geben: Weimar für die Zeit der Theaterarbeit und Jena für den Fall, daß ihn wieder die Lust am Philosophieren überkommt. Goethe hilft ihm bei der Quartiersuche in Weimar.

Doch noch während man nach einer Wohnung in Weimar Ausschau hält, geschieht etwas Furchtbares: Ende Oktober 1799 erkrankt Lotte schwer an einem Nervenfieber. Vielleicht war es eine Folge der schwierigen Geburt der Tochter Karoline Henriette Louise am 11. Oktober. Am 23. Oktober verliert Lotte das Bewußtsein. Über mehrere Tage ein heftiges Delirium, krampfartige Anfälle, Erbrechen, hohes Fieber. Sie duldet niemanden außer Schiller und der Mutter um sich, die sich bei der Nachtwache ablösen. Der berühmte Arzt Hofrat Stark bereitet Schiller auf das Schlimmste vor. Für Schiller ist es ein grauenhafter Gedanke, daß er seine Lotte verlieren oder daß sie nicht mehr recht zu Bewußtsein kommen könnte. Er ist verzweifelt, voller Angst und von den Nachtwachen erschöpft. Goethe leistet Beistand: »Unsere Zustände sind so innig verwebt,« schreibt er am 26. Oktober, »daß ich das, was Ihnen begegnet, an mir selbst fühle«. Vom 30. Oktober an ist Lotte fieberfrei, aber in einem dumpfen, immer noch halb besinnungslosen Zustand. Bis in die erste Woche des November hinein bleibt sie geistesabwesend, stumpf und spricht keine Silbe. Goethe reißt sich von seinen Verpflichtungen los und kommt am 10. November nach Jena, wo er täglich oft mehrere Stunden bei Schiller verbringt, um den Freund aufzurichten und durch Gespräche über die Arbeit abzulenken. Langsam bessert sich Lottes Zustand, ihr Gedächtnis kehrt zurück und allmählich nimmt sie wieder Anteil am Leben. Am 21. November schreibt sie wieder ihren ersten Brief an die Schwester; für Schiller ist das ihre Wiedergeburt. Jetzt darf man an den Umzug nach Weimar denken.

Man findet eine ansehnliche Wohnung, die Charlotte von Kalb zuvor innegehabt hatte, beim Perückenmacher Müller. Im Dezember 1799 ist es soweit: Schiller verläßt mit seiner inzwischen vierköpfigen Familie und mit einigen Gepäckwagen Jena. *Alle Erinnerungen an die letzten acht Wochen mögen in dem Jenaer Tal zurückbleiben, wir wollen hier ein neues, heitres Leben anfangen* (an Charlotte, 4. Dezember 1799).

Mit der Lust auf einen neuen Anfang beginnt Schiller seine letzte Lebensperiode.

Zweiundzwanzigstes Kapitel

Rückkehr nach Weimar. Theaterleben. Männerphantasien über schöne Seelen: Maria Stuart oder die schuldige Unschuld. Schillers Glaube. Johanna von Orleans Magie und der große Magnetiseur Napoleon. Volkstümliches, Romantisches. Der Sturz aus der Begeisterung. Die Braut von Messina oder das antike Schicksal. Ans Publikum denken.

Am 3. Dezember 1799 bezieht Schiller die Wohnung in der Windischengasse. Charlotte von Kalb hatte einige Möbelstücke zurückgelassen, und doch fehlt es an der nötigen Einrichtung, denn der Haushalt in Jena sollte noch nicht aufgelöst werden; man wollte gegebenenfalls für einige Zeit dorthin wieder zurückkehren können. Schiller hat den älteren Sohn Karl bei sich. Lotte, die noch geschont werden muß, wohnt mit dem jüngeren Sohn Ernst und der drei Monate alten Karoline bei Frau von Stein, bis das neue Domizil eingerichtet sein würde. Mitte Dezember ist die Familie wieder vereint. Lotte ist inzwischen von ihrer Krankheit genesen, und Schiller kann die in den letzten Wochen unterbrochene Arbeit an »Maria Stuart« fortsetzen, doch nicht ungestört, denn jetzt nimmt ihn die praktische Theaterarbeit gefangen.

Goethe und Schiller hatten mit ihrem »Xenien«-Feldzug für eine Verbesserung des literarischen Geschmacks gestritten, nun wollte man die Theaterkunst reformieren, und die Weimarer Bühne sollte als Vorbild dienen. Die erfolgreiche »Wallenstein«-Aufführung hatte auch Goethe in Schwung gebracht. Seit der Gründung des Weimarer Hoftheaters 1791 – zuvor hatte es nur Liebhaber-Aufführungen und Gastspiele von Wanderbühnen gegeben – hatte der mit der Direktion beauftragte Goethe, ohne große Hoffnungen für die Zukunft des deutschen Theaters zu hegen, sich darauf beschränkt, die übliche Theaterunterhaltung mit den Rühr- und Familienstücken eines Kotzebue und Iffland zu präsentieren. Die eigenen Stücke nahm er, mit Ausnahme des »Egmont«, zunächst nicht ins Programm auf. Das Publikum sollte nicht überfordert und allmählich erst an das Bessere gewöhnt werden. Er wollte, wie er seinem Freund Friedrich Jacobi schrieb, »sehr piano zu Werke« gehen. Sein Augenmerk blieb vor allem auf die äußere Festigung des Unternehmens gerichtet. Nur die schlimmsten Unarten der Schauspieler sollten abgestellt werden, das undeutliche Sprechen, das schlechte Memorieren, die Mängel im Zusammenspiel. Auch achtete Goethe auf äußere Ehrbarkeit des Schauspielervolkes. Im »Wilhelm Meister« hatte Goethe seine Vision eines verbesserten Theaters entworfen: die Schauspieler sollten nicht nur eine Rolle spielen, sondern auch einen Charakter darstellen können. Eine tatsächliche Verbesserung einzuleiten, dazu fehlte es an finanziellen Mitteln, praktikablen Stücken und wohl auch an praktischer Initiative, und so wollte Goethe im Kontrast zu seinen Vorstellungen die Mängel wenigstens fühlbar machen. Damit war die Bühnenkunst natürlich noch nicht auf eine neue Grundlage gestellt. Schiller jedenfalls traf dieselbe Sorte von Theaterdichtern, die ihm schon auf der Mannheimer Bühne ein Ärgernis waren, wieder als Lieblinge des Weimarer Publikums an. Die Nachahmung der platten bürgerlichen Alltagswirklichkeit war auch hier im Schwange. Erst mit der »Wallenstein«-Inszenierung von 1799 war ein neuer und vielversprechender Akzent gesetzt worden. Man hatte Geschmack gefunden am großen Drama, an der Stilisierung ins Erhabene, an den klingenden Versen, an großen Gefühlen, großen Themen und gedanklichen Höhenflügen. Mit Genugtuung bemerkte Schiller, daß die Zuschauer es offenbar leid seien, ihren Alltagsgesichtern auch auf der Bühne zu begegnen, weil man sich dabei doch in *gar zu schlechter Gesellschaft* befinde.

Für die Zusammenarbeit der Freunde prägte Goethe die Formel: man habe gemeinschaftlich an der Veredelung des Theaters gewirkt, Schiller »dichtend und bestimmend, ich belehrend, übend und ausführend«. Tatsächlich aber wirkte Schiller auch mit bei der Einstudierung und Inszenierung. Er avancierte zum Mitdirektor des Weimarer Theaters. Abwechselnd in seinem und in Goethes Haus versammelten sich die Schauspieler zur Leseprobe, zu Aussprachen über den geistigen Gehalt der Stücke. Man saß bis tief in die Nacht beisammen. Manchmal gingen diese Treffen in fröhliche Punschgelage über, und es kam vor, daß die Schauspieler erst im Morgengrauen das Haus verließen. Schiller durfte sich bisweilen an seine Mannheimer Theaterzeit erinnert fühlen, nur war er jetzt selbst eine hochrespektierte Autorität, was ihn vor Zudringlichkeiten des Theatervolks schützte und ihm Ärger mit einem Theaterleiter ersparte. Überhaupt hatte Schiller, im Bewußtsein seiner inzwischen herausgehobenen Stellung, heitere Gelassenheit gelernt. In seinem Auftreten näherte er sich jenem Ideal, das er mit den Worten umriß: *frei von Leidenschaft zu sein, immer klar, immer ruhig um sich und in sich zu schauen, überall mehr Zufall als Schicksal zu finden, und mehr über Ungereimtheiten zu lachen als über Bosheiten zu zürnen und zu weinen.*

Die gemeinsame Reformtätigkeit betraf zum einen die Erziehung der Schauspieler, die Sorgfalt bei Kostümen, Bühnenbild und Bühnenmusik, zum anderen die Bereitstellung gehaltvoller Bühnenstücke. Goethe übersetzte Voltaires »Mahomet« und »Tankred«, Schiller Shakespeares »Macbeth« und Gozzis »Turandot« sowie einige populäre französische Komödien. Unbestrittene Höhepunkte des Weimarer Theatergeschehens aber bildeten die Aufführungen von Schillers eigenen Stücken. Schiller war jetzt als der führende Theaterautor in Deutschland allgemein anerkannt. Jedem seiner Stücke, die nun in schneller Folge entstanden, ging stets ein günstiges Gerücht voraus. Man konnte es gar nicht erwarten, bis es auf der Bühne erschien. So war es auch bei dem Stück »Maria Stuart«. Schiller konnte sich der lästigen Fragen, wann er denn nun damit fertig sei, kaum erwehren. Aus dem noch unfertigen Manuskript wurde es bereits ins Englische übersetzt.

Bereits 1783, nach Beendigung von »Kabale und Liebe«, plante Schiller ein Drama über die schottische Königin Maria Stuart, die in England auf dem Schafott starb. Das Schicksal der schönen und leidenschaftlichen Frau hatte seit zwei Jahrhunderten die Phantasie der Dichter und Dramatiker beschäftigt. Maria Stuart, in Schottland geboren, in Frankreich katholisch erzogen und mit dem künftigen französischen König verheiratet, war nach dem frühen Tod ihres Mannes in ihr schottisches Königreich zurückgekehrt. Als Urenkelin Heinrichs VII. konnte sie legitime Ansprüche auch auf den englischen Thron erheben. Das mußte zur erbitterten Feindschaft mit Elisabeth, der englischen Königin, führen. Marias Regierungszeit in Schottland endete im Aufruhr. Man warf ihr vor, ihren Liebhaber zum Mord am zweiten Ehemann angestiftet zu haben. Maria flüchtete sich nach England, wo man sie, auf Veranlassung Elisabeths, sogleich verhaftete. Sie wurde zuerst des Gattenmordes angeklagt, aber nicht verurteilt. Doch sie blieb in Haft. Erst als man ihr eine Verschwörung gegen die englische Krone glaubte nachweisen zu können, wurde sie zum Tode verurteilt. Nach einigem Zögern unterzeichnete Elisabeth das Urteil, das daraufhin ungesäumt am 18. Februar 1587 vollstreckt wurde. Viele Fragen blieben offen. Hatte Maria wirklich ihren zweiten Ehemann vom

Liebhaber ermorden lassen? Hatte sie wirklich eine Verschwörung gegen die englische Königin ins Werk gesetzt? Auch die Unterschiedlichkeit der beiden Frauen, Maria und Elisabeth, weckte die Phantasie: auf der einen Seite die impulsive, verführerische Maria, selbstbewußt bis zur Tollkühnheit; auf der anderen Seite Elisabeth, vorsichtig berechnend, staatsklug, vielleicht auch eifersüchtig auf die weibliche Anziehungskraft ihrer Gegenspielerin. Und dann gab es noch den Religionsgegensatz im Streit der Parteien. Die einen verehrten in Maria die katholische Märtyrerin, die anderen lobten an Elisabeth, daß sie England vor dem Papismus bewahrt habe.

In einem Brief an Goethe vom 26. April 1799 schreibt Schiller: *Indes habe ich mich an eine Regierungsgeschichte der Königin Elisabeth gemacht und den Prozeß der Maria Stuart zu studieren angefangen. Ein paar tragische Hauptmotive haben sich mir gleich dargeboten und mir großen Glauben an diesen Stoff gegeben, der unstreitig sehr viel dankbare Seiten hat.* Welches die *tragischen Hauptmotive* sind, wird noch nicht recht deutlich. Einige Monate später kann er präziser benennen, was ihn an diesem Stoff fesselt, nämlich *daß man die Katastrophe gleich in den ersten Szenen sieht, und indem die Handlung des Stückes sich davon wegzubewegen scheint, ihr immer näher und näher geführt wird* (an Goethe, 18. Juni 1799).

Schiller hatte sich also entschieden, nicht einen bunten, dramatischen Bilderbogen über das Leben und Sterben der Maria Stuart auf die Bühne zu bringen, sondern, ähnlich wie beim »Wallenstein«, die Stoffmassen durch die Konzentration auf die letzten Tage vor der Hinrichtung Marias zu beschränken. Die *Katastrophe* ist schon geschehen, das bedeutet: Der Schuldspruch ist gefällt, Maria ist zum Tode verurteilt; nur die Königin zögert noch, das Urteil zu unterschreiben und vollstrecken zu lassen. Im Gespräch mit der Amme werden die Verbrechen Marias – tatsächlich hat sie die Ermordung ihres Gatten gebilligt – rekapituliert, und Maria zeigt sich schuldbewußt und reuig. Sie ist eine Verwandelte, wenn sie zum ersten Mal auftritt. Die ›wilde‹ Maria ist Vergangenheit. Doch bereits in den ersten Szenen wird auch deutlich, daß jene andere Anklage, derentwegen sie verurteilt wurde, nicht der Wahrheit entspricht: sie hat nicht versucht, vom Kerker aus den Sturz oder gar die Ermordung Elisabeths zu veranlassen. Lediglich hat sie, was sie eingesteht, ihre Verbindungen zu den regierenden Häuptern in Europa benutzt, um die Freilassung aus der Kerkerhaft zu erwirken, was sie als ihr gutes Recht als Königin ansieht. Maria fühlt sich also schuldig eines Verbrechens, dessen sie in England aber nicht mehr angeklagt ist; und sie fühlt sich unschuldig in jenen Punkten, derentwegen sie angeklagt und verurteilt wurde. Noch ist sie nicht bereit, das ungerechte Urteil auf sich zu nehmen, um die andere Schuld zu sühnen; noch kämpft sie um ihr Leben. Jeder Schritt, den sie zu ihrer Rettung unternimmt, bringt sie ihrem Tod näher. Das ist die *tragische Qualität* des Stoffes, von der Schiller im Brief an Goethe vom 18. Juni 1799 spricht. Es ist diese grausame Ironie des Schicksals, die Schiller fasziniert.

Die verhängnisvolle Rolle, welche die erhofften Hilfsmittel der Befreiung spielen, zeigt sich am Fall Mortimer und an der Begegnung der beiden Königinnen. Mortimer, ein Agent der katholischen Partei, will Maria, in die er verliebt ist, befreien und richtet doch nur Unheil an, denn einer seiner Mitverschworenen übt ein Attentat auf Elisabeth aus. Es mißlingt, diese Tat aber, die Maria nicht zu verantworten hat, wird ihr angelastet.

Leicester, der Höfling, der erfolglos um Elisabeth geworben hat und sich deshalb vorsichtig Maria zuwendet, veranlaßt das Treffen der beiden Königinnen, von dem sich Maria einen Gnadenerweis ihrer Gegenspielerin erhofft. Die Szene mit den beiden Königinnen – sie ist ebenso frei erfunden wie die Szenen mit Mortimer – hat Schiller selbst in einem Brief an Goethe *moralisch unmöglich* (3. September 1799) genannt und damit das Urteil Goethes vorweggenommen, der diese Szene mißbilligte, weil es nicht angehe, zwei Königinnen wie »streitende Marktweiber oder Huren« auftreten zu lassen. Schiller aber hielt an dieser Szene fest und äußerte sogar seine Genugtuung darüber, daß es ihm gelungen sei, aus der moralischen Unmöglichkeit eine psychologische Notwendigkeit gemacht zu haben.

Maria beginnt mit einer reuigen Selbsterniedrigung, indem sie um Gnade bittet. Sie gibt zunächst die Würde ihres Königtums preis. Doch Elisabeth genügt dieser Triumph nicht. Sie trumpft auf, lehnt den Gnadenakt ab, wobei sie ihre Härte als Staatsräson im Interesse des antipapistischen Kampfes ausgibt: *Gewalt nur ist die einzge Sicherheit, / Kein Bündnis ist mit dem Gezücht der Schlangen* (Vers 2361–2362; II, 625). In diesem Augenblick aber bricht der nur mühsam zurückgehaltene Stolz Marias wieder hervor. Sie schleudert ihrer Gegenspielerin ihren ganzen Haß und die ganze Verachtung, die sich in ihr unter der Decke der Demut angesammelt hat, entgegen: *Der Thron von England ist durch einen Bastard / Entweiht, der Briten edelherzig Volk / Durch eine listge Gauklerin betrogen. / – Regierte Recht, so läget Ihr vor mir / Im Staube jetzt, denn ich bin Euer König* (2447–2251). Zwar weiß Maria, daß ihre Lage jetzt aussichtslos ist, und doch fühlt sie sich erleichtert. Maria zu ihrer Amme: *O wie mir wohl ist, Hanna! Endlich, endlich / Nach Jahren der Erniedrigung, der Leiden, / Ein Augenblick der Rache, des Triumphs! / Wie Bergeslasten fällts von meinem Herzen, / Das Messer stieß ich in der Feindin Brust* (2455). Meisterhaft verknüpft Schiller hier die persönlichen und die politischen Motive. Elisabeth verhüllt in der Staatsräson und in der Fiktion der Gerechtigkeit ihren Sexualneid gegenüber der als Frau erfolgreicheren Konkurrentin: *Ja es ist aus, Lady Maria. Ihr verführt / Mir keinen mehr* (2407–2408), und auch Maria kleidet ihren persönlichen Haß in eine politische Form, indem sie die Legitimität Elisabeths bestreitet und sich damit aus ihrer ohnmächtigen Position heraus über ihre Gegenspielerin erhebt, nicht nur als Frau, sondern auch als die eigentlich rechtmäßige Königin. Das Politische und das Persönliche gehen so unentwirrbar ineinander über, daß die Katastrophe unvermeidlich wird. Warum aber zögert Elisabeth, den Befehl zur Vollstreckung des Todesurteils zu geben? Sie befürchtet zu Recht, daß man hinter ihrem Machtspruch das eifersüchtige Motiv entdecken könnte. Sie will als Sachwalterin der Gerechtigkeit erscheinen und weiß doch, daß man ihr diese Rolle nicht abnehmen wird. Stärke und Macht würden ihr als Schwäche und heimliche Ohnmacht ausgelegt werden. Es ist also die Furcht, daß hinter der politischen Maske das Persönliche zum Vorschein kommen könnte, wodurch ihr Handeln und vor allem ihre Handlungshemmung bestimmt ist. Sie gibt das unterschriebene Todesurteil einem Beamten in die Hand und läßt offen, ob und wann es vollstreckt werden soll; sie schiebt dem Subalternen die Verantwortung zu und wird sich nach vollstrecktem Urteil aus der Verantwortung stehlen und den Ausführungsgehilfen bestrafen. Nach derselben Logik hatte sie zuvor Mortimer zu einem Mord an Maria anzustiften gesucht. Auch in diesem Fall hätte sie sich von der Tat distanzieren und den von ihr gedungenen Mörder bestrafen können.

Während Elisabeth das Persönliche im Politischen verhüllt, gewinnt Maria, indem sie ihrer königlichen Würde entkleidet wird, die persönliche Würde zurück. Im Schatten des Todes wird Maria, die bis dahin noch um ihr Leben gekämpft hat, auf ganz neue Weise mit sich selbst bekannt. Seltsamerweise hat Schiller diesen Augenblick der jähen

Selbstbegegnung nicht szenisch dargestellt – obwohl er sich gut dazu geeignet hätte –, sondern er läßt die Amme eindringlich davon erzählen. Maria, so erzählt sie, erwartet verabredungsgemäß den Befreier. Aber wer da schließlich früh morgens an die Tür pocht, ist nicht Mortimer, sondern der Gefängniswärter, der ihr die bevorstehende Hinrichtung ankündigt. *Man löst sich nicht allmählich von dem Leben! / Mit* einem *Mal, schnell augenblicklich muß / Der Tausch geschehen zwischen Zeitlichem / Und Ewigem, und Gott gewährte meiner Lady / In diesem Augenblick, der Erde Hoffnung / Zurückzustoßen mit entschloßner Seele, / Und glaubenvoll den Himmel zu ergreifen* (3402–3408). Der nahe Tod entbindet in Maria Kräfte, durch die sie zur moralischen Siegerin über Elisabeth wird, deren Rachemotive grell gegen Marias besänftigtes Wesen abstechen. Aber ist nicht auch bei Maria noch ein heimliches Rachemotiv im Spiel? Ist ihre neuerliche Demut nicht vergiftet? Gewiß ist es ein Unrecht, das ihr mit der Verurteilung angetan wird, und sie hat recht, es nicht zu vergessen. Aber sie tut des Guten ein wenig zuviel, indem sie Gott dafür dankt, daß er sie gewürdigt habe, *durch diesen unverdienten Tod / Die frühe schwere Blutschuld abzubüßen* (3735–3736). Maria ist in dem Augenblick bereit, einen Mord zu büßen, dessen sie nicht angeklagt ist, als Elisabeth sich anschickt, mit falschen Anschuldigungen einen Justizmord an ihr zu begehen, der ungesühnt bleiben wird, weil er unter der Decke der Gerechtigkeit und der Staatsräson geschieht. Ohne Zweifel, das Büßertum Marias setzt Elisabeth ins krasse Unrecht. Und so selbstlos ist auch die geläuterte Maria nicht, daß sie diesen Triumph über ihre Feindin nicht doch auch genießt. Daß Maria auch noch im Schatten des Todes nicht aufhört, gegen diese Feindin zu kämpfen, zeigen ihre letzten Worte zu Leicester, nachdem sie dessen doppeltes Spiel durchschaut hat: *Ihr durftet werben um zwei Königinnen, / Ein zärtlich liebend Herz habt Ihr verschmäht, / Verraten, um ein stolzes zu gewinnen, / Kniet zu den Füßen der Elisabeth! / Mög Euer Lohn nicht Eure Strafe werden!* (3833–3837).

Am Ende fällt doch auch ein Schatten auf die Lichtgestalt der verklärten Maria. Ihr Zorn und Rachegelüst ist noch nicht gänzlich verbrannt, da glüht noch etwas in ihr. Schiller wollte ihre Idealisierung nicht zu weit treiben. Gewiß, sie wird zu einer *schönen Seele*, aber von schönen Seelen gilt, daß die Sinnlichkeit von der Moralität nicht vollkommen verschlungen wird. Es behaupten sich in ihr sinnliche Gefühle und Neigungen, sie sind nur veredelt und in schicklichen Grenzen gehalten, was nicht ausschließt, daß sie ihre Ambivalenzen immer noch zur Geltung bringen können. Deshalb die Reste von unerlöstem Groll bei der Verklärung der Maria Stuart in der Stunde ihres Todes.

Maria, deren katholische Zugehörigkeit zuvor nur als politisches Faktum im Streit mit Elisabeth von Bedeutung war, entdeckt am Ende ihre religiösen Bindungen. Sie verlangt nach Beichte und Abendmahl. Es wird ihr gewährt – auf der Bühne. Das hat in Weimar und anderswo Ärger erregt. Man nahm Anstoß daran, daß Schiller sich nicht scheute, einen sakralen Akt aufs Theater zu bringen. Herder warf ihm Profanierung vor und der Herzog Geschmacklosigkeit. In Wien setzte man das Werk deshalb – und wegen der theatralischen Hinrichtung einer Königin, was Erinnerungen wachrief an die Exekution der Marie Antoinette – auf den Index. Es durfte erst 1814 und nur mit zensurbedingten Veränderungen gespielt werden. Die Theatralisierung des Sakralen zeigt, wie weit Schiller sich inzwischen von der institutionellen Religion gelöst hatte. Für ihn war die Schaubühne selbst etwas Sakrales, dem sich das andere Sakrale einfügen ließ. Wenn Schiller eine Maria vorführt, die von sich selbst glaubt, daß sie Beistand im Himmel findet, so läßt er den Zuschauer darin etwas anderes entdecken, als die Protagonistin glaubt: Maria ringt sich in Wirklichkeit zu einer inneren Freiheit durch, die es ihr erlaubt, Verantwortung für ihr Leben zu übernehmen, das ungerechte Urteil und den Tod als Sühne hinzunehmen und in einen Akt der Freiheit zu verwandeln. Wenn Maria gläubigen Herzens sich für ihr Schicksal verantwortlich fühlt, soll der Zuschauer darin den Triumph ihrer Freiheit entdecken. Und darum wird auch das Abendmahl in ein Spiel überführt, worin ein anderer als der herkömmliche Sinn waltet: zelebriert wird das Mysterium der Freiheit. Maria befreit sich von den Gewalten ihrer Leidenschaft, es wird still, ruhig und klar in ihr, und sie gewinnt Gelassenheit, fast schon gelöste Heiterkeit. Für Schiller ist das der Augenblick der Freiheit, *wenn die Angst des Irdischen* von einem abfällt. Soweit immerhin kommt Maria Stuart.

Wenn Schiller sich nicht davon abhalten läßt, das Abendmahl auf die Bühne zu bringen, wenn er also mit dem Sakralen spielt, dann stellt sich die Frage, was denn in den letzten Jahren seine eigene Religion gewesen ist. Schiller war schon längst nicht mehr ein religiöser Mensch im Sinne einer kirchlichen Orthodoxie, weder einer protestantischen noch einer katholischen. Er glaubte nicht an den Gott der Bibel, nicht an die erlösende Wirkung von Christi Opfertod, nicht an die Auferstehung des Leibes und der Seele, nicht an die göttliche Weltschöpfung und das endzeitliche Weltgericht, nicht an Himmel und Hölle, nicht an die von der Kirche gespendeten Sakramente; die historischen, positiven Religionen waren für ihn Kulturleistungen, vom schöpferischen Geist der Menschen hervorgebracht; Ausdrucksformen des freien Wesens des Menschen, der seine unmittelbaren Lebensbedingungen transzendieren kann in Richtung auf einen umfassenden und tragenden Sinnzusammenhang. Für Schiller manifestierten sich diese schöpferischen Kräfte in der Vielfalt und dem Gestaltenwandel der historischen Religionen ebenso wie in der Moral und der Kunst. Sein Kriterium für Würde und Wert dieser Ausdrucksformen war die Freiheit. Er forderte das höhere Spiel des freien Geistes, eine Selbstermunterung der schöpferischen Kräfte. *Der höchste Genuß aber ist die Freiheit des Gemütes in dem lebendigen Spiel aller seiner Kräfte* (II, 816).

Es gehört zu solchem Spiel, daß Formen geschaffen und wieder aufgelöst werden ohne dogmatische Fessel. Die Verwandlungskraft wird noch sinnfälliger in der Kunst als in der herkömmlichen Religion, die kraft ihres Offenbarungsanspruches rigorose Geltung und Verbindlichkeit einfordert. Schiller entzieht sich dem. In dem Distichon »Mein Glaube« von 1797 heißt es: *Welche Religion ich bekenne? Keine von allen, / Die du mir nennst! ›Und warum keine?‹ Aus Religion* (I, 307). Diese Religion, die alle übrigen relativiert, ist die ästhetische. Sie ist formbewußt und schafft Bilder, glaubt aber nicht an die absolute Wahrheit der Bildnisse. Aus dieser Perspektive erscheinen Religionen als Versuche, der Transzendenz ein bestimmtes Gesicht zu geben. Diese Gesichter aber dürfen nicht zur Fratze werden, und genau darin sah Schiller eine Gefahr. Unter der Voraussetzung der Gefahr solcher Verdinglichung war es für ihn kein Problem, wenn der Ort der Transzendenz letztlich leer blieb. Eine schlechthin gültige Offenbarung gab es für ihn nicht. Eine leere Transzendenz, die zur schöpferischen Gestaltung anregt, erfüllte für ihn ironischerweise noch am besten das alte Gebot: ›Du sollst dir kein Bild machen!‹.

Es war also Schillers Bestreben, in den manifesten Religionen die Spreu vom Weizen zu trennen. Der ›Weizen‹ – das war die zugrundeliegende schöpferische und freie Potenz; nicht in den Bildern selbst, sondern in der Macht der bildgebenden Verfahren lag für ihn die religiös-ästhetische Kraft. In der zwei Jahre nach »Maria Stuart« 1803 geschriebenen Vorrede zur »Braut von Messina« heißt es: *Unter der*

Hülle aller Religionen liegt die Religion selbst, die Idee eines Göttlichen, und es muß dem Dichter erlaubt sein, dieses auszusprechen, in welcher Form er jedesmal am bequemsten und am treffendsten findet (II, 823). Schiller konnte mit dem griechischen Götterhimmel ebenso etwas anfangen wie mit dem spinozistischen Gott (deus sive natura). Auch eine religiöse Verklärung freier Sittlichkeit fand seine Zustimmung, vorausgesetzt die heteronome Gestalt göttlicher Gebote wird begriffen als das, wofür er sie hielt: als eine verhimmelte Form der Autonomie, als Mystifikation freier Selbstbestimmung: *Nehmt die Gottheit auf in euren Willen, / Und sie steigt von ihrem Weltenthron.*

Selbstbestimmung, Freiheit, Sittlichkeit, Transzendieren, Phantasieren – schön und gut, aber da gibt es noch den Tod als Inbegriff der Endlichkeit menschlicher Existenz. Der Tod, diese große Bedrohung durch das Nichts, die Nichtigkeit und Vergeblichkeit. Von Maria Stuart, die gelassen in den Tod geht, heißt es: *Sie geht dahin, ein schön verklärter Geist.* So erscheint sie denen, die zurückbleiben. Damit aber ist noch nichts gesagt über mögliche Unendlichkeit und Ewigkeit. Vielmehr gilt, was Schiller in der ergreifenden Klage »Nänie«, geschrieben während der Arbeit an »Maria Stuart«, in die Worte faßt: *Auch das Schöne muß sterben! Das Menschen und Götter bezwinget, / Nicht die eherne Brust rührt es des stygischen Zeus. / … Siehe! Da weinen die Götter, es weinen die Göttinnen alle, / Daß das Schöne vergeht, daß das Vollkommene stirbt.*

Was bleibt, stiften die Dichter.

Auch ein Klaglied zu sein im Mund der Geliebten, ist herrlich, / Denn das Gemeine geht klanglos zum Orkus hinab (I, 242).

Für Schiller gab es das Heilige im Sinne des erfüllten Augenblicks, des Enthusiasmus, der moralischen Stärke und der Gnade schöpferischen Gelingens. Es war etwas Befristetes, ohne Bestandserhaltungsgarantie. Und er konnte auch nicht daran glauben, daß dieses ›Heilige‹ als Vorgeschmack auf ein umfassenderes, überirdisches Gelingen zu verstehen sei. Die Drohung, daß die Welt sich ins Sinnlose und Chaotische auflösen könnte, naturgeschichtlich, weltgeschichtlich und individuell, blieb bestehen. Was man sich vom Leben versprechen kann, das muß man sich selbst halten. Was man am Tod besiegen kann, ist einzig die Angst vor ihm. Nur in diesem Sinne erscheint Maria Stuart erlöst, auch wenn sie selbst von sich glaubt, daß ihr das Himmelreich offensteht, wenn sie sich von Schuld gereinigt hat.

Zwei Wochen nach der Uraufführung der »Maria Stuart« am

14. Juni 1800 beginnt Schiller mit der Arbeit an seinem neuen Stück »Die Jungfrau von Orleans«. Nach einem halben Jahr ist er schon weit vorgerückt. In einem Brief an Körner vom 5. Januar 1801 verrät er den Grund, weshalb er so gut vorankommt: *Schon der Stoff erhält mich warm, ich bin mit dem ganzen Herzen dabei und es fließt auch mehr aus dem Herzen als die vorigen Stücke, wo der Verstand mit dem Stoffe kämpfen mußte.* In Briefen und Gesprächen hat Schiller die »Johanna« bisweilen zärtlich *mein Mädchen* genannt, und doch ist die Bemerkung, das Stück komme ihm *aus dem Herzen*, mehr als eine sentimentale Floskel. Er verbindet mit dieser Formulierung eine starke philosophische Bedeutung. Am 27. März 1801 berichtet er Goethe von einem Gespräch, das er mit dem jungen Schelling geführt hatte. Schiller lenkt die Unterhaltung auf die These Schellings, wonach die Natur sich vom Bewußtlosen zum Bewußtsein erhebt, im Gegensatz zur Kunst, bei der es sich umgekehrt verhält, indem sie beim Bewußtsein beginnt, um beim Bewußtlosen zu enden. *Diese Herren Idealisten*, so Schillers Bericht von dem Gespräch, würden *allzuwenig Notiz von der Erfahrung nehmen*. Denn seine Erfahrung, besonders beim gegenwärtigen Stück, belehrt ihn, daß auch der Dichter *mit dem Bewußtlosen* anfängt, und daß er sich glücklich zu schätzen hat, *wenn er durch das klarste Bewußtsein seiner Operation nur soweit kommt, um die erste dunkle TotalIdee seines Werks in der vollendeten Arbeit ungeschwächt wiederzufinden. Ohne eine solche dunkle aber mächtige TotalIdee, die allem technischen vorhergeht, kann kein poetisches Werk entstehen, und die Poesie, deucht mir, besteht eben darin, jenes Bewußtlose aussprechen und mitteilen zu können, d. h. es in ein Objekt überzutragen.*

Welches diese *dunkle TotalIdee* war, die ihn zu dem Johanna-Stoff hingezogen hat, wissen wir nicht genau. Auch Schiller selbst weiß es nicht, er will sich dessen bewußt werden, indem er das Werk schreibt. Der im Gespräch mit Schelling formulierte Grundsatz, daß der Autor erst durch das fertige Werk erfahren kann, was ihn dazu gebracht hat, es zu verfassen, bedeutet in bezug auf die »Jungfrau von Orleans«: mehr als bei allen Stücken zuvor verspürt Schiller eine noch unbegriffene Anziehung durch den Stoff, einen Magnetismus; er fühlt sich selbst geradezu verzaubert von der zauberischen, legendenhaften Geschichte um die Johanna von Orleans, jenes siebzehnjährige lothringische Bauernmädchen, das im Jahre 1429 während des Hundertjährigen Krieges zwischen England und Frankreich mit göttlichem Sendungsbewußtsein plötzlich im französischen Heerlager erschien, an der Spitze der

Truppen von Sieg zu Sieg eilte, die Stadt Orleans befreite, die Engländer aus weiten Teilen des Landes vertrieb und den Dauphin zur Krönung nach Reims führte; die schließlich, vom König im Stich gelassen, mit einer kleinen Schar von Getreuen auf eigene Faust den Kampf fortsetzte, verwundet wurde, in englische Gefangenschaft geriet, wo man ihr den Hexenprozeß machte, der mit einer Verurteilung endete. Am 30. Mai 1431 wurde sie verbrannt.

Schiller hatte die Prozeßakten studiert und auch sonst Geschichts- und Quellenwerke zu Rate gezogen. An zwei wichtigen Punkten weicht er von den historischen Fakten ab: überliefert ist, daß Johanna zwar in Rüstung und Waffen aufgetreten sei, aber selbst keinen einzigen Kämpfer getötet habe; bei Schiller aber wird das sanfte Mädchen zur wilden Kriegerin, die von sich sagt, *Doch tödlich ists, der Jungfrau zu begegnen* (Vers 1598), die sich rühmt, alles Lebende zu töten, das ihr der *Schlachten Gott verhängnisvoll entgegenschickt* (1603). Im Furor ihrer Mission wird das Mädchen bei Schiller zur grausamen Amazone. Entdekken wir hier vielleicht Schillers *dunkle TotalIdee*, beim rätselhaften Zusammenwirken des Sanften und Barbarischen, bei der verkörperten Einheit des Schönen und des Schrecklichen? Jedenfalls wird Kleist später für seine »Penthesilea« Maß nehmen an Schillers »Jungfrau von Orleans«, und Goethe wird erschrecken über Schillers Lust am Theater der Grausamkeit. Allerdings mußte Schiller die Jungfrau zunächst als liebreizende Furie auftreten lassen, um dann den Augenblick der Tötungshemmung zum tragischen Konflikt machen zu können. Johanna kann Lionel, dem sie zu lange ins Gesicht gesehen hat, nicht töten. *Sollt ich ihn töten? Konnt ichs, da ich ihm / Ins Auge sah? Ihn töten! … / Und bin ich strafbar, weil ich menschlich war?/ Ist Mitleid Sünde?* (2564–2568). Ihre Menschlichkeit gerät in Konflikt mit dem göttlichen Auftrag, den Feind nicht zu schonen und der irdischen Liebe zu entsagen. In dem Augenblick der Liebesverwirrung endet ihre bellizistische Inspiration, sie verliert den Glauben an ihren Auftrag, den Glauben an sich selbst, und sie kann folglich auch die anderen nicht mehr mit dem Glauben an ihre Sendung anstecken. Hier beginnt die jähe Wendung in Johannas Schicksalsweg. Von Schuldgefühlen gepeinigt, schwach und ohne Charisma, wird sie der Hexerei angeklagt, in Ketten gelegt.

Doch dann folgt – und dies ist die zweite große Abweichung von den historischen Fakten – im letzten Akt ihre erneute Erhöhung: sie zerreißt ihre Ketten und stürzt sich in die Schlacht, die durch ihr Eingreifen siegreich endet; sie selbst aber wird verwundet und stirbt, die Vision des himmlischen Reiches vor Augen. Den Unterschied zwischen ihrer ersten Erwählung und dieser zweiten Erhöhung hat Schiller in einem Brief an Goethe vom 3. April 1801 so beschrieben: *Von meinem letzten Akt auguriere ich viel Gutes, er erklärt den ersten, und so beißt sich die Schlange in den Schwanz. Weil meine Heldin darin auf sich allein steht, und im Unglück von den Göttern desertiert ist, so zeigt sich ihre Selbstständigkeit und ihr Charakteranspruch.* Zuerst also wurde sie erwählt, und dann richtet sie sich aus eigener Kraft auf. Solange sie mit dem vermeintlich göttlichen Willen eins war, zeigte sie sich zwar kraftvoll, doch ohne eigenes Verdienst, eine Traumwandlerin; nach ihrem ›Fall‹ in die Menschlichkeit aber wird es ihr möglich, wahre Größe zu beweisen. Johanna wird zweimal über das Gewöhnliche hinausgehoben; zuerst durch eine heilige Obsession, einen Enthusiasmus von außen und von oben, und dann durch einen Enthusiasmus, der aus ihr selbst kommt.

In keinem seiner Stücke hat sich Schiller so sehr an Shakespeare angelehnt wie in diesem. Ein legendenhafter Bilderbogen mit schnellem Wechsel der Schauplätze, viel Lokalkolorit, unterschiedliche Sprechweisen, Massenszenen, Musik. »Romantisch« nannte Schiller dieses Schauspiel, wohl wegen der Verwendung des Wunderbaren und der christlich-katholischen Mythologie des späten Mittelalters, vielleicht auch wegen der lyrisch-musikalischen Stilelemente. Das Ganze nähert sich der Oper, es gibt liedhafte Einlagen, Arien und Rezitative. Man wird von dem Werk eingehüllt und fortgetragen; es ist, als ob das Stück sich selbst spielt. Körner hat es auf den Punkt gebracht, »in diesem Werk habe ich dich ganz vergessen« (9. Mai 1801), und Goethe bewunderte, wie hier eine subjektiv-naive Welt des Wunderglaubens in homerischer Objektivität erscheine. Die Romantiker in Jena und Berlin, die soeben das Mittelalter und die katholische Welt für sich entdeckt hatten, glaubten einen Augenblick lang, Schiller habe sich auf ihre Seite geschlagen. Tieck jedenfalls war fest davon überzeugt, daß Schiller sich von seinem Legendenstück »Leben und Tod der heiligen Genoveva« habe anregen lassen, was unwahrscheinlich ist, denn wenige Tage nach Abschluß der »Jungfrau von Orleans« schreibt er an Körner über Tiecks Stück: *Denn es ist nichts Gebildetes und voll Geschwätzes, wie alle seine Produkte* (27. April 1801).

Schiller war in bezug auf die Wirkung seines Stückes skeptisch. Er wußte, daß bei den Gebildeten Voltaires komisches Epos »La Pucelle« immer noch hoch im Kurs stand. Voltaire hatte das »heilige Mädchen« als vulgäre, grobsinnliche Magd verspottet, der ein ganzes Geisterheer helfen muß, ihre Tugend zu bewahren. Schiller mußte damit rechnen, daß unter Kennern anzüglich über Johanna geredet werden würde. Sogar der Herzog hatte ihn vor diesem Stoff gewarnt: »Das Sujet ist äußerst scabrös, und einem Lächerlichen ausgesetzt, das schwer zu vermeiden sein wird ... «, schrieb er an Schillers Schwägerin Karoline von Wolzogen. Doch gerade diesen Umstand empfand Schiller als Herausforderung. Er wollte beweisen, daß er imstande war, ein Publikum zu verzaubern, das zu Frivolitäten neigt. Diesen Beweis war er seinem Willen zur Macht schuldig. Im Blick auf Voltaire schreibt er: *Hat er seine Pucelle zu tief in den Schmutz herabgezogen, so habe ich die meinige vielleicht zu hoch gestellt. Auch hier war nicht anders zu helfen, wenn das Brandmal, das er seiner Schönen aufdrückte, sollte ausgelöscht werden* (an Wieland, 17. Oktober 1801). Schiller konnte den Herzog nicht überzeugen, der eine Uraufführung in Weimar aus allerdings durchsichtigen Gründen verhinderte. Die Schauspielerin Jagemann, seine Maitresse, war nämlich für die Rolle der Jungfrau vorgesehen, und man mußte befürchten, daß dies Anlaß zu Spott geben würde. Daher wurde das Drama nicht zuerst in Weimar, sondern in Leipzig, Berlin und Hamburg gespielt, mit überwältigendem Erfolg.

Der Leipziger Aufführung wohnte Schiller bei. So war bisher in Deutschland noch kein Dichter gefeiert worden. Der später berühmte Burgschauspieler Heinrich Anschütz erlebte als junger Student dieses denkwürdige Ereignis und hat es in seinen Lebenserinnerungen so geschildert: »›Schiller‹ durchbrauste es die Studentenkreise, ›Schiller ist in Leipzig und wird der Vorstellung beiwohnen, um selbst zum ersten Mal seine Schöpfung dargestellt zu sehen!‹ In einem Freudentaumel strömte Alt und Jung nach dem Schauspielhause. Die Kräftigsten errangen sich die besten Plätze im Parterre, welches damals nur ein Stehplatz war, und gottlob, ich gehörte zu den Kräftigen und Glücklichen. Da tut sich die Tür einer Loge auf und eine lange schlanke Gestalt tritt an die Logenbrüstung. ›Er ist es, Schiller ist es!‹ durchläuft es die Räume, und wie ein Kornfeld, vom Winde bewegt, wogt die Masse, um den Angebeteten zu sehen ... Kaum kann man sich von dem Anblick losreißen, um dem Vorspiel und dem ersten Akt der Tragödie zu folgen. Nun bricht das Heldenmädchen auf, um in Orleans das Siegeszeichen zu pflanzen, der Vorhang senkt sich, und ein bacchantischer Jubelruf stürmt durch das Haus. Das Orchester muß mit Trompeten und Pauken sekundieren, und nun erhebt sich die rührende Gestalt, um sich mit sichtbarer innerer Bewegung gegen den Zuschauerraum dankend zu verneigen. Von neuem rast der Jubel, und nur das Aufrollen des Vorhangs ... macht dem Aufruhr ein Ende«. Nach dem Schluß strömte alles auf den Vorplatz, um den Dichter noch einmal zu sehen. Ein anderer Augenzeuge berichtet: »Der weite Platz von dem Schauspielhaus an bis hinab zu dem Ranstädter Tor stand dicht gedrängt voll Menschen. Jetzt trat er heraus, und im Nu war eine Gasse gebildet. Stimmen geboten, das Haupt zu entblößen, und so ging denn der Dichter – den kleinen Karl an der Hand – durch die Menge seiner Bewunderer, die alle mit entblößtem Haupte dastanden, hindurch, während hinten Väter ihre Kinder in die Höhe hoben und riefen: ›Dieser ist es!‹«

In diese Begeisterung mischten sich die ersten vaterländischen Gefühle, die wenig später in den antinapoleonischen Befreiungskriegen mächtig hervorbrachen. Man verstand die »Jungfrau von Orleans« nicht nur als romantisches Zauberspiel, sondern man vernahm darin auch eine politische Botschaft. Man sah in ihr die militante Mystikerin der nationalen Wiedergeburt Frankreichs. Könnte man in Deutschland eine solche charismatische Führergestalt nicht auch ganz gut gebrauchen? Schiller hatte eine Politik der Erlösung auf die Bühne gezaubert. *Eine weiße Taube / Wird fliegen und mit Adlerskühnheit diese Geier / Anfallen, die das Vaterland zerreißen* (315–317). Johanna ist auch eine Schwester des Wilhelm Tell. Sie streitet für den *eingebornen Herrn* (345); sie will einen König auf den Thron setzen, der *die Leibeignen in die Freiheit führt, / Der die Städte freudig stellt um seinen Thron* (349–350). Wer wollte – und es wollten viele –, konnte im französischen Schicksal des 15. Jahrhunderts das gegenwärtige deutsche wiedererkennen. Frankreich war damals als Nation noch nicht wirklich geeint, es war zersplittert in Machtzentren und von englischer Fremdherrschaft bedrückt.

Um Deutschland im Jahre 1801 stand es nicht besser. Nördlich der Mainlinie herrschte seit 1795 zwar Friede, Preußen und einige andere Länder, wie auch das Herzogtum Weimar, verhielten sich neutral und genossen eine gewisse Ruhe im aufgewühlten Europa. Im Süden aber herrschte Krieg. Die französischen Truppen fachten längst nicht mehr revolutionäre Begeisterung an, sondern verbreiteten Schrecken und plünderten die Länder aus. Schillers Eltern hatten das bitter erfahren müssen. Zweimal flohen sie vor den marodierenden Truppen. »Johanna von Orleans« wurde also zu dem ungeheuren Bühnenerfolg auch deshalb, weil das Publikum auf einem französischen Schauplatz vaterländische Gefühle gegen die französische Vorherrschaft ausagieren konnte. Und über allem thronte die monumentale Gestalt Napoleons. Schiller schildert die märchenhafte Auserwählung und Erhöhung der Jungfrau in einem Moment, da Europa den Atem anhält beim kometenhaften Aufstieg Napoleons. Für das Publikum in Deutschland war Napoleon mehr als eine politische Realität, er wurde schon zu Lebzeiten ein Mythos. Nicht nur politische Leidenschaften löste er aus. Er rührte an den seelischen Kern der damaligen Welt. Das gilt für die Bewunderung, die ihm entgegengebracht wurde, und für den Haß, der ihm entgegenschlug. Die einen sahen in ihm die Verkörperung des Weltgeistes, die anderen einen Widergeist, eine Ausgeburt der Hölle. Aber jeder bekam eine lebendige Anschauung von einer Macht, die nicht durch Tradition und Herkommen geheiligt ist, sondern sich einem unbändigen charismatischen Willen zur Macht verdankt. Napoleon war das sinnfällige Beispiel für eine politische creatio ex nihilo. Kein Zufall, daß zeitgleich mit Napoleons Aufstieg die europäische Karriere des »tierischen Magnetismus« sich vollzog. Im Spiegel Napoleons entdeckte man die Macht des Unbewußten. Napoleon war auch der große Magnetiseur, der seine magnetischen Kuren am Körper Europas vornahm. Napoleons Macht kehrte das Innerste nach außen. In diesem Sinne hat Goethe von ihm als »Aufklärer wider Willen« gesprochen: Er habe durch seine »dämonische« Macht eine Ergebung und ein Widerstreben bei den Unterworfenen bewirkt, die alles an den Tag bringen mußte, was sich in den Menschen sonst verborgen hält. Napoleon hat, sagt Goethe, »einen jeden aufmerksam auf sich gemacht«.

Worauf wurde Schiller durch Napoleon aufmerksam gemacht? Das Stück »Die Jungfrau von Orleans« gibt die Antwort: Schiller entdeckt die Magie des Politischen. Hätte Schiller nicht den Aufstieg Napoleons erlebt, er wäre wohl nicht auf die Idee gekommen, die Machtergreifung eines inspirierten Bauernmädchens, das aus dem Himmel oder aus dem Nichts kommt, auf die Bühne zu bringen. Das Phänomen Napoleon gehört zur *dunklen TotalIdee*, die Schiller zur »Jungfrau von Orleans« hingeführt hat.

Und noch etwas gehört zu dieser *dunklen TotalIdee*. Johanna ist eine

Somnambule ihrer Mission. Wenn sie aufwacht aus ihrer geschichtsmächtigen Trance, stürzt sie ab. Dann ist sie nur noch eine kraftlose Hochstaplerin. Wenn sie den Glauben an sich und ihren Auftrag verliert, glaubt keiner mehr an sie. Schiller rührt hier an ein verborgenes Motiv, dem er sich noch in zwei Werken, die Fragment geblieben sind, zuwenden wird: in dem unmittelbar nach der »Jungfrau von Orleans« begonnenen Theaterstück über den falschen englischen Kronprätendenten »Warbeck« und in dem letzten, unvollendeten Werk »Demetrius«, das vom Aufstieg und Fall eines falschen Zaren handelt.

Damit keiner auf die Idee kommt, er habe sich mit seiner »Jungfrau von Orleans« allzu tief ins Katholische, Wunderbare und Vaterländische verstrickt, legt Schiller anderthalb Jahre später mit der »Braut von Messina« ein Stück vor, das im strengen antiken Stil gearbeitet und von einem neuheidnischen Schicksalsfatalismus bestimmt ist. Inzwischen ist Schiller zuallererst Artist und nicht Verkünder und Bekenner. Eben hat er noch ein Mysterienspiel gespielt, jetzt spielt er Antike. Er läßt, was in der Moderne bis dahin noch keiner gewagt hat, einen Chor auftreten als *beharrlichen Zeugen und Träger der Handlung* (II, 819). Zeuge der Handlung gewiß – aber Träger? Ein Jahrhundert vor Nietzsches Schrift über die »Geburt der Tragödie« führt Schiller nicht nur in der Theorie, sondern wirklich auf der Bühne diese Geburt der Tragödie aus dem Geiste des Chores vor. Den Chor nennt Schiller die *lebendige Mauer …, die die Tragödie um sich herumzieht, um sich von der wirklichen Welt rein abzuschließen und sich ihren idealen Boden, ihre poetische Freiheit zu bewahren* (II, 819). Zur Anschauung kommt der apollinische Traum, wie ihn nur ein dionysischer Geist, der weiß, daß er vom Schicksal verschlungen wird, zu träumen vermag. Dort, in diesem schrecklichen und doch schönen Traum agieren im Angesicht des Chores die Protagonisten, jeder für sich und doch so miteinander verstrickt, daß sie am Ende in Liebe und Haß sich ihren Untergang bereiten. Der Chor aber bleibt, und die Protagonisten werden, nachdem sie sich ausgetobt haben, in seinen *Schoß* zurücksinken, nach dem dunklen Spruch des Anaximander, daß der einzelne seine Schuld, ein einzelner zu sein, abbüßt, indem er zurückfällt ins Ganze, aus dem er entsprang. Die Protagonisten, die vor dem Chor agieren, sind die lebende Dissonanz. Sie lösen sich als Einzelstimmen aus dem Chor, entwickeln ihr dissonantes Spiel, das Drama ihrer Verwicklungen, und werden wieder im Unisono des

Chores untergehen. Was auf der Bühne geschieht, ist öffentlich, im hellen Licht. Dem Chor bleibt nichts verborgen, der einzelne kann sich nicht verstecken. Alles Innere tritt nach außen. Das Tiefe dringt an die Oberfläche. *Der Dichter*, schreibt Schiller in der Vorrede, *muß die Paläste wieder auftun, er muß die Gerichte unter freien Himmel herausführen, er muß die Götter wieder aufstellen, er muß alles Unmittelbare, das durch die künstliche Einrichtung des wirklichen Lebens aufgehoben ist, wieder herstellen, und alles künstliche Machwerk* an *dem Menschen und* um *denselben, das die Erscheinung seiner innern Natur und seines ursprünglichen Charakters hindert, wie der Bildhauer die modernen Gewänder, abwerfen* (II, 820). Das Elementare durchbricht die Kruste der Zivilisation.

Zwei Brüder eines Herrscherhauses in Messina, *wo sich Christentum, griechische Mythologie und Mohammedanismus wirklich begegnet und vermischt haben* (an Körner 10. März 1803), sind verfeindet. Die Mutter will sie miteinander versöhnen, auch weil das Volk es verlangt. Das soll geschehen, wenn den Brüdern endlich die verborgen gehaltene Schwester Beatrice vorgeführt wird, die auf Befehl des verstorbenen Vaters wegen eines ungünstigen Orakels eigentlich hätte getötet werden sollen, aber von der Mutter heimlich einem Kloster übergeben worden war. Nun haben aber die beiden Brüder unabhängig voneinander sich in diese Beatrice verliebt, ohne zu wissen, daß sie ihre Schwester ist, und der eine von ihnen, Don Cesar, tötet in Eifersucht den Nebenbuhler, unter dessen Verkleidung er seinen Bruder nicht erkennt. Der entsetzten Mutter, die den Brüdern eine Schwester schenken wollte und nun vor der Leiche des einen Sohnes steht, gelingt es ebensowenig wie der Schwester, den anderen Sohn Don Cesar vom Selbstmord, mit dem er den Brudermord sühnen will, abzuhalten. Eine tragische Geschichte, die geschieht, weil die Protagonisten Fleisch vom Fleische sind und sich doch nicht erkennen. Sie begegnen sich schicksalhaft und tödlich in der Finsternis ihrer Verkennungen. Eingehüllt in ihre Einbildungen und getrieben von einem blinden Begehren, freveln sie gegen die Natur, denn sie gehören anders zusammen, als sie zusammengehören wollen. Das abschließende Urteil des Chores: *Die Welt ist vollkommen überall, / Wo der Mensch nicht hinkommt mit seiner Qual* (2587–2588).

Dieses Drama stieß auf allgemeine Verwunderung und Verständnislosigkeit über das »gräßliche Heidentum«, das man darin entdeckte. »Man sieht wohl,« schrieb Henriette von Knebel nach der öffentlichen

Lesung des Stückes am 19. Februar 1803, »daß er für sich schreibt, und wenig an das Publikum denkt«. An ein Publikum, das auf Erlösung, Trost und Gemütlichkeit aus ist, hat Schiller bei diesem Stück wirklich nicht gedacht. Von diesem Stück aus wird noch einmal deutlich, daß das Wirken gnädiger Himmelsmächte in der »Jungfrau von Orleans« kein persönliches Bekenntnis, sondern ein ästhetisches Spiel ist. In einem anderen Spiel ist alles anders: die Himmelsmacht ist jetzt ein gnadenloses Schicksal. Goethe bewunderte Schillers Mut, die Erwartungen des Publikums dermaßen zu enttäuschen. Es gibt Andeutungen von ihm, daß er »Die Braut von Messina« für Schillers bestes Stück gehalten hat. Er fand darin eine »grausame Vollkommenheit«.

Nach diesem Stück, das dem Publikum wie eine strenge Medizin verabreicht wurde, machte sich Schiller an die Arbeit zu seinem »Wilhelm Tell«. Jetzt wollte er beweisen, wie weit man es mit der Volkstümlichkeit treiben kann, ohne im geringsten beim Kunstwillen nachzugeben. *Wenn mir die Götter günstig sind, das auszuführen, was ich im Kopfe habe, so soll es ein mächtiges Ding werden und die Bühnen von Deutschland erschüttern* (an Körner, 12. September 1803).

Dreiundzwanzigstes Kapitel

Der Tell-Stoff. Wie Goethe ihn an Schiller abtritt. Schillers Kulturpatriotismus. »Deutsche Größe«. Lob der Langsamkeit. »Wilhelm Tell«, das Festspiel der Freiheit. Aus der bedrohten Idylle in die Geschichte und wieder zurück. Konservative Revolution. Tyrannenmord. Brutus oder der heilige Drachentöter. Volkstümlichkeit. Kotzebue oder die vorweggenommene Satire auf die Schillerfeiern.

Schiller lag schon mehrmals auf den Tod krank darnieder. Die Stimmung des Abschieds, auch eines letzten, war ihm vertraut. Zu Christiane von Wurmb, einer entfernten Verwandten Lottes, die für einige Zeit bei den Schillers wohnte, sagte er bei einem Gespräch am Teetisch: »Die ganze Weisheit des Menschen sollte eigentlich darin bestehen, jeden Augenblick mit voller Kraft zu ergreifen, ihn so zu benutzen, als wäre es der einzige, letzte.«

Diese Bemerkung machte er kurz nach dem Besuch bei Körners im Herbst 1801. Schiller ahnte, daß dies wohl das letzte Wiedersehen sein würde. Die Familie Schiller war zusammen mit der Schwägerin Karoline von Wolzogen für einen Monat zu Gast im Hause am Loschwitzer Weinberg, dort wo Schiller das freundschaftstrunkene und weinselige Lied »An die Freude« gedichtet hatte. Alles erinnerte ihn hier an eine Vergangenheit voller Aufbruch, Hoffnung und Erwartung. Den kleinen Gartensaal nannte er gerührt die *Wiege des Karlos*. Auf die Freunde wirkte er in diesen Wochen unternehmungslustig aber auch elegisch, er war zugleich heiter und melancholisch; überblickte mit Stolz und Genugtuung die zurückgelegte Wegstrecke seines Lebens, er wußte, daß er einiges erreicht hat; doch es drängt ihn weiter, er ist mit sich noch nicht am Ende. Die Erinnerung an die Zeit der Erwartungen beflügelt neue Erwartungen. Er spricht viel von seinen Plänen. Von der »Braut von Messina« ist die Rede. »Wir fragten oft,« erzählt Karoline, »ob die Prinzen von Messina bald einreiten würden«. Schiller ist inzwischen berühmt, und durch die zahllosen Bildnisse, die zirkulieren, ist er zur öffentlichen Person geworden, die überall Neugierige und Bewunderer anzieht. Sie pilgern auch zu dem Weinberg vor den Toren von Dresden, wo Schiller in heiterer Runde Freunde sowie gebetene und ungebetene Gäste um sich versammelt. Wahrscheinlich geschah es dort, daß er auch über Wilhelm Tell sprach, denn von Dresden aus verbreitete sich das Gerücht, er arbeite an einem Stück über den Schweizer Nationalhelden. Zu diesem Zeitpunkt hatte Schiller den Plan zu diesem Stück noch gar nicht gefaßt. Das Gerücht hielt sich aber so hartnäckig, daß er nach einigen Monaten an Cotta schrieb, er habe schon *so oft das falsche Gerücht hören müssen, als ob ich einen Wilhelm Tell bearbeite, daß ich endlich auf diesen Gegenstand aufmerksam worden bin, und das Chronicum Helveticum von Tschudi studierte. Dies hat mich so sehr angezogen, daß ich nun in allem Ernst einen Wilhelm Tell zu bearbeiten gedenke, und das soll ein Schauspiel werden, womit wir Ehre einlegen wollen* (16. März 1802).

Doch es war nicht nur das Gerücht, daß er an dem Stück schreibe, was ihn dazu brachte, es auch wirklich zu schreiben. Zuerst Lotte und dann Goethe hatten ihn auf den Stoff aufmerksam gemacht. Lotte hatte Johannes von Müllers »Geschichte Schweizerischer Eidgenossenschaft« gelesen und am 25. März 1789 dem Freund geschrieben: »Die Geschichte freier Menschen ist gewiß doppelt interessant, weil sie mit mehr Wärme für ihre Verfassung streiten. Es ist so ein eigener Ton darin«.

Schiller aber war einstweilen noch zu sehr abgelenkt von seinen Helden des Flachlandes – er schrieb gerade an seiner niederländischen Geschichte – und mochte sich noch nicht auf die Helden der Berge einlassen, denen er erstaunliche *Kraft*, aber nicht eigentlich menschliche *Größe* (an Lotte, 26. März 1789) zubilligte. Jahre später hatte ihm Goethe am 14. Oktober 1797 von seiner Schweizer Reise geschrieben, es habe sich ein poetischer Stoff hervorgetan, »der mir viel Zutrauen einflößt. Ich bin fast überzeugt, daß die Fabel von Tell sich werde episch behandeln lassen, und es würde dabei, wenn es mir, wie ich vorhabe, gelingt, der sonderbare Fall eintreten, daß das Märchen durch die Poesie erst zu seiner vollkommenen Wahrheit gelangte«. Goethe wollte die Tell-Geschichte aus den Sitten und Gebräuchen und aus dem Boden dieser urtümlichen Landschaft hervorwachsen lassen. In seinem Brief schildert er Land und Leute, um dies »höchst bedeutende Local« anschaulich zu machen. Das gelingt ihm so gut, daß Schillers Einbildungskraft sofort Feuer fängt, zwar noch nicht für ein eigenes Werk, doch im Geiste der gemeinsamen allmählichen Verfertigung von Ideen. Die »Sympoesie«, wovon die Romantiker meist nur schwärmten – zwischen Goethe und Schiller fand sie wirklich statt.

Die Idee von dem Wilhelm Tell ist sehr glücklich, antwortet Schiller am 20. Oktober 1797, *aus der bedeutenden Enge des Stoffes wird da alles geistreiche Leben hervorgehen ... Zugleich öffnet sich aus diesem schönen Stoffe wieder ein Blick in eine gewisse Weite des Menschengeschlechts, wie zwischen hohen Bergen eine Durchsicht in freie Ferne sich auftut*. Er freue sich auf Goethes Rückkehr, dann könne man sich gründlich über dieses Thema austauschen. Tatsächlich wurde zwischen den beiden im folgenden Jahr viel über den Tell-Stoff gesprochen. Goethe hielt noch eine Weile lang an seinem Plan fest, schob aber die Ausführung immer weiter hinaus. Schiller war neugierig, er konnte nicht genug davon hören. Irgendwann zwischen dem Herbst 1801 und dem Frühjahr 1802 gab Goethe dann den Stoff frei. Schiller durfte nun versuchen, ob es ihm gelänge, zwischen den hohen Bergen, die er nie gesehen, eine Durchsicht in freie Fernen, in die *Weite des Menschengeschlechts* zu öffnen. Später erinnert sich Goethe in seinen Gesprächen mit Eckermann: »Von allem diesen erzählte ich Schillern, in dessen Seele sich meine Landschaften und meine handelnden Figuren zu einem Drama bildeten. Und da ich andre Dinge zu tun hatte und die Ausführung meines Vorsatzes sich immer weiter verschob, so trat ich meinen Gegenstand Schillern völlig ab, der dann darauf sein bewundernswürdiges Gedicht schrieb« (6. Mai 1827).

Im Februar 1802 begann Schiller mit den Vorarbeiten; der Tell, schreibt er am 10. März 1802 an Goethe, ziehe ihn *mit einer Kraft und Innigkeit* an, wie es ihm schon lange nicht mehr begegnet sei. Er unterbricht für einige Monate, um die »Braut von Messina« fertig zu stellen, kehrt im Frühjahr 1803 wieder zum Tell zurück und beginnt mit der endgültigen Niederschrift im August 1803. *Im Tell leb' ich und web' ich jetzt*, heißt es in einem Brief an Iffland vom 9. November 1803. Er erwägt sogar eine Reise in die Schweiz, um die Originalschauplätze zu besuchen, verzichtet jedoch darauf aus gesundheitlichen Rücksichten und auch, weil er das Gefühl hat, daß seine imaginierte Schweiz den genius loci hinreichend anschaulich macht, worin ihn Goethe bestärkte.

Als Schiller am »Tell« zu arbeiten beginnt, hat die Schweiz soeben ihre äußere und zum Teil auch ihre innere Freiheit verloren. Das Land war Schlachtfeld gewesen im zweiten Koalitionskrieg zwischen Frankreich und Rußland/Österreich. Napoleon hatte 1799 das Land besetzt, den Staatsschatz in Bern geraubt, die alte Kantonalverfassung beseitigt und eine willfährige Regierung eingesetzt. In den Urkantonen, die schon in der Tell-Geschichte eine rühmliche Rolle gespielt hatten, war auch diesmal der Widerstand gegen die französische Herrschaft besonders hartnäckig. Allerdings fand die französische Politik auch einigen Anklang, weil patrizische Vorrechte zugunsten bürgerlicher Zivilrechte beseitigt wurden. Trotzdem hielten der Gebietsverlust und die drückenden Abgaben an Frankreich den Widerstandswillen und die Empörung wach. Der verletzte Stolz der Eidgenossenschaft in der von Napoleon oktroyierten »Helvetischen Republik« fand Linderung in der Erinnerung an die heroische Geschichte der Befreiung von Habsburg und dem Reich. Und so konnte der Tell-Mythos wieder Popularität gewinnen über die Schweiz hinaus auch in Deutschland, wo sich ein Freiheitswille gegen die französische Vorherrschaft zu rühren begann; denn der westliche Teil war direkt von Napoleon beherrscht, der südliche Teil litt unter dem Krieg, und im noch neutralen nördlichen Teil hatte man Angst, in den Krieg hineingezogen zu werden. Es war eine unübersichtliche Situation, weil man noch nicht genau wußte, was man von Napoleon zu halten hatte. Die einen sahen in ihm immer noch den Revolutionär und fürchteten ihn deshalb oder hofften auf ihn, je nachdem. Für andere war er nur noch der Tyrann. Erst allmählich zeichnet sich die künftige Front der antinapoleonischen Befreiungskriege ab, wo dann politisches Freiheitsverlangen und Patriotismus im Bündnis mit den Kräften der Tradition gegen die napoleonische Fremdherrschaft kämpfen werden. In diesen Zusammenhang der Herausbildung einer zugleich revolutionären und konservativen Bewegung gehört der erneuerte Tell-Mythos am Anfang des 19. Jahrhunderts. So hat ihn Schiller vorgefunden, und in seinem Geiste läßt er Stauffacher in seiner großen Rede beim Rütlischwur sprechen: *Nein, eine Grenze hat Tyrannenmacht, / Wenn der Gedrückte nirgends Recht kann finden, / Wenn unerträglich wird die Last – greift er / Hinauf getrosten Mutes in den Himmel / Und holt herunter seine ewgen Rechte, / Die droben hangen unveräußerlich / Und unzerbrechlich wie die Sterne selbst – / Der alte Urstand der Natur kehrt wieder* (Vers 1274–1281; II, 959).

Beseitigung der Tyrannei und Verwirklichung der naturrechtlich begründeten politischen Freiheit waren auch die Forderungen der Französischen Revolution. Aber waren Tell und die Verschworenen des Rütli-Bundes wirklich Revolutionäre? Waren sie vielleicht sogar Jakobiner wie sie im Buche stehen? Man konnte das Stück als ein Revolutionsdrama verstehen, und es wurde auch teilweise, besonders von offiziell politischer Seite, so verstanden. Es hat deshalb nicht an Versuchen gefehlt, Aufführungen des Stückes zu verhindern oder zu entschärfen. Es dauerte mehr als ein halbes Jahrhundert, bis »Wilhelm Tell« unverstümmelt auf der Bühne erscheinen konnte. Bei der Uraufführung in Weimar unterblieben die Anspielungen auf das Haus Habsburg, in Wien durfte das Stück vorerst überhaupt nicht gespielt werden, und in Berlin strich Iffland vorsorglich den ganzen fünften Akt mit der Parricida-Szene. Der Triumph des Stückes auf den deutschen Bühnen konnte dadurch nicht verhindert werden, im Gegenteil, die Schikanen erhöhten seine Sprengkraft, die sich viel später auch darin zeigte, daß Adolf Hitler die Aufführung dieses Stückes verbot.

Wie man das Stück verstand, ist die eine Sache, wie es von Schiller gemeint war, eine andere.

Schiller hatte sein Urteil über die Französische Revolution in seinen »Briefen über die ästhetische Erziehung« ausführlich dargelegt. Freiheit, Menschenrechte, Republik waren für ihn löbliche Ziele, wenn sie von Menschen angestrebt und erkämpft werden, die selbst innerlich frei sind. Er hatte Fichtes Gedanken, daß man Freiheit nur im politischen Kampf um sie erlernen kann, zurückgewiesen zugunsten seiner Idee, wonach man erst durch ästhetische Bildung und im Spiel Freiheit erlernen und verinnerlichen muß, um sie dann in der äußeren politischen Welt errichten zu können. An dieser Auffassung hielt er seitdem unbeirrt fest. Der Aufstieg Napoleons hatte ihn wegen der Magie der Macht zwar fasziniert, doch zugleich auch empört. Er sah darin seine Befürchtungen bestätigt, daß in einer Gesellschaft der Unfreien die Macht der Willkür und des Egoismus angebetet wird. Napoleon, so dachte Schiller, kann ein Abgott nur für diejenigen sein, die nicht ihre Freiheit wollen, sondern die Macht anbeten, die sie selbst nicht besitzen. Schiller verabscheute die Unterwerfungslust, die Napoleon erregte. »Zu dem Eroberer«, berichtet Karoline von Wolzogen, »hatte er nie Neigung und Vertrauen, nie hoffte er, daß irgend etwas Gutes der Menschheit durch ihn werden könne«. Nach dem zwischen Frankreich und Österreich am 9. Februar 1801 geschlossenen Frieden von Lunéville, der die kontinentale Hegemonie Napoleons festschrieb und die Auflösung des alten Reiches vorbereitete, wurde Schiller von Göschen um ein Gedicht zur Feier dieses Friedens gebeten. Er lehnte ab, da *wir Deutschen eine so schändliche Rolle in diesem Frieden spielen* und er keine *Satire auf das deutsche Reich* schreiben wolle (26. Februar 1801). Er äußerte sich dann doch zu diesem Ereignis in dem Gedicht »Der Antritt des neuen Jahrhunderts«. Dort prangert er den Frieden von Lunéville als Untergang der europäischen Freiheit an. Sie sei zur Beute der kontinentalen (Frankreich) und maritimen (England) Hegemonialmächte geworden: *Und das Band der Länder ist gehoben, / Und die alten Formen stürzen ein; / … / Zwo gewaltge Nationen ringen / Um der Welt alleinigen Besitz, / Aller Länder Freiheit zu verschlingen, / Schwingen sie den Dreizack und den Blitz* (I, 459).

Wo ist der Freiheitswille geblieben? Frankreich, wo er vor kurzem so mächtig erwachte, ist ihm inzwischen zum Hort von Unfreiheit, von Gewalt und Eroberungswillen geworden. Als der Erbpinz Karl Friedrich von Sachsen-Weimar Anfang 1802 zu einer Bildungsreise nach Paris aufbrach, verfaßte Schiller als Abschiedsgabe ein Gedicht, das in Goethes Mittwochskränzchen nach der Melodie des populären »Rheinweinliedes« gesungen wurde: *Er reißt sich aus den väterlichen Hallen, / Aus lieben Armen los, / Nach jener stolzen Bürgerstadt zu wallen, / Vom Raub der Länder groß* (I, 461).

Das Mittwochskränzchen hatte Goethe gegen den Trübsinn des Winters im November 1801 begründet. Alle zwei Wochen traf man sich mittwochs nach dem Theater bei Goethe zum Souper. Man vermied die Bezeichnung »Club«, weil das zu revolutionär geklungen hätte. »Kränzchen« wirkte harmlos, und so sollte das Treffen auch sein, bei dem vierzehn Auserwählte sich um den Hausherrn und Schiller versammelten. Gäste, die allen Mitgliedern genehm waren, durften dazukommen. Zu den Gästen gehörte manchmal auch der Herzog, wenn er sich bei Gänseleber, Wein und Dichtung entspannen wollte. Es ging dort ziemlich steif zu, auch wenn gesungen und geplaudert wurde. »Die Teilnehmer befinden sich weder auf Erden, noch im Himmel, noch in der Hölle, sondern in einem interessanten Mittelzustand, welcher teils peinlich, teils erfreulich ist«, so beschreibt Goethe diesen Kreis. Dort also brachte Schiller seine Verdammung des französischen Ungeistes zu Gehör, und dort gab er dem Erbprinzen gute Wünsche auf den Weg: *Daß dich der vaterländsche Geist begleite, / Wenn dich das schwanke Brett / Hinüberträgt auf jene linke Seite, / Wo deutsche Treu vergeht* (I, 462). Der Erbprinz möge nur keck genug sein, um im Herzen der Macht ihr Geheimnis zu finden. Nur in Paris könne man *in den Krater … niedersteigen, / Aus dem die Lava stieg* (I, 461). Ein anderes Gedicht, das Schiller ebenfalls im Mittwochskränzchen vortrug, behandelt »Die

Antiken zu Paris«. Die französische Armee wird dargestellt als Räuber der europäischen Kunstschätze, doch die geraubten Schätze rächen sich: *Ewig werden sie ihm* (dem Franzosen) *schweigen, / Nie von den Gestellen steigen / In des Lebens frischen Reihn. / Der allein besitzt die Musen, / Der sie trägt im warmen Busen, / Dem Vandalen sind sie Stein* (I, 213). Wer die Kunst besitzen will, wird sie verlieren. Sie öffnet sich nur dem freien Sinn; das kann auch nicht anders sein, weil die Freiheit, die in der großen Politik untergeht, ihr Asyl in der Kunst gefunden hat und dort auch nur von der Freiheit und nicht von der Gewalt zum Sprechen gebracht werden kann. Schiller empfiehlt im politischen Tumult die Andacht vor dem Schönen.

Es war Schiller, der zum ersten Mal im gemütlichen Mittwochskränzchen mit großer Bestimmtheit den Gedanken der deutschen Kulturnation formulierte. Angedeutet wird er in dem Gedicht »Der Antritt des neuen Jahrhunderts«, das mit der Frage beginnt: *Edler Freund! Wo öffnet sich dem Frieden, / Wo der Freiheit sich ein Zufluchtsort?* und mit der Antwort endet: *In des Herzens heilig stille Räume / Mußt du fliehen aus des Lebens Drang, / Freiheit ist nur in dem Reich der Träume, / Und das Schöne blüht nur im Gesang* (I, 458f.). Schiller plante, den Gedanken der deutschen Kulturnation in einem großen philosophisch-politischen Gedicht unter dem Titel »Deutsche Größe« breit zu entfalten. Er ist nicht damit fertig geworden, aber es haben sich Vorstudien erhalten, die in pointierten Formulierungen deutlich genug den anvisierten Gedankengang zeigen: *Darf der Deutsche in diesem Augenblicke, wo er ruhmlos aus seinem tränenvollen Kriege geht, ... darf er sich seines Namen rühmen und freun? ... / Ja er darfs! Deutsches Reich und deutsche Nation sind zweierlei Dinge. Die Majestät des Deutschen ruhte nie auf dem Haupt seiner Fürsten. Abgesondert von dem politischen hat der Deutsche sich einen eigenen Wert gegründet, und wenn auch das Imperium unterginge, so bliebe die deutsche Würde unangefochten. / Sie ist eine sittliche Größe, sie wohnt in der Kultur* (I, 473f.)

In der großen Politik ist Deutschland nicht vertreten, seine *Würde* aber zeigt sich in der *Kultur.* Kultur ist haltbarer als die politische Macht, die schnell gewonnen und noch schneller verspielt wird. Wenn Kultur länger dauert, so gilt doch auch, daß es länger dauert, bis sie geschaffen ist. Und darum kommen die Deutschen als Nation verspätet in der Geschichte an. Doch aus der Verspätung läßt sich Gewinn ziehen: *endlich muß die Sitte und die Vernunft siegen, die rohe Gewalt der Form erliegen – und das langsamste Volk wird alle die schnellen flüchtigen einholen*

(I, 475). Der Nachteil der Verspätung wird zum Vorteil: man wird nicht vorzeitig durch Machtkämpfe verschlissen. Während andere sich in Tageskämpfen aufreiben, auch wenn sie von Sieg zu Sieg eilen, wird Deutschland *an dem ewigen Bau der Menschenbildung* arbeiten, und dann wird sich endlich zeigen, worin der Sinn der Langsamkeit besteht: *Jedes Volk hat seinen Tag in der Geschichte, doch der Tag des Deutschen ist die Ernte der ganzen Zeit* (I, 478). Wie sollte man bei solchen Aussichten nicht daran glauben, daß es der *Weltgeist* ist, der die Deutschen *erwählt* hat für jene große Mission, Freiheit und schöne Humanität in Europa zu befördern? Schiller hat sich nicht träumen lassen, daß aus der Verspätung der Nation statt demokratischer und kultureller Reife besondere Hysterien und Ressentiments entspringen würden, daß die langsam gewachsene Kultur und Bildung nicht kräftig genug sein würden, um die Barbarei zu verhindern, und daß diese Kultur sich sogar würde instrumentalisieren lassen für die Zwecke der Barbarei.

Wir wissen nicht, warum Schiller das Gedicht »Deutsche Größe« nicht ausführte. War ihm vielleicht die deutsche Mission auch für seinen Geschmack zu grandios geraten? Erhob der Realist in ihm Einspruch gegen die allzu idealistische Vision vom Vorteil der Verspätung und der Langsamkeit? Genug, er führte das Gedicht nicht aus, er stellte diese Proklamation einer welthistorischen humanen Mission der Deutschen zurück zugunsten eines anderen hohen Liedes der Freiheit: »Wilhelm Tell«.

In dem Gedicht zum »Antritt des neuen Jahrhunderts« heißt es: *Ach umsonst auf allen Länderkarten / Spähst du nach dem seligen Gebiet, / Wo der Freiheit ewig grüner Garten, / Wo der Menschheit schöne Jugend blüht* (1, 459). Nun entdeckt er in der Bergwelt des Wilhelm Tell den *ewig grünen Garten* der Freiheit. Hier kann er zeigen, daß die wahre Revolution eine konservative ist; daß sie sich nicht der Suche nach einem neuen Menschen verdankt, sondern der Verteidigung des alten, wohlgeratenen; daß Großes entsteht, wenn das Gelungene sich wehrt gegen eine Neuerung, welche die Dinge und Menschen schlechter macht; daß die Idylle nicht idyllisch ist, sondern ihre Würde zu verteidigen weiß bis hin zum Tyrannenmord; daß der Fortschritt im Bewahren liegen kann; daß man sich verlieren kann, wenn man mit der Zeit geht. Die Lichtung, auf der die Verbündeten sich zum Rütlischwur vereinigen, ist nicht das Licht am Ende eines geschichtlichen Tunnels, sondern der stets zugängliche Ort individueller Verantwortung und gemeinschaftlicher

Selbstbehauptung. Der »Wilhelm Tell« vergegenwärtigt eine Freiheit, auf deren historische Stunde man nicht zu warten braucht, sondern die man immer schon hat, wenn man sie sich nimmt; eine Freiheit, die weniger errungen als bewahrt und seltener von der Geschichte hervorgebracht als ihr abgetrotzt wird. In der »Deutschen Größe« hat Schiller die Langsamkeit gelobt, aber er hatte daraus eine Mission gemacht; auch Tell ist langsam, aber ohne Mission. Er ist ein Selbsthelfer. Seine Langsamkeit und Bedächtigkeit machen ihn stark und unbezwinglich, und in der stolzen Verteidigung des Alten gewinnt er seine Zukunft.

Was das Schauspiel so populär gemacht hat, ist die für den ersten Blick sinnfällige Einfachheit seines gedanklichen Aufbaus.

Eine bodenständige freie Gemeinschaft ist bedroht durch eine äußere Tyrannei. Aufs Äußerste gereizt wehrt sie sich. Dabei vergewissert sie sich ihrer Zusammengehörigkeit und begründet ihren Bund neu. Am Ende behauptet die Gemeinschaft der Eidgenossen ihre Freiheit. Die Gemeinschaft ist aus ihrer naturnahen Idylle aufgestört worden, wird in die Geschichte hineingerissen, wo sie die Tyrannen bekämpft und besiegt, und kann am Ende, um einige Erfahrungen reicher und darum verwandelt, in die Idylle zurückkehren; ein zirkulärer Weg: er führt aus der naturnahen Ruhe in die tumultuarische Geschichte und wieder zurück. Es handelt die Gemeinschaft, das »Volk«, aber vor allem handelt Tell, der dazugehört und sich doch abseits hält. In dieser abseitigen und zugleich herausgehobenen Rolle vermag er um so besser den Geist dieser Gemeinschaft zu verkörpern. *Der Starke ist am mächtigsten allein* (Vers 437; II, 932) – mit diesen Worten begründet Tell seine Weigerung, am Rütli-Bund teilzunehmen. Wenn er den Tyrannen tötet, handelt er als Selbsthelfer und repräsentiert gerade dadurch die Kraft der Gemeinschaft, der er angehört: Er löst die kollektive Befreiungstat aus, die sich sonst womöglich in strategischen Kalkülen verzettelt und verspätet hätte.

Am Anfang also die Idylle. Fischerknaben, Hirten und Alpenjäger, zum Chor vereint, führen sie vor: *Es lächelt der See, er ladet zum Bade* (Vers 1; II, 917). Bedrohliches wird angedeutet. Einstweilen ist auf den Höhen und in den einsamen Tälern zwar alles noch friedlich, aber wenn die Wolken aufreißen, erblickt man die Welt und die *Städte der Menschen* (32), aus denen das Unheil kommt. Ein Gewitter zieht auf, die Ankündigung für ein Menschengewitter, das ihm folgt. Konrad

Baumgarten kommt atemlos hereingestürzt. Er hat den Burgvogt erschlagen, als dieser versuchte, die Ehefrau zu vergewaltigen. Die Soldaten des Burgvogtes verfolgen ihn. Ein Sturm wütet, der Fährmann getraut sich nicht, den Flüchtling ans andere Ufer überzusetzen. Da tritt Tell auf: *Ich wills mit meiner schwachen Kraft versuchen. / … / Wohl aus des Vogts Gewalt errett ich Euch, / Aus Sturmes Nöten muß ein andrer helfen* (152–156). Tell erscheint von Anfang an als Helfer in der Not, als ein Mann der direkten Aktion. Mit Politik will er nichts zu tun haben. Schiller hat das eigene Mißtrauen gegen die politische Sphäre in seinen Tell hineinprojiziert. Tell handelt als Naturmensch, mit unmittelbaren, intuitiven, spontanen Reaktionen. Der Freiheitswille ist Selbstbehauptung als Instinkt. ›Kultur‹ ist ihm verdächtig. Im Gespräch mit seinem Sohn Walter erläutert er den Unterschied zwischen Natur und Kultur, so wie er ihn versteht. Kultur ist jenseits der Berge, wo die Härte der Natur nicht mehr spürbar ist: *Wenn man hinunter steigt von unsern Höhen, / Und immer tiefer steigt, … / Das Korn wächst dort in langen, schönen Auen, / Und wie ein Garten ist das Land zu schauen* (1786–1793). Ist es nicht besser, dort zu wohnen, fragt Walter. Nein, antwortet Tell, die Menschen dort haben ihre Freiheit verloren. Das Land gehört ihnen nicht und sogar sie selbst gehören sich nicht. Sie haben sich dem Staat unterworfen, weil es ihnen an Kraft fehlt, sich selbst zu schützen. Der Unfreie wird neidisch und mißtrauisch. *Dort darf der Nachbar nicht dem Nachbar trauen* (1809). Zwar hat die Natur dort an Bedrohlichkeit verloren, dafür ist die Herrschaft von Menschen über Menschen um so bedrohlicher geworden, deshalb ist es besser *die Gletscherberge / Im Rücken haben, als die bösen Menschen* (1812–1813).

Für Tell gehört Politik zu jener ›Kultur‹, von der er sich fernhält. Er verteidigt seine Unmittelbarkeit gegen die Welt der Vermittlungen, der Ränke, Pläne, Strategien. Als Stauffacher, der Organisator des politischen Widerstandes, ihn wenig später für die gemeinsame Aktion zu gewinnen versucht, lehnt er ab. *So kann das Vaterland auf Euch nicht zählen, / Wenn es verzweiflungsvoll zur Notwehr greift?* (438–439), fragt Stauffacher, und Tell antwortet: *Der Tell holt ein verlornes Lamm vom Abgrund, / Und sollte seinen Freunden sich entziehen? / Doch was ihr tut, laßt mich aus eurem Rat, / Ich kann nicht lange prüfen oder wählen, / Bedürft ihr meiner zu bestimmter* Tat, */ Dann ruft den Tell, es soll an mir nicht fehlen* (440–445). Tell verhält sich ruhig, solange ihn die Machthaber in Ruhe lassen; er vertraut auf die Kraft und Dauer der natürlichen Lebensordnung, die den politischen Umtrieb der Tyrannei überleben wird. *Die schnellen Herrscher sinds, die kurz regieren* (422). Er lebt aus Freiheit, er muß sie sich nicht erst erkämpfen. Sie ist sein Lebenselement, *sein Atem ist die Freiheit* (2361).

Tell also hält sich fern. Einstweilen ist er noch der unbewegte Beweger, dramentechnisch ein retardierendes Element. Die Eidgenossen aber setzen sich in Bewegung, es wachsen die Empörung und der Wille zum Widerstand. Es häufen sich die Schandtaten der Tyrannei. Die freien Bauern werden ausgeplündert. Der junge Melchthal wehrt sich gegen die Schergen, die ihm das Vieh rauben, er schlägt einen nieder, muß fliehen. Man bemächtigt sich des Vaters, treibt ihn vom Hof und sticht ihm die Augen aus. Das macht den Sohn zum Rebellen: *Welch Äußerstes / Ist noch zu fürchten, wenn der Stern des Auges / In seiner Höhle nicht mehr sicher ist? / – Sind wir denn wehrlos?* (639–642). Der junge Melchthal, Walter Fürst und Stauffacher veranlassen eine Versammlung der Urkantone Uri, Unterwalden und Schwyz am Rütli. In einem feierlichen Akt beschwören die Vertreter der Landgemeinden ihren Bund und setzen einen Termin für den Aufstand und die Erstürmung der Zwingburgen des Reiches und des Hauses Habsburg. Die Eidgenossen wollen nicht eine neue Ordnung erkämpfen, sondern die alte bewahren: *Wir stiften keinen neuen Bund, es ist / Ein uralt Bündnis nur von Väter Zeit, / Das wir erneuern!* (1154–1156). Es geht um die *alte Freiheit* und die *alte Treue.* Stauffacher erinnert an den Gründungsmythos vom Ursprung dieser Gemeinschaft, dessen man *stets gedenk* (1198) bleiben sollte, um zu wissen, weshalb und wofür man kämpft und mit welchem Recht. Unüberhörbar sind die alttestamentarischen Anklänge dieser Erzählung von einem Volk, das die Not zur Auswanderung trieb, das in unwirtlicher Bergregion Zuflucht fand, sich hier anbaute und die Natur urbar machte: *Wir haben diesen Boden uns erschaffen / Durch unsrer Hände Fleiß, den alten Wald, / Der sonst der Bären wilde Wohnung war, / Zu einem Sitz für Menschen umgewandelt, / Die Brut des Drachen haben wir getötet, / Der aus den Sümpfen giftgeschwollen stieg, / … / Unser ist durch tausendjährigen Besitz / Der Boden – und der fremde Herrenknecht / Soll kommen dürfen und uns Ketten schmieden, / … / Nein, eine Grenze hat Tyrannenmacht* (1259–1274).

Das Naturrecht auf Widerstand wird hier anders begründet als bei Rousseau, nicht durch das Postulat einer ursprünglichen Gleichheit, sondern mit dem Hinweis auf die ursprüngliche Aneignung von Grund

und Boden. Nicht die Gleichheit der Besitzlosen, wie bei Rousseau, sondern die Besitznahme stiftet das Menschenrecht. Bei Rousseau ist das Eigentum der Sündenfall der Geschichte, in dem von Stauffacher vorgetragenen Gründungsmythos aber ist es das Eigentum, das die Menschenwürde begründet. Warum? Weil erst die Verwandlung von Natur in Kultur den Menschen natürlich und die Natur menschlich macht und dadurch eine natürliche Ordnung entstehen läßt, in der sich die Kräfte des Menschen entfalten können – vorausgesetzt, dieser Stoffwechsel mit der Natur wird nicht von den fremden Tyrannen gestört, die das von anderen geschaffene Eigentum für die eigenen Zwecke der Macht und des Luxus rauben.

Die Eidgenossen sind durchaus bereit, die kaiserliche Macht zu akzeptieren, falls diese ihre Aufgabe der Friedenssicherung und des Schutzes der Besitzstände erfüllt. *Denn herrenlos ist auch der Freiste nicht. / Ein Oberhaupt muß sein, ein höchster Richter, / Wo man das Recht mag schöpfen in dem Streit. / Drum haben unsre Väter für den Boden, / Den sie der alten Wildnis abgewonnen, / Die Ehr gegönnt dem Kaiser* (1215–1220). Die Freien haben dem Kaiser gegenüber nur eine einzige Pflicht: *Das Reich zu schirmen, das sie selbst beschirmt* (1225). Wenn aber der Kaiser sich der Dienste solcher Tyrannen wie Geßler und der anderen Vögte bedient, setzt er sich ins Unrecht und zwingt die Unterworfenen zum Aufstand gegen die Unholde, die sich zwischen den Kaiser und das Volk schieben.

Insofern man die Oberhoheit des Kaisers anerkennt, hält man an der *Ordnung der Väter* fest, doch entwickelt der neu befestigte Rütlibund seine eigene Dynamik: er verwandelt sich in eine Brüderordnung: *Laßt uns den Eid des neuen Bundes schwören. / – Wir wollen sein ein einzig Volk von Brüdern* (1446–1447). Diese neue Brüderordnung geht über die alte Väterordnung hinaus; sie bleibt zwar bodenverhaftet und patriarchalisch: *Wir stehn vor unser Land, / Wir stehn vor unsre Weiber, unsre Kinder* (1286–1287), aber die innere Einheit und Freiheit wächst: die Urkantone schließen sich enger zusammen, und die ständischen Schranken zwischen dem freien Bauerntum, den Städten und dem Adel fallen. *Der Adel steigt von seinen alten Burgen / Und schwört den Städten seinen Bürgereid* (2430–2431). Der einsichtige Adel, repräsentiert durch Attinghausen, begrüßt diese Umwälzung: *Hat sich der Landmann solcher Tat verwogen, / Aus eignem Mittel, ohne Hülf der Edeln, / Hat er der eignen Kraft soviel vertraut – / Ja, dann bedarf es unserer nicht mehr, / Getröstet können wir zu Grabe steigen, / Es lebt nach uns – durch andre Kräfte will / Das Herrliche der Menschheit sich erhalten* (2416–2422). Wie schon Attinghausen verzichtet auch Bertha von Brunek am Ende ausdrücklich auf ihre Adelsvorrechte: *Landleute! Eidgenossen! Nehmt mich auf / In euern Bund, die erste Glückliche, / Die Schutz gefunden in der Freiheit Land. / In eure tapfre Hand leg ich mein Recht, / Wollt ihr als eure Bürgerin mich schützen?* (3282–3286). Und Ulrich von Rudenz, der einst mit den Vögten gegen seine Landsleute paktierte und später von Bertha, in die er sich verliebt, auf die Seite der Eidgenossenschaft gezogen wird, sagt am Ende: *Und frei erklär ich alle meine Knechte* (3290). Mit diesen Worten klingt das Stück aus. Das Werk der Befreiung ist vollendet. Die Kantone sind geeint, die Knechte befreit, und der Adel hat auf seine Privilegien verzichtet.

Aber vergessen wir nicht: Daß sich alles so gut fügte, hat erst die einsame Tat Tells möglich gemacht. Die Eidgenossen können politisch nur erfolgreich sein, weil der unpolitische Tell, von einem erlittenen Frevel aufgestachelt, als Selbsthelfer politisch handelt. Die Eidgenossen haben einen späteren Zeitpunkt für ihren Aufstand verabredet, und sie können darum nicht mehr spontan auf eine Situation reagieren, die in der Strategie nicht vorgesehen ist. Ein Handeln aus momentaner Empörung haben sie sich untersagt. *Bezähme jeder die gerechte Wut, / Und spare für das Ganze seine Rache, / Denn Raub begeht am allgemeinen Gut, / Wer selbst sich hilft in seiner eignen Sache* (1461–1464). Als sie aber der empörenden Apfelschußszene tatenlos zusehen und sogar zulassen, daß Tell gefangen abgeführt wird, merken sie, daß sie sich zu gut *bezähmt* haben. Aus der verabredeten Zurückhaltung ist Selbstlähmung geworden. Die Verschworenen sind demoralisiert. Stauffacher zu Tell: *O nun ist alles, alles hin! Mit Euch / Sind wir gefesselt alle und gebunden!* (2090f.). Und wirklich werden auch keine Anstalten getroffen, um Tell zu befreien. Hätte sich Tell nicht ohne fremde Hilfe aus der Gefangenschaft befreit und hätte er nicht, um den an ihm begangenen Frevel zu rächen, den Tyrannen Geßler getötet, hätten die Verschworenen ihre Demoralisierung vielleicht nicht überwinden können. Es hätte sich dann wohl gezeigt, daß die politischen Akteure eine solche Naturkraft, wie sie Tell verkörpert, nötig haben. Jedenfalls hat Tell der gemeinsamen Sache geholfen, indem er unbeirrt die seine verfolgte. Er hat ihr geholfen, weil er sich nicht an den Vorsatz der Verschwörer gebunden fühlte, wonach keiner sich *in seiner eigenen Sache* helfen soll. Hilfreich war also weniger die Politik und Strategie der Verschworenen als das antipolitische Selbsthelfertum Tells.

Tell läßt sich nicht auf die verschlungenen Wege politischer Berechnung und Kalküle ein, er taktiert nicht. Er zieht sich so lange auf Haus und Familie sowie auf seine Ungebundenheit als Wildschütz zurück, bis der Tyrann Geßler von ihm das Äußerste verlangt, indem er ihn zwingt, auf den eigenen Sohn zu schießen. Das ist ein Frevel wider die menschliche Natur, von Schiller noch zusätzlich sinnfällig gemacht durch den Aufruhr der äußeren Natur. Das schlimme Unwetter, das nach der Gefangennahme Tells losbricht, schildert ein Fischer so: *Raset, ihr Winde, flammt herab, ihr Blitze, / Ihr Wolken berstet, gießt herunter, Ströme / Des Himmels und ersäuft das Land* (2129–2131). Eine wahre Sintflut, als hätte Geßlers Verbrechen gegen Tell die Welt ins Chaos zurückgeworfen. Geßler verkörpert die denaturierte Politik und das Unheil der Geschichte. Er ist das mit den Attributen der politischen Macht aufgeputzte Nichts: *Nichts nennt er sein als seinen Rittermantel* (268). Nicht ungestraft begegnet man diesem Nichts, man wird davon angesteckt. So ergeht es Tell. Der Kreis seines Naturlebens ist gesprengt. In dem Augenblick, da er in der hohlen Gasse auf Geßler wartet, um ihn zu töten, fühlt er sich auch in das Chaos hinausgestoßen, in eine Welt, die aus den Fugen ist und die ihn zum Mörder seines Feindes macht. Herausgerissen aus der Natur ist er in die Geschichte geraten. Sein Feind hat ihn verdorben, weil er ihn zu einem Mord zwingt: *Meine Gedanken waren rein von Mord – /* Du *hast aus meinem Frieden mich heraus / Geschreckt, in gärend Drachengift hast du / Die Milch der frommen Denkart mir verwandelt, / Zum Ungeheuren hast du mich gewöhnt –* (2570–2574). Tell, der dem Geßler auflauert, gerät als Naturmensch in eine Geschichte der Entfremdung: *Denn hier ist keine Heimat – Jeder treibt / Sich an dem andern rasch und fremd vorüber, / … / Denn jede Straße führt ans End der Welt* (2611–2619).

Die zyklische Bewegung der Eidgenossen, die ihre Idylle verteidigend in die Geschichte geraten und wieder in ihre inzwischen bereicherte Idylle zurückkehren, wiederholt sich bei Tell. Auch er kehrt nach seiner Tat, diesem grauenhaften Ausflug in die Geschichte, in die Idylle zurück. Es brennt zwar noch dasselbe Herdfeuer, Frau und Kinder erwarten den Vater, die patriarchalische Welt ist erhalten geblieben, doch Tell ist nicht mehr derselbe. Er hat seine Unschuld verloren. Der Tyrannenmord wirft einen Schatten. Deshalb die Gegenüberstellung von Tell und dem Kaisermörder Parricida in der letzten Szene. Im Kontrast zu Parricida – eigentlich Herzog Johann von Schwaben, der 1308 seinen Onkel König Albrecht I. ermordete – läßt Schiller Tell noch einmal als Lichtgestalt auftreten und die Reinheit seiner Motive rechtfertigen, als müßten doch noch Zweifel ausgeräumt werden. Tell zu Parricida: *Unglücklicher! / Darfst du der Ehrsucht blutge Schuld vermengen / Mit der gerechten Notwehr eines Vaters? / Hast du der Kinder liebes Haupt verteidigt? / Des Herdes Heiligtum beschützt? das Schrecklichste, / Das Letzte von den Deinen abgewehrt? / – Zum Himmel heb ich meine reinen Hände, / Verfluche dich und deine Tat – Gerächt / Hab ich die heilige Natur, die* du */ Geschändet – Nichts teil ich mit dir – Gemordet / Hast* du, ich *hab mein Teuerstes verteidigt* (3174–3184).

Schiller hat also einigen Aufwand getrieben, um von Tells Tat jeden Verdacht eines Meuchelmordes aus fragwürdigen Motiven zu entfernen. Es durften keine Zweifel an der *edlen Simplizität* und *schlichten Manneswürde* des Protagonisten zurückbleiben. Bei Goethe allerdings blieben sie zurück. Gesprächsweise äußerte er später, daß er es »unschicklich« fände, wenn ein Mörder den anderen einen Mörder schelte.

Die Schwierigkeit der Rechtfertigung von Tells Tat liegt darin, daß der Tyrannenmord, dessen Berechtigung das 18. Jahrhundert ausführlich erörtert hat, eine politische Kategorie ist. Von Tell aber sagt Schiller selbst, daß *seine Sache eine Privatsache* sei (an Iffland, 5. Dezember 1803); so gesehen würde der Mord in die Nähe einer Privatfehde rükken. Das aber wollte Schiller vermeiden. Deshalb mußte die Tell-Figur in eine andere Sphäre entrückt werden, in der andere Regeln gelten, noch diesseits der modernen Unterscheidung von privat und öffentlich. Tell verkörpert die Einheit von Person und Natur auf einer elementaren Stufe, er ist eine Figur der Legende, eine Art Heiliger, der eine Heilsordnung gegen das absolut Böse verteidigt. Da aber die politische Bedeutung der Fabel sich durchhält, muß Tell zugleich beides sein, ein Tyrannenmörder in der republikanischen Tradition eines Brutus und ein Heiliger Georg, der den Drachen besiegt. Und außerdem ist er in seiner *edlen Simplizität* auch ein ›edler Wilder‹ – diesmal nicht aus der Südsee, wo ihn der europäische Rousseauismus vermutete, sondern aus den Schweizer Bergen; ein edler Wilder, der unbeabsichtigt zum konservativen Revolutionär wird.

Der »Wilhelm Tell« schildert eine Revolution nach dem Geschmack

Schillers. Über die Französische Revolution hatte er in den »Briefen über die ästhetische Erziehung« geschrieben: *der freigebige Augenblick findet ein unempfängliches Geschlecht* (V, 580). Die mythischen Eidgenossen aber sind, anders als die Franzosen, noch nicht von der Moderne verdorben, sie sind weder *verwildert* noch *erschlafft*, sie sind nicht bloß *rohe* Natur, aber auch nicht raffinierte *Unnatur* (V, 581). Aus solchem Stoff sollten Revolutionen gemacht sein. Der »Wilhelm Tell« ist Schillers Festspiel einer gelingenden Revolution, die Freiheit, Gleichheit und Brüderlichkeit einlöst, weil es hier innerlich freie Menschen sind, die sich die äußere Freiheit bewahren und erkämpfen.

Dieses Werk soll, schreibt Schiller an Iffland, *als ein Volksstück Herz und Sinne interessieren* (12. Juli 1803). Und wirklich ist es überaus volkstümlich geworden, weil es kollektive Wunschträume legendenhaft unter Verwendung von religiösen und republikanischen Symbolen auf die Bühne bringt; die Darstellung eines Revolutionsmythos, der beides in sich vereint: den Wunsch, das gute Alte zu bewahren, und die Lust eines neuen Anfangs; zu bleiben, wo man ist, und aufzubrechen zu neuen Ufern. Diesen Mythos braucht man nicht zu entzaubern. Man sollte ihm im Gedächtnis der Menschheit ein langes Fortleben als Wunschbild wünschen. *Nein, eine Grenze hat Tyrannenmacht.*

Die Uraufführung in Weimar war ein großer Erfolg, aber der eigentliche Triumph setzte erst mit der Aufführung in Berlin am 4. Juli 1804 ein. Danach wurden sogleich sechs Wiederholungen angesetzt, so stark war der Publikumsandrang. Trotz des Widerstandes der Obrigkeiten wetteiferten überall in Deutschland die Bühnen um die Ehre, das Stück aufführen zu dürfen. Mannheim, Frankfurt, Breslau, Hamburg waren die ersten. Die allgemeine Begeisterung war so ansteckend, daß sogar August Wilhelm Schlegel meinte, diese »herzerhebende, altdeutsche Sitte, Frömmigkeit und biedern Heldenmut atmende Darstellung« verdiene, »im Angesicht von Tells Kapelle am Ufer des Vierwaldstätter-Sees, unter freiem Himmel, die Alpen zum Hintergrunde« als Nationalfestspiel aufgeführt zu werden. Dazu kam es auch. Ein halbes Jahrhundert später wird Gottfried Keller in seinem »Grünen Heinrich« eine ergreifende Schilderung eines solchen Schillerschen Tell-Festspiels geben. Das Stück, schrieb er in einem Gedicht auf Schiller, erfülle auf vollkommene Weise den eigentlichen Beruf der Dichtung, »die das Gewordene als edles Spiel verklärt, / Das seelenstärkend neuem Werden ruft, / … / Bis einst die Völker selbst die Meister sind, / Die dichtrisch handelnd ihr Geschick vollbringen«.

Wer einen Mythos dichtet, dem kann es widerfahren, daß er selbst zum Mythos wird. Schillers Ruhm ist von dieser Art. Bereits zu seinen Lebzeiten beginnen jene Schiller-Feiern, die nach seinem Tod im 19. Jahrhundert zum nationalen Festtagskalender gehören werden. Schiller fühlt sich in der Rolle des nationalen Heroen eher unbehaglich. Der Ruhm, auch wenn er ihn genießt, macht ihn verlegen. Der Schauspieler Anton Genast hat das Auftreten des Hochberühmten in den letzten Jahren aus der Nähe erlebt und empfunden, daß Alt und Jung noch weit mehr für Schiller als für Goethe schwärmten, aber: »wie anders bewegte sich Schiller in der Gesellschaft Goethe gegenüber: Die bunte Gesellschaft beängstigte ihn förmlich, und Ehrenbezeigungen, die Goethe als etwas Selbstverständliches aufnahm, wurden ihm unheimlich und machten ihn schüchtern; darum suchte er die einsamen Wege auf, um den ewigen Begrüßungen zu entgehen; aber wenn es hieß: Schiller ist dahinaus gegangen, wählte man gewiß den Weg, wo man ihm begegnen mußte. Er ging gewöhnlich gebeugten Hauptes durch die Massen, jedem, der ihn grüßte, freundlich dankend. Wie ganz anders war Goethe unter diesem Publikum … einhergeschritten, stolz wie ein König, mit hocherhobenem Haupte, dasselbe bei einem Gruß nur gnädig neigend.«

In dieser Schilderung macht sich die damals aufkommende Neigung bemerkbar, die beiden Olympier aneinander zu messen und bisweilen auch gegeneinander auszuspielen. Das hatte bei den Frühromantikern begonnen und setzt sich nun als beliebtes Gesellschaftsspiel fort. Es war zwei Jahre vor dem Tell-Triumph, daß August Kotzebue dieses Gesellschaftsspiel zum ersten Mal skandalträchtig zu inszenieren versuchte, und bei dieser Gelegenheit lieferte er eine vorweggenommene unfreiwillige Satire auf die späteren Schillerfeiern.

August Kotzebue, der populäre Theaterautor, war nach einem abenteuerlichen Leben, das ihn bis nach Rußland führte, mit Titel, Orden, Pensionen und Honoraren reichlich ausgestattet, in seine Heimatstadt Weimar zurückgekehrt und hoffte, auch hier eine gesellschaftlich glänzende Rolle spielen zu können. Er erhielt auch sogleich Zutritt bei Hofe, doch Goethe, der Kotzebues einträgliche Stücke gern am Theater aufführen ließ, verweigerte ihm den Zutritt zum »Mittwochskränzchen«. Daraufhin bildete Kotzebue seinen eigenen Club und begann, heftig um Schiller zu werben. Er versuchte, einen Keil zwischen ihn und Goethe zu treiben. Zu diesem Zweck plante er eine prunkvolle Feier zu Schillers Namenstag am 5. März 1802. Im festlich geschmückten Rathaussaal sollten Szenen aus Schillers Dramen dargestellt und das »Lied von der Glocke« rezitiert werden. Er selbst wollte zum Schluß als Meister Glockengießer auftreten, eine Glockenform aus Pappe zerschlagen, darunter sollte die Büste Schillers zum Vorschein kommen, die von einem Jungfernreigen in weißen wallenden Gewändern umtanzt und anschließend mit Lorbeer bekränzt werden sollte. Ganz Weimar blickt dem Ereignis mit gespannter Erwartung entgegen. Kotzebue hat mit der Laienspielschar, die sich aus Damen der besseren Kreise zusammensetzte, alles sorgfältig eingeübt, da verweigert am Vorabend des Festtags der Bibliotheksverwalter die Herausgabe der Schiller-Büste mit der Begründung, man habe noch nie eine Gipsbüste unbeschädigt von einem Fest zurückerhalten. Aber es kommt noch schlimmer. Als die Handwerker anrücken, um im Festsaal die Bühne aufzuschlagen, finden sie das Rathaus verschlossen. Der Bürgermeister läßt erklären, daß bei so »tumultuarischem Beginnen sich niemand des zu befürchtenden Schadens verbürgen könne«. Der Bürgermeister will wahrscheinlich nur den frisch renovierten Saal schonen, aber manche glauben, Goethe habe seine Hand im Spiel. Einige der Damen, die beim Festakt glänzen wollen, verlassen empört Goethes »Mittwochskränzchen«. Schiller war die ganze Angelegenheit höchst unangenehm und er wollte sich, wie er Goethe gestand, an dem ominösen Tag krank melden. Goethe seinerseits hatte sich rechtzeitig nach Jena abgesetzt, von wo aus er die Ereignisse mit einigem Humor verfolgte. Als alles vorbei war, schrieb ihm Schiller: *Der fünfte März ist mir glücklicher vorübergegangen als dem Cäsar der fünfzehnte … Hoffentlich werden Sie bei Ihrer Zurückkunft die Gemüter besänftigt finden* (10. März 1802).

Für Weimar waren das stürmische Ereignisse; noch lange sprach man davon. Bei den Beteiligten blieben Kränkungen, Neid, Feindseligkeiten und Schadenfreude zurück. Allgemein achtete man von nun an noch mehr als zuvor darauf, ob sich nicht doch ein Riß im Freundschaftsbund dieser beiden Großen zeigen würde. Dieser Stimmung eingedenk notiert Goethe in seinen »Annalen« mit grimmiger Genugtuung: »Alles jedoch was ich mir mit Schillern … vorgesetzt, ging unaufhaltsam seinen Gang«.

Vierundzwanzigstes Kapitel

Schillers Adel. Fernweh. Wenn die Freiheit Segel setzt.
Die raumgreifende Madame de Staël. Reise nach Berlin.
Aus aufgegebenen Werken. Weltumrundung. Demetrius.
Die Macht aus dem Nichts. Das Hochstaplermotiv. Schillers Felix Krull.
Das Betriebsgeheimnis der Kunst. Das Ende.

Schiller hat viel erreicht. Die Bühnen reißen sich um seine Stücke. Die Verleger zahlen ihm stattliche Honorare. Zum ersten Mal plagen ihn keine Geldsorgen. Er lebt zwar nicht in Reichtum, aber auskömmlich. Er kauft 1802 ein ansehnliches Haus an der Esplanade, nur wenige Schritte entfernt von Goethes Haus am Frauenplan. Schiller kann es wagen, sich in Unkosten zu stürzen, denn es bestehen gute Aussichten auf eine einträgliche Sinekure, nachdem der Freund und Förderer Karl von Dalberg nach dem Tod des Erzbischofs von Mainz 1802 dessen Nachfolge als Kurfürst und Erzkanzler des alten Reiches angetreten hat und das früher gegebene Versprechen erneuert, »Teutschlands Dank dem ersten teutschen Dichter … zu entrichten«. Schiller sieht dem *Ziehungstag seines Loses* mit freudiger Erwartung entgegen, die schließlich doch nicht ganz in Erfüllung geht. Es wird ihm keine dauerhafte Pension bewilligt, wie er im Stillen gehofft hatte, dafür erhält er in unregelmäßigen Abständen Geldgeschenke, die ihm helfen, die Ausgaben für den Hauskauf nach und nach zu begleichen, so daß er bei seinem Tod der Familie einen schuldenfreien Besitz hinterläßt.

Auf Antrag des Herzogs wurde Schiller im Herbst 1802 von Kaiser Franz in den erblichen Reichsadel erhoben. Er selbst hatte sich nicht sonderlich darum bemüht, weil eine solche Standeserhöhung auch mit höheren Aufwendungen verbunden war. Aber seine Schwägerin Karoline von Wolzogen und die Frau von Stein hatten im Hintergrund gewirkt, um Lotte endlich auch einen Zugang bei Hofe zu verschaffen, an dem Karoline als Frau des inzwischen zum Geheimrat und Oberhofmeister avancierten Wilhelm von Wolzogen eine angesehene gesellschaftliche Rolle spielte. Der Herzog verfolgte mit der Auszeichnung auch noch den Zweck, einen anderen zu düpieren. Herder hatte hinter dem Rücken des Herzogs beim bayerischen Kurfürsten einen

Adelstitel erworben, und das erboste den Herzog so sehr, daß er den Herderschen Titel bei Hofe nicht anerkannte. Um Herder zu ärgern, wollte er Schiller einen »unwidersprechlichen« Adelsbrief verschaffen. Schiller nahm die Angelegenheit mit Humor. Dem Geheimrat Voigt, der die Verhandlungen mit dem Wiener Hof mit einigem diplomatischen Geschick geführt hatte, schrieb Schiller: *Es ist freilich keine kleine Aufgabe, aus meinem Lebenslaufe etwas herauszubringen, was sich zu einem Verdienst um Kaiser und Reich qualifizierte, und Sie haben es vortrefflich gemacht, sich zuletzt an dem Ast der deutschen Sprache festzuhalten* (17. November 1802). Am 16. November 1802 erhielt er das Adelsdiplom mit einem Wappenschild, das ein aufsteigendes Einhorn und einen lorbeergekrönten Helm zeigt. *Sie werden gelacht haben*, schreibt Schiller am 3. März 1803 an Humboldt, *da Sie von unserer Standeserhöhung hörten, es war ein Einfall von unserm Herzog, und da es geschehen ist, so kann ichs um der Lolo und der Kinder willen mir auch gefallen lassen. Lolo ist jetzt recht in ihrem Element, da sie mit ihrer Schleppe am Hofe herumschwänzelt.*

Nicht nur Lotte mit der Schleppe, auch Schiller im Sperlingsfrack sind nun bei Hoffesten zugegen, zum Beispiel beim Besuch des Schwedenkönigs Gustav IV., der sich den Dichter vorstellen läßt, einiges Schmeichelhafte über die »Geschichte des Dreißigjährigen Krieges« äußert und den freundlichen Worten einen Brillantring als Geschenk hinzufügt. Davon berichtet Schiller seinem Schwager und altem Freund Wilhelm von Wolzogen, der gerade für den Erbpinzen von Weimar in Petersburg den Ehevertrag mit der russischen Großfürstin Maria Paulowna aushandelt: *Wir Poeten sind selten so glücklich, daß die Könige uns lesen, und noch seltener geschiehts, daß sich ihre Diamanten zu uns verirren. Ihr Herren Staats- und Geschäftsleute habt eine große Affinität zu diesen Kostbarkeiten; aber unser Reich ist nicht von dieser Welt* (4. September 1803).

In der Welt von Weimar wird es ihm nun manchmal eng. Wenn Goethe sich bei seinen periodischen Melancholien zurückzieht, gerät auch für Schiller das Leben in Weimar in *unselige Stockung*. An Humboldt schreibt er am 17. Februar 1803: *Allein kann ich nichts machen, oft treibt es mich, mich in die Welt nach einem andern Wohnort und Wirkungskreis umzusehen; wenn es nur irgendwie leidlich wäre, ich ginge fort.* Wenn ihm so zumute ist, liest er Reiseberichte oder beschäftigt sich wieder einmal mit seinen alten Entwürfen eines »Seestückes«, das ihn von fernen Ländern träumen läßt. In einem dieser Entwürfe hatte er notiert: *Die Auf-*

gabe ist ein Drama, worin alle interessanten Motive der Seereise, der außereuropäischen Zustände und Sitten, der damit verknüpften Schicksale und Zufälle geschickt verbunden werden. Aufzufinden ist ein Punctum saliens, aus dem alle sich entwickeln …, ein Punkt also, wo sich Europa, Indien, Handel, Seefahrten, Schiff und Land, Wildheit und Kultur, Kunst und Natur darstellen läßt (III, 259). Die Helden dieses projektierten Dramas sind Korsaren, Freibeuter der Meere, und Auswanderer, die ein gelobtes Land suchen; es sind Träume einer Freiheit, die alle Segel gesetzt hat. Aber Schiller bleibt. Wer nicht mehr in die Welt hinaus kann, muß sie in sich hinein ziehen. Mit Wehmut erinnert er sich im Brief an Humboldt vom 17. Februar 1803 an die Jahre in Jena, als man philosophierend beieinander saß bis tief in die Nacht, als man sich *durch eine Geistesreibung elektrisierte*. Es ist eine *unvergeßliche Zeit*, sie kommt nicht wieder. Überhaupt geht es mit Jena jetzt bergab. Man hat Fichte mit dem Atheismusvorwurf verjagt. Hufeland und Paulus, die Koryphäen der Medizin und der Theologie sind ihm gefolgt. Griesbach liegt im Sterben. *Die Philosophie ist mit Schelling vollends ganz ausgewandert,* schreibt Schiller am 18. März 1803 an Humboldt. Immerhin lehrt der junge Hegel jetzt in Jena. Schiller schätzt seinen Landsmann, nennt ihn einen *gründlichen philosophischen Kopf*, der sich aber leider zu unbeholfen und *grämlich* gibt. Dieser Hegel, befürchtet Schiller, wird Jena nicht wieder in Schwung bringen können. Vielleicht sollte man ihn mit dem neu berufenen Kunstgeschichtler Fernow zusammenbringen, der gut und elegant spricht. Von ihm könnte Hegel Geschmeidigkeit lernen, und Fernow würde in der Berührung mit Hegel *aus seiner Flachheit herausgehen* können (an Goethe, 30. November 1803). Schiller macht sich also Gedanken, wie man der Universität Jena wieder aufhelfen könnte. Das ist noch schwieriger geworden, seit die ALZ nach Halle gezogen ist, angelockt von der preußischen Regierung, die Subventionen verspricht. Manchmal spielt Schiller mit dem Gedanken, selbst wieder aufs Katheder zu steigen, *um etwas um sich herum zu versammeln und andere nachzuziehen* (an Körner, 10. Oktober 1803). Aber das sind nur Anwandlungen, Schiller weiß, daß er sich diese Aufgabe schon aus gesundheitlichen Gründen nicht mehr zumuten kann. So bleibt nur die Elegie aufs Verlorene: *Vielleicht war Jena, wie es vor 6, 8 Jahren noch war, die letzte lebendige Erscheinung ihrer Art auf Jahrhunderte* (an Humboldt, 18. August 1803).

Am 18. Dezember 1803 stirbt Herder. Auch wieder ein Anlaß zu wehmütigen Erinnerungen. Wie er von ihm zum ersten Mal gehört hat in der Hohen Karlsschule bei Abels Vortrag über das »Genie«; wie er dann dem hochberühmten und bewunderten Mann im Park in Weimar zum ersten Mal begegnet war, wie Herder davon gesprochen hatte, daß man im Augenblick der Produktion ein ganz anderer sei als im alltäglichen Leben. In den letzten Jahren hatte sich Herder zunehmend verbittert und grimmig zurückgezogen. Aber Schiller hatte immer wieder in Herders »Ideen zur Philosophie der Geschichte der Menschheit« gelesen. Er hatte die *schmelzende Schönheit* des Herderschen Stils nach einiger Zeit des Verdrusses wieder lieb gewonnen, und so war seine Bemerkung, Herders Tod sei ein *wahrer Verlust nicht nur für Weimar, sondern für die ganze literarische Welt*, mehr als eine konventionelle Redensart. *In dieser Zeit*, schreibt Schiller am 4. Januar 1804 an Körner, *ist Herder gestorben und noch verschiedene Bekannte und Freunde, so daß wir wirklich recht traurige Betrachtungen anstellen, und uns der Todesgedanken kaum erwehren können. Ohnehin ist der Winter so ein düstrer Gast und enget einem das Herz.*

Wenige Tage vor Herders Tod wurde das verschneite Städtchen von einer wunderlichen Erscheinung heimgesucht, die alles in Aufregung versetzte. Madame de Staël, berühmte Tochter eines berühmten Vaters, des letzten französischen Finanzministers vor der Revolution, Necker, spielte wie ihr Intimfeind Napoleon, der sie durch einen persönlichen Machtspruch aus Paris verbannte, auf der großen europäischen Bühne: als Literatin, als steinreiche Gesellschaftsdame, als Pamphletistin, als Wortführerin einer politischen Freiheit ohne Terror. Die korpulente und auch sonst raumgreifende Dame, eine Botschafterin der eleganten französischen Geistigkeit, nahm für mehrere Wochen ganz Weimar in Beschlag, weil sie die heimliche Hauptstadt der deutschen Kultur kennen- und liebenlernen wollte. Sie hatte Goethes »Werther« und einiges andere, auch Schillers Stücke gelesen. Sie sprach kaum deutsch, das hielt sie auch nicht für nötig, weil ein jeder ihr gegenüber seine Französischkenntnisse hervorkramte. Sie sprühte Geist, und wenn sie etwas fragte, zog sie es oft vor, selbst die Antwort zu geben. *Man muß sich ganz in einen Gehörgang verwandeln, um ihr folgen zu können*, berichtet Schiller, dem zuerst die Aufgabe zugefallen war, das geistige Weimar ihr gegenüber zu repräsentieren, da Goethe sich noch nicht beeilte, von Jena herüberzukommen. Madame de Staël war von der äußeren Erscheinung des hochgewachsenen, mit Entschiedenheit auftretenden Mannes beeindruckt: sie hielt ihn zuerst für einen General. Und wirklich bewährte sich Schiller trotz seines schwäbisch eingefärbten Französisch als wackerer Kämpfer. Sie hatte nämlich die Unterhaltung eröffnet mit der Behauptung der »Überlegenheit unseres dramatischen Systems über alle anderen«. Schiller entgegnete mit einer Darlegung seiner eigenen Dramentheorie, die von Madame als zu verwickelt für ein Salongespräch erachtet wurde. Dann aber ließ sie sich beeindrucken, und schließlich begann sie den Mann seines stolzen aber höflichen Selbstbewußtseins, seiner Gedankenschärfe und seines Enthusiasmus wegen zu bewundern. Von nun an hatte Schiller keine Ruhe mehr vor ihr. Schiller hatte einige Jahre zuvor aus ihren Schriften auf eine *gespannte, räsonierende und dabei völlig unpoetische Natur* geschlossen und fand sich nun in seinem Urteil durch die persönliche Begegnung bestätigt. An Goethe schreibt er am 21. Dezember 1803: *Ihr schöner Verstand erhebt sich zu einem genialischen Vermögen. Sie will alles erklären, einsehen, ausmessen, sie statuiert nichts Dunkles, Unzugängliches, und wohin sie nicht mit ihrer Fackel leuchten kann, da ist nichts für sie vorhanden. Darum hat sie eine horrible Scheu vor der Idealphilosophie, welche nach ihrer Meinung zur Mystik und zum Aberglauben führt, und das ist die Stickluft wo sie umkommt. Für das was wir Poesie nennen ist kein Sinn in ihr.*

Gewiß, Madame erregte Bewunderung, auch bei Schiller, sie fiel aber auch auf die Nerven, besonders weil ihr Besuch sich so sehr ausdehnte. Schiller an Goethe, der sich nur für kurze Zeit bei der Madame hatte blicken lassen: *Es ist das alte mit ihr, man würde sich an das Faß der Danaiden erinnern, wenn einem nicht der Oknos mit seinem Esel dabei einfiele* (13. Januar 1804). Nach der griechischen Mythologie flicht Oknos im Hades aus dem Sumpf des Unterweltflusses ewig ein Seil, das eine Eselin hinter ihm immer wieder auffrißt. Schiller arbeitet zur Zeit am »Wilhelm Tell«, und die Zeit verstreicht ihm, er hätte, äußert er im Gespräch, den Geßler schon unter die Erde gebracht, wenn ihn nicht die Dame aus Paris nun schon einige Wochen lang daran hindern würde. *Was gäbe ich um Ruhe und Freiheit in den nächsten vier Wochen, dann wollte ich weit kommen*, schreibt er am 4. Januar 1804 an Körner.

Endlich reist die Dame ab. Es kehrt wieder Ruhe ein in Weimar, und Schiller kann zu seinen Helden der Bergwelt zurückkehren. Es blieb der Madame de Staël durchaus verborgen, daß sie bisweilen lästig wurde. Gut, daß sie es nicht bemerkte, vielleicht wären andernfalls ihre Lobeshymnen auf Schiller etwas gedämpfter ausgefallen.

Am 15. Mai 1804 erschien in der »Königlich privilegierten Berlinischen Zeitung« das folgende Rätselgedicht:

A: Deutschlands Dichter, so wie ich vernommen
Ist seit gestern Abend in Berlin.
B: Sie verzeihen – A: Gern verziehn!
B: Deutschlands Psycholog ist gestern angekommen.
C: Mit Erlaubnis, Deutschlands Tragiker
Kam von Leipzig gestern Abend an.
D: 's ist doch seltsam! Und mir sagte wer,
Gestern sei Deutschlands Historiker
In der Sonne abgetreten.
C: Meine Herrn, anstatt zu streiten, täten
Sie, dünkt mich, weit besser dran,
Wenn ein jeder seinen Mann
Nennen wollte: A. B. C. D.

Man brauchte im Spree-Athen nicht lange zu raten, wer wohl gemeint sei. Friedrich Schiller war im Gasthof »Zur Sonne« abgestiegen, allerdings schon vor zwei Wochen. Es war ein großes Ereignis für die Stadt und für Friedrich Schiller. Aufgebrochen war er mit Lotte und den Kindern am 26. April 1804, nach einem plötzlichen Entschluß binnen achtundvierzig Stunden. Endlich wollte er ein altes Vorhaben in die Tat umsetzen. In seiner »Räuber«-Zeit und seinen Sturm-und-Drang-Jahren hatte er zum ersten Mal daran gedacht, nach Berlin zu reisen. Damals wollte er dorthin, um einiges richtigzustellen. Die Doebbelinsche Truppe hatte die »Räuber« auf die Bühne in der Behrenstraße gebracht mit großem, aber fragwürdigem Erfolg, denn man hatte das Stück in der Plümickeschen Verstümmelung gespielt. Schiller wollte also für seine wahren »Räuber« streiten und hoffte zugleich, in ihrem Schlepptau in Berlin sein Glück machen zu können. Aber es fehlte an Reisegeld, und so blieb er in Bauerbach, versteckt vor den Häschern seines Landesvaters. Auch der »Fiesko« hatte in Berlin Furore gemacht, anders als in Mannheim, wo *republikanische Freiheit* wohl doch nur ein *leerer Name* ist, den Berlinern aber, glaubte er, fließe noch *römisches Blut* (an Reinwald, 5. Mai 1784) in den Adern. Der richtige Platz für ihn. Bei »Kabale und Liebe« hatte es dann Ärger gegeben. In der meinungsführenden »Vossischen Zeitung« war der Verriß von Karl Philipp Moritz erschienen: »In Wahrheit wieder einmal ein Produkt, was unserer Zeit – Schande macht!« Das Publikum war anderer Meinung und strömte in hellen Scharen in die Aufführungen. Grund genug, vor Ort dem Publikumsgeschmack zur Seite zu stehen gegen den üblen Rezensenten, mit dem sich Schiller einige Jahre später anfreunden wird. Mit den Aufklärern um Nicolai hatte sich Schiller dann angelegt im »Xenien«-Streit, der in den Berliner Salons für Aufruhr sorgte. Damals standen noch die Romantiker auf Schillers Seite. In der großen Stadt Berlin – sie zählte zweihunderttausend Einwohner – konnte Schiller also durchaus als Großschriftsteller gelten. Und nun endlich, nach dem triumphalen Erfolg des »Wallenstein« und nach der Überschwemmung des Berliner Buchmarktes mit Raubdrucken der Schillerschen Werke, im Frühjahr 1804, ein Jahr vor seinem Tod, hält Schiller Einzug in Berlin.

Später, wieder zurück in Weimar, schreibt er über die Motive seiner letzten Reise: *Ich habe ein Bedürfnis gefühlt, mich in einer fremden und größeren Stadt zu bewegen. Einmal ist es ja meine Bestimmung, für eine größere Welt zu schreiben, meine dramatischen Arbeiten sollen auf sie wirken, und ich sehe mich hier in so engen kleinen Verhältnissen, daß es ein Wunder ist, wie ich nur einigermaßen etwas leisten kann, das für die größere Welt ist* (an Wolzogen, 16. Juni 1804).

Schon der erste Empfang war bemerkenswert. An den Toren Potsdams fing der wachhabende Leutnant sogleich ein Gespräch über Schillers Gedichte an, von denen er einige auswendig hersagen konnte. Es war über Mitternacht und man mußte die Rezitation erst abwarten, ehe man starr vor Kälte weiterfahren durfte. Fast jeden Abend, wenn er nicht wegen Krankheitsanfällen zu Hause bleiben mußte, besuchte Schiller das Theater. Ihm zu Ehren wurden »Die Räuber«, die »Braut von Messina«, die »Jungfrau von Orleans« und »Wallensteins Tod« gegeben. Manches mißfiel ihm, zum Beispiel die allzu große Prachtentfaltung beim Krönungszug im vierten Akt der »Jungfrau von Orleans«. Solche aufwendigen Arrangements schienen ihm, wie er Körner schreibt, *bei weitem nicht das zu leisten, was sie kosten.* Am 5. Mai wurde er zum Essen bei Prinz Louis Ferdinand geladen. Man hatte vorher nach Schillers Lieblingswein gefragt. Der gewünschte Weißburgunder floß dann in so reichlichen Mengen, daß Schiller nur mit fremder Hilfe den Heimweg zum Hotel schaffte. Er wird in den literarischen Salons herumgereicht. Auf Henriette Herz macht er einen noch angenehmeren Eindruck als Goethe. Bei Rahel Varnhagen aber, die Goethe über alles stellt, wird Schiller nicht eingeladen, kein Wunder, denn dort hat die Romantik inzwischen ihr Hauptquartier aufgeschlagen. Adelbert von Chamisso, der zur Zeit als junger Leutnant am Brandenburger Tor unweit des Hotels Wache schiebt, hofft vergeblich, dem angebeteten Schiller zu begegnen, und erspäht ihn nur aus der Ferne. Wochen später schickt er ihm sein Gedicht »An Friedrich Schiller« nach Weimar: »Dir mußte sich das junge Herz hingeben / Da glühend ihm die starken Töne hallten; / Ich sah des Lebens Blüten sich entfalten, / Den Retter, Dich, in fernem Lichte schweben«.

Schiller besucht auch Fichte, der von Jena nach Berlin gezogen war, wo er Privatvorlesungen hielt. Die einstige Verstimmung zwischen den beiden hatte sich gelegt. Schiller hatte 1799 das ihm Mögliche getan, um Fichte vor den Atheismusvorwürfen in Schutz zu nehmen und ihn in Jena zu halten. Er hatte ihm danach auch geholfen, das Geld einzutreiben, das der Käufer von Fichtes Haus in Jena dem Philosophen vorenthielt. Fichte mußte endlich anerkennen, daß der Dichter Schiller nicht nur ein großer Philosoph, sondern auch ein geschickter Geschäftsmann sein konnte. Fichtes Frau schreibt am 18. Juni 1804 an Lotte: »Berlin sieht mir nun viel freundlicher aus, seit ich weiß, daß Sie, mit der ganzen Haushaltung hier leben werden«. Das war zu diesem Zeitpunkt nicht nur ein Gerücht. Tatsächlich hat das preußische Zivilkabinett dem Dichter, nach dessen günstig verlaufendem Besuch bei der Königin Luise, ein bemerkenswertes Angebot gemacht. Er solle für dreitausend Taler – zur Erinnerung: vom Herzog bezog er vierhundert Taler – nach Berlin kommen. Auch eine Hofequipage wird dem kranken Mann angeboten. Schiller fühlt sich geschmeichelt, er kennt jetzt seinen Marktwert, aber er zögert. Wenn er auch bisweilen mit der engen Welt Weimars hadert, so hängt er doch auch an ihr. Und schon gar nicht steht ihm der Sinn danach, Goethe zu verlassen. Der ist es auch, der sich beim Herzog für eine Aufstockung von Schillers Gehalt einsetzt. Als Schiller, so wie es Goethe ihm empfiehlt, beim Herzog andeutet, er könne dem Wohl der Familie zuliebe das Berliner Angebot kaum ausschlagen, verdoppelt der Herzog umgehend Schillers Bezüge und ermutigt ihn sogar, mit den Berlinern wegen eines befristeten Aufenthaltes zu verhandeln, um sie, wie er schreibt, »um eine tüchtige Pension zu prellen«. Darauf aber läßt man sich in Berlin nicht ein. Schillers letzten Brief in dieser Angelegenheit versieht Beyme, der Chef des Zivilkabinetts, mit dem Vermerk »Ad acta bis sich Gelegenheit findet«. Sie wird sich nicht mehr finden.

Einige Wochen vor der Reise nach Berlin hatte sich Schiller, noch während der Proben für die Uraufführung des »Wilhelm Tell«, für ein neues Werk entschieden: das Drama über den falschen Zaren »Demetrius«. Es verstärkt sich die Atemlosigkeit in den letzten Lebensmonaten. *Mir ist nun wieder ganz unbehaglich*, schreibt er in einem Brief, *ich wünschte wieder in einer neuen Arbeit zu stecken. Es ist nichts als die Tätigkeit nach einem bestimmten Ziel, was das Leben erträglich macht.*

Je näher er dem Ende kommt, desto grandioser werden seine Pläne Seine *bestimmten Ziele* bekommen einen Zug ins Ungeheure. Als wollte er, im stolzen Bewußtsein seiner Gestaltungskraft, beweisen, daß ihn keine Stoffmassen mehr einschüchtern können, daß er das Ungeheure des Lebens in die geprägte Form zu zwingen vermag.

Ehe er sich für den »Demetrius« entschied, hatte er sich erneut seine »Seestücke« vorgenommen, jene Phantasien über eine globale, maritime Welt; dann hatte er seine Notizen zu einem anderen Stück durchgelesen, das er in den neunziger Jahren entworfen hatte. Es handelte sich um die Umrisse eines Werkes von erstaunlicher Modernität, das bedauerlicherweise dann doch nicht zur Ausführung kam. In den »Seestücken« war der Aufbruch nach fernen Ländern, die Durchquerung der wirklichen Ozeane das Thema. In diesem anderen Stück, das den Arbeitstitel »Die Polizei« trägt, handelt es sich um die Erkundung des *großen drängenden Menschenozean* Paris – so nennt Schiller die von ihm bewunderte und gefürchtete europäische Metropole (an Karoline, 27. November 1788). Schiller hatte den Ehrgeiz, das Labyrinth einer Stadt, diesen Moloch aus unentwirrbaren Schicksalen und Zufällen, diese explosive Zusammenballung sozialer Unterschiede und Spannungen, diesen Hexenkessel aus schöpferischer Lust, Gewöhnlichkeit und Verbrechen zum Thema eines Stückes zu machen. In die Geheimnisse von Paris sollte geblickt werden aus der Perspektive eines Polizeibüros, wo der legendäre Polizeichef Ludwigs XIV., d'Argenson, residiert, dieser eigentliche Beherrscher der unteren und der oberen Welt. Aus dieser Perspektive mußte die soziale Welt als verwilderter Menschenpark erscheinen. *Der Mensch*, heißt es in einem Entwurf, *wird von dem Polizeichef immer als eine wilde Tiergattung angesehen und ebenso behandelt* (III, 192). Bei den »Seestücken« hatte Schiller die weiten Horizonte der ozeanischen Welt vor Augen, hier nun wollte er sich in die innere Grenzenlosigkeit einer städtischen Welt vertiefen. *Ein ungeheures, höchst verwickeltes, durch viele Familien verschlungenes Verbrechen, welches bei fortge-*

hender Nachforschung immer zusammengesetzter wird, immer andre Entdekkungen mit sich bringt, ist der Hauptgegenstand. Es gleicht einem ungeheuren Baum, der seine Äste weitherum mit andren verschlungen hat, und welchen auszugraben man eine ganze Gegend durchwühlen muß. So wird ganz Paris durchwühlt, und alle Arten von Existenz, von Verderbnis ect. werden bei dieser Gelegenheit nach und nach an das Licht gezogen. Die äußersten Extreme von Zuständen und sittlichen Fällen kommen zur Darstellung, und in ihren höchsten Spitzen und charakteristischen Punkten. Die einfachste Unschuld wie die naturwidrigste Verderbnis, die idyllische Ruhe und die düstre Verzweiflung (III, 193f.).

Mit der Entscheidung für »Demetrius« wählte Schiller statt der ozeanischen Ferne der »Seestücke« und statt des städtischen Dschungels der »Polizei« eine andere Unabsehbarkeit: die ungeheuren Weiten des östlichen Raumes.

Spätestens mit dem »Demetrius« wird klar, daß Schiller sich mit seinem Gesamtwerk auch einem Unternehmen der Raum- und Zeitgewinnung verschrieben hat. Der »Fiesko« war der italienischen, der »Don Karlos« der spanisch-niederländischen Geschichte entnommen, »Maria Stuart« behandelte die englische, »Die Jungfrau von Orleans« die französische, und der »Wallenstein« die deutsch-mitteleuropäische Geschichte. Der bevorzugte Zeitraum war das 15. und 16. Jahrhundert. Der legendäre Befreiungskampf der Schweizer führte ins 13. Jahrhundert. Mit der »Turandot«-Bearbeitung hatte er auch einen Blick nach China, ins Reich der Mitte, geworfen, und hätte er seine »Seestücke« realisiert, würde fast die gesamte überseeische Welt einbezogen worden sein. Ein eigenartiges Beben in der Tiefe hat diese Länder- und Geschichtsmassen ans Licht gehoben. Schillers Werk gleicht einer furiosen Erdumrundung. Es war offenbar der Ehrgeiz des Dichters, zu einem globalen Autor, jedenfalls zu einem Autor der Globalität zu werden. Und nun also »Demetrius«, wieder das 16. Jahrhundert, diesmal aber der riesige Raum Eurasiens.

Der territorialen Phantasie sind keine Grenzen mehr gesetzt. Marfa, die Zarenmutter, lebt in einem entlegenen Kloster, inmitten einer endlosen Schneelandschaft, die Nonnen wie schwarze Krähen verloren in der weißen Weite. Boten bringen, wenn der Schnee geschmolzen und der Schlamm getrocknet ist, *Botschaft aus der Menschen Land* (915; III, 37). Man hört, daß ein englisches Handelsschiff einen Weg gefunden habe, herab vom *Eispol, wo die Welt erstarrt* (927). Marfa erhält

Kunde davon, daß in unendlicher Ferne, in Polen, am Westrand des russischen Reiches, sich ein Demetrius gezeigt habe, der behauptet, ihr Sohn zu sein. Er soll schon mit einem polnischen Adelsheer und Donkosaken in Kiew sein und mit seinem Heereszug gegen Moskau vorrücken. Demetrius tritt in der ersten Szene auf, wo er den polnischen Reichstag von seiner Mission überzeugt, dann sind wir in Kiew und dann bei Marfa in der Schneewüste, dann irgendwo vor Moskau, im Schlachtgetümmel, ein Blick über die goldenen Dächer von Nowgorod, dann in Dörfern bei den Bauern, blühende Landschaften, wogende Weizenfelder, Schlamm. Schließlich im Zentrum der Macht, in Moskau. Von Einheit des Ortes und der Zeit keine Spur mehr, nur die Einheit der Handlung bleibt bestehen, wenn auch verwoben in ein unübersehbares Gewirr von Nebenhandlungen. Für den »Demetrius« gilt ganz besonders jener Grundsatz, den Schiller in einem Brief an Goethe am 26. Juli 1800 formulierte, als er sich Mut zusprach für die romantische Ereignisrevue seiner »Jungfrau von Orleans«: *Man muß … sich durch keinen allgemeinen Begriff fesseln, sondern es wagen, bei einem neuen Stoff die Form neu zu erfinden, und sich den Gattungsbegriff immer beweglich erhalten.*

Das Fragment befaßt sich mit der Geschichte des Dmitrij, der sich 1603 in Polen für den 1591 wahrscheinlich auf Befehl Boris Godunows ermordeten Sohn Iwans des Schrecklichen ausgab; der mit polnischen und kosakischen Truppen in Rußland einfiel, beim Volk Vertrauen und Unterstützung fand, nach Moskau zog; Marfa, die Mutter des wirklichen Dmitrij, nötigte, ihn öffentlich anzuerkennen; der nach dem Tode Boris Godunows zum Zaren gekrönt aber wenige Tage später ermordet wurde, während eines Aufstandes, der durch das anmaßende Auftreten der polnischen Truppen ausgelöst worden war.

Schillers Demetrius ist in einem Kloster und dann bei einem polnischen Fürsten aufgewachsen und verliebt sich in dessen Tochter Marina. Bei einem Ehrenhandel ersticht er seinen Nebenbuhler. Kurz vor der Hinrichtung wird durch eine eigenartige Verkettung der Umstände ruchbar, daß er der Zarensohn sei. Wie bei Johanna von Orleans trifft auch ihn eine Berufung von außen, wenn auch nicht als Himmelszwang, sondern als ein von interessierter Seite geschmiedetes Komplott, wie sich später herausstellt. Es wird ihm vorgespiegelt, er sei der Zarensohn, und er glaubt daran. Der polnische Fürst und seine ehrgeizige und kalt berechnende Tochter Marina benutzen den falschen Zarensohn, um in Moskau die Macht zu erobern. Demetrius selbst ist ein edelmütiger Mensch und ein wiedergekehrter Marquis Posa, der das Programm der Befreiung der Menschen von Knechtschaft auf seine Fahnen geschrieben hat. Vor allem aber glaubt er an sich selbst, und solange er das tut, ist seine Überzeugungskraft mächtig bis zur Magie. Dann vermag er, wie Johanna, die Menschen in seinen Bann zu ziehen. Das weiß die machtlüsterne Marina: *Er glaub an sich, so glaubt ihm auch die Welt* (652; III, 29), sagt sie zu einem Komplizen ihrer Ränke und achtet darauf, daß Demetrius diesen Glauben an sich selbst behält. In dem Augenblick aber, da er erfährt, daß er nicht der Zarensohn ist, erlischt sein Charisma wie bei Johanna, als diese gegen den überirdischen Auftrag verstößt. Demetrius nach dem Augenblick der Wahrheit könnte sich zurückziehen, aber er entscheidet sich für den Betrug, für die Macht ohne Mission. Hatte er bisher die anderen mit dem Glauben an sich selbst gewonnen, so bleibt ihm jetzt nur noch Gewalt. Seine Mission schlägt um in Tyrannei und Terror.

Schiller selbst hat in wenigen Worten prägnant zusammengefaßt, was ihn an dieser Geschichte fasziniert: *Ein großes ungeheures Ziel des Strebens, der Schritt vom Nichts zum Throne und zur unumschränkten Gewalt … Der Effekt des Glaubens an sich selbst und des Glaubens anderer. Demetrius hält sich für den Zar, und dadurch wird ers … die Koexistenz der entgegengesetzten Zustände; wie wenn Demetrius von einem Teil als absoluter Zar behandelt wird, wenn er es für sich selbst und für andre schon aufgehört hat zu sein* (III, 98ff.).

In mehreren Szenenfolgen schildert Schiller den massenpsychologischen Prozeß charismatischer Herrschaft. Die Erfahrung mit dem Phänomen Napoleon spielt herein. Auch von Napoleon gilt, daß der Glaube an sich selbst und die Suggestibilität der Massen in einem Zeitalter des Umbruchs einen einzelnen *vom Nichts zum Throne und zur unumschränkten Gewalt* emportragen können. Der »Demetrius« ist auch ein Lehrstück über den Zusammenbruch traditionaler Macht- und Herrschaftsverhältnisse in napoleonischer Zeit, dem beginnenden Zeitalter der Massen, als die Stunde der großen Emporkömmlinge und Volkstribune schlug.

Aber es ist auch ein Stück über den Hochstapler noch in einem anderen Sinn. Es geht unterschwellig auch um das Hochstaplerische im Künstlertum.

An die Idee des Hochstaplertums hatte Schiller bereits in der »Jungfrau von Orleans« gerührt. Wenn Johanna als Somnambule ihrer Mission aus ihrer geschichtsmächtigen Trance erwacht und abstürzt, wird sie, für Augenblicke wenigstens, zur kraftlosen Hochstaplerin. Wer nicht mehr an sich selbst glaubt, der kann nicht umhin zu bemerken, daß er den anderen etwas vormacht. Das Hochstaplermotiv, das bei der »Jungfrau« leise anklingt, bekommt im »Demetrius« zentrale Bedeutung. Es ist dies ein Motiv, das mit den untergründigen Selbstzweifeln des Künstlertums verbunden ist. Prätendiert nicht auch der Künstler eine Welt, die es nicht gibt; benötigt nicht auch er den Glauben an sich selbst, an seine eigenen Fiktionen, um wirken zu können? Ist nicht auch er ein Hochstapler, dem man nur noch nicht auf die Schliche gekommen ist? Es geht um das alte Lied von Schein und Sein. Ähnlich wie Thomas Mann, der seine letzten Lebensjahre an den unvollendet gebliebenen Roman über den Hochstapler Felix Krull wendet, beschäftigt sich auch Schiller in seinem letzten Werk über den falschen Zaren mit einem Hochstapler besonderer Art. Gewiß, Demetrius unterhält keine direkte Verbindung zur künstlerischen Sphäre, aber als jemand, der den anderen etwas vorgaukelt und ihnen den Schein anstelle des Seins präsentiert, gehört er doch, wie die Künstler, zu der großen Familie der Illusionisten. »Felix Krull« und »Demetrius« jeweils am Abschluß einer künstlerischen Laufbahn: es ist, als dürfte das Betriebsgeheimnis der Kunst erst ganz am Ende aufgedeckt werden.

Demetrius ist nicht der Zar, aber wenn er im Gefühl, es zu sein, seine Mission der Befreiung aus Sklaverei schwungvoll fortgesetzt hätte, dann wäre der Schein so wirklich geworden, daß am Ende die Selbsttäuschung als die notwendige Prämisse für das Gelingen des großen Vorhabens hätte gelten können. Ebenso verhält es sich für Schiller beim dichterischen Werk, das sich nur durch schöpferischen Enthusiasmus unter den wirklichen Dingen als eine zweite Wirklichkeit des Geistes behaupten kann. Wenn dieser Glaube an das eigene Werk unterwegs verloren geht, dann kollabiert das Werk, es sackt in sich zusammen wie ein Soufflé, das man vor der Zeit aus dem Ofen holt. So ist es Schiller beispielsweise ergangen bei dem Roman »Der Geisterseher«, den er am Ende nur noch mühsam fortgesetzt hat, ohne an ihn zu glauben, weshalb sich dann auch der Eindruck des allzu Konstruierten und Leblosen aufdrängt. Man hört das Klappern der Maschine und ist verstimmt.

Die Dichtung – wie überhaupt das Werk der Einbildungskraft – ist

Spiel. Es kommt alles darauf an, ins Spiel hineinzukommen. Wer sich nicht von dieser Logik verführen läßt, dem wird alles als überflüssig, unsinnig und als Zeitverschwendung vorkommen. Wer sich nur den grobstofflichen Realien anvertrauen mag, der wird auf ihr Fehlen starren und infolgedessen erst gar nicht ins Spiel kommen. Wer sich aber hineinziehen läßt, der wird merken, daß der Schein von Wirklichkeit womöglich wirklicher werden kann als die sogenannte Realität. In seinem programmatischen Gedicht »Das Ideal und das Leben« von 1795 hatte Schiller dazu das Nötige schon einmal gesagt: *Nur der Körper eignet jenen Mächten, / Die das dunkle Schicksal flechten, / Aber frei von jeder Zeitgewalt, / Die Gespielin seliger Naturen / Wandelt oben in des Lichtes Fluren, / Göttlich unter Göttern, die* Gestalt. */ Wollt ihr hoch auf ihren Flügeln schweben, / Werft die Angst des Irdischen von euch: / Fliehet aus dem engen, dumpfen Leben / In des Ideales Reich!* (I, 201). In der ersten Fassung hieß diese ideale Welt noch das *Reich der Schatten.* Man hatte es als Totenreich mißverstanden. Gemeint war aber die andere Lebendigkeit in der Welt der Imagination, deshalb ließ Schiller den Ausdruck *Reich der Schatten* fallen. Unmißverständlich sollte das höhere Leben anklingen. Die Kunst, so erläutert Schiller in diesem Gedicht, ist wirkliche Lebendigkeit, weil sie ins Leben umgestaltend eingreift.

Wie wirklich ist die Wirklichkeit? Wir bewegen und verstehen uns im Horizont der großen Erfindungen. Noch bis vor kurzem haben wir die mythische Erfindung Ödipus zitiert, um unseren dunkelsten Obsessionen und Komplexen Gestalt zu geben, und wir werden niemals herausbekommen, ob es ohne den Ödipus den Ödipuskomplex überhaupt gegeben hätte. Nicht nur in der Seele, auch in der Politik dominiert die Erfindung. Der real existierende Sozialismus und der Faschismus waren große, auch grausame Erfindungen, triviale Mythen, welche die Wirklichkeit organisierten und überwältigten. Die wirkliche Geschichte wird von Imaginationen durchherrscht. Der Historiker Schiller wußte das, und als politischer Zeitgenosse hatte er ein Gespür dafür, daß mit Napoleon auch die Phantasie an die Macht gekommen war. Napoleon mußte sich erst als Napoleon erfinden, damit er, mit unabsehbaren Folgen für die europäische Geschichte, Napoleon sein konnte. Eine ganze Epoche erlebte damals den dramatischen Umschlag von Schein in Sein. Doch nicht nur ein Napoleon ist Herr über Wirklichkeit und Möglichkeit, Schein und Sein. Auch der Autor ist es. Mit seinem weltenschaffenden und weltenauflösenden Furor ist er ein Platzhalter des einstweilen verschwundenen Gottes. Und wie immer bei einem schöpferischen Aufschwung – der »creatio ex nihilo« – gibt es das untergründige Gefühl von Bedrohung durch Leere und Nichtigkeit. Solange ein Werk der Einbildungskraft noch nicht das rettende Ufer der gelungenen Gestalt erreicht hat, kann es wieder vom Nichts bedroht werden, aus dem es im Begriff ist hervorzukommen. Laut Augustin soll es sogar Gott so ergangen sein. Auch seine Schöpfung, die Welt, bleibt mit dem Nichts infiziert: sie ist vergänglich, unvollkommen und bisweilen auch schlecht. Darauf hinzuweisen werden die Rezensenten von Gottes Schöpfung, die den großen Sinnlosigkeitsverdacht hegen, bis heute nicht müde. Es ist also nicht verwunderlich, daß im schöpferischen Enthusiasmus die Angst vor der Ernüchterung lauert, vor dem Ende der traumwandlerischen Sicherheit. Wer sich auf die Einbildungskraft verläßt, muß damit rechnen, von ihr verlassen zu werden. Deshalb gleichen Künstler oft weniger dem Prometheus als der Penelope, die nachts das Gewebe auflöst, das sie tags gewirkt hat, und ihren Selbstzweifeln bleibt oft nur die Ironie als Zuflucht. Und darum ist es der Glücksfall der Fiktion, wenn sie durch Tradition, Zirkulation und Kommunikation zu einem festen Bezugspunkt der Wirklichkeit wird, fast ebenso kompakt wie diese selbst. Es war Schillers Ehrgeiz, die Welt der Ideen zu etwas zu machen, an dem nicht gerüttelt werden kann, ohne daß die sogenannte wirkliche Wirklichkeit zum Einsturz gebracht wird. Die hochfliegenden Gedanken sollten sein wie die »Glocke«: *festgemauert in der Erde*.

Schiller überantwortete sein Werk der Zeit im Vertrauen darauf, daß es so bald nicht von der Zeit verschlungen werden würde. Dieses Selbstvertrauen verdankt sich einem Enthusiasmus, mit dem er Tag für Tag über den Schmerz triumphieren konnte. Das Leben des Geistes mußte dem Verfall des Körpers abgerungen werden. Dieser Kampf gegen den Verfall des Körpers tritt nun in seine Endphase.

Am 19. Juli fuhr Schiller mit Lotte nach Jena hinüber. Lotte erwartet ihr viertes Kind und sucht dort die Hilfe des bewährten Arztes Stark. Im Hause Niethammers, der einst zur philosophischen Männerrunde in der »Schrammei« gehörte, bringt Lotte am 25. Juli 1804 ihre zweite Tochter, Emilie Henriette Luise, zur Welt. Die Geburt verläuft ohne Komplikationen. Lotte bedurfte kaum ärztlicher Hilfe, um so mehr aber Schiller, der sich am Abend zuvor bei einem Ausflug ins Dornburger Tal eine heftige Erkältung zugezogen hatte und mit starken Kolikanfällen zu Bette lag. Die Schmerzen wurden so unerträglich, daß er einmal laut aufschrie: »Ich halte es nicht mehr aus, wenn es nur schon aus wäre«. Der Arzt gab ihm nur noch wenige Tage. Überraschend erholte sich Schiller, blieb aber matt, konnte nicht arbeiten und schrieb seine Briefe mit zittriger Hand. Der Arzt verabreichte ihm süßen Wein aus Spanien und sauren aus Deutschland. Vor beiden ekelte er sich, trank aber tapfer die vorgeschriebene Menge. Gerade als er im Oktober wieder zu Kräften kam, verbreitete die Würzburger Zeitung in Süddeutschland die Nachricht von seinem Tod. Da und dort werden bereits die ersten Totenfeiern vorbereitet, Schiller aber kehrt an seinen Schreibtisch zurück und nimmt die Arbeit am »Demetrius« auf. Doch es gibt wieder eine Unterbrechung: die Vorbereitungen für den festlichen Empfang des mit der Zarentochter Maria Paulowna frisch vermählten Erbprinzen Karl Friedrich. Maria Paulowna sollte im Theater mit einem poetischen Festakt begrüßt werden. Goethe fand nicht die rechte Stimmung, und deshalb mußte Schiller einspringen und verfaßte in wenigen Tagen ein szenisches Gedicht »Die Huldigung der Künste«, sein letztes vollendetes Werk. Schiller wollte die knapp bemessene Zeit nicht für ein Fürstenlob verschwenden, deshalb feierte er bei dieser Gelegenheit noch einmal die Künste, die einem helfen, den Sinn für die wirklich wichtigen, für die geistvollen Dinge des Lebens zu bewahren: *Mich hält kein Band, mich fesselt keine Schranke, / Frei schwing ich mich durch alle Räume fort, / Mein unermeßlich Reich ist der Gedanke, / Und mein geflügelt Werkzeug ist das Wort* (II, 1089). Maria Paulowna ist zu Tränen gerührt. In den folgenden Monaten häufen sich die Einladungen bei ihr. In Weimar munkelt man, Maria Paulowna sei in Schiller verliebt.

Im Dezember 1804 trifft eine Sendung von vierzig Flaschen Portwein und zehn Flaschen Malaga vom Verleger Cotta ein. Cotta hatte das Präsent nach Weimar geschickt, aus Freude darüber, daß Schiller, anders als die Zeitungen vermeldeten, doch noch am Leben und inzwischen leidlich genesen ist. Er kann auch wieder dem kostbaren Wein zusprechen. Er besucht sogar noch einmal eine Redoute. Der Sohn des Homer-Übersetzers Johann Heinrich Voß, Heinrich Voß, ein glühender Verehrer, der in den letzten Monaten häufig bei Schiller ist und mit Hingabe Krankenwärterdienste versieht, hat ihn bei diesem letzten Maskenfest und Trinkgelage begleitet und schildert diesen denkwürdigen Abend in einem Brief: »Da haben wir zusammengesessen bis gegen drei Uhr, um unseren Trinkkönig herum, den herrlichen Schiller. Du glaubst nicht und kannst es auch nicht begreifen, wie liebenswürdig der Mann war, wie ein Jüngling von zwanzig Jahren, so ausgelassen fröhlich, so unbefangen in seiner Freude, so offen, teilnehmend ... Unser teurer, geliebter Schiller soll leben! riefen wir ... Er wußte gar nicht, wie er's danken und erwidern wollte: Kuß, Händedruck, Miene voll Herz und Seele, alles schien ihm versagen zu wollen, oder vielmehr nicht in dem Grade ausdrücken zu können, wie er's wünschte, denn er häufte eins auf das andere. Denke dir, wir tranken unsere neun Flaschen richtig aus, schwelgten in Wonne ... «

Am 8. Februar 1805 erkrankt Goethe schwer. Als Schiller davon hört, weint er. Einen Tag später erleidet auch er einen heftigen Fieberanfall. Dann eine schlimme Verstopfung, wahrscheinlich eine Darmverschlingung. Der treue Voß leistet Schiller Gesellschaft bei der stundenlangen Sitzung auf dem Nachtstuhl. »Ich erzählte ihm allerlei lustige ... Geschichten, die ihn sehr ergötzten, und so verflossen ein paar fröhliche Stunden. Endlich und endlich erfolgte Linderung, und Gott weiß es, wie herzlich und innig ich gratulierte. Nun, sagte er ganz gleichmütig, bin ich gesund.« Für ein paar Wochen war er es auch. Er sitzt dem Maler Johann Friedrich August Tischbein für ein Portrait, dessen Fertigstellung er nicht mehr erleben wird. Im April kauft er ein Pferd auf Anordnung des Arztes, der ihm Bewegung verschreibt. Schiller freut sich auf den ersten Ausritt in den beginnenden Frühling. Aber dazu kommt es nicht mehr. Am 25. April der letzte Brief an Körner: *Ich werde Mühe haben, die harten Stöße seit neun Monaten zu verwinden, und ich fürchte, daß doch etwas davon zurückbleibt ... Indessen will ich mich ganz zufrieden geben, wenn mir nur Leben und leidliche Gesundheit bis zum 50. Jahr aushält.*

Goethe trifft er zum letzten Mal am 1. Mai auf dem Weg ins Theater. Man wechselt nur wenige Worte, dann kehrt Goethe wieder um, er fühlt sich schlecht. Er ahnt das Unheil. An diesem Abend des 1. Mai bei der Vorführung eines Unterhaltungsstückes bricht Schiller in seiner Loge zusammen. Schüttelfrost. Heinrich Voß geleitet ihn nach Hause.

Noch neun Tage muß Schiller sich quälen. Selten verliert er das Bewußtsein. Er verlangt nach Märchen und Rittergeschichten, »da liegt doch der Stoff zu allem Schönen und Großen«. Mit Karoline will er über den Unterschied zwischen Tragödie und Komödie reden. Karoline vermag es nicht. Schiller: »Nun, wenn mich niemand mehr versteht, und ich mich selbst nicht mehr verstehe, so will ich lieber schweigen.« Am 8. Mai antwortet er auf Karolines Frage nach seinem Befinden: »Immer besser, immer heiterer«. Er will die Sonne sehen am Abendhimmel. Karoline öffnet den Vorhang. Dann eine unruhige Nacht, starke Brustbeklemmung. Der Arzt gibt ihm ein Glas Champagner. Schiller erkennt die Anwesenden nicht mehr. Lotte aber ist sicher, er habe sie erkannt beim letzten Händedruck, was Karoline leise bezweifelt.

Am 9. Mai, gegen Abend, stirbt Friedrich Schiller. Am 11. Mai wird er beerdigt. Goethe ist durch Krankheit verhindert.

Anhang

Zeittafel

1759 10. November: Johann Christoph Friedrich Schiller in Marbach am Neckar geboren.
Eltern: Johann Kaspar Schiller, 27.10.1723–7.9.1796, zunächst Feldscher und Wundarzt, seit 1753 bei der Armee Herzog Carl Eugens von Württemberg als Regimentsfourier, 1758 Leutnant, 1761 Hauptmann, später Werbeoffizier, ab 1775 Intendant der herzoglichen Hofgärtnerei auf der Solitude; Elisabeth Dorothea geb. Kodweiß, 13.12.1732–29.4.1802, Tochter des Wirts zum »Goldenen Löwen« in Marbach.
Geschwister: Elisabeth Christophine Friederike, geb. 4.9.1757; Luise Dorothea Katharina, geb. 23.1.1766; Maria Charlotte, geb. 20.11.1768; Beata Friederike, geb. 4.5.1773 (noch im selben Jahr gestorben); Karoline Christiane (Nanette), geb. 8.9.1777.
11. November: Taufe.

1764 Die Familie Schiller läßt sich in Lorch bei Schwäbisch Gmünd nieder. Jugendfreundschaft mit Karl Philipp Conz und Christoph Ferdinand Moser.

1765 Elementarunterricht in der Lorcher Dorfschule, Unterweisung in den Anfangsgründen des Lateinischen (und im folgenden Jahr des Griechischen) beim Pfarrer Philipp Ulrich Moser, dessen Vorbild den von den Eltern unterstützten Wunsch weckt, Geistlicher zu werden (in den *Räubern* wird ihm später ein Denkmal gesetzt).

1766 Ende Dezember: Umsiedlung in die herzogliche Residenzstadt Ludwigsburg; hier seit 1768 erste Theatereindrücke beim Besuch des Hoftheaters: zumeist Opernaufführungen.

1767 Eintritt in die Ludwigsburger Lateinschule. Freundschaft mit Friedrich Wilhelm von Hoven.

1772 25. April: Am Tage vor der Konfirmation entsteht Schillers erstes deutsches Gedicht (verloren); erste – nicht erhaltene – Trauerspielversuche: *Die Christen*, *Absalon*.
Ende des Jahres: Schulabschluß.

1773 Der Plan, Theologie zu studieren, vom Herzog durchkreuzt, der den Sohn seines Hauptmanns auf die Karlsschule beordert (1771 Erweiterung des 1770 auf der Solitude bei Stuttgart gegründeten Militärwaisenhauses zur Militär-Pflanzschule, seit März 1773 Herzogliche Militär-Akademie). Innere Auflehnung gegen den Geist der Schule (streng diszipliniertes Kasernenleben, Uniformzwang, ausdrückliche Absonderung von der Außenwelt, Herzog Carl Eugen als persönlicher Erzieher). In kleinem Freundeskreis heimliche Beschäftigung mit Lessing (*Emilia Galotti*), Klopstock (ihm verpflichtet sind der Hymnus *An die Sonne* und das epische Gedicht *Moses*) und der Sturm-und-Drang-Dramatik.

1774 Freundschaft mit Georg Friedrich von Scharffenstein und Johann Wilhelm Petersen. Angliederung einer juristischen Fakultät an die Militär-Akademie: Beginn des Jura-Studiums; der *Bericht an den Herzog Carl Eugen über die Mitschüler und sich selbst* vom Herbst des Jahres verweist jedoch auf die fortdauernde Neigung zur Theologie.

1775 Die Lektüre des *Werther* und eine Zeitungsnotiz vom Selbstmord eines Studenten geben den Anstoß zu einem (nicht erhaltenen) Dramenplan *Der Student von Nassau*.
November: Verlegung der Militär-Akademie nach Stuttgart und Einrichtung einer

medizinischen Fakultät. Entschluß, das juristische Studium mit dem medizinischen zu vertauschen.

1776 Angeregt durch Jakob Friedrich Abel, Professor für Philosophie, philosophische Studien und intensive Beschäftigung mit Shakespeares Dramen (in der Wieland-Eschenburgschen Prosaübertragung). Lektüre von Rousseau, Young, Ossian. In Anlehnung an Leisewitz' *Julius von Tarent* verfaßt Schiller ein Drama *Cosmus von Medicis*, vernichtet es aber nach der Fertigstellung.

Oktober: Im *Schwäbischen Magazin* erscheint Schillers erstes gedrucktes Gedicht *Der Abend*; im März des nächsten Jahres folgt die Ode *Der Eroberer*.

1777 Arbeit an den *Räubern*.

1778 Entschluß, die Beschäftigung mit der Dichtung zurückzustellen, um das Studium der »Brotwissenschaft« zu intensivieren und zum Abschluß zu bringen; Studium Fergusons und Garves.

1779 Zum Geburtstag Franziskas von Hohenheim (10. Januar) Festrede über das Thema *Gehört allzuviel Güte, Leutseligkeit und große Freigebigkeit im engsten Verstand zur Tugend?* Die medizinische Dissertation *Philosophie der Physiologie* wird abgelehnt.

14. Dezember: Akademie-Stiftungsfest in Gegenwart Herzog Carl Augusts von Weimar und Goethes.

Erneute leidenschaftliche Hinwendung zur Dichtung. Es entstehen *Die Gruft der Könige* (in der *Anthologie auf das Jahr* 1782 unter dem Titel *Die schlimmen Monarchen*) und die lyrische Operette *Semele*.

1780 2. Festrede Schillers zum Geburtstag Franziskas von Hohenheim: *Die Tugend in ihren Folgen betrachtet*; zum Geburtstag des Herzogs (11. Februar) Aufführung von Goethes *Clavigo*: Schiller spielt die Hauptrolle.

Fortsetzung der Arbeit an den *Räubern*.

Im Juni als Mediziner am Sterbelager des Freundes August von Hoven (vgl. *Eine Leichenphantasie*) ; vom Juni bis Juli Gesellschafter und Beobachter des schwermütigen Zöglings Josef Friedrich Grammont (Berichte über die Krankheits-Umstände des Eleven Grammont).

Zur Abschlußprüfung, die am 29. November stattfinden soll, reicht Schiller die 2. Dissertation *Tractatio de discrimine febrium inflammatorium et putridarum* ein; sie wird abgelehnt (13. November). Schiller legt daraufhin in wenigen Tagen eine dritte Abhandlung mit dem Thema *Über den großen Zusammenhang der tierischen Natur des Menschen mit seiner geistigen* vor, die am 16. und 17. November von der Prüfungskommission angenommen und noch im selben Jahr gedruckt wurde. Vermutlich handelt es sich um die überarbeitete Fassung der ersten, 1779 eingereichten Dissertation *Philosophie der Physiologie*.

Hauptbeschäftigung mit den *Räubern*.

15. Dezember: Entlassung aus der Militär-Akademie; als Militärarzt zum Grenadierregiment Augé in Stuttgart beordert.

Noch während der Akademiezeit Konzeption der *Theosophie des Julius*.

1781 Januar: Johann Christian Weckherlin (Schillerbildnis von 1780) gestorben. Als Nachruf entsteht die *Elegie auf den Tod eines Jünglings*.

Mai/Juni: *Die Räuber. Ein Schauspiel* im Selbstverlag erschienen (anonym und mit fingiertem Druckort). Mit Aufnahme eines Darlehens für die Finanzierung des Drucks Beginn der Verschuldung. Heribert von Dalberg, Intendant des Mannheimer Nationaltheaters, fordert Schiller zu einer Bühnenbearbeitung auf.

August/September: Bühnenbearbeitung.

1782 13. Januar: In Mannheim Uraufführung der *Räuber* (in der von Dalberg überarbeiteten Schillerschen Bühnenbearbeitung: »Mannheimer Soufflierbuch«); außerordentlicher Erfolg. Schiller ohne Urlaub unter strengem Inkognito anwesend.

21. Januar: Zweite, verbesserte Auflage der *Räuber* (mit dem – nicht von Schiller veranlaßten – Motto »in Tirannos«). Im April folgt der Druck der Bühnenbearbeitung *Die Räuber, ein Trauerspiel.*

Februar: *Anthologie auf das Jahr* 1782 (»Meinem Prinzipal dem Tod zugeschrieben«) anonym und im Selbstverlag erschienen. Schillers Anteil überwiegend aus dem Jahre 1781.

Ende März: Im 1. Stück des gemeinsam mit Abel und Petersen herausgegebenen *Wirtembergischen Repertoriums der Literatur* Veröffentlichung der Selbstrezensionen der *Räuber* und der *Anthologie*, des Aufsatzes *Über das gegenwärtige Teutsche Theater* und des philosophischen Dialogs *Der Spaziergang unter den Linden*«. Das 2. Stück vom Oktober d.J. bringt die Erzählung *Eine großmütige Handlung aus der neusten Geschichte* und das Gespräch *Der Jüngling und der Greis.*

25.–28. Mai: Heimliche Reise nach Mannheim; Unterredung mit Dalberg, der eine Anstellung an seinem Theater in Aussicht stellt.

28. Juni–11. Juli: Haft wegen der unerlaubten Fahrt ins kurpfälzische Ausland: Arbeit am *Fiesko* und erste Konzeption der *Luise Millerin.*

Entschluß zum *Don Karlos* (Anregung von Dalberg).

Ende August: Der Zeitungsartikel des Arztes Dr. Amstein: *Apologie für Bünden gegen die Beschuldigung eines auswärtigen Komödienschreibers* (vgl. *Die Räuber* II, 3) veranlaßt Herzog Carl Eugen, Schiller jegliche nicht-medizinische Schriftstellerei zu untersagen.

22. September: Mit dem Freunde Andreas Streicher Flucht nach Mannheim.

27. September: Schiller liest vor Mannheimer Schauspielern aus dem *Fiesko*; völliger Mißerfolg.

Anfang Oktober: Weiterreise nach Frankfurt. Nach kurzem Aufenthalt Rückkehr nach Mannheim; Unterkunft in Oggersheim (inkognito). Neben der Niederschrift der *Luise Millerin* Beginn der von Dalberg geforderten *Fiesko*-Bearbeitung, die jedoch erneut zurückgewiesen wird.

30. November: Aus Furcht vor Verhaftung und Auslieferung Abreise von Oggersheim über Worms, Frankfurt, Gelnhausen nach Thüringen.

7. Dezember: Ankunft in Bauerbach (bei Meiningen) auf dem Gut der Freifrau Henriette von Wolzogen. Freundschaft mit dem Meininger Bibliothekar Wilhelm Friedrich Hermann Reinwald, dem späteren Gatten der ältesten Schwester Christophine.

1783 Anfang des Jahres: Vorläufiger Abschluß der *Luise Millerin*; Pläne und erste Quellenstudien für die Dramen *Imhof* und *Maria Stuart*, dann zurückgestellt zugunsten des *Don Karlos*: »Bauerbacher Entwurf« (März/April).

14. April: Brief an Reinwald, enthaltend die Grundgedanken der *Theosophie des Julius.*

Ende April: Erscheinen des *Fiesko.*

April–Juni: Da Dalberg eine Aufführung in Aussicht stellt, Wiederaufnahme und Abschluß der Arbeit an *Luise Millerin.*

Unglückliche Neigung zu Charlotte von Wolzogen.

20. Juli: Uraufführung des *Fiesko* in Bonn.

24. Juli: Abreise aus Bauerbach zu einem zunächst nur auf wenige Wochen geplanten Aufenthalt in Mannheim.

Studium der Mannheimer Antikensammlung (vgl. den späteren *Brief eines reisenden Dänen: Der Antikensaal zu Mannheim*).

Ende August: Vertrag mit Dalberg über eine Anstellung als Theaterdichter, zunächst für ein Jahr (ab 1. September), mit der Verpflichtung, drei Stücke zu liefern.

1. September: Schwere Erkrankung (»Kaltes Fieber«, Fieberanfälle bis Mitte November).

Erneute Bühnenbearbeitung des *Fiesko*, die Ende November abgeschlossen wird (»Mannheimer Bühnenfassung«).

1784 Januar: Aufnahme in die Kurfürstliche Deutsche Gesellschaft in Mannheim. Antrittsrede (26. Juni) über das Thema: »Was kann eine gute stehende Schaubühne eigentlich wirken?« (die spätere revidierte Fassung erhält den Titel: *Die Schaubühne als eine moralische Anstalt betrachtet*).

11. Januar: Kühle Aufnahme der Mannheimer Erstaufführung des *Fiesko*.

Februar: Beginn der Bühnenbearbeitung von *Luise Millerin*; auf Vorschlag Ifflands Umbenennung in *Kabale und Liebe*.

Mitte März: Erscheinen der Buchausgabe von *Kabale und Liebe* bei Schwan in Mannheim.

15. April: Die Mannheimer Erstaufführung von *Kabale und Liebe* (Uraufführung am 13. April in Frankfurt) wird zu einem großen Erfolg.

Anfang Juni: Schiller erhält Brief, Geschenke und Porträts eines ihn verehrenden sächsischen Freundeskreises (Christian Gottfried Körner, Konsistorialrat in Dresden, Ludwig Ferdinand Huber, Minna und Dora Stock); Anbahnung der lebenslangen Freundschaft mit Körner.

6. Juni: Erste flüchtige Begegnung mit Charlotte von Lengefeld.

Wiederaufnahme der Arbeit am *Don Karlos* (Umformung in Blankverse).

Anfang August: Charlotte von Kalb verlegt ihren Wohnsitz nach Mannheim; Schiller ständiger Gast bei ihren Tischgesellschaften.

Trotz Schillers Bitte keine Verlängerung des Vertrags mit dem Mannheimer Nationaltheater. Überlegungen, zur Medizin zurückzukehren. Hoffnung, durch Gründung der Theaterzeitschrift *Rheinische Thalia* der wachsenden Schuldenlast begegnen zu können.

23.–29. Dezember: Reise nach Darmstadt.

26. Dezember: Vorlesung des ersten Aktes von *Don Karlos* am Darmstädter Hof in Gegenwart Herzog Carl Augusts von Weimar.

27. Dezember: Ernennung zum Weimarischen Rat.

1785 10./22. Februar: Brief an Körner mit der Ankündigung seiner Reise nach Leipzig.

Mitte März: Erstes, dem Herzog von Weimar gewidmetes Heft der *Rheinischen Thalia*, enthaltend u.a. den Vortrag über die Schaubühne, die Erzählung *Merkwürdiges Beispiel einer weiblichen Rache*, den ersten Akt des *Don Karlos*, den *Brief eines reisenden Dänen*« und das *Repertorium des Mannheimer Nationaltheaters*.

9.–17. April: Reise nach Leipzig. Der Vorsatz, dort Jura zu studieren oder das Medizinstudium durch Promotion abzuschließen, wird bald wieder fallengelassen.

Anfang Mai: Übersiedlung nach Gohlis bei Leipzig. Freundschaftlicher Umgang mit den Schwestern Stock, Huber, dem Maler Reinhart (vgl. dessen Schillerporträts) und dem Verleger Georg Joachim Göschen.

1. Juli: Auf dem Gut Kahnsdorf bei Borna (Leipzig) erstes Zusammentreffen mit Körner.

Begegnung mit Karl Philipp Moritz.

Ende August/Anfang September: »Leipziger Bühnenfassung« des *Fiesko*.

Anfang September: Nach der Vermählung Körners mit Minna Stock folgt Schiller einer Einladung des jungen Paares nach Dresden.

12. September–20. Oktober: Als Gast Körners im Weinberghäuschen in Loschwitz a. d. Elbe, dann mit Huber gemeinsame Wohnung in Dresden; weiter ständiges Zusammensein mit Körner.

Als Ausdruck des neuen Freundschaftsgefühls entsteht *An die Freude*. Intensive Beschäftigung mit *Don Karlos*.

1786 Mitte Februar: Das zweite Heft von Schillers Theaterzeitschrift erscheint bei Göschen unter dem Titel *Thalia*; es enthält: *An die Freude*, *Verbrecher aus Infamie* (später: *Der Verbrecher aus verlorener Ehre*), die Anfangsszenen des 2. Aktes von *Don Karlos* und die – wohl zur Zeit der Mannheimer Bekanntschaft mit Charlotte von Kalb entstandenen – Gedichte *Freigeisterei der Leidenschaft* und *Resignation*. – Das 3. Heft der *Thalia* (Ende April/Anfang Mai) bringt neben weiteren Szenen aus dem 2. Akt des *Don Karlos* die *Philosophischen Briefe* (1. Konzeption in der Akademiezeit), das 4. Heft (Januar 1787) den Beginn des 3. Aktes des *Don Karlos* und den Anfang des *Geistersehers*.

Intensive historische Studien. Beginn der Arbeit an der *Geschichte des Abfalls der Niederlande*. Daneben Arbeit an dem Drama *Der versöhnte Menschenfeind*.

1787 Abschluß der Buchfassung des *Dom Karlos, Infant von Spanien* (Ende Juni im Druck erschienen). Zugleich Beschäftigung mit den Theaterausgaben: »Hamburger Versfassung« und »Rigaer Prosafassung«.

20. Juli: Einer Einladung Frau von Kalbs folgend reist Schiller über Leipzig und Naumburg nach Weimar.

Besuche bei Wieland und Herder (Goethe ist in Italien). Vertrauter Umgang mit Charlotte von Kalb. Bekanntschaft mit Karl Ludwig von Knebel, Corona Schröter und Frau von Stein.

29. August: Uraufführung des *Don Karlos* (Jambenfassung) in Hamburg.

Ende August: Abstecher nach Jena. Mit Reinhold Disputation über Kant. Entschluß zum Kantstudium.

September: Intensive Arbeit an der *Geschichte des Abfalls der Niederlande*.

Oktober: Freundschaftlicher Verkehr mit Wieland. Plan einer gemeinsamen Herausgabe des *Teutschen Merkur*.

Mitarbeiter der Jenaer *Allgemeinen Literatur-Zeitung*.

Ende November: Kurzer Aufenthalt in Bauerbach und Meiningen bei Wolzogens und Reinwald. Auf dem Rückweg Besuch der Familie Lengefeld in Rudolstadt. Zuneigung zu den beiden Töchtern des Hauses, Karoline (vermählt mit dem Hofrat von Beulwitz) und Charlotte.

1788 Januar–April: Charlotte von Lengefeld in Weimar.

Lustlose Fortsetzung des *Geistersehers*.

März: Als Beitrag zum *Teutschen Merkur* entsteht das Gedicht *Die Götter Griechenlandes*.

18. Mai: Abreise nach Volkstädt bei Rudolstadt; in den nächsten Monaten fast täglich bei der Familie Lengefeld.

Plan eines Dramas in »griechischer Manier«: *Die Malteser*, das Schiller bis in seine letzte Lebenszeit immer erneut beschäftigt hat, ohne vollendet zu werden.

Juli: Fertigstellung des 1. Teils der *Geschichte des Abfalls der Niederlande* (im Oktober bei Crusius in Leipzig erschienen).

Die vier ersten *Briefe über Don Karlos* im Juliheft des *Teutschen Merkur* publiziert (Brief 5–12 im Dezemberheft).

August: Beschäftigung mit dem *Malteser*-Plan. Entschluß zum eingehenden Studium der antiken Dichtung, vor allem der griechischen Tragiker (im Spätherbst Übersetzung der *Iphigenie in Aulis* und der *Phönizierinnen*).

Übersiedlung nach Rudolstadt.

7. September: Erste persönliche Begegnung mit Goethe im Lengefeldschen Hause.

20. September: Schillers *Egmont*-Rezension erscheint in der Jenaer *Allgemeinen Literatur-Zeitung*.

Niederschrift des Gedichts *Die Künstler* (erste, nicht erhaltene Fassung; im Februar 1789 auf Grund der Kritik Körners und Wielands stark erweiternde Umarbeitung).

12. November: Rückkehr nach Weimar.
15. Dezember: Auf Vorschlag des Weimarer Hofs und nach Zustimmung von Coburg, Gotha und Meiningen Berufung nach Jena auf den Lehrstuhl für Geschichte (unbesoldete Professur).

1789 Januar: Veröffentlichung der Erzählung *Spiel des Schicksals* im *Teutschen Merkur* (anonym) und der (Fragment gebliebenen) *Iphigenie*-Rezension in Göschens *Kritischer Übersicht der neusten schönen Literatur der Deutschen*.
Intensive Geschichtsstudien.
Plan einer Ausgabe der *Kleineren prosaischen Schriften* bei Crusius in Leipzig (1792–1802 in vier Bänden erschienen).
April: Verleihung der Doktorwürde der philosophischen Fakultät zu Jena.
Bekanntschaft mit Gottfried August Bürger.
11. Mai: Übersiedlung nach Jena.
21. Mai: Ankündigung der Vorlesung *Einleitung in die Universalgeschichte*.
26. Mai: Antrittsvorlesung: *Was heißt und zu welchem Ende studiert man Universalgeschichte?* Einzigartige Huldigung der Studenten für den Dichter.
Anfang August: Verlobung mit Charlotte von Lengefeld (offizielle Bekanntgabe erst im Dezember).
Wintersemester: Kolleg über *Universalgeschichte von der fränkischen Monarchie bis Friedrich II.*
November: *Der Geisterseher* bei Göschen erschienen.
24. Dezember: Erste Begegnung und Beginn der Freundschaft mit Wilhelm von Humboldt.

1790 Januar: Verleihung des Titels eines Meininger Hofrates. Beginn des Quellenstudiums für die *Geschichte des Dreißigjährigen Kriegs*.
22. Februar: Verheiratung mit Charlotte v. Lengefeld in Wenigenjena.
Sommersemester: Neben dem Hauptkolleg *Universalgeschichte bis zur Gründung der fränkischen Monarchie* eine Vorlesung *Theorie der Tragödie* (daraus gehen die Aufsätze *Über den Grund des Vergnügens an tragischen Gegenständen* und *Über die tragische Kunst* hervor).
Herbst: Abschluß des ersten Teils der *Geschichte des Dreißigjährigen Kriegs*, der im *Historischen Kalender für Damen auf das Jahr* 1791 bei Göschen erscheint.
Wintersemester: *Europäische Staatengeschichte* und *Geschichte der Kreuzzüge* (unter den Hörern Friedrich von Hardenberg = Novalis).
November: 11. Heft der *Thalia*, enthaltend *Die Gesetzgebung des Lykurgus*, *Etwas über die erste Menschengesellschaft nach dem Leitfaden der Mosaischen Urkunde* und das dramatische Prosa-Fragment *Der versöhnte Menschenfeind*.

1791 Januar: Ernste Erkrankung, von der sich Schiller nie wieder erholte; nach vorübergehender Besserung schwerer Rückfall im Mai (Gerücht von Schillers Tod).
Für das Sommersemester Beurlaubung von den Vorlesungen.
Mitte Januar: Erscheinen der Rezension von Bürgers Gedichten in der Jenaer *Allgemeinen Literatur-Zeitung* (anonym).
Plan zum *Wallenstein*.
Februar: Beginn des Kant-Studiums.
Juli: Zur Kur nach Karlsbad; August/September Nachkur in Erfurt.
Dezember: Auf Anregung des dänischen Schriftstellers Jens Baggesen bieten der Erbprinz Friedrich Christian von Augustenburg und Graf Ernst von Schimmelmann Schiller eine dreijährige Pension an; dadurch ist die Möglichkeit gegeben zu intensiven philosophisch-ästhetischen Studien sowie der kritischen Philosophie Kants.

1792 Wiederholte Krankheitsanfälle.

Die beiden ersten Hefte der *Neuen Thalia* enthalten Schillers Übersetzungsbruchstücke der *Aeneide* sowie seine Schrift *Über den Grund des Vergnügens an tragischen Gegenständen.*

April: Reise nach Leipzig und Dresden. Durch Vermittlung Körners Bekanntschaft mit Friedrich Schlegel.

26. August: Die Pariser Nationalversammlung erteilt das französische Bürgerrecht an »le sieur Gille, Publiciste allemand«.

Ende August: *Kleinere prosaische Schriften*«, 1. Teil (enthalten u.a. *Philosophische Briefe, Der Verbrecher aus verlorener Ehre*).

September: Schillers Mutter und die Schwester Nanette in Jena.

Abschluß der *Geschichte des Dreißigjährigen Kriegs*, erschienen in: *Historischer Kalender für Damen auf das Jahr* 1793.

Wintersemester: Vorlesung über Ästhetik (Frucht der Beschäftigung mit Kants *Kritik der Urteilskraft*). Plan eines Dialogs *Kallias oder über das Schöne.*

1793 Januar/Februar: Schiller trägt Körner seine bisherigen Vorarbeiten und Überlegungen zum *Kallias* brieflich vor (*Kallias-Briefe*).

Weiterhin heftige Krankheitsanfälle.

Sommersemester: Fortsetzung der Vorlesung über Ästhetik (letztes Kolleg Schillers). Entstehen der ästhetisch-philosophischen Abhandlungen *Über Anmut und Würde* und *Vom Erhabenen* (nur der 2. Teil unter dem Titel *Über das Pathetische* in die *Kleineren prosaischen Schriften* aufgenommen); Niederschrift des ersten der schon im Februar angekündigten Briefe über *Die Philosophie des Schönen* an den Prinzen von Augustenburg.

Anfang August: Mit Charlotte über Nürnberg nach Schwaben zum Besuch der Eltern. Aufenthalt in Heilbronn, ab September in Ludwigsburg. Geselliges Zusammensein mit den alten Freunden und Lehrern (von Hoven, Conz, Jahn).

Arbeit am *Wallenstein.*

14. September; Geburt des ersten Sohnes Karl Friedrich Ludwig.

Ende September; Begegnung mit Hölderlin, den Schiller der Frau von Kalb als Hauslehrer empfiehlt.

Fortsetzung der ästhetischen Briefe an den Prinzen von Augustenburg.

Erste Konzeption einer Abhandlung *Über das Naive.*

24. Oktober; Teilnahme an der Beisetzung Herzog Carl Eugens von Württemberg.

1794 Februar; Bekanntschaft mit Friedrich von Matthisson.

März; Reise nach Tübingen zu einem Besuch Prof. Abels. Übersiedlung nach Stuttgart. Anknüpfung der Verlagsbeziehungen zu Johann Friedrich Cotta.

3. Mai: Erste Bekanntschaft mit Johann Gottlieb Fichte.

6.–14. Mai; Rückreise nach Jena.

Vertiefung der Freundschaft mit Wilhelm von Humboldt, der im Februar auf Wunsch Schillers nach Jena gezogen war.

18. Mai: Eintreffen Fichtes in Jena als Nachfolger Reinholds.

Niederschrift der Rezension von Matthissons Gedichten.

Vertrag mit Cotta über die Herausgabe der *Horen*; Einladungen zur Mitarbeit u.a. an Goethe, Kant, Herder, Fichte, Humboldt, Friedrich Heinrich Jacobi und Matthisson, später an Hölderlin, Friedrich und August Wilhelm Schlegel.

Juni/Juli: Verstärktes Kantstudium.

20. Juli: Nach einer Sitzung der Naturforschenden Gesellschaft in Jena Gespräch mit Goethe über die Urpflanze. Anbahnung der Freundschaft.

23. August: Brief an Goethe, in dem Schiller die »Summe der Existenz« Goethes zieht. Beginn des Briefwechsels.

September; Niederschrift der ersten Briefe *Über die ästhetische Erziehung des Men-*

schen, einer tiefgreifenden Umgestaltung der im Januar beim Brand des Schlosses Christiansborg vernichteten Augustenburger Briefe.
14.–27. September; Schiller als Goethes Gast in Weimar. In der Folgezeit häufige wechselseitige Besuche.
Ab Dezember übersendet Goethe laufend die fertiggestellten Druckbogen von *Wilhelm Meisters Lehrjahren*.

1795 Januar: *Die Horen* beginnen zu erscheinen (monatlich ein Heft; in den ersten Stücken die Briefe *Über die ästhetische Erziehung des Menschen*).
Februar: Letztes Heft der *Neuen Thalia*.
März/April: Ablehnung eines Rufs nach Tübingen als ordentlicher Professor der Philosophie.
Juni: Nach siebenjähriger Unterbrechung des lyrischen Schaffens entsteht das Gedicht *Poesie des Lebens*.
Kontroverse mit Fichte über den *Horen*-Beitrag *Geist und Buchstab in der Philosophie*.
Juli–Oktober: Reiche lyrische Produktion; als Beiträge für die *Horen* und den von Schiller geplanten *Musen-Almanach für das Jahr* 1796 entstehen u.a. *Der Tanz*, *Die Macht des Gesanges*, *Das Ideal und das Leben*, *Natur und Schule* (= *Der Genius*), *Pegasus im Joch*, *Die Ideale*, *Das verschleierte Bild zu Sais*, *Würde der Frauen* und die *Elegie* (= *Der Spaziergang*).
Entschluß zur Wiederaufnahme der dramatischen Pläne.
Ausarbeitung des – auf eine ältere Konzeption zurückgehenden – Traktats *Über die Gefahr ästhetischer Sitten* und der Abhandlungen *Von den notwendigen Grenzen des Schönen* und *Über das Naive* (des Eingangsteils von *Über naive und sentimentalische Dichtung*).
November/Dezember: Niederschrift des Aufsatzes *Die sentimentalischen Dichter* und des *Beschlusses der Abhandlung über naive und sentimentalische Dichter* (in den *Horen* erschienen).
Plan einer Idylle: Vermählung des Herkules mit Hebe.
Beginn der Gemeinschaftsarbeit mit Goethe an den *Xenien* (unmittelbarer Anlaß sind zahlreiche Angriffe gegen die *Horen*).

1796 Januar/Februar: In enger Zusammenarbeit mit Goethe entsteht ein Großteil der *Xenien*.
März: Hinwendung zum dramatischen Schaffen. In Gesprächen mit Goethe Entscheidung für den *Wallenstein*, gegen die *Malteser*.
23. März: Tod der Schwester Nanette.
April: *Egmont*-Bearbeitung für die Ifflandsche Inszenierung in Weimar.
Erste Begegnung mit Schelling.
Juni: Kurzer Besuch Jean Pauls bei Schiller.
Juli: Erneute Lektüre von *Wilhelm Meisters Lehrjahren* und ausführliche briefliche Bemerkungen darüber an Goethe.
11. Juli: Geburt des zweiten Sohnes Ernst Friedrich Wilhelm.
Freundschaftlicher Verkehr mit August Wilhelm Schlegel, der sich in Jena niedergelassen hat.
7. September: Tod des Vaters.
29. September: *Musen-Almanach für das Jahr* 1797 (»Xenien-Almanach«) bei Cotta in Tübingen erschienen; enthaltend neben den *Tabulae Votivae* und den *Xenien* u.a. die Gedichte *Das Mädchen aus der Fremde*, *Pompeji und Herkulaneum*, *Klage der Ceres*, *Die Geschlechter*.
Oktober: Quellenstudium und erste Entwürfe für den *Wallenstein*.

1797 Februar/März: Goethe in Jena. Unterhaltungen über die Gattungsgesetze von Drama (*Wallenstein*) und Epos (*Herrmann und Dorothea*).

Kauf eines Gartenhauses in Jena.
Konzeption des Vorspiels *Wallensteins Lager.*
Juni: Beginn der Balladendichtung. Im Wettstreit mit Goethe entstehen (bis September): *Der Taucher, Der Handschuh, Der Ring des Polykrates, Die Kraniche des Ibykus, Ritter Toggenburg, Der Gang nach dem Eisenhammer.*
Juli: *Wallensteins Lager* beendet (vorläufige Fassung).
Oktober: Erscheinen des *Musen-Almanachs für das Jahr* 1798 (»Balladen-Almanach«) bei Cotta in Tübingen.
November: Beginn der Versgestaltung des *Wallenstein* (bisher Prosa).

1798 Fortführung der Arbeit am *Wallenstein* durch Krankheitsanfälle immer wieder unterbrochen. Regelmäßige Zusammenkünfte mit Goethe, Erörterung der dichterischen Pläne, Gespräche über philosophische, ästhetische und naturwissenschaftliche Fragen.
Anfang Juni: Das letzte Stück der *Horen* (12. Stück des Jahrgangs 1797) erscheint.
15. August: Vorläufiger Abschluß der einteiligen Fassung des *Wallenstein.*
Bis zur Wiederaufnahme der Arbeit am *Wallenstein* entstehen: *Der Kampf mit dem Drachen, Die Bürgschaft, Das Glück, Das Eleusische Fest* (veröffentlicht im *Musen-Almanach für das Jahr* 1799).
Mitte September: Mit Goethe gemeinsame Lektüre des *Wallenstein*« und Entschluß zur Zweiteilung des Dramas.
Erweiternde Umarbeitung von *Wallensteins Lager* (u.a. die Gestalt des Kapuziners eingefügt).
12. Oktober: Uraufführung von *Wallensteins Lager* zur Eröffnung des umgebauten Weimarer Theaters.
Ende Dezember: Fertigstellung der *Piccolomini.*

1799 30. Januar: Uraufführung der *Piccolomini* in Weimar, einschließlich des 1. und 2. Aktes von *Wallensteins Tod.*
17. März: *Wallensteins Tod* beendet.
Mit Goethe Erörterung neuer Dramenpläne: *Die feindlichen Brüder* (erste Konzeption der *Braut von Messina*), *Die Polizei* und *Maria Stuart.*
20. April: Uraufführung von *Wallensteins Tod* im Hoftheater zu Weimar; außerordentlicher Erfolg.
Entschluß zur dramatischen Gestaltung der Geschichte Maria Stuarts und Beginn des Quellenstudiums.
Mai: Mit Goethe gemeinsame Ausarbeitung des *Schemas über den Dilettantismus.*
Juni: Niederschrift der ersten Szenen der *Maria Stuart.*
Juli: Begegnung mit Ludwig Tieck.
August: Während der Arbeit an *Maria Stuart* erste Skizzen zum *Warbeck.*
11. Oktober: Geburt der Tochter Karoline Henriette Luise.
Der *Musen-Almanach für das Jahr* 1800 enthält von Schiller *Die Erwartung* und *Das Lied von der Glocke.*
1799 entsteht außerdem *Nänie.*
Schwere Erkrankung Charlottes.
Erneute Beschäftigung mit dem Plan der *Malteser.*
3. Dezember: Umzug nach Weimar (das Gartenhaus in Jena wird als Sommerwohnung beibehalten).

1800 Januar–März; Bühnenbearbeitung von Shakespeares *Macbeth* (in Blankversen).
14. Mai: Weimarer Erstaufführung des *Macbeth* in Schillers Bearbeitung.
Mitte Mai–Anfang Juni: Abschließende Arbeit an *Maria Stuart* auf Schloß Ettersburg.
14. Juni: Uraufführung der *Maria Stuart* in Weimar mit großem Erfolg.

Plan zur *Jungfrau von Orleans*.
Ende Juni: *Wallenstein* bei Cotta in Tübingen erschienen.
Juli/August: Quellenstudium und Entwurf des Schemas der *Jungfrau von Orleans*.
Ende August: *Kleinere prosaische Schriften*, 2. Teil erschienen.
September: Beginn der Ausarbeitung der *Jungfrau von Orleans*.

1801 Mitte April: Vollendung der *Jungfrau von Orleans*.
Maria Stuart bei Cotta erschienen. Bühnenbearbeitung von Lessings *Nathan der Weise*.
Beschäftigung mit den Plänen zu mehreren Dramen: *Die Malteser*, *Die Braut von Messina*, *Warbeck* und *Die Polizei*.
Mai: *Kleinere prosaische Schriften*, 3. Teil, mit dem Erstdruck der Abhandlung *Über das Erhabene* erschienen.
Juni: Für Cottas *Damenkalender für das Jahr* 1802 entstehen *Hero und Leander*, *Das Mädchen von Orleans* und *Der Antritt des neuen Jahrhunderts*.
Beginn der Bühnenbearbeitung der *Jungfrau von Orleans*.
Juli: Plan eines Dramas *Die Gräfin von Flandern*.
August: Reise nach Dresden. Wohnung in Körners Weinberghaus in Loschwitz.
11. September: Uraufführung der *Jungfrau von Orleans* in Leipzig mit außerordentlichem Erfolg.
17. September: Schiller bei einer Leipziger Aufführung der *Jungfrau von Orleans* anwesend; begeisterter Beifall für den Dichter.
Anfang Oktober: Entscheidung für den *Warbeck*-Plan.
Die Jungfrau von Orleans bei Unger in Berlin erschienen. Bearbeitung von Carlo Gozzis *Turandot* (bis Ende Dezember).
28. November: Weimarer Erstaufführung von Lessings *Nathan der Weise* in Schillers Bearbeitung.

1802 Januar: Bühnenbearbeitung von Goethes *Iphigenie* (im Mai in Weimar aufgeführt). Plan einer Reise nach Schwaben und in die Schweiz. Erste Beschäftigung mit dem *Wilhelm Tell*.
Februar: Entstehen der Gedichte *An die Freunde* und *Die vier Weltalter*.
24. Februar: Erste Begegnung mit Karl Friedrich Zelter.
März: Entschluß, zunächst das *Tell*-Drama auszuführen; Zurückstellung des *Warbeck*.
29. April: Tod der Mutter. Einzug in das neuerworbene Haus in Weimar an der Esplanade (Schillerhaus); im Juni Verkauf des Jenaer Gartenhauses:
Anfang Mai: *Kleinere prosaische Schriften*, 4.Teil erschienen.
Entstehung des dramatischen Monologs *Kassandra*.
Mitte August: Beginn der Arbeit an der *Braut von Messina* und Plan, nach Fertigstellung des Dramas den *Warbeck* und dann den *Wilhelm Tell* zu vollenden.
16. November: Erhebung in den erblichen Adelsstand (das Wiener Diplom ist datiert vom 7. September).

1803 1. Februar: Abschluß der *Braut von Messina*.
Anfang März: Wiederaufnahme der Arbeit an den *Maltesern*.
19. März: Uraufführung der *Braut von Messina* im Hoftheater zu Weimar.
23. April : Erstaufführung der *Jungfrau von Orleans* in Weimar.
Beginn der Übersetzung von L.B. Picards Lustspielen *Encore des Menechmes* (*Der Neffe als Onkel*) und *Mediocre et rampant, ou le moyen de parvenir* (*Der Parasit*).
Juni: *Die Braut von Messina* bei Cotta erschienen.
2.–14. Juli: Erholungsaufenthalt in Lauchstädt. Bekanntschaft mit Friedrich de la Motte-Fouqué und freundschaftlicher Umgang mit Prinz Eugen von Württemberg.

Weitere Vorstudien zum *Wilhelm Tell.*
Ende August: Mit der Ausarbeitung des *Wilhelm Tell* begonnen.
September: *Der Graf von Habsburg* und *Das Siegesfest* in Cottas *Taschenbuch für Damen auf das Jahr* 1804 erschienen.
Dezember: Bekanntschaft mit Madame de Staël (bis Ende Februar 1804 in Weimar).
18. Dezember: Herders Tod.

1804 Fortführung der Arbeit am *Wilhelm Tell.* Entstehen der Gedichte *Berglied* und (vermutlich) *Der Alpenjäger.*
18. Februar: Vollendung des *Wilhelm Tell.*
Suche nach neuen dramatischen Stoffen. Schwankt zwischen *Warbeck, Narbonne oder Die Kinder des Hauses* und *Demetrius.* Entscheidung für den *Demetrius* und erste Entwürfe.
Anbahnung des freundschaftlichen Verhältnisses zu Johann Heinrich Voß.
17. März: Weimarer Uraufführung des *Wilhelm Tell*; großer Erfolg.
26. April–21. Mai: Reise nach Berlin. Verkehr mit Christoph Wilhelm Hufeland, Iffland, Zelter u.a.
Mai: Besuch von Aufführungen der *Braut von Messina* und der *Jungfrau von Orleans*: Ovationen der Zuschauer.
Anknüpfung von Beziehungen zum preußischen Königshof.
Plan einer Übersiedlung nach Berlin.
Mitte Juli: Entschluß, den *Demetrius* zugunsten der *Prinzessin von Celle* zurückzustellen.
24. Juli : Schwerer Krankheitsanfall; nur sehr langsame Erholung.
25. Juli: Geburt der jüngsten Tochter Emilie Henriette Luise.
Anfang Oktober: *Wilhelm Tell* bei Cotta erschienen.
Verzicht auf Arbeit am *Warbeck*-Fragment zugunsten des *Demetrius.*
Anfang November: Abfassung des Festspiels *Die Huldigung der Künste* zum Empfang des Weimarischen Erbprinzen und seiner jungen Gemahlin, der russischen Prinzessin Maria Paulowna (Aufführung des Festspiels am 12. November): Schillers letzte vollendete Dichtung.
Dezember: Übersetzung und Bühnenbearbeitung von Racines *Phädra* begonnen.
24. Dezember: Tod Hubers.

1805 30. Januar: Uraufführung von Schillers Bearbeitung der *Phädra* im Weimarer Hoftheater.
8./9. Februar: Nachts heftiger Fieberanfall.
Johann Heinrich Voß wacht am Krankenlager.
12. Februar: Neuer Fieberanfall; Halluzination einer Rechenschaft vor Gott.
Ende Februar: Langsame Genesung. Entstehen des Schiller-Porträts von Friedrich August Tischbein.
Weiterarbeit am *Demetrius.*
2. April: Letzter Brief an Humboldt.
Mitte April: Separatdruck der *Huldigung der Künste* bei Cotta.
25. April: Letzte Briefe an Goethe und Körner.
1. Mai: Letzter Theaterbesuch; auf dem Weg ins Theater letzte Begegnung mit Goethe. Erneuter Krankheitsanfall.
2. Mai: Letzte Beschäftigung mit dem *Demetrius*: Monolog der Marfa.
9. Mai: Schillers Tod.
11./12.Mai: Beisetzung auf dem alten Friedhof der St. Jakobskirche

1827 endgültige Bestattung in der Fürstengruft zu Weimar.

Literatur

Zu Schiller

Werke

Friedrich Schiller: Sämtliche Werke in 5 Bänden. Auf der Grundlage der Textedition von Herbert G. Göpfert hg. von Peter-André Alt, Albert Meier und Wolfgang Riedel. München, Wien 2004

Briefe

Geiger o.J. Briefwechsel zwischen Schiller und Körner. Hg von Ludwig Geiger. Stuttgart, Berlin o.J.

Gleichen-Rußwurm 1908 Schiller und Lotte. Ein Briefwechsel. Hg. von Alexander von Gleichen-Rußwurm. 2 Bde. Jena 1908

Fricke 1955 Friedrich Schiller: Briefe. Hg. von Gerhard Fricke. München 1955

Seidel 1962 Der Briefwechsel zwischen Friedrich Schiller und Wilhelm von Humboldt. Hg. von Siegfried Seidel. 2 Bde. Berlin 1962

Beetz 1990 Briefwechsel zwischen Schiller und Goethe. Hg. von Manfred Beetz. München 1990 (Münchner Goethe-Ausgabe)

Kurscheidt 2002 Friedrich Schiller Werke und Briefe Bd. 11. Hg. von Georg Kurscheidt. Frankfurt a.M. 2002

Zeugnisse

Biedermann 1974 Schillers Gespräche. Hg. von Freiherr von Biedermann. Zürich 1974

Borcherdt 1948 Schiller und die Romantik. Briefe und Dokumente. Hg. von Hans Heinrich Borcherdt. Stuttgart 1948

Dann 2002 Friedrich Schiller Werke und Briefe Bd. 7. Hg. von Otto Dann. Frankfurt a.M. 2002

Gleichen-Rußwurm o.J. Schiller. Lebensaufriß aus Tagebüchern, Briefen, Zeitstimmen. Zusammengefügt von Alexander von Gleichen-Rußwurm. Berlin o.J.

Hofmannsthal 1926 Schillers Selbstcharakteristik aus seinen Schriften. Nach einem älteren Vorbilde neu hg. von Hugo von Hofmannsthal. München 1926

Kluge 1988 Friedrich Schiller Werke und Briefe Bd. 2. Hg. von Gerhard Kluge. Frankfurt a.M. 1988

Kluge 1989 Friedrich Schiller Werke und Briefe Bd. 3. Hg. von Gerhard Kluge. Frankfurt a.M. 1989

Kurscheidt 1992 Friedrich Schiller Werke und Briefe Bd. 1. Hg. von Georg Kurscheidt. Frankfurt a.M. 1992

Luserke 1996 Friedrich Schiller Werke und Briefe Bd. 5. Hg. von Matthias Luserke. Frankfurt a.M. 1996

Petersen 1904 Schillers Persönlichkeit. Urtheile der Zeitgenossen und Documente gesammelt von Julius Petersen. Drei Theile. Weimar 1904

Petersen 1911 Schillers Gespräche. Berichte seiner Zeitgenossen über ihn. Hg. von Julius Petersen. Leipzig 1911

Stock 2000 Friedrich Schiller Werke und Briefe Bd. 4. Hg. von Frithjof Stock. Frankfurt a.M. 2000

Biographisches

Berger 1924 Karl Berger: Schiller. Sein Leben und sein Werk. 2 Bde. München 1924
Buchwald 1956 Reinhard Buchwald: Schiller. 2 Bde. Wiesbaden 1956
Streicher 1959 Andreas Streicher: Schillers Flucht. Stuttgart 1959
Burschell 1968 Friedrich Burschell: Schiller. Hamburg 1968
Alt 2000 Peter-André Alt: Schiller. Leben – Werk – Zeit. 2 Bde. München 2000

Abhandlungen

Jan Assmann: Das verschleierte Bildnis zu Sais. Schillers Ballade und ihre griechischen und ägyptischen Hintergründe. Stuttgart, Leipzig 1999
Achim Aurnhammer u.a. (Hgg.) Schiller und die höfische Welt. Tübingen 1990
Wilfried Barner u.a.(Hgg.): Unser Commercium. Goethes und Schillers Literaturpolitik. Stuttgart 1984
Renate Berief: Selbstentfremdung als Problem bei Rousseau und Schiller. Idstein 1991
Bienert 2004 Michael Bienert: Schiller in Berlin oder Das rege Leben einer großen Stadt. Marbach 2004
Peter André Bloch: Schiller und die klassische französische Tragödie. Düsseldorf 1968
Jürgen Bolten (Hg.): Schillers Briefe über die ästhetische Erziehung. Frankfurt a.M. 1984
Jürgen Bolten: Friedrich Schiller. Poesie, Reflexion und gesellschaftliche Selbstdeutung. München 1985
Dieter Borchmeyer: Tragödie und Öffentlichkeit. Schillers Dramaturgie im Zusammenhang seiner politisch-ästhetischen Theorie und die rhetorische Tradition. München 1973
Helmut Brandt (Hg.): Friedrich Schiller – Angebot und Diskurs: Zugänge, Dichtung, Zeitgenossenschaft. Berlin, Weimar 1987
Jacob Burckhardt: Schillers Wallenstein. In ders.: Werke. Bd. 13. München, Basel 2003
Götz-Lothar Darsow: Friedrich Schiller. Stuttgart 2000
Hellmut Diwald: Friedrich Schiller. Wallenstein. Frankfurt a.M., Wien 1972
Kuno Fischer: Schiller als Philosoph. Heidelberg 1891
Wolfgang Frühwald: Die Auseinandersetzung um Schillers Gedicht »Die Götter Griechenlands«. In: Jahrbuch der Deutschen Schillergesellschaft 13 (1969)
Ute Gerhard: Schiller als »Religion«. Literarische Signaturen des 19. Jahrhunderts. München 1994
Viola Geyersbach/Christina Tezky (Hgg.): Schillers Wohnhaus in Weimar. München 1999
Ilse Graham: Schiller, ein Meister der tragischen Form. Die Theorie in der Praxis. Darmstadt 1974
Karl S. Guthke: Schillers Dramen. Idealismus und Skepsis. Tübingen, Basel 1994
Jürgen Habermas: Exkurs zu Schillers Briefen über die ästhetische Erziehung des Menschen. In: Der philosophische Diskurs der Moderne. Zwölf Vorlesungen. Frankfurt a.M. 1988. S. 59–64
Käte Hamburger: Zum Problem des Idealismus bei Schiller. In: Jahrbuch der Deutschen Schillergesellschaft 16 (1972)
Dieter Henrich: Der Begriff der Schönheit in Schillers Ästhetik. In: Zeitschrift für philosophische Forschung 11 (1957)
Fritz Heuer: Darstellung der Freiheit. Schillers Transzendentale Frage nach der Kunst. Köln 1970
Walter Hinderer (Hg.): Interpretationen: Schillers Dramen. Stuttgart 1992
Walter Hinderer: Von der Idee des Menschen. Über Friedrich Schiller. Würzburg 1998
Renate Homann: Erhabenes und Satirisches. Zur Grundlegung einer Theorie ästhetischer Literatur bei Kant und Schiller. München 1977

Rolf-Peter Janz: Schillers Kabale und Liebe als bürgerliches Trauerspiel. In: Jahrbuch der Deutschen Schillergesellschaft 20 (1976)
Matthijs Jolles: Dichtkunst und Lebenskunst: Studien zum Problem der Sprache bei Friedrich Schiller. Bonn 1980
Fritz Jonas: Schillers Seelenadel. Berlin 1904
Ulrich Karthaus: Friedrich Schiller. In: Karl Corino (Hg.): Genie und Geld. Vom Auskommen deutscher Schriftsteller. Nördlingen 1987
Ulrich Karthaus: Schiller und die Französische Revolution. In: Jahrbuch der Deutschen Schillergesellschaft 33 (1989)
Friedrich A. Kittler: Dichter – Mutter – Kind. München 1991
Hans-Jörg Knobloch/Helmut Koopmann (Hgg.): Schiller heute. Tübingen 1996
Koopmann 1998 Helmut Koopmann (Hg.): Schiller-Handbuch. Stuttgart 1998
Jutta Linder: Schillers Dramen. Bauprinzip und Wirkungsstrategie. Bonn 1989
Golo Mann: Schiller als Historiker. In: Jahrbuch der Deutschen Schillergesellschaft 20 (1976)
Thomas Mann: Versuch über Schiller. Frankfurt a.M. 1955
Herbert Marcuse: Die ästhetische Dimension. In: Triebstruktur und Gesellschaft. Frankfurt a.M. 1995. S. 171–195
Hans Mayer: Versuche über Schiller. Frankfurt a.M. 1987
Peter Michelsen: Der Bruch mit der Vater-Welt. Studien zu Schillers »Räubern«. Heidelberg 1979
Oellers 1996 Norbert Oellers: Friedrich Schiller. Zur Modernität eines Klassikers. Frankfurt a.M. 1996
Klaus Petrus: Schiller über das Erhabene. Zeitschrift für philosophische Forschung 47 (1993)
Florian Prader: Schiller und Sophokles. Zürich 1954
Wolfgang Riedel: Die Anthropologie des jungen Schiller. Zur Ideengeschichte des jungen Schiller und der »Philosophischen Briefe«. Würzburg 1988
Gert Sautermeister: Idyllik und Dramatik im Werk Friedrich Schillers. Zum geschichtlichen Ort seiner klassischen Dramen. Stuttgart 1971
Johannes Scherr: Schiller und seine Zeit. Leipzig 1860
Hans-Jürgen Schings: Die Brüder des Marquis Posa. Schiller und der Geheimbund der Illuminaten. Tübingen 1996
Albrecht Schöne: Schillers Schädel. München 2002
Emil Staiger: Friedrich Schiller. Zürich 1967
Gerhard Storz: Der Dichter Friedrich Schiller. Stuttgart 1959
Peter Szondi: Das Naive ist das Sentimentalische. Zur Begriffsdialektik in Schillers Abhandlungen. In ders.: Schriften Bd. 2. Frankfurt a.M. 1978
Gert Ueding: Friedrich Schiller. München 1990
Wolfgang H. Veil: Schillers Krankheit. Eine Studie über das Krankheitsgeschehen in Schillers Leben und über den natürlichen Todesausgang. Naumburg 1945
Wiese 1959 Benno von Wiese: Friedrich Schiller. Stuttgart 1959
Gero von Wilpert: Schiller-Chronik. Stuttgart 2000
Wolfgang Wittkowski (Hg.): Friedrich Schiller. Kunst, Humanität und Politik in der späten Aufklärung. Tübingen 1982
Jakob Wychgram: Schiller. Dem deutschen Volke dargestellt. Leipzig 1922

Zur Epoche

Zeugnisse

Abel o.J. Jacob Friedrich Abel: Rede über das Genie. Marbach o.J.

Zwi Batscha (Hg.): Aufklärung und Gedankenfreiheit. Fünfzehn Anregungen, aus der Geschichte zu lernen (A. Bergk, J.L. Ewald, J.G. Fichte u.a.). Frankfurt a.M. 1977

Böttiger 1998 Karl August Böttiger: Literarische Zustände und Zeitgenossen. Hg. von Klaus Gerlach und René Sternke. Berlin 1998

Clemens Brentano: Werke. 4 Bde. Hg. von Friedhelm Kemp. München 1963

Clemens Brentano und Sophie Mereau. Briefwechsel. Hg. von Dagmar von Gersdorff. Frankfurt a.M. 1981

Edmund Burke: Philosophische Untersuchung über den Ursprung unserer Ideen vom Erhabenen und Schönen. Hamburg 1989

Chamisso Adelbert von Chamisso: Sämtliche Werke in zwei Bänden. Hg. von Jost Perfahl. München 1975

Anita und Walter Dietze (Hg.): Ewiger Friede? Dokumente einer deutschen Diskussion um 1800. München 1989

Ferguson Adam Ferguson: Grundsätze der Moralphilosophie. Übersetzt und mit einigen Anmerkungen versehen von Christian Garve. Frankfurt, Leipzig 1787

Johann Gottlieb Fichte: Von den Pflichten der Gelehrten. Jenaer Vorlesungen 1794/95. Hg. von Reinhard Lauth u.a. Berlin 1972

Johann Gottlieb Fichte: Werke in zwei Bänden. Hg. von Wilhelm G. Jacobs. Frankfurt a.M. 1997

Georg Forster: Reise um die Welt. Hg. von Gerhard Steiner. Frankfurt a.M. 1967

Goethe MA Johann Wolfgang Goethe: Sämtliche Werke nach Epochen seines Schaffens. Hg. von Karl Richter u.a. München 1985–1998 (Münchner Ausgabe)

Goethes Briefe und Briefe an Goethe. Hg. von Karl Robert Mandelkow. München 1988

Goethe in vertraulichen Briefen seiner Zeitgenossen. Zusammengestellt von Wilhelm Bode. 3 Bde. Berlin 1979

Goethes Gespräche. Biedermannsche Ausgabe. Ergänzt und hg. von Wolfgang Herwig. München 1998

Goethe und die Romantik. Briefe. Hg. von Carl Schüddekopf und Oskar Walzel. Weimar 1898

Grosse Carl Grosse: Der Genius. Hg. von Hans-Michael Bock. Frankfurt a.M. 1982

Horst Günther (Hg.): Die Französische Revolution. Die Augenzeugenberichte und Darstellungen deutscher Schriftsteller und Historiker. Frankfurt a.M. 1985

Georg Wilhelm Friedrich Hegel: Werke. Hg. von Eva Moldenhauer und Karl Markus Michel. Frankfurt a.M. 1990

Mythologie der Vernunft. Hegels »ältestes Systemprogramm des deutschen Idealismus«. Hg. von Christoph Jamme und Helmut Schneider. Frankfurt a.M. 1984

Heine Heine, Heinrich: Sämtliche Schriften. Hg. von Klaus Briegleb. München 1971

Wilhelm Heinse: Ardinghello und die glückseligen Inseln. Stuttgart 1975

Herder 1984 Johann Gottfried Herder: Werke. Hg. von Wolfgang Pross. München 1984–2002

Herder 1991 Johann Gottfried Herder: Werke in zehn Bänden. Hg. von Martin Bollacher u.a. Frankfurt a.M. 1991

Hölderlin 1970 Friedrich Hölderlin: Sämtliche Werke und Briefe. 2 Bde. Hg. von Günter Mieth. München 1970

Hölderlin 1992 Hölderlin, Friedrich: Sämtliche Werke und Briefe. 3 Bde. Hg. von Michael Knaupp. München, Wien 1992–1993

Hölderlins Diotima Susette Gontard. Gedichte – Briefe – Zeugnisse. Hg. von Adolf Beck. Frankfurt a.M. 1980
Wilhelm von Humboldt: Werke in fünf Bänden. Hg. von Andreas Flitner und Klaus Giel. Darmstadt 1964
Jacobi Friedrich Heinrich Jacobi: Über die Lehre des Spinoza in Briefen an den Herrn Moses Mendelssohn (1785). Darmstadt 2000
Walter Jaeschke (Hg.) Der Streit um die Gestalt einer Ersten Philosophie (1799–1807). Mit Texten von Fichte, Hegel, Jacobi u.a. Hamburg 1999
Walter Jaeschke (Hg.): Der Streit um die Grundlagen der Ästhetik (1795–1805) Mit Texten von Humboldt, Jacobi, Novalis u.a. Hamburg 1999
Jean Paul Jean Paul: Werke. 10 Bde. Hg. von Norbert Miller. München 1960–1985
Johann Heinrich Jung-Stilling: Lebensgeschichte. Frankfurt a.M. 1983
Kant Immanuel Kant: Werke. Hg. von Wilhelm Weischedel. Wiesbaden 1957
Keller Keller, Gottfried: Die Leute von Seldwyla. Gesammelte Gedichte. München: 1961
Kerner Justinus Kerner: Bilderbuch aus meiner Knabenzeit. Hg. von Günter Häntzschel. Frankfurt a.M. 1978
Kleist Kleist, Heinrich von: Sämtliche Werke und Briefe. 2 Bde. Hg. von Helmut Sembdner. München 1984
Klopstock Friedrich Gottlob Klopstock: Ausgewählte Werke. Hg. von Karl August Schleiden. München 1981
Pierre-Ambroise-François Choderlos de Laclos: Schlimme Liebschaften. Leipzig 1920
Julien O. de Lamettrie: Über das Glück oder Das höchste Gut (Anti-Seneca). Nürnberg 1985
Lamettrie 2001 Julien O. de Lamettrie: Der Mensch eine Maschine. Stuttgart 2001
Gottfried Wilhelm Leibniz: Die Theodizee von der Güte Gottes, der Freiheit des Menschen und dem Ursprung des Übels. Darmstadt 1985
Gotthold Ephraim Lessing: Werke. Hg. von Herbert G. Göpfert. 8 Bde. München 1970
Lichtenberg Georg Christoph Lichtenberg: Schriften und Briefe. Hg. von Wolfgang Promies. München 1974
Locke John Locke: Über den menschlichen Verstand. Ausgabe in zwei Bänden. Berlin 1962
Erich L. Loewenthal/Lambert Schneider (Hgg.): Sturm und Drang. Eine Auswahl der dramatischen Dichtungen. Heidelberg 1972
Erich Loewenthal (Hg.): Sturm und Drang. Eine Auswahl theoretischer Texte. Heidelberg 1972
Carl Wilhelm Heinrich Freiherr von Lyncker: Ich diente am Weimarer Hof. Aufzeichnungen aus der Goethezeit. Köln, Weimar, Wien 1997
Salomon Maimons Lebensgeschichte. Von ihm selbst erzählt und hg. von Karl Philipp Moritz. Neu hg. von Zwi Batscha. Frankfurt a.M. 1995
John Milton: Das verlorene Paradies. Stuttgart 1968
Mirandola Giovanni Pico della Mirandola: Über die Würde des Menschen. Ausgewählt und übertragen von H.W. Rüssel. Leipzig 1940
Montesquieu (Charles-Louis de Secondat): Vom Geist der Gesetze. Übersetzt und hg. von Ernst Forsthoff. Tübingen 1951
Moritz Karl Philipp Moritz: Werke in zwei Bänden. Hg. von Heide Hollmer u.a. Frankfurt a.M. 1999
Novalis Novalis: Werke, Tagebücher und Briefe. Hg. von Hans-Joachim Mähl und Richard Samuel. 3 Bde. München 1978
Pleticha 1983 Heinrich Pleticha (Hg.): Das klassische Weimar. Texte und Zeugnisse. München 1983

Jean-Jacques Rousseau: Die Bekenntnisse. München 1981
Jean-Jacques Rousseau: Emile oder Über die Erziehung. Stuttgart 1963
Jean-Jacques Rousseau: Schriften. Hg. von Henning Ritter. München 1978
Sade Marquis de Sade: Die Philosophie im Boudoir. Wiesbaden o.J.
Friedrich Wilhelm Joseph Schelling: Ausgewählte Schriften. 6 Bde. Frankfurt a.M. 1985
Friedrich Schleiermacher: Schriften. Hg. von Andreas Arndt. Frankfurt a.M. 1996
Shaftesbury Anthony Earl of Shaftesbury: Der gesellige Enthusiast. Philosophische Essays. München 1990
Caroline Schlegel-Schelling: Die Kunst zu leben. Hg. von Sigrid Damm. Frankfurt a.M. 1997
August Wilhelm Schlegel/Friedrich Schlegel (Hgg.): Athenaeum. 1798ff. (Reprint: Darmstadt 1992)
F. Schlegel 1970 Friedrich Schlegel: Kritische Schriften. Hg. von Wolfdietrich Rasch. München 1970
F. Schlegel 1984 Friedrich Schlegel: Dichtungen und Aufsätze. Hg. von Wolfdietrich Rasch. München 1984
William Shakespeare: Theatralische Werke übersetzt von Christoph Martin Wieland. Hamburg 2003
Baruch de Spinoza: Die Ethik nach geometrischer Methode dargestellt. Hamburg o.J.
Germaine de Staël: Über Deutschland. Stuttgart 1962
Thackeray William Makepeace Thackeray: Barry Lyndon. Frankfurt a.M. 1989
Ludwig Tieck: Werke in vier Bänden. Hg. von Marianne Thalmann. Darmstadt 1977
Claus Träger (Hg.): Mainz zwischen Rot und Schwarz. Die Mainzer Revolution 1792–1793 in Schriften, Reden und Briefen. Berlin 1963
Karl August Varnhagen von Ense: Werke in fünf Bänden. Hg. von Konrad Feilchenfeldt. Frankfurt a.M. 1987
Christoph Martin Wieland: Sämmtliche Werke. (Reprint: Hamburg 1984)
Johann Joachim Winckelmann: Geschichte der Kunst des Altertums Darmstadt 1972
Wittkop 1993 Hölderlin der Pflegesohn. Texte und Dokumente 1806–1843 mit den neu entdeckten Nürtinger Pflegschaftsakten. Hg. von Gregor Wittkop. Stuttgart 1993

Sonstiges

Arendt 1970 Dieter Arendt (Hg.): Nihilismus. Die Anfänge – Von Jacobi bis Nietzsche. Köln 1970
Jan Assmann: Moses der Ägypter. München 1998
Erich Auerbach: Mimesis. Dargestellte Wirklichkeit in der abendländischen Literatur. Tübingen, Basel 1946
Leo Balet/E. Gerhard: Die Verbürgerlichung der deutschen Kunst, Literatur und Musik im 18. Jahrhundert. Hg. von Gerd Mattenklott. Berlin 1972
Hans Urs von Balthasar: Prometheus. Studien zur Geschichte des deutschen Idealismus. Heidelberg 1947
Isaiah Berlin: Das krumme Holz der Humanität. Kapitel der Ideengeschichte. Frankfurt a.M. 1992
Pierre Bertaux: Gar schöne Spiele spiel' ich mit dir! Zu Goethes Spieltrieb. Frankfurt a.M. 1987
Biedrzynski 1992 Effi Biedrzynski: Goethes Weimar. Lexikon der Personen und Schauplätze. Düsseldorf, Zürich 1992
Boyle 1999 Nicholas Boyle: Goethe. Der Dichter in seiner Zeit. 2 Bde. München 1999
Richard Brinkmann u.a.: Deutsche Literatur und Französische Revolution. Sieben Studien. Göttingen 1974
Walter H. Bruford: Die gesellschaftlichen Grundlagen der Goethezeit. Berlin 1936

Micha Brumlik: Deutscher Geist und Judenhaß. Das Verhältnis des philosophischen Idealismus zum Judentum. München 2000
Rüdiger Bubner: Innovationen des Idealismus. Göttingen 1995
Ernst Cassirer: Idee und Gestalt. Goethe – Schiller – Hölderlin – Kleist. Darmstadt 1971
Ernst Cassirer: Freiheit und Form. Studien zur deutschen Geistesgeschichte. Gesammelte Werke Bd. 7. Darmstadt 2001
Manfred Frank: ›Unendliche Annäherung‹. Die Anfänge der philosophischen Frühromantik. Frankfurt a.M. 1997
Manfred Frank: Der kommende Gott. Vorlesungen über die Neue Mythologie. Frankfurt a.M. 1982
Manfred Frank: Selbstgefühl. Eine historisch-systematische Erkundung. Frankfurt a.M. 2002
Klaus Günzel: ›Viele Gäste wünsch ich heut' mir zu meinem Tische‹. Goethes Besucher im Haus am Frauenplan. Weimar 1999
Gulyga 1985 Arsenij Gulyga: Immanuel Kant. Frankfurt a.M. 1985
Friedrich Gundolf: Goethe. Berlin 1930
Friedrich Gundolf: Shakespeare und der Deutsche Geist. Berlin 1914
Nicolai Hartmann: Die Philosophie des deutschen Idealismus. Berlin, Leipzig 1923
Dieter Henrich: Selbstverhältnisse. Gedanken und Auslegungen zu den Grundlagen der klassischen deutschen Philosophie. Stuttgart 1982
Dieter Henrich: Konstellationen. Probleme und Debatten am Ursprung der idealistischen Philosophie (1789–1795). Stuttgart 1991
Ricarda Huch: Die Romantik. Ausbreitung, Blütezeit und Verfall. Tübingen 1979
Jacobs 1984 Wilhelm G. Jacobs: Johann Gottlieb Fichte. Reinbek bei Hamburg 1984
Günter Jäckel (Hg.): Dresden zur Goethezeit. Die Elbestadt von 1760 bis 1815. Berlin 1990
Hans Robert Jauß: Literaturgeschichte als Provokation. Frankfurt a.M. 1979
Jochen Klauß: Weimar. Stadt der Dichter, Denker und Mäzene. Düsseldorf, Zürich 1999
Paul Kluckhohn: Das Ideengut der deutschen Romantik. Tübingen 1961
Max Kommerell: Geist und Buchstabe der Dichtung. Goethe – Schiller – Kleist – Hölderlin. Frankfurt a.M. 1944
Max Kommerell: Der Dichter als Führer in der deutschen Klassik (1928). Frankfurt a.M. 1982
Kondylis 1981 Panajotis Kondylis: Die Aufklärung im Rahmen des neuzeitlichen Rationalismus. Stuttgart 1981
Korff 1966 Hermann August Korff: Geist der Goethezeit. 4 Bde. Darmstadt 1966
Reinhart Koselleck: Kritik und Krise. Eine Studie zur Pathogenese der bürgerlichen Welt. Frankfurt a.M. 1989
Friedrich Albert Lange: Geschichte des Materialismus und Kritik seiner Bedeutung in der Gegenwart. Hg. von Alfred Schmidt. Frankfurt a.M. 1974
Lennhoff 1930 Eugen Lennhoff: Politische Geheimbünde. Zürich, Leipzig, Wien 1930
Lovejoy 1985 Arthur O. Lovejoy: Die große Kette der Wesen. Geschichte eines Gedankens. Übers. v. Dieter Türck. Frankfurt a.M. 1985
Georg Lukács: Entwicklungsgeschichte des modernen Dramas. Darmstadt, Neuwied 1981
Georg Lukács: Goethe und seine Zeit. Berlin 1950
Georg Lukács: Die Seele und die Formen. Neuwied, Berlin 1971
Peter Merseburger: Mythos Weimar. Zwischen Geist und Macht. Stuttgart 1998
Josef Nadler: Die Berliner Romantik 1800–1814. Berlin 1921
Nietzsche Friedrich Nietzsche: Sämtliche Werke. Hg. von Giorgio Colli und Mazzino Montinari. München 1999

Norbert Oellers/Robert Steegers: Treffpunkt Weimar. Literatur und Leben zur Zeit Goethes. Stuttgart 1999

Helmut Pfotenhauer: Literarische Anthropologie. Selbstbiographie und ihre Geschichte – am Leitfaden des Leibes. Stuttgart 1787

Helmut Richter (Hg.): Literarische Kultur und gesellschaftliches Leben in Deutschland. Berlin 1988

Ritter 1971 Joachim Ritter u.a. (Hgg.): Historisches Wörterbuch der Philosophie. Darmstadt 1971ff.

Rüdiger Safranski: E. T. A. Hoffmann. Das Leben eines skeptischen Phantasten. München 1984

Rüdiger Safranski: Schopenhauer und Die wilden Jahre der Philosophie. München 1987

Hans-Jürgen Schings: Melancholie und Aufklärung. Melancholiker und ihre Kritiker in Erfahrungsseelenkunde und Literatur des 18. Jahrhunderts. Stuttgart 1977

Jochen Schmidt: Die Geschichte des Genie-Gedankens in der deutschen Literatur, Philosophie und Politik. Bd. 1. Darmstadt 1988

Gerhard Schulz: Die deutsche Literatur zwischen Französischer Revolution und Restauration. München 1983 (= De Boor/Newald: Geschichte der deutschen Literatur Band VII,1)

Gerhard Schuster/Caroline Gille (Hgg.): Wiederholte Spiegelungen. Weimarer Klassik 1759–1832. Ständige Ausstellung des Goethe-Nationalmuseums. München 1999

Ludwig Siep: Praktische Philosophie im Deutschen Idealismus. Frankfurt a.M. 1992

Eduard Spranger: Wilhelm von Humboldt und die Humanitätsidee. Berlin 1928

Emil Staiger: Goethe. 3 Bde. Zürich 1953

Peter Szondi: Poetik und Geschichtsphilosophie 1. Studienausgabe der Vorlesungen Bd. 2. Frankfurt a.M. 1974

Charles Taylor: Hegel. Frankfurt a.M. 1978

Charles Taylor: Quellen des Selbst. Die Entstehung der neuzeitlichen Identität. Frankfurt a.M. 1994

Ueding 1987 Gert Ueding: Klassik und Romantik. Deutsche Literatur im Zeitalter der Französischen Revolution 1789–1815. München 1987 (= Hansers Sozialgeschichte der deutschen Literatur, Bd. 4)

Robert Uhland: Geschichte der Hohen Karlsschule in Stuttgart. Stuttgart 1953

Rose Unterberger: Die Goethe-Chronik. Frankfurt a.M. 2002

Vorländer 1962 Karl Vorländer: Immanuel Kant. Der Mann und das Werk. Hamburg 1962

Wagner 2001 Karlheinz Wagner: Herzog Karl Eugen von Württemberg. Modernisierer zwischen Absolutismus und Aufklärung. Stuttgart 2001

W. Daniel Wilson: Das Goethe-Tabu. Protest und Menschenrechte im klassischen Weimar. München 1999

Theodore Ziolkowski: Das Amt der Poeten. Die deutsche Romantik und ihre Institutionen. München 1992

Ziolkowski 1999 Theodore Ziolkowski: Das Wunderjahr in Jena. Stuttgart 1999

Nachweis der Zitate

Schillers Werke sind mit Band und Seitenzahl zitiert nach der Ausgabe der Hanser Klassiker: Friedrich Schiller: Sämtliche Werke in 5 Bänden (München, Wien 2004), der auch die Zeittafel entnommen ist; Briefzitate werden mit Adressat und Datum nachgewiesen (vgl. die Aufstellung der verwendeten Briefausgaben auf S. 540ff.).

11 *brandig, breiartig … leben konnte:* zit. n. Oellers 1996, S. 11. – *Nur bei seinem:* – Biedermann 1974, S. 369.
12 *Evangelium … verkürzt wissen:* Petersen 1904, Bd. 3, S. 20. – *Das Wirkliche:* ebd., S. 64.
14 *Er war:* zit. n. Wiese 1959, S. 527.
19 *Und du:* Petersen 1904, Bd. 1, S. 19. – *Sehr mittelmäßig:* ebd., S. 1.
21 *Es war:* Biedermann 1974, S. 11.
22 *Er fing … mütterlich:* Biedermann 1974, S. 7.
23 *Große Ehrfurcht:* Petersen 1911, S. 10.
25 *Überhaupt, bester:* zit. n. Wiese 1959, S. 5.
26 *An keinem:* Thackeray, S. 180. – *in seidenen:* Kerner, S. 14.
27 *Er übertrieb:* Biedermann 1974, S. 9.
28 *Denken Sie:* zit. n. Wagner 2001, S. 17.
29 *Bist du:* Biedermann 1974, S. 12.
30 *Einst:* Petersen 1904 Bd. 1, S. 82.
31 *auf einen Hügel:* Biedermann 1974, S. 13. – *Die Unzucht:* zit. n. Wiese 1959, S. 58. – *nicht zuerst:* ebd., S. 68.
32 *mit einem ausgebrochenen:* Biedermann 1974, S. 15.
33 *Sklavenplantage:* zit. n. Wagner 2001, S. 153.
34 *freigeisterische:* zit. n. Wagner 2001, S. 156. – *Jeder blieb:* ebd., S. 172.
35 *zweite Geburt … Stoff:* zit. n. Wiese 1959, S. 17. – *Ein würdiger … Eifer:* zit. n. Wagner 2001, S. 154. – *sich ganz … treten:* ebd., S. 155.
37 *süßen Wahn … treuherzigen Stunde:* Biedermann 1974, S. 29.
39 *nur eine:* Biedermann 1974, S. 30. – *etwas Steifes … unangenehm:* ebd., S. 52. – *Ich bin:* ebd., S. 10. – *heilige Poesie:* Klopstock, Bd. 2, S. 997.
40 *alle Bilder:* Klopstock, Bd. 2, S. 1004. – *Die Würde:* Goethe MA 16, S. 430f. – *Sklaven von:* Biedermann 1974, S. 46. – *Klopstocks Gedichte:* ebd., S. 22.
41 *Alles was:* Goethe MA 16, S. 430. – *Es war:* zit. n. Buchwald 1956, Bd. 1, S. 166. – *alles ist:* Klopstock, Bd. 1, S. 91. – *ich sah:* Goethe MA 1.2, S. 215. – *Nicht in:* Klopstock, Bd. 1, S. 89.
42 *Wenn ich:* Goethe MA 1.2, S. 199. – *Eine dichterische:* Biedermann 1974, S. 54. – *So pflegen:* Goethe MA 16, S. 88.
43 *Einmal traf:* Biedermann 1974, S. 46.
45 *Zu Ende:* Biedermann 1974, S. 24. – *aus den düsteren:* zit. n. Buchwald 1956, Bd. 1, S. 185.
46 *Entwurf einer:* zit. n. Wagner 2001, S. 180.
47 *als Freund … Menschenkenntnis:* Biedermann 1974, S. 31.
48 *Er wetteiferte:* Goethe MA 1.2, S. 414. – *die Natur:* Kant, Bd. 10, S. 242. – *alle edlen:* Goethe MA 1.2, S. 414.
49 *Auf die Schiffe:* Nietzsche, Bd. 3, S. 530.
50 *Repositorium voll:* Herder 1984, Bd. 1, S. 359. – *Was gibt:* ebd., S. 360.

55 *allgemeine Losung:* Goethe MA 16, S. 802. – *berühmte und:* ebd., S. 554. – *Grenzenlose:* ebd., 803. – *Unter andern … arbeiten:* Böttiger 1998, S. 75.
56 *Er ist's:* Abel o.J., S. 5. – *Republiken:* ebd., S. 14.
57 *Der Genielose … zur Sonne:* Abel o.J., S. 31.
58 *matt und mühselig:* Abel o.J., S. 30. – *Die Begriffe:* ebd., S. 43.
59 *Das Genie:* Abel o.J., S. 39. – *Schiller war:* Biedermann 1974, S. 33. – *wenn mir:* zit. n. Buchwald 1956, Bd. 1, S. 230
60 *Natur! Natur!:* Goethe, 1.2, S. 413.
66 *Audienzsaal:* Locke, Bd. 1, S. 130.
67 *Warum erhitzt:* Lamettrie 2001, S. 74.
71 *Trefflich auch:* Herder 1991, Bd. 4, S. 345.
73 *Raubtier … geschickt:* Ferguson 1787, S. 12
74 *Das größte:* Ferguson 1787, S. 103. – *Unergründlichkeit:* ebd., S. 202.
75 *andere Empfindung … mir ab:* Ferguson 1787, S. 200. – *Ich weiß:* ebd., S. 202. – *daß alle … Seelenlehre:* zit. n. Buchwald 1956, Bd. 1, S. 206.
78 *Der ungeheuren:* Streicher 1959, S. 65.
79 *Die Erforschung:* Ritter 1971, Bd. 5, S. 990. – *ohne Anatomie:* zit. n. Kondylis 1981, S. 285. – *allgemeinen Losungswort …zusammen:* Goethe MA 16, S. 700f.
81 *Zweimal habe:* zit. n. Alt 2000, S. 165.
82 *Dahero glaube … wahrnehmen:* zit. n. Buchwald 1956, Bd. 1, S. 249.
86 *Als ich … pflegten:* zit. n. Lovejoy 1985, S. 303.
92 *Die Wahrnehmung:* Ferguson 1787, S. 52.
99 *unauslöschlichen Eindruck … opponierte:* zit. n. Berger 1924, Bd. 1, S. 125.
101 *Verfassungen:* Ferguson 1787, S. 191. – *kälter … Gift:* zit. n. Wagner 2001, S. 214.
102 *Es hat:* zit. n. Wagner 2001, S. 217.
106 *die ihre:* Kluge 1988, S. 904.
107 *Wann wird:* Kluge 1988, S. 909.
112 *daß das unglückselige … und mir?:* Sade, S. 7.
118 *Wir wollen:* Biedermann 1974, S. 48.
123 *Aber wie:* Biedermann 1974, S. 47.
124 *Geringschätzung der Menschen:* zit. n. Buchwald 1956, Bd. 1, S. 313. – *Seid mir:* zit. n. Berger 1924, Bd. 1, S. 133. – *nach Tabak:* Biedermann 1974, S. 49.
125 *Tübinger Magisterchen:* Biedermann 1974, S. 47. – *Schiller war:* Petersen 1904, Bd. 1, S. 28. – *Sinn für … Mumie:* Biedermann 1974, S. 54. – *ein gutes Weib:* ebd., S. 50. – *Allerdings liebte:* ebd., S. 43
126 *Jene Laura:* Petersen 1904, Bd. 1, S. 39.
127 *daß … Schwaben:* zit. n. Kurscheidt 1992, S. 805.
128 *schöne Geister:* zit. n. Berger 1924, Bd. 1, S. 197. – *das beste:* ebd., S. 197.
129 *Ich brech':* zit. n. Kurscheidt 1992, S. 808.
130 *herrlichen Mann:* zit. n. Berger 1924, Bd. 1, S. 198.
131 *so viel … hielt:* zit. n. Kluge 1988, S. 942.
133 *Haben wir:* zit. n. Kluge 1988, S. 950. – *Das Theater:* ebd., S. 965. – *ein Stück:* ebd., S. 966.
135 *Man sieht:* zit. n. Kluge 1988, S. 893.
139 *Wie erheiterten:* Streicher 1959, S. 104.
140 *Ungeachtet alles:* Streicher 1959, S. 110.
142 *ersehntes Eldorado … Regierung:* Streicher 1959, S. 114. – *um durch:* ebd., S. 115.
146 *zwar bei … Helden ist:* Streicher 1959, S. 125.
147 *eigentlich doch:* Streicher 1959, S. 124. – *Meine Räuber:* Biedermann 1974, S. 55.
148 *Goethe hat:* Kluge 1988, S. 960. – *Wäre ich:* Goethe MA 19, S. 189.
149 *Grafen von Fiesque … Pinsel:* zit. n. Kluge 1988, S. 1150.

152 *das … verbrannt werden muß:* Biedermann 1974, S. 48. – *eine Art … Einwirkung:* Biedermann 1974, S. 35.
156 *Kausalität aus:* Kant, Bd. 4, S. 506.
157 *mit gepreßtem:* Streicher 1959, S. 131.
158 *niederschlagenden … erwartete:* Streicher 1959, S. 140. – *So fatale:* Streicher 1959, S. 8.
159 *außer sich … ausbrach:* Streicher 1959, S. 147.
160 *weit mehr:* Streicher 1959, S. 151.
168 *Impertinenz jenes:* zit. n. Berger 1924, Bd. 1, S. 317.
169 *ob er sich:* Streicher 1959, S. 70. – *die Sirenenstimme … konnte:* Streicher 1959, S. 177.
171 *gar zu sehr:* Kluge 1988, S. 1351.
183 *daß es:* Streicher 1959, S. 181.
184 *ein traumhaftes … fallen:* Kluge 1988 S. 1349.
186 *ebenso leicht:* zit. n. Berger 1924, Bd. 1, S. 327.
189 *Das isch:* Biedermann 1974, S. 107. – *Da haben:* ebd.
190 *Ich habe:* zit. n. Berger 1924, Bd. 1, S. 395.
191 *Die Kräfte:* zit. n. Berger 1924, Bd. 1, S. 397. – *Aber der … schrecklicher:* ebd., S. 396. – *Wir hätten:* zit. n. Buchwald 1956, Bd. 1, S. 425.
193 *hofmäßige … beurteilte:* Streicher 1959, S. 212. – *in der … Gattung:* zit. n. Berger 1924, Bd. 1, S. 393.
194 *Der Kaiser:* zit. n. Berger 1924, Bd. 1, S. 393.
200 *Solange er:* zit. n. Berger 1924, Bd. 1, S. 404. – *Mein lieber … wollen:* ebd., S. 408.
206 *den Besuch:* Streicher 1959, S. 229.
207 *bis er Minister:* Streicher 1959, S. 229.
208 *Hätte ich:* zit. n. Berger 1924, Bd. 1, S. 487.
210 *Mittel, wodurch:* zit. n. Berger 1924, Bd. 1, S. 439.
214 *wie einen … standen:* Biedermann 1974, S. 129. – *Schillers gewöhnliche … Eindruck:* Biedermann 1974, S. 133.
215 *unter seinen:* Kluge 1988, S. 1378. – *daß kein Funke:* ebd., S. 1381.
216 *Mit hinreißender:* zit. n. Berger 1924, Bd. 1, S. 451. – *Ich kann:* Biedermann 1974, S. 139. – *den Dichter:* Petersen 1911, S. 127.
218 *Die Gläser:* Biedermann 1974, S. 137.
225 *wir sind:* Mirandola 1940, S. 53.
232 *Er mußte:* Streicher 1959, S. 214.
239 *Schon im:* Goethe MA 14, S. 510.
240 *Glaube mir:* Goethes Briefe, Bd. 1, S. 365. – *überhand nehmenden:* Dann 2002, S. 1021.
244 *Aus allen:* Grosse, S. 7. – *Bemerken Sie:* zit. n. Lennhoff 1930, S. 40.
245 *Indem ich:* Novalis, Bd. 2, S. 334.
259 *rauschendem Beifall:* Kluge 1989, S. 1136.
260 *Fleiß noch:* Kluge 1989, S. 1089.
261 *Ich wollte … bewahren:* Gleichen-Rußwurm o.J., S. 132.
262 *Sie rechnen … herrscht:* Gleichen-Rußwurm o.J., S. 134.
264 *Vergebens würde:* Pleticha 1983, S. 18.
265 *Besonders fiel:* Pleticha 1983, S. 65.
269 *aber womöglich … wohl:* zit. n. Vorländer 1962, S. 234.
270 *ganz außer:* Kant, Bd. 12, S. 792. – *logische Pünktlichkeit … Einbildungskraft:* ebd., S. 781. – *mehr im:* ebd., S. 793.
274 *Was du …:* Herder 1984, Bd. 3, S. 585.
275 *Es soll … werden:* Kant, Bd. 12, S. 790. – *Dank sei … Verwüstung:* Kant, Bd. 11, S. 38.
276 *Chiliasmus:* Kant, Bd. 11, S. 45.
278 *Einzelne Menschen:* Kant, Bd. 11, S. 34.

286 *nur als:* Nietzsche, Bd. 1, S. 47.
289 *Wir müssen:* Shaftesbury 1990, S. 27.
293 *An einem:* Petersen 1911, S. 141.
294 *In Ihnen:* zit. n. Buchwald 1956, Bd. 2, S. 103. – *Meine Frau:* zit. n. Buchwald 1956, Bd. 2, S. 104.
296 *Aber die:* zit. n. Buchwald 1956, Bd. 2, S. 104.
297 *Wenn ich:* zit. n. Berger 1924, Bd. 1, S. 555.
300 *Hoher Ernst:* Petersen 1911, S. 144.
301 *Aus Italien:* Goethe MA 12, S. 69.
302 *kraftvolles, aber … ausgegossen hatte:* Goethe MA 12, S. 86.
321 *Die orthodoxen:* Jacobi, S. 22.
329 *es hätten:* Gleichen-Rußwurm 1908, S. 362.
332 *Auch ihr:* Goethe MA 3.2, S. 39–41.
338 *wie ein:* Gleichen-Rußwurm 1908, S. 516. – *Ein Mensch … lieben:* Biedrzynski 1992, S. 230.
343 *Ach! wenn:* Novalis 1978 Bd. 1, S. 509–511.
344 *Sorget … kämpfen muß:* Biedermann, S. 177. – *Unser toter … Talern an:* zit. n. Kurscheidt 2002, S. 1172
348 *Als ich:* Goethe MA 19, S. 341. – *Evangelium … verkürzt wissen:* vgl. zu S. 12.
350 *Bisher nahm:* Kant, Bd. 3, S. 25.
354 *Stammbaum des:* Kant, Bd. 3, S. 120. – *Daß die Einbildungskraft:* ebd., S. 149. – *höchsten Punkt:* ebd., S. 136.
355 *Wenn ich:* Kant, Bd. 4, S. 432.
364 *Die Nachwelt:* zit. n. Ueding 1987, S. 59. – *Die Franzosen:* Lichtenberg, Bd. 1, S. 708.
370 *Es gibt:* zit. n. Gulyga 1985, S. 186.
372 *im höchsten … Lichte:* Goethe MA 12, S. 87.
374 *Zwei Dinge:* Kant, Bd. 7, S. 300.
376 *nicht ohne:* zit. n. Borcherdt 1948, S. 659.
377 *worin die:* zit. n. Borcherdt 1948, S. 113. – *Und doch:* Novalis, Bd. 1, S. 506.
378 *als wenn:* Biedermann 1974, S. 221. – *Als die:* Petersen 1911, S. 232.
379 *Ich hasse:* Petersen 1911, S. 230.
381 *Wenn sie:* zit. n. Berger 1924, Bd. 2, S. 156.
383 *Jeder der:* Jacobs 1984, S. 34.
386 *Ach, wenn:* Jean Paul, Bd. 2, S. 274. – *Sie haben:* zit. n. Ziolkowski 1999, S. 206. – *Es war:* ebd., S. 206.
387 *Hat einer:* Goethe MA 18.1, S. 175. – *Ich kehre:* Goethe MA 1.2, S. 203.
388 *Die erste:* Hölderlin 1970, Bd. 1, 917.
389 *sie hatten:* zit. n. Arendt 1970, S. 33.
390 *Fliege mit:* Tieck, Bd. 1, S. 670. – *Es folgt:* Jean Paul, Bd. 5, S. 31.
391 *Nach innen:* Novalis, Bd. 2, 233. – *sein eigener:* zit. n. Korff 1966, Bd. 3, S. 253. – *dunkeln lockenden … Lust:* Novalis, Bd. 1, 227.
392 *Ich kehre:* vgl. zu S. 387. – *Es fiel:* Heine, Bd. 4, S. 371.
394 *dieses schrecklichste … aufgezehrt:* Goethe MA 12, S. 308. – *Sie hat:* Goethe MA 19, S. 493.
395 *Zuschlagen muß:* Goethe MA 9, S. 137.
396 *Ich nehme:* Boyle 1999, Bd. 2, S. 251. – *Unser Anteil:* Goethe MA 17, S. 712. – *Der Mensch:* Goethe MA 17, S. 408. – *Höchstes Glück:* Goethe MA 11.1.2, S. 76.
397 *so bedeutend … uns auf:* Goethe MA 12, S. 306.
398 *Die ästhetischen:* zit. n. Boyle 1999, Bd. 2, S. 249. – *Wir haben mehr:* zit. n. ebd.
399 *Neulich:* zit. n. Boyle 1999, Bd. 2, S. 260. – *Ist es:* Goethe MA 17, S. 827.

402 *wir gingen:* Goethe MA 12, S. 88f.
405 *Selten ist:* Goethe MA 14, S. 581.
409 *Die Politik:* zit. n. Goethe MA 19, S. 460.
412 *Handwerker siehst:* Hölderlin 1992, Bd. 1, S. 754f.
416 *für sich … gesättigt:* Moritz, Bd. 2, S. 967.
419 *Solche Mißgriffe … Welt:* Kleist, Bd. 2, S. 342 und 345.
420 *alle gehangen … vertrieben:* Goethe MA 4.1, S. 444f. – *gemeinsten … Schonung:* ebd., S. 448f.
422 *Gerade in:* zit. n. Koopmann 1998, S. 755. – *für einen jungen:* ebd., S. 756.
423 *Ward Kraft:* zit. n. Borcherdt 1948, S. 324. – *Anarchie:* F. Schlegel 1970, S. 127.
424 *totale Übergewicht:* F. Schlegel 1970, S. 115.
425 *Strenge genommen:* F. Schlegel 1984, S. 339.
426 *In unserem:* zit. n. Borcherdt 1948, S. 490. – *Überhaupt trat:* zit. n. Borcherdt 1948, S. 452.
429 *geprägte Form:* Goethe MA 12, S. 91.
431 *Ich habe:* zit. n. Borcherdt 1948, S. 124.
433 *Wißt! Apoll:* Hölderlin 1992, Bd. 1, S. 185.
435 *Es gibt:* Hölderlin 1992, Bd. 1, S. 646
436 *Mein Schiller:* Wittkop 1993, S. 312.
437 *Unter den:* F. Schlegel 1970, S. 23.
438 *Wieviel:* Goethe MA 17, S. 310.
439 *Wir sind:* Tieck, Bd. 1, S. 26.
440 *Wir sollten:* Tieck, Bd. 1, S. 75.
444 *Während der:* Goethe MA 18.2, S. 130.
462 *Der unmittelbare:* Stock 2000, S. 910.
463 *Er trug:* zit. n. Berger 1924, Bd. 2, S. 374. – *Gewöhnlich tritt:* Petersen 1911, S. 264.
465 *Nun glühte:* Goethe MA 6.1, S. 91. – *Ich kann:* ebd., S. 904.
466 *Anhaltend selbsttätige:* Seidel 1962, Bd. 1, S. 7.
472 *dichtend und:* Goethe MA 14 ,S. 130.
484 *›Schiller‹ durchbrauste:* zit. n. Buchwald 1956, Bd. 2, S. 414.
485 *Der weite:* Biedermann 1974, S. 302.
490 *Die ganze:* Biedermann 1974, S. 310. – *Wir fragten:* ebd., S. 391.
492 *Von allem:* Goethe MA 19 (Gespräche mit Eckermann, 6. Mai 1827), S. 568.
494 *Zu dem Eroberer:* Biedermann 1974, S. 411.
495 *Die Teilnehmer:* Boyle 1999, Bd. 2, S. 874.
505 *herzerhebende, altdeutsche:* Luserke 1996, S. 812. – *die das Gewordene:* Keller, S. 738.
506 *wie anders:* Biedermann 1974, S. 324.
507 *tumultuarischem Beginnen:* Berger 1924, Bd. 2, S. 588. – *Alles jedoch:* Goethe MA 14, S. 89.
512 *Überlegenheit unseres:* Biedermann 1974, S. 336.
513 *A: Deutschlands:* zit. n. Bienert 2004, S. 5.
515 *Dir mußte:* Chamisso, S. 537. – *Berlin sieht:* zit. n. Bienert 2004, S. 51. – *um eine tüchtige:* ebd., S. 65.
523 *Ich halte:* Biedermann 1974, S. 352. – *Da haben:* ebd., S. 359.
524 *Ich erzählte:* Biedermann 1974, S. 363. – *da liegt:* ebd. – *Nun, wenn:* ebd., S. 373.
525 *Immer besser:* Biedermann 1974, S. 372.

Register der Werke Schillers

Personenregister